LES DIABOLIQUES

BARBEY D'AUREVILLY
EN POCKET CLASSIQUES

L'ensorcelée, n° 6194

Le Chevalier des Touches, n° 6208

POCKET CLASSIQUES

collection dirigée par Claude AZIZA

JULES BARBEY D'AUREVILLY

LES DIABOLIQUES

Préface et commentaires de
Pascaline MOURIER-CASILE

© Pocket, 1993, pour la préface, les commentaires
et le dossier historique et littéraire.

© Pocket, 1999, pour « Au fil du texte » *in* « Les clés de l'œuvre ».

ISBN 2-266-08939-0

SOMMAIRE

* Pour approfondir votre lecture, *Au fil du texte* vous propose une sélection commentée :
- de morceaux « classiques » devenus incontournables, signalés par ●◆ (droit au but).
- d'extraits représentatifs de l'œuvre, signalés par ↪ (en flânant).

PRÉFACE

Lorsque (« repensant à la monotonie des œuvres de Vinteuil », à ces « phrases types » qui réapparaissent, toujours « les mêmes » dans toutes les œuvres de son musicien favori) le narrateur proustien explique à Albertine que « les grands littérateurs n'ont jamais fait qu'une seule œuvre, ou plutôt réfracté à travers des milieux divers une même beauté qu'ils apportent au monde », le premier exemple qui lui vient à l'esprit pour illustrer son propos est celui de Barbey d'Aurevilly. Choix doublement pertinent. Parce que, d'abord, l'amant d'Albertine ne fait ici que rendre à l'auteur des *Diaboliques* ce qui lui appartient. Avant Proust, en effet, Barbey avait affirmé (et, n'en doutons pas, c'est à lui-même, ici comme toujours, qu'il pensait) que les grands artistes « n'ont presque jamais eu dans l'esprit qu'un seul sujet qu'ils reprennent, retournent, renouvellent et transforment » et sur lequel ils sont condamnés à « faire d'éternelles variations ». Parce que, ensuite, il est peu d'œuvres, dans la littérature française, qui présentent autant que celle de Barbey cette « identité » (aux deux sens du terme), cette « qualité inconnue d'un monde unique » dont parle Proust : monde toujours semblable à lui-même, immédiatement reconnaissable (cf. Dossier, pp. 409-410)..

Des récits (en) miroir(s)

Les Diaboliques constituent, exemplairement, un univers clos, autosuffisant et autoréférentiel, qui semble ne se nourrir, inépuisablement, que de sa propre substance. Entre les six nouvelles du recueil (mais aussi entre ces nouvelles et l'ensemble de l'œuvre) s'établit tout un réseau, redondant, d'échos et de reprises thématiques et formels, qui en font un mouvant jeu de miroirs, une sorte de kaléidoscope textuel.

De cette clôture du recueil sur lui-même témoignent, ostensiblement, les exergues de chaque récit. Tous apocryphes, le plus souvent non référencés (sauf ceux du *Plus bel amour...* et de *À un dîner d'athées* ; mais les références sont des leurres). Celui du *Bonheur dans le crime* ne renvoie qu'à la Préface ; celui du *Dessous de cartes...*, fragment « dépareillé » de conversation dans un salon aristocratique, ne fait que redoubler, en miroir, le récit dont il pourrait faire partie. Reniant leur fonction normale d'exergue ou d'épigraphe (ils ne convoquent aucune autre autorité que celle de l'auteur), ils replient le texte sur lui-même, affichent son autarcie, lui interdisent toute ouverture vers un ailleurs, un autre (du) texte. Quant à la dédicace (ou plutôt : anti-dédicace) générale du recueil, elle ne reconnaît d'autre dédicataire possible que... les « diaboliques » eux/elles-mêmes. Ajoutez à ces effets, insistants, de clôture celui-ci encore : le romancier (réel) qui présente, dans la Préface, le recueil et celui (fictionnel) qui introduit la dernière nouvelle défendent sur le roman les mêmes théories, qui sont aussi celles du « brillant causeur » du *Dessous de cartes...* ; lequel théorise la pratique narrative du romancier... Enfin, cet enfermement du texte sur lui-même est inlassablement (nouvelle *variation* sur la même note) mis en abyme, dans la fiction de chaque nouvelle, à la fois par le décor (coupé, salon, boudoir, chambre... : tous lieux clos, isolés du monde extérieur) et par les personnages, âmes opaques, scellées sur leur énigme.

Pour faire bonne mesure, le romancier ne cesse de se mettre lui-même en scène, sous des masques qui ne cherchent guère à faire illusion, transformant ainsi les fictions qu'il propose sinon, à proprement parler, en autobiographie au moins en auto-fiction, se donnant à voir, théâtralement, non point tel qu'il est mais tel qu'il se voudrait. Mise en scène du fantasme, où le désir réussit à piéger le réel dysphorique... Il est peu d'œuvres, en effet, dont la teneur, la tonalité autobiographique soit aussi dense, aussi constamment *tenue*, qui transpose aussi directement le senti, l'imaginé de son scripteur. Car, pour Barbey (il ne cesse dans les *Memoranda* de le répéter), écrire c'est d'abord « s'écumer le cœur », « apaiser (ses) facultés » ; et les « mélancoliques récits » auxquels se complaît son imagination n'ont fonction que de donner chair à sa mémoire : « Où il n'y a pas de réalité pour moi et de ressouvenir, il n'y a qu'aridité et poussière » (ORC[1], II, p. 812).

Le miroir valorisant qu'il cherchait dans l'amitié (« Je me vois vu » ; « Contemplez-moi ») ou dans la conversation (« J'ai besoin de la figure humaine »), Barbey le construit de toutes pièces, dans ses récits, conforme enfin à son désir. Gracq l'a fort bien vu : la spécificité des *Diaboliques* est dans « la présence réelle, énorme et continuelle de leur auteur »[2]. Présence, d'abord, à travers le narrateur principal, le « je » inaugural de cinq des six nouvelles. Chasseur d'histoires, amoureux des « marais de l'Ouest », familier des salons parisiens, « catholique [...] profanant », admirateur nostalgique d'une aristocratie « désheurée », contempteur des mœurs contemporaines, romancier audacieux des « crimes civilisés » : la lecture des textes proprement autobiographiques et/ou la tradition biographique attestent la justesse de l'autoportrait. Présence, aussi, à travers les personnages masculins de toutes les fictions, qu'ils soient narrateurs, acteurs ou témoins, tous projections fantasmées d'un moi idéal, miroirs magiques où il (s') apparaît tel qu'en lui-même enfin il se rêve.

Brassard et Ravila ont l'âge du scripteur, parvenu comme eux au « cinquième acte ». Le premier teint

---

1. Le sigle ORC renvoie aux *Œuvres romanesques complètes* citées dans la bibliographie.
2. Cf. bibliographie, p. 413.

comme lui ses cheveux, l'autre porte deux de ses prénoms. Savigny ressemble à ce Sbogar auquel Mme du
Vallon le comparait. Le « plus étincelant causeur du
royaume de la causerie » a eu la même famille, la même
enfance normande que lui. Mesnilgrand est, comme lui,
une salamandre que le feu dévore mais qui ne peut vivre
que dans et de ce feu. Quant à Marmor de Karkoël,
il est la vivante incarnation des héros de ce Byron dont
Barbey affirmait avoir fait « [sa] morphine et [son]
émétique » (« Je me retrouve quelque bouton byronien
qui repousse », écrit-il en 1856) et dont il affirmait
« avoir l'aristocratie [...] sans avoir la fortune ». Et,
surtout, Barbey lui fait jouer — et donc vit à travers
lui — le rôle de ce « ravageur », de cette « révolution
battant monnaie dans toutes les chambres à coucher »
auquel il n'avait pu que rêver (cf. Dossier, p. 365).

Tous irrésistibles, tous de la « race Juan », ils réali-
sent les fantasmes érotiques de Barbey : la séduction
de la « petite masque », est celle de Valentine de Maistre, alias Sibylle de Mascranny. L'insatiable désir qui
« agrafe » Ydow au corps impur de la Pudica, cet
« aimant du Diable », et fait découvrir à Mesnilgrand
que la « bourbe » peut être « un paradis » est le reflet,
à peine amplifié, de la liaison (réelle ? imaginaire ? on
ne sait trop) de Barbey avec cette « femme horrible »
dont il devait faire la Vellini d'*Une vieille maîtresse*.
« J'ai mené la vie d'un démon avec un autre démon »,
confesse-t-il. « Le Diable, qui est un fier crocheteur,
m'avait cadenassé et bouclé et crocheté à ce monstre
de la plus pure et de la plus calme beauté. J'en étais
assoiffé. Mon amour ressemblait à de l'ivrognerie. »

À travers ces figures de séducteurs, Barbey compense
(ce qu'il ressent comme) sa propre laideur : « Elle était
belle. Moi laid » (« Treize ans » ; cf. Dossier, p. 382).
Soit qu'il dote ses héros d'une beauté inaltérable
(Ravila, Savigny, Brassard) ou fatale (Marmor), voire
même de celle, équivoque, d'Antinoüs (Ydow). Soit
qu'il magnifie leur laideur jusqu'à la rendre plus trou-
blante que la beauté (Mesnilgrand).

Ils sont aussi, ces personnages, tous dandys, tous émules de Brummel et de d'Orsay, comme Barbey se piquait de l'être. Dandys d'habit, d'abord, dont les raffinements de toilette peuvent, dans la recherche de l'originalité, aller jusqu'à la provocation (les saphirs aux oreilles de Savigny). Mais dont l'idéal est la maîtrise d'une élégance « irremarquable » (p. 129). Tel se rêvait Barbey. Tel il se donne, à lui-même et au monde, en spectacle dans les *Memoranda* :« Commander d'élégantes chaussures, car voici le printemps et je veux apparaître sur cette terre comme un demi-dieu dans le nuage qui le cachait » (ORC, II, p. 884). Tout en se sachant, de nature, incapable d'atteindre à cet idéal : « Moi je suis un barbare, bien souvent, qui se retrouve sans cesse avec des goûts de sauvage. Ah ! j'ai toujours de la peine à me faire du goût. » Et en regrettant les extravagances vestimentaires (la cape de berger, par exemple, restée dans la légende) qui ont conduit les critiques à s'intéresser davantage à sa « culotte » qu'à sa « littérature »... C'est sans doute à son image — plus qu'à celle de Brummel — qu'il peint son Mesnilgrand, dandy inorthodoxe, « phénix de fureur » dont les éclats de « mauvais ton » jurent quelque peu avec sa volonté d'être toujours « adorablement mis ».

Dandys ambigus, sinon équivoques, fidèles en cela à la définition finale de *Du dandysme et de George Brummel* : « Natures doubles et multiples, d'un sexe intellectuel indécis [...]. Androgynes de l'Histoire, non plus de la Fable » (ORC, p. 718). Que l'on songe aux boucles d'oreilles de Savigny, au camée de Mesnilgrand, à la féminisation insistante de Brassard, *poitrinant* au feu « comme une belle femme au bal » et jouissant solitairement de ses épaulettes ou de sa dragonne comme « ces femmes qui n'en font pas moins leur toilette quand elles sont seules et n'attendent personne ». Que l'on songe surtout au « maître couple », doublement dandy et doublement androgyne, que forment, enlacés, Hauteclaire et Serlon...

Dandys, ces personnages le sont aussi d'attitude, de

comportement. Ils jouissent du plaisir aristocratique
d'étonner et de déplaire (Savigny, Hauteclaire, Mesnilgrand), affichent avec une insolence « fastueuse »
leur goût de la provocation (« la martingale d'insubordination » de Brassard ; le dévoilement ostentatoire de
Hauteclaire). Mais leur plus haute jouissance, ils la
trouvent dans la dissimulation, dans le port — ostentatoire lui aussi — des *masques*. Ces masques peuvent
bien, parfois, être matériels : masques successifs de
Hauteclaire (grille métallique de l'escrimeuse, voile gros
bleu, résille de dentelle noire) ; masque de verre de Marmor. Mais ils ne sont alors que la matérialisation — la
métaphore — du vrai masque, tout spirituel. Masque
moral, « force du masque » (faut-il entendre *force du
mal* ? Songeons aux héros du *Dessous de cartes*...) qui
définit pour Barbey le dandy véritable. Visages de chair
qui se veulent marmoréens : étonner sans jamais *trahir*
l'étonnement — ni quelque autre sentiment d'ailleurs — ; opposer à tout et à tous la « froideur » d'une
« impassibilité superbe ». Les dandys aurevilliens sont
« indifférents », « impénétrables », « indéchiffra-
bles ». Et donc, « incompréhensibles », « énigmati-
ques ». Tel se voulait Barbey : « Ai conservé sang-froid
et emprise sur moi-même, si bien qu'ils ne peuvent pas
dire qui je suis, si ce n'est une taille de spectre vêtu de
noir et une figure très dédaigneuse » (ORC, II, p. 791).

« Mystères » vivants, « sphinx » de chair, « hiéroglyphes » incarnés, leur passage suscite un sillage de curiosité inquiète, d'interrogations passionnées. Le port du
masque, en effet, invite à soupçonner des profondeurs
cachées, quelque ténébreux secret, d'autant plus fasci-
nant qu'il ne livre que de rares signes opaques auxquels
accrocher une trame, nécessairement lacunaire, de suppositions, « pathétiques » ou « abominables ». Mais
le voile a beau quelquefois glisser (les résédas voluptueusement broyés par Mme de Stasseville), il ne sera
jamais totalement levé. Pas même par Hauteclaire : le
visage scandaleusement dénudé ne livre pas la clé du
« bonheur dans le crime »... Que le scandale éclate ou

non, une « brume » continue de peser, le « manuscrit » demeure impossible à déchiffrer, le « Sphinx » conserve son énigme par-delà la mort. Subsiste seule, chez le témoin fasciné, toujours tenu à distance, une irrépressible rêverie sur les *dessous* soupçonnés — inavoués, inavouables — du masque.

À ces personnages dandys ne peut convenir comme cadre qu'un récit lui-même dandy. Les narrateurs aurevilliens sont tous, en effet, des dandys. Ils provoquent sciemment l'étonnement de leurs narrataires, jouent de la surprise et de la réticence, livrent parfois une bribe d'information, séduisent par ce qu'ils cachent, font attendre, par toutes sortes de détours, une révélation qu'ils finissent toujours par refuser : « il n'y a pas d'après »...

Brillants causeurs, capables de tenir sous la « griffe » de leur récit un auditoire fasciné, ils cultivent tous, avec une évidente passion et une incontestable maîtrise, l'art mondain de la conversation, cher au cœur de Barbey pour qui savoir « causer » était préférable à « bien écrire ». Conversation : « Ange de feu », capable de « (monter) toutes les puissances (d'un) esprit à la plus haute octave qu'il puisse atteindre ». « Grâce divine » dont (exécutant « à lui seul des sonates à quatre mains ») il se voulait le « bacchant perpétuel » : « Mon vrai moi est dans une conversation inspirée » ; « Un beau sujet à écrire, mais je n'écrirai jamais comme je l'ai parlé l'autre soir chez la baronne de Maistre. Quelle improvisation sorcière... » ; « Que de livres [...] je n'ai pas faits et qui ont pu être consumés en conversations, jetés par ces fenêtres de la conversation qui ont de si beaux balcons... »

Dans *Le Dessous de cartes*... un jeu d'équivalence s'instaure entre le roi des causeurs et le « dieu du chelem » : « une supériorité quelconque est une séduction irrésistible, qui procède par rapt et vous emporte dans son orbite [...]. Voyez les brillants causeurs... ». Puis une série de ricochets assimile le récit du premier au jeu du second (« Quel aimable dessous ont vos parties de cartes... ») et, par contamination, avec la reprise du titre de la nouvelle, l'un et l'autre à l'art du scripteur. Dont la présence « réelle » vient, selon la formule de Gracq, « surimpressionner », une fois de plus, celle de ses personnages.

« *Le palais des premiers songes* »

L'auto-fiction aurevillienne ne se limite pas, dans *Les Diaboliques*, à ces jeux de dédoublement et de mise en scène narcissique. C'est tout le « roman familial » du jeune Barbey qui, par fragments dépareillés, resurgit avec insistance.

« Le premier milieu dans lequel ont trempé les poètes, écrit-il un jour à Trebutien, voilà la véritable origine de leur genre de talent, ce qui damasquine et fourbit leur acier, ce qui en décide le fil et les reflets. » Et, dans un de ses premiers récits : « Ces premières impressions sont si obstinées, elles s'enfoncent dans certaines natures à des profondeurs si grandes qu'elles y restent à jamais, comme ces balles que le fer du chirurgien n'a jamais pu extraire et sur lesquelles la chair s'est refermée » (ORC, I, p. 161). La même image (qui pourrait servir d'emblème à l'ensemble des *Diaboliques*) est reprise par le docteur Torty, au moment même où il entreprend son récit : « C'est là une histoire qu'il faut aller chercher déjà loin, comme une balle perdue sous les chairs revenues... » (p. 134). Une même image, donc pour dire aussi bien le souvenir personnel que la fiction.

On reconnaît dans *Les Diaboliques*, fantasmé, le récit (mythique ?) de la naissance, par un jour sinistre de novembre, jour des morts, au cours d'une partie de whist. Récit des origines qui constitue sans doute le ressort secret, le vrai *dessous* de la quatrième nouvelle. À en croire les confidences de Barbey, sa mère (« ma mère si peu mère, hélas ! », lettre à Trebutien) passionnée par le jeu, aurait refusé, alors que déjà commençaient les premières contractions de l'accouchement, de quitter la table de whist du chevalier de Montressel (le Tharsis de la nouvelle). Elle se serait ensuite désintéressée du nouveau-né que l'intervention d'une parente aurait seule sauvé de la mort... Comment ne pas songer à Mme de Stasseville, si peu mère !, et à ce « cadavre d'un enfant qui avait vécu », véritable enjeu de la partie de cartes.

La récurrence du thème de l'enfant mis à mort *(Le Dessous de cartes...)*, profané *(À un dîner d'athées)*, refusé *(Le Bonheur dans le crime)*, ou simplement imaginé dans une terreur répulsive *(Le plus bel amour de Don Juan)* encore et toujours par la mère, prend dès lors d'étranges résonances. Et le silence oppressif du jeu de whist, qui se joue à un ou « deux morts », devient singulièrement éloquent. On comprend que « la vieille table à jeu » de l'héritage familial, « sur laquelle se fond de tristesse le cœur qui s'y appuie », ait pu obséder l'imaginaire de Barbey jusque dans la vieillesse... (ORC, II, p. 1098).

Le thème des rapports conflictuels de l'enfant à la mère, ou, plus précisément, l'absence d'amour de la mère pour son enfant, est tout aussi redondant dans le recueil. Transposé, il est vrai (pour le rendre méconnaissable — et, donc, enfin racontable), en rivalité amoureuse de la mère et de la fille autour d'un même homme. Il fait (presque) tout le sujet du *Plus bel amour de Don Juan* ; il se dédouble dans *Le Dessous de cartes...* pour hanter à la fois le salon de Mme de Stasseville et celui de Mme de Mascranny ; il est suggéré en filigrane au dénouement du *Bonheur dans le crime*, à travers les seules phrases prononcées par Hauteclaire, jusque-là muette.

Les mères des *Diaboliques* sont toutes des « mauvaises mères », dont le désir ne répond pas à celui de l'enfant et s'adresse exclusivement à l'homme. Mères mortifères... Sans doute, dans tous ces trios maléfiques, l'enfant est-il une fille : le seul garçon, le fils de Mme de Stasseville, est un « petit imbécile » qui n'apparaît que par raccroc, pour être aussitôt renvoyé à son néant... Mais la transposition devient transparente si l'on s'avise de superposer les « treize ans » de la « petite masque », sombre topaze calcinée par les premiers feux du désir, aux mêmes « treize ans » (c'est aussi l'âge de Sibylle de Mascranny) de l'enfant Barbey, « rêveur sombre et brûlant », découvrant sa propre sensualité dans la « terrible démence » de la puberté : « Qui ne les connut pas, ces amours de treize ans ? / Solfatares du cœur qui brûlent en silence, / Embrasements, étouffements ! » (cf. Dossier, p. 382) ; et si, de plus, on veut bien se souvenir que Barbey confia un jour à Trebutien que sa mère aimait trop son mari pour s'intéresser à ses enfants.

Mère mal aimante. Mère trop aimée : « Je ne savais pas autant aimer ma mère », avouera tardivement Barbey... Figure médusante. Femme de marbre. « Sinistre et blanche » comme l'était cette Niobé en qui Barbey reconnaît le premier objet de son désir, modèle — et rivale — des amantes réelles. Niobé explicitement liée à l'étreinte de la mère « sortant de son lit aux sphinx de bronze » (cf. Dossier, p. 381). Méduse, Niobé, les sphinx de bronze : c'est tout le décor, l'atmosphère de la chambre d'amour et de mort (chambre maternelle...) où les amants du *Rideau cramoisi* connaissent les délices conjuguées — complémentaires — du plaisir et de la terreur. Celles-là même qui accompagnent la transgression de l'interdit. Faut-il s'étonner dès lors de la fréquence (dans l'ensemble de l'œuvre sinon dans *Les Diaboliques*) du thème de l'inceste chez Barbey (cf. *Ce qui ne meurt pas, Une page d'histoire*) ? Ou que le romancier-théoricien du début de *La Vengeance d'une femme* réclame de la littérature moderne qu'elle ose enfin le traiter sans fard ? « Car ce premier amour, dont la marque nous reste / Comme l'entaille, hélas ! du carcan reste au cou, / Il semble que le Diable y mêle un goût d'inceste... » (« Treize Ans », cf. Dossier, p. 382).

Odor di femmina

À « treize ans », donc, comme la « petite masque »
(auto-fiction ou réalité ?) Barbey découvre, en même
temps, les tortures de la volupté et les délices de l'interdit. Lui sont révélés la violence de sa sensualité et,
conjointement, le *type* des femmes susceptibles d'atti-
ser son désir : celui de l'Amazone, puissante et domi-
natrice, mais dont la beauté épanouie est celle de Vénus
Callipyge. L'exact contretype, en somme, de la laideur,
rabougrie, garçonnière, de la « petite masque ».
Laquelle, du moins dans l'univers féminin des *Diaboliques*, demeure une exception (cf. en revanche, dans
Une vieille maîtresse, Vellini).

Amazones : Alberte, Hauteclaire, fascinantes androgynes, douées de plus de virilité que leurs amants ; à
cela près toutefois que la plénitude de leurs formes et
la splendeur de leur chair affichent leur indéniable fémi-
nité. *Callipyges*, nudités à la Rubens, beaux fruits à la
succulente chair de pêche : Rosalba, la mère de la
« petite masque », la duchesse de Sierra-Leone, mais
aussi les amphitryonnes de Don Juan, les auditrices du
roi de la conversation. Elles sont toutes d'une sensualité débordante et s'abandonnent au plaisir sans réticence ni mesure (au point, comme Alberte, d'en mourir), même si chez la Sierra-Leone la volupté n'est que
le substitut de la haine. Une seule échappe à ce modèle :
la sibilante et serpentine Mme de Stasseville, chair pâle
et froide, corps aussi rétracté que l'est son âme. Chez
elle, « tout porte en dedans », y compris la sensualité
que rien ne révèle, sinon un spasme furtif et cruel.

Assurément, il flotte sur *Les Diaboliques* d'émol-
lients effluves de boudoir, une insistante odeur de
femme dont on comprend qu'ils aient pu choquer lecteurs et critiques du temps, pris à contre-pied par cette
profanante mixture d'érotisme fort peu voilé et de
catholicisme édifiant. Barbey avouait que, longtemps,
la chair des femmes l'avait hanté (« La femme me

bouchait tout, m'empêchait de voir, me fermait le monde » (ORC, II, p. 1060). Et il mettait, même après sa conversion, un point d'honneur à se proclamer « en fait de péchés et de taches [...] constellé comme un léopard [...], un magnifique léopard » (lettre à Léon Bloy). De ce goût des femmes, les *Memoranda* témoignent éloquemment (cf. Dossier, pp. 384-387) et l'on ne s'étonne guère que « les Célestes » n'aient jamais vu le jour. Face à la chair splendide des « diaboliques », que pouvait bien peser, malgré les hommages appuyés (appliqués ?) de Barbey, la pureté de l'*Ange Blanc* dont il attendait qu'elle soit sa « rédemptrice » ?

Dans l'autarcie de leur plaisir, les femmes des *Diaboliques* n'ont d'autre langage que celui, éloquent, de leur corps : la rougeur de la Pudica, les pâmoisons d'Alberte, le sursaut de la « petite masque ». Et même — Tressignies est bien excusable de s'y être trompé — la « si furieuse et si hennissante ardeur » de la duchesse, conduite à la jouissance par l'accomplissement de sa vengeance. (Celle-ci, il est vrai — et c'est la seule — parlera. D'abondance.) Muettes, elles prennent cependant les initiatives, imp(r)udemment : voyez Alberte, bien sûr ; mais aussi Hauteclaire effleurant de ses seins la nuque de Serlon. Sur ce point, la froide Mme de Stasseville ne semble pas en reste : « Entraîna-t-elle par la volonté un homme qui ne semblait plus devoir aimer que le jeu ? » (p. 215). Elles peuvent bien avoir l'air, comme Rosalba, de languissantes odalisques, elles n'en sont pas moins sultans. Elles jettent le gant. Manifestent et imposent leur désir. Don Juan s'imagine Sardanapale, mais Tressignies, lui, sait bien qu'il risque le sort d'Holopherne. Derrière l'odalisque se profilent la guerrière Clorinde, les Sabines aux bras puissants, Judith, la démoniaque et séduisante tentatrice de saint Antoine (cf. Dossier, p. 386). Et l'éternelle Salomé, « cette bourrèle d'Hérodiade » dont les peintres se sont plu à « retracer la beauté splendide comme l'or, la pourpre et la neige » et qui « divine de beauté [...] n'en est que plus infernale d'être si divine » (ORC, I, p. 1307).

Face à ces corps possédés par le plaisir, l'homme est d'abord séduit. Il cède au tourbillon voluptueux dont il jouit avec une égale violence. Mais il ne s'y perd pas corps et biens : voyez Brassard hanté par la figure vengeresse de Méduse ; Mesnilgrand passant de la volupté au dégoût ; Tressignies frappé d'une horreur fascinée. Aussi y survit-il. À la différence de sa partenaire, pécheresse sans remords (à moins que, comme peut-être Alberte, elle ne tire de sa culpabilité une supplémentaire jouissance), serve splendide du Démon, qui paie de sa vie ses transgressions. Alors que les femmes demeurent jusqu'à la mort dans l'obstination de leur impénitence (sauf, peut-être, la « petite masque » — mais elle n'a que treize ans...), l'homme bat sa coulpe. Et réintègre, peu ou prou, tôt ou tard, les rangs de l'ordre : la hiérarchie militaire pour Brassard ; le sein de l'Église pour Mesnilgrand ; le rituel mondain pour Tressignies. Reste que la révélation de la sensualité féminine (toujours montrée comme absolue, paroxystique) semble avoir sur l'homme un effet étrangement castrateur. Brassard, Mesnilgrand, Tressignies restent frappés d'une « marque noire », d'une « barre » qui ternit à jamais leurs plaisirs et leur rend les (autres) femmes sans attraits. Ravila lui-même se voit réduit à garder la nostalgie d'un amour qu'il n'a pas même vécu et à mesurer désormais l'intensité de ses aventures juanesques à l'aune de l'illusion que lui a imposée une petite fille qui n'était même pas son type... De ces rencontres, aucun ne sort indeme. Brassard découvre la collusion pétrifiante qui fait le désir inséparable de la mort. Et la jouissance qu'il en peut tirer. Mesnilgrand prend conscience de l'irrésistible attirance de la « bourbe » ; Tressignies entrevoit le sublime horrible de l'enfer. Seul Marmor semble échapper à cette contamination. Tel il était à son apparition, tel il disparaît. Il est vrai que nul ne sait si « le roi du chelem » a le moins du monde répondu à l'incontestable désir de Mme de Stasseville. Et que, de tous les héros aurevilliens, il est le seul à pouvoir disputer à l'héroïne le titre de *Diabolique*.

Face à ce schéma récurrent des rapports érotiques
(somme toute rassurant : pécheurs et pécheresses reçoivent un châtiment proportionnel à leur péché...), une
exception. Majeure. Et qui remet tout en cause. La passion, toute physique, de Serlon et Hauteclaire, en dépit
des années écoulées, continue de dispenser équitable-
ment aux deux amants de toujours nouvelles voluptés,
sans que la mort de l'une ou la lassitude de l'autre
vienne jamais sanctionner leur crime. Éblouissant
triomphe de la passion charnelle, que ne peut réduire
aucun discours moralisateur. Sans doute y a-t-il bien
volonté moralisatrice. Après tout, dans le contexte
catholique qui est celui de l'œuvre aurevillienne après
la conversion, l'impunité ici-bas des amants criminels
n'exclut nullement leur damnation éternelle. Si Barbey
croit au « triomphe naturel du mal sur le bien », il n'en
affirme pas moins le « triomphe surnaturel de Dieu sur
le mal ». Mais ici le seul triomphe est celui du rêve
ébloui d'un bonheur édénique qui prend la figure lumi-
neuse de l'Androgyne primordial, ce mythe d'avant la
chute dans le Temps. D'avant le péché.

« *Moi, l'amoureux de l'écarlate* »

Pas davantage, ne peut-on se contenter de l'alibi de la
« grande largeur catholique », bruyamment revendiqué
par Barbey pour s'autoriser à montrer, dans « toute son
étrange et abominable gloire », la passion intense, voire
criminelle, « à la condition de ne l'approuver jamais
et de la condamner toujours ». Assurément, la passion
prend chez Barbey une dimension, une signification
métaphysique. « Ciel en creux », « spiritualité renversée », « sublime de l'enfer », elle ne manifeste pas seulement la présence maléfique — condamnable — en
l'homme du péché, l'existence tangible du diable, pour
(par) qui il n'est pas d'innocence. Elle témoigne, en
quelque sorte à rebours, par son intensité même, du
maintien en l'homme d'une part de la spiritualité ori-
ginelle de la créature divine qu'il fut avant la chute.

Mais cette métaphysique de la passion ne suffit pas à justifier l'évidente admiration de Barbey pour ces passionnés sans frein ni mesure que sont ses personnages. Ni la délectation esthétique qui le retient, fasciné, devant la « splendeur maudite » dont ils rayonnent, leur flambloiement mortifère *et* vital.

La passion, condamnable *et* admirable (et sans doute admirable *parce que* condamnable), est au cœur de l'univers aurevillien qu'elle infuse tout entier de son chromatisme rouge et noir — combustion *et* consumation —, qui est, certes, celui de l'enfer, mais aussi celui de la beauté. S'il admet le blanc, ce n'est pas celui de l'Ange, mais bien celui de l'incandescence passionnelle poussée à l'extrême, jusqu'à dépasser le rouge : le dard de feu blanc du diamant de Mme de Stasseville, étroitement solidaire d'ailleurs de la lueur pourpre du couchant (pp. 218-220). Ici, le fade bleu des « Célestes » n'a pas droit de cité, sauf à se changer, scandaleusement, en « bleu d'enfer » (les yeux de Ravila ou ceux de Mme de Damnaglia ; le canapé de Brassard ; le voile de Hauteclaire et les saphirs de Savigny...).

Le rouge et le noir, eux, sont partout : le rideau cramoisi sur fond de nuit, les brasiers de l'enfer charnel et la « tache noire » de Brassard, les lèvres rouges d'Alberte, son attisante main, la rosette ponceau sur sa cheville et la noirceur profonde de ses yeux, la *flamme* d'acier qui massacre son corps ; le flamboiement du bûcher de Sardanapale, le feu qui embrase la sombre « petite masque » aux yeux noirs ; la panthère noire de Java et les yeux de diamant noir de Hauteclaire, sa robe noire et la tache de sang de Lady Macbeth, le milieu souterrainement volcanisé du château de Savigny ; la pâleur teintée de souffre de Mme de Stasseville et la pierre noire du flacon de poison aux mains de Marmor, noir et ténébreux descendant des Douglas au cœur sanglant ; le tempérament de feu de Mesnilgrand, phénix de fureur, et les ténèbres de l'église, l'incendie érotique allumé par Rosalba, son corps de corail dans l'embrasement du plaisir ; le visage empâté de vermillon de la duchesse-putain, la splendeur de son costume, safran, rouge, écarlate et or, dans les ténèbres du trou noir de la rue, son corps nu, torche vivante, flamboyante image, le désert de marbre rouge des Sierra-Leone et le charbon du nom des Turre-Cremata, les plis rouges, toujours brûlants, de la robe du meurtre et les Noirs qui arrachent le cœur sanglant d'Esteban... À chaque page s'inscrit, redondant, le double blason de la passion. Infernal, certes, mais toujours fastueusement exalté comme la suprême valeur dans un monde de platitude et de médiocrité.

« Le passé resurgé »

De leur rencontre avec celle qui, leur révélant l'horreur sublime de la passion, les a aussi révélés à eux-mêmes, Brassard, Ravila, Mesnilgrand, Tressignies gardent au cœur — et au corps — une cicatrice dont la moindre sollicitation réveille la douleur. Cette aventure, pourtant, chacun d'eux l'a vécue « il y a terriblement d'années ». (Le cas de Tressignies est particulier. Non seulement il n'est pas le narrateur de son histoire, mais la rencontre bouleversante est, en quelque sorte, racontée au présent de son déroulement. Toutefois, pour la Sierra-Leone, l'horrible scène qui a décidé de son destin appartient bien au passé. Un passé qui revit, intact, dans chacune des étreintes tarifées qui sont, qui font le prix de sa vengeance.) Ce passé lointain demeure à fleur de mémoire et le récit qu'en font les héros lui restitue toute sa virulence. Il en est de même pour ceux qui, de cette aventure, n'ont été que les témoins fascinés. Ainsi le « brillant causeur » hanté depuis l'enfance par la fatale partie de whist. Ainsi Torty, dont, d'ailleurs, la curiosité d'abord toute scientifique s'est peu à peu muée en complicité passive, puis en obsession de savoir.

Entre ce passé inapaisable et un présent qu'il informe, des *objets* le plus souvent, mais aussi des *êtres* (le couple du jardin des Plantes) ou des *lieux* (un salon

aristocratique à l'élégance désuète), qui appartiennent
— ou semblent appartenir — à la fois à l'un et à l'autre,
servent d'échangeurs temporels. Tout ensemble prétexte
et sujet du récit, ils déclenchent le processus de la
mémoire et assurent l'entrée en scène des fantômes.

Ainsi, exemplairement, la fenêtre au rideau cramoisi
(dont la double appartenance est fortement soulignée)
provoque les questions du narrateur et le récit de Brassard. Sur cette matérialisation de l'écran magique de
la mémoire vient, au terme de la nouvelle, s'inscrire,
illusoirement, la silhouette d'une femme morte « il y
a terriblement d'années ». Il ne reste plus au narrateur
qu'à emporter, à son tour, dans sa mémoire la fenêtre
au rideau cramoisi... Le cœur embaumé, légère et pourtant pesante « relique » du passé longtemps portée par
Mesnilgrand sur son cœur, figure tangible de sa blessure secrète, excite la curiosité des athées qui exigent
la livre de chair d'un récit. Le bracelet au portrait, dont
la fonction pour la duchesse-putain est de maintenir
vivant le souvenir et de nourrir la haine, éveille les soupçons de Tressignies et, donc, assure la résurgence du
passé. *Le Dessous de cartes...*, superposant par tout
un jeu d'analogies le salon parisien du présent et le
salon passé de Valognes, est structuré par un système
redoublé de *rétrospections* (p. 220) qui en fait tout le
prix. La scène du diamant en ressuscite une autre, anté-
rieure, qui ne prend sens que de cette résurgence, et,
du même coup, éclaire la première. L'objet qui, autorisant cette circularité, fait fonction d'échangeur tem-
porel, est une triple bague : celle de Mme de Stasseville, celle de Marmor, celle que fixe rêveusement une
des belles auditrices du récit.

De chacun des héros des *Diaboliques* on pourrait
dire, comme Barbey de lui-même, que « (vivant) dans
le passé plus qu'être vivant », ils en subissent « la brûlante domination ». Qu'ils sont habités, *vampirisés* par
leurs souvenirs comme par autant de « spectres ». Pour
eux comme pour lui il semble que la vie n'existe que
ressouvenue. Barbey, qui aimait à se nommer « le Sou-

venant », dit à plusieurs reprises que de cette « vie resurgée » est faite la substance de son œuvre. Son ambition d'écrivain n'est-elle pas de peindre non ce qui est mais ce qui n'est plus, de « corporiser avec la ligne et la couleur un souvenir plus ardent pour (lui) que la vie, plus substantiel que la réalité » (cf. Dossier, p. 389) ? De cette substance est faite, à ses yeux, toute œuvre digne de ce nom. Les écrivains qu'il apprécie ont, à son image, « ce genre d'imagination puissante qui se souvient avec autant de force qu'elle invente ».

Comme Barbey errant à travers les rues endormies de « l'Herculanum de ses songes », les héros des *Diaboliques* vivent dans un univers de spectres (cf. Dossier, p. 379). Dans les salons de Valognes, Ville-au-Bois-Dormant où somnole et s'éteint une aristocratie exsangue que l'Histoire a définitivement « désheurée », comme dans ceux du faubourg Saint-Germain, « Coblentz délicieux », dernier refuge en forme d'exil pour ceux que révulsent « les mœurs utilitaires et occupées » de la société postrévolutionnaire. Sous la Restauration comme sous la monarchie de Juillet, il ne leur reste plus, pour occuper leur temps vide, que le jeu, l'escrime et la conversation, derniers vestiges, dérisoires, de leur grandeur passée. Sur la grisaille amortie de ce fond, l'embrasement passionnel qui saisit quelques rares élus prend un saisissant relief.

Comme leur créateur encore, les « diaboliques » marquent avec vigueur leur désaccord, leur rupture avec leur temps. Avec ce « pleurard de XIXe siècle » qui, tout empêtré de son « odieuse philanthropaillerie », n'a pas même « la force d'être athée ». Avec une société qui « n'a même plus de vices », et encore moins de vraies passions. Comme lui, ils n'ont que mépris pour « les fanges molles et étouffées de ce temps pourri, sans passion pour le beau jugé à peu près inutile ». Aussi bien Barbey, fidèle à son idée que « le plus grand honneur qu'on puisse faire aux hommes du XIXe siècle est de supposer qu'ils n'en sont pas », fait-il de chacun d'eux, à son image, un « portrait dépaysé » qui cherche en vain son cadre et ne leur trouve-t-il de modèles que dans les époques disparues : XVIe siècle héroïque, où la passion pouvait se donner libre cours ; mystique Moyen Âge des croisés et des chevaliers.

« Ricochets de conversation »

Prenant explicitement modèle sur le jeu de whist, « dernière passion des âmes usées », et sur la conversation, « fille expirante des aristocraties oisives » (pp. 182, 192), la technique narrative porte donc elle aussi témoignage sur son époque, que Barbey, par antiphrase ironique, désigne comme « ce temps d'ineffables et de délicieux progrès » (p. 306). Mais, si l'idéologie réactionnaire que défendent, explicitement ou implicitement, le romancier, le narrateur et leurs personnages, a aujourd'hui bien vieilli, la technique des « ricochets de conversation », elle, qui fonctionne à plein dans quatre des six nouvelles, a valu au recueil, relu à la lumière de la critique structurelle et de la narratologie, depuis une trentaine d'années un regain d'intérêt. Et un label d'incontestable modernité. Parallèlement (et parfois conjointement), la critique psychanalytique a contribué à la réévaluation de ces textes où, d'évidence, le fantasme s'érige en roi (ce dont les surréalistes, rebutés pourtant par ce qu'ils ressentaient comme des relents d'eau bénite, avaient déjà eu quelque prescience). L'œuvre aurevillienne (et tout spécialement *Les Diaboliques*) cesse désormais — et ce n'est que justice — d'apparaître comme la queue, flamboyante, certes, mais d'autant plus désuète, d'un romantisme attardé, ou d'être classée parmi les rayons sulfureux d'un hypothétique *Enfer* de la littérature catholique (cf. Dossier : les lectures de Bloy ou de Huysmans, pp. 402-408).

La technique narrative des *Diaboliques*, Barbey a sans ambages reconnu l'avoir empruntée à Balzac, l'inscrivant (non sans quelque duplicité) dans la lignée du *Réquisitionnaire*. Mais la mise en œuvre et surtout la

signification profonde des « ricochets de conversation »
sont ici tout autres.

La modernité des *Diaboliques* tient d'abord au déplacement radical qui oriente tout l'intérêt du scripteur,
du narrateur, des personnages (et donc du lecteur) non
plus vers l'histoire racontée mais vers la manière de la
raconter, déplacement explicitement thématisé dans la
fiction du *Dessous de cartes*... : « Et il raconta ce qui
va suivre. Mais pourrai-je rappeler sans l'affaiblir ce
récit... ? » (p. 186) ; « Il nous tenait tous sous la griffe
de son récit. Peut-être tout le mérite de son histoire
était-il dans sa manière de la raconter... » (p. 224). (On
peut aussi noter un autre aspect, éminemment *moderne*,
du récit aurevillien : la fréquence des mises en abyme,
l'importance qu'y prend, intégré à la fiction, le commentaire des procédures narratives mises en œuvre...)
On assiste ainsi à cette métamorphose du récit d'une
aventure en aventure d'un récit par quoi s'est défini en
son temps le Nouveau Roman...

Fait significatif : longtemps tenu par la critique pour
« la moins réussie » des six nouvelles, *Le plus bel
amour de Don Juan* est aujourd'hui considéré, au
contraire, comme le plus parfait paradigme de la poétique aurevillienne. Plus encore, en effet, que *Le Dessous de cartes*..., cette nouvelle semble n'offrir au lecteur qu'une « illusion » d'histoire. On attend, après la
mise en scène somptueusement érotique du festin de
Sardanapale, une histoire d'amour qui soit digne de
Don Juan et de ses amphitryonnes. On ne trouve que
la naïveté, à première vue un peu bien facile, d'un assez
banal mot d'enfant. Cette illusion d'histoire est, de
plus, constamment retardée par une prolifération de
détours parasites, par l'ouverture de fausses pistes qui
ne cessent de déstabiliser les positions respectives du
narrateur, du narrataire et du héros. (Telle instabilité,
d'ailleurs, à y regarder d'un peu près, était déjà suggé-
rée par l'ambivalence du titre, que seule voile la figure
mythique du Séducteur.)

Mais tout l'intérêt réside, justement, dans cette multiplication des niveaux narratifs, qui fonctionnent comme autant de *caches* déceptifs, dans la progressive restriction de la perspective qui concentre le faisceau de lumière sur la « petite masque » (dont la *valeur* érotique semblait bien mince…), obligeant ainsi le lecteur à s'interroger sur les *dessous* d'un mot d'enfant si dispendieusement orchestré. Loin d'être, comme on l'a longtemps dit, la moins « diabolique » des six nouvelles, *Le plus bel amour de Don Juan* est celle qui mérite le mieux ce titre. À la fois par la perversité de son système narratif (cf. Dossier, p. 370) et par la lueur ténébreuse qu'elle jette sur l'apparente naïveté d'une enfant. L'opposition, soigneusement élaborée par Ravila, entra la mère (pécheresse qu'innocente — et dévalorise — son ignorance des ruses du désir) et la fille (innocente brûlée jusqu'à l'âme par le feu d'un désir dont elle ignore la nature et le nom) prend alors tout son sens.

Narrateurs qui se passent le relais et intervertissent leurs rôles. Enchâssements et déboîtements plus ou moins complexes des niveaux narratifs. Récits lacunaires, faits de fragments « dépareillés » sans autre lien que des « points de souvenirs » entre lesquels se tisse une « trame de suppositions pathétiques » (cf. Dossier, p. 364). Délais et retards, savamment orchestrés par l'accumulation des expansions descriptives ou discursives dont la fonction est d'exaspérer une attente qui, au dénouement, ne sera pas comblée. Perspective restreinte d'un narrateur qui (ignorant les *dessous* des héros, enfermés dans l'opacité de leur silence, et de leur histoire, à laquelle il est étranger) ne peut que proposer des hypothèses dont la vérification lui demeure interdite. Esthétique du « soupirail » (rideau qui tout ensemble révèle et dissimule ; jalousies entrebâillées) n'autorisant qu'une fugitive entrevision. Tout, ici, réfute la prétention réaliste du *montré* et du *dit* ; tout assure la valorisation, présymboliste, d'un *suggéré* qui se révèle infiniment plus séducteur. La réduction du champ optique, si elle frustre le désir de (sa)voir, oblige, du même coup, l'imagination du spectateur-voyeur, de l'auditeur (et du lecteur) à compenser ce qu'on ne peut ni voir ni savoir. *Les Diaboliques* proposent — imposent — une pratique de lecture *autre*, celle que Barbey exposait à son lecteur de prédilection, Trebutien : « Je suis bien sûr que vous lirez comme il faut lire, c'est-à-dire, page à page, lisant et ne parcourant pas, et souffrant le repliement et le soulèvement du rideau par l'auteur avec des gradations voulues et réfléchies. »

En apparente contradiction avec ce *non-dit* (mais, de fait, complémentaire) un *trop dit* ne cesse de saturer le texte de ses redondances, à travers les micassures d'un insistant jeu de re/dédoublements, de reflets et d'échos qui renvoie les uns aux autres les différents niveaux narratifs, *re-disant* ainsi dans le cadre du récit les circonstances de l'histoire qui y est racontée. Mais, en fin de compte, lacunes et saturation se conjuguent pour créer chez le destinataire du récit (qu'il soit fictif : les auditeurs du conteur, ou réel : le lecteur de la nouvelle) un incontestable effet de trouble, de vacillement.

Le récit se fait (en)quête, déceptive, d'une vérité dont les interrogations passionnées de l'enquêteur ne font qu'approfondir l'énigme initiale. Au terme de son parcours, malgré les observations, les témoignages et les indices, malgré la « goutte de lumière » d'un éclair révélateur (mais fugitif), la quête bute toujours sur un *manque* (l'origine de l'enfant mort), un presque *rien* (presque rien de texte : les quelques lignes de la confession de la « petite masque » ; presque rien d'un amour demeuré fantasme), une ultime *opacité* (que cachait le silence ostentatoire d'Alberte ? Comment expliquer le fastueux bonheur des amants criminels ? Qu'y avait-il sous la fureur loquace de la duchesse ?). Ici la rationalité se trouve mise en défaut, mise dans son tort. Torty ne peut que constater la vanité de ses prétentions d'observateur et de clinicien. Les explications par la physiologie ou par l'analyse psychologique révèlent leur essentielle défaillance devant « l'infracassable noyau de nuit » (l'expression est de Breton, et lui sert à désigner ce qu'il nomme aussi « l'inconscient sexuel ») qui demeure au cœur de chaque récit, parce qu'il est au cœur de chacun de nous...

« *Diaboliques* »

Commentant, au bénéfice d'un Trebutien plus que réticent, son *Dessous de cartes*..., Barbey met au compte d'une visée moralisatrice toute chrétienne ces silences, ces opacités du récit : « Relisez ma nouvelle. Vous ne trouverez pas un mot qui soit de nature à diminuer l'horreur qu'inspire cette passion souterraine [...] révélée par cet effroyable dénouement et révélée par cela seul. [...] Mais ici la passion est muette. On la raconte sans entrer en elle. [...] Elle apparaît par des symptômes, et le résultat qu'elle donne ne cache pas de bien attirantes séductions. » Voire... Le lecteur d'aujourd'hui, que ne passionnent plus guère les querelles du « roman catholique » et qui sait, depuis Freud, apprécier à leur juste valeur les ruses de la dénégation, sourit et n'en pense pas moins...

Cette béance, cette opacité sur quoi viennent se briser questions et tentatives d'explication, cette chape de silence qui retombe sur des âmes à jamais scellées, témoignent sans doute que ce qui est ici à dire ne peut être dit. Sinon, justement, sous le masque et par détours. Sinon par la sidération tremblante du silence ; de sa rencontre avec la duchesse-putain, Tressignies ne dit mot : « Il la mit et la scella dans le coin le plus mystérieux de son cœur, comme on bouche un flacon de parfum très rare dont on perdrait quelque chose en le faisant respirer » (p. 342). Sinon par cette *figure* qu'est l'oxymore, excès du langage qui ne désigne que sa défaite devant l'innommable ; tentant d'évoquer le corps impossible de Rosalba, Mesnilgrand ne peut que constater : « le langage périrait à exprimer cela » (p. 282).

L'oxymore (ou plutôt une infinie modulation de la structure oxymorique) est omniprésent dans *Les Diaboliques*. Barbey a même choisi de donner comme centre de gravité — et de renversement — à son recueil un récit tout entier construit sur cette figure linguistique du scandale dans la langue, de l'impossible, et pourtant actualisée, coexistence des contraires : *Le Bonheur dans le crime.*

Femme splendide de mauvais goût ou amoureusement cruelle ; contrée à la fois enchantante et empoisonnante ; effroyable félicité ; velours qui égratigne ; église silencieuse et sonore ; lâcheté hardie ; sol terrible et splendide ; supplices qui sont des voluptés ; ciel en creux ; bleu d'un enfer dont les brasiers sont un bain frais et suave... : l'univers tout entier des *Diaboliques* semble bien relever d'un fonctionnement de type oxymorique. Et tout particulièrement les héroïnes, dont cette figure constitue le blason, le chiffre qui les désigne comme *diaboliques* : êtres doubles, médusante conjonction d'un *dessous* et d'un *dessus* inconciliables. Devant la nudité de Rosalba, créée par « le Diable [...] dans un accès de folie [...] pour se faire plaisir », Mesnilgrand commence par affirmer : « Il n'y a pas de figure pour exprimer le plaisir qui jaillissait de cette pêche humaine... » Mais il en trouve une, la seule adéquate pour dire le vertige du désir par impossible réalisé, l'oxymore : « Le corps de cette femme était sa seule âme. » Alberte, cette « Alberte d'enfer », dont la chair est à la fois marbre et volcan, est aussi un oxymore vivant. Comme l'est la duchesse-putain qui révèle à Tressignies l'existence réelle de l'impossible « sublime de l'Enfer ». Et même la « petite masque », cette innocente qui « (ignorant) tout de la vie et du péché » (p. 118), n'en est pas moins brûlée de tous les feux du plus charnel désir. Si la marquise, dans sa méconnaissance des choses de la passion, ne sait que rire de la confession de sa fille comme d'un mot d'enfant, les amphitryonnes du « souper brûlant » où se consume « le suprême flamboiement » de leur beauté de pécheresses, elles, ne s'y trompent pas (p. 121).

Pour elles, comme pour Mme de Damnaglia la bien nommée, comme pour tous les auditeurs et les narrateurs de ces histoires diaboliques, s'est entrebâillé le soupirail de « l'enfer ». Et le silence qui suit chacun des récits — fût-ce au beau milieu du tonitruant « dîner d'athées » — prouve que c'est bien en eux, sur leur propre opacité qu'il s'est un instant ouvert. Le silence, la rêverie qui le prolonge, le geste inconscient de mordre un éventail ou de briser une rose : autant de reflets, sur un autre registre, à un moindre niveau, de cette *marque noire* dont les héros portent la trace.

« L'horreur rêveuse » qui plane sur le silence revenu n'est rien d'autre que le sillage par quoi se propage, en ondes concentriques, par-delà l'espace et le temps, jusqu'au lecteur de la nouvelle, jusqu'à moi, jusqu'à vous qui tenez ce livre entre vos mains, le passage de celui qui n'a nul besoin de prouver son existence par des diableries. Puisqu'il est en chacun de nous. Puisque, de chacun de nous, il constitue la part d'obscurité, irréductible et fascinante. La sueur qui perle au dos magnifique de Mme de Damnaglia quand s'achève le récit « à transpiration rentrée » du brillant causeur ne dit pas autre chose. Ces histoires excessives de meurtre et de stupre dont nous pensions qu'elles ne nous concernaient en rien, voici que, par l'art d'un conteur, elles parlent (de) notre désir. De cette contrée tout à la fois édenique et infernale, de cette île de Java intérieure où s'érige le désir sans contrainte.

Et ce n'est pas le moindre paradoxe de ce catholique « profanant » que d'avoir planté, en plein cœur de ce recueil où il prétendait faire œuvre de moraliste chrétien, pour le scandale des âmes trop bien pensantes, cet « éblouissement » (lumière noire qui tout à la fois illumine et aveugle) qu'est *Le Bonheur dans le crime*. Au cœur du volume, cet *hapax*, double subversion d'un double code. Celui de la morale, bien sûr, qui postule l'incompatibilité du bonheur et du crime, ici oxymoriquement confondus. Celui de l'univers fictionnel qui voue tous (toutes) les « diaboliques » d'abord à la dissimulation, puis à une mort expiatoire dont seul les exhume le récit du conteur. Le scandale, le crime que les autres « diaboliques » redoutent et fuient, qu'ils s'efforcent d'enfouir sous les replis du mensonge et du silence, au point que seule leur mort a chance de le révéler, Hauteclaire et Serlon l'affichent. « Fastueusement. » C'est même le scandale, crime chaque jour en toute lucidité renouvelé, qui sauve leur amour de l'usure et leur beauté des atteintes du temps. Certes, une autre « diabolique », la dernière, elle aussi affiche son crime et réclame l'exhibition du scandale. Mais c'est dans un vertige d'autodestruction où elle se consume et s'avilit chaque jour davantage. Et au prix d'une mort répugnante où sa beauté sombre sans recours. Ici encore la morale semble sauve. Et le récit peut bien feindre de ne montrer que les *horreurs* de la passion...

Hauteclaire et Serlon, eux, sont toujours là, inaltérables, dans tout l'éclat de leur double beauté. Ils continuent d'exercer sur tous ceux qui croisent leur chemin la même fascination. La même séduction. Leur crime leur est jouissance, surcroît de vie. Placé au cœur du recueil, d'où il irradie de son soleil noir toutes les autres nouvelles, *Le Bonheur dans le crime* en interdit toute lecture benoîtement moralisatrice. En dépit des précautions et prétentions de la Préface. Il donne son vrai sens non seulement au silence, à la rêverie qui suivent chaque récit (les auditeurs s'autorisant par procuration une jouissance autrement interdite), mais aussi aux ricochets de conversation qui les structurent, relais d'une séduction dont, en droit, la contagion ne connaît pas de borne.

Hauteclaire et Serlon, enlacés, continuent de porter témoignage, ici-maintenant, de l'existence — fantasmatique mais d'autant plus réelle — d'une contrée d'avant la déchéance et le péché où « les fleurs ont plus d'éclat et plus de parfum, les fruits plus de goût, les animaux plus de beauté et plus de force que dans aucun autre pays de la terre » (p. 127). Une contrée où la réalisation du désir ne se heurte pas aux barreaux de la réalité.

Le bonheur des amants criminels, volontairement placé par Barbey au centre du recueil, le baigne tout entier de ce « charme troublant et dangereux qui fait presque coupable l'âme qui l'éprouve et semble la rendre complice d'un crime peut-être, qui sait ? envieusement partagé » (cf. Dossier, p. 396).

LES DIABOLIQUES

À qui dédier cela ?...

J. B. d'A.

PRÉFACE

Voici les six premières !

Si le public y mord, et les trouve à son goût, on publiera prochainement les six autres ; car elles sont douze — comme une douzaine de pêches, — ces pécheresses !

Bien entendu qu'avec leur titre de *Diaboliques*, elles n'ont pas la prétention d'être un livre de prières ou d'*Imitation chrétienne*... Elles ont pourtant été écrites par un moraliste chrétien, mais qui se pique d'observation vraie, quoique très hardie, et qui croit — c'est sa poétique, à lui — que les peintres puissants peuvent tout peindre et que leur peinture est toujours assez *morale* quand elle est *tragique* et qu'elle donne l'*horreur des choses qu'elle retrace*. Il n'y a d'immoral que les Impassibles et les Ricaneurs. Or, l'auteur de ceci, qui croit au Diable et à ses influences dans le monde, n'en rit pas, et il ne les raconte aux âmes pures que pour les en épouvanter.

Quand on aura lu ces *Diaboliques*, je ne crois pas qu'il y ait personne en disposition de les recommencer en fait, et toute la moralité d'un livre est là...

Cela dit pour l'honneur de la chose, une autre question. Pourquoi l'auteur a-t-il donné à ces petites tragédies de plain-pied ce nom bien sonore — peut-être trop — de *Diaboliques*?... Est-ce pour les histoires elles-mêmes qui sont ici ? ou pour les femmes de ces histoires ?...

Ces histoires sont malheureusement vraies. Rien n'en
a été inventé. On n'en a pas nommé les personnages :
voilà tout ! On les a masqués, et on a démarqué leur
linge. « L'alphabet m'appartient », disait Casanova,
quand on lui reprochait de ne pas porter son nom.
L'alphabet des romanciers, c'est la vie de tous ceux qui
eurent des passions et des aventures, et il ne s'agit que
de combiner, avec la discrétion d'un art profond, les
lettres de cet alphabet-là. D'ailleurs, malgré le vif de
ces histoires à précautions nécessaires, il y aura certainement des têtes vives, montées par ce titre de *Diaboliques*, qui ne les trouveront pas aussi *diaboliques*
qu'elles ont l'air de s'en vanter. Elles s'attendront à des
inventions, à des complications, à des recherches, à des
raffinements, à tout le *tremblement* du mélodrame
moderne, qui se fourre partout, même dans le roman.
Elles se tromperont, ces âmes charmantes !... *Les Diaboliques* ne sont pas des diableries : ce sont des *Diaboliques*, — des histoires réelles de ce temps de progrès
et d'une civilisation si délicieuse et si *divine*, que, quand
on s'avise de les écrire, il semble toujours que ce soit
le Diable qui ait dicté !... Le Diable est comme Dieu.
Le Manichéisme [1], qui fut la source des grandes héré-
sies du Moyen Age, le Manichéisme n'est pas si bête.
Malebranche disait que Dieu se reconnaissait *à l'emploi
des moyens les plus simples*. Le Diable aussi.

Quant aux femmes de ces histoires, pourquoi ne
seraient-elles pas les *DIABOLIQUES* ? N'ont-elles pas
assez de diabolisme en leur personne pour mériter ce
doux nom ? Diaboliques ! il n'y en a pas une seule ici

1. Doctrine de Mani, ou Manès (216-277 av. J.-C.), fondateur
perse de la religion manichéenne. Elle repose sur un dualisme radical (qui considère le monde comme le lieu d'affrontement de deux
principes antagonistes, éternels l'un et l'autre, la Lumière et les Ténèbres, le Bien et le Mal) et sur la croyance à la prédestination. Dans
l'Europe médiévale (XIe-XIIIe siècle) apparurent des sectes hérétiques
néo-manichéennes, les Cathares, dont certaines, les Albigeois, pro-
fessaient un dualisme absolu : pour eux, le Diable n'est pas une créature de Dieu révoltée et déchue, puisque le principe du mal est éternel.

qui ne le soit à quelque degré. Il n'y en a pas une seule à qui on puisse dire sérieusement le mot de « *Mon ange !* » sans exagérer. Comme le Diable, qui était un ange aussi, mais qui a culbuté, — si elles sont des anges, c'est comme lui, — la tête en bas, le… reste en haut ! Pas une ici qui soit pure, vertueuse, innocente. Monstres même à part, elles présentent un effectif de bons sentiments et de moralité bien peu considérable. Elles pourraient donc s'appeler aussi « les *Diaboliques* », sans l'avoir volé… On a voulu faire un petit musée de ces dames, — en attendant qu'on fasse le musée, encore plus petit, des dames qui leur font pendant et contraste dans la société, car toutes choses sont doubles ! L'art a deux lobes, comme le cerveau. La nature ressemble à ces femmes qui ont un œil bleu et un œil noir. Voici l'œil noir dessiné à l'encre — à l'encre de la *petite vertu.*

On donnera peut-être l'œil bleu plus tard.

Après les *Diaboliques*, les *Célestes*… si on trouve du bleu assez pur…

Mais y en a-t-il ?

Jules Barbey d'Aurevilly.

Paris, 1er mai 1874.

LE RIDEAU CRAMOISI

Really [1].

Il y a terriblement d'années, je m'en allais chasser le gibier d'eau dans les marais de l'Ouest, — et comme il n'y avait pas alors de chemins de fer dans le pays où il me fallait voyager, je prenais la diligence de *** qui passait à la patte d'oie du château de Rueil et qui, pour le moment, n'avait dans son coupé [2] qu'une seule personne. Cette personne, très remarquable à tous égards, et que je connaissais pour l'avoir beaucoup rencontrée dans le monde, était un homme que je vous demanderai la permission d'appeler le vicomte de Brassard. Précaution probablement inutile ! Les quelques centaines de personnes qui se nomment le monde à Paris sont bien capables de mettre ici son nom véritable [3]... Il était environ cinq heures du soir. Le soleil éclairait de ses feux alentis une route poudreuse, bordée de peupliers et de prairies, sur laquelle nous nous élançâmes au galop de quatre vigoureux chevaux dont nous voyions les croupes musclées se soulever lourdement à chaque coup de fouet du postillon, — du postillon, image de la vie, qui fait toujours claquer son fouet au départ !

Le vicomte de Brassard était à cet instant de l'existence où l'on ne fait plus guère claquer le sien... Mais ◆◆

1. Cet exergue (en anglais : « réellement », « en vérité ») pourrait se traduire par « Histoire vraie ».
2. Compartiment antérieur dans une diligence.
3. Cf. Dossier, p. 361.

◆◆ Voir *Au fil du texte*, p. IX.

c'est un de ces tempéraments dignes d'être Anglais (il a été élevé en Angleterre), qui blessés à mort, n'en conviendraient jamais et mourraient en soutenant qu'ils vivent. On a dans le monde, et même dans les livres, l'habitude de se moquer des prétentions à la jeunesse de ceux qui ont dépassé cet âge heureux de l'inexpérience et de la sottise, et on a raison, quand la forme de ces prétentions est ridicule ; mais quand elle ne l'est pas, — quand, au contraire, elle est imposante comme la fierté qui ne veut pas déchoir et qui l'inspire, je ne dis pas que cela n'est point insensé, puisque cela est inutile, mais c'est beau comme tant de choses insensées !... Si le sentiment de la Garde qui *meurt et ne se rend pas* est héroïque à Waterloo, il ne l'est pas moins en face de la vieillesse, qui n'a pas, elle, la poésie des baïonnettes pour nous frapper. Or, pour des têtes construites d'une certaine façon militaire, ne jamais se rendre est, à propos de tout, toujours *toute la question*, comme à Waterloo !

Le vicomte de Brassard, qui ne s'est pas rendu (il vit encore, et je dirai comment, plus tard, car il vaut la peine de le savoir), le vicomte de Brassard était donc, à la minute où je montais dans la diligence de ***, ce que le monde, féroce comme une jeune femme, appelle malhonnêtement « un vieux beau ». Il est vrai que pour qui ne se paie pas de mots ou de chiffres dans cette question d'âge, où l'on n'a jamais que celui qu'on paraît avoir, le vicomte de Brassard pouvait passer pour « un beau » tout court. Du moins, à cette époque, la marquise de V... [1], qui se connaissait en jeunes gens et qui en aurait tondu une douzaine, comme Dalila tondit Samson [2], portait avec assez de faste, sur un fond bleu, dans un bracelet très large, en damier, or et noir,

---

1. Cf. Dossier, p. 362.
2. Figures bibliques (*Juges*, XIII-XVI). Samson tenait sa force surhumaine de sa longue chevelure. La Philistine Dalila le séduisit, découvrit le secret de sa force et, après l'avoir rasé, le livra à ses ennemis.

un bout de moustache du vicomte que le diable avait
encore plus roussie que le temps... Seulement, vieux
ou non, ne mettez sous cette expression de « beau »,
que le monde a faite, rien du frivole, du mince et de
l'exigu qu'il y met, car vous n'auriez pas la notion juste
de mon vicomte de Brassard, chez qui, esprit, manières, physionomie, tout était large, étoffé, opulent, plein
de lenteur patricienne, comme il convenait au plus
magnifique dandy que j'aie connu, moi qui ai vu Brummel devenir fou, et d'Orsay mourir[1] !

C'était, en effet, un dandy que le vicomte de Brassard. S'il l'eût été moins, il serait devenu certainement
maréchal de France. Il avait été dès sa jeunesse un des
plus brillants officiers de la fin du premier Empire. J'ai
ouï dire, bien des fois, à ses camarades de régiment,
qu'il se distinguait par une bravoure à la Murat, com-
pliquée de Marmont[2]. Avec cela, — et avec une tête
très carrée et très froide, quand le tambour ne battait
pas, — il aurait pu, en très peu de temps, s'élancer aux
premiers rangs de la hiérarchie militaire, mais le
dandysme !... Si vous combinez le dandysme avec les
qualités qui font l'officier : le sentiment de la discipline,
la régularité dans le service, etc., etc., vous verrez ce
qui restera de l'officier dans la combinaison et s'il ne
saute pas comme une poudrière[3] ! Pour qu'à vingt

1. George Bryan Brummel (1778-1840), dit « le Beau Brummel »,
le plus célèbre des dandys anglais, « arbitre des élégances » et « roi
de la mode », mourut fou dans un asile de Caen. — Le comte d'Orsay
(1801-1852), officier français, mondain et cultivé, considéré comme
le successeur de Brummel dont il avait, selon Barbey, « l'art de la
toilette non éclatante mais profonde » (*Du dandysme et de George
Brummel*, 1845, ORC, II, p. 699).
2. Joachim Murat (1767-1815), maréchal de France et roi de
Naples, et Auguste de Marmont (1774-1852), duc de Raguse et maréchal de France, étaient célèbres sous l'Empire par leur courage physique, qui s'accompagnait chez Marmont d'un remarquable sang-froid.
3. « Un dandy qui marque tout de son cachet, qui n'existe pas
en dehors d'une *certaine exquise originalité* (Lord Byron), doit nécessairement haïr l'uniforme [...]. Ce qui fait le dandy, c'est l'indépen-
(suite de la note, p. 42)

instants de sa vie l'officier de Brassard n'eût pas sauté, c'est que, comme tous les dandys, il était heureux. Mazarin [1] l'aurait employé, — ses nièces aussi, mais pour une autre raison : il était superbe.

Il avait eu cette beauté nécessaire au soldat plus qu'à personne, car il n'y a pas de jeunesse sans la beauté, et l'armée, c'est la jeunesse de la France ! Cette beauté, du reste, qui ne séduit pas que les femmes, mais les circonstances elles-mêmes, — ces coquines, — n'avait pas été la seule protection qui se fût étendue sur la tête du capitaine de Brassard. Il était, je crois, de race normande, de la race de Guillaume le Conquérant [2], et il avait, dit-on, beaucoup conquis... Après l'abdication de l'Empereur, il était naturellement passé aux Bourbons, et, pendant les Cent-Jours, surnaturellement leur était demeuré fidèle. Aussi, quand les Bourbons furent revenus, la seconde fois, le vicomte fut-il armé chevalier de Saint-Louis de la propre main de Charles X (alors MONSIEUR [3]). Pendant tout le temps de la Restauration, le beau de Brassard ne montait pas une seule fois la garde aux Tuileries, que la duchesse d'Angoulême [4] ne lui adressât, en passant, quelques mots gracieux. Elle, chez qui le malheur avait tué la grâce, savait en retrouver pour lui. Le ministre, voyant cette faveur, aurait tout fait pour l'avancement de l'homme que MADAME distinguait ainsi ; mais, avec la meilleure volonté du monde, que faire pour cet enragé dandy

_____

(suite de la note 3, p. 41)
dance [...] Voilà pourquoi Brummel ne put se plier aux contraintes de la règle militaire, qui est un uniforme aussi » (*Du dandysme...*, *op. cit.*, pp. 688-689).

1. Ministre de Louis XIII puis d'Anne d'Autriche, régente de France, aussi connu pour ses intrigues que ses nièces pour leur beauté et leurs amours.

2. Duc de Normandie et roi d'Angleterre (1027-1087).

3. Cf. Dossier : repères historiques, p. 355.

4. Fille de Louis XVI, dite Madame Royale. Elle épousa en exil le duc d'Angoulême, fils de Charles X, qui, après la révolution de juillet 1830, renonça au trône de France.

qui — un jour de revue — avait mis l'épée à la main, sur le front de bandière[1] de son régiment, contre son inspecteur général, pour une observation de service ?... C'était assez que de lui sauver le conseil de guerre. Ce mépris insouciant de la discipline, le vicomte de Brassard l'avait porté partout. Excepté en campagne, où l'officier se retrouvait tout entier, il ne s'était jamais astreint aux obligations militaires. Maintes fois, on l'avait vu, par exemple, au risque de se faire mettre à des arrêts infiniment prolongés, quitter furtivement sa garnison pour aller s'amuser dans une ville voisine et n'y revenir que les jours de parade ou de revue, averti par quelque soldat qui l'aimait, car si ses chefs ne se souciaient pas d'avoir sous leurs ordres un homme dont la nature répugnait à toute espèce de discipline et de routine, ses soldats, en revanche, l'adoraient. Il était excellent pour eux. Il n'en exigeait rien que d'être très braves, très pointilleux et très coquets, réalisant enfin le type de l'ancien soldat français, dont la *Permission de dix heures* et trois à quatre vieilles chansons, qui sont des chefs-d'œuvre, nous ont conservé une si exacte et si charmante image. Il les poussait peut-être un peu trop au duel, mais il prétendait que c'était là le meilleur moyen qu'il connût de développer en eux l'esprit militaire. « Je ne suis pas un gouvernement, disait-il, et je n'ai point de décorations à leur donner quand ils se battent bravement entre eux ; mais les décorations dont je suis le grand-maître (il était fort riche de sa fortune personnelle), ce sont des gants, des buffleteries de rechange, et tout ce qui peut les pomponner, sans que l'ordonnance s'y oppose. » Aussi, la compagnie qu'il commandait effaçait-elle, par la beauté de la tenue, toutes les autres compagnies de grenadiers des régiments de la Garde, si brillante déjà. C'est ainsi qu'il exaltait à outrance la personnalité du soldat, toujours

_____

1. Ligne de drapeaux ou d'armes en faisceaux formée en avant des troupes.

prête, en France, à la fatuité et à la coquetterie, ces deux provocations permanentes, l'une par le ton qu'elle prend, l'autre par l'envie qu'elle excite. On comprendra, après cela, que les autres compagnies de son régiment fussent jalouses de la sienne. On se serait battu pour entrer dans celle-là, et battu encore pour n'en pas sortir.

Telle avait été, sous la Restauration, la position tout exceptionnelle du capitaine vicomte de Brassard. Et comme il n'y avait pas alors, tous les matins, comme sous l'Empire, la ressource de l'héroïsme en action qui fait tout pardonner, personne n'aurait certainement pu prévoir ou deviner combien de temps aurait duré cette martingale [1] d'insubordination qui étonnait ses camarades, et qu'il jouait contre ses chefs avec la même audace qu'il aurait joué sa vie s'il fût allé au feu, lorsque la révolution de 1830 leur ôta, s'ils l'avaient, le souci, et à lui, l'imprudent capitaine, l'humiliation d'une destitution qui le menaçait chaque jour davantage. Blessé grièvement aux Trois Jours, il avait dédaigné de prendre du service sous la nouvelle dynastie des d'Orléans qu'il méprisait [2]. Quand la révolution de Juillet les fit maîtres d'un pays qu'ils n'ont pas su garder, elle avait trouvé le capitaine dans son lit, malade d'une blessure qu'il s'était faite au pied en dansant — comme il aurait chargé — au dernier bal de la duchesse de Berry [3]. Mais au premier roulement de tambour, il ne s'en était pas moins levé pour rejoindre sa compagnie, et comme il ne lui avait pas été possible de mettre des bottes, à cause de sa blessure, il s'en était allé à l'émeute comme s'il s'en serait allé au bal, en chaussons

1. Figure de jeu reposant sur une augmentation progressive de la mise. Ici : surenchère.
2. Cf. Dossier : repères historiques, p. 356.
3. Femme du duc de Berry, petit-fils de Louis XIV, restée fidèle aux Bourbons après 1830. Elle tenta de soulever la Provence et la Vendée contre Louis-Philippe. Héroïne malheureuse des légitimistes, hostiles aux Orléans.

vernis et en bas de soie, et c'est ainsi qu'il avait pris
la tête de ses grenadiers sur la place de la Bastille, chargé
qu'il était de balayer dans toute sa longueur le boulevard. Paris, où les barricades n'étaient pas dressées
encore, avait un aspect sinistre et redoutable. Il était
désert. Le soleil y tombait d'aplomb, comme une première pluie de feu qu'une autre devait suivre, puisque
toutes ces fenêtres, masquées de leurs persiennes,
allaient, tout à l'heure, cracher la mort... Le capitaine
de Brassard rangea ses soldats sur deux lignes, le long
et le plus près possible des maisons, de manière que chaque file de soldats ne fût exposée qu'aux coups de fusil
qui lui venaient d'en face, — et lui, plus dandy que
jamais, prit le milieu de chaussée. Ajusté des deux côtés
par des milliers de fusils, de pistolets et de carabines,
depuis la Bastille jusqu'à la rue de Richelieu, il n'avait
pas été atteint, malgré la largeur d'une poitrine dont
il était peut-être un peu trop fier, car le capitaine de
Brassard *poitrinait* au feu, comme une balle femme,
au bal, qui veut mettre sa gorge en valeur, quand, arrivé
devant Frascati[1], à l'angle de la rue de Richelieu, et
au moment où il commandait à sa troupe de se masser
derrière lui pour emporter la première barricade qu'il
trouva dressée sur son chemin, il reçut une balle dans
sa magnifique poitrine, deux fois provocatrice, et par
sa largeur, et par les longs brandebourgs d'argent qui
y étincelaient d'une épaule à l'autre, et il eut le bras
cassé d'une pierre, — ce qui ne l'empêcha pas d'enlever la barricade et d'aller jusqu'à la Madeleine, à la
tête de ses hommes enthousiasmés. Là, deux femmes
en calèche, qui fuyaient Paris insurgé, voyant un officier de la Garde blessé, couvert de sang et couché sur
les blocs de pierre qui entouraient, à cette époque-là,
l'église de la Madeleine à laquelle on travaillait encore,
mirent leur voiture à sa disposition, et il se fit mener

1. La plus aristocratique maison de jeu de Paris, sur le boulevard
des Italiens.

par elles au Gros-Caillou, où se trouvait alors le maréchal de Raguse, à qui il dit militairement : « Maréchal,
j'en ai peut-être pour deux heures ; mais pendant ces
deux heures-là, mettez-moi partout où vous voudrez ! »
Seulement il se trompait… Il en avait pour plus de deux
heures. La balle qui l'avait traversé ne le tua pas. C'est
plus de quinze ans après que je l'avais connu, et il prétendait alors, au mépris de la médecine et de son médecin, qui lui avait expressément défendu de boire tout
le temps qu'avait duré la fièvre de sa blessure, qu'il ne
s'était sauvé d'une mort certaine qu'en buvant du vin
de Bordeaux.

Et en en buvant, comme il en buvait ! car, dandy
en tout, il l'était dans sa manière de boire comme dans
tout le reste… il buvait comme un Polonais. Il s'était
fait faire un splendide verre en cristal de Bohême, qui
jaugeait, Dieu me damne ! une bouteille de Bordeaux
tout entière, et il le buvait d'une haleine ! Il ajoutait
même, après avoir bu, qu'il faisait tout dans ces proportions-là, et c'était vrai ! Mais dans un temps où la
force, sous toutes les formes, s'en va diminuant, on
trouvera peut-être qu'il n'y a pas de quoi être fat. Il
l'était à la façon de Bassompierre [1], et il portait le vin
comme lui. Je l'ai vu sabler douze coups de son verre
de Bohême, et il n'y paraissait même pas ! Je l'ai vu
souvent encore, dans ces repas que les gens décents trai-
tent « d'orgies », et jamais il ne dépassait, après les plus
brûlantes lampées, cette nuance de griserie qu'il appelait, avec une grâce légèrement soldatesque, « *être un
peu pompette* », en faisant le geste militaire de mettre
un pompon à son bonnet. Moi, qui voudrais vous faire
bien comprendre le genre d'homme qu'il était, dans
l'intérêt de l'histoire qui va suivre, pourquoi ne dirai-
je pas que je lui ai connu sept maîtresses, en pied,

1. Maréchal de France (1579-1646) célèbre pour ses aventures
galantes. Barbey lisait avec délectation les *Mémoires* de ce « beau
et fier seigneur ».

à la fois, à ce bon *braguard* [1] du XIXᵉ siècle, comme l'aurait appelé le XVIᵉ en sa langue pittoresque. Il les intitulait poétiquement « les sept cordes de sa lyre », et, certes, je n'approuve pas cette manière musicale et légère de parler de sa propre immoralité ! Mais, que voulez-vous ? Si le capitaine vicomte de Brassard n'avait pas été tout ce que je viens d'avoir l'honneur de vous dire, mon histoire serait moins piquante, et probablement n'eussé-je pas pensé à vous la conter.

Il est certain que je ne m'attendais guère à le trouver là, quand je montai dans la diligence de *** à la patte d'oie du château de Rueil. Il y avait longtemps que nous ne nous étions vus, et j'eus du plaisir à rencontrer, avec la perspective de passer quelques heures ensemble, un homme qui était encore de nos jours, et qui différait déjà tant des hommes de nos jours. Le vicomte de Brassard, qui aurait pu entrer dans l'armure de François Iᵉʳ et s'y mouvoir avec autant d'aisance que dans son svelte frac bleu d'officier de la Garde royale, ne ressemblait, ni par la tournure, ni par les proportions, aux plus vantés des jeunes gens d'à présent. Ce soleil couchant d'une élégance grandiose et si longtemps radieuse, aurait fait paraître bien maigrelets et bien pâlots tous ces petits croissants de la mode, qui se lèvent maintenant à l'horizon ! Beau de la beauté de l'empereur Nicolas [2], qu'il rappelait par le torse, mais moins idéal de visage et moins grec de profil, il portait une courte barbe, restée noire, ainsi que ses cheveux, par un mystère d'organisation ou de toilette… impénétrable, et cette barbe envahissait très haut ses joues, d'un coloris animé et mâle. Sous un front de la plus haute noblesse, — un front bombé, sans aucune ride, blanc comme le bras d'une femme, — et que le bonnet à poil du grenadier, qui fait tomber les cheveux, comme le

---

1. Cf. Brague : « culotte, haut-de-chausse ». Au figuré : « plaisanterie gaillarde ». Braguer : « se donner du bon temps, du plaisir ».
2. Empereur de Russie (1796-1855), le « tsar de fer », champion de l'absolutisme.

casque, en le dégarnissant un peu au sommet, avait
rendu plus vaste et plus fier, le vicomte de Brassard
cachait presque, tant ils étaient enfoncés sous l'arcade
sourcilière, deux yeux étincelants, d'un bleu très sombre, mais très brillants dans leur enfoncement, et y
piquant comme deux saphirs taillés en pointe ! Ces
yeux-là ne se donnaient pas la peine de scruter, et ils
pénétraient. Nous nous prîmes la main, et nous causâ-
mes. Le capitaine de Brassard parlait lentement, d'une
voix vibrante qu'on sentait capable de remplir un
Champ-de-Mars de son commandement. Élevé dès son
enfance, comme je vous l'ai dit, en Angleterre, il pensait peut-être en anglais ; mais cette lenteur, sans
embarras du reste, donnait un tour très particulier à
ce qu'il disait, et même à sa plaisanterie, car le capitaine aimait la plaisanterie, et il l'aimait même un peu
risquée. Il avait ce qu'on appelle le propos vif. Le capitaine de Brassard allait toujours *trop loin*, disait la
comtesse de F..., cette jolie veuve, qui ne porte plus
que trois couleurs depuis son veuvage : du noir, du violet et du blanc. Il fallait qu'il fût trouvé de très bonne
compagnie pour ne pas être souvent trouvé de la mauvaise. Mais quand on en est réellement, vous savez bien
qu'on se passe tout, au faubourg Saint-Germain [1] !

Un des avantages de la causerie en voiture, c'est
qu'elle peut cesser quand on n'a plus rien à se dire, et
cela sans embarras pour personne. Dans un salon, on
n'a point cette liberté. La politesse vous fait un devoir
de parler quand même, et on est souvent puni de cette
hypocrisie innocente par le vide et l'ennui de ces conversations où les sots, même nés silencieux (il y en a),
se travaillent et se détirent pour dire quelque chose et
être aimables. En voiture publique, tout le monde est
chez soi autant que chez les autres, — et on peut sans
inconvenance rentrer dans le silence qui plaît et faire
succéder à la conversation la rêverie... Malheureu-

---

1. Quartier parisien habité par l'aristocratie.

sement, les hasards de la vie sont affreusement plats,
et jadis (car c'est jadis déjà) on montait vingt fois
en voiture publique, — comme aujourd'hui vingt fois en
wagon, — sans rencontrer un causeur animé et intéressant... Le vicomte de Brassard échangea d'abord
avec moi quelques idées que les accidents de la route,
les détails du paysage et quelques souvenirs du monde
où nous nous étions rencontrés autrefois avaient fait
naître, — puis, le jour déclinant nous versa son silence
dans son crépuscule. La nuit, qui, en automne, semble
tomber à pic du ciel, tant elle vient vite ! nous saisit
de sa fraîcheur, et nous nous roulâmes dans nos man-
teaux, cherchant de la tempe le dur coin qui est l'oreiller de ceux qui voyagent. Je ne sais si mon compagnon
s'endormit dans son angle de coupé ; mais moi, je restai éveillé dans le mien. J'étais si blasé sur la route que
nous faisions là et que j'avais tant de fois faite, que
je prenais à peine garde aux objets extérieurs, qui dis-
paraissaient dans le mouvement de la voiture, et qui
semblaient courir dans la nuit, en sens opposé à celui
dans lequel nous courions. Nous traversâmes plusieurs
petites villes, semées, çà et là, sur cette longue route
que les postillons appelaient encore : un fier « ruban
de queue », en souvenir de la leur, pourtant coupée
depuis longtemps. La nuit devint noire comme un four
éteint, — et, dans cette obscurité, ces villes inconnues
par lesquelles nous passions avaient d'étranges physionomies et donnaient l'illusion que nous étions au bout
du monde... Ces sortes de sensations que je note ici,
comme le souvenir des impressions dernières d'un état
de choses disparu, n'existent plus et ne reviendront
jamais pour personne. À présent, les chemins de fer,
avec leurs gares à l'entrée des villes, ne permettent plus
au voyageur d'embrasser, en un rapide coup d'œil, le
panorama fuyant de leurs rues, au galop des chevaux
d'une diligence qui va, tout à l'heure, relayer pour
repartir. Dans la plupart de ces petites villes que nous
traversâmes, les réverbères, ce luxe tardif, étaient rares,
et on y voyait certainement bien moins que sur les

routes que nous venions de quitter. Là, du moins, le ciel avait sa largeur, et la grandeur de l'espace faisait une vague lumière, tandis qu'ici le rapprochement des maisons qui semblaient se baiser, leurs ombres portées dans ces rues étroites, le peu de ciel et d'étoiles qu'on apercevait entre les deux rangées des toits, tout ajoutait au mystère de ces villes endormies, où le seul homme qu'on rencontrât était — à la porte de quelque auberge — un garçon d'écurie avec sa lanterne, qui amenait les chevaux de relais, et qui bouclait les ardillons de leur attelage, en sifflant ou en jurant contre ses chevaux récalcitrants ou trop vifs... Hors cela et l'éternelle interpellation, toujours la même, de quelque voyageur, ahuri de sommeil, qui baissait une glace et criait dans la nuit, rendue plus sonore à force de silence : « Où sommes-nous donc, postillon ?... » rien de vivant ne s'entendait et ne se voyait autour et dans cette voiture pleine de gens qui dormaient, en cette ville endormie, où peut-être quelque rêveur, comme moi, cherchait, à travers la vitre de son compartiment, à discerner la façade des maisons estompée par la nuit, ou suspendait son regard et sa pensée à quelque fenêtre éclairée encore à cette heure avancée, en ces petites villes aux mœurs réglées et simples, pour qui la nuit était faite surtout pour dormir. La veille d'un être humain, — ne fût-ce qu'une sentinelle, — quand tous les autres êtres sont plongés dans cet assoupissement qui est l'assoupissement de l'animalité fatiguée, a toujours quelque chose d'imposant. Mais l'ignorance de ce qui fait veiller derrière une fenêtre aux rideaux baissés, où la lumière indique la vie et la pensée, ajoute la poésie du rêve à la poésie de la réalité. Du moins, pour moi, je n'ai jamais pu voir une fenêtre, — éclairée la nuit, — dans une ville couchée, par laquelle je passais, — sans accrocher à ce cadre de lumière un monde de pensées, — sans imaginer derrière ces rideaux des intimités et des drames... Et maintenant, oui, au bout de tant d'années, j'ai encore dans la tête de ces fenêtres qui y sont restées éternellement et mélancoliquement lumineuses, et qui me font dire souvent, lorsqu'en y pensant, je les revois dans mes songeries :

« Qu'y avait-il donc derrière ces rideaux ? »

Eh bien ! une de celles qui me sont restées le plus dans la mémoire (mais tout à l'heure vous en comprendrez la raison) est une fenêtre d'une des rues de la ville de *** [1], par laquelle nous passions cette nuit-là. C'était à trois maisons — vous voyez si mon souvenir est précis — au-dessus de l'hôtel devant lequel nous relayions ; mais cette fenêtre, j'eus le loisir de la considérer plus de temps que le temps d'un simple relais. Un accident venait d'arriver à une des roues de notre voiture, et on avait envoyé chercher le charron qu'il fallut réveiller. Or, réveiller un charron, dans une ville de province endormie, et le faire lever pour resserrer un écrou à une diligence qui n'avait pas de *concurrence* sur cette ligne-là, n'était pas une petite affaire de quelques minutes... Que si le charron était aussi endormi dans son lit qu'on l'était dans notre voiture, il ne devait pas être facile de le réveiller... De mon coupé, j'entendais à travers la cloison les ronflements des voyageurs de l'intérieur, et pas un des voyageurs de l'impériale, qui, comme on le sait, ont la manie de toujours descendre dès que la diligence arrête, probablement (car la vanité se fourre partout en France, même sur l'impériale des voitures) pour montrer leur adresse à remonter, n'était descendu... Il est vrai que l'hôtel devant lequel nous nous étions arrêtés était fermé. On n'y soupait point. On avait soupé au relais précédent. L'hôtel sommeillait, comme nous. Rien n'y trahissait la vie. Nul bruit n'en troublait le profond silence... si ce n'est le coup de balai, monotone et lassé, de quelqu'un (homme ou femme... on ne savait ; il faisait trop nuit pour bien s'en rendre compte) qui balayait alors la grande cour de cet hôtel muet, dont la porte cochère

---

1. Selon le parcours de la diligence, il devrait s'agir d'Évreux. Mais l'atmosphère est bien celle de Valognes (cf. Dossier, pp. 374-379).

restait habituellement ouverte. Ce coup de balai traî-
nard, sur le pavé, avait aussi l'air de dormir, ou du
moins d'en avoir diablement envie ! La façade de
l'hôtel était noire comme les autres maisons de la rue
où il n'y avait de lumière qu'à une seule fenêtre... cette
fenêtre que précisément j'ai emportée dans ma mémoire
et que j'ai là, toujours, sous le front !... La maison,
dans laquelle on ne pouvait pas dire que cette lumière
brillait, car elle était tamisée par un double rideau cramoisi dont elle traversait mystérieusement l'épaisseur,
était une grande maison qui n'avait qu'un étage, —
mais placé très haut...

— C'est singulier ! — fit le comte de Brassard,
comme s'il se parlait à lui-même, — on dirait que c'est
toujours le même rideau !

Je me retournai vers lui, comme si j'avais pu le voir
dans notre obscur compartiment de voiture ; mais la
lampe, placée sous le siège du cocher, et qui est destinée à éclairer les chevaux et la route, venait justement
de s'éteindre... Je croyais qu'il dormait, et il ne dormait pas, et il était frappé comme moi de l'air qu'avait
cette fenêtre ; mais, plus avancé que moi, il savait, lui,
pourquoi il l'était !

Or, le ton qu'il mit à dire cela — une chose d'une
telle simplicité ! — était si peu dans la voix de mondit
vicomte de Brassard et m'étonna si fort, que je voulus
avoir le cœur net de la curiosité qui me prit tout à coup
de voir son visage, et que je fis partir une allumette
comme si j'avais voulu allumer mon cigare. L'éclair
bleuâtre de l'allumette coupa l'obscurité.

Il était pâle, non pas comme un mort... mais comme
la Mort elle-même.

Pourquoi pâlissait-il ?... Cette fenêtre, d'un aspect
si particulier, cette réflexion et cette pâleur d'un homme
qui pâlissait très peu d'ordinaire, car il était sanguin,
et l'émotion, lorsqu'il était ému, devait l'empourprer
jusqu'au crâne, le frémissement que je sentis courir
dans les muscles de son puissant biceps, touchant alors
contre mon bras dans le rapprochement de la voiture,

tout cela me produisit l'effet de cacher quelque chose...
que moi, le chasseur aux histoires, je pourrais peut-être
savoir en m'y prenant bien.

— Vous regardiez donc aussi cette fenêtre, capitaine,
et même vous la reconnaissiez ? — lui dis-je de ce ton
détaché qui semble ne pas tenir du tout à la réponse
et qui est l'hypocrisie de la curiosité.

— Parbleu ! si je la reconnais ! fit-il de sa voix ordinaire, richement timbrée et qui appuyait sur les mots.

Le calme était déjà revenu dans ce dandy, le plus
carré et le plus majestueux des dandys, lesquels — vous
le savez ! — méprisent toute émotion, comme inférieure, et ne croient pas, comme ce niais de Goethe [1],
que l'étonnement puisse jamais être une position hono-
rable pour l'esprit humain.

— Je ne passe pas par ici souvent, — continua donc,
très tranquillement, le vicomte de Brassard, — et même
j'évite d'y passer. Mais il est des choses qu'on n'oublie
point. Il n'y en a pas beaucoup, mais il y en a. J'en
connais trois : le premier uniforme qu'on a mis, la première bataille où l'on a donné, et la première femme
qu'on a eue. Eh bien ! pour moi, cette fenêtre est la
quatrième chose que je ne puisse pas oublier.

Il s'arrêta, baissa la glace qu'il avait devant lui...
Était-ce pour mieux voir cette fenêtre dont il me parlait ?... Le conducteur était allé chercher le charron et
ne revenait pas. Les chevaux de relais, en retard,
n'étaient pas encore arrivés de la poste. Ceux qui nous
avaient traînés, immobiles de fatigue, harassés, non
dételés, la tête pendant dans leurs jambes, ne donnaient
pas même sur le pavé silencieux le coup de pied de
l'impatience, en rêvant de leur écurie. Notre diligence
endormie ressemblait à une voiture enchantée, figée par

---

1. Barbey cite dans ses carnets cette opinion de Goethe : « La situation la plus élevée de l'esprit est l'étonnement », en lui opposant l'attitude des dandys. Ceux-ci, en effet, « veulent toujours produire la
surprise en gardant l'impassibilité » (*Du dandysme..., op. cit.*,
p. 681).

la baguette des fées, à quelque carrefour de clairière, dans la forêt de la Belle au Bois dormant.

— Le fait est, — dis-je, — que pour un homme d'imagination, cette fenêtre a de la physionomie.

— Je ne sais pas ce qu'elle a pour vous, — reprit le vicomte de Brassard, — mais je sais ce qu'elle a pour moi. C'est la fenêtre de la chambre qui a été ma première chambre de garnison. J'ai habité là… Diable ! il y a tout à l'heure trente-cinq ans ! derrière ce rideau… qui semble n'avoir pas été changé depuis tant d'années, et que je trouve éclairé, absolument éclairé, comme il l'était quand…

Il s'arrêta encore, réprimant sa pensée ; mais je tenais à la faire sortir.

— Quand vous étudiiez votre tactique, capitaine, dans vos premières veilles de sous-lieutenant ?

— Vous me faites beaucoup trop d'honneur, répondit-il. J'étais, il est vrai, sous-lieutenant dans ce moment-là, mais les nuits que je passais alors, je ne les passais pas sur ma tactique, et si j'avais ma lampe allumée, à ces heures indues, comme disent les gens rangés, ce n'était pas pour lire le maréchal de Saxe [1].

— Mais, — fis-je, preste comme un coup de raquette, — c'était peut-être, tout de même, pour l'imiter ?

Il me renvoya mon volant.

— Oh ! — dit-il, — ce n'était pas alors que j'imitais le maréchal de Saxe, comme vous l'entendez… Ça n'a été que bien plus tard. Alors, je n'étais qu'un bambin de sous-lieutenant, fort épinglé dans ses uniformes, mais très gauche et très timide avec les femmes, quoiqu'elles n'aient jamais voulu le croire, probablement à cause de ma diable de figure… je n'ai jamais eu avec elles les profits de ma timidité. D'ailleurs, je n'avais que dix-sept ans dans ce beau temps-là. Je sortais de

_____

1. Allusion aux *Lettres et Mémoires* de Maurice de Saxe (1696-1750), célèbre par ses qualités de stratège mais aussi par ses multiples aventures amoureuses.

l'École militaire. On en sortait à l'heure où vous y entrez à présent, car si l'Empereur, ce terrible consommateur d'hommes, avait duré, il aurait fini par avoir des soldats de douze ans, comme les sultans d'Asie ont des odalisques de neuf.

« S'il se met à parler de l'Empereur et des odalisques, — pensé-je, — je ne saurai rien. »

— Et pourtant, vicomte, — repartis-je, — je parierais bien que vous n'avez gardé si présent le souvenir de cette fenêtre, qui luit là-haut, que parce qu'il y a eu pour vous une femme derrière son rideau !

— Et vous gagneriez votre pari, Monsieur, — fit-il gravement.

— Ah ! parbleu ! — repris-je, — j'en étais bien sûr ! Pour un homme comme vous, dans une petite ville de province où vous n'avez peut-être pas passé dix fois depuis votre première garnison, il n'y a qu'un siège que vous y auriez soutenu ou quelque femme que vous y auriez prise, par escalade, qui puisse vous consacrer si vivement la fenêtre d'une maison que vous retrouvez aujourd'hui éclairée d'une certaine manière, dans l'obscurité !

— Je n'y ai cependant pas soutenu de siège... du moins militairement, — répondit-il, toujours grave ; mais être grave, c'était souvent sa manière de plaisanter, — et, d'un autre côté, quand on se rend si vite la chose peut-elle s'appeler un siège ?... Mais quant à prendre une femme avec ou sans escalade, je vous l'ai dit, en ce temps-là, j'en étais parfaitement incapable... Aussi ne fut-ce pas une femme qui fut prise ici : ce fut moi !

Je le saluai ; — le vit-il dans ce coupé sombre ?

— On a pris Berg-op-Zoom [1], — lui dis-je.

— Et les sous-lieutenants de dix-sept ans, — ajouta-t-il, — ne sont ordinairement pas des Berg-op-Zoom de sagesse et de continence imprenables !

1. Ville des Pays-Bas renommée pour la défense qu'elle opposa aux Français qui s'en emparèrent en 1747, puis en 1795.

— Ainsi, — fis-je gaîment, — encore une madame
ou une mademoiselle Putiphar[1]...

— C'était une demoiselle, — interrompit-il avec une
bonhomie assez comique.

— À mettre à la pile de toutes les autres, capitaine !
Seulement, ici, le Joseph était militaire... un Joseph qui
n'aura pas fui...

— Qui a parfaitement fui, au contraire, — repartit-
il, du plus grand sang-froid, — quoique trop tard et
avec une peur !!! Avec une peur à me faire comprendre la phrase du maréchal Ney[2] que j'ai entendue de
mes deux oreilles et qui, venant d'un pareil homme,
m'a, je l'avoue, un peu soulagé : « Je voudrais bien
savoir quel est le Jean-f... (il lâcha le mot tout au long)
qui dit n'avoir jamais eu peur !... »

— Une histoire dans laquelle vous avez eu cette
sensation-là doit être fameusement intéressante, capitaine !

— Pardieu ! — fit-il brusquement, — je puis bien,
si vous en êtes curieux, vous la raconter, cette histoire,
qui a été un événement, mordant sur ma vie comme
un acide sur de l'acier, et qui a marqué à jamais d'une
tache noire tous mes plaisirs de mauvais sujet... Ah !
ce n'est pas toujours profit que d'être un mauvais
sujet ! — ajouta-t-il, avec une mélancolie qui me frappa
dans ce luron formidable que je croyais doublé de cuivre comme un brick grec[3].

Et il releva la glace qu'il avait baissée, soit qu'il crai-
gnît que les sons de sa voix ne s'en allassent par là, et
qu'on n'entendît, du dehors, ce qu'il allait raconter,
quoiqu'il n'y eût personne autour de cette voiture,
immobile et comme abandonnée ; soit que ce régulier

_____

1. Selon la Bible (*Genèse*, XXXIX), Joseph, intendant de l'officier égyptien Putiphar, prit la fuite pour sauver sa vertu des très
concrètes avances de la femme de son maître.
2. Maréchal de France (1769-1815) sous l'Empire, surnommé « le
Brave des braves ».
3. Navire à voile à deux mâts, de petit tonnage.

coup de balai, qui allait et revenait, et qui raclait avec tant d'appesantissement le pavé de la grande cour de l'hôtel, lui semblât un accompagnement importun de son histoire ; — et je l'écoutai — attentif à sa voix seule, — aux moindres nuances de sa voix, — puisque je ne pouvais voir son visage, dans ce noir compartiment fermé, — et les yeux fixés plus que jamais sur cette fenêtre, au rideau cramoisi, qui brillait toujours de la même fascinante lumière, et dont il allait me parler :

« J'avais donc dix-sept ans, et je sortais de l'École militaire, — reprit-il. Nommé sous-lieutenant dans un simple régiment d'infanterie de ligne, qui attendait, avec l'impatience qu'on avait dans ce temps-là, l'ordre de partir pour l'Allemagne, où l'Empereur faisait cette campagne que l'histoire a nommée la campagne de 1813, je n'avais pris que le temps d'embrasser mon vieux père au fond de sa province, avant de rejoindre dans la ville où nous voici, ce soir, le bataillon dont je faisais partie ; car cette mince ville, de quelques milliers d'habitants tout au plus, n'avait en garnison que nos deux premiers bataillons... Les deux autres avaient été répartis dans les bourgades voisines. Vous qui probablement n'avez fait que passer dans cette ville-ci, quand vous retournez dans votre Ouest, vous ne pouvez pas vous douter de ce qu'elle est — ou du moins de ce qu'elle était il y a trente ans — pour qui est obligé comme je l'étais alors, d'y demeurer. C'était certainement la pire garnison où le hasard — que je crois le diable toujours, à ce moment-là ministre de la guerre — pût m'envoyer pour mon début. Tonnerre de Dieu ! quelle platitude ! Je ne me souviens pas d'avoir fait nulle part, depuis, de plus maussade et de plus ennuyeux séjour. Seulement, avec l'âge que j'avais, et avec la première ivresse de l'uniforme, — une sensation que vous ne connaissez pas, mais que connaissent tous ceux qui l'ont porté, — je ne souffrais guère de ce qui, plus tard, m'aurait paru insupportable. Au fond, que me faisait cette morne ville de province ?... Je l'habitais, après

tout, beaucoup moins que mon uniforme, — un chef-
d'œuvre de Thomassin et Pied, qui me ravissait ! Cet
uniforme, dont j'étais fou, me voilait et m'embellis-
sait toutes choses ; et c'était — cela va vous sembler
fort, mais c'est la vérité ! — cet uniforme qui était, à
la lettre, ma véritable garnison ! Quand je m'ennuyais
par trop dans cette ville sans mouvement, sans intérêt
et sans vie, je me mettais en grande tenue — toutes
aiguillettes dehors, — et l'ennui fuyait devant mon
hausse-col ! J'étais comme ces femmes qui n'en font
pas moins leur toilette quand elles sont seules et qu'elles
n'attendent personne. Je m'habillais... pour moi. Je
jouissais solitairement de mes épaulettes et de la dragonne de mon sabre, brillant au soleil, dans quelque
coin de Cours désert où, vers quatre heures, j'avais
l'habitude de me promener, sans chercher personne
pour être heureux, et j'avais là des gonflements dans
la poitrine, tout autant que, plus tard, au boulevard
de Gand [1], lorsque j'entendais dire derrière moi, en
donnant le bras à quelque femme : « Il faut convenir
que voilà une fière tournure d'officier ! » Il n'existait,
d'ailleurs, dans cette petite ville très peu riche, et qui
n'avait de commerce et d'activité d'aucune sorte, que
d'anciennes familles à peu près ruinées, qui boudaient
l'Empereur, parce qu'il n'avait pas, comme elles
disaient, fait rendre gorge aux voleurs de la Révolution,
et qui pour cette raison ne fêtaient guère ses officiers.
Donc, ni réunions, ni bals, ni soirées, ni redoutes. Tout
au plus, le dimanche, un pauvre bout de Cours où,
après la messe de midi, quand il faisait beau temps, les
mères allaient promener et exhiber leurs filles jusqu'à
deux heures, — l'heure des vêpres, qui, dès qu'elle sonnait son premier coup, raflait toutes les jupes et vidait
ce malheureux Cours. Cette messe de midi où nous
n'allions jamais, du reste, je l'ai vue devenir, sous la

1. Nom donné au boulevard des Italiens devenu le lieu de rassem-
blement des royalistes quand, pendant les Cent-Jours, Louis XVIII
s'était réfugié à Gand, en Belgique.

Restauration, une messe militaire à laquelle l'état-major des régiments était obligé d'assister, et c'était au moins un événement vivant dans ce néant de garnisons mortes ! Pour des gaillards qui étaient, comme nous, à l'âge de la vie où l'amour, la passion des femmes, tient une si grande place, cette messe militaire était une ressource. Excepté ceux d'entre nous qui faisaient partie du détachement de service sous les armes, tout le corps d'officiers s'éparpillait et se plaçait à l'église, comme il lui plaisait, dans la nef. Presque toujours nous nous campions derrière les plus jolies femmes qui venaient à cette messe, où elles étaient sûres d'être regardées, et nous leur donnions le plus de distractions possible en parlant, entre nous, à mi-voix, de manière à pouvoir être entendus d'elles, de ce qu'elles avaient de plus charmant dans le visage ou dans la tournure. Ah ! la messe militaire ! J'y ai vu commencer bien des romans. J'y ai vu fourrer dans les manchons que les jeunes filles laissaient sur leurs chaises, quand elles s'agenouillaient près de leurs mères, bien des billets doux, dont elles nous rapportaient la réponse, dans les mêmes manchons, le dimanche suivant ! Mais, sous l'Empereur, il n'y avait point de messe militaire. Aucun moyen par conséquent d'approcher des filles *comme il faut* de cette petite ville où elles n'étaient pour nous que des rêves cachés, plus ou moins, sous des voiles, de loin aperçus ! Des dédommagements à cette perte sèche de la population la plus intéressante de la ville de ***, il n'y en avait pas... Les caravansérails que vous savez, et dont on ne parle point en bonne compagnie, étaient des horreurs. Les cafés où l'on noie tant de nostalgies, en ces oisivetés terribles des garnisons, étaient tels, qu'il était impossible d'y mettre le pied, pour peu qu'on respectât ses épaulettes... Il n'y avait pas non plus, dans cette petite ville où le luxe s'est accru maintenant comme partout, un seul hôtel où nous puissions avoir une table passable d'officiers, sans être volés comme dans un bois, si bien que beaucoup d'entre nous avaient renoncé à la vie collective et s'étaient dispersés dans des

pensions particulières, chez des bourgeois peu riches,
qui leur louaient des appartements le plus cher possible, et ajoutaient ainsi quelque chose à la maigreur ordinaire de leurs tables et à la médiocrité de leurs revenus.

« J'étais de ceux-là. Un de mes camarades qui demeurait ici, à la *Poste aux chevaux*, où il avait une chambre, car la *Poste aux chevaux* était dans cette rue en
ce temps-là — tenez ! à quelques portes derrière nous,
et peut-être, s'il faisait jour, verriez-vous encore sur la
façade de cette *Poste aux chevaux* le vieux soleil d'or
à moitié sorti de son fond de céruse, et qui faisait
cadran avec son inscription : « AU SOLEIL LEVANT ! »
— un de mes camarades m'avait découvert un appartement dans son voisinage, — à cette fenêtre qui est
perchée si haut, et qui me fait l'effet, ce soir, d'être
la mienne toujours, comme si c'était hier ! Je m'étais
laissé loger par lui. Il était plus âgé que moi, depuis
plus longtemps au régiment, et il aimait à piloter dans
ces premiers moments et ces premiers détails de ma vie
d'officier, mon inexpérience, qui était aussi de l'insou-
ciance ! Je vous l'ai dit, excepté la sensation de l'uniforme sur laquelle j'appuie, parce que c'est encore là
une sensation dont votre génération à congrès de la paix
et à pantalonnades philosophiques et humanitaires
n'aura bientôt plus la moindre idée, et l'espoir d'entendre ronfler le canon dans la première bataille où je
devais perdre (passez-moi cette expression soldatesque !) mon pucelage militaire, tout m'était égal ! Je ne
vivais que dans ces deux idées, — dans la seconde surtout, parce qu'elle était une espérance, et qu'on vit plus
dans la vie qu'on n'a pas que dans la vie qu'on a. Je
m'aimais pour demain, comme l'avare, et je comprenais très bien les dévots qui s'arrangent sur cette terre
comme on s'arrange dans un coupe-gorge où l'on n'a
qu'à passer une nuit. Rien ne ressemble plus à un moine
qu'un soldat, et j'étais soldat ! C'est ainsi que je
m'arrangeais de ma garnison. Hors les heures des repas
que je prenais avec les personnes qui me louaient mon
appartement et dont je vous parlerai tout à l'heure, et

celles du service et des manœuvres de chaque jour, je
vivais la plus grande partie de mon temps chez moi,
couché sur un grand diable de canapé de maroquin bleu
sombre, dont la fraîcheur me faisait l'effet d'un bain
froid après l'exercice, et je ne m'en relevais que pour
aller faire des armes et quelques parties d'impériale chez
mon ami d'en face : Louis de Meung, lequel était moins
oisif que moi, car il avait ramassé parmi les grisettes
de la ville une assez jolie petite fille, qu'il avait prise
pour maîtresse, et qui lui servait, disait-il, à tuer le
temps... Mais ce que je connaissais de la femme ne me
poussait pas beaucoup à imiter mon ami Louis. Ce que
j'en savais, je l'avais vulgairement appris, là où les élèves de Saint-Cyr l'apprennent les jours de sortie... Et
puis, il y a des tempéraments qui s'éveillent tard... Est-
ce que vous n'avez pas connu Saint-Rémy, le plus mauvais sujet de toute une ville, célèbre par ses mauvais
sujets, que nous appelions « le Minotaure [1] », non pas
au point de vue des cornes, quoiqu'il en portât,
puisqu'il avait tué l'amant de sa femme, mais au point
de vue de la consommation ?... »

— Oui, je l'ai connu, — répondis-je, — mais vieux,
incorrigible, se débauchant de plus en plus à chaque
année qui lui tombait sur la tête. Pardieu ! si je l'ai
connu, ce grand *rompu* de Saint-Rémy, comme on dit
dans Brantôme [2] !

— C'était en effet un homme de Brantôme, — reprit
le vicomte. — Eh bien ! Saint-Rémy, à vingt-sept ans
sonnés, n'avait encore touché ni à un verre ni à une jupe.
Il vous le dira, si vous voulez ! À vingt-sept ans, il était,
en fait de femmes, aussi innocent que l'enfant qui vient

1. Le Minotaure était un monstre fabuleux (corps d'homme, tête
de taureau) enfermé par Minos, roi de Crète, dans le labyrinthe et
à qui on offrait un tribut annuel de sept jeunes garçons et de sept
jeunes filles.
2. Auteur (1538-1614) de recueils d'anedoctes guerrières et licen-
cieuses *(Vie des hommes illustres et des grands capitaines, Vie des
dames galantes).*

de naître, et quoiqu'il ne tétât plus sa nourrice, il n'avait pourtant jamais bu que du lait et de l'eau.

— Il a joliment rattrapé le temps perdu ! — fis-je.

— Oui, — dit le vicomte, — et moi aussi ! Mais j'ai eu moins de peine à le rattraper ! Ma première période de sagesse, à moi, ne dépassa guère le temps que je passai dans cette ville de *** ; et quoique je n'y eusse pas la virginité absolue dont parle Saint-Rémy, j'y vivais cependant, ma foi ! comme un vrai chevalier de Malte, que j'étais, attendu que je le suis *de berceau* [1]... Saviez-vous cela ? J'aurais même succédé à un de mes oncles dans sa commanderie, sans la Révolution qui abolit l'Ordre, dont, tout aboli qu'il fût, je me suis quelquefois permis de porter le ruban. Une fatuité !

« Quant aux hôtes que je m'étais donnés, en louant leur appartement, — continua le vicomte de Brassard, — c'était bien tout ce que vous pouvez imaginer de plus bourgeois. Ils n'étaient que deux, le mari et la femme, tous deux âgés, n'ayant pas mauvais ton, au contraire. Dans leurs relations avec moi, ils avaient même cette politesse qu'on ne trouve plus, surtout dans leur classe, et qui est comme le parfum d'un temps évanoui. Je n'étais pas dans l'âge où l'on observe pour observer, et ils m'intéressaient trop peu pour que je pensasse à pénétrer dans le passé de ces deux vieilles gens à la vie desquels je me mêlais de la façon la plus superficielle deux heures par jour, — le midi et le soir, — pour dîner et souper avec eux. Rien ne transpirait de ce passé dans leurs conversations devant moi, lesquelles conversations trottaient d'ordinaire sur les choses et les personnes de la ville, qu'elles m'apprenaient à connaître et dont ils parlaient, le mari avec une pointe de médisance gaie,

---

1. L'ordre des Hospitaliers de Saint-Jean-de-Jérusalem, fondé pour soigner les pèlerins de Terre sainte, devint un ordre de chevalerie en 1140. Prit le nom d'ordre de Malte en 1530 lorsque Charles Quint lui fit don de l'île de Malte, sur laquelle il exerça sa suzeraineté jusqu'à ce que Bonaparte s'en empare en 1798. Les chevaliers, tous de très haute noblesse, faisaient vœu de chasteté, d'obéissance et de pauvreté.

et la femme, très pieuse, avec plus de réserve, mais certainement non moins de plaisir. Je crois cependant avoir entendu dire au mari qu'il avait voyagé dans sa jeunesse pour le compte de je ne sais qui et de je ne sais quoi, et qu'il était revenu tard épouser sa femme... qui l'avait attendu. C'étaient, au demeurant, de très braves gens, aux mœurs très douces, et de très calmes destinées. La femme passait sa vie à tricoter des bas à côtes pour son mari, et le mari, timbré de musique, à racler sur son violon de l'ancienne musique de Viotti[1], dans une chambre à galetas au-dessus de la mienne... Plus riches, peut-être l'avaient-ils été. Peut-être quelque perte de fortune qu'ils voulaient cacher les avait-elle forcés à prendre chez eux un pensionnaire ; mais autrement que par le pensionnaire, on ne s'en apercevait pas. Tout dans leur logis respirait l'aisance de ces maisons de l'ancien temps, abondantes en linge qui sent bon, en argenterie bien pesante, et dont les meubles semblent des immeubles, tant on se met peu en peine de les renouveler ! Je m'y trouvais bien. La table était bonne, et je jouissais largement de la permission de la quitter dès que j'avais, comme disait la vieille Olive qui nous servait, « *les barbes torchées* », ce qui faisait bien de l'honneur de les appeler « *des barbes* » aux trois poils de chat de la moustache d'un gamin de sous-lieutenant, qui n'avait pas encore fini de grandir !

« J'étais donc là environ depuis un semestre, tout aussi tranquille que mes hôtes, auxquels je n'avais jamais entendu dire un seul mot ayant trait à l'existence de la personne que j'allais rencontrer chez eux, quand un jour, en descendant pour dîner à l'heure accoutumée, j'aperçus dans un coin de la salle à manger une grande personne qui, debout et sur la pointe des pieds, suspendait par les rubans son chapeau à une patère,

1. Violoniste et compositeur italien (1753-1824) dont Barbey goûtait fort la musique.

comme une femme parfaitement chez elle et qui vient
de rentrer. Cambrée à outrance, comme elle l'était,
pour accrocher son chapeau à cette patère placée très
haut, elle déployait la taille superbe d'une danseuse qui
se renverse, et cette taille était prise (c'est le mot, tant
elle était lacée !) dans le corselet luisant d'un spencer [1]
de soie verte à franges qui retombaient sur sa robe blanche, une de ces robes du temps d'alors, qui serraient
aux hanches et qui n'avaient pas peur de les montrer,
quand on en avait... Les bras encore en l'air, elle se
retourna en m'entendant entrer, et elle imprima à sa
nuque une torsion qui me fit voir son visage ; mais elle
acheva son mouvement comme si je n'eusse pas été là,
regarda si les rubans du chapeau n'avaient pas été frois-
sés par elle en le suspendant, et cela accompli lentement,
attentivement et presque impertinemment, car, après
tout, j'étais là, debout, attendant, pour la saluer,
qu'elle prît garde à moi, elle me fit enfin l'honneur de
me regarder avec deux yeux noirs, très froids, auxquels
ses cheveux, coupés à la Titus et ramassés en boucles
sur le font, donnaient l'espèce de profondeur que cette
coiffure donne au regard... Je ne savais qui ce pouvait
être, à cette heure et à cette place. Il n'y avait jamais
personne à dîner chez mes hôtes... Cependant elle
venait probablement pour dîner. La table était mise,
et il y avait quatre couverts... Mais mon étonnement
de la voir là fut de beaucoup dépassé par l'étonnement
de savoir qui elle était, quand je le sus... quand mes
deux hôtes, entrant dans la salle, me la présentèrent
comme leur fille qui sortait de pension et qui allait
désormais vivre avec eux.

« Leur fille ! Il était impossible d'être moins la fille
de gens comme eux que cette fille-là ! Non pas que les

_____

1. Veste cintrée sans basque inventée par un dandy anglais, Lord
Spencer. « On peut être dandy avec un habit chiffonné. Lord Spencer le fut bien avec un habit qui n'avait qu'une basque. Il est vrai
qu'il la coupa et qu'il en fit cette chose qui, depuis, a porté son nom »
(*Du dandysme..., op. cit.*, p. 673).

plus belles filles du monde ne puissent naître de toute
espèce de gens. J'en ai connu... et vous aussi, n'est-ce
pas ? Physiologiquement, l'être le plus laid peut produire l'être le plus beau. Mais elle ! entre elle et eux,
il y avait l'abîme d'une race... D'ailleurs, physiologiquement, puisque je me permets ce grand mot pédant,
qui est de votre temps, non du mien, on ne pouvait la
remarquer que pour l'air qu'elle avait, et qui était singulier dans une jeune fille aussi jeune qu'elle, car c'était
une espèce d'air impassible, très difficile à caractéri-
ser. Elle ne l'aurait pas eu qu'on aurait dit : « Voilà
une belle fille ! » et on n'y aurait pas plus pensé qu'à
toutes les belles filles qu'on rencontre par hasard, et
dont on dit cela, pour n'y plus penser jamais après.
Mais cet air... qui la séparait, non pas seulement de
ses parents, mais de tous les autres, dont elle semblait
n'avoir ni les passions, ni les sentiments, vous clouait...
de surprise, sur place... L'*Infante à l'épagneul*, de
Vélasquez, pourrait, si vous la connaissiez, vous donner une idée de cet air-là, qui n'était ni fier, ni méprisant, ni dédaigneux, non ! mais tout simplement impassible, car l'air fier, méprisant, dédaigneux, dit aux gens
qu'ils existent, puisqu'on prend la peine de les dédai-
gner ou de les mépriser, tandis que cet air-ci dit tranquillement : « Pour moi, vous n'existez même pas. »
J'avoue que cette physionomie me fit faire, ce premier
jour et bien d'autres, la question qui pour moi est
encore aujourd'hui insoluble : comment cette grande
fille-là était-elle sortie de ce gros bonhomme en redingote jaune-vert et à gilet blanc, qui avait une figure couleur des confitures de sa femme, une loupe sur la nuque,
laquelle débordait sa cravate de mousseline brodée, et
qui bredouillait ?... Et si le mari n'embarrassait pas,
car le mari n'embarrasse jamais dans ces sortes de
questions, la mère me paraissait tout aussi impossible
à expliquer. Mlle Albertine (c'était le nom de cette
archiduchesse d'altitude, tombée du ciel chez ces bourgeois comme si le ciel avait voulu se moquer d'eux),
Mlle Albertine, que ses parents appelaient Alberte pour

s'épargner la longueur du nom, mais ce qui allait parfaitement mieux à sa figure et à toute sa personne, ne
semblait pas plus la fille de l'un que de l'autre... À ce
premier dîner, comme à ceux qui suivirent, elle me
parut une jeune fille bien élevée, sans affectation, habituellement silencieuse, qui, quand elle parlait, disait en
bons termes ce qu'elle avait à dire, mais qui n'outrepassait jamais cette ligne-là... Au reste, elle aurait eu
tout l'esprit que j'ignorais qu'elle eût, qu'elle n'aurait
guère trouvé l'occasion de le montrer dans les dîners
que nous faisions. La présence de leur fille avait nécessairement modifié les commérages des deux vieilles
gens. Ils avaient supprimé les petits scandales de la ville.
Littéralement, on ne parlait plus à cette table que de
choses aussi intéressantes que la pluie et le beau temps.
Aussi Mlle Albertine ou Alberte, qui m'avait tant
frappé d'abord par son air impassible, n'ayant absolument que cela à m'offrir, me blasa bientôt sur cet
air-là... Si je l'avais rencontrée dans le monde pour
lequel j'étais fait, et que j'aurais dû voir, cette impassibilité m'aurait très certainement piqué au vif... Mais,
pour moi, elle n'était pas une fille à qui je puisse faire
la cour... même des yeux. Ma position vis-à-vis d'elle,
à moi en pension chez ses parents, était délicate, et un
rien pouvait la fausser... Elle n'était pas assez près ou
assez loin de moi dans la vie pour qu'elle pût m'être
quelque chose... et j'eus bientôt répondu naturellement, et sans intention d'aucune sorte, par la plus complète indifférence, à son impassibilité.

« Et cela ne se démentit jamais, ni de son côté ni du
mien. Il n'y eut entre nous que la politesse la plus
froide, la plus sobre de paroles. Elle n'était pour moi
qu'une image qu'à peine je voyais ; et moi, pour elle,
qu'est-ce que j'étais ?... À table — nous ne nous ren-
contrions jamais que là, — elle regardait plus le bouchon de la carafe ou le sucrier que ma personne... Ce
qu'elle y disait, très correct, toujours fort bien dit, mais
insignifiant, ne me donnait aucune clé du caractère
qu'elle pouvait avoir. Et puis, d'ailleurs, que m'impor-

tait ?... J'aurais passé toute ma vie sans songer seulement à regarder dans cette calme et insolente fille, à
l'air si déplacé d'Infante... Pour cela, il fallait la circonstance que je m'en vais vous dire, et qui m'atteignit comme la foudre, comme la foudre qui tombe, sans
qu'il ait tonné !

« Un soir, il y avait à peu près un mois que M\ue Alberte était revenue à la maison, et nous nous mettions
à table pour souper. Je l'avais à côté de moi, et je faisais si peu d'attention à elle que je n'avais pas encore
pris garde à ce détail de tous les jours qui aurait dû me
frapper : qu'elle fût à table auprès de moi au lieu d'être
entre sa mère et son père, quand, au moment où je
dépliais ma serviette sur mes genoux... non, jamais je
ne pourrai vous donner l'idée de cette sensation et de
cet étonnement ! je sentis une main qui prenait hardiment la mienne par-dessous la table. Je crus rêver...
ou plutôt je ne crus rien du tout... Je n'eus que
l'incroyable sensation de cette main audacieuse, qui
venait chercher la mienne jusque sous ma serviette !
Et ce fut inouï autant qu'inattendu ! Tout mon sang,
allumé sous cette prise, se précipita de mon cœur dans
cette main, comme soutiré par elle, puis remonta furieusement, comme chassé par une pompe, dans mon
cœur ! Je vis bleu... mes oreilles tintèrent. Je dus devenir d'une pâleur affreuse. Je crus que j'allais m'évanouir... que j'allais me dissoudre dans l'indicible
volupté causée par la chair tassée de cette main, un peu
grande, et forte comme celle d'un jeune garçon, qui
s'était fermée sur la mienne. — Et comme, vous le
savez, dans ce premier âge de la vie, la volupté a son
épouvante, je fis un mouvement pour retirer ma main
de cette folle main qui l'avait saisie, mais qui, me la
serrant alors avec l'ascendant du plaisir qu'elle avait
conscience de me verser, la garda d'autorité, vaincue
comme ma volonté, et dans l'enveloppement le plus
chaud, délicieusement étouffée... Il y a trente-cinq ans
de cela, et vous me ferez bien l'honneur de croire que
ma main s'est un peu blasée sur l'étreinte de la main des

femmes ; mais j'ai encore là, quand j'y pense, l'impression de celle-ci étreignant la mienne avec un despotisme si insensément passionné ! En proie aux mille frissonnements que cette enveloppante main dardait à mon corps tout entier, je craignais de trahir ce que j'éprouvais devant ce père et cette mère, dont la fille, sous leurs yeux, osait... Honteux pourtant d'être moins homme que cette fille hardie qui s'exposait à se perdre, et dont un incroyable sang-froid couvrait l'égarement, je mordis ma lèvre au sang dans un effort surhumain, pour arrêter le tremblement du désir, qui pouvait tout révéler à ces pauvres gens sans défiance, et c'est alors que mes yeux cherchèrent l'autre de ces deux mains que je n'avais jamais remarquées, et qui, dans ce périlleux moment, tournait froidement le bouton d'une lampe qu'on venait de mettre sur la table, car le jour commençait de tomber... Je la regardai... C'était donc là la sœur de cette main que je sentais pénétrant la mienne, comme un foyer d'où rayonnaient et s'étendaient le long de mes veines d'immenses lames de feu ! Cette main, un peu épaisse, mais aux doigts longs et bien tournés, au bout desquels la lumière de la lampe, qui tombait d'aplomb sur elle, allumait des transparences roses, ne tremblait pas et faisait son petit travail d'arrangement de la lampe, pour la faire aller, avec une fermeté, une aisance et une gracieuse langueur de mouvement incomparables ! Cependant nous ne pouvions pas rester ainsi... Nous avions besoin de nos mains pour dîner... Celle de Mlle Alberte quitta donc la mienne ; mais au moment où elle la quitta, son pied, aussi expressif que sa main, s'appuya avec le même aplomb, la même passion, la même souveraineté, sur mon pied, et y resta tout le temps que dura ce dîner trop court, lequel me donna la sensation d'un de ces bains insupportablement brûlants d'abord, mais auxquels on s'accoutume, et dans lesquels on finit par se trouver si bien, qu'on croirait volontiers qu'un jour les damnés pourraient se trouver fraîchement et suavement dans les brasiers de leur enfer, comme les poissons dans

leur eau !... Je vous laisse à penser si je dînai ce jour-
là, et si je me mêlai beaucoup aux menus propos de
mes honnêtes hôtes, qui ne se doutaient pas, dans leur
placidité, du drame mystérieux et terrible qui se jouait
alors sous la table. Ils ne s'aperçurent de rien ; mais
ils pouvaient s'apercevoir de quelque chose, et positivement je m'inquiétais pour eux... pour eux, bien plus
que pour moi et pour elle. J'avais l'honnêteté et la com-
misération de mes dix-sept ans... Je me disais : « Est-
elle effrontée ? Est-elle folle ? » Et je la regardais du
coin de l'œil, cette folle qui ne perdait pas une seule
fois, durant le dîner, son air de Princesse en cérémonie, et dont le visage resta aussi calme que si son pied
n'avait pas dit et fait toutes les folies que peut dire et
faire un pied, — sur le mien ! J'avoue que j'étais encore
plus surpris de son aplomb que de sa folie. J'avais beaucoup lu de ces livres légers où la femme n'est pas ména-
gée. J'avais reçu une éducation d'école militaire. Utopiquement du moins, j'étais le Lovelace [1] de fatuité
que sont plus ou moins tous les très jeunes gens qui
se croient de jolis garçons, et qui ont pâturé des bottes
de baisers derrière les portes et dans les escaliers, sur
les lèvres des femmes de chambre de leurs mères. Mais
ceci déconcertait mon petit aplomb de Lovelace de dix-
sept ans. Ceci me paraissait plus fort que ce que j'avais
lu, que tout ce que j'avais entendu dire sur le naturel
dans le mensonge attribué aux femmes, — sur la force
de masque qu'elles peuvent mettre à leurs plus violentes
ou leurs plus profondes émotions. Songez donc ! elle
avait dix-huit ans ! Les avait-elle même ?... Elle sortait d'une pension que je n'avais aucune raison pour
suspecter, avec la moralité et la piété de la mère qui
l'avait choisie pour son enfant. Cette absence de tout
embarras, disons le mot, ce manque absolu de pudeur,
cette domination aisée sur soi-même en faisant les

---

1. Héros du roman de Richardson (1689-1761), *Clarissa Harlowe*
(1748), type du séducteur irrésistible et sans scrupules.

choses les plus imprudentes, les plus dangereuses pour
une jeune fille, chez laquelle pas un geste, pas un regard
n'avait prévenu l'homme auquel elle se livrait par une
si monstrueuse avance, tout cela me montait au cerveau et apparaissait nettement à mon esprit, malgré le
bouleversement de mes sensations... Mais ni dans ce
moment, ni plus tard, je ne m'arrêtai à philosopher là-
dessus. Je ne me donnai pas d'horreur factice pour la
conduite de cette fille d'une si effrayante précocité dans
le mal. D'ailleurs, ce n'est pas à l'âge que j'avais, ni
même beaucoup plus tard, qu'on croit dépravée la
femme qui — au premier coup d'œil — se jette à vous !
On est presque disposé à trouver cela tout simple, au
contraire, et si on dit : « La pauvre femme ! » c'est
déjà beaucoup de modestie que cette pitié ! Enfin, si
j'étais timide, je ne voulais pas être un niais ! La grande
raison française pour faire sans remords tout ce qu'il
y a de pis. Je savais, certes, à n'en pas douter, que ce
que cette fille éprouvait pour moi n'était pas de
l'amour. L'amour ne procède pas avec cette impudeur
et cette impudence, et je savais parfaitement aussi que
ce qu'elle me faisait éprouver n'en était pas non plus.
Mais, amour ou non... ce que c'était, je le voulais !...
Quand je me levai de table, j'étais résolu... La main
de cette Alberte, à laquelle je ne pensais pas une minute
avant qu'elle eût saisi la mienne, m'avait laissé,
jusqu'au fond de mon être, le désir de m'enlacer tout
entier à elle tout entière, comme sa main s'était enla-
cée à ma main !

« Je montai chez moi comme un fou, et quand je
me fus un peu froidi par la réflexion, je me demandai
ce que j'allais faire pour *nouer* bel et bien une *intrigue*, comme on dit en province, avec une fille si diabo-
liquement provocante. Je savais à peu près — comme
un homme qui n'a pas cherché à le savoir mieux —
qu'elle ne quittait jamais sa mère ; — qu'elle travaillait habituellement près d'elle, à la même chiffonnière,
dans l'embrasure de cette salle à manger, qui leur servait de salon ; — qu'elle n'avait pas d'amie en ville qui

vînt la voir, et qu'elle ne sortait guère que pour aller
le dimanche à la messe et aux vêpres avec ses parents.
Hein ? ce n'était pas encourageant, tout cela !... Je
commençais à me repentir de n'avoir pas un peu plus
vécu avec ces deux bonnes gens que j'avais traités sans
hauteur, mais avec la politesse détachée et parfois distraite qu'on a pour ceux qui ne sont que d'un intérêt
très secondaire dans la vie ; mais je me dis que je ne
pouvais modifier mes relations avec eux, sans m'expo-
ser à leur révéler ou à leur faire soupçonner ce que je
voulais leur cacher... Je n'avais, pour parler secrètement à Mlle Alberte, que les rencontres sur l'escalier
quand je montais à ma chambre ou que j'en descendais ; mais, sur l'escalier, on pouvait nous voir et nous
entendre... La seule ressource à ma portée, dans cette
maison si bien réglée et si étroite, où tout le monde se
touchait du coude, était d'écrire ; et puisque la main
de cette fille hardie savait si bien chercher la mienne
par-dessous la table, cette main ne ferait sans doute pas
beaucoup de cérémonies pour prendre le billet que je
lui donnerais, et je l'écrivis. Ce fut le billet de la circonstance, le billet suppliant, impérieux et enivré, d'un
homme qui a déjà bu une première gorgée de bonheur
et qui en demande une seconde... Seulement, pour le
remettre, il fallait attendre le dîner du lendemain, et
cela me parut long ; mais enfin il arriva, ce dîner !
L'attisante main, dont je sentais le contact sur ma main
depuis vingt-quatre heures, ne manqua pas de revenir
chercher la mienne, comme la veille, par-dessous la
table. Mlle Alberte sentit mon billet et le prit très bien,
comme je l'avais prévu. Mais ce que je n'avais pas
prévu, c'est qu'avec cet air d'Infante qui défiait tout
par sa hauteur d'indifférence, elle le plongea dans le
cœur de son corsage, où elle releva une dentelle repliée,
d'un petit mouvement sec, et tout cela avec un naturel
et une telle prestesse, que sa mère qui, les yeux baissés
sur ce qu'elle faisait, servait le potage, ne s'aperçut de
rien, et que son imbécile de père, qui *lurait* toujours

quelque chose en pensant à son violon, quand il n'en jouait pas, n'y vit que du feu. »

— Nous n'y voyons jamais que cela, capitaine ! — interrompis-je gaîment, car son histoire me faisait l'effet de tourner un peu vite à une leste aventure de garnison ; mais je ne me doutais pas de ce qui allait suivre ! — Tenez ! pas plus tard que quelques jours, il y avait à l'Opéra, dans une loge à côté de la mienne, une femme probablement dans le genre de votre demoiselle Alberte. Elle avait plus de dix-huit ans, par exemple ; mais je vous donne ma parole d'honneur que j'ai vu rarement de femme plus majestueuse de décence. Pendant qu'a duré toute la pièce, elle est restée assise et immobile comme sur une base de granit. Elle ne s'est retournée ni à droite, ni à gauche, une seule fois ; mais sans doute elle y voyait par les épaules, qu'elle avait très nues et très belles, car il y avait aussi, et dans ma loge à moi, par conséquent derrière nous deux, un jeune homme qui paraissait aussi indifférent qu'elle à tout ce qui n'était pas l'opéra qu'on jouait en ce moment. Je puis certifier que ce jeune homme n'a pas fait une seule des simagrées ordinaires que les hommes font aux femmes dans les endroits publics, et qu'on peut appeler des déclarations à distance. Seulement quand la pièce a été finie et que, dans l'espèce de tumulte général des loges qui se vident, la dame s'est levée, droite, dans sa loge, pour agrafer son burnous, je l'ai entendue dire à son mari, de la voix la plus conjugalement impérieuse et la plus claire : « Henri, ramassez mon capuchon ! » et alors, par-dessus le dos de Henri, qui s'est précipité la tête en bas, elle a étendu le bras et la main et pris un billet du jeune homme, aussi simplement qu'elle eût pris des mains de son mari son éventail ou son bouquet. Lui s'était relevé, le pauvre homme ! tenant le capuchon — un capuchon de satin ponceau, mais moins ponceau que son visage, et qu'il avait, au risque d'une apoplexie, repêché sous les petits bancs, comme il avait pu... Ma foi ! après avoir vu cela, je m'en suis allé, pensant qu'au lieu de le rendre à sa femme, il aurait pu tout aussi bien le garder pour lui, ce capuchon, afin de cacher sur sa tête ce qui, tout à coup, venait d'y pousser !

— Votre histoire est bonne, — dit le vicomte de Brassard assez froidement ; — dans un autre moment, peut-être en aurait-il joui davantage ; — mais laissez-moi vous achever la mienne. J'avoue qu'avec une pareille fille, je ne fus pas inquiet deux minutes de la destinée de mon billet. Elle avait beau être pendue à la ceinture de sa mère, elle trouverait bien le moyen de me lire et de me répondre. Je comptais même, pour tout un avenir de conversation par écrit, sur cette petite poste de par-dessous la table que nous venions d'inaugurer, lorsque le lendemain, quand j'entrai dans la salle à manger avec la certitude, très caressée au fond de ma personne d'avoir séance tenante une réponse très catégorique à mon billet de la veille, je crus avoir la berlue en voyant que le couvert avait été changé, et que Mlle Alberte était placée là où elle aurait dû toujours être, entre son père et sa mère... Et pourquoi ce changement ?... Que s'était-il donc passé que je ne savais pas ?... Le père ou la mère s'étaient-ils doutés de quelque chose ? J'avais Mlle Alberte en face de moi, et je la regardais avec cette intention fixe qui veut être comprise. Il y avait vingt-cinq points d'interrogation dans mes yeux ; mais les siens étaient aussi calmes, aussi muets, aussi indifférents qu'à l'ordinaire. Ils me regardaient comme s'ils ne me voyaient pas. Je n'ai jamais vu regards plus impatientants que ces longs regards tranquilles qui tombaient sur vous comme sur une chose. Je bouillais de curiosité, de contrariété, d'inquiétude, d'un tas de sentiments agités et déçus... et je ne comprenais pas comment cette femme, si sûre d'elle-même qu'on pouvait croire qu'au lieu de nerfs elle eût sous sa peau fine presque autant de muscles que moi, semblât ne pas oser me faire un signe d'intelligence qui m'avertît — qui me fît penser, — qui me dît, si vite que ce pût être, que nous nous entendions, — que nous étions connivents et complices dans le même mystère, que ce fût de

l'amour, que ce ne fût pas même de l'amour !... C'était
à se demander si vraiment c'était bien la femme de la
main et du pied sous la table, du billet pris et glissé la
veille, si naturellement, dans son corsage, devant ses
parents, comme si elle y eût glissé une fleur ! Elle en
avait tant fait qu'elle ne devait pas être embarrassée
de m'envoyer un regard. Mais non ! Je n'eus rien. Le
dîner passa tout entier sans ce regard que je guettais,
que j'attendais, que je voulais allumer au mien, et qui
ne s'alluma pas ! « Elle aura trouvé quelque moyen de
me répondre », me disais-je en sortant de table, et en
remontant dans ma chambre, ne pensant pas qu'une
telle personne pût reculer, après s'être si incroyable-
ment avancée ; — n'admettant pas qu'elle pût rien
craindre et rien ménager, quand il s'agissait de ses fantaisies, et parbleu ! franchement, ne pouvant pas croire
qu'elle n'en eût au moins une pour moi !

    « Si ses parents n'ont pas de soupçon, — me disais-
je encore, — si c'est le hasard qui a fait ce changement
de couvert à table, demain je me retrouverai auprès
d'elle... » Mais le lendemain, ni les autres jours, je ne
fus placé auprès de Mlle Alberte, qui continua d'avoir
la même incompréhensible physionomie et le même
incroyable ton dégagé pour dire les riens et les choses
communes qu'on avait l'habitude de dire à cette table
de petits bourgeois. Vous devinez bien que je l'obser-
vais comme un homme intéressé à la chose. Elle avait
l'air aussi peu contrarié que possible, quand je l'étais
horriblement, moi ! quand je l'étais jusqu'à la colère,
— une colère à me fendre en deux et qu'il fallait
cacher ! Et cet air, qu'elle ne perdait jamais, me mettait encore plus loin d'elle que ce tour de table inter-
posé entre nous ! J'étais si violemment exaspéré, que
je finissais par ne plus craindre de la compromettre en
la regardant, en lui appuyant sur ses grands yeux impénétrables, et qui restaient glacés, la pesanteur mena-
çante et enflammée des miens ! Était-ce un manège que
sa conduite ? Était-ce coquetterie ? N'était-ce qu'un
caprice après un autre caprice..., ou simplement stu-

pidité ? J'ai connu, depuis, de ces femmes tout d'abord
soulèvement de sens, puis après, tout stupidité ! « Si
on savait le moment ! », disait Ninon[1]. Le moment
de Ninon était-il déjà passé ? Cependant, j'attendais
toujours… quoi ? un mot, un signe, un rien risqué, à
voix basse, en se levant de table dans le bruit des chaises qu'on dérange, et comme cela ne venait pas, je me
jetais aux idées folles, à tout ce qu'il y avait au monde
de plus absurde. Je me fourrai dans la tête qu'avec toutes les impossibilités dont nous étions entourés au logis,
elle m'écrirait par la poste ; — qu'elle serait assez fine,
quand elle sortirait avec sa mère, pour glisser un billet
dans la boîte aux lettres, et, sous l'empire de cette idée,
je me mangeais le sang régulièrement deux fois par jour,
une heure avant que le facteur passât par la maison…
Dans cette heure-là je disais dix fois à la vieille Olive,
d'une voix étranglée : « Y a-t-il des lettres pour moi,
Olive ? », laquelle me répondait imperturbablement
toujours : « Non, Monsieur, il n'y en a pas. » Ah !
l'agacement finit par être trop aigu ! Le désir trompé
devint de la haine. Je me mis à haïr cette Alberte, et,
par haine de désir trompé, à expliquer sa conduite avec
moi par les motifs qui pouvaient le plus me la faire
mépriser, car la haine a soif de mépris. Le mépris, c'est
son nectar, à la haine ! « Coquine lâche, qui a peur
d'une lettre ! », me disais-je. Vous le voyez, j'en venais
aux gros mots. Je l'insultais dans ma pensée, ne croyant
pas en l'insultant la calomnier. Je m'efforçai même de
ne plus penser à elle que je criblais des épithètes les plus
militaires, quand j'en parlais à Louis de Meung, car
je lui en parlais ! car l'outrance où elle m'avait jeté
avait éteint en moi toute espèce de chevalerie, — et
j'avais raconté toute mon aventure à mon brave Louis,
qui s'était tirebouchonné sa longue moustache blonde
en m'écoutant, et qui m'avait dit, sans se gêner, car
nous n'étions pas des moralistes dans le 27e :

1. Sans doute Ninon de Lenclos (1616-1706), dame française célèbre pour sa beauté, son esprit et la liberté de ses mœurs.

« — Fais comme moi ! Un clou chasse l'autre. Prends pour maîtresse une petite *cousette* de la ville, et ne pense plus à cette sacrée fille-là ! »

« Mais je ne suivis point le conseil de Louis. Pour cela, j'étais trop piqué au jeu. Si elle avait su que je prenais une maîtresse, j'en aurais peut-être pris une pour lui fouetter le cœur ou la vanité par la jalousie. Mais elle ne le saurait pas. Comment pourrait-elle le savoir ?... En amenant, si je l'avais fait, une maîtresse chez moi, comme Louis, à son *hôtel de la Poste*, c'était rompre avec les bonnes gens chez qui j'habitais, et qui m'auraient immédiatement prié d'aller chercher un autre logement que le leur ; et je ne voulais pas renoncer, si je ne pouvais avoir que cela, à la possibilité de retrouver la main ou le pied de cette damnante Alberte qui, après ce qu'elle avait osé, restait toujours la grande Mademoiselle Impassible.

« — Dis plutôt impossible ! » — disait Louis, qui se moquait de moi.

« Un mois tout entier se passa, et malgré mes résolutions de me montrer aussi oublieux qu'Alberte et aussi indifférent qu'elle, d'opposer marbre à marbre et froideur à froideur, je ne vécus plus que de la vie tendue de l'affût, — de l'affût que je déteste, même à la chasse ! Oui, Monsieur, ce ne fut plus qu'affût perpétuel dans mes journées ! Affût quand je descendais à dîner, et que j'espérais la trouver seule dans la salle à manger comme la première fois ! Affût au dîner, où mon regard ajustait de face ou de côté le sien qu'il rencontrait net et infernalement calme, et qui n'évitait pas plus le mien qu'il n'y répondait ! Affût après le dîner, car je restais maintenant un peu après dîner voir ces dames reprendre leur ouvrage, dans leur embrasure de croisée, guettant si *elle* ne laisserait pas tomber quelque chose, son dé, ses ciseaux, un chiffon, que je pourrais ramasser, et en les lui rendant toucher sa main, — cette main que j'avais maintenant à travers la cervelle ! Affût chez moi, quand j'étais remonté dans ma chambre, y croyant toujours entendre le long du corridor ce pied qui avait piétiné sur le mien, avec une volonté si absolue. Affût jusque dans l'escalier, où je croyais pouvoir la rencontrer, et où la vieille Olive me surprit un jour, à ma grande confusion, en sentinelle ! Affût à ma fenêtre — cette fenêtre que vous voyez — où je me plantais quand elle devait sortir avec sa mère, et d'où je ne bougeais pas avant qu'elle fût rentrée, mais tout cela aussi vainement que le reste ! Lorsqu'elle sortait, tortillée dans son châle de jeune fille, — un châle à raies rouges et blanches : je n'ai rien oublié ! semé de fleurs noires et jaunes sur les deux raies, elle ne retournait pas son torse insolent une seule fois, et lorsqu'elle rentrait, toujours aux côtés de sa mère, elle ne levait ni la tête ni les yeux vers la fenêtre où je l'attendais ! Tels étaient les misérables exercices auxquels elle m'avait condamné ! Certes, je sais bien que les femmes nous font tous plus ou moins valeter, mais dans ces proportions-là !! Le vieux fat qui devrait être mort en moi s'en révolte encore ! Ah ! je ne pensais plus au bonheur de mon uniforme ! Quand j'avais fait le service de la journée — après l'exercice ou la revue, — je rentrais vite, mais non plus pour lire des piles de mémoires ou de romans, mes seules lectures dans ce temps-là. Je n'allais plus chez Louis de Meung. Je ne touchais plus à mes fleurets. Je n'avais pas la ressource du tabac qui engourdit l'activité quand elle vous dévore, et que vous avez, vous autres jeunes gens qui m'avez suivi dans la vie ! On ne fumait pas alors au 27e, si ce n'est entre soldats, au corps de garde, quand on jouait la partie de brisque [1] sur le tambour... Je restais donc oisif de corps, à me ronger... je ne sais si c'était le cœur, sur ce canapé qui ne me faisait plus le bon froid que j'aimais dans ces six pieds carrés de chambre, où je m'agitais comme un lionceau dans sa cage, quand il sent la chair fraîche à côté.

« Et si c'était ainsi le jour, c'était aussi de même une

—————

1. Jeu de cartes.

grande partie de la nuit. Je me couchais tard. Je ne dor-
mais plus. Elle me tenait éveillé, cette Alberte d'enfer,
qui me l'avait allumé dans les veines, puis qui s'était
éloignée comme l'incendiaire qui ne retourne pas même
la tête pour voir son feu flamber derrière lui ! Je bais-
sais, comme le voilà, ce soir », — ici le vicomte passa
son gant sur la glace de la voiture placée devant lui,
pour essuyer la vapeur qui commençait d'y perler,
« — ce même rideau cramoisi, à cette même fenêtre,
qui n'avait pas plus de persiennes qu'elle n'en a maintenant, afin que les voisins, plus curieux en province
qu'ailleurs, ne dévisageassent pas le fond de ma chambre. C'était une chambre de ce temps-là, — une chambre de l'Empire, parquetée en point de Hongrie, sans
tapis, où le bronze plaquait partout le merisier, d'abord
en tête de sphinx aux quatre coins du lit, et en pattes
de lion sous ses quatre pieds, puis, sur tous les tiroirs
de la commode et du secrétaire, en camées de faces de
lion, avec des anneaux de cuivre pendant de leurs gueules
verdâtres, et par lesquels on les tirait quand on voulait
les ouvrir. Une table carrée, d'un merisier plus rosâtre
que le reste de l'ameublement, à dessus de marbre gris,
grillagée de cuivre, était en face du lit, contre le mur,
entre la fenêtre et la porte d'un grand cabinet de toilette ; et, vis-à-vis de la cheminée, le grand canapé de
maroquin bleu dont je vous ai déjà tant parlé... À tous
les angles de cette chambre d'une grande élévation et
d'un large espace, il y avait des encoignures en faux
laque de Chine, et sur l'une d'elles on voyait, mystérieux
et blanc, dans le noir du coin, un vieux buste de Niobé [1]
d'après l'antique, qui étonnait là, chez ces bourgeois

---

1. Figure mythologique, symbole de la maternité douloureuse.
Femme du roi de Thèbes Amphion, dont elle avait sept filles et sept
fils. Pour la punir de son orgueil maternel excessif, Apollon et Artémis
massacrèrent ses enfants. La figure de Niobé, dont un buste ornait
la chambre de sa mère, semble avoir hanté Barbey (cf. Dossier,
p. 381). Le lit aux têtes de sphinx figurait aussi dans la chambre maternelle.

vulgaires. Mais est-ce que cette incompréhensible Alberte n'étonnait pas bien plus ? Les murs lambrissés, et peints à l'huile, d'un blanc jaune, n'avaient ni tableaux, ni gravures. J'y avais seulement mis mes armes, couchées sur de longues pattes-fiches en cuivre doré. Quand j'avais loué cette grande calebasse d'appartement, — comme le disait élégamment le lieutenant Louis de Meung, qui ne poétisait pas les choses, — j'avais fait placer au milieu une grande table ronde que je couvrais de cartes militaires, de livres et de papiers : c'était mon bureau. J'y écrivais quand j'avais à écrire... Eh bien ! un soir, ou plutôt une nuit, j'avais roulé le canapé auprès de cette grande table, et j'y dessinais à la lampe, non pas pour me distraire de l'unique pensée qui me submergeait depuis un mois, mais pour m'y plonger davantage, car c'était la tête de cette énigmatique Alberte que je dessinais, c'était le visage de cette diablesse de femme dont j'étais possédé, comme les dévots disent qu'on l'est du diable. Il était tard. La rue, — où passaient chaque nuit deux diligences en sens inverse, — comme aujourd'hui, — l'une à minuit trois quarts et l'autre à deux heures et demie du matin, et qui toutes deux s'arrêtaient à l'*hôtel de la Poste* pour relayer, — la rue était silencieuse comme le fond d'un puits. J'aurais entendu voler une mouche ; mais si, par hasard, il y en avait une dans ma chambre, elle devait dormir dans quelque coin de vitre ou dans un des plis cannelés de ce rideau, d'une forte étoffe de soie croisée, que j'avais ôté de sa patère et qui tombait devant la fenêtre, perpendiculaire et immobile. Le seul bruit qu'il y eût alors autour de moi, dans ce profond et complet silence, c'était moi qui le faisais avec mon crayon et mon estompe. Oui, c'était elle que je dessinais, et Dieu sait avec quelle caresse de main et quelle préoccupation enflammée ! Tout à coup, sans aucun bruit de serrure qui m'aurait averti, ma porte s'entrouvrit en flûtant ce son des portes dont les gonds sont secs, et resta à moitié entrebâillée, comme si elle avait eu peur du son qu'elle avait jeté ! Je relevai les yeux, croyant avoir mal fermé cette porte qui, d'elle-même, inopinément, s'ouvrait en filant ce son plaintif, capable de faire tressaillir dans la nuit ceux qui veillent et de réveiller ceux qui dorment. Je me levai de ma table pour aller la fermer ; mais la porte entrouverte s'ouvrit plus grande et très doucement toujours, mais en recommençant le son aigu qui traîna comme un gémissement dans la maison silencieuse, et je vis, quand elle se fut ouverte de toute sa grandeur, Alberte ! — Alberte qui, malgré les précautions d'une peur qui devait être immense, n'avait pu empêcher cette porte maudite de crier !

« Ah ! tonnerre de Dieu ! ils parlent de visions, ceux qui y croient ; mais la vision la plus surnaturelle ne m'aurait pas donné la surprise, l'espèce de coup au cœur que je ressentis et qui se répéta en palpitations insensées, quand je vis venir à moi, — de cette porte ouverte, — Alberte, effrayée au bruit que cette porte venait de faire en s'ouvrant, et qui allait recommencer encore, si elle la fermait ! Rappelez-vous toujours que je n'avais pas dix-huit ans ! Elle vit peut-être ma terreur à la sienne : elle réprima, par un geste énergique, le cri de surprise qui pouvait m'échapper, — qui me serait certainement échappé sans ce geste, — et elle referma la porte, non plus lentement, puisque cette lenteur l'avait fait crier, mais rapidement, pour éviter ce cri des gonds, — qu'elle n'évita pas, et qui recommença plus net, plus franc, d'une seule venue et suraigu ; — et, la porte fermée et l'oreille contre, elle écouta si un autre bruit, qui aurait été plus inquiétant et plus terrible, ne répondait pas à celui-là… Je crus la voir chanceler… Je m'élançai, et je l'eus bientôt dans les bras.

— Mais elle va bien, votre Alberte, — dis-je au capitaine.

— Vous croyez peut-être, — reprit-il, comme s'il n'avait pas entendu ma moqueuse observation, — qu'elle y tomba, dans mes bras, d'effroi, de passion, de tête perdue, comme une fille poursuivie ou qu'on peut poursuivre, — qui ne sait plus ce qu'elle fait quand elle fait la dernière des folies, quand elle s'abandonne

à ce démon que les femmes ont toutes, — dit-on, —
quelque part, et qui serait le maître toujours, s'il n'y
en avait pas deux autres aussi en elles, — la Lâcheté
et la Honte, — pour contrarier celui-là ! Eh bien, non,
ce n'était pas cela ! Si vous le croyiez, vous vous trom-
periez... Elle n'avait rien de ces peurs vulgaires et
osées... Ce fut bien plus elle qui me prit dans ses bras
que je ne la pris dans les miens... Son premier mouvement avait été de se jeter le front contre ma poitrine,
mais elle le releva et me regarda, les yeux tout grands,
— des yeux immenses ! — comme pour voir si c'était
bien moi qu'elle tenait ainsi dans ses bras ! Elle était
horriblement pâle, et comme je ne l'avais jamais vue
pâle ; mais ses traits de Princesse n'avaient pas bougé.
Ils avaient toujours l'immobilité et la fermeté d'une
médaille. Seulement, sur sa bouche aux lèvres légèrement bombées errait je ne sais quel égarement, qui
n'était pas celui de la passion heureuse ou qui va l'être
tout à l'heure ! Et cet égarement avait quelque chose
de si sombre dans un pareil moment, que, pour ne pas
le voir, je plantai sur ces belles lèvres rouges et érec-
tiles le robuste et foudroyant baiser du désir triomphant
et roi ! La bouche s'entrouvrit... mais les yeux noirs,
à la noirceur profonde, et dont les longues paupières
touchaient presque alors mes paupières, ne se fermèrent point, — ne palpitèrent même pas ; — mais tout
au fond, comme sur sa bouche, je vis passer de la
démence ! Agrafée dans ce baiser de feu et comme enlevée par les lèvres qui pénétraient les siennes, aspirée par
l'haleine qui la respirait, je la portai, toujours collée
à moi, sur ce canapé de maroquin bleu, — mon gril
de saint Laurent [1], depuis un mois que je m'y roulais
en pensant à elle, — et dont le maroquin se mit voluptueusement à craquer sous son dos nu, car elle était à
moitié nue. Elle sortait de son lit, et, pour venir, elle
avait... le croiriez-vous ? été obligée de traverser la

---

1. Diacre romain d'origine espagnole qui, lors de la persécution
de 258, aurait subi le supplice du gril.

chambre où son père et sa mère dormaient ! Elle l'avait traversée à tâtons, les mains en avant, pour ne pas se choquer à quelque meuble qui aurait retenti de son choc et qui eût pu les réveiller.

— Ah ! — fis-je, — on n'est pas plus brave à la tranchée. Elle était digne d'être la maîtresse d'un soldat !

— Et elle le fut dès cette première nuit-là, — reprit le vicomte. — Elle le fut aussi violente que moi, et je vous jure que je l'étais ! Mais c'est égal... voici la revanche ! Elle ni moi ne pûmes oublier, dans les plus vifs de nos transports, l'épouvantable situation qu'elle nous faisait à tous les deux. Au sein de ce bonheur qu'elle venait chercher et m'offrir, elle était alors comme stupéfiée de l'acte qu'elle accomplissait d'une volonté pourtant si ferme, avec un acharnement si obstiné. Je ne m'en étonnai pas. Je l'étais bien, moi, stupéfié ! J'avais bien, sans le lui dire et sans le lui montrer, la plus effroyable anxiété dans le cœur, pendant qu'elle me pressait à m'étouffer sur le sien. J'écoutais, à travers ses soupirs, à travers ses baisers, à travers le terrifiant silence qui pesait sur cette maison endormie et confiante, une chose horrible : c'est si sa mère ne s'éveillait pas, si son père ne se levait pas ! Et jusque par-dessus son épaule, je regardais derrière elle si cette porte, dont elle n'avait pas ôté la clé, par peur du bruit qu'elle pouvait faire, n'allait pas s'ouvrir de nouveau et me montrer, pâles et indignées, ces deux têtes de Méduse [1], ces deux vieillards, que nous trompions avec une lâcheté si hardie, surgir tout à coup dans la nuit, images de l'hospitalité violée et de la Justice ! Jusqu'à ces voluptueux craquements du maroquin bleu, qui m'avaient sonné la diane [2] de l'Amour, me faisaient tressaillir d'épouvante... Mon cœur battait contre le sien, qui semblait me répercuter ses battements... C'était enivrant et

---

1. Une des Gorgones. Monstre mythologique dont le regard changeait en pierre quiconque osait le fixer dans les yeux.
2. Sonnerie de clairon ou de trompette marquant le réveil des troupes. Au figuré : « signal ».

dégrisant tout à la fois, mais c'était terrible ! Je me fis
à tout cela plus tard. À force de renouveler impunément cette imprudence sans nom, je devins tranquille
dans cette imprudence. À force de vivre dans ce danger d'être surpris, je me blasai. Je n'y pensai plus. Je
ne pensai plus qu'à être heureux. Dès cette première
nuit formidable, qui aurait dû l'épouvanter des autres,
elle avait décidé qu'elle viendrait chez moi de deux nuits
en deux nuits, puisque je ne pouvais aller chez elle, —
sa chambre de jeune fille n'ayant d'autre issue que dans
l'appartement de ses parents, — et elle y vint régulièrement toutes les deux nuits ; mais jamais elle ne perdit la sensation, — la stupeur de la première fois ! Le
temps ne produisit pas sur elle l'effet qu'il produisit
sur moi. Elle ne se bronza pas au danger, affronté chaque nuit. Toujours elle restait, et jusque sur mon cœur,
silencieuse, me parlant à peine avec la voix, car, d'ailleurs, vous vous doutez bien qu'elle était éloquente ;
et lorsque plus tard le calme me prit, moi, à force de
danger affronté et de réussite, et que je lui parlai,
comme on parle à sa maîtresse, de ce qu'il y avait déjà
de passé entre nous, — de cette froideur inexplicable
et démentie, puisque je la tenais dans mes bras, et qui
avait succédé à ses premières audaces ; quand je lui
adressai enfin tous ces pourquoi insatiables de l'amour,
qui n'est peut-être au fond qu'une curiosité, elle ne me
répondit jamais que par de longues étreintes. Sa bouche
triste demeurait muette de tout... excepté de baisers !
Il y a des femmes qui vous disent : « Je me perds pour
vous » ; il y en a d'autres qui vous disent : « Tu vas
bien me mépriser » ; et ce sont là des manières différentes d'exprimer la fatalité de l'amour. Mais elle,
non ! Elle ne disait mot... Chose étrange ! Plus étrange
personne ! Elle me produisait l'effet d'un épais et dur
couvercle de marbre qui brûlait, chauffé par en dessous... Je croyais qu'il arriverait un moment où le marbre se fendrait enfin sous la chaleur brûlante, mais le
marbre ne perdit jamais sa rigide densité. Les nuits
qu'elle venait, elle n'avait ni plus d'abandon, ni plus

de paroles, et, je me permettrai ce mot ecclésiastique, elle fut toujours aussi *difficile à confesser* que la première nuit qu'elle était venue. Je n'en tirai pas davantage... Tout au plus un monosyllabe arraché, d'obsession, à ces belles lèvres dont je raffolais d'autant plus que je les avais vues plus froides et plus indifférentes pendant la journée, et, encore, un monosyllabe qui ne faisait pas grande lumière sur la nature de cette fille, qui me paraissait plus sphinx, à elle seule, que tous les Sphinx dont l'image se multipliait autour de moi, dans cet appartement Empire.

— Mais, capitaine, — interrompis-je encore, — il y eut pourtant une fin à tout cela ? Vous êtes un homme fort, et tous les Sphinx sont des animaux fabuleux. Il n'y en a point dans la vie, et vous finîtes bien par trouver, que diable ! ce qu'elle avait dans son giron, cette commère-là !

— Une fin ! Oui, il y eut une fin, — fit le vicomte de Brassard en baissant brusquement la vitre du coupé, comme si la respiration avait manqué à sa monumentale poitrine et qu'il eût besoin d'air pour achever ce qu'il avait à raconter. — Mais le giron, comme vous dites, de cette singulière fille n'en fut pas plus ouvert pour cela. Notre amour, notre relation, notre intrigue, — appelez cela comme vous voudrez, — nous donna, ou plutôt *me* donna, à *moi*, des sensations que je ne crois pas avoir éprouvées jamais depuis avec des femmes plus aimées que cette Alberte, qui ne m'aimait peut-être pas, que je n'aimais peut-être pas !! Je n'ai jamais bien compris ce que j'avais pour elle et ce qu'elle avait pour moi, et cela dura plus de six mois ! Pendant ces six mois, tout ce que je compris, ce fut un genre de bonheur dont on n'a pas l'idée dans la jeunesse. Je compris le bonheur de ceux qui se cachent. Je compris la jouissance du mystère dans la complicité, qui, même sans l'espérance de réussir, ferait encore des conspirateurs incorrigibles. Alberte, à la table de ses parents comme partout, était toujours la Madame Infante qui m'avait tant frappé le premier jour que je l'avais vue. Son front néronien, sous ses cheveux bleus à force d'être noirs, qui bouclaient durement et touchaient ses sourcils, ne laissaient rien passer de la nuit coupable, qui n'y étendait aucune rougeur. Et moi qui essayais d'être aussi impénétrable qu'elle, mais qui, j'en suis sûr, aurais dû me trahir dix fois si j'avais eu affaire à des observateurs, je me rassasiais orgueilleusement et presque sensuellement, dans le plus profond de mon être, de l'idée que toute cette superbe indifférence était bien à moi et qu'elle avait pour moi toutes les bassesses de la passion, si la passion pouvait jamais être basse ! Nul que nous sur la terre ne savait cela... et c'était délicieux, cette pensée ! Personne, pas même mon ami, Louis de Meung, avec lequel j'étais discret depuis que j'étais heureux ! Il avait tout deviné, sans doute, puisqu'il était aussi discret que moi. Il ne m'interrogeait pas. J'avais repris avec lui, sans effort, mes habitudes d'intimité, les promenades sur le Cours, en grande ou en petite tenue, l'impériale [1], l'escrime et le punch ! Pardieu ! quand on sait que le bonheur viendra, sous la forme d'une belle jeune fille qui a comme une *rage de dents* dans le cœur, vous visiter régulièrement d'une nuit à l'autre, à la même heure, cela simplifie joliment les jours ! »

— Mais ils dormaient donc comme les Sept Dormants [2], les parents de cette Alberte ? — fis-je railleusement, en coupant net les réflexions de l'ancien dandy par une plaisanterie, et pour ne pas paraître trop pris par son histoire, qui me prenait, car, avec les dandys, on n'a guère que la plaisanterie pour se faire un peu respecter.

— Vous croyez donc que je cherche des effets de conteur hors de la réalité ? — dit le vicomte. — Mais je ne suis pas romancier, moi ! Quelquefois Alberte ne venait pas. La porte, dont les gonds huilés étaient

1. Jeu de cartes.
2. Légende orientale : sept enfants chrétiens, murés dans une caverne par les infidèles, se réveillèrent deux cents ans plus tard.

moelleux comme de la ouate maintenant, ne s'ouvrait
pas de toute une nuit, et c'est qu'alors sa mère l'avait
entendue et s'était écriée, ou c'est que son père l'avait
aperçue, filant ou tâtonnant à travers la chambre. Seulement Alberte, avec sa tête d'acier, trouvait à chaque fois
un prétexte. Elle était souffrante... Elle cherchait le
sucrier sans flambeau, de peur de réveiller personne... »

— Ces têtes d'acier-là ne sont pas si rares que vous
avez l'air de le croire, capitaine ! — interrompis-je
encore. J'étais contrariant. — Votre Alberte, après
tout, n'était pas plus forte que la jeune fille qui recevait toutes les nuits, dans la chambre de sa grand-mère,
endormie derrière ses rideaux, un amant entré par la
fenêtre, et qui, n'ayant pas de canapé de maroquin
bleu, s'établissait, à la bonne franquette, sur le tapis...
Vous savez comme moi l'histoire. Un soir, apparemment poussé par la jeune fille trop heureuse, un soupir
plus fort que les autres réveilla la grand-mère, qui cria
de dessous ses rideaux un : « Qu'as-tu donc petite ? »
à la faire évanouir contre le cœur de son amant ; mais
elle n'en répondit pas moins de sa place : « C'est mon
busc qui me gêne, grand-maman, pour chercher mon
aiguille tombée sur le tapis, et que je ne puis pas retrouver ! »

— Oui, je connais l'histoire, — reprit le vicomte de
Brassard, que j'avais cru humilier, par une comparaison, dans la personne de son Alberte. — C'était, si je
m'en souviens bien, une de Guise [1] que la jeune fille
dont vous me parlez. Elle s'en tira comme une fille de
son nom ; mais vous ne dites pas qu'à partir de cette
nuit-là elle ne rouvrit plus la fenêtre à son amant, qui
était, je crois, monsieur de Noirmoutier, tandis
qu'Alberte revenait le lendemain de ses accrocs terribles, et s'exposait de plus belle au danger bravé, comme
si de rien n'était. Alors, je n'étais, moi, qu'un sous-
lieutenant assez médiocre en mathématiques, et qui

1. Grande famille aristocratique française, branche cadette de la
maison de Lorraine.

m'en occupais fort peu ; mais il était évident, pour qui
sait faire le moindre calcul des probabilités, qu'un
jour... une nuit... il y aurait un dénouement.

— Ah, oui ! — fis-je, me rappelant ses paroles
d'avant son histoire, — le dénouement qui devait vous
faire connaître la sensation de la peur, capitaine.

— Précisément, — répondit-il d'un ton plus grave
et qui tranchait sur le ton léger que j'affectais. — Vous
l'avez vu, n'est-ce pas ? depuis ma main prise sous la
table jusqu'au moment où elle surgit la nuit, comme
une apparition dans le cadre de ma porte ouverte,
Alberte ne m'avait pas marchandé l'émotion. Elle
m'avait fait passer dans l'âme plus d'un genre de frisson, plus d'un genre de terreur ; mais ce n'avait été
encore que l'impression des balles qui sifflent autour
de vous et des boulets dont on sent le vent ; on fris-
sonne, mais on va toujours. Eh bien ! ce ne fut plus
cela. Ce fut de la peur, de la peur complète, de la vraie
peur, et non plus pour Alberte, mais pour moi, et pour
moi tout seul ! Ce que j'éprouvai, ce fut positivement
cette sensation qui doit rendre le cœur aussi pâle que
la face ; ce fut cette panique qui fait prendre la fuite
à des régiments tout entiers. Moi qui vous parle, j'ai
vu fuir tout Chamboran [1], bride abattue et ventre à
terre, l'héroïque Chamboran, emportant, dans son flot
épouvanté, son colonel et ses officiers ! Mais à cette
époque je n'avais encore rien vu, et j'appris... ce que
je croyais impossible.

« Écoutez donc... C'était une nuit. Avec la vie que
nous menions, ce ne pouvait être qu'une nuit... une
longue nuit d'hiver. Je ne dirai pas une de nos plus
tranquilles. Elles étaient toutes tranquilles, nos nuits.
Elles l'étaient devenues à force d'être heureuses. Nous
dormions sur ce canon chargé. Nous n'avions pas la
moindre inquiétude en faisant l'amour sur cette lame

---

1. Régiment de hussards célèbre pour sa bravoure. Mesnilgrand
(cf. *À un dîner d'athées*) est un officier de Chamboran.

de sabre posée en travers d'un abîme, comme le pont
de l'enfer [1] des Turcs ! Alberte était venue plus tôt
qu'à l'ordinaire, pour être plus longtemps. Quand elle
venait ainsi, ma première caresse, mon premier mouvement d'amour était pour ses pieds, ses pieds qui
n'avaient plus alors ses brodequins verts ou hortensia,
ces deux coquetteries et mes deux délices, et qui, nus
pour ne pas faire de bruit, m'arrivaient transis de froid
des briques sur lesquelles elle avait marché, le long du
corridor qui menait de la chambre de ses parents à ma
chambre, placée à l'autre bout de la maison. Je les
réchauffais, ces pieds glacés pour moi, qui peut-être
ramassaient, pour moi, en sortant d'un lit chaud, quelque horrible maladie de poitrine... Je savais le moyen
de les tiédir et d'y mettre du rose ou du vermillon, à
ces pieds pâles et froids ; mais cette nuit-là mon moyen
manqua... Ma bouche fut impuissante à attirer sur ce
cou-de-pied cambré et charmant la plaque de sang que
j'aimais souvent à y mettre, comme une rosette ponceau... Alberte, cette nuit-là, était plus silencieusement
amoureuse que jamais. Ses étreintes avaient cette langueur et cette force qui étaient pour moi un langage,
et un langage si expressif que, si je lui parlais toujours,
moi, si je lui disais toutes mes démences et toutes mes
ivresses, je ne lui demandais plus de me répondre et
de me parler. À ses étreintes, je l'entendais. Tout à
coup, je ne l'entendis plus. Ses bras cessèrent de me
presser sur son cœur, et je crus à une de ces pâmoisons comme elle en avait souvent, quoique ordinairement elle gardât, en ses pâmoisons, la force crispée de
l'étreinte... Nous ne sommes pas des bégueules entre
nous. Nous sommes deux hommes, et nous pouvons
nous parler comme deux hommes... J'avais l'expérience
des spasmes voluptueux d'Alberte, et quand ils la prenaient, ils n'interrompaient pas mes caresses. Je restais

---

1. Selon la mythologie persane, sur le Pont de l'Enfer *(Poul-
Sherro)* se fait la séparation des Bons et des Méchants.

comme j'étais, sur son cœur, attendant qu'elle revînt à la vie consciente, dans l'orgueilleuse certitude qu'elle reprendrait ses sens sous les miens, et que la foudre qui l'avait frappée la ressusciterait en la refrappant... Mais mon expérience fut trompée. Je la regardai comme elle était, liée à moi, sur le canapé bleu, épiant le moment où ses yeux, disparus sous ses larges paupières, me remontreraient leurs beaux orbes de velours noir et de feu ; où ses dents, qui se serraient et grinçaient à briser leur émail au moindre baiser appliqué brusquement sur son cou et traîné longuement sur ses épaules, laisseraient, en s'entrouvrant, passer son souffle. Mais ni les yeux ne revinrent, ni les dents ne se desserrèrent... Le froid des pieds d'Alberte était monté jusque dans ses lèvres et sous les miennes... Quand je sentis cet horrible froid, je me dressai à mi-corps pour mieux la regarder ; je m'arrachai en sursaut de ses bras, dont l'un tomba sur elle et l'autre pendit à terre, du canapé sur lequel elle était couchée. Effaré, mais lucide encore, je lui mis la main sur le cœur... Il n'y avait rien ! rien au pouls, rien aux tempes, rien aux artères carotides, rien nulle part... que la mort qui était partout, et déjà avec son épouvantable rigidité !

« J'étais sûr de la mort... et je ne voulais pas y croire ! La tête humaine a de ces volontés stupides contre la clarté même de l'évidence et du destin. Alberte était morte. De quoi ?... Je ne savais. Je n'étais pas médecin. Mais elle était morte ; et quoique je visse avec la clarté du jour de midi que ce que je pourrais faire était inutile, je fis pourtant tout ce qui me semblait si désespérément inutile. Dans mon néant absolu de tout, de connaissances, d'instruments, de ressources, je lui vidais sur le front tous les flacons de ma toilette. Je lui frappais résolument dans les mains, au risque d'éveiller le bruit, dans cette maison où le moindre bruit nous faisait trembler. J'avais ouï dire à un de mes oncles, chef d'escadron au 4e dragons, qu'il avait un jour sauvé un de ses amis d'une apoplexie en le saignant vite avec une de ces *flammes* dont on se sert pour saigner les chevaux. J'avais des armes plein ma chambre. Je pris un poignard, et j'en labourai le bras d'Alberte à la saignée. Je massacrai ce bras splendide d'où le sang ne coula même pas. Quelques gouttes s'y coagulèrent. Il était figé. Ni baisers, ni succions, ni morsures ne purent galvaniser ce cadavre raidi, devenu cadavre sous mes lèvres. Ne sachant plus ce que je faisais, je finis par m'étendre dessus, le moyen qu'emploient (disent les vieilles histoires) les Thaumaturges ressusciteurs, n'espérant pas y réchauffer la vie, mais agissant comme si je l'espérais ! Et ce fut sur ce corps glacé qu'une idée, qui ne s'était pas dégagée du chaos dans lequel la bouleversante mort subite d'Alberte m'avait jeté, m'apparut nettement... et que j'eus peur !

« Oh !... mais une peur... une peur immense ! Alberte était morte chez moi, et sa mort disait tout. Qu'allais-je devenir ? Que fallait-il faire ?... À cette pensée, je sentis la main, la main physique de cette peur hideuse, dans mes cheveux qui devinrent des aiguilles ! Ma colonne vertébrale se fondit en une fange glacée, et je voulus lutter — mais en vain — contre cette déshonorante sensation... Je me dis qu'il fallait avoir du sang-froid... que j'étais un homme après tout... que j'étais militaire. Je me mis la tête dans mes mains, et quand le cerveau me tournait dans le crâne, je m'efforçai de raisonner la situation horrible dans laquelle j'étais pris... et d'arrêter, pour les fixer et les examiner, toutes les idées qui me fouettaient le cerveau comme une toupie cruelle, et qui toutes allaient, à chaque tour, se heurter à ce cadavre qui était chez moi, à ce corps inanimé d'Alberte qui ne pouvait plus regagner sa chambre, et que sa mère devait retrouver le lendemain dans la *chambre de l'officier*, morte et déshonorée ! L'idée de cette mère, à laquelle j'avais peut-être tué sa fille en la déshonorant, me pesait plus sur le cœur que le cadavre même d'Alberte... On ne pouvait pas cacher la mort ; mais le déshonneur, prouvé par le cadavre chez moi, n'y avait-il pas moyen de le cacher ?... C'était la question que je me faisais, le point fixe que je regardais dans ma tête. Difficulté grandissant à mesure que je la regardais, et qui prenait les proportions d'une impossibilité absolue. Hallucination effroyable ! par moments le cadavre d'Alberte me semblait emplir toute ma chambre et ne pouvoir plus en sortir. Ah ! si la sienne n'avait pas été placée derrière l'appartement de ses parents, je l'aurais, à tout risque, reportée dans son lit ! Mais pouvais-je faire, moi, avec son corps mort dans mes bras, ce qu'elle faisait, elle, déjà si imprudemment, vivante, et m'aventurer ainsi à traverser une chambre que je ne connaissais pas, où je n'étais jamais entré, et où reposaient endormis du sommeil léger des vieillards le père et la mère de la malheureuse ?... Et cependant, l'état de ma tête était tel, la peur du lendemain et de ce cadavre chez moi me galopaient avec tant de furie, que ce fut cette idée, cette témérité, cette folie de reporter Alberte chez elle qui s'empara de moi comme l'unique moyen de sauver l'honneur de la pauvre fille et de m'épargner la honte des reproches du père et de la mère, de me tirer enfin de cette ignominie. Le croirez-vous ? J'ai peine à le croire moi-même, quand j'y pense ! J'eus la force de prendre le cadavre d'Alberte et, le soulevant par les bras, de le charger sur mes épaules. Horrible chape, plus lourde, allez ! que celle des damnés dans l'enfer du Dante [1] ! Il faut l'avoir portée, comme moi, cette chape d'une chair qui me faisait bouillonner le sang de désir il n'y avait qu'une heure, et qui maintenant me transissait !... Il faut l'avoir portée pour bien savoir ce que c'était ! J'ouvris ma porte ainsi chargé, et pieds nus comme elle, pour faire moins de bruit, je m'enfonçai dans le corridor qui conduisait à la chambre de ses parents, et dont la porte était au fond, m'arrêtant à chaque pas sur mes jambes défaillantes pour écouter le silence de la maison dans la nuit, que je n'entendais

1. Poète italien (1265-1321) auteur de *La Divine Comédie*, épopée mystique de la destinée de l'homme dans l'autre monde *(Le Paradis, l'Enfer)*.

plus, à cause des battements de mon cœur ! Ce fut long.
Rien ne bougeait... Un pas suivait un pas... Seulement,
quand j'arrivai tout contre la terrible porte de la chambre de ses parents, — qu'il me fallait franchir et qu'elle
n'avait pas, en venant, entièrement fermée pour la
retrouver entrouverte au retour —, et que j'entendis
les deux respirations longues et tranquilles de ces deux
pauvres vieux qui dormaient dans toute la confiance
de la vie, je n'osai plus !... Je n'osai plus passer ce seuil
noir et béant dans les ténèbres... Je reculai ; je m'enfuis
presque avec mon fardeau ! Je rentrai chez moi de plus
en plus épouvanté. Je replaçai le corps d'Alberte sur
le canapé, et je recommençai, accroupi sur les genoux
auprès d'elle, les suppliantes questions : « Que faire ?
que devenir ? »... Dans l'écroulement qui se faisait en
moi, l'idée insensée et atroce de jeter le corps de cette
belle fille, ma maîtresse de six mois ! par la fenêtre,
me sillonna l'esprit. Méprisez-moi ! J'ouvris la fenêtre... j'écartai le rideau que vous voyez là... et je regardai dans le trou d'ombre au fond duquel était la rue,
car il faisait très sombre cette nuit-là. On ne voyait
point le pavé. « On croira à un suicide », pensai-je, et
je repris Alberte, et je la soulevai... Mais voilà qu'un
éclair de bon sens croisa la folie ! « D'où se sera-t-elle
tuée ? D'où sera-t-elle tombée si on la trouve sous ma
fenêtre demain ?... » me demandai-je. L'impossibilité
de ce que je voulais faire me souffleta ! J'allai refer-
mer la fenêtre, qui grinça, dans son espagnolette. Je
retirai le rideau de la fenêtre, plus mort que vif de tous
les bruits que je faisais. D'ailleurs, par la fenêtre, —
sur l'escalier, — dans le corridor, — partout où je pouvais laisser ou jeter le cadavre, éternellement accusateur, la profanation était inutile. L'examen du cadavre révélerait tout, et l'œil d'une mère, si cruellement
avertie, verrait tout ce que le médecin ou le juge voudrait lui cacher... Ce que j'éprouvais était insupportable, et l'idée d'en finir d'un coup de pistolet, en l'état
lâche de mon âme *démoralisée* (un mot de l'Empereur

que plus tard j'ai compris !), me traversa en regardant
luire mes armes contre le mur de ma chambre. Mais
que voulez-vous ?... Je serai franc : j'avais dix-sept
ans, et j'aimais... mon épée. C'est par goût et sentiment de race que j'étais soldat. Je n'avais jamais vu
le feu, et je voulais le voir. J'avais l'ambition militaire.
Au régiment nous plaisantions de Werther [1], un héros
du temps, qui nous faisait pitié, à nous autres officiers !
La pensée qui m'empêcha de me soustraire, en me tuant,
à l'ignoble peur qui me tenait toujours, me conduisit
à une autre qui me parut le salut même dans l'impasse
où je me tordais ! « Si j'allais trouver le colonel ? »
me dis-je. — Le colonel, c'est la paternité militaire, —
et je m'habillai comme on s'habille quand bat la générale, dans une surprise... Je pris mes pistolets par une
précaution de soldat. Qui savait ce qui pourrait arriver ?... J'embrassai une dernière fois, avec le sentiment
qu'on a à dix-sept ans, — et on est toujours sentimental à dix-sept ans, — la bouche muette, et qui l'avait
été toujours, de cette belle Alberte trépassée, et qui me
comblait depuis six mois de ses plus enivrantes
faveurs... Je descendis sur la pointe des pieds l'escalier de cette maison où je laissais la mort... Haletant
comme un homme qui se sauve, je mis une heure (il
me sembla que j'y mettais une heure !) à déverrouiller
la porte de la rue et à tourner la grosse clé dans son
énorme serrure, et après l'avoir refermée avec les précautions d'un voleur, je m'encourus, comme un fuyard,
chez mon colonel.

« J'y sonnai comme au feu. J'y retentis comme une
trompette, comme si l'ennemi avait été en train d'enlever le drapeau du régiment ! Je renversai tout, jusqu'à
l'ordonnance qui voulut s'opposer à ce que j'entrasse
à pareille heure dans la chambre de son maître, et une

---

1. Personnage des *Souffrances du jeune Werther* du poète allemand Goethe (1749-1832), type du héros romantique que sa sensibi-
lité excessive et un amour malheureux conduisent au suicide.

fois le colonel réveillé par la tempête du bruit que je faisais, je lui dis tout. Je me confessai d'un trait et à fond, rapidement et crânement, car les moments pressaient, le suppliant de me sauver...

« C'était un homme que le colonel ! Il vit d'un coup d'œil l'horrible gouffre dans lequel je me débattais... Il eut pitié du plus jeune de ses *enfants*, comme il m'appela, et je crois que j'étais alors assez dans un état à faire pitié ! Il me dit, avec le juron le plus français, qu'il fallait commencer par décamper immédiatement de la ville, et qu'il se chargerait de tout... qu'il verrait les parents dès que je serais parti, mais qu'il fallait partir, prendre la diligence qui allait relayer dans dix minutes à *l'hôtel de la Poste*, gagner une ville qu'il me désigna et où il m'écrirait... Il me donna de l'argent, car j'avais oublié d'en prendre, m'appliqua cordialement sur les joues ses vieilles moustaches grises, et dix minutes après cette entrevue, je grimpais (il n'y avait plus que cette place) sur l'impériale de la diligence, qui faisait le même service que celle où nous sommes actuellement, et je passais au galop sous la fenêtre (je vous demande quels regards j'y jetai) de la funèbre chambre où j'avais laissé Alberte morte, et qui était éclairée comme elle l'est ce soir. »

Le vicomte de Brassard s'arrêta, sa forte voix un peu brisée. Je ne songeais plus à plaisanter. Le silence ne fut pas long entre nous.

— Et après ? — lui dis-je.

— Eh bien ! voilà, — répondit-il, — il n'y a pas d'après ! C'est cela qui a bien longtemps tourmenté ma curiosité exaspérée. Je suivis aveuglément les instructions du colonel. J'attendis avec impatience une lettre qui m'apprendrait ce qu'il avait fait et ce qui était arrivé après mon départ. J'attendis environ un mois ; mais, au bout de ce mois, ce ne fut pas une lettre que je reçus du colonel, qui n'écrivait guère qu'avec son sabre sur la figure de l'ennemi ; ce fut l'ordre d'un changement de corps. Il m'était ordonné de rejoindre le 35e, qui allait entrer en campagne, et il fallait que sous vingt-

quatre heures je fusse arrivé au nouveau corps auquel
j'appartenais. Les immenses distractions d'une campagne, et de la première ! les batailles auxquelles j'assis-
tai, les fatigues et aussi les aventures de femmes que
je mis par-dessus celle-ci, me firent négliger d'écrire au
colonel, et me détournèrent du souvenir cruel de l'histoire d'Alberte, sans pouvoir pourtant l'effacer. Je l'ai
gardé comme une balle qu'on ne peut extraire... Je me
disais qu'un jour ou l'autre je rencontrerais le colonel,
qui me mettrait enfin au courant de ce que je désirais
savoir, mais le colonel se fit tuer à la tête de son régiment à Leipsick [1]... Louis de Meung s'était aussi fait
tuer un mois auparavant... C'est assez méprisable, cela,
— ajouta le capitaine, — mais tout s'assoupit dans
l'âme la plus robuste, et peut-être parce qu'elle est la
plus robuste... La curiosité dévorante de savoir ce qui
s'était passé après mon départ finit par me laisser tranquille. J'aurais pu depuis bien des années, et changé
comme j'étais, revenir sans être reconnu dans cette
petite ville-ci et m'informer du moins de ce qu'on
savait, de ce qui y avait filtré de ma tragique aventure.
Mais quelque chose qui n'est pas, certes, le respect de
l'opinion, dont je me suis moqué toute ma vie, quelque chose qui ressemblait à cette peur que je ne voulais
pas sentir une seconde fois, m'en a toujours empêché. »

Il se tut encore, ce dandy qui m'avait raconté, sans
le moindre dandysme, une histoire d'une si triste réalité. Je rêvais sous l'impression de cette histoire, et je
comprenais que ce brillant vicomte de Brassard, la fleur
non *des pois*, mais des plus fiers pavots rouges du
dandysme, le buveur grandiose de *claret*, à la manière
anglaise, fût comme un autre, un homme plus profond
qu'il ne paraissait. Le mot me revenait qu'il m'avait
dit, en commençant, sur la *tache noire* qui, pendant

---

1. Autour de cette ville d'Allemagne, eut lieu, du 16 au 19 octobre 1813, la très meurtrière bataille des Nations entre les alliés et
l'armée de Napoléon, qui fut vaincue.

toute sa vie, avait meurtri ses plaisirs de mauvais sujet...
quand tout à coup, pour m'étonner davantage encore,
il me saisit le bras brusquement :

— Tenez ! — me dit-il, — voyez au rideau !

L'ombre svelte d'une taille de femme venait d'y passer en s'y dessinant !

— L'ombre d'Alberte ! — fit le capitaine. — Le
hasard est par trop moqueur ce soir, ajouta-t-il avec
amertume.

Le rideau avait déjà repris son carré vide, rouge et
lumineux. Mais le charron, qui, pendant que le vicomte
parlait, avait travaillé à son écrou, venait de terminer
sa besogne. Les chevaux de relais étaient prêts et piaffaient, se sabotant de feu. Le conducteur de la voiture,
bonnet d'astracan aux oreilles, registre aux dents, prit
les longes et s'enleva, et une fois hissé sur sa banquette
d'impériale, cria, de sa voix claire, le mot du commandement, dans la nuit :

« Roulez ! »

Et nous roulâmes, et nous eûmes bientôt dépassé la
mystérieuse fenêtre, que je vois toujours dans mes
rêves, avec son rideau cramoisi.

LE PLUS BEL AMOUR
DE DON JUAN

*Le meilleur régal du diable, c'est
une innocence.*

(A. [1])

I

« Il vit donc toujours, ce vieux mauvais sujet ?

— Par Dieu ! s'il vit ! — et par l'ordre de Dieu,
Madame, fis-je en me reprenant, car je me souvins
qu'elle était dévote, — et de la paroisse de Sainte-
Clotilde encore, la paroisse des ducs ! — Le roi est
mort ! Vive le roi ! — disait-on sous l'ancienne monarchie avant qu'elle fût cassée, cette vieille porcelaine de
Sèvres. Don Juan, lui, malgré toutes les démocraties,
est un monarque qu'on ne cassera pas.

— Au fait, le diable est immortel ! dit-elle comme
une raison qu'elle se serait donnée.

— Il a même...

— Qui ?... le diable ?...

— Non, Don Juan... soupé, il y a trois jours, en
goguette. Devinez où ?...

— À votre affreuse Maison-d'Or [2], sans doute...

---

1. Malgré l'initiale (A = Anonyme ?) cet exergue est sans doute
de Barbey.
2. Restaurant du boulevard des Italiens, très à la mode pendant
la monarchie de Juillet et le second Empire.

— Fi donc, Madame ! Don Juan n'y va plus... il n'y a rien là à fricasser pour sa grandesse. Le seigneur Don Juan a toujours été un peu comme ce fameux moine d'Arnaud de Brescia [1] qui, racontent les Chroniques, ne vivait que du sang des âmes. C'est avec cela qu'il aime à roser son vin de Champagne, et cela ne se trouve plus depuis longtemps dans le cabaret des cocottes !

— Vous verrez, — reprit-elle avec ironie, — qu'il aura soupé au couvent des Bénédictines, avec ces dames...

— De l'Adoration perpétuelle, oui, Madame ! Car l'adoration qu'il a inspirée une fois, ce diable d'homme ! me fait l'effet de durer toujours.

— Pour un catholique, je vous trouve profanant, — dit-elle lentement, mais un peu crispée, — et je vous prie de m'épargner le détail des soupers de vos coquines, si c'est une manière inventée par vous de m'en donner des nouvelles que de me parler, ce soir, de Don Juan.

— Je n'invente rien, Madame. Les coquines du souper en question, si ce sont des coquines, ne sont pas les miennes... malheureusement...

— Assez, Monsieur !

— Permettez-moi d'être modeste. C'étaient...

— Les *mille è trè* [2] ?..., — fit-elle, curieuse, se ravisant, presque revenue à l'amabilité.

— Oh ! pas toutes, Madame... Une douzaine seulement. C'est déjà, comme cela, bien assez honnête...

— Et déshonnête aussi, — ajouta-t-elle.

— D'ailleurs, vous savez aussi bien que moi qu'il ne peut pas tenir beaucoup de monde dans le boudoir de la comtesse de Chiffrevas. On a pu y faire des choses grandes ; mais il est fort petit, ce boudoir...

1. Réformateur religieux et politique italien (1090-1155) qui prêchait la pauvreté évangélique. Barbey cite le même mot dans ses carnets en l'attribuant à saint Bernard : « Chose singulière, on pourrait appliquer ce terrible mot à Don Juan. Seulement Don Juan n'était pas exclusif » (ORC, II, p. 1628).
2. En italien : « mille trois ». C'est, selon la tradition, le nombre des femmes séduites par Don Juan.

— Comment ? — se récria-t-elle, étonnée. — C'est donc dans le boudoir qu'on aura soupé ?...

— Oui, Madame, c'est dans le boudoir. Et pourquoi pas ? On dîne bien sur un champ de bataille. On voulait donner un souper extraordinaire au seigneur Don Juan, et c'était plus digne de lui de le lui donner sur le théâtre de sa gloire, là où les souvenirs fleurissent à la place des orangers. Jolie idée, tendre et mélancolique ! Ce n'était pas le *bal des victimes* ; c'en était le souper.

— Et Don Juan ? — dit-elle, comme Orgon dit : « Et Tartuffe ? » dans la pièce.

— Don Juan a fort bien pris la chose et très bien soupé,

Lui, tout seul, devant elles !

dans la personne de quelqu'un que vous connaissez... et qui n'est pas moins que le comte Jules-Amédée [1]-Hector de Ravila de Ravilès.

— Lui ! C'est bien, en effet, Don Juan », — dit-elle.

Et, quoiqu'elle eût passé l'âge de la rêverie, cette dévote à bec et à ongles, elle se mit à rêver au comte Jules-Amédée-Hector, — à cet homme de race Juan, — de cette antique race Juan éternelle, à qui Dieu n'a pas donné le monde, mais a permis au diable de le lui donner.

II

Ce que je venais de dire à la vieille marquise Guy de Ruy était l'exacte vérité. Il y avait trois jours à peine qu'une douzaine de femmes du vertueux faubourg Saint-Germain (qu'elles soient bien tranquilles, je ne les nommerai pas !), lesquelles, toutes les douze, selon les douairières du commérage, avaient été du *dernier*

---

1. Barbey donne à Ravila de Ravilès ses propres prénoms.

bien (vieille expression charmante) avec le comte Ravila de Ravilès, s'étaient prises de l'idée singulière de lui offrir à souper — *à lui seul d'homme* — pour fêter... quoi ? elles ne le disaient pas. C'était hardi, qu'un tel souper ; mais les femmes, lâches individuellement, en troupe sont audacieuses. Pas une peut-être de ce souper féminin n'aurait osé l'offrir chez elle, en tête à tête, au comte Jules-Amédée-Hector ; mais ensemble, et s'épaulant toutes, les unes par les autres, elles n'avaient pas craint de faire la chaîne du baquet de Mesmer [1] autour de cet homme magnétique et compromettant, le comte de Ravila de Ravilès...

— Quel nom !

— Un nom providentiel, Madame... Le comte de Ravila de Ravilès, qui, par parenthèse, avait toujours obéi à la consigne de ce nom impérieux, était bien l'incarnation de tous les séducteurs dont il est parlé dans les romans et dans l'histoire, et la marquise Guy de Ruy, — une vieille mécontente, aux yeux bleus, froids et affilés, mais moins froids que son cœur et moins affilés que son esprit, — convenait elle-même que, dans ce temps, où la question des femmes perd chaque jour de son importance, s'il y avait quelqu'un qui pût rappeler Don Juan, à coup sûr ce devait être lui ! Malheureusement, c'était Don Juan au cinquième acte [2]. Le prince de Ligne [3] ne pouvait faire entrer dans sa spirituelle tête qu'Alcibiade [4] eût jamais eu cinquante

1. Médecin allemand (1734-1815) inventeur du « magnétisme animal », grâce auquel il prétendait guérir toutes les maladies. Les patients, se tenant par la main, faisaient la chaîne autour d'un baquet.
2. Au cinquième acte du *Dom Juan* de Molière (disponible dans la même collection, n° 6079) a lieu le fatal « souper » avec la statue du Commandeur qui entraîne le héros dans les flammes de l'Enfer.
3. Aristocrate belge (1735-1814), spirituel et brillant, auteur de *Mélanges militaires, littéraires et sentimentaux*, il représentait, selon Barbey, avec Stendhal et Byron, le « dandysme littéraire ».
4. Général et homme politique grec (450-404 av. J.-C.) connu pour sa beauté, qui lui valut d'être l'élève favori de Socrate. Il fut, selon Barbey : « Le plus beau type de dandy dans la plus belle des nations » (*Du dandysme..., op. cit.*, p. 718).

ans. Or, par ce côté-là encore, le comte de Ravila allait
continuer toujours Alcibiade. Comme d'Orsay [1], ce
dandy taillé dans le bronze de Michel-Ange, qui fut
beau jusqu'à sa dernière heure, Ravila avait eu cette
beauté particulière à la race Juan, — à cette mystérieuse
race qui ne procède pas de père en fils, comme les
autres, mais qui apparaît çà et là, à de certaines distances, dans les familles de l'humanité.

C'était la vraie beauté, — la beauté insolente, joyeuse,
impériale, *juanesque* enfin ; le mot dit tout et dispense
de la description ; et — avait-il fait un pacte avec le
diable ? — il l'avait toujours... Seulement, Dieu retrouvait son compte ; les griffes de tigre de la vie commençaient à lui rayer ce front divin, couronné des roses de
tant de lèvres, et sur ses larges tempes impies apparaissaient les premiers cheveux blancs qui annoncent l'invasion prochaine des Barbares et la fin de l'Empire... Il
les portait, du reste, avec l'impassibilité de l'orgueil
surexcité par la puissance ; mais les femmes qui
l'avaient aimé les regardaient parfois avec mélancolie.
Qui sait ? elles regardaient peut-être l'heure qu'il était
pour elles à ce front ? Hélas, pour elles comme pour
lui, c'était l'heure du terrible souper avec le froid Commandeur de marbre blanc, après lequel il n'y a plus que
l'enfer, — l'enfer de la vieillesse, en attendant l'autre !
Et voilà pourquoi peut-être, avant de partager avec lui
ce souper amer et suprême, elles pensèrent à lui offrir
le leur et qu'elles en firent un chef-d'œuvre.

Oui, un chef-d'œuvre de goût, de délicatesse, de luxe
patricien, de recherche, de jolies idées ; le plus charmant, le plus délicieux, le plus friand, le plus capiteux,
et surtout le plus original des soupers. Original ! pensez donc ! C'est ordinairement la joie, la soif de s'amuser qui donne à souper ; mais ici, c'était le souvenir,
c'était le regret, c'était presque le désespoir, mais le
désespoir en toilette, caché sous des sourires ou sous

1. Cf. p. 41, note 1.

des rires, et qui voulait encore cette fête ou cette folie
dernière, encore cette escapade vers la jeunesse revenue pour une heure, encore cette griserie, pour qu'il
en fût fait à jamais !...

Les Amphitryonnes [1] de cet incroyable souper, si
peu dans les mœurs trembleuses de la société à laquelle
elles appartenaient, durent y éprouver quelque chose
de ce que Sardanapale [2] ressentit sur son bûcher,
quand il y entassa, pour périr avec lui, ses femmes, ses
esclaves, ses chevaux, ses bijoux, toutes les opulences
de sa vie. Elles, aussi, entassèrent à ce souper brûlant
toutes les opulences de la leur. Elles y apportèrent tout
ce qu'elles avaient de beauté, d'esprit, de ressources,
de parure, de puissance, pour les verser, en une seule
fois, en ce suprême flamboiement.

L'homme devant lequel elles s'enveloppèrent et se
drapèrent dans cette dernière flamme, était plus à leurs
yeux qu'aux yeux de Sardanapale toute l'Asie. Elles
furent coquettes pour lui comme jamais femmes ne le
furent pour aucun homme, comme jamais femmes ne
le furent pour un salon plein ; et cette coquetterie, elles
l'embrasèrent de cette jalousie qu'on cache dans le
monde et qu'elles n'avaient point besoin de cacher, car
elles savaient toutes que cet homme avait été à chacune
d'elles, et la honte partagée n'en est plus... C'était,
parmi elles toutes, à qui graverait le plus avant son épitaphe dans son cœur.

Lui, il eut, ce soir-là, la volupté repue, souveraine,
nonchalante, dégustatrice du confesseur de nonnes et
du sultan. Assis comme un roi — comme le maître —
au milieu de la table, en face de la comtesse de Chiffrevas, dans ce boudoir fleur de pêcher ou de... péché
(on n'a jamais bien su l'orthographe de la couleur de

    1. Féminin de *amphitryon* : celui qui offre un dîner.
    2. Roi légendaire d'Assyrie, symbole du luxe et de la luxure.
Vaincu, il se suicida en mettant le feu à sa propre capitale, Ninive.
Barbey semble ici se souvenir du tableau de Delacroix (1798-1863),
La Mort de Sardanapale (1828).

ce boudoir), le comte de Ravila embrassait de ses yeux, bleu d'enfer, que tant de pauvres créatures avaient pris pour le bleu du ciel, ce cercle rayonnant de douze femmes, mises avec génie, et qui, à cette table, chargée de cristaux, de bougies allumées et de fleurs, étalaient, depuis le vermillon de la rose ouverte jusqu'à l'or adouci de la grappe ambrée, toutes les nuances de la maturité.

Il n'y avait pas là de ces jeunesses vert tendre, de ces petites demoiselles qu'exécrait Byron [1], qui sentent la tartelette et qui, par la tournure, ne sont encore que des épluchettes, mais tous étés splendides et savoureux, plantureux automnes, épanouissement et plénitudes, seins éblouissants battant leur plein majestueux au bord découvert des corsages, et, sous les camées de l'épaule nue, des bras de tout galbe, mais surtout des bras puissants, de ces biceps de Sabines qui ont lutté avec les Romains [2], et qui seraient capables de s'entrelacer, pour l'arrêter, dans les rayons de la roue du char de la vie.

J'ai parlé d'idées. Une des plus charmantes de ce souper avait été de le faire servir par des femmes de chambre, pour qu'il ne fût pas dit que rien eût dérangé l'harmonie d'une fête dont les femmes étaient les seules reines, puisqu'elles en faisaient les honneurs... Le seigneur Don Juan — branche de Ravila — put donc baigner ses fauves regards dans une mer de chairs lumineuses et vivantes comme Rubens [3] en met dans ses

1. Poète anglais (1788-1824) qui, par sa vie aventureuse et par son œuvre, exerça une très grande influence sur le romantisme français. Une des plus grandes et des plus constantes admirations littéraires de Barbey.

2. Selon la tradition, après la fondation de Rome, les Romains, pour se procurer des femmes, auraient enlevé celles d'un peuple voisin, les Sabins. Barbey se souvient sans doute du tableau de David (1748-1825), *Les Sabines* (1799).

3. Peintre flamand (1557-1640), connu pour ses nudités féminines plantureuses et puissantes. Sur le goût de Barbey pour ce type de femmes, cf. Dossier, pp. 384-387.

grasses et robustes peintures, mais il put plonger aussi son orgueil dans l'éther plus ou moins limpide, plus ou moins troublé de tous ces cœurs. C'est qu'au fond, et malgré tout ce qui pourrait empêcher de le croire, c'est un rude spiritualiste que Don Juan ! Il l'est comme le démon lui-même, qui aime les âmes encore plus que les corps, et qui fait même cette traite-là de préférence à l'autre, le négrier infernal !

Spirituelles, nobles, du ton le plus faubourg Saint-Germain, mais ce soir-là hardies comme des pages de la maison du Roi quand il y avait une maison du Roi et des pages, elles furent d'un étincellement d'esprit, d'un mouvement, d'une verve et d'un *brio* incomparables. Elles s'y sentirent supérieures à tout ce qu'elles avaient été dans leurs plus beaux soirs. Elles y jouirent d'une puissance inconnue qui se dégageait du fond d'elles-mêmes, et dont jusque-là elles ne s'étaient jamais doutées.

Le bonheur de cette découverte, la sensation des forces triplées de la vie ; de plus, les influences physiques, si décisives sur les êtres nerveux, l'éclat des lumières, l'odeur pénétrante de toutes ces fleurs qui se pâmaient dans l'atmosphère chauffée par ces beaux corps aux effluves trop forts pour elles, l'aiguillon des vins provocants, l'idée de ce souper qui avait justement le mérite piquant du péché que la Napolitaine demandait à son sorbet pour le trouver exquis, la pensée enivrante de la complicité dans ce petit crime d'un souper risqué, oui ! mais qui ne versa pas vulgairement dans le souper régence [1] ; qui resta un souper faubourg Saint-Germain et XIXe siècle, et où de tous ces adorables corsages, doublés de cœurs qui avaient vu le feu et qui aimaient à l'agacer encore, pas une épingle ne tomba ; — toutes ces choses enfin, agissant à la fois, tendirent

1. Après la mort de Louis XIV, Philippe d'Orléans devint régent de France jusqu'à la majorité de Louis XV. La Régence fut une période de grande liberté de mœurs.

la harpe mystérieuse que toutes ces merveilleuses organisations portaient en elles, aussi fort qu'elle pouvait être tendue sans se briser, et elles arrivèrent à des octaves sublimes, à d'inexprimables diapasons... Ce dut être curieux, n'est-ce pas ? Cette page inouïe de ses Mémoires, Ravila l'écrira-t-il un jour ?... C'est une question, mais lui seul peut l'écrire... Comme je le dis à la marquise Guy de Ruy, je n'étais pas à ce souper, et si j'en vais rapporter quelques détails et l'histoire par laquelle il finit, c'est que je les tiens de Ravila lui-même, qui, fidèle à l'indiscrétion traditionnelle et caractéristique de la race Juan, prit la peine, un soir, de me les raconter.

III

Il était donc tard, — c'est-à-dire tôt ! Le matin venait. Contre le plafond et à une certaine place des rideaux de soie rose du boudoir, hermétiquement fermés, on voyait poindre et rondir une goutte d'opale, comme un œil grandissant, l'œil du jour curieux qui aurait regardé par là ce qu'on faisait dans ce boudoir enflammé. L'alanguissement commençait à prendre les chevalières de cette Table-Ronde, ces soupeuses, si animées il n'y avait qu'un moment. On connaît ce moment-là de tous les soupers où la fatigue de l'émotion et de la nuit passée semble se projeter sur tout, sur les coiffures qui s'affaissent, les joues vermillonnées ou pâlies qui brûlent, les regards lassés dans les yeux cernés qui s'alourdissent, et même jusque sur les lumières élargies et rampantes des mille bougies des candélabres, ces bouquets de feu aux tiges sculptées de bronze et d'or.

La conversation générale, longtemps faite d'entrain, partie de volant où chacun avait allongé son coup de raquette, s'était fragmentée, émiettée, et rien de distinct ne s'entendait plus dans le bruit harmonieux de toutes ces voix, aux timbres aristocratiques, qui se mêlaient et babillaient comme les oiseaux, à l'aube, sur la lisière d'un bois... quand l'une d'elles, — une voix de tête, celle-là ! — impérieuse et presque impertinente, comme doit l'être une voix de duchesse, dit tout à coup, par-dessus toutes les autres, au comte de Ravila, ces paroles qui étaient sans doute la suite et la conclusion d'une conversation, à voix basse, entre eux deux, que personne de ces femmes, qui causaient, chacune avec sa voisine, n'avait entendue :

— Vous qui passez pour le Don Juan de ce temps-ci, vous devriez nous raconter l'histoire de la conquête qui a le plus flatté votre orgueil d'homme aimé et que vous jugez, à cette lueur du moment présent, le plus bel amour de votre vie ?...

Et la question, autant que la voix qui parlait, coupa nettement dans le bruit de toutes ces conversations éparpillées et fit subitement le silence.

C'était la voix de la duchesse de ***. — Je ne lèverai pas son masque d'astérisques ; mais peut-être la reconnaîtrez-vous, quand je vous aurai dit que c'est la blonde la plus pâle de teint et de cheveux, et les yeux les plus noirs sous ses longs sourcils d'ambre, de tout le faubourg Saint-Germain. — Elle était assise, comme un juste à la droite de Dieu, à la droite du comte de Ravila, le dieu de cette fête, qui ne réduisait pas alors ses ennemis à lui servir de marche-pied ; mince et idéale comme une arabesque et comme une fée, dans sa robe de velours vert aux reflets d'argent, dont la longue traîne se tordait autour de sa chaise, et figurait assez bien la queue de serpent par laquelle se terminait la croupe charmante de Mélusine [1].

— C'est là une idée ! — fit la comtesse de Chiffrevas, comme pour appuyer, en sa qualité de maîtresse de maison, le désir et la motion de la duchesse ; — oui,

---

1. Fée médiévale, qui, tous les samedis, se changeait en serpent. Représentée avec un buste de femme et une queue de serpent.

l'amour de tous les amours, inspirés ou sentis, que vous voudriez le plus recommencer, si c'était possible.

— Oh ! je voudrais les recommencer tous ! — fit Ravila avec cet inassouvissement d'Empereur romain qu'ont parfois ces blasés immenses. Et il leva son verre de champagne, qui n'était pas la coupe bête et païenne par laquelle on l'a remplacée, mais le verre élancé et svelte de nos ancêtres, qui est le vrai verre de champagne, — celui-là qu'on appelle une *flûte*, peut-être à cause des célestes mélodies qu'il nous verse souvent au cœur. — Puis il étreignit d'un regard circulaire toutes ces femmes qui formaient autour de la table une si magnifique ceinture. — Et cependant, — ajouta-t-il en replaçant son verre devant lui avec une mélancolie étonnante pour un tel Nabuchodonosor [1] qui n'avait encore mangé d'herbe que les salades à l'estragon du café Anglais, — et cependant c'est la vérité, qu'il y en a *un* entre tous les sentiments de la vie, qui rayonne toujours dans le souvenir plus fort que les autres, à mesure que la vie s'avance, et pour lequel on les donnerait tous !

— Le diamant de l'écrin, — dit la comtesse de Chiffrevas songeuse, qui regardait peut-être dans les facettes du sien.

— ... Et de la légende de mon pays, — reprit à son tour la princesse Jable... qui est du pied des monts Ourals, — ce fameux et fabuleux diamant, rose d'abord, qui devient noir ensuite, mais qui reste diamant, plus brillant encore noir que rose... — Elle dit cela avec le charme étrange qui est en elle, cette Bohémienne ! car c'est une Bohémienne, épousée par amour par le plus beau prince de l'émigration polonaise, et qui a l'air aussi princesse que si elle était née sous les courtines des Jagellons [2].

1. Roi de Babylone selon la Bible (*Daniel*, IV, 22). Devenu fou, il fut « chassé du milieu des hommes parmi les animaux des champs, nourri d'herbes et trempé de rosée comme les bœufs ».
2. Ancienne dynastie lituanienne qui régna sur la Pologne, la Hongrie et la Bohême.

Alors, ce fut une explosion ! « Oui, — firent-elles toutes. — Dites-nous cela, comte ! » ajoutèrent-elles passionnément, suppliantes déjà, avec les frémissements de la curiosité jusque dans les frisons de leurs cous, par-derrière ; se tassant, épaule contre épaule ; les unes la joue dans la main, le coude sur la table ; les autres, renversées au dossier des chaises, l'éventail déplié sur la bouche ; le fusillant toutes de leurs yeux émerillonnés [1] et inquisiteurs.

— Si vous le voulez absolument…, — dit le comte, avec la nonchalance d'un homme qui sait que l'attente exaspère le désir.

— Absolument ! — dit la duchesse en regardant comme un despote turc aurait regardé le fil de son sabre, — le fil d'or de son couteau de dessert.

— Écoutez donc, — acheva-t-il, toujours nonchalant.

Elles se fondaient d'attention, en le regardant. Elles le buvaient et le mangeaient des yeux. Toute histoire d'amour intéresse les femmes ; mais qui sait ? peut-être le charme de celle-ci était-il, pour chacune d'elles, la pensée que l'histoire qu'il allait raconter pouvait être la sienne… Elles le savaient trop gentilhomme et de trop grand monde pour n'être pas sûres qu'il sauverait les noms et qu'il épaissirait, quand il le faudrait, les détails par trop transparents ; et cette idée, cette certitude leur faisait d'autant plus désirer l'histoire. Elles en avaient mieux que le désir ; elles en avaient l'espérance.

Leur vanité se trouvait *des rivales* dans ce souvenir évoqué comme le plus beau souvenir de la vie d'un homme, qui devait en avoir de si beaux et de si nombreux ! Le vieux sultan allait jeter une fois de plus le mouchoir… que nulle main ne ramasserait, mais que celle à qui il serait jeté sentirait tomber silencieusement dans son cœur…

Or voici, avec ce qu'elles croyaient, le petit tonnerre inattendu qu'il fit passer sur tous ces fronts écoutants :

1. Rendus vifs, brillants.

IV

« J'ai ouï dire souvent à des moralistes, grands expérimentateurs de la vie, — dit le comte de Ravila, — que le plus fort de tous nos amours n'est ni le premier, ni le dernier, comme beaucoup le croient ; c'est le second. Mais en fait d'amour, tout est vrai et tout est faux, et, du reste, cela n'aura pas été pour moi... Ce que vous me demandez, Mesdames, et ce que j'ai, ce soir, à vous raconter, remonte au plus bel instant de ma jeunesse. Je n'étais plus précisément ce qu'on appelle un jeune homme, mais j'étais un homme jeune, et, comme disait un vieil oncle à moi, chevalier de Malte, pour désigner cette époque de la vie : « J'avais fini mes caravanes. » En pleine force donc, je me trouvais en pleine *relation* aussi, comme on dit si joliment en Italie, avec une femme que vous connaissez toutes et que vous avez toutes admirée... »

Ici le regard que se jetèrent en même temps, chacune à toutes les autres, ce groupe de femmes qui aspiraient les paroles de ce vieux serpent, fut quelque chose qu'il faut avoir vu, car c'est inexprimable.

« Cette femme était bien, — continua Ravila, — tout ce que vous pouvez imaginer de plus distingué, dans tous les sens que l'on peut donner à ce mot. Elle était jeune, riche, d'un nom superbe, belle, spirituelle, d'une large intelligence d'artiste, et naturelle avec cela, comme on l'est dans votre monde, quand on l'est... D'ailleurs, n'ayant, dans ce monde-là, d'autre prétention que celle de me plaire et de se dévouer ; que de me paraître la plus tendre des maîtresses et la meilleure des amies.

« Je n'étais pas, je crois, le premier homme qu'elle eût aimé... Elle avait déjà aimé une fois, et ce n'était pas son mari ; mais ç'avait été vertueusement, platoniquement, utopiquement, de cet amour qui exerce le cœur plus qu'il ne le remplit ; qui en prépare les forces pour un autre amour qui doit toujours bientôt le suivre ;

de cet amour d'essai, enfin, qui ressemble à la messe blanche que disent les jeunes prêtres pour s'exercer à dire, sans se tromper, la vraie messe, la messe consacrée... Lorsque j'arrivai dans sa vie, elle n'en était encore qu'à la messe blanche. C'est moi qui fus la véritable messe, et elle la dit alors avec toutes les cérémonies de la chose et somptueusement, comme un cardinal. »

À ce mot-là, le plus joli rond de sourires tourna sur ces douze délicieuses bouches attentives, comme une ondulation circulaire sur la surface limpide d'un lac... Ce fut rapide, mais ravissant !

« C'était vraiment un être à part ! — reprit le comte. — J'ai vu rarement plus de bonté vraie, plus de pitié, plus de sentiments excellents, jusque dans la passion qui, comme vous le savez, n'est pas toujours bonne. Je n'ai jamais vu moins de manège, moins de pruderie et de coquetterie, ces deux choses si souvent emmêlées dans les femmes, comme un écheveau dans lequel la griffe du chat aurait passé... Il n'y avait point de chat en celle-ci... Elle était ce que ces diables de faiseurs de livres, qui nous empoisonnent de leurs manières de parler, appelleraient une nature primitive, parée par la civilisation ; mais elle n'en avait que les luxes charmants, et pas une seule de ces petites corruptions qui nous paraissent encore plus charmantes que ces luxes...

— Était-elle brune ? — interrompit tout à coup et à brûle-pourpoint la duchesse, impatientée de toute cette métaphysique.

— Ah ! vous n'y voyez pas assez clair ! — dit Ravila finement. — Oui, elle était brune, brune de cheveux jusqu'au noir le plus jais, le plus miroir d'ébène que j'aie jamais vu reluire sur la voluptueuse convexité lustrée d'une tête de femme, mais elle était blonde de teint, — et c'est au teint et non aux cheveux qu'il faut juger si on est brune ou blonde, — ajouta le grand observateur, qui n'avait pas étudié les femmes seulement pour en faire des portraits. — C'était une blonde aux cheveux noirs... »

Toutes les têtes blondes de cette table, qui ne l'étaient,

elles, que de cheveux, firent un mouvement imperceptible. Il était évident que pour elles l'intérêt de l'histoire diminuait déjà.

« Elle avait les cheveux de la Nuit, — reprit Ravila,
— mais sur le visage de l'Aurore, car son visage res-
plendissait de cette fraîcheur incarnadine, éblouissante
et rare, qui avait résisté à tout dans cette vie nocturne
de Paris dont elle vivait depuis des années, et qui brûle
tant de roses à la flamme de ses candélabres. Il semblait que les siennes s'y fussent seulement embrasées,
tant sur ses joues et sur ses lèvres le carmin en était presque lumineux ! Leur double éclat s'accordait bien, du
reste, avec le rubis qu'elle portait habituellement sur
le front, car, dans ce temps-là, on se coiffait en *fer-
ronnière*, ce qui faisait dans son visage, avec ses deux
yeux incendiaires dont la flamme empêchait de voir la
couleur, comme un triangle de trois rubis ! Élancée,
mais robuste, majestueuse même, taillée pour être la
femme d'un colonel de cuirassiers, — son mari n'était
alors chef d'escadron que dans la cavalerie légère, —
elle avait, toute grande dame qu'elle fût, la santé d'une
paysanne qui boit du soleil par la peau, et elle avait
aussi l'ardeur de ce soleil bu, autant dans l'âme que
dans les veines, — oui, présente et toujours prête...
Mais voici où l'étrange commençait ! Cet être puissant
et ingénu, cette nature purpurine et pure comme le sang
qui arrosait ses belles joues et rosait ses bras, était...
le croirez-vous ? maladroite aux caresses... »

Ici quelques yeux se baissèrent, mais se relevèrent,
malicieux...

« Maladroite aux caresses comme elle était imprudente dans la vie, — continua Ravila, qui ne pesa pas
plus que cela sur le renseignement. — Il fallait que
l'homme qu'elle aimait lui enseignât incessamment
deux choses qu'elle n'a jamais apprises, du reste... à
ne pas se perdre vis-à-vis d'un monde toujours armé
et toujours implacable, et à pratiquer dans l'intimité
le grand art de l'amour, qui empêche l'amour de mourir. Elle avait cependant l'amour ; mais l'art de l'amour

lui manquait… C'était le contraire de tant de femmes qui n'en ont que l'art ! Or, pour comprendre et appliquer la politique du *Prince*, il faut être déjà Borgia. Borgia précède Machiavel [1]. L'un est poète ; l'autre, le critique. Elle n'était nullement Borgia. C'était une honnête femme amoureuse, naïve, malgré sa colossale beauté, comme la petite fille du dessus de porte, qui, ayant soif, veut prendre dans sa main de l'eau de la fontaine, et qui, haletante, laisse tout tomber à travers ses doigts, et reste confuse…

« C'était presque joli, du reste, que le contraste de cette confusion et de cette gaucherie avec cette grande femme passionnée, qui, à la voir dans le monde, eût trompé tant d'observateurs, — qui avait tout de l'amour, même le bonheur, mais qui n'avait pas la puissance de le rendre comme on le lui donnait. Seulement je n'étais pas alors assez contemplateur pour me contenter de ce *joli d'artiste*, et c'est même la raison qui, à certains jours, la rendait inquiète, jalouse et violente, — tout ce qu'on est quand on aime, et elle aimait ! — Mais jalousie, inquiétude, violence, tout cela mourait dans l'inépuisable bonté de son cœur, au premier mal qu'elle voulait ou qu'elle croyait faire, maladroite à la blessure comme à la caresse ! Lionne, d'une espèce inconnue, qui s'imaginait avoir des griffes, et qui, quand elle voulait les allonger, n'en trouvait jamais dans ses magnifiques pattes de velours. C'est avec du velours qu'elle égratignait !

— Où va-t-il en venir ? — dit la comtesse de Chiffrevas à sa voisine, — car, vraiment, ce ne peut pas être là le plus bel amour de Don Juan ! »

---

1. Homme politique et penseur italien (1469-1527). Auteur d'un célèbre traité de philosophie politique, *Le Prince* (1513), inspiré de la carrière de César Borgia (1476-1507), où il énonce les qualités essentielles du « Prince » : « la ruse du renard », « la force du lion » et une parfaite connaissance de la psychologie lui permettant d'exercer sa séduction sur les foules. Sur le modèle du *Prince*, Barbey projetait d'écrire un *Traité de la Princesse*, manuel de séduction à l'usage des femmes dandys.

Toutes ces compliquées ne pouvaient croire à cette simplicité !

« Nous vivions donc, — dit Ravila, — dans une intimité qui avait parfois des orages, mais qui n'avait pas de déchirements, et cette intimité n'était, dans cette ville de province qu'on appelle Paris, un mystère pour personne... La marquise... elle était marquise... »

Il y en avait trois à cette table, et brunes de cheveux aussi. Mais elles ne cillèrent pas. Elles savaient trop que ce n'était pas d'elles qu'il parlait... Le seul velours qu'elles eussent, à toutes les trois, était sur la lèvre supérieure de l'une d'elles, — lèvre voluptueusement estompée, qui, pour le moment, je vous jure, exprimait pas mal de dédain.

« ... Et marquise trois fois, comme les pachas peuvent être pachas à trois queues ! continua Ravila, à qui la verve venait. La marquise était de ces femmes qui ne savent rien cacher et qui, quand elles le voudraient, ne le pourraient pas. Sa fille même, une enfant de treize ans, malgré son innocence, ne s'apercevait que trop du sentiment que sa mère avait pour moi. Je ne sais quel poète a demandé ce que pensent de nous les filles dont nous avons aimé les mères. Question profonde ! que je me suis souvent faite quand je surprenais le regard d'espion, noir et menaçant, embusqué sur moi, du fond des grands yeux sombres de cette fillette. Cette enfant, d'une réserve farouche, qui le plus souvent quittait le salon quand je venais et qui se mettait le plus loin possible de moi quand elle était obligée d'y rester, avait pour ma personne une horreur presque convulsive... qu'elle cherchait à cacher en elle, mais qui, plus forte qu'elle, la trahissait... Cela se révélait dans d'imperceptibles détails, mais dont pas un ne m'échappait. La marquise, qui n'était pourtant pas une observatrice, me disait sans cesse : « Il faut prendre garde, mon ami. Je crois ma fille jalouse de vous... »

« J'y prenais garde beaucoup plus qu'elle.

« Cette petite aurait été le diable en personne, je l'aurais bien défiée de lire dans mon jeu... Mais le jeu de sa mère était transparent. Tout se voyait dans le miroir pourpre de ce visage, si souvent troublé ! À l'espèce de haine de la fille, je ne pouvais m'empêcher de penser qu'elle avait surpris le secret de sa mère à quelque émotion exprimée, dans quelque regard trop noyé, involontairement, de tendresse. C'était, si vous voulez le savoir, une enfant chétive, parfaitement indigne du moule splendide d'où elle était sortie, laide, même de l'aveu de sa mère, qui ne l'en aimait que davantage ; une petite topaze brûlée... que vous dirai-je ? une espèce de maquette en bronze, mais avec des yeux noirs... Une magie ! Et qui, depuis... »

Il s'arrêta après cet éclair... comme s'il avait voulu l'éteindre et qu'il en eût trop dit... L'intérêt était revenu général, perceptible, tendu, à toutes les physionomies, et la comtesse avait dit même entre ses belles dents le mot de l'impatience éclairée :« Enfin ! »

V

« Dans les commencements de ma liaison avec sa mère, — reprit le comte de Ravila, — j'avais eu avec cette petite fille toutes les familiarités caressantes qu'on a avec tous les enfants... Je lui apportais des sacs de dragées. Je l'appelais « petite masque », et très souvent, en causant avec sa mère, je m'amusais à lui lisser son bandeau sur la tempe, — un bandeau de cheveux malades, noirs, avec des reflets d'amadou, — mais « la petite masque », dont la grande bouche avait un joli sourire pour tout le monde, recueillait, repliait son sourire pour moi, fronçait âprement ses sourcils, et, à force de se crisper, devenait d'une « petite masque » un vrai masque ridé de cariatide humiliée, qui semblait, quand ma main passait sur son front, porter le poids d'un entablement sous ma main.

« Aussi bien, en voyant cette maussaderie toujours retrouvée à la même place et qui semblait une hostilité, j'avais fini par laisser là cette sensitive, couleur de

souci, qui se rétractait si violemment au contact de la
moindre caresse... et je ne lui parlais même plus ! « Elle
sent bien que vous la volez, — me disait la marquise.
— Son instinct lui dit que vous lui prenez une portion
de l'amour de sa mère. » Et quelquefois, elle ajoutait
dans sa droiture : « C'est ma conscience que cette
enfant, et mon remords, sa jalousie. »

« Un jour, ayant voulu l'interroger sur cet éloigne-
ment profond qu'elle avait pour moi, la marquise n'en
avait obtenu que ces réponses brisées, têtues, stupides,
qu'il faut tirer, avec un tire-bouchon d'interrogations
répétées, de tous les enfants qui ne veulent rien dire...
« Je n'ai rien... je ne sais pas », et voyant la dureté
de ce petit bronze, elle avait cessé de lui faire des questions, et, de lassitude, elle s'était détournée...

« J'ai oublié de vous dire que cette enfant bizarre était
très dévote, d'une dévotion sombre, espagnole, moyen
âge, superstitieuse. Elle tordait autour de son maigre
corps toutes sortes de scapulaires et se plaquait sur sa
poitrine, unie comme le dos de la main, et autour de
son cou bistré, des tas de croix, de bonnes Vierges et
de Saint-Esprits ! « Vous êtes malheureusement un
impie, — me disait la marquise. — Un jour, en causant,
vous l'aurez peut-être scandalisée. Faites attention à tout
ce que vous dites devant elle, je vous en supplie.
N'aggravez pas mes torts aux yeux de cet enfant envers
qui je me sens déjà si coupable ! » Puis, comme la
conduite de cette petite ne changeait point, ne se modi-
fiait point : « Vous finirez par la haïr, — ajoutait la marquise inquiète —, et je ne pourrai pas vous en vouloir. »
Mais elle se trompait : je n'étais qu'indifférent pour cette
maussade fillette, quand elle ne m'impatientait pas.

« J'avais mis entre nous la politesse qu'on a entre
grandes personnes, et entre grandes personnes qui ne
s'aiment point. Je la traitais avec cérémonie, l'appelant gros comme le bras : « Mademoiselle », et elle me
renvoyait un « Monsieur » glacial. Elle ne voulait rien
faire devant moi qui pût la mettre, je ne dis pas en
valeur, mais seulement en dehors d'elle-même... Jamais

sa mère ne put la décider à me montrer un de ses dessins, ni à jouer devant moi un air de piano. Quand je l'y surprenais, étudiant avec beaucoup d'ardeur et d'attention, elle s'arrêtait court, se levait du tabouret et ne jouait plus...

« Une seule fois, sa mère l'exigeant (il y avait du monde), elle se plaça devant l'instrument ouvert avec un de ces airs *victime* qui, je vous assure, n'avait rien de doux, et elle commença je ne sais quelle partition avec des doigts abominablement contrariés. J'étais debout à la cheminée, et je la regardais obliquement. Elle avait le dos tourné de mon côté, et il n'y avait pas de glace devant elle dans laquelle elle pût voir que je la regardais... Tout à coup son dos (elle se tenait habituellement mal, et sa mère lui disait souvent : « Si tu te tiens toujours ainsi, tu finiras par te donner une maladie de poitrine »), tout à coup son dos se redressa, comme si je lui avais cassé l'épine dorsale avec mon regard comme avec une balle ; et abattant violemment le couvercle du piano, qui fit un bruit effroyable en tombant, elle se sauva du salon... On alla la chercher ; mais ce soir-là, on ne put jamais l'y faire revenir.

« Eh bien, il paraît que les hommes les plus fats ne le sont jamais assez, car la conduite de cette ténébreuse enfant, qui m'intéressait si peu, ne me donna rien à penser sur le sentiment qu'elle avait pour moi. Sa mère, non plus. Sa mère, qui était jalouse de toutes les femmes de son salon, ne fut pas plus jalouse que je n'étais fat avec cette petite fille, qui finit par se révéler dans un de ces faits que la marquise, l'expansion même dans l'intimité, pâle encore de la terreur qu'elle avait ressentie, et riant aux éclats de l'avoir éprouvée, eut l'imprudence de me raconter. »

Il avait souligné, par inflexion, le mot d'*imprudence* comme eût fait le plus habile acteur et en homme qui savait que tout l'intérêt de son histoire ne tenait plus qu'au fil de ce mot-là !

Mais cela suffisait apparemment, car ces douze beaux visages de femmes s'étaient renflammés d'un sentiment

aussi intense que les visages des Chérubins [1] devant le
trône de Dieu. Est-ce que le sentiment de la curiosité
chez les femmes n'est pas aussi intense que le sentiment
de l'adoration chez les Anges ?... Lui, les regarda tous,
ces visages de Chérubins qui ne finissaient pas aux épaules, et les trouvant à point, sans doute, pour ce qu'il
avait à leur dire, il reprit vite et ne s'arrêta plus :

« Oui, elle riait aux éclats, la marquise, rien que d'y
penser ! — me dit-elle à quelque temps de là, lorsqu'elle
me rapporta la chose ; mais elle n'avait pas toujours
ri ! — « Figurez-vous, — me conta-t-elle (je tâcherai
de me rappeler ses propres paroles), — que j'étais assise
là où nous sommes maintenant. »

« — (C'était sur une de ces causeuses qu'on appelait des *dos-à-dos*, le meuble le mieux inventé pour se
bouder et se raccommoder sans changer de place.)

« Mais vous n'étiez pas où vous voilà, heureusement ! quand on m'annonça... devinez qui ?... vous
ne le devineriez jamais... M. le curé de Saint-Germain-
des-Prés. Le connaissez-vous ?... Non ! Vous n'allez
jamais à la messe, ce qui est très mal... Comment
pourriez-vous donc connaître ce pauvre vieux curé qui
est un saint, et qui ne met le pied chez aucune femme
de sa paroisse, sinon quand il s'agit d'une quête pour
ses pauvres ou pour son église ? Je crus tout d'abord
que c'était pour cela qu'il venait.

« Il avait dans le temps fait faire sa première communion à ma fille, et elle, qui communiait souvent,
l'avait gardé pour confesseur. Pour cette raison, bien
des fois, depuis ce temps-là, je l'avais invité à dîner,
mais en vain. Quand il entra, il était extrêmement troublé, et je vis sur ses traits, d'ordinaire si placides, un
embarras si peu dissimulé et si grand, qu'il me fut
impossible de le mettre sur le compte de la timidité toute
seule, et que je ne pus m'empêcher de lui dire pour

---

1. Nom donné dans la Bible aux anges qui demeurent auprès de
Dieu.

première parole : Eh ! mon Dieu ! qu'y a-t-il, monsieur le curé ?

« — Il y a, — me dit-il, — Madame, que vous voyez l'homme le plus embarrassé qu'il y ait au monde. Voilà plus de cinquante ans que je suis dans le saint ministère, et je n'ai jamais été chargé d'une commission plus délicate et que je comprisse moins que celle que j'ai à vous faire... » —

« Et il s'assit, me demanda de faire fermer ma porte tout le temps de notre entretien. Vous sentez bien que toutes ces solennités m'effrayaient un peu... Il s'en aperçut.

« —Ne vous effrayez pas à ce point, Madame, — reprit-il ; — vous avez besoin de tout votre sang-froid pour m'écouter et pour me faire comprendre, à moi, la chose inouïe dont il s'agit, et qu'en vérité je ne puis admettre... Mademoiselle votre fille, de la part de qui je viens, est, vous le savez comme moi, un ange de pureté et de piété. Je connais son âme. Je la tiens dans mes mains depuis son âge de sept ans, et je suis persuadé qu'elle se trompe... à force d'innocence peutêtre... Mais, ce matin, elle est venue me déclarer en confession qu'elle était, vous ne le croirez pas, Madame, ni moi non plus, mais il faut bien dire le mot... enceinte ! » —

« Je poussai un cri...

« — J'en ai poussé un comme vous dans mon confessionnal, ce matin, — reprit le curé, — à cette déclaration faite par elle avec toutes les marques du désespoir le plus sincère et le plus affreux ! Je sais à fond cette enfant. Elle ignore tout de la vie et du péché... C'est certainement de toutes les jeunes filles que je confesse celle dont je répondrais le plus devant Dieu. Voilà tout ce que je puis vous dire ! Nous sommes, nous autres prêtres, les chirurgiens des âmes, et il nous faut les accoucher des hontes qu'elles dissimulent, avec des mains qui ne les blessent ni ne les tachent. Je l'ai donc, avec toutes les précautions possibles, interrogée, questionnée, pressée de questions, cette enfant au désespoir, mais qui, une fois la chose dite, la faute avouée, qu'elle appelle un crime et sa damnation éternelle, car elle se croit damnée, la pauvre fille ! ne m'a plus répondu et s'est obstinément renfermée dans un silence qu'elle n'a rompu que pour me supplier de venir vous trouver, Madame, et de vous apprendre son crime, — car il faut bien que maman le sache, — a-t-elle dit, — et jamais je n'aurai la force de le lui avouer ! » —

« J'écoutais le curé de Saint-Germain-des-Prés. Vous vous doutez bien avec quel mélange de stupéfaction et d'anxiété ! Comme lui et encore plus que lui, je croyais être sûre de l'innocence de ma fille ; mais les innocents tombent souvent, même par innocence... Et ce qu'elle avait dit à son confesseur n'était pas impossible... Je n'y croyais pas... Je ne voulais pas y croire ; mais cependant ce n'était pas impossible !... Elle n'avait que treize ans, mais elle était une femme, et cette précocité même m'avait effrayée... Une fièvre, un transport de curiosité me saisit.

« — Je veux et je vais tout savoir ! — dis-je à ce bonhomme de prêtre, ahuri devant moi et qui, en m'écoutant, débordait d'embarras son chapeau. — Laissez-moi, monsieur le curé. Elle ne parlerait pas devant vous. Mais je suis sûre qu'elle me dira tout... que je lui arracherai tout, et que nous comprendrons alors ce qui est maintenant incompréhensible !» —

« Et le prêtre s'en alla là-dessus, — et dès qu'il fut parti, je montai chez ma fille, n'ayant pas la patience de la faire demander et de l'attendre.

« Je la trouvai devant le crucifix de son lit, pas agenouillée, mais prosternée, pâle comme une morte, les yeux secs, mais très rouges, comme des yeux qui ont beaucoup pleuré. Je la pris dans mes bras, l'assis près de moi, puis sur mes genoux, et je lui dis que je ne pouvais pas croire ce que venait de m'apprendre son confesseur.

« Mais elle m'interrompit pour m'assurer avec des navrements de voix et de physionomie que c'était vrai, ce qu'il avait dit, et c'est alors que, de plus en plus inquiète et étonnée, je lui demandai le nom de celui qui...

« Je n'achevai pas... Ah ! ce fut le moment terrible ! Elle se cacha la tête et le visage sur mon épaule... mais je voyais le ton de feu de son cou, par derrière, et je la sentais frissonner. Le silence qu'elle avait opposé à son confesseur, elle me l'opposa. C'était un mur.

« — Il faut que ce soit quelqu'un bien au-dessous de toi, puisque tu as tant de honte ?... » — lui dis-je, pour la faire parler en la révoltant, car je la savais orgueilleuse.

« Mais c'était toujours le même silence, le même engloutissement de sa tête sur mon épaule. Cela dura un temps qui me parut infini, quand tout à coup elle me dit sans se soulever : « Jure-moi que tu me pardonneras, maman. »

« Je lui jurai tout ce qu'elle voulut, au risque d'être cent fois parjure, je m'en souciais bien ! Je m'impatientais. Je bouillais... Il me semblait que mon front allait éclater et laisser échapper ma cervelle...

« — Eh bien ! c'est M. de Ravila », — fit-elle d'une voix basse ; et elle resta comme elle était dans mes bras.

« Ah ! l'effet de ce nom, Amédée ! Je recevais d'un seul coup, en plein cœur, la punition de la grande faute de ma vie ! Vous êtes, en fait de femmes, un homme si terrible, vous m'avez fait craindre de telles rivalités, que l'horrible « pourquoi pas ? » dit à propos de l'homme qu'on aime et dont on doute, se leva en moi... Ce que j'éprouvais, j'eus la force de le cacher à cette cruelle enfant, qui avait peut-être deviné l'amour de sa mère.

« — M. de Ravila ! — fis-je, avec une voix qui me semblait dire tout, — mais tu ne lui parles jamais ? » — Tu le fuis, — j'allais ajouter, car la colère commençait ; je la sentais venir... Vous êtes donc bien faux tous les deux ? — Mais je réprimai cela... Ne fallait-il pas que je susse les détails, un par un, de cette horrible séduction ?... Et je les lui demandai avec une douceur dont je crus mourir, quand elle m'ôta de cet étau, de ce supplice, en me disant naïvement :

« — Ma mère, c'était un soir. Il était dans le grand fauteuil qui est au coin de la cheminée, en face de la causeuse. Il y resta longtemps, puis il se leva, et moi j'eus le malheur d'aller m'asseoir après lui dans ce fauteuil qu'il avait quitté. Oh ! maman !... c'est comme si j'étais tombée dans du feu. Je voulais me lever, je ne pus pas... le cœur me manqua ! et je sentis... tiens ! là, maman... que ce que j'avais... c'était un enfant !... »

La marquise avait ri, dit Ravila, quand elle lui avait raconté cette histoire : mais aucune des douze femmes qui étaient autour de cette table ne songea à rire, — ni Ravila non plus.

— Et voilà, Mesdames, croyez-le, si vous voulez, ajouta-t-il en forme de conclusion, — le plus bel amour que j'aie inspiré de ma vie !

Et il se tut, elles aussi. Elles étaient pensives... L'avaient-elles compris ?

Lorsque Joseph était esclave chez Mme Putiphar, il était si beau, dit le Coran[1], que, de rêverie, les femmes qu'il servait à table se coupaient les doigts avec leurs couteaux, en le regardant. Mais nous ne sommes plus au temps de Joseph, et les préoccupations qu'on a au dessert sont moins fortes.

— Quelle grande bête, avec tout son esprit, que votre marquise, pour vous avoir dit pareille chose ! — fit la duchesse, qui se permit d'être cynique, mais qui ne se coupa rien du tout avec le couteau d'or qu'elle tenait toujours à la main.

La comtesse de Chiffrevas regardait attentivement

---

1. Selon le Coran, la femme de Putiphar invita ses compagnes (qui la blâmaient d'avoir désiré Joseph, cf. p. 56, n. 1) à un grand festin : « Elle leur donna des couteaux tranchants et fit paraître Joseph. Charmées de sa beauté, toutes les femmes le comblèrent de louanges. Elles se coupaient les doigts par distraction et s'écriaient : "Ô Dieu, ce n'est pas un homme, c'est un ange adorable." »

dans le fond d'un verre de vin du Rhin, en cristal émeraude, mystérieux comme sa pensée.

— Et la petite masque ? — demanda-t-elle.

— Oh, elle était morte, bien jeune et mariée en province, quand sa mère me raconta cette histoire, répondit Ravila.

— Sans cela !... fit la duchesse songeuse.

LE BONHEUR DANS LE CRIME

> *Dans ce temps délicieux, quand on raconte une histoire vraie, c'est à croire que le Diable a dicté*[1]...

J'étais un des matins de l'automne dernier à me promener au Jardin des Plantes, en compagnie du docteur Torty[2], certainement une de mes plus vieilles connaissances. Lorsque je n'étais qu'un enfant, le docteur Torty exerçait la médecine dans la ville de V...[3] ; mais après environ trente ans de cet agréable exercice, et *ses* malades étant morts, — ses *fermiers* comme il les appelait, lesquels lui avaient rapporté plus que bien des fermiers ne rapportent à leurs maîtres, sur les meilleures terres de Normandie, — il n'en avait pas repris d'autres ; et déjà sur l'âge et fou d'indépendance, comme un animal qui a toujours marché sur son bridon et qui finit par le casser, il était venu s'engloutir dans Paris, — là même, dans le voisinage du Jardin des Plantes, rue Cuvier, je crois, — ne faisant plus la médecine que pour son plaisir personnel, qui, d'ailleurs, était grand à en faire, car il était médecin dans le sang et jusqu'aux ongles, et fort médecin, et grand observateur, en plus, de bien d'autres cas que de cas simplement physiologiques et pathologiques...

L'avez-vous quelquefois rencontré, le docteur Torty ?

1. Cf. Préface, p. 36.
2. Cf. Dossier, p. 362.
3. Cf. Dossier, p. 374 et ss.

Voir *Au fil du texte*, p. IX.

C'était un de ces esprits hardis et vigoureux qui ne chaussent point de mitaines, par la très bonne et proverbiale raison que : « chat ganté ne prend pas de souris », et qu'il en avait immensément pris, et qu'il en voulait toujours prendre, ce matois de fine et forte race ; espèce d'homme qui me plaisait beaucoup à moi, et je crois bien (je me connais !) par les côtés surtout qui déplaisaient le plus aux autres. En effet, il déplaisait assez généralement quand on se portait bien, ce brusque original de docteur Torty ; mais ceux à qui il déplaisait le plus, une fois malades, lui faisaient des salamalecs, comme les sauvages en faisaient au fusil de Robinson qui pouvait les tuer, non pour les mêmes raisons que les sauvages, mais spécialement pour les raisons contraires : il pouvait les sauver ! Sans cette considération prépondérante, le docteur n'aurait jamais gagné vingt mille livres de rente dans une petite ville aristocratique, dévote et bégueule, qui l'aurait parfaitement mis à la porte cochère de ses hôtels, si elle n'avait écouté que ses opinions et ses antipathies. Il s'en rendait compte, du reste, avec beaucoup de sang-froid, et il en plaisantait. « Il fallait, — disait-il railleusement pendant le bail de trente ans qu'il avait fait à V..., — qu'ils choisissent entre moi et l'Extrême-Onction, et, tout dévots qu'ils étaient, ils me prenaient encore de préférence aux Saintes Huiles. » Comme vous voyez, il ne se gênait pas, le docteur. Il avait la plaisanterie légèrement sacrilège. Franc disciple de Cabanis [1] en philosophie médicale, il était, comme son vieux camarade Chaussier [2], de l'école de ces médecins terribles par un matérialisme absolu, et comme Dubois — le premier des Dubois [3] — par un cynisme qui descend

1. Médecin français (1757-1808), disciple du philosophe Condillac. Matérialiste, il affirmait la nécessité de rattacher l'étude des faits psychologiques à la physiologie.
2. Professeur d'anatomie et de physiologie (1746-1828).
3. Antoine (1756-1857), médecin accoucheur, dont le fils fut aussi médecin.

toutes choses et tutoierait des duchesses et des dames
d'honneur d'impératrice et les appellerait « mes petites
mères », ni plus ni moins que des marchandes de poisson. Pour vous donner une simple idée du cynisme du
docteur Torty, c'est lui qui me disait un soir, au cercle
des Ganaches, en embrassant somptueusement d'un
regard de propriétaire le quadrilatère éblouissant de la
table ornée de cent vingt convives : « C'est moi qui
les fais tous !... » Moïse [1] n'eût pas été plus fier, en
montrant la baguette avec laquelle il changeait des
rochers en fontaines. Que voulez-vous, Madame ? Il
n'avait pas la bosse du respect, et même il prétendait
que là où elle est sur le crâne des autres hommes, il y
avait un trou sur le sien. Vieux, ayant passé la soixante-
dizaine, mais carré, robuste et noueux comme son nom,
d'un visage sardonique et, sous sa perruque châtain
clair, très lisse, très lustrée et à cheveux très courts, d'un
œil pénétrant, vierge de lunettes, vêtu presque toujours
en habit gris ou de ce brun qu'on appela longtemps
fumée de Moscou, il ne ressemblait ni de tenue ni
d'allure à ces messieurs les médecins de Paris, corrects,
cravatés de blanc, comme du suaire de leurs morts !
C'était un autre homme. Il avait, avec ses gants de
daim, ses bottes à forte semelle et à gros talons qu'il
faisait retentir sous son pas très ferme, quelque chose
d'alerte et de cavalier, et cavalier est bien le mot, car
il était resté (combien d'années sur trente !), le *charivari* [2] boutonné sur la cuisse, et à cheval, dans des
chemins à casser en deux des Centaures [3], — et on

1. Figure biblique *(Pentateuque).* Prophète, fondateur de la religion et de la nation d'Israël, Dieu lui donna mission de guider les
Israélites hors d'Égypte à travers le désert jusqu'à la Terre Promise.
D'un coup de son bâton il faisait jaillir des rochers arides l'eau nécessaire à la survie de son peuple.
2. Pantalon utilisé pour monter à cheval.
3. Monstres mythologiques, moitié hommes (tête et torse) moitié
chevaux.

devinait bien tout cela à la manière dont il cambrait encore son large buste, vissé sur des reins qui n'avaient pas bougé, et qui se balançait sur de fortes jambes sans rhumatismes, arquées comme celles d'un ancien postillon. Le docteur Torty avait été une espèce de Bas-de-Cuir [1] équestre, qui avait vécu dans les fondrières du Cotentin, comme le Bas-de-Cuir de Cooper dans les forêts de l'Amérique. Naturaliste qui se moquait, comme le héros de Cooper, des lois sociales, mais qui, comme l'homme de Fenimore, ne les avait pas remplacées par l'idée de Dieu, il était devenu un de ces impitoyables observateurs qui ne peuvent pas ne point être des misanthropes. C'est fatal. Aussi l'était-il. Seulement il avait eu le temps, pendant qu'il faisait boire la boue des mauvais chemins au ventre sanglé de son cheval, de se blaser sur les autres fanges de la vie. Ce n'était nullement un misanthrope à l'Alceste [2]. Il ne s'indignait pas vertueusement. Il ne s'encolérait pas. Non ! il méprisait l'homme aussi tranquillement qu'il prenait sa prise de tabac, et même il avait autant de plaisir à le mépriser qu'à la prendre.

Tel exactement il était, ce docteur Torty, avec lequel je me promenais.

Il faisait, ce jour-là, un de ces temps d'automne, gais et clairs, à arrêter les hirondelles qui vont partir. Midi sonnait à Notre-Dame, et son grave bourdon semblait verser, par-dessus la rivière verte et moirée aux piles des ponts, et jusque par-dessus nos têtes, tant l'air ébranlé était pur ! de longs frémissements lumineux. Le feuillage roux des arbres du jardin s'était, par degrés, essuyé du brouillard bleu qui les noie en ces vaporeuses matinées d'octobre, et un joli soleil d'arrière-saison nous chauffait agréablement le dos,

---

1. Héros de plusieurs ouvrages du romancier américain Fenimore Cooper (1789-1851). Type du « coureur des bois », de l'homme « des grands espaces ».
2. Cf. Molière, *Le Misanthrope*.

dans sa ouate d'or, au docteur et à moi, pendant que nous étions arrêtés, à regarder la fameuse panthère noire, qui est morte, l'hiver d'après, comme une jeune fille, de la poitrine. Il y avait çà et là, autour de nous, le public ordinaire du Jardin des Plantes, ce public spécial de gens du peuple, de soldats et de bonnes d'enfants, qui aiment à badauder devant la grille des cages et qui s'amusent beaucoup à jeter des coquilles de noix et des pelures de marrons aux bêtes engourdies ou dormant derrière leurs barreaux. La panthère devant laquelle nous étions, en rôdant, arrivés, était, si vous vous en souvenez, de cette espèce particulière à l'île de Java, le pays du monde où la nature est le plus intense et semble elle-même quelque grande tigresse, inapprivoisable à l'homme, qui le fascine et qui le mord dans toutes les productions de son sol terrible et splendide. À Java, les fleurs ont plus d'éclat et plus de parfum, les fruits plus de goût, les animaux plus de beauté et plus de force que dans aucun autre pays de la terre, et rien ne peut donner une idée de cette violence de vie à qui n'a pas reçu les poignantes et mortelles sensations d'une contrée tout à la fois enchantante et empoisonnante, tout ensemble Armide[1] et Locuste[2]. Étalée nonchalamment sur ses élégantes pattes allongées devant elle, la tête droite, ses yeux d'émeraude immobiles, la panthère était un magnifique échantillon des redoutables productions de son pays. Nulle tache fauve n'étoilait sa fourrure de velours noir, d'un noir si profond et si mat que la lumière, en y glissant, ne la lustrait même pas, mais s'y absorbait, comme l'eau s'absorbe dans l'éponge qui la boit... Quand on se retournait de cette forme idéale de beauté

---

1. Dans *La Jérusalem délivrée* du poète italien Torquato Tasso, dit le Tasse (1544-1595), magicienne dont les enchantements retiennent le héros, Renaud.
2. Célèbre empoisonneuse romaine. Elle fournit à l'empereur Néron le poison qui fit périr Britannicus.

souple, de force terrible au repos, de dédain impassible et royal, vers les créatures humaines qui la regardaient timidement, qui la contemplaient, yeux ronds et bouche béante, ce n'était pas l'humanité qui avait le beau rôle, c'était la bête. Et elle était si supérieure, que c'en était presque humiliant ! J'en faisais la réflexion tout bas au docteur, quand deux personnes scindèrent tout à coup le groupe amoncelé devant la panthère et se plantèrent justement en face d'elle : « Oui, — me répondit le docteur, — mais voyez maintenant ! Voici l'équilibre rétabli entre les espèces ! »

☞   C'étaient un homme et une femme, tous deux de haute taille, et qui, dès le premier regard que je leur jetai, me firent l'effet d'appartenir aux rangs élevés du monde parisien. Ils n'étaient jeunes ni l'un ni l'autre, mais néanmoins parfaitement beaux. L'homme devait s'en aller vers quarante-sept ans et davantage, et la femme vers quarante et plus... Ils avaient donc, comme disent les marins revenus de la Terre de Feu, *passé la ligne*, la ligne fatale, plus formidable que celle de l'équateur, qu'une fois passée on ne repasse plus sur les mers de la vie ! Mais ils paraissaient peu se soucier de cette circonstance. Ils n'avaient au front, ni nulle part, de mélancolie... L'homme, élancé et aussi patricien dans sa redingote noire strictement boutonnée, comme celle d'un officier de cavalerie, que s'il avait porté un de ces costumes que le Titien[1] donne à ses portraits, ressemblait par sa tournure busquée, son air efféminé et hautain, ses moustaches aiguës comme celles d'un chat et qui à la pointe commençaient à blanchir, à un mignon du temps de Henri III[2] ; et pour que la ressemblance fût complète, il portait des cheveux courts, qui n'empêchaient nullement de voir briller à ses oreilles deux saphirs d'un bleu sombre, qui me

---

1. Peintre vénitien (1490-1576).
2. Roi de France (1551-1589), resté surtout célèbre par le pouvoir excessif qu'il accordait à ses favoris, ses « mignons ».

☞ Voir *Au fil du texte*, p. X.

rappelèrent les deux émeraudes que Sbogar [1] portait à la même place... Excepté ce détail *ridicule* (comme aurait dit le monde) et qui montrait assez de dédain pour les goûts et les idées du jour, tout était simple et *dandy* comme l'entendait Brummel, c'est-à-dire *irrémarquable*, dans la tenue de cet homme qui n'attirait l'attention que par lui-même, et qui l'aurait confisquée tout entière, s'il n'avait pas eu au bras la femme, qu'en ce moment, il y avait... Cette femme, en effet, prenait encore plus le regard que l'homme qui l'accompagnait, et elle le captivait plus longtemps. Elle était grande comme lui. Sa tête atteignait presque à la sienne. Et, comme elle était aussi tout en noir, elle faisait penser à la grande Isis [2] noire du Musée Égyptien, par l'ampleur de ses formes, la fierté mystérieuse et la force. Chose étrange ! dans le rapprochement de ce beau couple, c'était la femme qui avait les muscles, et l'homme qui avait les nerfs... Je ne la voyais alors que de profil ; mais, le profil, c'est l'écueil de la beauté ou son attestation la plus éclatante. Jamais, je crois, je n'en avais vu de plus pur et de plus altier. Quant à ses yeux, je n'en pouvais juger, fixés qu'ils étaient sur la panthère, laquelle, sans doute, en recevait une impression magnétique et désagréable, car, immobile déjà, elle sembla s'enfoncer de plus en plus dans cette immobilité rigide, à mesure que la femme, venue pour la voir, la regardait ; et — comme les chats à la lumière qui les éblouit — sans que sa tête bougeât d'une ligne, sans que la fine extrémité de sa moustache, seulement, frémît, la panthère, après avoir clignoté quelque temps, et comme n'en pouvant plus supporter davantage,

---

1. Héros du roman de Charles Nodier (1780-1844) qui porte son nom : « deux petites émeraudes » lui pendaient aux oreilles. Personnage romantique, révolté contre une société injuste. La marquise du Vallon trouvait que Barbey lui ressemblait.
2. Déesse égyptienne, sœur et femme d'Osiris qu'elle ressuscita après avoir reconstitué son corps dépecé. Adorée comme la Mère universelle.

rentra lentement, sous les couvertures tirées de ses paupières, les deux étoiles vertes de ses regards. Elle se claquemurait.

— Eh ! eh ! panthère contre panthère ! — fit le docteur à mon oreille ; — mais le satin est plus fort que le velours.

Le satin, c'était la femme, qui avait une robe de cette étoffe miroitante — une robe à longue traîne. Et il avait vu juste, le docteur ! Noire, souple, d'articulation aussi puissante, aussi royale d'attitude, — dans son espèce, d'une beauté égale, et d'un charme encore plus inquiétant, — la femme, l'inconnue, était comme une panthère humaine, dressée devant la panthère animale qu'elle éclipsait ; et la bête venait de le sentir, sans doute, quand elle avait fermé les yeux. Mais la femme — si c'en était un — ne se contenta pas de ce triomphe. Elle manqua de générosité. Elle voulut que sa rivale la vît qui l'humiliait, et rouvrît les yeux pour la voir. Aussi, défaisant sans mot dire les douze boutons du gant violet qui moulait son magnifique avant-bras, elle ôta ce gant, et, passant audacieusement sa main entre les barreaux de la cage, elle en fouetta le museau court de la panthère, qui ne fit qu'un mouvement... mais quel mouvement !... et d'un coup de dents, rapide comme l'éclair !... Un cri partit du groupe où nous étions. Nous avions cru le poignet emporté : ce n'était que le gant. La panthère l'avait englouti. La formidable bête outragée avait rouvert des yeux affreusement dilatés, et ses naseaux froncés vibraient encore...

— Folle ! — dit l'homme, en saisissant ce beau poignet, qui venait d'échapper à la plus coupante des morsures.

Vous savez comme parfois on dit : « Folle !... » Il le dit ainsi ; et il le baisa, ce poignet, avec emportement [1].

Et, comme il était de notre côté, elle se retourna de

---

1. Cf. Dossier, p. 363.

trois quarts pour le regarder baisant son poignet nu,
et je vis ses yeux, à elle... ces yeux qui fascinaient des
tigres, et qui étaient à présent fascinés par un homme ;
ses yeux, deux larges diamants noirs, taillés pour toutes
les fiertés de la vie, et qui n'exprimaient plus en le regardant que toutes les adorations de l'amour !

Ces yeux-là étaient et disaient tout un poème.
L'homme n'avait pas lâché le bras, qui avait dû sentir
l'haleine fiévreuse de la panthère, et, le tenant replié
sur son cœur, il entraîna la femme dans la grande allée
du jardin, indifférent aux murmures et aux exclama-
tions du groupe populaire, — encore ému du danger
que l'imprudente venait de courir, — et qu'il retraversa
tranquillement. Ils passèrent auprès de nous, le docteur et moi, mais leurs visages tournés l'un vers l'autre,
se serrant flanc contre flanc, comme s'ils avaient voulu
se pénétrer, entrer, lui dans elle, elle dans lui, et ne faire
qu'un seul corps à eux deux, en ne regardant rien
qu'eux-mêmes. C'étaient, aurait-on cru à les voir ainsi
passer, des créatures supérieures, qui n'apercevaient pas
même à leurs orteils la terre sur laquelle ils marchaient,
et qui traversaient le monde dans leur nuage, comme,
dans Homère, les Immortels !

De telles choses sont rares à Paris, et, pour cette raison, nous restâmes à le voir filer, ce maître-couple, —
la femme étalant sa traîne noire dans la poussière du
jardin, comme un paon, dédaigneux jusque de son plu-
mage.

Ils étaient superbes, en s'éloignant ainsi, sous les
rayons du soleil de midi, dans la majesté de leur entre-
lacement, ces deux êtres... Et voilà comme ils regagnè-
rent l'entrée de la grille du jardin et remontèrent dans
un coupé, étincelant de cuivres et d'attelage, qui les
attendait.

— Ils oublient l'univers ! — fis-je au docteur, qui
comprit ma pensée.

— Ah ! ils s'en soucient bien de l'univers ! — répondit-il, de sa voix mordante. — Ils ne voient rien du tout

dans la création, et, ce qui est bien plus fort, ils passent même auprès de leur médecin sans le voir.

— Quoi, c'est vous, docteur ! — m'écriai-je, — mais alors vous allez me dire ce qu'ils sont, mon cher docteur.

Le docteur fit ce qu'on appelle un temps, voulant faire un effet, car en tout il était rusé, le compère !

— Eh bien, c'est Philémon et Baucis [1], — me dit-il simplement. — Voilà !

— Peste ! — fis-je, — un Philémon et une Baucis d'une fière tournure et ressemblant peu à l'antique. Mais, docteur, ce n'est pas leur nom... Comment les appelez-vous ?

— Comment ! — répondit le docteur, — dans votre monde, où je ne vais point, vous n'avez jamais entendu parler du comte et de la comtesse Serlon de Savigny comme d'un modèle fabuleux d'amour conjugal ?

— Ma foi, non, — dis-je, — on parle peu d'amour conjugal dans le monde où je vais, docteur.

— Hum ! hum ! c'est bien possible, — fit le docteur, répondant bien plus à sa pensée qu'à la mienne. — Dans ce monde-là, qui est aussi le leur, on se passe beaucoup de choses plus ou moins correctes. Mais, outre qu'ils ont une raison pour ne pas y aller, et qu'ils habitent presque toute l'année leur vieux château de Savigny, dans le Cotentin, il a couru autrefois de tels bruits sur eux, qu'au faubourg Saint-Germain, où l'on a encore un reste de solidarité nobiliaire, on aime mieux se taire que d'en parler.

— Et quels étaient ces bruits ?... Ah ! voilà que vous m'intéressez, docteur ! Vous devez en savoir quelque chose. Le château de Savigny n'est pas très loin de la ville de V..., où vous avez été médecin.

— Eh ! ces bruits... — dit le docteur (il prit pensive-

---

1. Personnages légendaires (cf. Ovide, *Métamorphoses*). Couple de vieux paysans pauvres auxquels les dieux accordent, en récompense de leur hospitalité, de n'être pas séparés après leur mort : ils sont alors transformés en deux arbres poussant côte à côte.

ment une prise de tabac). — Enfin, on les a crus faux !. Tout ça est passé... Mais, malgré tout, quoique les mariages d'inclination et les bonheurs qu'ils donnent soient en province l'idéal de toutes les mères de famille, romanesques et vertueuses, elles n'ont pas pu beaucoup, — celles que j'ai connues, — parler à mesdemoiselles leurs filles de celui-là !

— Et, cependant, Philémon et Baucis, disiez-vous, docteur ?...

— Baucis ! Baucis ! Hum ! Monsieur..., — interrompit le docteur Torty, en passant brusquement son index en crochet sur toute la longueur de son nez de perroquet (un de ses gestes), — ne trouvez-vous pas, voyons, qu'elle a moins l'air d'une Baucis que d'une lady Macbeth [1], cette gaillarde-là ?...

— Docteur, mon cher et adorable docteur, — repris-je, avec toutes sortes de câlineries dans la voix, — vous allez me dire tout ce que vous savez du comte et de la comtesse de Savigny ?...

— Le médecin est le confesseur des temps modernes, — fit le docteur, avec un ton solennellement goguenard. — Il a remplacé le prêtre, monsieur, et il est obligé au secret de la confession comme le prêtre...

Il me regarda malicieusement, car il connaissait mon respect et mon amour pour les choses du catholicisme, dont il était l'ennemi. Il cligna l'œil. Il me crut attrapé.

— Et il va le tenir... comme le prêtre ! — ajouta-t-il, avec éclat, et en riant de son rire le plus cynique. — Venez par ici. Nous allons causer.

Et il m'emmena dans la grande allée d'arbres qui borde, par ce côté, le Jardin des Plantes et le boulevard de l'Hôpital... Là, nous nous assîmes sur un banc à dossier vert, et il commença :

1. Héroïne du dramaturge anglais William Shakespeare (1564-1616) qui pousse son mari à assassiner le roi Duncan pour prendre le pouvoir *(Macbeth)*.

« Mon cher, c'est là une histoire qu'il faut aller chercher déjà loin, comme une balle perdue sous des chairs
revenues ; car l'oubli, c'est comme une chair de choses
vivantes qui se reforme par-dessus les événements et
qui empêche d'en voir rien, d'en soupçonner rien au
bout d'un certain temps, même la place. C'était dans
les premières années qui suivirent la Restauration. Un
régiment de la Garde passa par la ville de V... ; et, ayant
été obligés d'y rester deux jours pour je ne sais quelle
raison militaire, les officiers de ce régiment s'avisèrent
de donner un assaut d'armes, en l'honneur de la ville.
La ville, en effet, avait bien tout ce qu'il fallait pour
que ces officiers de la Garde lui fissent honneur et fête.
Elle était, comme on disait alors, — plus royaliste que
le Roi. Proportion gardée avec sa dimension (ce n'est
guère qu'une ville de cinq à six mille âmes), elle foi-
sonnait de noblesse. Plus de trente jeunes gens de ses
meilleures familles servaient alors, soit aux Gardes-du-
Corps, soit à ceux de Monsieur, et les officiers du régiment en passage à V... les connaissaient presque tous.
Mais, la principale raison qui décida de cette martiale
fête d'un assaut, fut la réputation d'une ville qui s'était
appelée « *la bretteuse* » et qui était encore, dans ce
moment-là, la ville la plus bretteuse de France. La
Révolution de 1789 avait eu beau enlever aux nobles
le droit de porter l'épée, à V... ils prouvaient que s'ils
ne la portaient plus, ils pouvaient toujours s'en servir.
L'assaut donné par les officiers fut très brillant. On y
vit accourir toutes les fortes lames du pays, et même
tous les amateurs, plus jeunes d'une génération, qui
n'avaient pas cultivé, comme on le cultivait autrefois,
un art aussi compliqué et aussi difficile que l'escrime ;
et tous montrèrent un tel enthousiasme pour ce manie-
ment de l'épée, la gloire de nos pères, qu'un ancien prévôt du régiment, qui avait fait trois ou quatre fois son
temps et dont le bras était couvert de chevrons, s'ima-
gina que ce serait une bonne place pour y finir ses jours
qu'une salle d'armes qu'on ouvrirait à V... ; et le
colonel, à qui il communiqua et qui approuva son

dessein, lui délivra son congé et l'y laissa. Ce prévôt,
qui s'appelait Stassin en son nom de famille, et *La
Pointe-au-corps* en son surnom de guerre, avait eu là
tout simplement une idée de génie. Depuis longtemps,
il n'y avait plus à V... de salle d'armes correctement
tenue ; et c'était même une de ces choses dont on ne
parlait qu'avec mélancolie entre ces nobles, obligés de
donner eux-mêmes des leçons à leurs fils ou de les leur
faire donner par quelque compagnon revenu du service,
qui savait à peine ou qui savait mal ce qu'il enseignait.
Les habitants de V... se piquaient d'être difficiles. Ils
avaient réellement le feu sacré. Il ne leur suffisait pas
de tuer leur homme ; ils voulaient le tuer savamment
et artistement, par principes. Il fallait, avant tout, pour
eux, qu'un homme, comme ils disaient, fût beau sous
les armes, et ils n'avaient qu'un profond mépris pour
ces robustes maladroits, qui peuvent être très dangereux sur le terrain, mais qui ne sont pas au strict et vrai
mot, ce qu'on appelle « des tireurs ». *La Pointe-au-
corps*, qui avait été un très bel homme dans sa jeunesse,
et qui l'était encore, — qui, au camp de Hollande, et
bien jeune alors, avait battu à plate couture tous les
autres prévôts et remporté un prix de deux fleurets et
de deux masques montés en argent, — était, lui, justement un de ces tireurs comme les écoles n'en peuvent
produire, si la nature ne leur a préparé d'exceptionnelles
organisations. Naturellement, il fut l'admiration de
V..., et bientôt mieux. Rien n'égalise comme l'épée.
Sous l'ancienne monarchie, les rois anoblissaient les
hommes qui leur apprenaient à la tenir. Louis XV, si
je m'en souviens bien, n'avait-il pas donné à Danet [1],
son maître, qui nous a laissé un livre sur l'escrime,
quatre de ses fleurs de lys, entre deux épées croisées,
pour mettre dans son écusson ?... Ces gentilshommes
de province, qui sentaient encore à plein nez leur

---

1. Maître d'armes du roi Louis XV, auteur d'un traité : *L'Art des
armes* (1766).

monarchie, furent en peu de temps de pair à compagnon avec le vieux prévôt, comme s'il eût été l'un des leurs.

« Jusque-là, c'était bien, et il n'y avait qu'à féliciter Stassin, dit *La Pointe-au-corps*, de sa bonne fortune ; mais, malheureusement, ce vieux prévôt n'avait pas qu'un cœur de maroquin rouge sur le plastron capitonné de peau blanche dont il couvrait sa poitrine, quand il donnait magistralement sa leçon... Il se trouva qu'il en avait un autre par-dessous, lequel se mit à faire des siennes dans cette ville de V..., où il était venu chercher le havre de grâce de sa vie. Il paraît que le cœur d'un soldat est toujours fait avec de la poudre. Or, quand le temps a séché la poudre, elle n'en prend que mieux. À V..., les femmes sont si généralement jolies, que l'étincelle était partout pour la poudre séchée de mon vieux prévôt. Aussi, son histoire se termina-t-elle comme celle d'un grand nombre de vieux soldats. Après avoir roulé dans toutes les contrées de l'Europe, et pris le menton et la taille de toutes les filles que le diable avait mises sur son chemin, l'ancien soldat du premier Empire consomma sa dernière fredaine en épousant, à cinquante ans passés, avec toutes les formalités et les sacrements de la chose, — à la municipalité et à l'église, — une grisette de V... ; laquelle, bien entendu — je connais les grisettes de ce pays-là ; j'en ai assez accouché pour les connaître ! — lui campa un enfant, bel et bien au bout de ses neuf mois, jour pour jour ; et cet enfant, qui était une fille, n'est rien moins, mon cher, que la femme à l'air de déesse qui vient de passer, en nous frisant insolemment du vent de sa robe, et sans prendre plus garde à nous que si nous n'avions pas été là ! »

— La comtesse de Savigny ! — m'écriai-je.

« Oui, la comtesse de Savigny, tout au long, elle-même ! Ah ! il ne faut pas regarder aux origines, pas plus pour les femmes que pour les nations ; il ne faut regarder au berceau de personne. Je me rappelle avoir

vu à Stockholm celui de Charles XII [1], qui ressemblait
à une mangeoire de cheval grossièrement coloriée en
rouge, et qui n'était pas même d'aplomb sur ses quatre
piquets. C'est de là qu'il était sorti, cette tempête ! Au
fond, tous les berceaux sont des cloaques dont on est
obligé de changer le linge plusieurs fois par jour ; et
cela n'est jamais poétique, pour ceux qui croient à la
poésie, que lorsque l'enfant n'y est plus. »

Et, pour appuyer son axiome, le docteur, à cette
place de son récit, frappa sa cuisse d'un de ses gants
de daim, qu'il tenait par le doigt du milieu ; et le daim
claqua sur la cuisse, de manière à prouver à ceux qui
comprennent la musique que le bonhomme était encore
rudement musclé.

Il attendit. Je n'avais pas à le contrarier dans sa philosophie. Voyant que je ne disais rien, il continua :

« Comme tous les vieux soldats, du reste, qui aiment
jusqu'aux enfants des autres, *La Pointe-au-corps* dut
raffoler du sien. Rien d'étonnant à cela. Quand un
homme déjà sur l'âge a un enfant, il l'aime mieux que
s'il était jeune, car la vanité, qui double tout, double
aussi le sentiment paternel. Tous les vieux roquentins [2]
que j'ai vus, dans ma vie, avoir tardivement un enfant,
adoraient leur progéniture, et ils en étaient comique-
ment fiers comme d'une action d'éclat. Persuasion de
jeunesse, que la nature, qui se moquait d'eux, leur cou-
lait au cœur ! Je ne connais qu'un bonheur plus gri-
sant et une fierté plus drôle : c'est quand, au lieu d'un
enfant, un vieillard, d'un coup, en fait deux ! *La
Pointe-au-corps* n'eut pas cet orgueil paternel de deux
jumeaux ; mais il est vrai de dire qu'il y avait de quoi
tailler deux enfants dans le sien. Sa fille — vous venez
de la voir ; vous savez donc si elle a tenu ses pro-

1. Roi de Suède (1682-1718) qui par sa bravoure, sa jeunesse et
son destin malheureux, est resté une figure légendaire et héroïque
(cf. Voltaire, *Histoire de Charles XII*). Il est le héros favori de Néel
de Néhou dans *Un prêtre marié*.
2. Vieillard qui veut faire le jeune homme.

messes ! — était un merveilleux enfant pour la force et la beauté. Le premier soin du vieux prévôt fut de lui chercher un parrain parmi tous ces nobles, qui hantaient perpétuellement sa salle d'armes ; et il choisit, entre tous, le comte d'Avice, le doyen de tous ces batteurs de fer et de pavé, qui, pendant l'émigration, avait été lui-même prévôt à Londres, à plusieurs guinées la leçon. Le comte d'Avice de Sortôville-en-Beaumont, déjà chevalier de Saint-Louis et capitaine de dragons avant la Révolution, — pour le moins, alors, septuagénaire, — *boutonnait* encore les jeunes gens et leur donnait ce qu'on appelle, en termes de salle, « de superbes *capotes* ». C'était un vieux narquois, qui avait des railleries en action féroces. Ainsi, par exemple, il aimait à passer son carrelet à la flamme d'une bougie, et quand il en avait, de cette façon, durci la lame, il appelait ce dur fleuret, — qui ne pliait plus et vous cassait le sternum ou les côtes, lorsqu'il vous touchait, — du nom insolent de « chasse-coquin ». Il prisait beaucoup *La Pointe-au-corps*, qu'il tutoyait. « La fille d'un homme comme toi, — lui disait-il, — ne doit se nommer que comme l'épée d'un preux. Appelons-la Haute-Claire ! » Et ce fut le nom qu'il lui donna. Le curé de V... fit bien un peu la grimace à ce nom inaccoutumé, que n'avaient jamais entendu les fonts de son église ; mais, comme le parrain était monsieur le comte d'Avice et qu'il y aura toujours, malgré les libéraux et leurs piailleries, des accointances indestructibles entre la noblesse et le clergé ; comme d'un autre côté, on voit dans le calendrier romain une sainte nommée Claire, le nom de l'épée d'Olivier [1] passa à l'enfant, sans que la ville de V... s'en émût beaucoup. Un tel nom semblait annoncer une destinée. L'ancien prévôt, qui aimait son métier presque autant que sa fille, résolut de lui apprendre et de lui laisser son talent pour dot. Triste dot ! maigre

---

1. Compagnon de Roland, héros de *La Chanson de Roland*. Son épée portait le nom de Haute-Claire, celle de Roland était nommée Durandal.

pitance ! avec les mœurs modernes, que le pauvre diable de maître d'armes ne prévoyait pas ! Dès que l'enfant put donc se tenir debout, il commença de la plier aux exercices de l'escrime ; et comme c'était un marmot solide que cette fillette, avec des attaches et des articulations d'acier fin, il la développa d'une si étrange manière, qu'à dix ans, elle semblait en avoir déjà quinze, et qu'elle faisait admirablement sa partie avec son père et les plus forts tireurs de la ville de V... On ne parlait partout que de la petite Hauteclaire Stassin, qui, plus tard, devait devenir *Mademoiselle Hauteclaire Stassin*. C'était surtout, comme vous vous en doutez, de la part des jeunes demoiselles de la ville, dans la société de laquelle, tout bien qu'il fût avec les pères, la fille de Stassin, dit *La Pointe-au-corps*, ne pouvait décemment aller, une incroyable, ou plutôt une très croyable curiosité, mêlée de dépit et d'envie. Leurs pères et leurs frères en parlaient avec étonnement et admiration devant elles, et elles auraient voulu voir de près cette Saint-Georges femelle, dont la beauté, disaient-ils, égalait le talent d'escrime. Elles ne la voyaient que de loin et à distance. J'arrivais alors à V..., et j'ai été souvent le témoin de ces curiosités ardentes. *La Pointe-au-corps*, qui avait, sous l'Empire, servi dans les hussards, et qui, avec sa salle d'armes, gagnait gros d'argent, s'était permis d'acheter un cheval pour donner des leçons d'équitation à sa fille ; et comme il dressait aussi à l'année de jeunes chevaux pour les habitués de sa salle, il se promenait souvent à cheval, avec Hauteclaire, dans les routes qui rayonnent de la ville et qui l'environnent. Je les y ai rencontrés maintes fois, en revenant de mes visites de médecin, et c'est dans ces rencontres que je pus surtout juger de l'intérêt, prodigieusement enflammé, que cette grande jeune fille, si hâtivement développée, excitait dans les autres jeunes filles du pays. J'étais toujours par voies et chemins en ce temps-là, et je m'y croisais fréquemment avec les voitures de leurs parents, allant en visite, avec elles, à tous les châteaux d'alentour. Eh bien, vous ne pourrez jamais vous figurer avec quelle avidité, et même avec quelle imprudence, je les voyais se pencher et se précipiter aux portières dès que Mlle Hauteclaire Stassin apparaissait, trottant ou galopant dans la perspective d'une route, brodequin à botte avec son père. Seulement, c'était à peu près inutile ; le lendemain, c'étaient presque toujours des déceptions et des regrets qu'elles m'exprimaient dans mes visites du matin à leurs mères, car elles n'avaient jamais bien vu que la tournure de cette fille, faite pour l'amazone, et qui la portait comme vous — qui venez de la voir — pouvez le supposer, mais dont le visage était toujours plus ou moins caché dans un voile gros bleu trop épais. Mlle Hauteclaire Stassin n'était guère connue que des hommes de la ville de V... Toute la journée le fleuret à la main, et la figure sous les mailles de son masque d'armes qu'elle n'ôtait pas beaucoup pour eux, elle ne sortait guère de la salle de son père, qui commençait à s'enrudir et qu'elle remplaçait souvent pour la leçon. Elle se montrait très rarement dans la rue, — et les femmes comme il faut ne pouvaient la voir que là, ou encore le dimanche à la messe ; mais, le dimanche à la messe, comme dans la rue, elle était presque aussi masquée que dans la salle de son père, la dentelle de son voile noir étant encore plus sombre et plus serrée que les mailles de son masque de fer. Y avait-il de l'affectation dans cette manière de se montrer ou de se cacher, qui excitait les imaginations curieuses ?... Cela était bien possible ; mais qui le savait ? qui pouvait le dire ? Et cette jeune fille, qui continuait le masque par le voile, n'était-elle pas encore plus impénétrable de caractère que de visage, comme la suite ne l'a que trop prouvé ?

« Il est bien entendu, mon très cher, que je suis obligé de passer rapidement sur tous les détails de cette époque, pour arriver plus vite au moment où réellement cette histoire commence. Mlle Hauteclaire avait environ dix-sept ans. L'ancien beau, *La Pointe-au-corps*, devenu tout à fait un bonhomme, veuf de sa femme, et tué moralement par la Révolution de Juillet, laquelle fit partir les nobles en deuil pour leurs châteaux et vida sa salle, tracassait vainement ses gouttes qui n'avaient pas peur de ses *appels* du pied, et s'en allait au grand trot vers le cimetière. Pour un médecin qui avait le diagnostic, c'était sûr... Cela se voyait. Je ne lui en promettais pas pour longtemps, quand, un matin, fut amené à sa salle d'armes, — par le vicomte de Taillebois et le chevalier de Mesnilgrand [1], — un jeune homme du pays élevé au loin, et qui revenait habiter le château de son père, mort récemment. C'était le comte Serlon de Savigny, le *prétendu* (disait la ville de V... dans son langage de petite ville) de Mlle Delphine de Cantor. Le comte de Savigny était certainement un des plus brillants et des plus piaffants jeunes gens de cette époque de jeunes gens qui piaffaient tous, car il y avait (à V... comme ailleurs) de la vraie jeunesse, dans ce vieux monde. À présent, il n'y en a plus. On lui avait beaucoup parlé de la fameuse Hauteclaire Stassin, et il avait voulu voir ce miracle. Il la trouva ce qu'elle était, — une admirable jeune fille, piquante et provocante en diable dans ses chausses de soie tricotées, qui mettaient en relief ses formes de Pallas de Velletri [2], et dans son corsage de maroquin noir, qui pinçait, en craquant, sa taille robuste et découplée, — une de ces tailles que les Circassiennes n'obtiennent qu'en emprisonnant leurs jeunes filles dans une ceinture de cuir, que le développement seul de leur corps doit briser. Hauteclaire Stassin était sérieuse comme une Clorinde. Il la regarda donner sa leçon, et il lui demanda de croiser le fer avec elle. Mais il ne fut point le Tancrède [3] de la situation, le comte de Savigny ! Mlle Hauteclaire Stassin plia à plusieurs reprises son épée en faucille sur

1. Cf. *À un dîner d'athées.*
2. Cette statue de la déesse grecque Athéna, vierge guerrière, se trouve au Louvre.
3. Héros de *La Jérusalem délivrée* du Tasse. Il se bat contre Clorinde déguisée en chevalier et la tue.

le cœur du beau Serlon, et elle ne fut pas touchée une seule fois.

« — On ne peut pas vous toucher, mademoiselle, — lui dit-il, avec beaucoup de grâce. — Serait-ce un augure ?...

« L'amour-propre, dans ce jeune homme, était-il dès ce soir-là, vaincu par l'amour ?

« C'est à partir de ce soir-là, du reste, que le comte de Savigny vint, tous les jours, prendre une leçon d'armes à la salle de *La Pointe-au-corps*. Le château du comte n'était qu'à la distance de quelques lieues. Il les avait bientôt avalées, soit à cheval, soit en voiture, et personne ne le remarqua dans ce nid bavard d'une petite ville où l'on épinglait les plus petites choses du bout de la langue, mais où l'amour de l'escrime expliquait tout. Savigny ne fit de confidences à personne. Il évita même de venir prendre sa leçon aux mêmes heures que les autres jeunes gens de la ville. C'était un garçon qui ne manquait pas de profondeur, ce Savigny... Ce qui se passa entre lui et Hauteclaire, s'il se passa quelque chose, aucun, à cette époque, ne l'a su ou ne s'en douta. Son mariage avec Mlle Delphine de Cantor, arrêté par les parents des deux familles, il y avait des années, et trop avancé pour ne pas se conclure, s'accomplit trois mois après le retour du comte de Savigny ; et même ce fut là pour lui une occasion de vivre tout un mois à V..., près de sa fiancée, chez laquelle il passait, en coupe réglée, toutes les journées, mais d'où, le soir, il s'en allait très régulièrement prendre sa leçon...

« Comme tout le monde, Mlle Hauteclaire entendit, à l'église paroissiale de V..., proclamer les bans du comte de Savigny et de Mlle de Cantor ; mais, ni son attitude, ni sa physionomie, ne révélèrent qu'elle prît à ces déclarations publiques un intérêt quelconque. Il est vrai que nul des assistants ne se mit à l'affût pour l'observer. Les observateurs n'étaient pas nés encore sur cette question, qui sommeillait, d'une liaison possible entre Savigny et la belle Hauteclaire. Le mariage célébré, la comtesse alla s'établir à son château, fort tranquillement, avec son mari, lequel ne renonça pas pour cela à ses habitudes citadines et vint à la ville tous les jours. Beaucoup de châtelains des environs faisaient comme lui, d'ailleurs. Le temps s'écoula. Le vieux *La Pointe-au-corps* mourut. Fermée quelques instants, sa salle se rouvrit. Mlle Hauteclaire Stassin annonça qu'elle continuerait les leçons de son père ; et, loin d'avoir moins d'élèves par le fait de cette mort, elle en eut davantage. Les hommes sont tous les mêmes. L'étrangeté leur déplaît, d'homme à homme, et les blesse ; mais si l'étrangeté porte des jupes, ils en raffolent. Une femme qui fait ce que fait un homme, le ferait-elle beaucoup moins bien, aura toujours sur l'homme, en France, un avantage marqué. Or, Mlle Hauteclaire Stassin, pour ce qu'elle faisait, le faisait beaucoup mieux. Elle était devenue beaucoup plus forte que son père. Comme démonstratrice, à la leçon, elle était incomparable, et comme beauté de jeu, splendide. Elle avait des coups irrésistibles, — de ces coups qui ne s'apprennent pas plus que le coup d'archet ou le démanché du violon, et qu'on ne peut mettre, par enseignement, dans la main de personne. Je ferraillais un peu dans ce temps, comme tout ce monde dont j'étais entouré, et j'avoue qu'en ma qualité d'amateur, elle me charmait avec de certaines passes. Elle avait, entre autres, un dégagé de quarte en tierce qui ressemblait à de la magie. Ce n'était plus là une épée qui vous frappait, c'était une balle ! L'homme le plus rapide à la parade ne fouettait que le vent, même quand elle l'avait prévenu qu'elle allait dégager, et la botte lui arrivait, inévitable, au défaut de l'épaule et de la poitrine. On n'avait pas rencontré de fer ! J'ai vu des tireurs devenir fous de ce coup, qu'ils appelaient de l'escamotage, et ils en auraient avalé leur fleuret de fureur ! Si elle n'avait pas été femme, on lui aurait diablement cherché querelle pour ce coup-là. À un homme, il aurait rapporté vingt duels.

« Du reste, même à part ce talent phénoménal si peu fait pour une femme, et dont elle vivait noblement, c'était vraiment un être très intéressant que cette jeune fille pauvre, sans autre ressource que son fleuret, et qui, par le fait de son état, se trouvait mêlée aux jeunes gens les plus riches de la ville, parmi lesquels il y en avait de très mauvais sujets et de très fats, sans que sa fleur de bonne renommée en souffrît. Pas plus à propos de Savigny qu'à propos de personne, la réputation de Mlle Hauteclaire Stassin ne fut effleurée... « Il paraît pourtant que c'est une honnête fille », disaient les femmes comme il faut, — comme elles l'auraient dit d'une actrice. Et moi-même, puisque j'ai commencé à vous parler de moi, moi-même, qui me piquais d'observation, j'étais, sur le chapitre de la vertu de Hauteclaire, de la même opinion que toute la ville. J'allais quelquefois à la salle d'armes, et avant et après le mariage de M. de Savigny, je n'y avais jamais vu qu'une jeune fille grave, qui faisait sa fonction avec simplicité. Elle était, je dois le dire, très imposante, et elle avait mis tout le monde sur le pied du respect avec elle, n'étant, elle, ni familière, ni abandonnée avec qui que ce fût. Sa physionomie, extrêmement fière, et qui n'avait pas alors cette expression passionnée dont vous venez d'être si frappé, ne trahissait ni chagrin, ni préoccupation, ni rien enfin de nature à faire prévoir, même de la manière la plus lointaine, la chose étonnante qui, dans l'atmosphère d'une petite ville, tranquille et routinière, fit l'effet d'un coup de canon et cassa les vitres...

« — Mademoiselle Hauteclaire Stassin a disparu !

« Elle avait disparu : pourquoi ?... comment ?... où était-elle allée ? On ne savait. Mais, ce qu'il y avait de certain, c'est qu'elle avait disparu. Ce ne fut d'abord qu'un cri, suivi d'un silence, mais le silence ne dura pas longtemps. Les langues partirent. Les langues, longtemps retenues, — comme l'eau dans une vanne et qui, l'écluse levée, se précipite et va faire tourner la roue du moulin avec furie, — se mirent à écumer et à bavarder sur cette disparition inattendue, subite, incroyable, que rien n'expliquait, car Mlle Hauteclaire avait disparu sans dire un mot ou laisser un mot à personne. Elle avait disparu, comme on disparaît quand on veut réellement disparaître, — ce n'étant pas disparaître que de laisser derrière soi une chose quelconque, grosse comme rien, dont les autres peuvent s'emparer pour expliquer qu'on a disparu. — Elle avait disparu de la plus radicale manière. Elle avait fait, non pas ce qu'on appelle *un trou à la lune*, car elle n'avait pas laissé plus une dette qu'autre chose derrière elle ; mais elle avait fait ce qu'on peut très bien appeler un trou dans le vent. Le vent souffla, et ne la rendit pas. Le moulin des langues, pour tourner à vide, n'en tourna pas moins, et se mit à moudre cruellement cette réputation qui n'avait jamais donné barre sur elle. On la reprit alors, on l'éplucha, on la passa au crible, on la carda... Comment, et avec qui, cette fille si correcte et si fière s'en était-elle allée ?... Qui l'avait enlevée ? car, bien sûr, elle avait été enlevée... Nulle réponse à cela. C'était à rendre folle une petite ville de fureur, et, positivement, V... le devint. Que de motifs pour être en colère ! D'abord, ce qu'on ne savait pas, on le perdait. Puis, on perdait l'esprit sur le compte d'une jeune fille qu'on croyait connaître et qu'on ne connaissait pas, puisqu'on l'avait jugée incapable de disparaître *comme ça*... Puis, encore, on perdait une jeune fille qu'on avait cru voir vieillir ou se marier, comme les autres jeunes filles de la ville — internées dans cette case d'échiquier d'une ville de province, comme des chevaux dans l'entrepont d'un bâtiment. Enfin, on perdait, en perdant Mlle Stassin, qui n'était plus alors que *cette Stassin*, une salle d'armes célèbre à la ronde, qui était la distinction, l'ornement et l'honneur de la ville, sa cocarde sur l'oreille, son drapeau au clocher. Ah ! c'était dur, que toutes ces pertes ! Et que de raisons, en une seule, pour faire passer sur la mémoire de cette irréprochable Hauteclaire, le torrent plus ou moins fan-

geux de toutes les suppositions ! Aussi y passèrent-
elles... Excepté quelques vieux hobereaux à l'esprit
grand seigneur, qui, comme son parrain, le comte
d'Avice, l'avaient vue enfant, et qui, d'ailleurs, ne
s'émouvant pas de grand-chose, regardaient comme
tout simple qu'elle eût trouvé une chaussure meilleure
à son pied que cette sandale de maître d'armes qu'elle
y avait mise, Hauteclaire Stassin, en disparaissant, n'eut
personne pour elle. Elle avait, en s'en allant, offensé
l'amour-propre de tous ; et même ce furent les jeunes
gens qui lui gardèrent le plus rancune et s'acharnèrent
le plus contre elle, parce qu'elle n'avait disparu avec
aucun d'eux.

« Et ce fut longtemps leur grand grief et leur grande
anxiété. Avec qui était-elle partie ?... Plusieurs de ces
jeunes gens allaient tous les ans vivre un mois ou deux
d'hiver à Paris, et deux ou trois d'entre eux prétendirent
l'y avoir vue et reconnue, — au spectacle, — ou, aux
Champs-Élysées, à cheval — accompagnée ou seule,
— mais ils n'en étaient pas bien sûrs. Ils ne pouvaient
l'affirmer. C'était elle, et ce pouvait bien n'être pas
elle ; mais la préoccupation y était... Tous, ils ne pouvaient s'empêcher de penser à cette fille, qu'ils avaient
admirée et qui, en disparaissant, avait mis en deuil cette
ville d'épée dont elle était la grande artiste, la *diva* spéciale, le rayon. Après que le rayon se fut éteint, c'est-
à-dire, en d'autres termes, après la disparition de cette
fameuse Hauteclaire, la ville de V... tomba dans la langueur de vie et la pâleur de toutes les petites villes qui
n'ont pas un centre d'activité dans lequel les passions
et les goûts convergent... L'amour des armes s'y affai-
blit. Animée naguère par toute cette martiale jeunesse,
la ville de V... devint triste. Les jeunes gens qui, quand
ils habitaient leurs châteaux, venaient tous les jours fer-
railler, échangèrent le fleuret pour le fusil. Ils se firent
chasseurs et restèrent sur leurs terres ou dans leurs bois,
le comte de Savigny comme tous les autres. Il vint de
moins en moins à V..., et si je l'y rencontrai quelque-

fois, ce fut dans la famille de sa femme, dont j'étais le médecin. Seulement, ne soupçonnant d'aucune façon, à cette époque, qu'il pût y avoir quelque chose entre lui et cette Hauteclaire qui avait si brusquement disparu, je n'avais nulle raison pour lui parler de cette disparition subite, sur laquelle le silence, fils des langues fatiguées, commençait de s'étendre ; — et lui non plus ne me parlait jamais de Hauteclaire et des temps où nous nous étions rencontrés chez elle, et ne se permettait de faire à ces temps-là, même de loin, la moindre allusion. »

— Je vous entends venir, avec vos *petits sabots de bois*, — fis-je au docteur en me servant d'une expression du pays dont il me parlait, et qui est le mien. — C'était lui qui l'avait enlevée !

« Eh bien ! pas du tout, — dit le docteur ; — c'était mieux que cela ! Vous ne vous douteriez jamais de ce que c'était...

« Outre qu'en province, surtout, un enlèvement n'est pas chose facile au point de vue du secret, le comte de Savigny, depuis son mariage, n'avait pas bougé de son château de Savigny.

« Il y vivait, au su de tout le monde, dans l'intimité d'un mariage qui ressemblait à une lune de miel indéfiniment prolongée, — et comme tout se cite et se cote en province, on le citait et on le cotait, Savigny, comme un de ces maris qu'il faut brûler, tant ils sont rares (plaisanterie de province), pour en jeter la cendre sur les autres. Dieu sait combien de temps j'aurais été dupe, moi-même, de cette réputation, si, un jour, — plus d'un an après la disparition de Hauteclaire Stassin, — je n'avais été appelé, en termes pressants, au château de Savigny, dont la châtelaine était malade. Je partis immédiatement, et, dès mon arrivée, je fus introduit auprès de la comtesse, qui était effectivement très souffrante d'un mal vague et compliqué, plus dangereux qu'une maladie sévèrement caractérisée. C'était une de ces femmes de vieille race, épuisée, élégante, distinguée, hautaine, et qui, du fond de leur pâleur et de leur maigreur, semblent dire : « Je suis vaincue du temps, comme ma race ; je me meurs, mais je vous méprise ! » et, le diable m'emporte, tout plébéien que je suis, et quoique ce soit peu philosophique, je ne puis m'empêcher de trouver cela beau. La comtesse était couchée sur un lit de repos, dans une espèce de parloir à poutrelles noires et à murs blancs, très vaste, très élevé, et orné de choses d'art ancien qui faisaient le plus grand honneur au goût des comtes de Savigny. Une seule lampe éclairait cette grande pièce, et sa lumière, rendue plus mystérieuse par l'abat-jour vert qui la voilait, tombait sur le visage de la comtesse, aux pommettes incendiées par la fièvre. Il y avait quelques jours déjà qu'elle était malade, et Savigny — pour la veiller mieux — avait fait dresser un petit lit dans le parloir, auprès du lit de sa bien-aimée moitié. C'est quand la fièvre, plus tenace que tous ses soins, avait montré un acharnement sur lequel il ne comptait pas, qu'il avait pris le parti de m'envoyer chercher. Il était là, le dos au feu, debout, l'air sombre et inquiet, à me faire croire qu'il aimait passionnément sa femme et qu'il la croyait en danger. Mais l'inquiétude dont son front était chargé n'était pas pour elle, mais pour une autre, que je ne soupçonnais pas au château de Savigny, et dont la vue m'étonna jusqu'à l'éblouissement. C'était Hauteclaire ! »

— Diable ! voilà qui est osé ! — dis-je au docteur.

« Si osé, — reprit-il, — que je crus rêver en la voyant ! La comtesse avait prié son mari de sonner sa femme de chambre, à qui elle avait demandé avant mon arrivée une potion que je venais précisément de lui conseiller ; — et, quelques secondes après, la porte s'était ouverte :

« — Eulalie, et ma potion ? — dit, d'un ton bref, la comtesse impatiente.

« —La voici, Madame ! — fit une voix que je crus reconnaître. et qui n'eut pas plutôt frappé mon oreille que je vis émerger de l'ombre qui noyait le pourtour profond du parloir, et s'avancer au bord du cercle

lumineux tracé par la lampe autour du lit, Hauteclaire
Stassin ; — oui, Hauteclaire elle-même ! — tenant,
dans ses belles mains, un plateau d'argent sur lequel
fumait le bol demandé par la comtesse. C'était à couper la respiration qu'une telle vue ! Eulalie !... Heureusement, ce nom d'Eulalie prononcé si naturellement
me dit tout, et fut comme le coup d'un marteau de glace
qui me fit rentrer dans un sang-froid que j'allais perdre, et dans mon attitude passive de médecin et d'observateur. Hauteclaire, devenue Eulalie, et la femme de
chambre de la comtesse de Savigny !... Son déguise-
ment — si tant est qu'une femme pareille pût se dégui-
ser — était complet. Elle portait le costume des grisettes
de la ville de V..., et leur coiffe qui ressemble à un
casque, et leurs longs tire-bouchons de cheveux tombant le long des joues, — ces espèces de tire-bouchons
que les prédicateurs appelaient, dans ce temps-là, des
serpents, pour en dégoûter les jolies filles, sans avoir
jamais pu y parvenir. — Et elle était là-dessous d'une
beauté pleine de réserve, et d'une noblesse d'yeux baissés, qui prouvait qu'elles font bien tout ce qu'elles veulent de leurs satanés corps, ces couleuvres de femelles,
quand elles ont le plus petit intérêt à cela... M'étant
rattrapé du reste, et sûr de moi-même comme un
homme qui venait de se mordre la langue pour ne pas
laisser échapper un cri de surprise, j'eus cependant la
petite faiblesse de vouloir lui montrer, à cette fille audacieuse, que je la reconnaissais ; et, pendant que la comtesse buvait sa potion, le front dans son bol, je lui plantai, à elle, mes deux yeux dans ses yeux, comme si j'y
avais enfoncé deux pattefiches ; mais ses yeux — de
biche, pour la douceur, ce soir-là — furent plus fer-
mes que ceux de la panthère, qu'elle vient, il n'y a qu'un
moment, de faire baisser. Elle ne sourcilla pas. Un petit
tremblement, presque imperceptible, avait seulement
passé dans les mains qui tenaient le plateau. La comtesse buvait très lentement, et quand elle eut fini :

« — C'est bien, — dit-elle. — Remportez cela.

« Et Hauteclaire-Eulalie se retourna, avec cette tournure que j'aurais reconnue entre les vingt mille tournures des filles d'Assuérus [1], et elle remporta le plateau. J'avoue que je demeurai un instant sans regarder le comte de Savigny, car je sentais ce que mon regard pouvait être pour lui dans un pareil moment ; mais quand je m'y risquai, je trouvai le sien fortement attaché sur moi, et qui passait alors de la plus horrible anxiété à l'expression de la délivrance. Il venait de voir que *j'avais vu*, mais il voyait aussi que *je ne voulais rien voir* de ce que j'avais vu, et il respirait. Il était sûr d'une impénétrable discrétion, qu'il expliquait probablement (mais cela m'était bien égal !) par l'intérêt du médecin qui ne se souciait pas de perdre un client comme lui, tandis qu'il n'y avait là que l'intérêt de l'observateur, qui ne voulait pas qu'on lui fermât la porte d'une maison où il y avait, à l'insu de toute la terre, de pareilles choses à observer.

« Et je m'en revins, le doigt sur ma bouche, bien résolu de ne souffler mot à personne de ce dont personne dans le pays ne se doutait. Ah ! les plaisirs de l'observateur ! ces plaisirs impersonnels et solitaires de l'observateur, que j'ai toujours mis au-dessus de tous les autres, j'allais pouvoir me les donner en plein, dans ce coin de campagne, en ce vieux château isolé, où, comme médecin, je pouvais venir quand il me plairait... — Heureux d'être délivré d'une inquiétude, Savigny m'avait dit : « Jusqu'à nouvel ordre, docteur, venez tous les jours. » Je pourrais donc étudier, avec autant d'intérêt et de suite qu'une maladie, le mystère d'une situation qui, racontée à n'importe qui, aurait semblé impossible... Et comme déjà, dès le premier jour que je l'entrevis, ce mystère excita en moi la faculté ratiocinante, qui est le bâton d'aveugle du savant et surtout du médecin, dans la curiosité acharnée de leurs

1. Roi de Perse que la Bible *(Livre d'Esther)* présente comme luxurieux.

recherches, je commençai immédiatement de raisonner
cette situation pour l'éclairer... Depuis combien de
temps existait-elle ?... Datait-elle de la disparition de
Hauteclaire ?... Y avait-il déjà plus d'un an que la
chose durait et que Hauteclaire Stassin était femme de
chambre chez la comtesse de Savigny ? Comment,
excepté moi, qu'il avait bien fallu faire venir, personne
n'avait-il vu ce que j'avais vu, moi, si aisément et si
vite ?... Toutes questions qui montèrent à cheval et s'en
vinrent en croupe à V... avec moi, accompagnées de
bien d'autres qui se levèrent et que je ramassai sur ma
route. Le comte et la comtesse de Savigny, qui passaient
pour s'adorer, vivaient, il est vrai, assez retirés de toute
espèce de monde. Mais, enfin, une visite pouvait, de
temps en temps, tomber au château. Il est vrai encore
que si c'était une visite d'hommes, Hauteclaire pouvait ne pas paraître. Et si c'était une visite de femmes,
ces femmes de V..., pour la plupart, ne l'avaient jamais
assez bien vue pour la reconnaître, cette fille bloquée,
pendant des années, par ses leçons, au fond d'une salle
d'armes, et qui, aperçue de loin, à cheval ou à l'église,
portait des voiles qu'elle épaississait à dessein, — car
Hauteclaire (je vous l'ai dit) avait toujours eu cette
fierté des êtres très fiers, que trop de curiosité offense,
et qui se cachent d'autant plus qu'ils se sentent la cible
de plus de regards. Quant aux gens de M. de Savigny,
avec lesquels elle était bien obligée de vivre, s'ils étaient
de V... ils ne la connaissaient pas, et peut-être n'en
étaient-ils point... Et c'est ainsi que je répondais, tout
en trottant, à ces premières questions, qui, au bout d'un
certain temps et d'un certain chemin, rencontraient
leurs réponses, et qu'avant d'être descendu de la selle,
j'avais déjà construit tout un édifice de suppositions,
plus ou moins plausibles, pour expliquer ce qui, à un
autre qu'un raisonneur comme moi, aurait été inexplicable. La seule chose peut-être que je n'expliquais pas
si bien, c'est que l'éclatante beauté de Hauteclaire n'eût
pas été un obstacle à son entrée dans le service de la
comtesse de Savigny, qui aimait son mari et qui devait

en être jalouse. Mais, outre que les patriciennes de V...,
aussi fières pour le moins que les femmes des paladins
de Charlemagne, ne supposaient pas (grave erreur ;
mais elles n'avaient pas lu *Le Mariage de Figaro*[1] !)
que la plus belle fille de chambre fût plus pour leurs
maris que le plus beau laquais n'était pour elles, je finis
par me dire, en quittant l'étrier, que la comtesse de
Savigny avait ses raisons pour se croire aimée, et
qu'après tout ce sacripant de Savigny était bien de taille,
si le doute la prenait, à ajouter à ces raisons-là. »

— Hum ! — fis-je sceptiquement au docteur, que
je ne pus m'empêcher d'interrompre, — tout cela est
bel et bon, mon cher docteur, mais n'ôtait pas à la
situation son imprudence.

« Certes, non ! — répondit-il , — mais, si c'était
l'imprudence même qui fît la situation ? — ajouta ce
grand connaisseur en nature humaine. — Il est des passions que l'imprudence allume, et qui, sans le danger
qu'elles provoquent, n'existeraient pas. Au XVIe siècle,
qui fut un siècle aussi passionné que peut l'être une époque, la plus magnifique cause d'amour fut le danger
même de l'amour. En sortant des bras d'une maîtresse,
on risquait d'être poignardé ; ou le mari vous empoi-
sonnait dans le manchon de sa femme, baisé par vous
et sur lequel vous aviez fait toutes les bêtises d'usage ;
et, bien loin d'épouvanter l'amour, ce danger incessant
l'agaçait, l'allumait et le rendait irrésistible ! Dans nos
plates mœurs modernes, où la loi a remplacé la passion, il est évident que l'article du Code qui s'applique
au mari coupable d'avoir, — comme elle dit grossièrement, la loi, — introduit « la concubine dans le domicile conjugal », est un danger assez ignoble ; mais pour
les âmes nobles, ce danger, de cela seul qu'il est ignoble,
est d'autant plus grand ; et Savigny, en s'y exposant,

---

1. Pièce de Beaumarchais (1732-1799) où le comte Almaviva, grand
seigneur espagnol, est amoureux de Suzanne, « fille de chambre »
de la Comtesse. (*Le Mariage de Figaro* est disponible dans la même
collection, n° 6168.)

y trouvait peut-être la seule anxieuse volupté qui enivre vraiment les âmes fortes.

« Le lendemain, vous pouvez le croire, — continua le docteur Torty, — j'étais au château de bonne heure ; mais ni ce jour, ni les suivants, je n'y vis rien qui ne fût le train de toutes les maisons où tout est normal et régulier. Ni du côté de la malade, ni du côté du comte, ni même du côté de la fausse Eulalie, qui faisait naturellement son service comme si elle avait été exclusivement élevée pour cela, je ne remarquai quoi que ce soit qui pût me renseigner sur le secret que j'avais surpris. Ce qu'il y avait de certain, c'est que le comte de Savigny et Hauteclaire Stassin jouaient la plus effroyablement impudente des comédies avec la simplicité d'acteurs consommés, et qu'ils s'entendaient pour la jouer. Mais ce qui n'était pas si certain, et ce que je voulais savoir d'abord, c'est si la comtesse était réellement leur dupe, et si, au cas où elle l'était, il serait possible qu'elle le fût longtemps. C'est donc sur la comtesse que je concentrai mon attention. J'eus d'autant moins de peine à la pénétrer qu'elle était ma malade, et, par le fait de sa maladie, le point de mire de mes observations. C'était, comme je vous l'ai dit, une vraie femme de V..., qui ne savait *rien de rien* que ceci : c'est qu'elle était noble, et qu'en dehors de la noblesse, le monde n'était pas digne d'un regard... Le sentiment de leur noblesse est la seule passion des femmes de V... dans la haute classe, — dans toutes les classes, fort peu passionnées. Mlle Delphine de Cantor, élevée aux Bénédictines où, sans nulle vocation religieuse, elle s'était horriblement ennuyée, en était sortie pour s'ennuyer dans sa famille, jusqu'au moment où elle épousa le comte de Savigny, qu'elle aima, ou crut aimer, avec la facilité des jeunes filles ennuyées à aimer le premier venu qu'on leur présente. C'était une femme blanche, molle de tissus, mais dure d'os, au teint de lait dans lequel eût surnagé du son, car les petites taches de rousseur dont il était semé étaient certainement plus foncées que ses cheveux, d'un roux très doux. Quand

elle me tendit son bras pâle, veiné comme une nacre
bleuâtre, un poignet fin et de race, où le pouls à l'état
normal battait languissamment, elle me fit l'effet d'être
mise au monde et créée pour être victime... pour être
broyée sous les pieds de cette fière Hauteclaire, qui
s'était courbée devant elle jusqu'au rôle de servante.
Seulement, cette idée, qui naissait d'abord en la regardant, était contrariée par un menton qui se relevait, à
l'extrémité de ce mince visage, un menton de Fulvie [1]
sur les médailles romaines, égaré au bas de ce minois
chiffonné, et aussi par un front obstinément bombé,
sous ces cheveux sans rutilance. Tout cela finissait par
embarrasser le jugement. Pour les pieds de Hauteclaire,
c'est peut-être *de là* que viendrait l'obstacle ; — étant
impossible qu'une situation comme celle que j'entre-
voyais dans cette maison, — de présent, tranquille, —
n'aboutît pas à quelque éclat affreux... En vue de cet
éclat futur, je me mis donc à ausculter doublement cette
petite femme, qui ne pouvait pas rester lettre close pour
son médecin bien longtemps. Qui confesse le corps tient
vite le cœur. S'il y avait des causes morales ou immorales à la souffrance actuelle de la comtesse, elle aurait
beau se rouler en boule avec moi, et rentrer en elle ses
impressions et ses pensées, il faudrait bien qu'elle les
allongeât. Voilà ce que je me disais ; mais, vous pouvez vous fier à moi, je la tournai et la retournai vainement avec ma serre de médecin. Il me fut évident, au
bout de quelques jours, qu'elle n'avait pas le moindre
soupçon de la complicité de son mari et de Hauteclaire
dans le crime domestique dont sa maison était le silencieux et discret théâtre... Était-ce, de sa part, défaut
de sagacité ? mutisme de sentiments jaloux ? Qu'était-
ce ?... Elle avait une réserve un peu hautaine avec tout
le monde, excepté avec son mari. Avec cette fausse
Eulalie qui la servait, elle était impérieuse, mais douce.

Cela peut sembler contradictoire. Cela ne l'est point. Cela n'est que vrai. Elle avait le commandement bref, mais qui n'élève jamais la voix, d'une femme faite pour être obéie et qui est sûre de l'être… Elle l'était admirablement. Eulalie, cette effrayante Eulalie, insinuée, glissée chez elle, je ne savais comment, l'enveloppait de ces soins qui s'arrêtent juste à temps avant d'être une fatigue pour qui les reçoit, et montrait dans les détails de son service une souplesse et une entente du caractère de sa maîtresse qui tenait autant du génie de la volonté que du génie de l'intelligence… Je finis même par parler à la comtesse de cette Eulalie, que je voyais si naturellement circuler autour d'elle pendant mes visites, et qui me donnait le froid dans le dos que donnerait un serpent qu'on verrait se dérouler et s'étendre, sans faire le moindre bruit, en s'approchant du lit d'une femme endormie… Un soir que la comtesse lui demanda d'aller chercher je ne sais plus quoi, je pris occasion de sa sortie et de la rapidité, à pas légers, avec laquelle elle l'exécuta, pour risquer un mot qui fît peut-être jour :

« — Quels pas de velours ! dis-je, en la regardant sortir. Vous avez là, madame la comtesse, une femme de chambre d'un bien agréable service, à ce que je crois. Me permettez-vous de vous demander où vous l'avez prise ? Est-ce qu'elle est de V…, par hasard, cette fille-là ?

« — Oui, elle me sert fort bien, répondit indifféremment la comtesse, qui se regardait alors dans un petit miroir à main, encadré dans du velours vert et entouré de plumes de paon, avec cet air impertinent qu'on a toujours quand on s'occupe de tout autre chose que de ce qu'on vous dit. J'en suis on ne peut plus contente. Elle n'est pas de V… ; mais vous dire d'où elle est, je n'en sais plus rien. Demandez à M. de Savigny, si vous tenez à le savoir, docteur, car c'est lui qui me l'a amenée quelque temps après notre mariage. Elle avait servi, me dit-il en me la présentant, chez une vieille cousine à lui, qui venait de mourir, et elle était restée

sans place. Je l'ai prise de confiance, et j'ai bien fait.
C'est une perfection de femme de chambre. Je ne crois
pas qu'elle ait un défaut.

« — Moi, je lui en connais un, madame la comtesse,
— dis-je en affectant la gravité.

« — Ah ! et lequel ? — fit-elle languissamment, avec
le désintérêt de ce qu'elle disait, et en regardant toujours dans sa petite glace, où elle étudiait attentivement
ses lèvres pâles.

« — Elle est trop belle, — dis-je, — elle est réellement trop belle pour une femme de chambre. Un de
ces jours, on vous l'enlèvera.

« — Vous croyez ? — fit-elle, toujours se regardant,
et toujours distraite de ce que je disais.

« — Et ce sera, peut-être, un homme comme il faut
et de votre monde qui s'en amourachera, madame la
comtesse ! Elle est assez belle pour tourner la tête à un
duc.

« Je prenais la mesure de mes paroles tout en les pro-
nonçant. C'était là un coup de sonde ; mais si je ne
rencontrais rien, je ne pouvais pas en donner un de plus.

« — Il n'y a pas de duc à V..., — répondit la comtesse, dont le front resta aussi poli que la glace qu'elle
tenait à la main. — Et, d'ailleurs, toutes ces filles-là,
docteur, — ajouta-t-elle en lissant un de ses sourcils,
— quand elles veulent partir, ce n'est pas l'affection
que vous avez pour elles qui les en empêche. Eulalie
a le service charmant, mais elle abuserait comme les
autres de l'affection que l'on aurait pour elle, et je me
garde bien de m'y attacher.

« Et il ne fut plus question d'Eulalie ce jour-là. La
comtesse était absolument abusée. Qui ne l'aurait été,
du reste ? Moi-même, — qui de prime abord l'avais
reconnue, cette Hauteclaire vue tant de fois, à une simple longueur d'épée, dans la salle d'armes de son père,
— il y avait des moments où j'étais tenté de croire à
Eulalie. Savigny avait beaucoup moins qu'elle, lui qui
aurait dû l'avoir davantage, la liberté, l'aisance, le naturel dans le mensonge ; mais elle ! ah ! elle s'y mouvait

et elle y vivait comme le plus flexible des poissons vit et se meut dans l'eau. Il fallait, certes, qu'elle l'aimât, et l'aimât étrangement, pour faire ce qu'elle faisait, pour avoir tout planté là d'une existence exceptionnelle, qui pouvait flatter sa vanité en fixant sur elle les regards d'une petite ville, — pour elle l'univers, — où plus tard elle pouvait trouver, parmi les jeunes gens, ses admirateurs et ses adorateurs, quelqu'un qui l'épouserait par amour et la ferait entrer dans cette société plus élevée, dont elle ne connaissait que les hommes. Lui, l'aimant, jouait certainement moins gros jeu qu'elle. Il avait, en dévouement, la position inférieure. Sa fierté d'homme devait souffrir de ne pouvoir épargner à sa maîtresse l'indignité d'une situation humiliante. Il y avait même, dans tout cela, une inconséquence avec le caractère impétueux qu'on attribuait à Savigny. S'il aimait Hauteclaire au point de lui sacrifier sa jeune femme, il aurait pu l'enlever et aller vivre avec elle en Italie, — cela se faisait déjà très bien en ce temps-là ! — sans passer par les abominations d'un concubinage honteux et caché. Était-ce donc lui qui aimait le moins ?... Se laissait-il plutôt aimer par Hauteclaire, plus aimer par elle qu'il ne l'aimait ?... Était-ce elle qui, d'elle-même, était venue le forcer jusque dans les gardes du domicile conjugal ? Et lui, trouvant la chose audacieuse et piquante, laissait-il faire cette Putiphar[1] d'une espèce nouvelle, qui, à toute heure, lui avivait la tentation ?... Ce que je voyais ne me renseignait pas beaucoup sur Savigny et Hauteclaire... Complices — ils l'étaient bien, parbleu ! — dans un adultère quelconque ; mais les sentiments qu'il y avait au fond de cet adultère, quels étaient-ils ?...Quelle était la situation respective de ces deux êtres l'un vis-à-vis de l'autre ?... Cette inconnue de mon algèbre, je tenais à la dégager. Savigny était irréprochable pour sa femme ; mais lorsque Hauteclaire-Eulalie était là, il avait, pour moi qui l'ajustais du coin

1. Cf. p. 56, n. 1.

de l'œil, des précautions qui attestaient un esprit bien peu tranquille. Quand, dans le tous-les-jours de la vie, il demandait un livre, un journal, un objet quelconque à la femme de chambre de sa femme, il avait des manières de prendre cet objet qui eussent tout révélé à une autre femme que cette petite pensionnaire, élevée aux Bénédictines, et qu'il avait épousée... On voyait que sa main avait peur de rencontrer celle de Hauteclaire, comme si, la touchant par hasard, il lui eût été impossible de ne pas la prendre. Hauteclaire n'avait point de ces embarras, de ces précautions épouvantées... Tentatrice comme elles le sont toutes, qui tenteraient Dieu dans son ciel, s'il y en avait un, et le Diable dans son enfer, elle semblait vouloir agacer, tout ensemble, et le désir et le danger. Je la vis une ou deux fois, — le jour où ma visite tombait pendant le dîner, que Savigny faisait pieusement auprès du lit de sa femme. C'était elle qui servait, les autres domestiques n'entrant point dans l'appartement de la comtesse. Pour mettre les plats sur la table, il fallait se pencher un peu par-dessus l'épaule de Savigny, et je la surpris qui, en les y mettant, frottait des pointes de son corsage la nuque et les oreilles du comte, qui devenait tout pâle... et qui regardait si sa femme ne le regardait pas. Ma foi ! j'étais jeune encore dans ce temps, et le tapage des molécules dans l'organisation, qu'on appelle la violence des sensations, me semblait la seule chose qui valût la peine de vivre. Aussi m'imaginais-je qu'il devait y avoir de fameuses jouissances dans ce concubinage caché avec une fausse servante, sous les yeux affrontés d'une femme qui pouvait tout deviner. Oui, le concubinage dans la maison conjugale, comme le dit ce vieux Prudhomme de Code, c'est à ce moment-là que je le compris !

« Mais excepté les pâleurs et les transes réprimées de Savigny, je ne voyais rien du roman qu'ils faisaient entre eux, en attendant le drame et la catastrophe... selon moi inévitables. Où en étaient-ils tous les deux ? C'était là le secret de leur roman, que je voulais arracher. Cela me prenait la pensée comme la griffe de sphinx d'un problème, et cela devint si fort que, de l'observation, je tombai dans l'espionnage, qui n'est que de l'observation à tout prix. Hé ! hé ! un goût vif, bientôt nous déprave... Pour savoir ce que j'ignorais, je me permis bien de petites bassesses, très indignes de moi, et que je jugeais telles, et que je me permis néanmoins. Ah ! l'habitude de la sonde, mon cher ! Je la jetais partout. Lorsque, dans mes visites au château, je mettais mon cheval à l'écurie, je faisais jaser les domestiques sur les maîtres, sans avoir l'air d'y toucher. Je mouchardais (oh ! je ne m'épargne pas le mot) pour le compte de ma propre curiosité. Mais les domestiques étaient aussi trompés que la comtesse. Ils prenaient Hauteclaire de très bonne foi pour une des leurs, et j'en aurais été pour mes frais de curiosité sans un hasard qui, comme toujours, en fit plus, en une fois, que toutes mes combinaisons, et m'en apprit plus que tous mes espionnages.

« Il y avait plus de deux mois que j'allais voir la comtesse, dont la santé ne s'améliorait pas et présentait de plus en plus les symptômes de cette débilitation si commune maintenant, et que les médecins de ce temps énervé ont appelée du nom d'anémie. Savigny et Hauteclaire continuaient de jouer, avec la même perfection, la très difficile comédie que mon arrivée et ma présence en ce château n'avaient pas déconcertée. Néanmoins, on eût dit qu'il y avait un peu de fatigue dans les acteurs. Serlon avait maigri, et j'avais entendu dire à V... : « Quel bon mari que ce M. de Savigny ! Il est déjà tout changé de la maladie de sa femme. Quelle belle chose donc que de s'aimer ! » Hauteclaire, à la beauté immobile, avait les yeux battus, pas battus comme on les a quand ils ont pleuré, car ces yeux-là n'ont peut-être jamais pleuré de leur vie ; mais ils l'étaient comme quand on a beaucoup veillé, et n'en brillaient que plus ardents, du fond de leur cercle violâtre. Cette maigreur de Savigny, du reste, et ces yeux cernés de Hauteclaire, pouvaient venir d'autre chose

que de la vie compressive qu'ils s'étaient imposée. Ils
pouvaient venir de tant de choses, dans ce milieu souterrainement volcanisé ! J'en étais à regarder ces marques trahissantes à leurs visages, m'interrogeant tout
bas et ne sachant trop que me répondre, quand un jour,
étant allé faire ma tournée de médecin dans les alen-
tours, je revins le soir par Savigny. Mon intention était
d'entrer au château, comme à l'ordinaire ; mais un
accouchement très laborieux d'une femme de la campagne m'avait retenu fort tard, et, quand je passai par
le château, l'heure était beaucoup trop avancée pour
que j'y pusse entrer. Je ne savais pas même l'heure qu'il
était. Ma montre de chasse s'était arrêtée. Mais la lune,
qui avait commencé de descendre de l'autre côté de sa
courbe dans le ciel, marquait, à ce vaste cadran bleu,
un peu plus de minuit, et touchait presque, de la pointe
inférieure de son croissant, la pointe des hauts sapins
de Savigny, derrière lesquels elle allait disparaître...

— ... « Êtes-vous allé parfois à Savigny ? — fit le
docteur, en s'interrompant tout à coup et en se tournant vers moi. — Oui, — reprit-il, à mon signe de tête.
— Eh bien ! vous savez qu'on est obligé d'entrer dans
ce bois de sapins et de passer le long des murs du château, qu'il faut doubler comme un cap, pour prendre
la route qui mène directement à V... Tout à coup, dans
l'épaisseur de ce bois noir où je ne voyais goutte de
lumière ni n'entendais goutte de bruit, voilà qu'il m'en
arriva un à l'oreille que je pris pour celui d'un battoir,
— le battoir de quelque pauvre femme, occupée le jour
aux champs, et qui profitait du clair de lune pour laver
son linge à quelque lavoir ou à quelque fossé... Ce ne
fut qu'en avançant vers le château, qu'à ce claquement
régulier se mêla un autre bruit qui m'éclaira sur la
nature du premier. C'était un cliquetis d'épées qui se
croisent, et se frottent, et s'agacent. Vous savez comme
on entend tout dans le silence et l'air fin des nuits,
comme les moindres bruits y prennent des précisions
de distinctibilité singulière ! J'entendais, à ne pouvoir

m'y méprendre, le froissement animé du fer. Une idée me passa dans l'esprit ; mais, quand je débouchai du bois de sapins du château, blêmi par la lune, et dont une fenêtre était ouverte :

« — Tiens ! — fis-je, admirant la force des goûts et des habitudes, — voilà donc toujours leur manière de faire l'amour !

« Il était évident que c'était Serlon et Hauteclaire qui faisaient des armes à cette heure. On entendait les épées comme si on les avait vues. Ce que j'avais pris pour le bruit des battoirs c'étaient les *appels du pied* des tireurs. La fenêtre ouverte l'était dans le pavillon le plus éloigné, des quatre pavillons, de celui où se trouvait la chambre de la comtesse. Le château endormi, morne et blanc sous la lune, était comme une chose morte... Partout ailleurs que dans ce pavillon, choisi à dessein, et dont la porte-fenêtre, ornée d'un balcon, donnait sous des persiennes à moitié fermées, tout était silence et obscurité ; mais c'était de ces persiennes, à moitié fermées et zébrées de lumière sur le balcon, que venait ce double bruit des appels du pied et du grincement des fleurets. Il était si clair, il arrivait si net à l'oreille, que je préjugeai avec raison, comme vous allez voir, qu'ayant très chaud (on était en juillet), ils avaient ouvert la porte du balcon sous les persiennes. J'avais arrêté mon cheval sur le bord du bois, écoutant leur engagement qui paraissait vif, intéressé par cet assaut d'armes entre amants qui s'étaient aimés les armes à la main et qui continuaient de s'aimer ainsi, quand, au bout d'un certain temps, le cliquetis des fleurets et le claquement des appels du pied cessèrent. Les persiennes de la porte vitrée du balcon furent poussées et s'ouvrirent, et je n'eus que le temps, pour ne pas être aperçu dans cette nuit claire, de faire reculer mon cheval dans l'ombre du bois de sapins. Serlon et Hauteclaire vinrent s'accouder sur la rampe en fer du balcon. Je les discernais à merveille. La lune tomba derrière le petit bois, mais la lumière d'un candélabre, que je voyais derrière eux dans l'appartement, mettait en relief leur double silhouette.

Hauteclaire était vêtue, si cela s'appelle vêtue, comme je l'avais vue tant de fois, donnant ses leçons à V..., lacée dans ce gilet d'armes de peau de chamois qui lui faisait comme une cuirasse, et les jambes moulées par ces chausses en soie qui en prenaient si juste le contour musclé. Savigny portait à peu près le même costume. Sveltes et robustes tous deux, ils apparaissaient sur le fond lumineux, qui les encadrait, comme deux belles statues de la Jeunesse et de la Force. Vous venez tout à l'heure d'admirer dans ce jardin l'orgueilleuse beauté de l'un et de l'autre, que les années n'ont pas détruite encore. Eh bien ! aidez-vous de cela pour vous faire une idée de la magnificence du couple que j'apercevais alors, à ce balcon, dans ses vêtements serrés qui ressemblaient à une nudité. Ils parlaient, appuyés à la rampe, mais trop bas pour que j'entendisse leurs paroles ; mais les attitudes de leurs corps les disaient pour eux. Il y eut un moment où Savigny laissa tomber passionnément son bras autour de cette taille d'amazone qui semblait faite pour toutes les résistances et qui n'en fit pas... Et, la fière Hauteclaire se suspendant presque en même temps au cou de Serlon, ils formèrent, à eux deux, ce fameux et voluptueux groupe de Canova[1] qui est dans toutes les mémoires, et ils restèrent ainsi sculptés bouche à bouche le temps, ma foi, de boire, sans s'interrompre et sans reprendre, au moins une bouteille de baisers ! Cela dura bien soixante pulsations comptées à ce pouls qui allait plus vite qu'à présent, et que ce spectacle fit aller plus vite encore...

« Oh ! oh ! — fis-je, quand je débusquai de mon bois et qu'ils furent rentrés, toujours enlacés l'un à l'autre, dans l'appartement dont ils abaissèrent les rideaux, de grands rideaux sombres. — Il faudra bien qu'un de ces matins ils se confient à moi. Ce n'est pas seulement

---

1. Sculpteur italien néo-classique (1757-1822) à la facture gracieuse et surtout sensuelle. Le couple enlacé dont il s'agit se trouve au musée de Cosme.

eux qu'ils auront à cacher. — En voyant ces caresses
et cette intimité qui me révélaient tout, j'en tirais, en
médecin, les conséquences. Mais leur ardeur devait
tromper mes prévisions. Vous savez comme moi que
les êtres qui s'aiment trop (le cynique docteur dit un
autre mot) ne font pas d'enfants. Le lendemain matin,
j'allai à Savigny. Je trouvai Hauteclaire redevenue
Eulalie, assise dans l'embrasure d'une des fenêtres du
long corridor qui aboutissait à la chambre de sa maîtresse, une masse de linge et de chiffons sur une chaise
devant elle, occupée à coudre et à tailler là-dedans, elle,
la tireuse d'épée de la nuit ! S'en douterait-on ? pensai-
je, en l'apercevant avec son tablier blanc et ces formes
que j'avais vues, comme si elles avaient été nues, dans
le cadre éclairé du balcon, noyées alors dans les plis
d'une jupe qui ne pouvait pas les engloutir... Je passai, mais sans lui parler, car je ne lui parlais que le
moins possible, ne voulant pas avoir avec elle l'air de
savoir ce que je savais et ce qui aurait peut-être filtré
à travers ma voix ou mon regard. Je me sentais bien
moins comédien qu'elle, et je me craignais... D'ordinaire, lorsque je passais le long de ce corridor où elle
travaillait toujours, quand elle n'était pas de service
auprès de la comtesse, elle m'entendait si bien venir,
elle était si sûre que c'était moi, qu'elle ne relevait
jamais la tête. Elle restait inclinée sous son casque de
batiste empesée, ou sous cette autre coiffe normande
qu'elle portait aussi à certains jours, et qui ressemble
au hennin d'Isabeau de Bavière, les yeux sur son travail et les joues voilées par ces longs tire-bouchons d'un
noir bleu qui pendaient sur leur ovale pâle, n'offrant
à ma vue que la courbe d'une nuque estompée par
d'épais frisons, qui s'y tordaient commes les désirs
qu'ils faisaient naître. Chez Hauteclaire, c'est surtout
l'animal qui est superbe. Nulle femme plus belle qu'elle
n'eut peut-être ce genre de beauté-là... Les hommes,
qui, entre eux, se disent tout, l'avaient bien souvent
remarquée. À V..., quand elle y donnait des leçons
d'armes, les hommes l'appelaient entre eux : Mademoi-

selle Esaü [1]... Le Diable apprend aux femmes ce qu'elles sont, ou plutôt elles l'apprendraient au Diable, s'il pouvait l'ignorer... Hauteclaire, si peu coquette pourtant, avait en écoutant, quand on lui parlait, des façons de prendre et d'enrouler autour de ses doigts les longs cheveux frisés et tassés à cette place du cou, ces rebelles au peigne qui avait lissé le chignon, et dont un seul suffit pour *troubler l'âme*, nous dit la Bible [2]. Elle savait bien les idées que ce jeu faisait naître ! Mais à présent, depuis qu'elle était femme de chambre, je ne l'avais pas vue, une seule fois, se permettre ce geste de la puissance jouant avec la flamme, même en regardant Savigny.

« Mon cher, ma parenthèse est longue ; mais tout ce qui vous fera bien connaître ce qu'était Hauteclaire Stassin importe à mon histoire... Ce jour-là, elle fut bien obligée de se déranger et de venir me montrer son visage, car la comtesse la sonna et lui commanda de me donner de l'encre et du papier dont j'avais besoin pour une ordonnance, et elle vint. Elle vint, le dé d'acier au doigt, ayant piqué l'aiguille enfilée sur sa provocante poitrine, où elle en avait piqué une masse d'autres pressées les unes contre les autres et l'embellissant de leur acier. Même l'acier des aiguilles allait bien à cette diablesse de fille, faite pour l'acier, et qui, au Moyen Âge, aurait porté la cuirasse. Elle se tint debout devant moi pendant que j'écrivais, m'offrant l'écritoire avec ce noble et moelleux mouvement dans les avant-bras que l'habitude de faire des armes lui avait donné plus qu'à personne. Quand j'eus fini, je levai les yeux et je la regardai, pour ne rien affecter, et je lui trouvai le visage fatigué de sa nuit. Savigny, qui n'était pas là quand j'étais arrivé, entra tout à coup. Il était bien plus fatigué

---

1. Allusion à l'histoire biblique d'Esaü et de Jacob, fils d'Isaac et de Rebecca, nés alors que leur père, comme celui de Hauteclaire, était déjà vieux. Isaac dit à Esaü : « Tu vivras de ton épée », et c'est bien ce que fait Hauteclaire après la mort de son père.
2. *Cantique des Cantiques* : « Tu as blessé mon cœur [...] avec un seul cheveu de ta nuque. »

qu'elle... Il me parla de l'état de la comtesse, qui ne guérissait pas. Il m'en parla comme un homme impatienté qu'elle ne guérît pas. Il avait le ton amer, violent, contracté de l'homme impatienté. Il allait et venait en parlant. Je le regardais froidement, trouvant la chose trop forte pour le coup, et ce ton napoléonien avec moi un peu inconvenant. « Mais si je guérissais ta femme, — pensai-je insolemment, — tu ne ferais pas des armes et l'amour toute la nuit avec ta maîtresse. » J'aurais pu le rappeler au sentiment de la réalité et de la politesse qu'il oubliait, lui planter sous le nez, si cela m'avait plu, les sels anglais d'une bonne réponse. Je me contentai de le regarder. Il devenait plus intéressant pour moi que jamais, car il m'était évident qu'il jouait plus que jamais la comédie. »

Et le docteur s'arrêta de nouveau. Il plongea son large pouce et son index dans sa boîte d'argent guilloché et aspira une prise de macoubac [1], comme il avait l'habitude d'appeler pompeusement son tabac. Il me parut si intéressant à son tour, que je ne lui fis aucune observation et qu'il reprit, après avoir absorbé sa prise et passé son doigt crochu sur la courbure de son avide nez en bec de corbin :

« Oh ! pour impatienté, il l'était réellement ; mais ce n'était point parce que sa femme ne guérissait pas, cette femme à laquelle il était si déterminément infidèle ! Que diable ! lui qui concubinait avec une servante dans sa propre maison, ne pouvait guère s'encolérer parce que sa femme ne guérissait pas ! Est-ce que, elle guérie, l'adultère n'eût pas été plus difficile ? Mais c'était vrai, pourtant, que la traînerie de ce mal sans bout le lassait, lui portait sur les nerfs. Avait-il pensé que ce serait moins long ? Et, depuis, lorsque j'y ai songé, si l'idée d'en finir vint à lui ou à elle, ou à tous les deux, puisque la maladie ou le médecin n'en finissait pas, c'est peut-être de ce moment-là... »

_____

1. Tabac très apprécié, cultivé à Macouba, en Martinique.

— Quoi ! docteur, ils auraient donc ?...

Je n'achevai pas, tant cela me coupait la parole, l'idée qu'il me donnait !

Il baissa la tête en me regardant, aussi tragique que la statue du Commandeur, quand elle accepte de souper [1].

« Oui ! — souffla-t-il lentement, d'une voix basse, répondant à ma pensée. — Au moins, à quelques jours de là, tout le pays apprit avec terreur que la comtesse était morte empoisonnée... »

— Empoisonnée ! m'écriai-je.

« ... Par sa femme de chambre, Eulalie, qui avait pris une fiole l'une pour l'autre et qui, disait-on, avait fait avaler à sa maîtresse une bouteille d'encre double, au lieu d'une médecine que j'avais prescrite. C'était possible, après tout, qu'une pareille méprise. Mais je savais, moi, qu'Eulalie, c'était Hauteclaire ! Mais je les avais vus, tous deux, faire le groupe de Canova, au balcon ! Le monde n'avait pas vu ce que j'avais vu. Le monde n'eut d'abord que l'impression d'un accident terrible. Mais quand, deux ans après cette catastrophe, on apprit que le comte Serlon de Savigny épousait publiquement *la fille à Stassin*, — car il fallut bien *déclencher* qui elle était, la fausse Eulalie, — et qu'il allait la coucher dans les draps chauds encore de sa première femme, Mlle Delphine de Cantor, oh ! alors, ce fut un grondement de tonnerre de soupçons à voix basse, comme si on avait eu peur de ce qu'on disait et de ce qu'on pensait. Seulement, au fond, personne ne savait. On ne savait que la monstrueuse mésalliance, qui fit montrer au doigt le comte de Savigny et l'isola comme un pestiféré. Cela suffisait bien, du reste. Vous savez quel déshonneur c'est, ou plutôt c'était, car les choses ont bien changé aussi dans ce pays-là, que de dire d'un homme : Il a épousé sa servante ! Ce déshonneur s'étendit et resta sur Serlon comme une souillure.

1. Cf. Molière, *Dom Juan*, III, 5.

Quant à l'horrible bourdonnement du crime soupçonné qui avait couru, il s'engourdit bientôt comme celui d'un taon qui tombe lassé dans une ornière. Mais il y avait cependant quelqu'un qui savait et qui était sûr… »

— Et ce ne pouvait être que vous, docteur ? — interrompis-je.

— C'était moi, en effet, — reprit-il, — mais pas moi tout seul. Si j'avais été seul pour savoir, je n'aurais jamais eu que de vagues lueurs, pires que l'ignorance… Je n'aurais jamais été sûr, et, fit-il, en s'appuyant sur les mots avec l'aplomb de la sécurité complète : — je le suis !

« Et, écoutez bien comme je le suis ! » — ajouta-t-il, en me prenant le genou avec ses doigts noueux, comme une pince. Or, son histoire me pinçait encore plus que ce système d'articulations de crabe qui formait sa redoutable main.

« Vous vous doutez bien, — continua-t-il — , que je fus le premier à savoir l'empoisonnement de la comtesse. Coupables ou non, il fallait bien qu'ils m'envoyassent chercher, moi qui étais le médecin. On ne prit pas la peine de seller un cheval. Un garçon d'écurie vint *à poil* et au grand galop me trouver à V…, d'où je le suivis, du même galop, à Savigny. Quand j'arrivai, — cela avait-il été calculé ? — il n'était plus possible d'arrêter les ravages de l'empoisonnement. Serlon, dévasté de physionomie, vint au-devant de moi dans la cour et me dit, au dégagé de l'étrier, comme s'il eût eu peur des mots dont il se servait :

« — Une domestique s'est trompée. (Il évitait de dire : Eulalie, que tout le monde nommait le lendemain.) Mais, docteur, ce n'est pas possible ! est-ce que l'encre double serait un poison ?…

« — Cela dépend des substances avec quoi elle est faite, — repartis-je. — Il m'introduisit chez la comtesse, épuisée de douleur, et dont le visage rétracté ressemblait à un peloton de fil blanc tombé dans de la teinture verte… Elle était effrayante ainsi. Elle me sourit affreusement de ses lèvres noires et de ce sourire qui dit à un homme qui se tait : « Je sais bien ce que vous pensez... » D'un tour d'œil je cherchai dans la chambre si Eulalie ne s'y trouvait pas. J'aurais voulu voir sa contenance à pareil moment. Elle n'y était point. Toute brave qu'elle fût, avait-elle eu peur de moi ?... Ah ! je n'avais encore que d'incertaines données...

« La comtesse fit un effort en m'apercevant et s'était soulevée sur son coude.

« — Ah ! vous voilà, docteur, — dit-elle ; — mais vous venez trop tard. Je suis morte. Ce n'est pas le médecin qu'il fallait envoyer chercher, Serlon, c'était le prêtre. Allez ! donnez des ordres pour qu'il vienne, et que tout le monde me laisse seule deux minutes avec le docteur. Je le veux !

« Elle dit ce : *Je le veux*, comme je ne le lui avais jamais entendu dire, — comme une femme qui avait ce front et ce menton dont je vous ai parlé.

« — Même moi ? — dit Savigny, faiblement.

« — Même vous, — fit-elle. Et elle ajouta, presque caressante : — Vous savez, mon ami, que les femmes ont surtout des pudeurs pour ceux qu'elles aiment.

« À peine fut-il sorti, qu'un atroce changement se produisit en elle. De douce, elle devint fauve.

« — Docteur, — dit-elle d'une voix haineuse, — ce n'est pas un accident que ma mort, c'est un crime. Serlon aime Eulalie, et elle m'a empoisonnée ! Je ne vous ai pas cru quand vous m'avez dit que cette fille était trop belle pour une femme de chambre. J'ai eu tort. Il aime cette scélérate, cette exécrable fille qui m'a tuée. Il est plus coupable qu'elle, puisqu'il l'aime et qu'il m'a trahie pour elle. Depuis quelques jours, les regards qu'ils se jetaient des deux côtés de mon lit m'ont bien avertie. Et encore plus le goût horrible de cette encre avec laquelle ils m'ont empoisonnée !!... Mais j'ai tout bu, j'ai tout pris, malgré cet affreux goût, parce que j'étais bien aise de mourir ! Ne me parlez pas de contre-poison. Je ne veux d'aucun de vos remèdes. Je veux mourir.

« — Alors, pourquoi m'avez-vous fait venir, madame la comtesse ?...

« — Eh bien ! voici pourquoi, reprit-elle haletante... — C'est pour vous dire qu'ils m'ont empoisonnée, et pour que vous me donniez votre parole d'honneur de le cacher. Tout ceci va faire un éclat terrible. Il ne le faut pas. Vous êtes mon médecin, et on vous croira, vous, quand vous parlerez de cette méprise qu'ils ont inventée, quand vous direz que même je ne serais pas morte, que j'aurais pu être sauvée, si depuis longtemps ma santé n'avait été perdue. Voilà ce qu'il faut me jurer, docteur...

« Et comme je ne répondais pas, elle vit ce qui s'élevait en moi. Je pensais qu'elle aimait son mari au point de vouloir le sauver. C'était l'idée qui m'était venue, l'idée naturelle et vulgaire, car il est des femmes tellement pétries pour l'amour et ses abnégations, qu'elles ne rendent pas le coup dont elles meurent. Mais la comtesse de Savigny ne m'avait jamais produit l'effet d'être une de ces femmes-là !

« — Ah ! ce n'est pas ce que vous croyez qui me fait vous demander de me jurer cela, docteur ! Oh ! non ! je hais trop Serlon en ce moment pour ne pas, malgré sa trahison, l'aimer encore... Mais je ne suis pas si lâche que de lui pardonner ! Je m'en irai de cette vie, jalouse de lui, et implacable. Mais il ne s'agit pas de Serlon, docteur, reprit-elle avec énergie, en me découvrant tout un côté de son caractère que j'avais entrevu, mais que je n'avais pas pénétré dans ce qu'il avait de plus profond. Il s'agit du comte de Savigny. Je ne veux pas, quand je serai morte, que le comte de Savigny passe pour l'assassin de sa femme. Je ne veux pas qu'on le traîne en cours d'assises, qu'on l'accuse de complicité avec une servante adultère et empoisonneuse ! Je ne veux pas que cette tache reste sur ce nom de Savigny, que j'ai porté. Oh ! s'il ne s'agissait que de lui, il est digne de tous les échafauds ! Mais, lui, je lui mangerais le cœur ! Mais il s'agit de nous tous, les gens comme il faut du pays ! Si nous étions encore ce que

nous devrions être, j'aurais fait jeter cette Eulalie dans
une des oubliettes du château de Savigny, et il n'en
aurait plus été question jamais ! Mais, à présent, nous
ne sommes plus les maîtres chez nous. Nous n'avons
plus notre justice expéditive et muette, et je ne veux
pour rien des scandales et des publicités de la vôtre,
docteur ; et j'aime mieux les laisser dans les bras l'un
de l'autre, heureux et délivrés de moi, et mourir enragée comme je meurs, que de penser, en mourant, que
la noblesse de V... aurait l'ignominie de compter un
empoisonneur dans ses rangs. »

« Elle parlait avec une vibration inouïe, malgré les
tremblements saccadés de sa mâchoire qui claquait à
briser ses dents. Je la reconnaissais, mais je l'appre-
nais encore ! C'était bien la fille noble qui n'était que
cela, la fille noble plus forte, en mourant, que la femme
jalouse. Elle mourait bien comme une fille de V..., la
dernière ville noble de France ! Et touché de cela plus
peut-être que je n'aurais dû l'être, je lui promis et je
lui jurai, si je ne la sauvais pas, de faire ce qu'elle me
demandait.

« Et je l'ai fait, mon cher. Je ne la sauvai pas. Je
ne pus pas la sauver : elle refusa obstinément tout
remède. Je dis ce qu'elle avait voulu, quand elle fut
morte, et je persuadai... Il y a bien vingt-cinq ans de
cela... À présent, tout est calmé, silencé, oublié, de cette
épouvantable aventure. Beaucoup de contemporains
sont morts. D'autres générations ignorantes, indifférentes, ont poussé sur leurs tombes, et la première
parole que je dis de cette sinistre histoire, c'est à vous !

« Et encore, il a fallu ce que nous venons de voir
pour vous la raconter. Il a fallu ces deux êtres, immuablement beaux, malgré le temps, immuablement heureux malgré leur crime, puissants, passionnés, absor-
bés en eux, passant aussi superbement dans la vie que
dans ce jardin, semblables à deux de ces Anges d'autel
qui s'enlèvent, unis dans l'ombre de l'or de leurs quatre
ailes ! »

J'étais épouvanté... — Mais, — fis-je, — si c'est vrai ce que vous me contez là, docteur, c'est un effroyable désordre dans la création que le bonheur de ces gens-là.

— C'est un désordre ou c'est un ordre, comme il vous plaira, — répondit le docteur Torty, cet athée absolu et tranquille aussi, comme ceux dont il parlait, — mais c'est un fait. Ils sont heureux exceptionnellement, et insolemment heureux. Je suis bien vieux, et j'ai vu dans ma vie bien des bonheurs qui n'ont pas duré ; mais je n'ai vu que celui-là qui fût aussi profond, et qui dure toujours !

« Et croyez que je l'ai bien étudié, bien scruté, bien perscruté ! Croyez que j'ai bien cherché la petite bête dans ce bonheur-là ! Je vous demande pardon de l'expression, mais je puis dire que je l'ai pouillé... J'ai mis les deux pieds et les deux yeux aussi avant que j'ai pu dans la vie de ces deux êtres, pour voir s'il n'y avait pas à leur étonnant et révoltant bonheur un défaut, une cassure, si petite qu'elle fût, à quelque endroit caché, mais je n'ai jamais rien trouvé qu'une félicité à faire envie, et qui serait une excellente et triomphante plaisanterie du Diable contre Dieu, s'il y avait un Dieu et un Diable ! Après la mort de la comtesse, je demeurai, comme vous le pensez bien, en bons termes avec Savigny. Puisque j'avais fait tant que de prêter l'appui de mon affirmation à la fable imaginée par eux pour expliquer l'empoisonnement, ils n'avaient pas d'intérêt à m'écarter, et moi j'en avais un très grand à connaître ce qui allait suivre, ce qu'ils allaient faire, ce qu'ils allaient devenir. J'étais horripilé, mais je bravais mes horripilations... Ce qui suivit, ce fut d'abord le deuil de Savigny, lequel dura les deux ans d'usage, et que Savigny porta de manière à confirmer l'idée publique qu'il était le plus excellent des maris, passés, présents et futurs... Pendant ces deux ans, il ne vit absolument personne. Il s'enterra dans son château avec une telle rigueur de solitude, que personne ne sut qu'il avait gardé à Savigny Eulalie, la cause involontaire de la mort de la comtesse et qu'il aurait dû, par convenance seule, mettre à la porte, même dans la certitude de son innocence. Cette imprudence de garder chez soi une telle fille, après une telle catastrophe, me prouvait la passion insensée que j'avais toujours soupçonnée dans Serlon. Aussi ne fus-je nullement surpris quand un jour, revenant d'une de mes tournées de médecin, je rencontrai un domestique sur la route de Savigny, à qui je demandai des nouvelles de ce qui se passait au château, et qui m'apprit qu'Eulalie *y était toujours*... À l'indifférence avec laquelle il me dit cela, je vis que personne, parmi les gens du comte, ne se doutait qu'Eulalie fût sa maîtresse. « Ils jouent toujours serrés, — me dis-je. Mais pourquoi ne s'en vont-ils pas du pays ? Le comte est riche. Il peut vivre grandement partout. Pourquoi ne pas filer avec cette belle diablesse (en fait de diablesse, je croyais à celle-là) qui, pour le mieux crocheter, a préféré vivre dans la maison de son amant, au péril de tout, que d'être sa maîtresse à V..., dans quelque logement retiré où il serait allé bien tranquillement la voir en cachette ? » Il y avait là un dessous que je ne comprenais pas. Leur délire, leur dévorement d'eux-mêmes étaient-donc si grands qu'ils ne voyaient plus rien des prudences et des précautions de la vie ?... Hauteclaire, que je supposais plus forte de caractère que Serlon, Hauteclaire, que je croyais l'homme des deux dans leur rapport d'amants, voulait-elle rester dans ce château où on l'avait vue servante et où l'on devait la voir maîtresse, et en restant, si on l'apprenait et si cela faisait un scandale, préparer l'opinion à un autre scandale bien plus épouvantable, son mariage avec le comte de Savigny ? Cette idée ne m'était pas venue à moi, si elle lui était venue à elle, en cet instant de mon histoire. Hauteclaire Stassin, fille de ce vieux pilier de salle d'armes, *La Pointe-au-corps*, — que nous avions tous vue, à V..., donner des leçons et *se fendre à fond* en pantalon collant, — comtesse de Savigny ! Allons donc ! Qui aurait cru à ce renversement, à cette fin du monde ? Oh ! pardieu, je croyais très bien, pour ma part, *in petto*, que le concubinage continuerait d'aller son train entre ces deux fiers animaux, qui avaient, au premier coup d'œil, reconnu qu'ils étaient de la même espèce et qui avaient osé l'adultère sous les yeux mêmes de la comtesse. Mais le mariage, le mariage effrontément accompli au nez de Dieu et des hommes, mais ce défi jeté à l'opinion de toute une contrée outragée dans ses sentiments et dans ses mœurs, j'en étais, d'honneur ! à mille lieues, et si loin que quand, au bout des deux ans du deuil de Serlon, la chose se fit brusquement, le coup de foudre de la surprise me tomba sur la tête comme si j'avais été un de ces imbéciles qui ne s'attendent jamais à rien de ce qui arrive, et qui, dans le pays, se mirent alors à piauler comme les chiens, fouettés dans la nuit, piaulent aux carrefours.

« Du reste, en ces deux ans du deuil de Serlon, si strictement observé et qui fut, quand on en vit la fin, si furieusement taxé d'hypocrisie et de bassesse, je n'allai pas beaucoup au château de Savigny... Qu'y serais-je allé faire ?... On s'y portait très bien, et jusqu'au moment peu éloigné peut-être où l'on m'enverrait chercher nuitamment, pour quelque accouchement qu'il faudrait bien cacher encore, on n'y avait pas besoin de mes services. Néanmoins, entre-temps, je risquais une visite au comte. Politesse, doublée de curiosité éternelle. Serlon me recevait ici ou là, selon l'occurrence et où il était, quand j'arrivais. Il n'avait pas le moindre embarras avec moi. Il avait repris sa bienveillance. Il était grave. J'avais déjà remarqué que les êtres heureux sont graves. Ils portent en eux attentivement leur cœur, comme un verre plein, que le moindre mouvement peut faire déborder ou briser... Malgré sa gravité et ses vêtements noirs, Serlon avait dans les yeux l'incoercible expression d'une immense félicité. Ce n'était plus l'expression du soulagement et de la délivrance qui y brillait comme le jour où, chez sa femme, il s'était aperçu que je reconnaissais Hauteclaire, mais que j'avais pris le parti de ne pas la reconnaître. Non, parbleu ! c'était bel et bien du bonheur ! Quoique, en

ces visites cérémonieuses et rapides, nous ne nous entre-
tinssions que de choses superficielles et extérieures, la
voix du comte de Savigny, pour les dire, n'était pas la
même voix qu'au temps de sa femme. Elle révélait à
présent, par la plénitude presque chaude de ses intonations, qu'il avait peine à contenir des sentiments qui
ne demandaient qu'à lui sortir de la poitrine. Quant
à Hauteclaire (toujours Eulalie, et au château, ainsi
que me l'avait dit le domestique), je fus assez longtemps sans la rencontrer. Elle n'était plus, quand je
passais, dans le corridor où elle se tenait du temps de
la comtesse, travaillant dans son embrasure. Et, pourtant, la pile de linge à la même place, et les ciseaux,
et l'étui, et le dé sur le bord de la fenêtre, disaient qu'elle
devait toujours travailler là, sur cette chaise vide et tiède
peut-être, qu'elle avait quittée, m'entendant venir. Vous
vous rappelez que j'avais la fatuité de croire qu'elle
redoutait la pénétration de mon regard ; mais, à présent, elle n'avait plus à la craindre. Elle ignorait que
j'eusse reçu la terrible confidence de la comtesse. Avec
la nature audacieuse et altière que je lui connaissais,
elle devait même être contente de pouvoir braver la
sagacité qui l'avait devinée. Et, de fait, ce que je pré-
sumais était la vérité, car le jour où je la rencontrai
enfin, elle avait son bonheur écrit sur son front d'une
si radieuse manière, qu'en y répandant toute la bouteille d'encre double avec laquelle elle avait empoisonné
la comtesse, on n'aurait pas pu l'effacer !

« C'est dans le grand escalier du château que je la
rencontrai cette première fois. Elle le descendait et je
le montais. Elle le descendait un peu vite ; mais quand
elle me vit, elle ralentit son mouvement, tenant sans
doute à me montrer fastueusement son visage, et à me
mettre bien au fond des yeux ses yeux qui peuvent faire
fermer ceux des panthères, mais qui ne firent pas fermer
les miens. En descendant les marches de son escalier,
ses jupes flottant en arrière sous les souffles d'un mouvement rapide, elle semblait descendre du ciel. Elle était
sublime d'air heureux. Ah ! son air était à quinze mille

lieues au-dessus de l'air de Serlon ! Je n'en passai pas moins sans lui donner signe de politesse, car si Louis XIV saluait les femmes de chambre dans les escaliers, ce n'étaient pas des empoisonneuses ! Femme de chambre, elle l'était encore ce jour-là, de tenue, de mise, de tablier blanc ; mais l'air heureux de la plus triomphante et despotique maîtresse avait remplacé l'impassibilité de l'esclave. Cet air-là ne l'a point quittée. Je viens de le revoir, et vous avez pu en juger. Il est plus frappant que la beauté même du visage sur lequel il resplendit. Cet air surhumain de la fierté dans l'amour heureux, qu'elle a dû donner à Serlon, qui d'abord, lui, ne l'avait pas, elle continue, après vingt ans, de l'avoir encore, et je ne l'ai vu ni diminuer, ni se voiler un instant sur la face de ces deux étranges Privilégiés de la vie. C'est par cet air-là qu'ils ont toujours répondu victorieusement à tout, à l'abandon, aux mauvais propos, aux mépris de l'opinion indignée, et qu'ils ont fait croire à qui les rencontre que le crime dont ils ont été accusés quelques jours n'était qu'une atroce calomnie.

— Mais vous, docteur, — interrompis-je, — après tout ce que vous savez, vous ne pouvez pas vous laisser imposer par cet air-là ? Vous ne les avez pas suivis partout ? Vous ne les voyez pas à toute heure ?

« Excepté dans leur chambre à coucher, le soir, et ce n'est pas là qu'ils le perdent, — fit le docteur Torty, gaillard, mais profond, — je les ai vus, je crois bien, à tous les moments de leur vie depuis leur mariage, qu'ils allèrent faire je ne sais où, pour éviter le charivari que la populace de V,.., aussi furieuse à sa façon que la Noblesse à la sienne, se promettait de leur donner. Quand ils revinrent mariés, elle, authentiquement comtesse de Savigny, et lui, absolument déshonoré par un mariage avec une servante, on les planta là, dans leur château de Savigny. On leur tourna le dos. On les laissa se repaître d'eux tant qu'ils voulurent... Seulement, ils ne s'en sont jamais repus, à ce qu'il paraît ; encore tout à l'heure, leur faim d'eux-mêmes n'est pas

assouvie. Pour moi, qui ne veux pas mourir, en ma qualité de médecin, sans avoir écrit un traité de tératolo-
gie, et qu'ils intéressaient... comme des monstres, je
ne me mis point à la queue de ceux qui les fuirent. Lorsque je vis la fausse Eulalie parfaitement comtesse, elle
me reçut comme si elle l'avait été toute sa vie. Elle se
souciait bien que j'eusse dans la mémoire le souvenir
de son tablier blanc et de son plateau ! « Je ne suis plus
Eulalie, — me dit-elle ; — je suis Hauteclaire, Hauteclaire heureuse d'avoir été servante pour lui... » Je pensais qu'elle avait été bien autre chose ; mais comme
j'étais le seul du pays qui fût allé à Savigny, quand ils
y revinrent, j'avais toute honte bue, et je finis par y
aller beaucoup. Je puis dire que je continuai de
m'acharner à regarder et à percer dans l'intimité de ces
deux êtres, si complètement heureux par l'amour. Eh
bien ! vous me croirez si vous voulez,. mon cher, la
pureté de ce bonheur, souillé par un crime dont j'étais
sûr, je ne l'ai pas vue, je ne dirai pas ternie, mais assom-
brie une seule minute dans un seul jour. Cette boue
d'un crime lâche qui n'avait pas eu le courage d'être
sanglant, je n'en ai pas une seule fois aperçu la tache
sur l'azur de leur bonheur ! C'est à terrasser, n'est-il
pas vrai ? tous les moralistes de la terre, qui ont inventé
le bel axiome du vice puni et de la vertu récompensée !
Abandonnés et solitaires comme ils l'étaient, ne voyant
que moi, avec lequel ils ne se gênaient pas plus qu'avec
un médecin devenu presque un ami, à force de hanti-
ses, ils ne se surveillaient point. Ils m'oubliaient et
vivaient très bien, moi présent, dans l'enivrement d'une
passion à laquelle je n'ai rien à comparer, voyez-vous,
dans tous les souvenirs de ma vie... Vous venez d'en
être le témoin il n'y a qu'un moment : ils sont passés
là, et ils ne m'ont pas même aperçu, et j'étais à leur
coude ! Une partie de ma vie avec eux, ils ne m'ont
pas vu davantage... Polis, aimables, mais le plus souvent distraits, leur manière d'être avec moi était telle,
que je ne serais pas revenu à Savigny si je n'avais tenu
à étudier microscopiquement leur incroyable bonheur,

et à y surprendre, pour mon édification personnelle, le grain de sable d'une lassitude, d'une souffrance, et, disons le grand mot : d'un remords. Mais rien ! rien ! L'amour prenait tout, emplissait tout, bouchait tout en eux, le sens moral et la conscience, — comme vous dites, vous autres ; et c'est en les regardant, ces heureux, que j'ai compris le sérieux de la plaisanterie de mon vieux camarade Broussais [1], quand il disait de la conscience : « Voilà trente ans que je dissèque, et je n'ai pas seulement découvert une oreille de ce petit animal-là ! »

« Et ne vous imaginez point, — continua ce vieux diable de docteur Torty, comme s'il eût lu dans ma pensée, — que ce que je vous dis là, c'est une thèse... la preuve d'une doctrine que je crois vraie, et qui nie carrément la conscience comme la niait Broussais. Il n'y a pas de thèse ici. Je ne prétends point entamer vos opinions... Il n'y a que des faits, qui m'ont étonné autant que vous. Il y a le phénomène d'un bonheur continu, d'une bulle de savon qui grandit toujours et qui ne crève jamais ! Quand le bonheur est continu, c'est déjà une surprise ; mais ce bonheur dans le crime, c'est une stupéfaction, et voilà vingt ans que je ne reviens pas de cette stupéfaction-là. Le vieux médecin, le vieux observateur, le vieux moraliste... ou *immoraliste* — (reprit-il, voyant mon sourire), — est déconcerté par le spectacle auquel il assiste depuis tant d'années, et qu'il ne peut pas vous faire voir en détail, car s'il y a un mot traînaillé partout, tant il est vrai ! c'est que le bonheur n'a pas d'histoire. Il n'a pas plus de description. On ne peint pas plus le bonheur, cette infusion d'une vie supérieure dans la vie, qu'on ne saurait peindre la circulation du sang dans les veines. On s'atteste, aux battements des artères, qu'il y circule, et c'est ainsi que je m'atteste le bonheur de ces deux êtres que vous venez de voir, ce bonheur incompréhensible auquel je tâte le

1. Médecin et physiologue français (1772-1838).

pouls depuis si longtemps. Le comte et la comtesse de
Savigny refont tous les jours, sans y penser, le magnifique chapitre de *L'amour dans le mariage* de Mme de
Staël, ou les vers plus magnifiques encore du *Paradis
perdu* dans Milton [1]. Pour mon compte, à moi, je n'ai
jamais été bien sentimental ni bien poétique ; mais ils
m'ont, avec cet idéal réalisé par eux, et que je croyais
impossible, dégoûté des meilleurs mariages que j'aie
connus, et que le monde appelle charmants. Je les ai
toujours trouvés si inférieurs au leur, si décolorés et
si froids ! La destinée, leur étoile, le hasard, qu'est-ce
que je sais ? a fait qu'ils ont pu vivre pour eux-mêmes.
Riches, ils ont eu ce don de l'oisiveté sans laquelle il
n'y a pas d'amour, mais qui tue aussi souvent l'amour
qu'elle est nécessaire pour qu'il naisse... Par exception,
l'oisiveté n'a pas tué le leur. L'amour, qui simplifie
tout, a fait de leur vie une simplification sublime. Il
n'y a point de ces grosses choses qu'on appelle des événements dans l'existence de ces deux mariés, qui ont
vécu, en apparence, comme tous les châtelains de la
terre, loin du monde auquel ils n'ont rien à demander,
se souciant aussi peu de son estime que de son mépris.
Ils ne se sont jamais quittés. Où l'un va, l'autre
l'accompagne. Les routes des environs de V... revoient
Hauteclaire à cheval, comme du temps du vieux *La
Pointe-au-corps* ; mais c'est le comte de Savigny qui
est avec elle, et les femmes du pays, qui, comme autrefois, passent en voiture, la dévisagent plus encore peut-
être que quand elle était la grande et mystérieuse jeune
fille au voile bleu sombre, et qu'on ne voyait pas. Maintenant, elle lève son voile, et leur montre hardiment le
visage de servante qui a su se faire épouser, et elles ren-

---

1. Dans *De l'Allemagne* (1810), Mme de Staël (1766-1817) consa-
cre tout un chapitre à faire l'éloge de la pureté et de la moralité de
l'amour conjugal. Semblable louange se trouve dans le livre IV du
Paradis perdu du poète anglais John Milton (1608-1674). Ces références moralisatrices sonnent étrangement dans le contexte de la
nouvelle...

trent indignées, mais rêveuses... Le comte et la comtesse de Savigny ne voyagent point ; ils viennent quelquefois à Paris, mais ils n'y restent que quelques jours. Leur vie se concentre donc tout entière dans ce château de Savigny, qui fut le théâtre d'un crime dont ils ont peut-être perdu le souvenir, dans l'abîme sans fond de leurs cœurs...

— Et ils n'ont jamais eu d'enfants, docteur ? — lui dis-je.

— Ah ! — fit le docteur Torty, — vous croyez que c'est là qu'est la fêlure, la revanche du Sort, et ce que vous appelez la vengeance ou la justice de Dieu ? Non, ils n'ont jamais eu d'enfants. Souvenez-vous ! Une fois, j'avais eu l'idée qu'il n'en auraient pas. Ils s'aiment trop... Le feu, — qui dévore, — consume et ne produit pas. Un jour, je le dis à Hauteclaire :

« — Vous n'êtes donc pas triste de n'avoir pas d'enfant, madame la comtesse ?

« — Je n'en veux pas ! — fit-elle impérieusement. — J'aimerais moins Serlon. Les enfants, — ajouta-t-elle avec une espèce de mépris, — sont bons pour les femmes malheureuses ! »

Et le docteur Torty finit brusquement son histoire sur ce mot, qu'il croyait profond.

Il m'avait intéressé, et je le lui dis : « — Toute criminelle qu'elle soit, — fis-je, — on s'intéresse à cette Hauteclaire. Sans son crime, je comprendrais l'amour de Serlon.

— Et peut-être même avec son crime ! » dit le docteur. — « Et moi aussi ! » ajouta-t-il, le hardi bonhomme.

LE DESSOUS DE CARTES
D'UNE PARTIE DE WHIST

> — *Vous moquez-vous de nous, mon-*
> *sieur, avec une pareille histoire ?*
> — *Est-ce qu'il n'y a pas, madame, une*
> *espèce de tulle qu'on appelle du tulle illu-*
> *sion ?...*
>
> (À une soirée chez le prince T...)

I

J'étais, un soir de l'été dernier, chez la baronne de Mascranny[1], une des femmes de Paris qui aiment le plus l'esprit comme on en avait autrefois, et qui ouvre les deux battants de son salon — un seul suffirait — au peu qui en reste parmi nous. Est-ce que dernièrement l'Esprit ne s'est pas changé en une bête à prétention qu'on appelle l'Intelligence ?... La baronne de Mascranny est, par son mari, d'une ancienne et très illustre famille, originaire des Grisons. Elle porte, comme tout le monde le sait, *de gueules à trois fasces, vivrées de gueules à l'aigle éployée d'argent, addextrée d'une clef d'argent, senestrée d'un casque de même, l'écu chargé, en cœur, d'un écusson d'azur à une fleur de lys d'or* ; et ce chef, ainsi que les pièces qui le couvrent, ont été octroyées par plusieurs souverains de l'Europe à la famille de Mascranny, en récompense des services qu'elle leur a rendus à différentes époques de l'histoire. Si les souverains de l'Europe n'avaient pas aujourd'hui

---

1. Cf. Dossier, p. 363.

de bien autres affaires à démêler, ils pourraient charger
de quelque pièce nouvelle un écu déjà si noblement
compliqué, pour le soin véritablement héroïque que la
baronne prend de la conversation, cette fille expirante
des aristocraties oisives et des monarchies absolues.
Avec l'esprit et les manières de son nom, la baronne de
Mascranny a fait de son salon une espèce de Coblentz [1]
délicieux où s'est réfugiée la conversation d'autrefois,
la dernière gloire de l'esprit français, forcé d'émigrer
devant les mœurs utilitaires et occupées de notre temps.
C'est là que chaque soir, jusqu'à ce qu'il se taise tout
à fait, il chante divinement son chant du cygne. Là,
comme dans les rares maisons de Paris où l'on a
conservé les grandes traditions de la causerie, on ne
carre guère de phrases, et le monologue est à peu près
inconnu. Rien n'y rappelle l'article du journal et le discours politique, ces deux moules si vulgaires de la
pensée, au dix-neuvième siècle. L'esprit se contente d'y
briller en mots charmants ou profonds, mais bientôt
dits ; quelquefois même en de simples intonations, et
moins que cela encore, en quelque petit geste de génie.
Grâce à ce bienheureux salon, j'ai mieux reconnu une
puissance dont je n'avais jamais douté, la puissance
du monosyllabe. Que de fois j'en ai entendu lancer ou
laisser tomber avec un talent supérieur à celui de
Mlle Mars [2], la reine du monosyllabe à la scène, mais
qu'on eût lestement détrônée au faubourg Saint-Germain, si elle avait pu y paraître ; car les femmes y sont
trop grandes dames pour, quand elles sont fines, y *raf-
finer la finesse* comme une actrice qui joue Marivaux.

☞   Or, ce soir-là, par exception, le vent n'était pas au
monosyllabe. Quand j'entrai chez la baronne de Mascranny, il s'y trouvait assez du monde qu'elle appelle
ses intimes, et la conversation y était animée de cet

---

1. Coblence : ville de Prusse rhénane, étroitement entourée de rem-
parts, où se regroupèrent les émigrés pendant la Révolution française.
2. Célèbre actrice française (1779-1847) surnommée « le diamant »
pour la perfection de son jeu.

☞ Voir *Au fil du texte*, p. XI.

entrain qu'elle y a toujours. Comme les fleurs exotiques qui ornent les vases de jaspe de ses consoles, les intimes de la baronne sont un peu de tous les pays. Il y a parmi eux des Anglais, des Polonais, des Russes ; mais ce sont tous des Français pour le langage et par ce tour d'esprit et de manières qui est le même partout, à une certaine hauteur de la société. Je ne sais pas de quel point on était parti pour arriver là, mais, quand j'entrai, on parlait romans. *Parler romans*, c'est comme si chacun avait parlé de sa vie. Est-il nécessaire d'observer que, dans cette réunion d'hommes et de femmes du monde, on n'avait pas le pédantisme d'agiter la question littéraire ? Le fond des choses, et non la forme, préoccupait. Chacun de ces moralistes supérieurs, de ces praticiens, à divers degrés, de la passion et de la vie, qui cachaient de sérieuses expériences sous des propos légers et des airs détachés, ne voyait alors dans le roman qu'une question de nature humaine, de mœurs et d'histoire. Rien de plus. Mais n'est-ce donc pas tout ?... Du reste, il fallait qu'on eût déjà beaucoup causé sur ce sujet, car les visages avaient cette intensité de physionomie qui dénote un intérêt pendant longtemps excité. Délicatement fouettés les uns par les autres, tous ces esprits avaient leur mousse. Seulement, quelques âmes vives — j'en pouvais compter trois ou quatre dans ce salon — se tenaient en silence, les unes le front baissé, les autres l'œil fixé rêveusement aux bagues d'une main étendue sur leurs genoux. Elles cherchaient peut-être à corporiser leurs rêveries, ce qui est aussi difficile que de spiritualiser ses sensations. Protégé par la discussion, je me glissai sans être vu derrière le dos éclatant et velouté de la belle comtesse de Damnaglia, qui mordait du bout de sa lèvre l'extrémité de son éventail replié, tout en écoutant, comme ils écoutaient tous, dans ce monde où savoir écouter est un charme. Le jour baissait, un jour rose qui se teignait enfin de noir, comme les vies heureuses. On était rangé en cercle et on dessinait, dans la pénombre crépusculaire du salon, comme une guirlande d'hommes et de femmes, dans des poses diverses, négligemment attentives. C'était une espèce de bracelet vivant dont la maîtresse de la maison, avec son profil égyptien, et le lit de repos sur lequel elle est éternellement couchée, comme Cléopâtre, formait l'agrafe. Une croisée ouverte laissait voir un pan du ciel et le balcon où se tenaient quelques personnes. Et l'air était si pur et le quai d'Orsay si profondément silencieux, à ce moment-là, qu'elles ne perdaient pas une syllabe de la voix qu'on entendait dans le salon, malgré les draperies en vénitienne de la fenêtre, qui devaient amortir cette voix sonore et en retenir les ondulations dans leurs plis. Quand j'eus reconnu celui qui parlait, je ne m'étonnai ni de cette attention — qui n'était plus seulement une grâce octroyée par la grâce..., — ni de l'audace de qui gardait ainsi la parole plus longtemps qu'on n'avait coutume de le faire, dans ce salon d'un ton si exquis.

En effet, c'était le plus étincelant causeur de ce royaume de la causerie. Si ce n'est pas son nom, voilà son titre ! Pardon. Il en avait encore un autre... La médisance ou la calomnie, ces Ménechmes [1] qui se ressemblent tant qu'on ne peut les reconnaître, et qui écrivent leur gazette à rebours, comme si c'était de l'hébreu (n'en est-ce pas souvent ?), écrivaient en égratignures qu'il avait été le héros de plus d'une aventure qu'il n'eût pas certainement, ce soir-là, voulu raconter.

« ... Les plus beaux romans de la vie, — disait-il, quand je m'établis sur mes coussins du canapé, à l'abri des épaules de la comtesse de Damnaglia, — sont des réalités qu'on a touchées du coude, ou même du pied, en passant. Nous en avons tous vu. Le roman est plus commun que l'histoire. Je ne parle pas de ceux-là qui furent des catastrophes éclatantes, des drames joués par l'audace des sentiments, les plus exaltés à la majestueuse barbe de l'Opinion ; mais à part ces clameurs très rares, faisant scandale dans une société comme la

---

1. Individus qui se ressemblent parfaitement ; jumeaux, sosies.

nôtre, qui était hypocrite hier, et qui n'est plus que
lâche aujourd'hui, il n'est personne de nous qui n'ait
été témoin de ces faits mystérieux de sentiment ou de
passion qui perdent toute une destinée, de ces brise-
ments de cœur qui ne rendent qu'un bruit sourd,
comme celui d'un corps tombant dans l'abîme caché
d'une oubliette, et par-dessus lequel le monde met ses
mille voix ou son silence. On peut dire souvent du
roman ce que Molière disait de la vertu : « Où diable
va-t-il se nicher ?... » Là où on le croit le moins, on
le trouve ! Moi qui vous parle, j'ai vu dans mon
enfance... non, vu n'est pas le mot ! j'ai deviné, pres-
senti, un de ces drames cruels, terribles, qui ne se jouent
pas en public, quoique le public en voie les acteurs tous
les jours ; une de ces *sanglantes comédies*, comme disait
Pascal [1], mais représentées à huis clos, derrière une
toile de manœuvre, le rideau de la vie privée et de l'intimité. Ce qui sort de ces drames cachés, étouffés, que
j'appellerai presque à *transpiration rentrée*, est plus
sinistre, et d'un effet plus poignant sur l'imagination
et sur le souvenir, que si le drame tout entier s'était
déroulé sous vos yeux. Ce qu'on ne sait pas centuple
l'impression de ce qu'on sait. Me trompé-je ? Mais je
me figure que l'enfer, vu par un soupirail, devrait être
plus effrayant que si, d'un seul et planant regard, on
pouvait l'embrasser tout entier. »

Ici, il fit une légère pause. Il exprimait un fait tellement humain, d'une telle expérience d'imagination
pour ceux qui en ont un peu, que pas un contradicteur
ne s'éleva. Tous les visages peignaient la curiosité la
plus vive. La jeune Sibylle, qui était pliée en deux aux
pieds du lit de repos où s'étendait sa mère, se rappro-
cha d'elle avec une crispation de terreur, comme si l'on
eût glissé un aspic entre sa plate poitrine d'enfant et
son corset.

---

1. Barbey cite sans doute ici, de mémoire, cette phrase de Pascal :
« Le dernier acte est sanglant, quelque belle que soit la comédie en
tout le reste. »

— Empêche-le, maman, — dit-elle, avec la familiarité d'une enfant gâtée, élevée pour être une despote,
— de nous dire ces atroces histoires qui font frémir.

— Je me tairai, si vous le voulez, mademoiselle
Sibylle, — répondit celui qu'elle n'avait pas nommé,
dans sa familiarité naïve et presque tendre.

Lui, qui vivait si près de cette jeune âme, en connaissait les curiosités et les peurs ; car, pour toutes choses,
elle avait l'espèce d'émotion que l'on a quand on plonge
les pieds dans un bain plus froid que la température,
et qui coupe l'haleine à mesure qu'on entre dans la sai-
sissante fraîcheur de son eau.

— Sibylle n'a pas la prétention, que je sache, d'imposer silence à mes amis, — fit la baronne en caressant
la tête de sa fille, si prématurément pensive. — Si elle
a peur, elle a la ressource de ceux qui ont peur ; elle
a la fuite ; elle peut s'en aller.

Mais la capricieuse fillette, qui avait peut-être autant
d'envie de l'histoire que madame sa mère, ne fuit pas,
mais redressa son maigre corps, palpitant d'intérêt
effrayé, et jeta ses yeux noirs et profonds du côté du
narrateur, comme si elle se fût penchée sur un abîme.

— Eh bien ! contez, — dit Mlle Sophie de Revistal,
en tournant vers lui son grand œil brun baigné de
lumière, et qui est si humide encore, quoiqu'il ait pourtant diablement brillé. — Tenez, voyez ! ajouta-t-elle
avec un geste imperceptible, nous écoutons tous.

Et il raconta ce qui va suivre. Mais pourrai-je rappeler, sans l'affaiblir, ce récit, nuancé par la voix et
le geste, et surtout faire ressortir le contre-coup de
l'impression qu'il produisit sur toutes les personnes ras-
semblées dans l'atmosphère sympathique de ce salon ?

« J'ai été élevé en province, — dit le narrateur, mis
en demeure de raconter, — et dans la maison paternelle. Mon père habitait une bourgade jetée nonchalamment les pieds dans l'eau, au bas d'une montagne,
dans un pays que je ne nommerai pas, et près d'une
petite ville qu'on reconnaîtra quand j'aurai dit qu'elle
est, ou du moins qu'elle était, dans ce temps, la plus

profondément et la plus férocement aristocratique de France. Je n'ai, depuis, rien vu de pareil. Ni notre faubourg Saint-Germain, ni la place Bellecour, à Lyon, ni les trois ou quatre grandes villes qu'on cite pour leur esprit d'aristocratie exclusif et hautain, ne pourraient donner une idée de cette petite ville de six mille âmes qui, avant 1789, avait cinquante voitures armoriées, roulant fièrement sur son pavé.

« Il semblait qu'en se retirant de toute la surface du pays, envahi chaque jour par une bourgeoisie insolente, l'aristocratie se fût concentrée là, comme dans le fond d'un creuset, et y jetât, comme un rubis brûlé, le tenace éclat qui tient à la substance même de la pierre, et qui ne disparaîtra qu'avec elle.

« La noblesse de ce nid de nobles, qui mourront ou qui sont morts peut-être dans ces préjugés que j'appelle, moi, de sublimes vérités sociales, était incompatible comme Dieu. Elle ne connaissait pas l'ignominie de toutes les noblesses, la monstruosité des mésalliances.

« Les filles, ruinées par la Révolution, mouraient stoïquement vieilles et vierges, appuyées sur leurs écussons qui leur suffisaient contre tout. Ma puberté s'est embrasée à la réverbération ardente de ces belles et charmantes jeunesses qui savaient leur beauté inutile, qui sentaient que le flot de sang qui battait dans leurs cœurs et teignait d'incarnat leurs joues sérieuses, bouillonnait vainement.

« Mes treize ans ont rêvé les dévouements les plus romanesques devant ces filles pauvres qui n'avaient plus que la couronne fermée de leurs blasons pour toute fortune, majestueusement tristes, dès leurs premiers pas dans la vie, comme il convient à des condamnées du Destin. Hors de son sein, cette noblesse, pure comme l'eau des roches, ne voyait personne.

« — Comment voulez-vous, — disaient-ils, — que nous voyions tous ces bourgeois dont les pères ont donné des assiettes aux nôtres ?

« Ils avaient raison ; c'était impossible, car, pour cette petite ville, c'était vrai. On comprend l'affranchissement, à de grandes distances ; mais, sur un terrain grand comme un mouchoir, les races se séparent par leur rapprochement même. Ils se voyaient donc entre eux, et ne voyaient qu'eux et quelques Anglais.

« Car les Anglais étaient attirés par cette petite ville qui leur rappelait certains endroits de leurs comtés. Ils l'aimaient pour son silence, pour sa tenue rigide, pour l'élévation froide de ses habitudes, pour les quatre pas qui la séparaient de la mer qui les avait apportés, et aussi pour la possibilité d'y doubler, par le bas prix des choses, le revenu insuffisant des fortunes médiocres dans leur pays.

« Fils de la même barque de pirates que les Normands, à leurs yeux c'était une espèce de *Continental England* que cette ville normande, et ils y faisaient de longs séjours.

« Les petites *miss* y apprenaient le français en poussant leur cerceau sous les grêles tilleuls de la place d'armes ; mais, vers dix-huit ans, elles s'envolaient en Angleterre, car cette noblesse ruinée ne pouvait guère se permettre le luxe dangereux d'épouser des filles qui n'ont qu'une simple dot, comme les Anglaises. Elles partaient donc, mais d'autres migrations venaient bientôt s'établir dans leurs demeures abandonnées, et les rues silencieuses, où l'herbe poussait comme à Versailles, avaient toujours à peu près le même nombre de promeneuses à voile vert, à robe à carreaux, et à plaid écossais. Excepté ces séjours, en moyenne de sept à dix ans, que faisaient ces familles anglaises, presque toutes renouvelées à de si longs intervalles, rien ne rompait la monotonie d'existence de la petite ville dont il est question. Cette monotonie était effroyable.

« On a souvent parlé — et que n'a-t-on point dit ! — du cercle étroit dans lequel tourne la vie de province [1] ;

---

1. Cf. entre autres, Balzac : *Scènes de la vie de province* et, plus particulièrement, la description d'Angoulême dans *Les Illusions perdues*.

mais ici cette vie, pauvre partout en événements, l'était d'autant plus que les passions de classe à classe, les antagonismes de vanité, n'existaient pas comme dans une foule de petits endroits, où les jalousies, les haines, les blessures d'amour-propre, entretiennent une fermentation sourde qui éclate parfois dans quelque scandale, dans quelque noirceur, dans une de ces bonnes petites scélératesses sociales pour lesquelles il n'y a pas de tribunaux.

« Ici, la démarcation était si profonde, si épaisse, si infranchissable, entre ce qui était noble et ce qui ne l'était pas, que toute lutte entre la noblesse et la roture était impossible.

« En effet, pour que la lutte existe, il faut un terrain commun et un engagement, et il n'y en avait pas. Le diable, comme on dit, n'y perdait rien, sans doute.

« Dans le fond du cœur de ces bourgeois dont les pères *avaient donné des assiettes*, dans ces têtes de fils de domestiques, affranchis et enrichis, il y avait des cloaques de haine et d'envie, et ces cloaques élevaient souvent leur vapeur et leur bruit d'égout contre ces nobles, qui les avaient entièrement sortis de l'orbe de leur attention et de leur rayon visuel, depuis qu'ils avaient quitté leurs livrées.

« Mais tout cela n'atteignait pas ces patriciens distraits dans la forteresse de leurs hôtels, qui ne s'ouvraient qu'à leurs égaux, et pour qui la vie finissait à la limite de leur caste. Qu'importait ce qu'on disait d'eux, plus bas qu'eux ?... Ils ne l'entendaient pas. Les jeunes gens qui auraient pu s'insulter, se prendre de querelle, ne se rencontraient point dans les lieux publics, qui sont des arènes chauffées à rouge par la présence et les yeux des femmes.

« Il n'y avait pas de spectacle. La salle manquant, jamais il ne passait de comédiens. Les cafés, ignobles comme des cafés de province, ne voyaient guère autour de leurs billards que ce qu'il y avait de plus abaissé parmi la bourgeoisie, quelques mauvais sujets tapageurs et quelques officiers en retraite, débris fatigués des

guerres de l'Empire. D'ailleurs, quoique enragés d'égalité blessée (ce sentiment qui, à lui seul, explique les
horreurs de la Révolution), ces bourgeois avaient gardé,
malgré eux, la superstition des respects qu'ils n'avaient
plus.

« Le respect des peuples ressemble un peu à cette
sainte Ampoule [1], dont on s'est moqué avec une bêtise
de tant d'esprit. Lorsqu'il n'y en a plus, il y en a encore.
Le fils du bimbelotier déclame contre l'inégalité des
rangs ; mais, seul, il n'ira point traverser la place publique de sa ville natale, où tout le monde se connaît et
où l'on vit depuis l'enfance, pour insulter de gaieté de
cœur le fils d'un Clamorgan-Taillefer [2], par exemple,
qui passe donnant le bras à sa sœur. Il aurait la ville
contre lui. Comme toutes les choses haïes et enviées,
la naissance exerce physiquement sur ceux qui la détes-
tent une action qui est peut-être la meilleure preuve de
son droit. Dans les temps de révolution, on réagit contre
elle, ce qui est la subir encore ; mais dans les temps
calmes, on la subit tout au long.

« Or, on était dans une de ces périodes tranquilles,
en 182... Le libéralisme, qui croissait à l'ombre de la
Charte [3] constitutionnelle comme les chiens de la lice
grandissaient dans leur chenil d'emprunt, n'avait pas
encore étouffé un royalisme que le passage des Princes,
revenant de l'exil, avait remué dans tous les cœurs
jusqu'à l'enthousiasme. Cette époque, quoi qu'on ait
dit, fut un moment superbe pour la France, convales-
cente monarchique, à qui le couperet des révolutions
avait tranché les mamelles, mais qui, pleine d'espérance, croyait pouvoir vivre ainsi, et ne sentait pas dans
ses veines les germes mystérieux du cancer qui l'avait
déjà déchirée, et qui, plus tard, devra la tuer.

---

1. Vase sacré contenant l'huile qui servait au sacre des rois de
France. Elle fut brisée en 1793 sur la place publique de Reims.
2. Nom authentique d'une famille noble de Valognes.
3. Constitution accordée au peuple français le 4 juin 1814 par
Louis XVIII.

« Pour la petite ville que j'essaie de vous faire connaître, ce fut un moment de paix profonde et concentrée. Une mission [1] qui venait de se clore avait, dans la société noble, engourdi le dernier symptôme de la vie, l'agitation et les plaisirs de la jeunesse. On ne dansait plus. Les bals étaient proscrits comme une perdition. Les jeunes filles portaient des croix de mission sur leurs gorgerettes, et formaient des associations religieuses sous la direction d'une présidente. On tendait au *grave*, à faire mourir de rire, si l'on avait osé. Quand les quatre tables de whist [2] étaient établies pour les douairières et les vieux gentilshommes, et les deux tables d'écarté pour les jeunes gens, ces demoiselles se plaçaient, comme à l'église, dans leurs chapelles où elles étaient séparées des hommes, et elles formaient, dans un angle du salon, un groupe silencieux... pour leur sexe (car tout est relatif), chuchotant au plus quand elles parlaient, mais bâillant *en dedans* à se rougir les yeux, et contrastant par leur tenue un peu droite avec la souplesse pliante de leurs tailles, le rose et le lilas de leurs robes, et la folâtre légèreté de leurs pèlerines de blonde et de leurs rubans. »

II

« La seule chose, — continua le conteur de cette histoire où tout est vrai et *réel* comme la petite ville où elle s'est passée, et qu'il avait peinte si *ressemblante* que quelqu'un, moins discret que lui, venait d'en prononcer le nom ; — la seule chose qui eût, je ne dirai pas la physionomie d'une passion, mais enfin qui ressemblât

---

1. La Restauration fut une période de reconquête religieuse. Des prêtres furent envoyés en mission à travers toute la France pour (re)convertir ceux que la Révolution et l'Empire avaient éloignés de l'Église. Ces missions donnaient lieu à des cérémonies et à des pénitences publiques.
2. Jeu de cartes au cours duquel il est interdit de parler (anglais, *whist* : silence). L'écarté est aussi un jeu de cartes, moins sérieux.

à du mouvement, à du désir, à de l'intensité de sensation, dans cette société singulière où les jeunes filles
avaient quatre-vingts ans d'ennui dans leurs âmes lim-
pides et introublées, c'était le jeu, la dernière passion
des âmes usées.

« Le jeu, c'était la grande affaire de ces anciens
nobles, taillés dans le patron des grands seigneurs, et
désœuvrés comme de vieilles femmes aveugles. Ils
jouaient comme des Normands, des aïeux d'Anglais,
la nation la plus joueuse du monde. Leur parenté de
race avec les Anglais, l'émigration en Angleterre, la
dignité de ce jeu, silencieux et contenu comme la grande
diplomatie, leur avaient fait adopter le whist. C'était
le whist qu'ils avaient jeté, pour le combler, dans
l'abîme sans fond de leurs jours vides. Ils le jouaient
après leur dîner, tous les soirs, jusqu'à minuit ou une
heure du matin, ce qui est une vraie saturnale pour la
province. Il y avait la partie du marquis de Saint-
Albans, qui était l'événement de chaque journée. Le
marquis semblait être le seigneur féodal de tous ces
nobles, et ils l'entouraient de cette considération respectueuse qui vaut une auréole, quand ceux qui la
témoignent la méritent.

« Le marquis était très fort au whist. Il avait soixante-
dix-neuf ans. Avec qui n'avait-il pas joué ?... Il avait
joué avec Maurepas[1], avec le comte d'Artois[2] lui-
même, habile au whist comme à la paume, avec le
prince de Polignac[3], avec l'évêque Louis de Rohan[4],
avec Cagliostro[5], avec le prince de la Lippe, avec

1. 1701-1781. Ministre de Louis XV et de Louis XVI.

2. Frère de Louis XVI, chef du parti ultra-royaliste avant de devenir roi sous le nom de Charles X (1824).

3. Il fut ministre de Charles X, inventa un jeu de cartes qui porte
son nom.

4. Grand aumônier de France (1734-1803), célèbre par sa vie
luxueuse et déréglée.

5. Aventurier italien, de son vrai nom Joseph Balsamo (1734-1795),
qui prétendait avoir trouvé le secret de l'immortalité, il connut un
grand succès dans la haute société (cf. Alexandre Dumas, *Joseph
Balsamo* [1848]).

Fox[1], avec Dundas[2], avec Sheridan[3], avec le prince
de Galles[4], avec Talleyrand[5], avec le Diable, quand il
se donnait à tous les diables, aux plus mauvais jours
de l'émigration. Il lui fallait donc des adversaires dignes
de lui. D'ordinaire les Anglais reçus par la noblesse
fournissaient leur contingent de forces à cette partie,
dont on parlait comme d'une institution et qu'on appelait le whist de M. de Saint-Albans, comme on aurait
dit, à la cour, le whist du Roi.

« Un soir, chez Mme de Beaumont, les tables vertes
étaient dressées ; on attendait un Anglais, un M. Hartford, pour la partie du grand marquis. Cet Anglais était
une espèce d'industriel qui faisait aller une manufac-
ture de coton au Pont-aux-Arches, — par parenthèse,
une des premières manufactures qu'on eût vues dans
ce pays dur à l'innovation, non par ignorance ou par
difficulté de comprendre, mais par cette prudence qui
est le caractère distinctif de la race normande. —
Permettez-moi encore une parenthèse : les Normands
me font toujours l'effet de ce renard si fort en sorite[6]
dans Montaigne. Où ils mettent la patte, on est sûr que
la rivière est bien prise, et qu'ils peuvent, de cette puissante patte, appuyer.

« Mais, pour en revenir à notre Anglais, à ce M. Hartford, — que les jeunes gens appelaient *Hartford* tout

1. Homme politique anglais ultra-conservateur (1749-1808), fastueux et extravagant.
2. Homme politique britannique (1742-1811).
3. Dramaturge et homme politique anglais qui se ruina au jeu
(1751-1816).
4. L'héritier de la couronne d'Angleterre porte ce titre.
5. Grand seigneur et homme politique (1715-1838) qui, de l'Ancien
Régime à la monarchie de Juillet, servit, à son profit, tous les régi-
mes politiques.
6. Terme de logique : raisonnement par propositions accumulées.
On en trouve un bel exemple chez Montaigne (« Apologie de Ray-
mond Sebond ») à propos du renard que, selon Plutarque, les Thraces
utilisaient pour savoir s'ils pouvaient traverser une rivière gelée : « Ce
qui fait bruit se remue ; ce qui se remue n'est pas gelé ; ce qui n'est
pas gelé est liquide ; et ce qui est liquide plie sous le faix. »

court, quoique cinquante ans fussent bien sonnés sur
le timbre d'argent de sa tête, que je vois encore avec
ses cheveux ras et luisants comme une calotte de soie
blanche, — il était un des favoris du marquis. Quoi
d'étonnant ? C'était un joueur de la grande espèce, un
homme dont la vie (véritable fantasmagorie d'ailleurs)
n'avait de signification et de réalité que quand il tenait
des cartes, un homme, enfin, qui répétait sans cesse que
le premier bonheur était de gagner au jeu, et que le
second était d'y perdre : magnifique axiome qu'il avait
pris à Sheridan, mais qu'il appliquait de manière à se
faire absoudre de l'avoir pris. Du reste, à ce vice du
jeu près (en considération duquel le marquis de Saint-
Albans lui eût pardonné les plus éminentes vertus),
M. Hartford passait pour avoir toutes les qualités pha-
risaïques et protestantes que les Anglais sous-entendent
dans le confortable mot d'*honorability*. On le considérait comme un parfait gentleman. Le marquis l'amenait passer des huitaines à son château de la Vanillière,
mais à la ville il le voyait tous les soirs. Ce soir-là donc,
on s'étonnait, et le marquis lui-même, que l'exact et
scrupuleux étranger fût en retard...

« On était en août. Les fenêtres étaient ouvertes sur
un de ces beaux jardins comme il n'y en a qu'en province, et les jeunes filles, massées dans les embrasures,
causaient entre elles, le front penché sur leurs festons.
Le marquis, assis devant la table de jeu, fronçait ses
longs sourcils blancs. Il avait les coudes appuyés sur
la table. Ses mains, d'une beauté sénile, jointes sous
son menton, soutenaient son imposante figure étonnée
d'attendre, comme celle de Louis XIV, dont il avait la
majesté. Un domestique annonça enfin M. Hartford.
Il parut, dans sa tenue irréprochable accoutumée, linge
éblouissant de blancheur, bagues à tous les doigts,
comme nous en avons vu depuis à M. Bulwer [1], un

---

1. Sans doute le romancier anglais Bulwer-Lytton (1803-1873) qui
dans *Pelham* met en scène le dandy Brummel.

foulard des Indes à la main, et sur les lèvres (car il venait de dîner) la pastille parfumée qui voilait les vapeurs des essences d'anchois, de l'*harvey-sauce* et du porto.

« Mais il n'était pas seul. Il alla saluer le marquis et lui présenta, comme un bouclier contre tout reproche, un Écossais de ses amis, M. Marmor de Karkoël, qui lui était tombé à la manière d'une bombe, pendant son dîner, et qui était le meilleur joueur de whist des Trois Royaumes.

« Cette circonstance, d'être le meilleur *whisteur* de la triple Angleterre, étendit un sourire charmant sur les lèvres pâles du marquis. La partie fut aussitôt constituée. Dans son empressement à se mettre au jeu, M. de Karkoël n'ôta pas ses gants, qui rappelaient par leur perfection ces célèbres gants de Bryan Brummel [1], coupés par trois ouvriers spéciaux, deux pour la main et un pour le pouce. Il fut le *partner* de M. de Saint-Albans. La douairière de Hautcardon, qui avait cette place, la lui céda.

« Or, ce Marmor de Karkoël, Mesdames, était, pour la tournure, un homme de vingt-huit ans à peu près ; mais un soleil brûlant, des fatigues ignorées, ou des passions peut-être, avaient attaché sur sa face le masque d'un homme de trente-cinq. Il n'était pas beau, mais il était expressif. Ses cheveux étaient noirs, très durs, droits, un peu courts, et sa main les écartait souvent de ses tempes et les rejetait en arrière. Il y avait dans ce mouvement une véritable, mais sinistre éloquence de geste. Il semblait écarter un remords. Cela frappait d'abord, et, comme les choses profondes, cela frappait toujours.

« J'ai connu pendant plusieurs années ce Karkoël, et je puis assurer que ce sombre geste, répété dix fois dans une heure, produisait toujours son effet et faisait venir dans l'esprit de cent personnes la même pensée. Son front régulier, mais bas, avait de l'audace. Sa lèvre

1. Cf. p. 41, n. 1.

rasée (on ne portait pas alors de moustaches comme aujourd'hui) était d'une immobilité à désespérer Lavater [1], et tous ceux qui croient que le secret de la nature d'un homme est mieux écrit dans les lignes mobiles de sa bouche que dans l'expression de ses yeux. Quand il souriait, son regard ne souriait pas, et il montrait des dents d'un émail de perles, comme ces Anglais, fils de la mer, en ont parfois pour les perdre ou les noircir, à la manière chinoise, dans les flots de leur affreux thé. Son visage était long, creusé aux joues, d'une certaine couleur olive qui lui était naturelle, mais chaudement hâlé, par-dessus, des rayons d'un soleil qui, pour l'avoir si bien mordu, n'avait pas dû être le soleil émoussé de la vaporeuse Angleterre. Un nez long et droit, mais qui dépassait la courbe du front, partageait ses deux yeux noirs à la Macbeth [2], encore plus sombres que noirs et très rapprochés, ce qui est, dit-on, la marque d'un caractère extravagant ou de quelque insanité intellectuelle. Sa mise avait de la recherche. Assis nonchalamment comme il était là, à cette table de whist, il paraissait plus grand qu'il n'était réellement, par un léger manque de proportion dans son buste, car il était petit ; mais, au défaut près que je viens de signaler, très bien fait et d'une vigueur de souplesse endormie, comme celle du tigre dans sa peau de velours. Parlait-il bien le français ? La voix, ce ciseau d'or avec lequel nous sculptons nos pensées dans l'âme de ceux qui nous écoutent et y gravons la séduction, l'avait-il *harmonique* à ce geste que je ne puis me rappeler aujourd'hui sans en rêver ? Ce qu'il y a de certain, c'est que, ce soir-là, elle ne fit tressaillir personne. Elle ne prononça, dans un diapason fort ordinaire, que les mots sacramentels de *tricks* et d'*honneurs*, les seules expressions qui, au

---

1. Philosophe suisse (1741-1801), fondateur de la *physiognomonie* qui prétendait établir scientifiquement des correspondances entre les traits du visage (la physionomie) et la psychologie d'un homme.
2. Cf. p. 133, n. 1.

whist, coupent à d'égaux intervalles l'auguste silence au fond duquel on joue enveloppé.

« Ainsi, dans ce vaste salon plein de gens pour qui l'arrivée d'un Anglais était une circonstance peu exceptionnelle, personne, excepté la table du marquis, ne prit garde à ce *whisteur* inconnu, remorqué par Hartford. Les jeunes filles ne retournèrent pas seulement la tête par-dessus l'épaule pour le voir. Elles étaient à discuter (on commençait à discuter dès ce temps-là) la composition du bureau de leur congrégation et la démission d'une des vice-présidentes qui n'était pas ce jour-là chez Mme de Beaumont. C'était un peu plus important que de regarder un Anglais ou un Écossais. Elles étaient un peu blasées sur ces éternelles importations d'Anglais et d'Écossais. Un homme qui, comme les autres, ne s'occuperait que des dames de carreau et de trèfle ! Un protestant, d'ailleurs ! un hérétique ! Encore, si c'eût été un lord catholique d'Irlande ! Quant aux personnes âgées, qui jouaient déjà aux autres tables lorsqu'on annonça M. Hartford, elles jetèrent un regard distrait sur l'étranger qui le suivait et se replongèrent, de toute leur attention, dans leurs cartes, comme des cygnes plongent dans l'eau de toute la longueur de leurs cous.

« M. de Karkoël ayant été choisi pour le partner du marquis de Saint-Albans, la personne qui jouait en face de M. Hartford était la comtesse du Tremblay de Stasseville, dont la fille Herminie, la plus suave fleur de cette jeunesse qui s'épanouissait dans les embrasures du salon, parlait alors à Mlle Ernestine de Beaumont. Par hasard, les yeux de Mlle Herminie se trouvaient dans la direction de la table où jouait sa mère.

« — Regardez, Ernestine, fit-elle à demi-voix, comme cet Écossais donne !

« M. de Karkoël venait de se déganter. Il avait tiré de leur étui de chamois parfumé, des mains blanches et bien sculptées, à faire la religion d'une petite maîtresse qui les aurait eues, et il donnait les cartes comme on les donne aû whist, une à une, mais avec un mouvement circulaire d'une rapidité si prodigieuse, que cela étonnait comme le doigté de Liszt [1]. L'homme qui maniait les cartes ainsi devait être leur maître... Il y avait dix ans de tripot dans cette foudroyante et augurale manière de donner.

« — C'est la difficulté vaincue dans le mauvais ton, — dit la hautaine Ernestine, de sa lèvre la plus dédaigneuse, — mais le mauvais ton est vainqueur !

« Dur jugement pour une si jeune demoiselle ; mais, avoir *bon ton* était plus pour cette jolie tête-là que d'avoir l'esprit de Voltaire. Elle a manqué sa destinée, Mlle Ernestine de Beaumont, et elle a dû mourir de chagrin de n'être pas la *camerera major* [2] d'une reine d'Espagne.

« La manière de jouer de Marmor de Karkoël fit équation avec cette donne merveilleuse. Il montra une supériorité qui enivra de plaisir le vieux marquis, car il éleva la manière de jouer de l'ancien partner de Fox, et l'enleva jusqu'à la sienne. Toute supériorité quelconque est une séduction irrésistible, qui procède par rapt et vous emporte dans son orbite. Mais ce n'est pas tout. Elle vous féconde en vous emportant. Voyez les grands causeurs ! ils donnent la réplique, et ils l'inspirent. Quand ils ne causent plus, les sots, privés du rayon qui les dora, reviennent, ternes, à fleur d'eau de conversation, comme des poissons morts retournés qui montrent un ventre sans écailles. M. de Karkoël fit bien plus que d'apporter une sensation nouvelle à un homme qui les avait épuisées : il augmenta l'idée que le marquis avait de lui-même, il couronna d'une pierre de plus l'obélisque, depuis longtemps mesuré, que ce roi du whist s'était élevé dans les discrètes solitudes de son orgueil.

« Malgré l'émotion qui le rajeunissait, le marquis observa l'étranger pendant la partie du fond de cette *patte d'oie* (comme nous disons de la griffe du Temps,

---

1. Compositeur et pianiste hongrois (1811-1886) célèbre pour la virtuosité de son jeu.
2. Première dame d'honneur de la reine en Espagne.

pour lui payer son insolence de nous la mettre sur la figure) qui bridait ses yeux spirituels. L'Écossais ne pouvait être goûté, apprécié, dégusté, que par un joueur d'une très grande force. Il avait cette attention profonde, réfléchie, qui se creuse en combinaisons sous les rencontres du jeu, et il la voilait d'une impassibilité superbe. À côté de lui, les sphinx accroupis dans la lave de leur basalte auraient semblé les statues des Génies de la confiance et de l'expansion. Il jouait comme s'il eût joué avec trois paires de mains qui eussent tenu les cartes, sans s'inquiéter de savoir à qui ces mains appartenaient. Les dernières brises de cette soirée d'août déferlaient en vagues de souffles et de parfums sur ces trente chevelures de jeunes filles, nu-tête, pour arriver chargées de nouveaux parfums et d'effluves virginales, prises à ce champ de têtes radieuses, et se briser contre ce front cuivré large et bas, écueil de marbre humain qui ne faisait pas un seul pli. Il ne s'en apercevait même pas. Ses nerfs étaient muets. En cet instant, il faut l'avouer, il portait bien son nom de Marmor ! Inutile de dire qu'il gagna.

« Le marquis se retirait toujours vers minuit. Il fut reconduit par l'obséquieux Hartford, qui lui donna le bras jusqu'à sa voiture.

« — C'est le dieu du *chelem (slam[1])* que ce Karkoël ! — lui dit-il, avec la surprise de l'enchantement ; — arrangez-vous pour qu'il ne nous quitte pas de si tôt.

« Hartford le promit et le vieux marquis, malgré son âge et son sexe, se prépara à jouer le rôle d'une sirène d'hospitalité.

« Je me suis arrêté sur cette première soirée d'un séjour qui dura plusieurs années. Je n'y étais pas ; mais elle m'a été racontée par un de mes parents plus âgé que moi, et qui, joueur comme tous les jeunes gens de cette petite ville où le jeu était l'unique ressource qu'on

---

1. Au whist, réunion de toutes les levées dans la main de deux joueurs associés.

eût, dans cette famine de toutes les passions, se prit de
goût pour le dieu du *chelem*. Revue en se retournant
et avec des impressions rétrospectives qui ont leur
magie, cette soirée, d'une prose commune et si connue,
une partie de whist gagnée, prendra des proportions
qui pourront peut-être vous étonner. — La quatrième
personne de cette partie, la comtesse de Stasseville,
ajoutait mon parent, perdit son argent avec l'indifférence aristocratique qu'elle mettait à tout. Peut-être
fut-ce de cette partie de whist que son sort fut décidé,
là où se font les destinées. Qui comprend un seul mot
à ce mystère de la vie ?... Personne n'avait alors d'intérêt à observer la comtesse. Le salon ne fermentait que
du bruit des jetons et des fiches... Il aurait été curieux
de surprendre dans cette femme, jugée alors et rejugée
un glaçon poli et coupant, si ce qu'on a cru depuis et
répété tout bas avec épouvante, a daté de ce moment-là.

« La comtesse du Tremblay de Stasseville était une
femme de quarante ans, d'une très faible santé, pâle
et mince, mais d'un mince et d'un pâle que je n'ai vus
qu'à elle. Son nez bourbonien, un peu pincé, ses cheveux châtain clair, ses lèvres très fines, annonçaient une
femme de race, mais chez qui la fierté peut devenir aisément cruelle. Sa pâleur teintée de soufre était maladive.

« Elle se fût nommée Constance, — disait Mlle Ernestine de Beaumont, qui ramassait des épigrammes
jusque dans Gibbon[1], — qu'on eût pu l'appeler
Constance Chlore[2].

« Pour qui connaissait le genre d'esprit de Mlle de
Beaumont, on était libre de mettre une atroce intention dans ce mot. Malgré sa pâleur, cependant, malgré
la couleur hortensia passé des lèvres de la comtesse de

---

1. Historien anglais (1737-1794) auteur d'un très célèbre ouvrage
sur l'Antiquité, *Histoire de la décadence et de la chute de l'Empire
romain* (1776-1788).
2. Le chlore est un corps simple de couleur jaune verdâtre ; la chlo-
rose — ou « pâles couleurs » — est une anémie qui donne à la peau
la couleur du chlore. Constance Chlore, le Pâle, était un empereur
romain (225-306).

Tremblay de Stasseville, il y avait pour l'observateur avisé, précisément dans ces lèvres à peine marquées, ténues et vibrantes comme la cordelette d'un arc, une effrayante physionomie de fougue réprimée et de volonté. La société de province ne le voyait pas. Elle ne voyait, elle, dans la rigidité de cette lèvre étroite et meurtrière, que le fil d'acier sur lequel dansait incessamment la flèche barbelée de l'épigramme. Des yeux pers (car la comtesse portait de sinople, étincelé d'or, dans son regard comme dans ses armes) couronnaient, comme deux étoiles fixes, ce visage sans le réchauffer. Ces deux émeraudes, striées de jaune, enchâssées sous les sourcils blonds et fades de ce front busqué, étaient aussi froides que si on les avait retirées du ventre et du frai du poisson de Polycrate [1]. L'esprit seul, un esprit brillant, damasquiné et affilé comme une épée, allumait parfois dans ce regard vitrifié les éclairs de ce *glaive qui tourne* dont parle la Bible [2]. Les femmes haïssaient cet esprit dans la comtesse du Tremblay, comme s'il avait été de la beauté. Et, en effet, c'était la sienne ! Comme Mlle de Retz, dont le cardinal a laissé un portrait d'amant qui s'est débarbouillé les yeux des dernières badauderies de sa jeunesse, elle avait un défaut à la taille, qui pouvait à la rigueur passer pour un vice. Sa fortune était considérable. Son mari, mourant, l'avait laissée très peu chargée de deux enfants : un petit garçon, bête à ravir, confié aux soins très paternels et très inutiles d'un vieil abbé qui ne lui apprenait rien, et sa fille Herminie, dont la beauté aurait été admirée dans les cercles les plus difficiles et les plus artistes de Paris. Quant à sa fille, elle l'avait élevée irréprochablement, au point de vue de l'éducation officielle. L'irréprochable de Mme de Stasseville ressemblait

---

1. Tyran de Samos. Selon la légende, il jeta un jour dans la mer un très précieux anneau qu'il retrouva dans le ventre d'un poisson offert par un pêcheur.
2. Sans doute le *gladium versatilem* que brandit l'Ange au seuil du Paradis.

toujours un peu à de l'impertinence. Elle en faisait une jusque de sa vertu, et qui sait si ce n'était pas son unique raison pour y tenir ? Toujours est-il qu'elle était vertueuse ; sa réputation défiait la calomnie. Aucune dent de serpent ne s'était usée sur cette lime. Aussi, de regret forcené de n'avoir pu l'entamer, on s'épuisait à l'accuser de froideur. Cela tenait, sans nul doute, disait-on (on raisonnait, on faisait de la science !), à la décoloration de son sang. Pour peu qu'on eût poussé ses meilleures amies, elles lui auraient découvert dans le cœur la certaine barre *historique* qu'on avait inventée contre une femme bien charmante et bien célèbre du siècle dernier [1], afin d'expliquer qu'elle eût laissé toute l'Europe élégante à ses pieds, pendant dix ans, sans la faire monter d'un cran plus haut. »

Le conteur sauva par la gaieté de son accent le vif de ces dernières paroles, qui causèrent comme un joli petit mouvement de pruderie offensée. Et, je dis, pruderie sans humeur, car la pruderie des femmes bien nées, qui n'affectent rien, est quelque chose de très gracieux. Le jour était si tombé, d'ailleurs, qu'on sentit plutôt ce mouvement qu'on ne le vit.

— Sur ma parole, c'était bien ce que vous dites, cette comtesse de Stasseville, — fit, en bégayant, selon son usage, le vieux vicomte de Rassy, bossu et bègue, et spirituel comme s'il avait été boiteux par-dessus le marché. Qui ne connaît pas à Paris le vicomte de Rassy, ce *memorandum* encore vivant des petites corruptions du XVIIIe siècle ? Beau de visage dans sa jeunesse comme le maréchal de Luxembourg [2], il avait, comme lui, son revers de médaille, mais le revers seul de la médaille lui était resté. Quant à l'effigie, où l'avait-il laissée ?... Lorsque les jeunes gens de ce temps le surprenaient dans quelque anachronisme de conduite, il

---

1. Malgré la référence au « siècle dernier », l'allusion semble viser Mme Récamier (1777-1849) affligée, dit-on, d'une semblable disgrâce sexuelle.
2. Le maréchal de Luxembourg (1628-1695) était malingre et bossu.

disait que, du moins, il ne souillait pas ses cheveux blancs, car il portait une perruque châtain à la Ninon, avec une raie de chair factice, et les plus incroyables et indescriptibles tire-bouchons !

— Ah ! vous l'avez connue ? — dit le narrateur interrompu. — Eh bien ! vous savez, vicomte, si je surfais d'un mot la vérité.

— C'est calqué à la vitre, votre po...ortrait, — répondit le vicomte en se donnant un léger soufflet sur la joue, par impatience de bégayer, et au risque de faire tomber les grains du rouge qu'on dit qu'il met, comme il fait tout, sans nulle pudeur. — Je l'ai connue à... à... peut près au temps de votre histoire. Elle venait à Paris tous les hivers pour quelques jours. Je la rencontrais chez la princesse de Cou... ourt... tenay, dont elle était un peu parente. C'était de l'esprit servi dans sa glace, une femme froide à vous faire tousser.

« Excepté ces quelques jours passés par hiver à Paris, — reprit l'audacieux conteur, qui ne mettait même pas à ses personnages le demi-masque d'Arlequin, — la vie de la comtesse du Tremblay de Stasseville était réglée comme le papier de cette ennuyeuse musique qu'on appelle l'existence d'une femme comme il faut, en province. Elle était, six mois de l'année, au fond de son hôtel, dans la ville que je vous ai *décrite au moral*, et elle troquait, pendant les autres six mois, ce fond d'hôtel pour un fond de château, dans une belle terre qu'elle avait à quatre lieues de là. Tous les deux ans, elle conduisait à Paris sa fille, — qu'elle laissait à une vieille tante, Mlle de Triflevas, quand elle y allait seule, — au commencement de l'hiver ; mais jamais de Spa, de Plombières, de Pyrénées[1] ! On ne la voyait point aux eaux. Était-ce de peur des médisants ? En province, quand une femme seule, dans la position de Mme de Stasseville, va prendre les eaux si loin, que ne croit-on

---

1. Les Pyrénées comptent de nombreuses stations thermales. Spa : station thermale belge ; Plombières : ville d'eau des Vosges.

pas ?... que ne soupçonne-t-on pas ? L'envie de ceux qui restent se venge, à sa façon, du plaisir de ceux qui voyagent. De singuliers airs viennent, comme des drôles de souffles, rider la pureté de ces eaux. Est-ce le fleuve Jaune, ou le fleuve Bleu sur lequel on expose les enfants, en Chine ?... Les eaux, en France, ressemblent un peu à ce fleuve-là. Si ce n'est pas un enfant, on y expose toujours quelque chose aux yeux de ceux qui n'y vont pas. La moqueuse comtesse du Tremblay était bien fière pour sacrifier un seul de ses caprices à l'opinion ; mais elle n'avait point celui des eaux ; et son médecin l'aimait mieux auprès de lui qu'à deux cents lieues, car, à deux cents lieues, les chattemites visites à dix francs ne peuvent pas beaucoup se multiplier. C'était une question, d'ailleurs, que de savoir si la comtesse avait des caprices quelconques. L'esprit n'est pas l'imagination. Le sien était si net, si tranchant, si positif, même dans la plaisanterie, qu'il excluait tout naturellement l'idée de caprice. Quand il était gai (ce qui était rare), il sonnait si bien ce son vibrant de castagnettes d'ébène ou de tambour de basque, toute peau tendue et grelots de métal, qu'on ne pouvait pas s'imaginer qu'il y eût jamais dans cette tête sèche, en *dos*, non ! mais en *fil de couteau*, rien qui rappelât la fantaisie, rien qui pût être pris pour une de ces curiosités rêveuses, lesquelles engendrent le besoin de quitter sa place et de s'en aller où l'on n'était pas. Depuis dix ans qu'elle était riche et veuve, maîtresse d'elle-même par conséquent, et de bien des choses, elle aurait pu transporter sa vie immobile fort loin de ce trou à nobles, où ses soirées se passaient à jouer le boston et le whist avec de vieilles filles qui avaient vu la Chouannerie, et de vieux chevaliers, héros inconnus, qui avaient délivré Destouches [1].

« Elle aurait pu, comme lord Byron [2], parcourir le

---

1. Un des héros de la chouannerie vendéenne à qui Barbey consacra un roman qui porte son nom (1864).
2. Cf. p. 103, n. 1.

monde avec une bibliothèque, une cuisine et une volière
dans sa voiture ; mais elle n'en avait pas eu la moindre envie. Elle était mieux qu'indolente ; elle était indifférente ; aussi indifférente que Marmor de Karkoël
quand il jouait au whist. Seulement, Marmor n'était
pas indifférent au whist même, et dans sa vie, à elle,
il n'y avait point de whist : tout était égal ! C'était une
nature stagnante, une espèce de *femme-dandy*, auraient
dit les Anglais. Hors l'épigramme, elle n'existait qu'à
l'état de larve élégante. "Elle est de la race des animaux
à sang blanc", répétait son médecin dans le tuyau de
l'oreille, croyant l'expliquer par une image, comme on
expliquerait une maladie par un symptôme. Quoiqu'elle
eût l'air malade, le médecin dépaysé niait la maladie.
Était-ce haute discrétion ? ou bien réellement ne la
voyait-il pas ? Jamais elle ne se plaignait ni de son corps
ni de son âme. Elle n'avait pas même cette ombre presque physique de mélancolie, étendue d'ordinaire sur le
front meurtri des femmes qui ont quarante ans. Ses
jours se détachaient d'elle et ne s'en arrachaient pas.
Elle les voyait tomber de ce regard d'Ondine, glauque
et moqueur, dont elle regardait toutes choses. Elle semblait mentir à sa réputation de femme spirituelle, en
ne nuançant sa conduite d'aucune de ces manières
d'être personnelles, appelées des excentricités. Elle faisait naturellement, simplement, tout ce que faisaient
les autres femmes dans sa société, et ni plus ni moins.
Elle voulait prouver que l'égalité, cette chimère des
vilains, n'existe vraiment qu'entre nobles. Là seulement
sont les pairs, car la distinction de la naissance, les quatre générations de noblesse nécessaires pour être gentilhomme, sont un niveau. « Je ne suis que le premier
gentilhomme de France », disait Henri IV, et par ce
mot, il mettait les prétentions de chacun aux pieds de
la distinction de tous. Comme les autres femmes de sa
caste, qu'elle était trop aristocratique pour vouloir pri-
mer, la comtesse remplissait ses devoirs extérieurs de
religion et de monde avec une exacte sobriété, qui est
la convenance suprême dans ce monde où tous les

enthousiasmes sont sévèrement défendus. Elle ne restait pas en deçà ni n'allait au-delà de sa société. Avait-elle accepté en se domptant la vie monotone de cette ville de province où s'était tari ce qui lui restait de jeunesse, comme une eau dormante sous des nénuphars ? Ses motifs pour agir, motifs de raison, de conscience, d'instinct, de réflexion, de tempérament, de goût, tous ces flambeaux intérieurs qui jettent leur lumière sur nos actes, ne projetaient pas de lueurs sur les siens. Rien du dedans n'éclairait les dehors de cette femme. Rien du dehors ne se répercutait au-dedans ! Fatigués d'avoir guetté si longtemps sans rien voir dans Mme de Stasseville, les gens de province, qui ont pourtant une patience de prisonnier ou de pêcheur à la ligne, quand ils veulent découvrir quelque chose, avaient fini par abandonner ce casse-tête, comme on jette derrière un coffre un manuscrit qu'il aurait été impossible de déchiffrer.

« — Nous sommes bien bêtes, — avait dit un soir, dogmatiquement, la comtesse de Hautcardon, — et cela remontait à plusieurs années, — de nous donner un tel *tintouin* pour savoir ce qu'il y a dans le fond de l'âme de cette femme : probablement il n'y a rien ! »

III

« Et cette opinion de la douairière de Hautcardon avait été acceptée. Elle avait eu force de loi sur tous ces esprits dépités et désappointés de l'inutilité de leurs observations, et qui ne cherchaient qu'une raison pour se rendormir. Cette opinion régnait encore, mais à la manière des rois fainéants, quand Marmor de Karkoël, l'homme peut-être qui devait le moins se rencontrer dans la vie de la comtesse du Tremblay de Stasseville, vint du bout du monde s'asseoir à cette table verte où il manquait un partner. Il était né, racontait son cornac Hartford, dans les montagnes de brume des îles Shetland. Il était du pays où se passe la sublime histoire de Walter Scott, cette réalité du *Pirate*[1] que Marmor allait reprendre en sous-œuvre, avec des variantes, dans une petite ville ignorée des côtes de la Manche. Il avait été élevé aux bords de cette mer sillonnée par le vaisseau de Cleveland. Tout jeune, il avait dansé les danses du jeune Mordaunt avec les filles du vieux Troil. Il les avait retenues, et plus d'une fois il les a dansées devant moi sur la feuille en chêne des parquets de cette petite ville prosaïque, mais digne, qui juraient avec la poésie sauvage et bizarre de ces danses hyperboréennes. À quinze ans, on lui avait acheté une lieutenance dans un régiment anglais qui allait aux Indes, et pendant douze ans il s'y était battu contre les Marattes. Voilà ce qu'on apprit bientôt de lui et de Hartford, et aussi qu'il était gentilhomme, parent des fameux Douglas[2] d'Écosse *au cœur sanglant*. Mais ce fut tout. Pour le reste, on l'ignorait, et on devait l'ignorer toujours. Ses aventures aux Indes, dans ce pays grandiose et terrible où les hommes dilatés apprennent des manières de respirer auxquelles l'air de l'Occident ne suffit plus, il ne les raconta jamais. Elles étaient tracées en caractères mystérieux sur le couvercle de ce front d'or bruni, qui ne s'ouvrait pas plus que ces boîtes à poison asiatique, gardées, pour le jour de la défaite et des désastres, dans l'écrin des sultans indiens. Elles se révélaient par un éclair aigu de ces yeux noirs, qu'il savait éteindre quand on le regardait, comme on souffle un flambeau quand on ne veut pas être vu, et par l'autre éclair de ce geste avec lequel il fouettait ses cheveux sur sa tempe, dix fois de suite, pendant un *robber*[3] de whist ou une

1. Dans ce roman (1822) du romancier écossais Walter Scott (1771-1832), le héros, Cleveland, dont nul ne sait d'où il vient, jeté sur la côte par une tempête, séduit les deux filles du « vieux Troil », Minna et Brenda. Mordaunt est un personnage du même roman.
2. Une des plus vieilles familles de la haute noblesse écossaise, qui prétendait remonter au VIIIe siècle.
3. Terme de whist (partie liée) comme, à la p. 196, « tricks » (la septième levée) et « honneurs » (l'as, le roi, la dame et le valet).

partie d'écarté. Mais hors ces hiéroglyphes de geste et
de physionomie que savent lire les observateurs, et qui
n'ont, comme la langue des hiéroglyphes, qu'un fort
petit nombre de mots, Marmor de Karkoël était indé-
chiffrable, autant, à sa manière, que la comtesse du
Tremblay l'était à la sienne. C'était un Cleveland silencieux. Tous les jeunes nobles de la ville qu'il habitait,
et il y en avait plusieurs de fort spirituels, curieux
comme des femmes et entortillants comme des couleuvres, étaient démangés du désir de lui faire raconter
les mémoires inédits de sa jeunesse, entre deux ciga-
rettes de maryland. Mais ils avaient toujours échoué.
Ce lion marin des îles Hébrides [1], roussi par le soleil
de Lahore [2], ne se prenait pas à ces souricières de
salon offertes aux appétits de la vanité, à ces pièges à
paon où la fatuité française laisse toutes ses plumes,
pour le plaisir de les étaler. La difficulté ne put jamais
être tournée. Il était sobre comme un Turc qui croirait
au Coran. Espèce de muet qui gardait bien le sérail de
ses pensées ! Je ne l'ai jamais vu boire que de l'eau et
du café. Les cartes, qui semblaient sa passion, étaient-
elles sa passion réelle ou une passion qu'il s'était donnée ? car on se donne des passions comme des maladies. Étaient-elles une espèce d'écran qu'il semblait
déplier pour cacher son âme ? Je l'ai toujours cru,
quand je l'ai vu jouer comme il jouait. Il enveloppa,
creusa, invétéra cette passion du jeu dans l'âme joueuse
de cette petite ville, au point que, quand il fut parti,
un spleen affreux, le spleen des passions trompées,
tomba sur elle comme un sirocco maudit et la fit ressembler davantage à une ville anglaise. Chez lui, la table
du whist était ouverte dès le matin. La journée, quand
il n'était pas à la Vanillière ou dans quelque château
des environs, avait la simplicité de celle des hommes
qui sont brûlés par l'idée fixe. Il se levait à neuf heures,

1. Petit archipel au nord de l'Écosse.
2. Capitale du Pendjab, aux Indes.

prenait son thé avec quelque ami venu pour le whist, qui commençait alors et ne finissait qu'à cinq heures de l'après-midi. Comme il y avait beaucoup de monde à ces réunions, on se relayait à chaque *robber*, et ceux qui ne jouaient point pariaient. Du reste, il n'y avait pas que des jeunes gens à ces espèces de matinées, mais les hommes les plus graves de la ville. Des *pères de famille*, comme disaient les femmes de trente ans, osaient passer leurs journées dans ce tripot, et elles beurraient, en toute occasion, d'intentions perfides, mille tartelettes au verjus sur le compte de cet Écossais, comme s'il avait inoculé la peste à toute la contrée dans la personne de leurs maris. Elles étaient pourtant bien accoutumées à les voir jouer, mais non dans ces proportions d'obstination et de furie. Vers cinq heures, on se séparait, pour se retrouver le soir dans le monde et s'y conformer, en apparence, au jeu officiel et commandé par l'usage des maîtresses de maison chez lesquelles on allait, mais, sous main et en réalité, pour jouer le jeu convenu le matin même, *au whist de Karkoël*. Je vous laisse à penser à quel degré de force ces hommes, qui ne faisaient plus qu'une chose, atteignirent. Ils élevèrent ce whist jusqu'à la hauteur de la plus difficile et de la plus magnifique escrime. Il y eut sans doute des pertes fort considérables ; mais ce qui empêcha les catastrophes et les ruines que le jeu traîne toujours après soi, ce furent précisément sa fureur et la supériorité de ceux qui jouaient. Toutes ces forces finissaient par s'équilibrer entre elles ; et puis, dans un rayon si étroit, on était trop souvent partner les uns des autres pour ne pas, au bout d'un certain temps, comme on dit en termes de jeu, se rattraper.

« L'influence de Marmor de Karkoël, contre laquelle regimbèrent en dessous les femmes raisonnables, ne diminua point, mais augmenta au contraire. On le conçoit. Elle venait moins de Marmor et d'une manière d'être entièrement personnelle, que d'une passion qu'il avait trouvée là, vivante, et que sa présence, à lui qui la partageait, avait exaltée. Le meilleur moyen, le seul peut-être de gouverner les hommes, c'est de les tenir par leurs passions. Comment ce Karkoël n'eût-il pas été puissant ? Il avait ce qui fait la force des gouvernements, et, de plus, il ne songeait pas à gouverner. Aussi arriva-t-il à cette domination qui ressemble à un ensorcellement. On se l'arrachait. Tout le temps qu'il resta dans cette ville, il fut toujours reçu avec le même accueil, et cet accueil était une fiévreuse recherche. Les femmes, qui le redoutaient, aimaient mieux le voir chez elles que de savoir leurs fils ou leurs maris chez lui, et elles le recevaient comme les femmes reçoivent, même sans l'aimer, un homme qui est le centre d'une attention, d'une préoccupation, d'un mouvement quelconque. L'été, il allait passer quinze jours, un mois, à la campagne. Le marquis de Saint-Albans l'avait pris sous son admiration spéciale, — protection ne dirait pas assez. À la campagne, comme à la ville, c'étaient des whists éternels. Je me rappelle avoir assisté (j'étais un écolier en vacances alors) à une superbe partie de pêche au saumon, dans les eaux brillantes de la Douve, pendant tout le temps de laquelle Marmor de Karkoël joua, en canot, au whist à *deux morts* (double *dummy*), avec un gentilhomme du pays. Il fût tombé dans la rivière qu'il eût joué encore !... Seule, une femme de cette société ne recevait pas l'Écossais à la campagne, et à peine à la ville. C'était la comtesse du Tremblay.

« Qui pouvait s'en étonner ? Personne. Elle était veuve, et elle avait une fille charmante. En province, dans cette société envieuse et alignée où chacun plonge dans la vie de tous, on ne saurait prendre trop de précautions contre des inductions faciles à faire de ce qu'on voit à ce qu'on ne voit pas. La comtesse du Tremblay les prenait en n'invitant jamais Marmor à son château de Stasseville, et en ne le recevant à la ville que fort publiquement et les jours qu'elle recevait toutes ses connaissances. Sa politesse était pour lui froide, impersonnelle. C'était une conséquence de ces bonnes manières qu'on doit avoir avec tous, non pour eux, mais pour soi. Lui, de son côté, répondait par une politesse du même genre ; et cela était si peu affecté, si naturel dans tous les deux, qu'on a pu y être pris pendant quatre ans. Je l'ai déjà dit : hors le jeu, Karkoël ne semblait pas exister. Il parlait peu. S'il avait quelque chose à cacher, il le couvrait très bien de ses habitudes de silence. Mais la comtesse avait, elle, si vous vous le rappelez, l'esprit très extérieur et très mordant. Pour ces sortes d'esprits, toujours en dehors, brillants, agressifs, se retenir, se voiler, est chose difficile. Se voiler, n'est-ce pas même une manière de se trahir ? Seulement, si elle avait les écailles fascinantes et la triple langue du serpent, elle en avait aussi la prudence. Rien donc n'altéra l'éclat et l'emploi féroces de sa plaisanterie habituelle. Souvent, quand on parlait de Karkoël devant elle, elle lui décochait de ces mots qui sifflent et qui percent, et que Mlle de Beaumont, sa rivale d'épigrammes, lui enviait. Si ce fut là un mensonge de plus, jamais mensonge ne fut mieux osé. Tenait-elle cette effrayante faculté de dissimuler de son organisation sèche et contractile ? Mais pourquoi s'en servait-elle, elle, l'indépendance en personne par sa position et la fierté moqueuse du caractère ? Pourquoi, si elle aimait Karkoël et si elle en était aimée, le cachait-elle sous les ridicules qu'elle lui jetait de temps à autre, sous ces plaisanteries apostates, renégates, impies, qui dégradent l'idole adorée... les plus grands sacrilèges en amour ?

« Mon Dieu ! qui sait ? il y avait peut-être en tout cela un bonheur pour elle... — Si l'on jetait, docteur, — fit le narrateur, en se tournant vers le docteur Beylasset, qui était accoudé sur un meuble de Boule [1], et dont le beau crâne chauve renvoyait la lumière d'un candélabre que les domestiques venaient, en cet instant, d'allumer au-dessus de sa tête, si l'on jetait sur la

---

1. Ébéniste parisien (1642-1732) célèbre pour ses meubles enrichis de marquetteries et d'incrustations d'or, de cuivre, d'écaille ou d'ivoire.

comtesse de Stasseville un de ces bons regards *physio-logistes*, — comme vous en avez, vous autres médecins, et que les moralistes devraient vous emprunter, — il était évident que tout, dans les impressions de cette femme, devait *rentrer, porter en dedans*, comme cette ligne *hortensia passé* qui formait ses lèvres, tant elle les rétractait ; comme ces ailes du nez, qui se creusaient au lieu de s'épanouir, immobiles et non pas frémissantes ; comme ces yeux qui, à certains moments, se renfonçaient sous leurs arcades sourcilières et semblaient remonter vers le cerveau. Malgré son apparente délicatesse et une souffrance physique dont on suivait l'influence visible dans tout son être, comme on suit les rayonnements d'une fêlure dans une substance trop sèche, elle était le plus frappant diagnostic de la volonté, de cette pile de Volta [1] intérieure à laquelle aboutissent nos nerfs. Tout l'attestait, en elle, plus qu'en aucun être vivant que j'aie jamais contemplé. Cet influx de la volonté sommeillante circulait — qu'on me passe le mot, car il est bien pédant ! — *puissanciellement* jusque dans ses mains, aristocratiques et princières pour la blancheur mate, l'opale irisée des ongles et l'élégance, mais qui, pour la maigreur, le gonflement et l'implication des mille torsades bleuâtres des veines, et surtout pour le mouvement d'appréhension avec lequel elles saisissaient les objets, ressemblaient à des griffes fabuleuses, comme l'étonnante poésie des Anciens en attribuait à certains monstres au visage et au sein de femme. Quand, après avoir lancé une de ces plaisanteries, un de ces traits étincelants et fins comme les arêtes empoisonnées dont se servent les sauvages, elle passait le bout de sa langue vipérine sur ses lèvres sibilantes, on sentait que dans une grande occasion, dans le dernier moment de la destinée, par exemple, cette femme frêle

---

1. Physicien italien (1747-1827) connu pour ses travaux sur l'électricité, inventeur de la pile qui porte son nom, appareil transformant en courant électrique l'énergie développée dans une réaction chimique.

et forte tout ensemble était capable de deviner le pro-
cédé des nègres, et de pousser la résolution jusqu'à avaler cette langue si souple, pour mourir. À la voir, on
ne pouvait douter qu'elle ne fût, en femme, une de ces
organisations comme il y en a dans tous les règnes de
la nature, qui, de préférence ou d'instinct, recherchent
le fond au lieu de la surface des choses ; un de ces êtres
destinés à des cohabitations occultes, qui plongent dans
la vie comme les grands nageurs plongent et nagent sous
l'eau, comme les mineurs respirent sous la terre, passionnés pour le mystère, en raison même de leur profondeur, le créant autour d'elles et l'aimant jusqu'au
mensonge, car le mensonge, c'est du mystère redoublé, des voiles épaissis, des ténèbres faites à tout prix !
Peut-être ces sortes d'organisations aiment-elles le mensonge pour le mensonge, comme on aime l'art pour
l'art, comme les Polonais aiment les batailles. — (Le
docteur inclina gravement la tête en signe d'adhésion.)
— Vous le pensez, n'est-ce pas ? et moi aussi ! Je suis
convaincu que, pour certaines âmes, il y a le bonheur
de l'imposture. Il y a une effroyable, mais enivrante
félicité dans l'idée qu'on ment et qu'on trompe ; dans
la pensée qu'on *se* sait *seul soi-même*, et qu'on joue
à la société une comédie dont elle est la dupe, et dont
on se rembourse les frais de mise en scène par toutes
les voluptés du mépris.

— Mais c'est affreux, ce que vous dites là ! — interrompit tout à coup la baronne de Mascranny, avec le
cri de la loyauté révoltée.

Toutes les femmes qui écoutaient (et il y en avait
peut-être quelques-unes connaisseuses en plaisirs cachés)
avaient éprouvé comme un frémissement aux dernières
paroles du conteur. J'en jugeai au dos nu de la comtesse
de Damnaglia, alors si près de moi. Cette espèce de frémissement nerveux, tout le monde le connaît et l'a ressenti. On l'appelle quelquefois avec poésie *la mort qui
passe*. Était-ce alors la vérité qui passait ?...

« Oui, — répondit le narrateur, c'est affreux ; mais
est-ce vrai ? Les natures *au cœur sur la main* ne se

font pas l'idée des jouissances solitaires de l'hypocrisie, de ceux qui vivent et peuvent respirer, la tête lacée dans un masque. Mais, quand on y pense, ne comprend-on pas que leurs sensations aient réellement la profondeur enflammée de l'enfer ? Or, l'enfer, c'est le ciel en creux. Le mot *diabolique* ou *divin*, appliqué à l'intensité des jouissances, exprime la même chose, c'est-à-dire des sensations qui vont jusqu'au surnaturel. Mme de Stasseville était-elle de cette race d'âmes ?… Je ne l'accuse ni ne la justifie. Je raconte comme je peux son histoire, que personne n'a bien sue, et je cherche à l'éclairer par une étude à la Cuvier [1] sur sa personne. Voilà tout.

« Du reste, cette analyse que je fais maintenant de la comtesse du Tremblay, sur le souvenir de son image, empreinte dans ma mémoire comme un cachet d'onyx fouillé par un burin profond sur de la cire, je ne la faisais point alors. Si j'ai compris cette femme, ce n'a été que bien plus tard… La toute-puissante volonté, qu'*à la réflexion* j'ai reconnue en elle, depuis que l'expérience m'a appris à quel point le corps est la moulure de l'âme, n'avait pas plus soulevé et tendu cette existence, encaissée dans de tranquilles habitudes, que la vague ne gonfle et ne trouble un lac de mer, fortement encaissé dans ses bords. Sans l'arrivée de Karkoël, de cet officier d'infanterie anglaise que des compatriotes avaient engagé à aller *manger sa demi-solde* dans une ville normande, digne d'être anglaise, la débile et pâle moqueuse qu'on appelait en riant *madame de Givre* n'aurait jamais su elle-même quel impérieux vouloir elle portait dans son sein de neige fondue, comme disait Mlle Ernestine de Beaumont, mais sur lequel, au *moral*, tout avait glissé comme sur le plus dur mamelon des glaces polaires. Quand il arriva, qu'éprouvat-elle ? Apprit-elle tout à coup que, pour une nature

---

1. Naturaliste français (1769-1832) célèbre pour ses reconstitutions d'animaux d'espèces disparues, à partir de fragments d'ossements fossiles.

comme la sienne, sentir fortement, c'est vouloir ?
Entraîna-t-elle par la volonté un homme qui ne semblait plus devoir aimer que le jeu ?... Comment s'y prit-
elle pour réaliser une intimité dont il est difficile, en
province, d'esquiver les dangers ?... Tous mystères, restés tels à jamais, mais qui, soupçonnés plus tard,
n'avaient encore été pressentis par personne à la fin de
l'année 182... Et cependant, à cette époque, dans un
des hôtels les plus paisibles de cette ville, où le jeu était
la plus grande affaire de chaque journée et presque de
chaque nuit ; sous les persiennes silencieuses et les
rideaux de mousseline brodée, voiles purs, élégants, et
à moitié relevés d'une vie calme, il devait y avoir depuis
longtemps un roman qu'on aurait juré impossible. Oui,
le roman était à cette vie correcte, irréprochable, réglée,
moqueuse, froide jusqu'à la maladie, où l'esprit semblait tout et l'âme rien. Il y était, et la rongeait sous
les apparences et la renommée, comme les vers qui
seraient au cadavre d'un homme avant qu'il ne fût
expiré. »

— Quelle abominable comparaison ! — fit encore
observer la baronne de Mascranny. — Ma pauvre
Sibylle avait presque raison de ne pas vouloir de votre
histoire. Décidément, vous avez un vilain genre d'imagination, ce soir.

— Voulez-vous que je m'arrête ? — répondit le
conteur, avec une sournoise courtoisie et la petite roue-
rie d'un homme sûr de l'intérêt qu'il a fait naître.

— Par exemple ! — reprit la baronne ; — est-ce que
nous pouvons rester, maintenant, l'attention en l'air,
avec une moitié d'histoire ?

— Ce serait aussi par trop fatigant ! — dit, en défri-
sant une de ses longues anglaises d'un beau noir bleu,
Mlle Laure d'Alzanne, la plus languissante image de la
paresse heureuse, avec le gracieux effroi de sa nonchalance menacée.

— Et désappointant en plus ! — ajouta gaiement le
docteur. — Ne serait-ce pas comme si un coiffeur, après
vous avoir rasé un côté du visage, fermait tranquil-

lement son rasoir et vous signifiait qu'il lui est impossible d'aller plus loin ?...

— Je reprends donc, — reprit le conteur, avec la simplicité de l'art suprême qui consiste surtout à se bien cacher... — En 182..., j'étais dans le salon d'un de mes oncles [1], maire de cette petite ville que je vous ai décrite comme la plus antipathique aux passions et à l'aventure ; et, quoique ce fût un jour solennel, la fête du roi, une Saint-Louis, toujours grandement fêtée par ces ultras de l'émigration, par ces quiétistes politiques qui avaient inventé le mot mystique de l'amour pur : *Vive le roi quand même !* on ne faisait, dans ce salon, rien de plus que ce qu'on y faisait tous les jours. On y jouait. Je vous demande bien pardon de vous parler de moi, c'est d'assez mauvais goût, mais il le faut. J'étais un adolescent encore. Cependant, grâce à une éducation exceptionnelle, je soupçonnais plus des passions et du monde qu'on ne soupçonne d'ordinaire à l'âge que j'avais. Je ressemblais moins à un de ces collégiens pleins de gaucherie, qui n'ont rien vu que dans leurs livres de classe, qu'à une de ces jeunes filles curieuses, qui s'instruisent en écoutant aux portes et en rêvant beaucoup sur ce qu'elles y ont entendu. Toute la ville se pressait, ce soir-là, dans le salon de mon oncle, et, comme toujours, — car il n'y avait que des choses éternelles dans ce monde de momies qui ne secouaient leurs bandelettes que pour agiter des cartes, — cette société se divisait en deux parties, la partie qui jouait, et les jeunes filles qui ne jouaient pas. Momies aussi que ces jeunes filles, qui devaient se ranger, les unes auprès des autres, dans les catacombes du célibat, mais dont les visages, éclatants d'une vie inutile et d'une fraîcheur qui ne serait pas respirée, enchantaient mes avides regards. Parmi elles, il n'y avait peut-être que Mlle Herminie de Stasseville à qui la fortune eût permis de croire à ce miracle d'un mariage d'amour, sans déroger. Je

1. Cf. Dossier, p. 364.

n'étais pas assez âgé, ou je l'étais trop, pour me mêler à cet essaim de jeunes personnes, dont les chuchotements s'entrecoupaient de temps à autre d'un rire bien franc ou doucement contenu. En proie à ces brûlantes timidités qui sont en même temps des voluptés et des supplices, je m'étais réfugié et assis auprès du dieu du *chelem*, ce Marmor de Karkoël, pour lequel je m'étais pris de belle passion. Il ne pouvait y avoir entre lui et moi d'amitié. Mais les sentiments ont leur hiérarchie secrète. Il n'est pas rare de voir, dans les êtres qui ne sont pas développés, de ces sympathies que rien de positif, de démontré, n'explique, et qui font comprendre que les jeunes gens ont besoin de chefs comme les peuples qui, malgré leur âge, sont toujours un peu des enfants. Mon chef, à moi, eût été Karkoël. Il venait souvent chez mon père, grand joueur comme tous les hommes de cette société. Il s'était souvent mêlé à nos récréations gymnastiques, à mes frères et à moi, et il avait déployé devant nous une vigueur et une souplesse qui tenaient du prodige. Comme le duc d'Enghien [1], il sautait en se jouant une rivière de dix-sept pieds. Cela seul, sans doute, devait exercer sur la tête de jeunes gens comme nous, élevés pour devenir des hommes de guerre, un grand attrait de séduction ; mais là n'était pas le secret pour moi de l'aimant de Karkoël. Il fallait qu'il agît sur mon imagination avec la puissance des êtres exceptionnels sur les êtres exceptionnels, car la vulgarité préserve des influences supérieures, comme un sac de laine préserve des coups de canon. Je ne saurais dire quel rêve j'attachais à ce front, qu'on eût cru sculpté dans cette substance que les peintres d'aquarelle appellent *terre de Sienne* ; à ces yeux sinistres, aux paupières courtes ; à toutes ces marques que des passions inconnues avaient laissées sur la personne de

---

1. Le duc d'Enghien (1722-1804), prince de Bourbon-Condé, fut fusillé comme conspirateur sur l'ordre du Premier Consul Bonaparte, dans les fossés du fort de Vincennes.

l'Écossais, comme les quatre coups de barre du bourreau aux articulations d'un roué ; et surtout à ces mains d'un homme, du plus amolli des civilisés, chez qui le sauvage finissait au poignet, et qui savaient imprimer aux cartes cette vélocité de rotation qui ressemblait au tournoiement de la flamme, et qui avait tant frappé Herminie de Stasseville, la première fois qu'elle l'avait vu. Or, ce soir-là, dans l'angle où se dressait la table de jeu, la persienne était à moitié fermée. La partie était sombre comme l'espèce de demi-jour qui l'éclairait. C'était le whist des forts. Le Mathusalem [1] des marquis, M. de Saint-Albans, était le partner de Marmor. La comtesse du Tremblay avait pris pour le sien le chevalier de Tharsis [2], officier au régiment de Provence avant la Révolution et chevalier de Saint-Louis, un de ces vieillards comme il n'y en a plus debout maintenant, un de ces hommes qui furent à cheval sur deux siècles, sans être pour cela des colosses. À un certain moment de la partie, et par le fait d'un mouvement de Mme du Tremblay de Stasseville pour relever ses cartes, une des pointes du diamant qui brillait à son doigt rencontra, dans cette ombre projetée par la persienne sur la table verte, qu'elle rendait plus verte encore, un de ces chocs de rayon, intersectés par la pierre, comme il est impossible à l'art humain d'en combiner, et il en jaillit un dard de feu blanc tellement électrique, qu'il fit presque mal aux yeux comme un éclair.

« — Eh ! eh ! qu'est-ce qui brille ? — dit, d'une voix flûtée, le chevalier de Tharsis, qui avait la voix de ses jambes.

« — Et, qui est-ce qui tousse ? — dit simultanément le marquis de Saint-Albans, tiré par une toux horriblement mate de sa préoccupation de joueur, en se retour-

1. Patriarche hébreu que la tradition biblique fait vivre 969 ans. Se dit d'un vieillard parvenu à un âge très avancé et conservant sa vigueur.
2. Cf. Dossier, p. 364.

nant vers Herminie, qui brodait une collerette à sa mère.

« — C'est mon diamant et c'est ma fille, — fit la comtesse du Tremblay avec un sourire de ses lèvres minces, en répondant à tous les deux.

« — Mon Dieu ! comme il est beau, votre diamant, Madame ! — reprit le chevalier. — Jamais je ne l'avais vu étinceler comme ce soir ; il forcerait les plus myopes à le remarquer.

« On était arrivé, en disant cela, à la fin de la partie, et le chevalier de Tharsis prit la main de la comtesse :
— Voulez-vous permettre ?... — ajouta-t-il.

« La comtesse ôta languissamment sa bague, et la jeta au chevalier sur la table de jeu.

« Le vieil émigré l'examina en la tournant devant son œil comme un kaléidoscope. Mais la lumière a ses hasards et ses caprices. En roulant sur les facettes de la pierre, elle n'en détacha pas un second jet de lumière nuancée, semblable à celui qui venait si rapidement d'en jaillir.

« Herminie se leva et poussa la persienne, afin que le jour tombât mieux sur la bague de sa mère et qu'on en pût mieux apprécier la beauté.

« Et elle se rassit, le coude à la table, regardant aussi la pierre prismatique ; mais la toux revint, une toux sifflante, qui lui rougit et lui injecta la nacre de ses beaux yeux bleus, d'un humide radical si pur.

« — Et où avez-vous pris cette affreuse toux, ma chère enfant ? — dit le marquis de Saint-Albans, plus occupé de la jeune fille que de la bague, du diamant humain que du diamant minéral.

« — Je ne sais, monsieur le marquis, — fit-elle, avec la légèreté d'une jeunesse qui croyait à l'éternité de la vie. — Peut-être à me promener le soir, au bord de l'étang de Stasseville.

« Je fus frappé alors du groupe qu'ils formaient à eux quatre.

« La lumière rouge du couchant immergeait par la fenêtre ouverte. Le chevalier de Tharsis regardait le diamant ; M. de Saint-Albans, Herminie ; Mme du Tremblay, Karkoël, qui regardait d'un œil distrait sa dame de carreau. Mais ce qui me frappa surtout, ce fut Herminie. La *Rose de Stasseville* était pâle, plus pâle que sa mère. La pourpre du jour mourant, qui versait son transparent reflet sur ses joues pâles, lui donnait l'air d'une tête de victime, réfléchie dans un miroir qu'on aurait dit étamé avec du sang.

« Tout à coup, j'eus froid dans les nerfs, et par je ne sais quelle évocation foudroyante et involontaire, un souvenir me saisit avec l'invincible brutalité de ces idées qui fécondent monstrueusement la pensée révoltée, en la violant.

« Il y avait quinze jours, à peu près, qu'un matin j'étais allé chez Marmor de Karkoël. Je l'avais trouvé seul. Il était de bonne heure. Nul des joueurs qui, d'ordinaire, jouaient le matin chez lui, n'était arrivé. Il était, quand j'entrai, debout devant son secrétaire, et il semblait occupé d'une opération fort délicate qui exigeait une extrême attention et une grande sûreté de main. Je ne le voyais pas ; sa tête était penchée. Il tenait entre les doigts de sa main droite un petit flacon d'une substance noire et brillante, qui ressemblait à l'extrémité d'un poignard cassé, et, de ce flacon microscopique, il épanchait je ne sais quel liquide dans une bague ouverte.

« — Que diable faites-vous là ? — lui dis-je en m'avançant. Mais il me cria avec une voix impérieuse : « N'approchez pas ! restez où vous êtes ; vous me feriez trembler la main, et ce que je fais est plus difficile et plus dangereux que de casser à quarante pas un tire-bouchon avec un pistolet qui pourrait crever. »

« C'était une allusion à ce qui nous était arrivé, il y avait quelque temps. Nous nous amusions à tirer avec les plus mauvais pistolets qu'il nous fût possible de trouver, afin que l'habileté de l'homme se montrât mieux dans la faiblesse de l'instrument, et nous avions failli nous ouvrir le crâne avec le canon d'un pistolet qui creva.

« Il put insinuer les gouttes du liquide inconnu qu'il laissait tomber du bec effilé de son flacon. Quand ce fut fait, il ferma la bague et la jeta dans un des tiroirs de son secrétaire, comme s'il avait voulu la cacher.

« Je m'aperçus qu'il avait un masque de verre.

« — Depuis quand, — lui dis-je, en plaisantant, — vous occupez-vous de chimie ? et sont-ce des ressources contre les pertes au whist que vous composez ?

« — Je ne compose rien, — me répondit-il, — mais ce qui est *là-dedans* (et il montrait le flacon noir) est une ressource contre tout. C'est, — ajouta-t-il avec la sombre gaieté du pays des suicides d'où il était, — le jeu de cartes biseautées avec lequel on est sûr de gagner la dernière partie contre le Destin.

« — Quelle espèce de poison ? — lui demandai-je, en prenant le flacon dont la forme bizarre m'attirait.

« — C'est le plus admirable des poisons indiens, me répondit-il en ôtant son masque. — Le respirer peut être mortel, et, de quelque manière qu'on l'absorbe, s'il ne tue pas immédiatement, vous ne perdez rien pour attendre ; son effet est aussi sûr qu'il est caché. Il attaque lentement, presque languissamment, mais infailliblement, la vie dans ses sources, en les pénétrant et en développant, au fond des organes sur lesquels il se jette, de ces maladies connues de tous et dont les symptômes, familiers à la science, dépayseraient le soupçon et répondraient à l'accusation d'empoisonnement, si une telle accusation pouvait exister. On dit, aux Indes, que des fakirs mendiants le composent avec des substances extrêmement rares, qu'eux seuls connaissent et qu'on ne trouve que sur les plateaux du Thibet. Il dissout les liens de la vie plus qu'il ne les rompt. En cela, il convient davantage à ces natures d'Indiens, apathiques et molles, qui aiment la mort comme un sommeil et s'y laissent tomber comme sur un lit de lotos. Il est fort difficile, du reste, presque impossible de s'en procurer. Si vous saviez ce que j'ai risqué, pour obtenir ce flacon d'une femme qui disait m'aimer !... J'ai un ami, comme moi officier dans l'armée anglaise, et

revenu comme moi des Indes où il a passé sept ans. Il
a cherché ce poison avec le désir furieux d'une fantaisie anglaise, — et plus tard, quand vous aurez vécu
davantage, vous comprendrez ce que c'est. Eh bien !
il n'a jamais pu en trouver. Il a acheté, au prix de l'or,
d'indignes contrefaçons. De désespoir, il m'a écrit
d'Angleterre, et il m'a envoyé une de ses bagues, en
me suppliant d'y verser quelques gouttes de ce nectar
de la mort. Voilà ce que je faisais quand vous êtes entré.

« Ce qu'il me disait ne m'étonnait pas. Les hommes
sont ainsi faits, que, sans aucun mauvais dessein, sans
pensée sinistre, ils aiment à avoir du poison chez eux,
comme ils aiment à avoir des armes. Ils thésaurisent
les moyens d'extermination autour d'eux, comme les
avares thésaurisent les richesses. Les uns disent : Si je
voulais détruire ! comme les autres : Si je voulais jouir !
C'est le même idéalisme enfantin. Enfant, moi-même,
à cette époque, je trouvai tout simple que Marmor de
Karkoël, revenu des Indes, possédât cette curiosité d'un
poison comme il n'en existe pas ailleurs, et, parmi ses
kandjars [1] et ses flèches, apportés au fond de sa malle
d'officier, ce flacon de pierre noire, cette jolie babiole
de destruction qu'il me montrait. Quand j'eus bien
tourné et retourné ce bijou, poli comme une agate,
qu'une Almée peut-être avait porté entre les deux glo-
bes de topaze de sa poitrine, et dans la substance
poreuse duquel elle avait imprégné sa sueur d'or, je le
jetai dans une coupe posée sur la cheminée, et je n'y
pensai plus.

« Eh bien ! le croiriez-vous ? c'était le souvenir de
ce flacon qui me revenait !... La figure souffrante
d'Herminie, sa pâleur, cette toux qui semblait sortir
d'un poumon spongieux, ramolli, où déjà peut-être
s'envenimaient ces lésions profondes que la médecine
appelle, — n'est-ce pas docteur ? — dans un langage

---

1. Arme de main, turque et albanaise, à longue lame étroite et
légèrement coudée.

plein d'épouvantements pittoresques, *des cavernes* ; cette bague qui, par une coïncidence inexplicable, brillait tout à coup d'un éclat si étrange au moment où la jeune fille toussait, comme si le scintillement de la pierre homicide eût été la palpitation de joie du meurtrier ; les circonstances d'une matinée qui était effacée de ma mémoire, mais qui y reparaissaient tout à coup : voilà ce qui m'afflua, comme un flot de pensées, au cerveau ! De lien pour rattacher les circonstances passées à l'heure présente, je n'en avais pas. Le rapprochement involontaire qui se faisait dans ma tête était insensé. J'avais horreur de ma propre pensée. Aussi m'efforçai-je d'étouffer, d'éteindre en moi cette fausse lueur, ce flamboiement qui s'était allumé, et qui avait passé dans mon âme comme l'éclair de ce diamant qui était passé sur cette table verte !... Pour appuyer ma volonté et broyer sous elle la folle et criminelle croyance d'un instant, je regardais attentivement Marmor de Karkoël et la comtesse du Tremblay.

« Ils répondaient très bien l'un et l'autre par leur attitude et leur visage, que ce que j'avais osé penser était impossible ! Marmor était toujours Marmor. Il continuait de regarder sa dame de carreau comme si elle eût représenté l'amour dernier, définitif, de toute sa vie. Mme du Tremblay, de son côté, avait sur le front, dans les lèvres et dans le regard, le calme qui ne la quittait jamais, même quand elle ajustait l'épigramme, car sa plaisanterie ressemblait à une balle, la seule arme qui tue sans se passionner, tandis que l'épée, au contraire, partage la passion de la main. Elle et lui, lui et elle, étaient deux abîmes placés en face l'un de l'autre ; seulement, l'un, Karkoël, était noir et ténébreux comme la nuit ; et l'autre, cette femme pâle, était claire et inscrutable comme l'espace. Elle tenait toujours sur son partner des yeux indifférents et qui brillaient d'une impassible lumière. Seulement, comme le chevalier de Tharsis *n'en finissait pas* d'examiner la bague qui renfermait le mystère que j'aurais voulu pénétrer, elle avait pris à sa ceinture un gros bouquet de résédas, et elle se mit à le respirer avec une sensualité qu'on n'eût, certes, pas attendue d'une femme comme elle, si peu faite pour les rêveuses voluptés. Ses yeux se fermèrent après avoir tourné dans je ne sais quelle pâmoison indicible, et, d'une passion avide, elle saisit avec ses lèvres effilées et incolores plusieurs tiges de fleurs odorantes, et elle les broya sous ses dents, avec une expression idolâtre et sauvage, les yeux rouverts sur Karkoël. Était-ce un signe, une entente quelconque, une complicité, comme en ont les amants entre eux, que ces fleurs mâchées et dévorées en silence ?... Franchement, je le crus. Elle remit tranquillement la bague à son doigt, quand le chevalier l'eut assez admirée, et le whist continua, renfermé, muet et sombre, comme si rien ne l'avait interrompu. »

Ici, encore, le conteur s'arrêta. Il n'avait plus besoin de se presser. Il nous tenait tous sous la griffe de son récit. Peut-être tout le mérite de son histoire était-il dans sa manière de la raconter... Quand il se tut, on entendit, dans le silence du salon, aller et venir les respirations. Moi, qui allongeais mes regards par-dessus mon rempart d'albâtre, l'épaule de la comtesse de Damnaglia, je vis l'émotion marbrer de ses nuances diverses tous ces visages. Involontairement, je cherchais celui de la jeune Sibylle, de la sauvage enfant qui s'était cabrée aux premiers mots de cette histoire. J'eusse aimé à voir passer les éclairs de la transe dans ces yeux noirs qui font penser au ténébreux et sinistre canal Orfano, à Venise, car il s'y noiera plus d'un cœur. Mais elle n'était plus sur le canapé de sa mère. Inquiète de ce qui allait suivre, la sollicitude de la baronne avait sans doute fait à sa fille quelque signe de furtive départie, et elle avait disparu.

« En fin de compte, — reprit le narrateur, — qu'y avait-il dans tout cela qui fût de nature à m'émouvoir si fort et à se graver dans ma mémoire comme une eau-forte, car le temps n'a pas effacé un seul des linéaments de cette scène ? Je vois encore la figure de Marmor, l'expression du calme cristallisé de la comtesse, se fondant pour une minute dans la sensation de ces résédas respirés et triturés avec un frissonnement presque voluptueux. Tout cela m'est resté, et vous allez comprendre pourquoi. Ces faits dont je ne voyais pas très bien la relation entre eux, ces faits mal éclairés d'une intuition que je me reprochais, dans l'écheveau entortillé desquels le possible et l'incompréhensible apparaissaient, reçurent plus tard une goutte de lumière qui en débrouilla pour jamais en moi le chaos.

« Je vous ai dit, je crois, que j'avais été mis fort tard au collège. Les deux dernières années de mon éducation s'y écoulèrent sans que je revinsse dans mon pays. Ce fut donc au collège que j'appris, par les lettres de ma famille, la mort de Mlle Herminie de Stasseville, victime d'une maladie de langueur dont personne ne s'était douté qu'à la dernière extrémité, et quand la maladie avait été incurable. Cette nouvelle, qu'on me transmettait sans aucun commentaire, me glaça le sang du même froid que j'avais senti lorsque, dans le salon de mon oncle, j'avais entendu pour la première fois cette toux qui sonnait la mort, et qui avait dressé en moi tout à coup de si épouvantables inductions. Ceux qui ont l'expérience des choses de l'âme me comprendront, quand je dirai que je n'osai pas faire une seule question sur cette perte soudaine d'une jeune fille, enlevée à l'affection de sa mère et aux plus belles espérances de la vie. J'y pensai d'une manière trop tragique pour en parler à qui que ce fût. Revenu chez mes parents, je trouvai la ville de *** bien changée ; car, en plusieurs années, les villes changent comme les femmes : on ne les reconnaîtrait plus. C'était après 1830. Depuis le passage de Charles X, qui l'avait traversée pour aller s'embarquer à Cherbourg[1], la plupart des familles nobles que j'avais connues pendant mon enfance vivaient retirées dans les châteaux circonvoisins. Les

_____

1. Chassé par la révolution de Juillet, Charles X passa à Valognes les 14 et 15 août 1830.

événements politiques avaient frappé d'autant plus ces familles, qu'elles avaient cru à la victoire de leur parti et qu'elles étaient retombées d'une espérance. En effet, elles avaient vu le moment où le droit d'aînesse, relevé par le seul homme d'État qu'ait eu la Restauration, allait rétablir la société française sur la seule base de sa grandeur et de sa force[1] ; puis, tout à coup, cette idée, doublement juste de justesse et de justice, qui avait brillé aux regards des hommes, dupes sublimes de leur dévouement monarchique, comme un dédommagement à leurs souffrances et à leur ruine, comme un dernier lambeau de vair et d'hermine qui doublât leur cercueil et rendît moins dur leur dernier sommeil, périr sous le coup d'une opinion publique qu'on n'avait su ni éclairer ni discipliner. La petite ville, dont il a été si souvent question dans ce récit, n'était plus qu'un désert de persiennes fermées et de portes cochères qui ne s'ouvraient plus. La révolution de Juillet avait effrayé les Anglais, et ils étaient partis d'une ville dont les mœurs et les habitudes avaient reçu des événements une si forte rupture. Mon premier soin avait été de demander ce qu'était devenu M. Marmor de Karkoël. On me repondit qu'il était retourné aux Indes sur un ordre de son gouvernement. La personne qui me dit cela était précisément cet éternel chevalier de Tharsis, l'un des quatre de la fameuse *partie du diamant* (fameuse, du moins elle l'était pour moi), et son œil, en me renseignant, se fixa sur les miens avec l'expression d'un homme qui veut être interrogé. Aussi, presque involontairement, car les âmes se devinent bien avant que la volonté n'ait agi :

« — Et Mme du Tremblay de Stasseville ?... — lui dis-je.

---

1. Le comte de Villèle, président du Conseil, tenta vainement, en 1826, de faire voter une loi rétablissant le droit d'aînesse aboli par la Révolution.

« — Vous saviez donc quelquè chose ?... — me répondit-il assez mystérieusement, comme si nous avions eu cent paires d'oreilles à nous écouter, et nous étions seuls.

« — Mais non, — lui dis-je, — je ne sais rien.

« — Elle est morte, — reprit-il, — de la poitrine, comme sa fille, un mois après le départ de ce diable de Marmor de Karkoël.

« — Pourquoi cette date ? — fis-je alors, — et pourquoi me parlez-vous de Marmor de Karkoël ?...

« — C'est donc la vérité, — répondit-il, — que vous ne savez rien ! Eh bien ! mon cher, il paraît qu'elle était sa maîtresse. Du moins l'a-t-on fait entendre ici, quand on en parlait à voix basse. À présent, on n'ose plus en parler. C'était une hypocrite du premier ordre que cette comtesse. Elle l'était comme on est blonde ou brune, elle était née *cela*. Aussi pratiquait-elle le mensonge au point d'en faire une vérité, tant elle était simple et naturelle, sans effort et sans affectation en tout. À travers une habileté si profonde qu'on n'a su que depuis bien peu de temps que c'en était une, il a transpiré des bruits bientôt étouffés par la terreur qui les transmettait... À les entendre, cet Écossais, qui n'aimait que les cartes, n'a pas été seulement l'amant de la comtesse, laquelle ne le recevait jamais chez elle comme tout le monde, et, mauvaise comme le démon, lui campait son épigramme comme à pas un de nous, quand l'occasion s'en présentait !... Mon Dieu, ceci ne serait rien, s'il n'y avait que cela ! Mais le pis est, dit-on, que le dieu du *chelem* avait fait *chelem* toute la famille. Cette pauvre petite Herminie l'adorait en silence. Mlle Ernestine de Beaumont vous le dira si vous le voulez. C'était comme une fatalité. Lui, l'aimait-il ? Aimait-il la mère ? Les aimait-il toutes les deux ? Ne les aimait-il ni l'une ni l'autre ? Trouvait-il seulement la mère bonne pour entretenir sa mise au jeu ?... Qui sait ? Ici l'histoire est fort obscure. Tout ce qu'on certifie, c'est que la mère, dont l'âme était aussi sèche que le corps, s'était

prise d'une haine pour sa fille, qui n'a pas peu contribué à la faire mourir.

« — On dit cela ! — repris-je, plus épouvanté d'avoir
pensé juste que je ne l'avais été d'avoir pensé faux, —
mais qui peut savoir cela ?... Karkoël n'était pas un
fat. Ce n'est pas lui qui se serait permis des confidences. On n'a pu jamais rien savoir de sa vie. Il n'aura
pas commencé d'être confiant, ou indiscret, à propos
de la comtesse de Stasseville.

« — Non, — répondit le chevalier de Tharsis. — Les
deux hypocrites faisaient la paire. Il est parti comme
il est venu, sans qu'aucun de nous ait pu dire : « Il était
autre chose qu'un joueur. » Mais, si parfaite de ton
et de tenue que fût dans le monde l'irréprochable
comtesse, les femmes de chambre, pour lesquelles il
n'est point d'héroïnes, ont raconté qu'elle s'enfermait
avec sa fille, et qu'après de longues heures de tête-à-
tête, elles sortaient plus pâles l'une que l'autre, mais
la fille toujours davantage et les yeux abîmés de pleurs.

« — Vous n'avez pas d'autres détails et d'autres certitudes, chevalier ? — lui dis-je, pour le pousser et voir
plus clair. — Mais vous n'ignorez pas ce que sont des
propos de femmes de chambre... On en saurait probablement davantage par Mlle de Beaumont.

« — Mlle de Beaumont ! — fit le Tharsis. — Ah !
elles ne s'aimaient pas, la comtesse et elle, car c'était
le même genre d'esprit toutes les deux ! Aussi la survi-
vante ne parle-t-elle de la morte qu'avec des yeux impré-
catoires et des réticences perfides. Il est sûr qu'elle veut
faire croire les choses les plus atroces... et qu'elle n'en
sait qu'une, qui ne l'est pas... l'amour d'Herminie pour
Karkoël.

« — Et ce n'est pas savoir grand-chose, chevalier,
— repris-je. — Si l'on savait toutes les confidences que
se font les jeunes filles entre elles, on mettrait sur le
compte de l'amour la première rêverie venue. Or, vous
avouerez qu'un homme comme ce Karkoël avait bien
tout ce qui fait rêver.

« — C'est vrai, — dit le vieux Tharsis, — mais on a plus que des confidences de jeunes filles. Vous rappelez-vous… non ! vous étiez trop enfant, mais on l'a assez remarqué dans notre société… que Mᵐᵉ de Stasseville, qui n'avait jamais rien aimé, pas plus les fleurs que tout le reste, car je défie de pouvoir dire quels étaient les goûts de cette femme-là, portait toujours vers la fin de sa vie un bouquet de résédas à sa ceinture, et qu'en jouant au whist, et partout, elle en rompait les tiges pour les mâchonner, si bien qu'un beau jour Mˡˡᵉ de Beaumont demanda à Herminie, avec une petite roulade de raillerie dans la voix, depuis quand sa mère était herbivore ?…

« — Oui, je m'en souviens, — lui répondis-je. Et de fait, je n'avais jamais oublié la manière fauve, et presque amoureusement cruelle, dont la comtesse avait respiré et mangé les fleurs de son bouquet, à cette partie de whist qui avait été pour moi un événement.

« — Eh bien ! — fit le bonhomme, — ces résédas venaient d'une magnifique jardinière que Mᵐᵉ de Stasseville avait dans son salon. Oh ! le temps n'était plus où les odeurs lui faisaient mal. Nous l'avions vue ne pouvoir les souffrir, depuis ses dernières couches, pendant lesquelles on avait failli la tuer, nous contait-elle langoureusement, avec un bouquet de tubéreuses. À présent, elle les aimait et les recherchait avec fureur. Son salon asphyxiait comme une serre dont on n'a pas encore soulevé les vitrages à midi. À cause de cela, deux ou trois femmes délicates n'allaient plus chez elle. C'étaient là des changements ! Mais on les expliquait par la maladie et par les nerfs. Une fois morte, et quand il a fallu fermer son salon, — car le tuteur de son fils a fourré au collège ce petit imbécile, que voilà riche comme doit être un sot, — on a voulu mettre ces beaux résédas en pleine terre et l'on a trouvé dans la caisse, devinez quoi !… le cadavre d'un enfant qui avait vécu… »

Le narrateur fut interrompu par le cri très vrai de

deux ou trois femmes, pourtant bien brouillées avec le naturel. Depuis longtemps, il les avait quittées ; mais, ma foi, pour cette occasion il leur revint. Les autres, qui se dominaient davantage, ne se permirent qu'un haut-le-corps, mais il fut presque convulsif.

« — Quel oubli et quelle oubliette ! — fit alors, avec sa légèreté qui rit de tout, cette aimable petite pourriture ambrée, le marquis de Gourdes, que nous appelons *le dernier des marquis*, un de ces êtres qui plaisanteraient derrière un cercueil et même dedans.

« — D'où venait cet enfant ? — ajouta le chevalier de Tharsis, en pétrissant son tabac dans sa boîte d'écaille. — De qui était-il ? Était-il mort de mort naturelle ? L'avait-on tué ?... Qui l'avait tué ?... Voilà ce qu'il est impossible de savoir et ce qui fait faire, mais bien bas, des suppositions épouvantables.

« — Vous avez raison, chevalier, — lui répondis-je, renfonçant en moi plus avant ce que je croyais savoir de plus que lui. — Ce sera toujours un mystère, et même qu'il sera bon d'épaissir jusqu'au jour où l'on n'en soufflera plus un seul mot.

« — En effet, — dit-il, — il n'y a que deux êtres au monde qui savent réellement ce qu'il en est, et il n'est pas probable qu'ils le publient, ajouta-t-il, avec un sourire de côté. — L'un est ce Marmor de Karkoël, parti pour les Grandes-Indes, la malle pleine de l'or qu'il nous a gagné. On ne le reverra jamais. L'autre...

« — L'autre ? — fis-je étonné.

« — Ah ! l'autre, — reprit-il, avec un clignement d'œil qu'il croyait bien fin, — il y a encore moins de danger pour l'autre. C'est le confesseur de la comtesse. Vous savez, ce gros abbé de Trudaine, qu'ils ont, par parenthèse, nommé dernièrement au siège de Bayeux.

« — Chevalier, — lui dis-je alors, frappé d'une idée qui m'illumina, mieux que tout le reste, cette femme naturellement cachée, qu'un observateur à lunettes comme le chevalier de Tharsis appelait hypocrite, parce qu'elle avait mis une énergique volonté par-dessus ses passions, peut-être pour en redoubler l'orageux bonheur, — chevalier, vous vous êtes trompé. Le voisinage de la mort n'a pas entrouvert l'âme scellée et murée de cette femme, digne de l'Italie du seizième siècle plus que de ce temps. La comtesse du Tremblay de Stasseville est morte... comme elle a vécu. La voix du prêtre s'est brisée contre cette nature impénétrable qui a emporté son secret. Si le repentir le lui eût fait verser dans le cœur du ministre de la miséricorde éternelle, on n'aurait rien trouvé dans la jardinière du salon. »

Le conteur avait fini son histoire, ce roman qu'il avait promis et dont il n'avait montré que ce qu'il en savait, c'est-à-dire les extrémités. L'émotion prolongeait le silence. Chacun restait dans sa pensée et complétait, avec le. genre d'imagination qu'il avait, ce roman authentique dont on n'avait à juger que quelques détails dépareillés. À Paris, où l'esprit jette si vite l'émotion par la fenêtre, le silence, dans un salon spirituel, après une histoire, est le plus flatteur des succès.

— Quel aimable dessous de cartes ont vos parties de whist ! — dit la baronne de Saint-Albin, joueuse comme une vieille ambassadrice. — C'est très vrai ce que vous disiez. À moitié montré il fait plus d'impression que si l'on avait retourné toutes les cartes et qu'on eût vu tout ce qu'il y avait dans le jeu.

— C'est le fantastique de la réalité, — fit gravement le docteur.

— Ah ! — dit passionnément Mlle Sophie de Revistal, — il en est également de la musique et de la vie. Ce qui fait l'expression de l'une et de l'autre, ce sont les silences bien plus que les accords.

Elle regarda son amie intime, l'altière comtesse de Damnaglia, au buste inflexible, qui rongeait toujours le bout d'ivoire, incrusté d'or, de son éventail. Que disait l'œil d'acier bleuâtre de la comtesse ?... Je ne la voyais pas, mais son dos, où perlait une sueur légère, avait une physionomie. On prétend que, comme Mme de Stasseville, la comtesse de Damnaglia a la force de cacher bien des passions et bien du bonheur.

— Vous m'avez gâté des fleurs que j'aimais, — dit
la baronne de Mascranny, en se retournant de trois
quarts vers le romancier. Et, cassant le cou à une rose
bien innocente qu'elle prit à son corsage et dont elle
éparpilla les débris dans une espèce d'horreur rêveuse :

— Voilà qui est fini ! — ajouta-t-elle ; — je ne por-
terai plus de résédas.

À UN DÎNER D'ATHÉES

Ceci est digne de gens sans Dieu.

(Allen.)

Le jour tombait depuis quelques instants dans les ⏳
rues de la ville de ***[1]. Mais, dans l'église de cette
petite et expressive ville de l'Ouest, la nuit était tout
à fait venue. La nuit *avance* presque toujours dans les
églises. Elle y descend plus vite que partout ailleurs,
soit à cause des reflets sombres des vitraux, quand il
y a des vitraux, soit à cause de l'entrecroisement des
piliers, si souvent comparés aux arbres des forêts, et
aux ombres portées par les voûtes. Cette nuit des
églises, qui devance un peu la mort définitive du jour
au-dehors, n'en fait guère nulle part fermer les portes.
Généralement, elles restent ouvertes, l'*Angelus*[2]
sonné, — et même quelquefois très tard, la veille des
grandes fêtes par exemple, dans les villes dévotes, où
l'on se confesse en grand nombre pour les communions
du lendemain. Jamais, à aucune heure de la journée,
les églises de province ne sont plus hantées par ceux
qui les fréquentent qu'à cette heure vespérale où les travaux cessent, où la lumière agonise, et où l'âme chrétienne se prépare à la nuit, — à la nuit qui ressemble
à la mort et pendant laquelle la mort peut venir. À cette
heure-là, on sent vraiment très bien que la religion

1. Cf. Dossier, p. 374 et ss.
2. Son de cloche appelant à prier la Vierge à sept heures du matin,
à midi et à sept heures du soir.

⏳ Voir *Au fil du texte*, p. XI.

chrétienne est la fille des catacombes et qu'elle a
toujours quelque chose en elle des mélancolies de son
berceau. C'est à ce moment, en effet, que ceux qui
croient encore à la prière aiment à venir s'agenouiller
et s'accouder, le front dans leurs mains, en ces nuits
mystérieuses des nefs vides, qui répondent certainement
au plus profond besoin de l'âme humaine, car si pour
nous autres mondains et passionnés, le tête-à-tête en
cachette avec la femme aimée nous paraît plus intime et
plus troublant dans les ténèbres, pourquoi n'en serait-
il pas de même pour les âmes religieuses avec Dieu,
quand il fait noir devant ses tabernacles, et qu'elles lui
parlent, de bouche à oreille, dans l'obscurité ?

Or, c'est ainsi qu'elles semblaient lui parler dans
l'église de *** ce jour-là, les âmes pieuses qui y étaient
venues faire leurs prières du soir, selon leur coutume.
Quoique dans la ville, grise d'un crépuscule brumeux
d'automne, les réverbères ne fussent pas encore allumés, — ni la petite lampe grillagée de la statue de la
Vierge, qu'on voyait à la façade de l'hôtel des dames
de la Varengerie, et qui n'y est plus à présent, — il y
avait plus de deux heures que les Vêpres étaient finies
— car c'était dimanche, ce jour-là, — et le nuage
d'encens qui forme longtemps un dais bleuâtre dans
l'en-haut des voûtes du chœur, après les Offices, s'y
était évaporé. La nuit, épaisse dans l'église, y étalait
sa grande draperie d'ombre qui semblait, comme une
voile tombant d'un mât, déferler des cintres. Deux maigres cierges, perchés au tournant de deux piliers de la
nef, assez éloignés l'un de l'autre, et la lampe du sanctuaire, piquant sa petite étoile immobile dans le noir
du chœur, plus profond que tout ce qui était noir à
l'entour, faisaient ramper sur les ténèbres qui noyaient
la nef et les bas-côtés, une lueur fantômale plutôt
qu'une lumière. À cette filtration de clarté incertaine,
il était possible de se voir douteusement et confusément,
mais il était impossible de se reconnaître... On apercevait bien, ici et là, dans les pénombres, des groupes plus
opaques que les fonds sur lesquels ils se détachaient

vaguement — des dos courbés, — quelques coiffes blanches de femmes du peuple agenouillées par terre, —
deux ou trois mantelets qui avaient baissé leur capuchons ; mais c'était tout. On s'entendait mieux qu'on
ne se voyait. Toutes ces bouches qui priaient à voix
basse, dans ce grand vaisseau silencieux et sonore, et
par le silence rendu plus sonore, faisaient ce susurrement singulier qui est comme le bruit d'une fourmilière
d'âmes, visibles seulement à l'œil de Dieu. Ce susurrement continu et menu, coupé, par intervalles, de soupirs, ce murmure labial, — si impressionnant dans les
ténèbres d'une église muette, — n'était troublé par rien,
si ce n'est, parfois, par une des portes des bas-côtés,
qui roulait sur ses gonds et claquait en se refermant derrière la personne qui venait d'entrer ; — le bruit alerte
et clair d'un sabot qui longeait l'orée des chapelles ;
— une chaise qui, heurtée dans l'obscurité, tombait ;
— et, de temps en temps, une ou deux toux, de ces toux
retenues de dévotes qui les musiquent et qui les flûtent,
par respect pour les saints échos de la maison du Seigneur. Mais ces bruits qui n'étaient que le passage
rapide d'un son, n'interrompaient pas ces âmes attentives et ferventes dans le train-train de leurs prières et
l'éternité de leur susurrement.

Et voilà pourquoi, de ce groupe de fidèles, recueillis
et rassemblés chaque soir dans l'église de ***, aucun
ne prit garde à un homme qui en eût assurément étonné
plus d'un, s'il avait fait assez de jour ou de clarté pour
qu'il fût possible de le reconnaître. Ce n'était pas, lui,
un hanteur d'église. On ne l'y voyait jamais. Il n'y avait
pas mis le pied depuis qu'il était revenu, après des
années d'absence, habiter momentanément sa ville
natale. Pourquoi donc y entrait-il ce soir-là ?... Quel
sentiment, quelle idée, quel projet l'avait décidé à franchir le seuil de cette porte, devant laquelle il passait plusieurs fois par jour comme si elle n'eût pas existé ?...
C'était un homme haut en tout, qui avait dû courber
sa fierté autant que sa grande taille pour passer sous
la petite porte basse cintrée, et verdie par les humidités

de ce pluvieux climat de l'Ouest, et qu'il avait prise pour
entrer. Il ne manquait pas, après tout, de poésie dans
sa tête de feu. Quand il entra dans ce lieu, qu'il avait
probablement désappris, fut-il frappé de l'aspect presque tombal de cette église, qui, de construction, ressemble à une crypte, car elle est plus basse que le pavé
de la place sur laquelle elle est bâtie, et son portail, à
escalier intérieur de quelques marches, plus élevé que
le maître autel ?... Il n'avait pas lu sainte Brigitte [1].
S'il l'avait lue, il aurait, en entrant dans cette atmosphère nocturne, pleine de mystérieux chuchotements,
pensé à la vision de son Purgatoire, à ce dortoir, morne
et terrible, où l'on ne voit personne et où l'on entend
des voix basses et des soupirs qui sortent des murs...
Quelle que fût, du reste, son impression, toujours est-
il qu'il s'arrêta, peu sûr de lui-même et de ses souvenirs, s'il en avait, au milieu de la contre-allée dans
laquelle il s'était engagé. Pour qui l'eût observé, il cherchait évidemment quelqu'un ou quelque chose, qu'il
ne trouvait pas dans ces ombres... Cependant, quand
ses yeux s'y furent un peu faits et qu'il put retrouver
autour de lui les contours des choses, il finit par apercevoir une vieille mendiante, croulée, plutôt qu'agenouillée, pour dire son chapelet, à l'extrémité du *banc
des pauvres*, et il lui demanda, en la touchant à l'épaule,
la chapelle de la Vierge et le confessionnal d'un prêtre
de la paroisse qu'il lui nomma. Renseigné par cette
vieille habituée du *banc des pauvres* qui, depuis cinquante ans peut-être, semblait faire partie du mobilier
de l'église de *** et lui appartenir autant que les mar-
mousets de ses gargouilles, l'homme en question arriva,
sans trop d'encombre, à travers les chaises dérangées
et dispersées par les Offices de la journée, et se planta
juste debout devant le confessionnal qui est au fond
de la chapelle. Il y resta les bras croisés, comme les ont

---

1. Il s'agit de *La Prophétie merveilleuse* de sainte Brigitte, sainte
suédoise de sang royal (1302-1373).

presque toujours, dans les églises, les hommes qui n'y
viennent pas pour prier et qui veulent pourtant y avoir
une attitude convenable et grave. Plusieurs dames de
la congrégation du Saint-Rosaire, alors en oraison
autour de cette chapelle, si elles avaient remarqué cet
homme, n'auraient pu le *distinguer* autrement que par
je ne dirai pas l'impiété, mais la *non piété* de son attitude. D'ordinaire, il est vrai, les soirs de confession,
il y avait auprès de la quenouille de la Vierge, ornée
de ses rubans, un cierge tors de cire jaune allumé et
qui éclairait la chapelle ; mais, comme on avait communié en foule le matin et qu'il n'y avait plus personne
au confessionnal, le prêtre de ce confessionnal, qui y
faisait solitairement sa méditation, en était sorti, avait
éteint le cierge de cire jaune, et était rentré dans son
espèce de cellule en bois pour y reprendre sa méditation, sous l'influence de cette obscurité qui empêche
toute distraction extérieure et qui féconde le recueillement. Était-ce ce motif, était-ce hasard, caprice, économie ou quelque autre raison de ce genre, qui avait
déterminé l'action très simple de ce prêtre ? Mais, à
coup sûr, cette circonstance sauva l'incognito, s'il tenait
à le garder, de l'homme entré dans la chapelle, et qui,
d'ailleurs, n'y demeura que peu d'instants... Le prêtre, qui avait éteint son cierge avant son arrivée, l'ayant
aperçu à travers les barreaux de sa porte à claire-voie,
rouvrit toute grande cette porte, sans quitter le fond
du confessionnal dans lequel il était assis ; et l'homme,
décroisant ses bras, tendit au prêtre un objet indiscer-
nable qu'il avait tiré de sa poitrine :

— Tenez, mon père ! —dit-il d'une voix basse, mais
distincte. — Voilà assez longtemps que je *le* traîne avec
moi !

Et il n'en fut pas dit davantage. Le prêtre, comme
s'il eût su de quoi il s'agissait, prit l'objet et referma
tranquillement la porte de son confessionnal. Les dames
de la congrégation du Saint-Rosaire crurent que
l'homme qui avait parlé au prêtre allait s'agenouiller
et se confesser, et furent extrêmement étonnées de le

voir descendre le degré de la chapelle d'un pied leste, et regagner la contre-allée par où il était venu.

Mais, si elles furent surprises, il fut encore plus surpris qu'elles, car, au beau milieu de cette contre-allée qu'il remontait pour sortir de l'église, il fut saisi brusquement par deux bras vigoureux, et un rire, abominablement scandaleux dans un lieu si saint, partit presque à deux pouces de sa figure. Heureusement pour les dents qui riaient qu'il les reconnut, si près de ses yeux !

— Sacré nom de Dieu ! — fit en même temps le rieur à mi-voix, mais pas de manière cependant qu'on n'entendît pas, près de là, le blasphème et l'autre irrévérente parole, — qu'est-ce que tu *fous* donc, Mesnil, dans une église, à pareille heure ? Nous ne sommes plus en Espagne, comme au temps où nous chiffonnions si joliment les guimpes des religieuses d'Avila[1].

Celui qu'il avait appelé « Mesnil » eut un geste de colère.

— Tais-toi ! — dit-il, en réprimant l'éclat d'une voix qui ne demandait qu'à retentir. — Es-tu ivre ?... Tu jures dans une église comme dans un corps de garde. Allons ! pas de sottises ! et sortons d'ici décemment tous deux.

Et il doubla le pas, enfila, suivi de *l'autre*, la petite porte basse, et quand, dehors et à l'air libre de la rue, ils eurent pu reprendre la plénitude de leur voix :

— Que tous les tonnerres de l'enfer te brûlent, Mesnil ! — continua *l'autre*, qui paraissait comme enragé. Vas-tu donc te faire capucin ?... — Vas-tu donc manger de la messe ?... Toi, Mesnilgrand[2], toi, le capitaine de Chamboran[3], comme un calotin, dans une église !

— Tu y étais bien, toi ! — dit Mesnil, avec tranquillité.

— J'y étais pour t'y suivre. Je t'ai vu y entrer, plus étonné de ça, ma parole d'honneur, que si j'avais vu

1. Ville espagnole.
2. Cf. Dossier, p. 365.
3. Cf. p. 87, n. 1.

violer ma mère. Je me suis dit : Qu'est-ce donc qu'il
va faire dans cette grange à prêtraille ?... Puis j'ai pensé
qu'il y avait là quelque damnée anguille de jupe sous
roche, et j'ai voulu voir pour quelle grisette ou pour
quelle grande dame de la ville tu y allais.

— Je n'y suis allé que pour moi seul, *mon cher*, —
dit Mesnil, avec l'insolence froide du plus complet
mépris, de ce mépris qui se soucie bien de ce qu'on
pense.

— Alors, tu m'étonnes plus diablement que jamais !

— Mon cher, — reprit Mesnil, en s'arrêtant, — les
hommes... comme moi, n'ont été faits, de toute éternité, que pour étonner les hommes... comme toi.

Et, tournant le dos et hâtant le pas, comme quelqu'un qui *n'entend* pas être suivi, il monta la rue de
Gisors et regagna la place Thurin, dans un des angles
de laquelle il demeurait.

Il demeurait chez son père, le vieux M. de Mesnilgrand comme on l'appelait par la ville, quand on en
parlait. C'était un vieillard riche et avare (prétendait-
on), dur à la détente, — c'était le mot dont on se servait, — qui depuis de longues années vivait retiré de
toutes compagnies, excepté pendant les trois mois que
son fils, qui habitait Paris, venait passer dans la ville
de ***. Alors, ce vieux M. de Mesnilgrand, qui ne
voyait pas un chat d'ordinaire, se mettait à inviter et
à recevoir les anciens amis et camarades de régiment
de son fils et à se gaver de ces somptueux dîners d'avare,
à faire partout, disaient les rabelaisiens de l'endroit,
fort malproprement et fort ingratement aussi, car la
chère (cette *chère de vilain* vantée par les proverbes)
y était excellente.

Pour vous donner une idée, il y avait, à cette époque-
là, dans la ville de ***, un fameux receveur particulier
des finances, qui avait, quand il y arriva, produit l'effet
d'un carrosse à six chevaux entrant dans une église.
C'était un assez mince financier que ce gros homme,
mais la nature s'était amusée à en faire, de vocation,
un grand cuisinier. On racontait qu'en 1814, il avait

apporté à Louis XVIII, détalant vers Gand[1], d'une
main la caisse de son arrondissement, et de l'autre un
coulis de truffes qui semblait avoir été cuisiné par les
sept diables des péchés capitaux, tant il était délicieux ;
Louis XVIII avait, comme de juste, pris la caisse sans
dire seulement merci ; mais, de reconnaissance pour le
coulis, il avait orné l'estomac prépotent de ce maître
queux de génie, poussé en pleines finances, de son grand
cordon noir de Saint-Michel, qu'on n'accordait guère
qu'à des savants ou à des artistes. Avec ce large cordon moiré, toujours plaqué sur son gilet blanc, et son
crachat d'or allumant sa bedaine, ce Turcaret[2] de
M. Deltocq (il s'appelait Deltocq), qui, les jours de
Saint-Louis, portait l'épée et l'habit de velours à la
française, orgueilleux et insolent comme trente-six
cochers anglais poudrés d'argent, et qui croyait que tout
devait céder à l'empire de ses sauces, était pour la ville
de ***, un personnage de vanité et de faste presque
solaire… Eh bien ! c'est avec ce haut personnage dîna-
toire, qui se vantait de pouvoir faire quarante-neuf
potages maigres d'espèces différentes, mais qui ne
savait pas combien il en pouvait faire de gras, — c'était
l'infini ! — que la cuisinière du vieux M. de Mesnilgrand luttait, et à qui elle donnait des inquiétudes, pendant le séjour à *** de son fils, au vieux M. de Mesnilgrand !

Il en était fier, de son fils ; — mais aussi, il en était
triste, ce grand vieillard de père, et il y avait de quoi !
Son *jeune homme*, comme il l'appelait, quoiqu'il eût
quarante ans passés, avait eu la vie brisée du même
coup qui avait mis l'Empire en miettes et renversé la
fortune de Celui qui alors n'était plus que l'EMPEREUR,
comme s'il avait perdu son nom dans sa fonction et

1. Cf. p. 58, n. 1.
2. Héros de la comédie de Lesage (1668-1747) qui porte son nom,
forban de la finance enrichi par la rapine et l'usure.

dans sa gloire ! Parti comme vélite [1] à dix-huit ans, de l'étoffe dans laquelle se taillaient les maréchaux à cette époque, le fils Mesnilgrand avait fait les guerres de l'Empire, ayant sur son kolback tous les panaches de l'espérance ; mais le tonnerre final de Waterloo avait brûlé jusqu'à ras de terre ses dernières ambitions. Il était de ceux que la Restauration ne reprit pas à son service, parce qu'ils n'avaient pu résister à la fascination du retour de l'île d'Elbe [2], qui fit oublier leurs serments aux hommes les plus forts, comme s'ils avaient perdu leur libre arbitre. Le chef d'escadron Mesnilgrand, celui dont les officiers de Chamboran, ce régiment romanesquement brave, disaient : « On peut être aussi brave que Mesnilgrand ; mais davantage, c'est impossible ! » vit de ses camarades de régiment, qui n'avaient pas des états de service comparables aux siens, devenir, à sa moustache, colonels des plus beaux régiments de la Garde Royale ; et, quoiqu'il ne fût pas jaloux, ce lui fut une cruelle angoisse... C'était une nature de l'intensité la plus redoutable. La discipline militaire d'un temps où elle fut presque romaine, fut seule capable d'endiguer les passions de ce violent qui — de ses passions inexprimablement terribles — avait révolté sa ville natale avant dix-huit ans, et failli mourir. Avant dix-huit ans, en effet, des excès de femmes, des excès insensés, lui avaient donné une maladie nerveuse, une espèce de *tabès* [3] dorsal pour lequel il avait fallu lui brûler la colonne vertébrale avec des moxas. Cette médication effrayante qui épouvanta la ville de *** comme ses excès l'avaient épouvantée, fut un genre de supplice exemplaire dont les pères de famille de la ville infligèrent la vue à leurs fils, pour les mora-

1. Soldat des corps spéciaux créés par Napoléon, recrutés parmi les volontaires justifiant d'un revenu d'au moins 800 francs et formés pour devenir rapidement officiers.
2. Cf. Dossier : repères historiques, p. 355.
3. Maladie de la moelle épinière, d'origine syphilitique, entraînant des contractions musculaires et une paralysie des membres inférieurs.

liser, comme on moralise les peuples par la terreur. Ils les menèrent *voir brûler* le jeune Mesnilgrand, qui n'échappa aux morsures du feu, dirent les médecins, que grâce à une organisation *d'enfer* ; c'était le mot, puisqu'elle avait si bien résisté à la flamme. Aussi quand, avec cette organisation si prodigieusement exceptionnelle, qui, après les moxas, résista plus tard aux fatigues, aux blessures et à tous les fléaux qui puissent fondre sur un homme de guerre, Mesnilgrand, robuste encore, se vit, en pleine maturité, sans le grand avenir militaire qu'il avait rêvé, sans but désormais, les bras cassés et l'épée clouée au fourreau, ses sentiments s'exaspérèrent jusqu'à la fureur la plus aiguë... S'il fallait pour le faire comprendre, chercher dans l'histoire un homme à qui comparer Mesnilgrand, on serait obligé de remonter jusqu'au fameux Charles le Téméraire, duc de Bourgogne[1]. Un moraliste[2] ingénieux, préoccupé du non-sens de nos destinées, a, pour l'expliquer, prétendu que les hommes ressemblent à des portraits dont les uns ont la tête ou la poitrine coupée par leurs cadres, sans proportion avec leur grandeur naturelle, et dont les autres disparaissent, rapetissés et réduits à l'état de nains par l'absurde immensité du leur. Mesnilgrand, fils d'un simple hobereau bas-normand, qui devait mourir dans l'obscurité de la vie privée, après avoir manqué la grande gloire historique pour laquelle il était né, se rencontra avoir, — et pour quoi en faire ? — l'épouvantable puissance de furie continue, d'envenimement et d'ulcération enragée, qu'avait ce Téméraire, que l'histoire appelle aussi le Terrible. Waterloo, qui l'avait jeté sur le pavé, fut pour lui, en une fois, ce que Granson et Morat avaient été, en deux,

---

1. Dernier duc de Bourgogne (1433-1477) célèbre pour son grand courage et son caractère emporté. Vaincu à Granson et à Morat (1477), il mourut devant Nancy où l'on retrouva son corps dans la neige et la glace.
2. Barbey semble bien ici se citer lui-même. Il se définissait ainsi : « Portrait dépaysé, je cherche mon cadre. »

pour cette foudre humaine qui s'éteignit dans les nei-
ges de Nancy. Seulement, il n'y eut pas de neige et de
Nancy pour Mesnilgrand, le chef d'escadron *dégommé*,
comme disent les gens qui déshonorent tout, avec leur
bas vocabulaire. À cette époque, on crut qu'il se tue-
rait, ou qu'il deviendrait fou. Il ne se tua point, et sa
tête résista. Il ne devint pas fou. Il l'était déjà, dirent
les rieurs, car il y a toujours des rieurs. S'il ne se tua
pas, — et, sa nature étant donnée, ses amis *auraient
pu* lui demander, mais ne lui *demandèrent pas* pourquoi, — il n'était pas homme à se laisser manger le
cœur par le vautour, sans essayer d'écraser le bec du
vautour [1]. Comme Alfiéri [2], cet incroyable volontaire
d'Alfiéri, qui, ne sachant rien que dompter des chevaux, apprit le grec à quarante ans et fit même des vers
grecs, Mesnilgrand se jeta, ou plutôt se précipita dans
la peinture, c'est-à-dire dans ce qu'il y avait *de plus éloigné de lui*, exactement comme on monte au septième
étage pour se tuer mieux, en tombant de plus haut,
quand on veut se jeter par la fenêtre. Il ne savait pas
un mot de dessin, et il devint peintre comme Géri-
cault [3], qu'il avait, je crois, connu aux Mousquetaires.
Il travailla... avec la furie de la fuite devant l'ennemi,
disait-il, avec un rire amer, exposa, fit éclat, n'exposa
plus, crevant ses toiles après les avoir peintes, et recommençant de travailler avec un infatigable acharnement.
Cet officier, qui avait toujours vécu le bancal [4] à la
main, emporté par son cheval à travers l'Europe, passa

1. Allusion au mythe de Prométhée qui, pour avoir tenté de déro-
ber aux dieux le feu sacré, fut condamné à voir un vautour dévorer
son foie éternellement renaissant.
2. Poète italien (1749-1803), très admiré par Barbey. « Après une
vie aventureuse passée en courses folles à travers l'Europe, il se mit,
comme il le rapporte dans *Histoire de ma vie*, à apprendre le grec à
quarante-huit ans. »
3. Peintre français (1791-1824), auteur, entre autres, du célèbre
Radeau de la Méduse ; il a effectivement appartenu au corps des
Mousquetaires avant les Cent-Jours.
4. Sabre recourbé.

sa vie piqué devant un chevalet, sabrant la toile de son pinceau, et tellement dégoûté de la guerre, — le dégoût de ceux qui adorent ! — que ce qu'il peignait le plus, c'étaient des paysages, des paysages comme ceux qu'il avait ravagés. Tout en les peignant, il mâchait je ne sais quel mastic d'opium, mêlé au tabac qu'il fumait jour et nuit, car il s'était fait construire une espèce de houka [1] de son invention, dans lequel il pouvait fumer, même en dormant. Mais ni les narcotiques, ni les stupéfiants, ni aucun des poisons avec lesquels l'homme se paralyse et se tue en détail, ne purent endormir ce monstre de fureur, qui ne s'assoupissait jamais en lui et qu'il appelait le crocodile de sa fontaine, un crocodile phosphorescent dans une fontaine de feu [2] ! D'aucuns, qui le connaissaient mal, le crurent longtemps carbonaro [3]. Mais, pour ceux qui le connaissaient mieux, il y avait trop de déclamation et de libéralisme bête dans le carbonarisme, pour qu'un homme aussi absolu tombât dans des niaiseries qu'il jugeait, avec la ferme judiciaire [4] de son pays. Et de fait, en dehors de ses passions, dont l'extravagance avait été quelquefois sans limites, il avait le sentiment net de la réalité qui distingue les hommes de race normande. Il ne donna jamais dans l'illusion des conspirations. Il avait prédit au général Berton [5] sa destinée. D'un autre côté, les idées démocratiques sur lesquelles les Impérialistes s'appuyèrent sous la Restauration, pour mieux conspirer, lui répugnaient d'instinct. Il était profondément aristocrate. Il ne l'était pas seulement de naissance, de caste,

1. Pipe à eau d'origine persane.
2. Barbey donne ici sa version personnelle de la légende de la salamandre. Il disait de lui-même : « La vie me brûle, mais, comme la salamandre, je vis dans ce feu. »
3. Membre d'une société secrète italienne, républicaine et révolutionnaire.
4. Normandisme (?) : « qui a rapport au jugement », « bon sens ».
5. Général français (1769-1822), affilié aux *carbonari* ; condamné et décapité pour avoir fomenté une insurrection contre les Bourbons en 1822.

de rang social ; il l'était *de nature*, comme il était *lui*, et pas un autre, et comme il l'eût été encore, aurait-il été le dernier cordonnier de sa ville. Il l'était enfin, comme dit Henri Heine[1], « par sa grande manière de sentir », et non point bourgeoisement, à la façon des parvenus qui aiment les distinctions extérieures. Il ne portait pas ses décorations. Son père, le voyant à la veille de devenir colonel, quand s'écroula l'Empire, lui avait constitué un majorat[2] de baron ; mais il n'en prit jamais le titre, et, sur ses cartes et pour tout le monde, il ne fut que « le chevalier de Mesnilgrand ». Les titres, vidés des privilèges politiques dont ils étaient bourrés autrefois, et qui en faisaient de vraies armes de guerre, ne valaient pas plus à ses yeux que des écorces d'orange quand l'orange n'y est plus, et il s'en moquait bien, même devant ceux qui les respectaient. Il en donna la preuve, un jour, dans cette petite ville de ***, entichée de noblesse, où les anciens seigneurs terriens du pays, ruinés et volés par la Révolution, avaient, peut-être pour se consoler, l'inoffensive manie de s'attribuer entre eux des titres de comtes et de marquis, que leurs familles très anciennes, et n'ayant nul besoin de cela pour être très nobles, n'avaient jamais portés. Mesnilgrand, qui trouvait cette usurpation ridicule, prit un moyen hardi pour la faire cesser. Un soir de réunion dans une des maisons les plus aristocratiques de la ville, il dit au domestique : « Annoncez le duc[3] de Mesnilgrand. » Et le domestique, étonné, annonça d'une voix de Stentor : « Monsieur le duc de Mesnilgrand ! » Ce fut un haut-le-corps général. « Ma foi, dit-il, voyant l'effet qu'il avait produit, en tant que tout le monde se donne un titre, j'ai mieux aimé prendre celui-là ! »

---

1. Poète allemand (1799-1856), romantique d'inspiration révolutionnaire.
2. Sous l'Ancien Régime, bien inaliénable attaché à un titre de noblesse et passant à l'héritier du titre. Aboli par la Révolution, ce privilège fut rétabli par Napoléon en 1806.
3. Le titre de noblesse le plus élevé en France, après celui de prince.

On ne souffla mot. Et même quelques-uns de bonne humeur se mirent à rire dans les petits coins ; mais on ne recommença plus. Il y a toujours des Chevaliers [1] errants dans le monde. Ils ne redressent plus les torts avec la lance, mais les ridicules avec la raillerie, et Mesnilgrand était de ces Chevaliers-là.

Il avait le don du sarcasme. Mais ce n'était pas le seul don que le Dieu de la force lui eût fait. Quoique, dans son économie animale, le caractère fût sur le premier plan, comme chez presque tous les hommes d'action, l'esprit, resté en seconde ligne, n'en était pas moins, pour lui et contre les autres, une puissance. Nul doute que si le chevalier de Mesnilgrand avait été un homme heureux, il n'eût été très spirituel ; mais, malheureux, il avait des opinions de désespéré et, quand il était gai, chose rare, une gaieté de désespéré ; et rien ne casse mieux la pensée fixe du malheur le kaléidoscope de l'esprit et ne l'empêche mieux de tourner, en éblouissant. Seulement, ce qu'il avait par-dessus tout, c'était, avec les passions qui fermentaient dans son sein, une extraordinaire éloquence. Le mot qu'on a dit de Mirabeau [2] et qu'on peut dire de tous les orateurs : « Si vous l'eussiez entendu !... » semblait fait spécialement pour lui. Il fallait le voir, à la moindre discussion, sa poitrine de volcan soulevée, passant du pâle à un pâle plus profond, le front labouré de houles de rides — comme la mer dans l'ouragan de sa colère, — les pupilles jaillissant de leur cornée, comme pour frapper ceux à qui il parlait, — deux balles flamboyantes ! Il fallait le voir haletant, palpitant, l'haleine courte, la voix plus pathétique à mesure qu'elle se brisait davantage, l'ironie faisant trembler l'écume sur ses lèvres, longtemps vibrantes après qu'il avait parlé, plus

---

1. Allusion à Don Quichotte.
2. Le comte de Mirabeau (1749-1791), doté d'un tempérament passionné et d'une laideur puissante, fut le plus grand orateur de la Révolution française.

sublime d'épuisement, après ces accès, que Talma[1] dans Oreste[2], plus magnifiquement tué et cependant ne mourant pas, n'étant pas achevé par sa colère, mais la reprenant le lendemain, une heure après, une minute après, phénix de fureur, renaissant toujours de ses cendres !... Et en effet, n'importe à quel moment on touchât à de certaines cordes, immortellement tendues en lui, il s'en échappait des résonances à renverser celui qui aurait eu l'imprudence de les effleurer. « Il est venu passer hier la soirée à la maison, disait une jeune fille à une de ses amies. Ma chère, il y a rugi tout le temps. C'est un démoniaque. On finira par ne plus le recevoir du tout, M. de Mesnilgrand. » Sans ces rugissements de *mauvais ton*, pour lesquels ne sont faits ni les salons, ni les âmes qui les habitent, peut-être aurait-il intéressé les jeunes filles qui en parlaient avec cette moqueuse sévérité. Lord Byron commençait à devenir fort à la mode dans ce temps-là, et quand Mesnilgrand était silencieux et contenu, il y avait en lui quelque chose des héros de Byron. Ce n'était pas la beauté régulière que les jeunes personnes à âme froide recherchent. Il était rudement laid ; mais son visage pâle et ravagé, sous ses cheveux châtains restés très jeunes, son front ridé prématurément, comme celui de Lara ou du Corsaire[3], son nez épaté de léopard, ses yeux glauques, légèrement bordés d'un filet de sang comme ceux des chevaux de race très ardents, avaient une expression devant laquelle les plus moqueuses de la ville de *** se sentaient troublées. Quant il était là, les plus ricaneuses ne ricanaient plus. Grand, fort, bien tourné, quoiqu'il se voûtât un peu du haut du corps, comme si la vie qu'il portait eût été une armure trop lourde, le chevalier de Mesnilgrand avait, sous son costume

---

1. Célèbre tragédien français, sous l'Empire.
2. Ce héros de la légende grecque est un personnage de Racine dans *Andromaque* (disponible dans la même collection, n° 6094).
3. Héros de Byron (cf. p. 103, n. 1), dans des poèmes qui portent leurs noms. Personnages romantiques, mystérieux et misanthropes.

moderne, l'air perdu qu'on retrouve dans certains
majestueux portraits de famille. « C'est un portrait qui
marche », disait encore une jeune fille qui le voyait
entrer dans un salon pour la première fois. D'ailleurs,
Mesnilgrand couronnait tous ces avantages par un
avantage supérieur à tous les autres, aux yeux de ces
fillettes : il était toujours divinement mis. Était-ce là
une dernière coquetterie de sa vie d'*homme à femmes*,
à ce désespéré, et qui survivait à cette vie finie, enterrée, comme le soleil couché envoie un dernier rayon rose
au flanc des nuages derrière lesquels il a sombré ?...
Était-ce un reste du luxe satrapesque, *étalé autrefois*
par cet officier de Chamboran qui avait fait payer au
vieil avare, son père, quand son régiment fut licencié,
vingt mille francs seulement de peaux de tigre pour ses
chabraques [1] et ses bottes rouges ? Mais, le fait est
qu'aucun jeune homme de Paris ou de Londres ne l'eût
emporté par l'élégance sur ce misanthrope, qui n'était
plus du monde, et qui, pendant les trois mois de son
séjour à ***, ne faisait que quelques visites, et puis
après n'en faisait plus.

Il y vivait, comme à Paris, livré à sa peinture jusqu'à
la nuit. Il se promenait peu dans cette ville propre et
charmante, à l'aspect rêveur, bâtie pour des rêveurs,
cette ville de poètes, où il n'y en avait peut-être pas un.
Quelquefois, il y passait dans quelques rues, et le bou-
tiquier disait à l'étranger qui remarquait sa hautaine
tournure : « C'est le commandant Mesnilgrand »,
comme si le commandant Mesnilgrand devait être
connu de toute la terre ! Qui l'avait vu une fois ne
l'oubliait plus. Il imposait, comme tous les hommes qui
ne demandent plus rien à la vie ; car qui ne demande
rien à la vie est plus haut qu'elle, et c'est elle alors qui
fait des bassesses avec nous. Il n'allait point au café
avec les autres officiers que la Restauration avait rayés
de ses cadres de service, et auxquels il ne manquait

---

1. Pièce de drap (ou de fourrure) placée sous la selle des hussards.

jamais de donner une poignée de main, quand il les rencontrait. Les cafés de province répugnaient à son aristocratie. C'était pour lui affaire de goût que de ne pas
entrer là. Cela ne scandalisait personne. Les camarades
étaient toujours sûrs de le rencontrer chez son père,
devenu, pendant son séjour, magnifique, d'avare qu'il
était pendant son absence, et qui leur donnait des festins appelés par eux des Balthazars [1], quoiqu'ils n'eussent jamais lu la Bible.

Il y assistait en face de son fils, et quoiqu'il fût vieux
et semblât-il, par la tenue, un personnage de comédie,
on voyait que le père avait dû être, dans le temps, digne
de procréer cette géniture dont il avait l'orgueil...
C'était un grand vieillard très sec, droit comme un mât
de vaisseau, qui tenait altièrement tête à la vieillesse.
Toujours vêtu d'une longue redingote de couleur sombre, qui le faisait paraître encore plus grand qu'il
n'était, il avait extérieurement l'austérité du penseur
ou d'un homme pour lequel le monde n'avait ni pom-
pes, ni œuvres. Il portait, sans le quitter jamais, depuis
des années, un bonnet de coton avec un large serre-tête
lilas ; mais nul plaisant n'aurait songé à rire de ce bonnet de coton, la coiffure traditionnelle du *Malade imaginaire*. Le vieux M. de Mesnilgrand ne prêtait pas plus
à la comédie qu'à personne. Il aurait coupé le rire sur
les lèvres joyeuses de Regnard [2], et rendu plus pensif
le regard pensif de Molière. Quelle qu'eût été la jeunesse
de ce Géronte ou de cet Harpagon presque majestueux,
cela remontait trop loin pour qu'on s'en souvînt. Il
avait donné (disait-on) du côté de la Révolution,
quoiqu'il fût le parent de Vicq-d'Azir, le médecin de

---

1. Repas somptueux, par référence au « festin de Balthasar » dans
la Bible (*Daniel*, V). Balthasar, dernier roi de Babylone, au cours
d'une orgie impie, vit une main mystérieuse inscrire sur le mur les
trois mots *(mané, thécel, pharès)* qui annonçaient sa mort et la ruine
de son empire.
2. Poète comique français (1655-1709). Géronte est le héros de
son *Légataire universel* (1707).

Marie-Antoinette, mais ce n'avait pas été long. L'homme
du fait (les Normands appellent leur bien *leur fait* ;
expression profonde !), le possesseur, le terrien, avaient
en lui promptement redressé l'homme d'idée. Seulement, de la Révolution, il était sorti athée politique,
comme il y était entré athée religieux, et ces deux athéis-
mes combinés en avaient fait un négateur carabiné, qui
aurait effrayé Voltaire. Il parlait peu, du reste, de ses
opinions, excepté dans ces dîners d'hommes qu'il donnait pour fêter son fils, où, se trouvant en famille
d'idées, il laissait échapper des lueurs d'opinion qui
auraient justifié ce qu'on disait de lui par la ville. Pour
les gens religieux et les nobles dont elle était pleine,
c'était, en effet, un vieux réprouvé qu'il était impossible de voir et qui s'était fait justice, en n'allant chez
personne… Sa vie était très simple. Il ne sortait jamais.
Les limites de son jardin et de sa cour étaient pour lui
le bout du monde. Assis, l'hiver, sous le grand man-
teau de la cheminée de sa cuisine, où il avait fait rouler un vaste fauteuil rouge brun de velours d'Utrecht,
à larges oreilles, silencieux devant les domestiques qu'il
gênait de sa présence, car devant lui ils n'osaient pas
parler haut, et ils s'entretenaient à voix basse, comme
dans une église ; l'été, il les délivrait de sa présence,
et il se tenait dans sa salle à manger, qui était fraîche,
lisant les journaux ou quelques bouquins d'une
ancienne bibliothèque de moines, achetés par lui à la
criée, ou classant des quittances devant un petit secrétaire d'érable, à coins cuivrés, qu'il avait fait descendre là, pour ne pas être obligé de monter un étage,
quand ses fermiers venaient, et quoique ce ne fût pas
là un meuble de salle à manger. S'il se passait autre
chose que des calculs d'intérêts dans sa cervelle, c'est
ce que personne ne savait. Sa face, à nez court, un peu
écrasée, blanche comme la céruse et trouée de petite
vérole, ne laissait rien filtrer de ses pensées, aussi énig-
matiques que celles d'un chat, qui fait ronron au coin
du feu. La petite vérole, qui l'avait criblé, lui avait rougi
les yeux et retourné les cils en dedans, qu'il était obligé

de couper ; et cette horrible opération, qu'il fallait répéter souvent, lui avait rendu la vue clignotante, si bien que, quand il vous parlait, il était obligé de mettre la main sur ses sourcils comme un garde-vue, pour s'assurer le regard, en se renversant un peu en arrière, ce qui lui donnait tout à la fois un grand air d'impertinence et de fierté. On n'eût certainement, avec aucun lorgnon, obtenu un effet d'impertinence supérieur à celui qu'obtenait le vieux M. de Mesnilgrand avec sa main tremblante, posée de champ sur ses sourcils pour vous ajuster et vous voir mieux, quand il vous interpellait... Sa voix était celle d'un homme qui avait toujours eu le droit du commandement sur les autres, une voix de tête plus que de poitrine, comme celle d'un homme qui a lui-même plus de tête que de cœur ; mais il ne s'en servait pas beaucoup. On aurait dit qu'il en était aussi avare que de ses écus. Il l'économisait, non pas comme le centenaire Fontenelle [1] économisait la sienne, quand il interrompait sa phrase, lorsqu'il passait une voiture, pour la reprendre après que le roulement de la voiture avait cessé. Le vieux M. de Mesnilgrand n'était pas, comme le vieux Fontenelle, un bonhomme de porcelaine fêlée, perpétuellement occupé à surveiller ses fêlures. C'était, lui, un antique dolmen, de granit pour la solidité, et s'il parlait peu, c'est que les dolmens parlent peu, comme les jardins de La Fontaine [2]. Quand cela lui arrivait, du reste, c'était d'une briève façon, à la Tacite [3]. En conversation, il gravait le mot. Il avait le style lapidaire, — et même lapidant, car il était né caustique, et les pierres qu'il jetait dans le jardin des autres atteignaient toujours quelqu'un. Autrefois, comme beaucoup de pères, il avait poussé des cris de cormoran contre les dépenses et les folies de son fils ;

1. Philosophe français du XVIIIe siècle qui mourut effectivement centenaire (1657-1757).
2. Allusion à la fable de La Fontaine, « L'Ours et l'amateur des jardins » (livre VIII, 10).
3. Historien latin (55-120) au style concis et condensé.

mais depuis que Mesnil — ainsi qu'il disait par abréviation familière — était resté pris comme un Titan [1] sous la montagne renversée de l'Empire, il avait pour lui le respect d'un homme qui a pesé la vie dans tous les trébuchets [2] du mépris et qui trouvait que rien n'est plus beau, après tout, que la force humaine écrasée par la stupidité du destin !

Et il le lui témoignait à sa manière, et cette manière était expressive. Quand son fils parlait devant lui, il y avait de l'attention passionnée sur cette froide face blafarde, qui semblait une lune dessinée au crayon blanc sur papier gris, et dont les yeux, rougis par la petite vérole, eussent été passés à la sanguine. D'ailleurs, la meilleure preuve qu'il pût donner du cas qu'il faisait de son fils Mesnil, c'était, pendant le séjour chez lui de ce fils, le complet oubli de son avarice, de cette passion qui lâche le moins, de sa poigne froide, l'homme qu'elle a pris. C'étaient ces fameux dîners qui empêchaient M. Deltocq de dormir et qui agitaient les lauriers... de ses jambons, au-dessus de sa tête. C'étaient ces dîners comme le Diable peut seul en tripoter pour ses favoris... Et de fait, les convives de ces dîners-là n'étaient-ils pas les très grands favoris du Diable ?... « Tout ce que la ville et l'arrondissement ont de gueux et de scélérats se trouve là, marmottaient les royalistes et les dévots, qui avaient encore les passions de 1815. Il doit s'y dire furieusement d'infamies — et peut-être s'y en faire », ajoutaient-ils. Les domestiques, qu'on ne renvoyait pas au dessert, comme aux soupers du baron d'Holbach [3], colportaient en effet des bruits abominables par la ville sur ce qu'on disait en ces ripailles ; et la chose même devint si forte dans l'opi-

1. Divinités primitives de la mythologie grecque, les Titans disputèrent aux dieux olympiens la souveraineté du monde. Vaincus, ils furent foudroyés par Zeus et précipités au fond des Enfers.
2. Petite balance pour peser les monnaies.
3. Philosophe français (1723-1789), matérialiste et athée. Les soupers fins où il conviait philosophes et encyclopédistes étaient célèbres à Paris.

nion que la cuisinière du vieux M. de Mesnilgrand fut
circonvenue par ses amies et menacée de ceci : que, pendant la visite du fils Mesnilgrand à son père, M. le curé
ne la laisserait plus approcher des Sacrements. On
éprouvait alors, dans la ville de ***, pour ces agapes
si tympanisées de la place Thurin, une horreur presque égale à l'horreur que les chrétiens, au Moyen Âge,
ressentaient pour ces repas des Juifs, dans lesquels ils
profanaient des hosties et égorgeaient des enfants. Il
est vrai que cette horreur était un peu tempérée par les
convoitises d'une sensualité très éveillée, et par tous les
récits qui faisaient venir l'eau à la bouche des gour-
mands de la ville, quand on parlait devant eux des
dîners du vieux M. de Mesnilgrand. En province et dans
une petite ville, tout se sait. La halle y est mieux que
la maison de verre du Romain : elle y est une maison
sans murs. On savait, à un perdreau ou à une bécas-
sine près, *ce qu'il y aurait* ou ce *qu'il y avait eu* à chaque
dîner hebdomadaire de la place Thurin. Ces repas, qui
avaient ordinairement lieu tous les vendredis, raflaient
le meilleur poisson et le meilleur coquillage à la halle,
car on y faisait impudemment *chère de commissaire*[1],
en ces festins affreux et malheureusement exquis. On
y mariait fastueusement le poisson à la viande, pour
que la loi de l'abstinence et de la mortification, prescrite par l'Église, fût mieux transgressée... Et cette idée-
là était bien l'idée du vieux M. de Mesnilgrand et de
ses satanés convives ! Cela leur assaisonnait leur dîner
de faire gras les jours maigres, et, par-dessus leur gras,
de faire un maigre délicieux. Un vrai maigre de cardinal ! Ils ressemblaient à cette Napolitaine qui disait que
son sorbet était bon, mais qui l'aurait trouvé meilleur
s'il avait été un péché. Et que dis-je ? un péché ! Il
aurait fallu qu'il en fût plusieurs pour ces impies, car
tous, tant qu'ils étaient, qui venaient s'asseoir à cette

---

1. Expression familière, désignant un repas où l'on mêle le gras
et le maigre.

table maudite, c'étaient des impies, — des impies de haute graisse et de crête écarlate, de mortels ennemis du prêtre, dans lequel ils voyaient toute l'Église, des athées, — absolus et furieux, — comme on l'était à cette époque ; l'athéisme d'alors étant un athéisme très particulier. C'était, en effet, celui d'une période d'hommes d'action de la plus immense énergie, qui avaient passé par la Révolution et les guerres de l'Empire, et qui s'étaient vautrés dans tous les excès de ces temps terribles. Ce n'était pas du tout l'athéisme du XVIIIe siècle, dont il était pourtant sorti. L'athéisme du XVIIIe siècle avait des prétentions à la vérité et à la pensée. Il était raisonneur, sophiste, déclamatoire, surtout impertinent. Mais il n'avait pas les insolences des soudards de l'Empire et des régicides apostats de 93 [1]. Nous qui sommes venus après ces gens-là, nous avons aussi notre athéisme, absolu, concentré, savant, glacé, haïsseur, haïsseur implacable ! ayant pour tout ce qui est religieux la haine de l'insecte pour la poutre qu'il perce. Mais, lui, non plus que l'autre, cet athéisme-là, ne peut donner l'idée de l'athéisme forcené des hommes du commencement du siècle, qui, élevés comme des chiens par les voltairiens, leurs pères, avaient, depuis qu'ils étaient hommes, mis leurs mains jusqu'à l'épaule dans toutes les horreurs de la politique et de la guerre et de leurs doubles corruptions. Après trois ou quatre heures de buveries et de mangeries blasphématoires, la salle à manger hurlante du vieux M. de Mesnilgrand avait de bien autres vibrations et une bien autre physionomie que ce piètre cabinet de restaurant, où quelques mandarins chinois de la littérature ont fait dernièrement leur petite orgie [2] à cinq francs par tête, contre Dieu. C'étaient ici de tout autres bombances !

---

1. Pendant la Révolution, année de la Terreur (cf. Repères historiques, p. 354).
2. Allusion au « dîner du Vendredi saint » offert le 10 avril 1868 par Sainte-Beuve à Taine, Renan et autres athées, dîner jugé par Barbey d'une impiété sans grandeur.

Et comme elles ne recommenceront probablement jamais, du moins dans les mêmes termes, il est intéressant et nécessaire, pour l'histoire des mœurs, de les rappeler.

Ceux qui les faisaient, ces bombances sacrilèges, sont morts et bien morts ; mais à cette époque ils vivaient, et même c'est l'époque où ils vivaient le plus, car la vie est plus forte, quand ce ne sont pas les facultés qui baissent, mais les malheurs qui ont grandi. Tous ces amis de Mesnilgrand, tous ces commensaux de la maison de son père, avaient la même plénitude de forces actives qu'ils eussent jamais eues, et ils en avaient davantage, puisqu'ils les avaient exercées, puisqu'ils avaient bu à la bonde du tonneau de tous les excès du désir et de la jouissance, sans avoir été foudroyés par ces spiritueux renversants ; mais ils ne tenaient plus entre leurs dents et leurs mains crispées la bonde du tonneau qu'ils avaient mordue, — comme Cynégire[1] son vaisseau, pour le retenir. Les circonstances leur avaient arraché des dents cette mamelle qu'ils avaient tétée, sans l'épuiser, et ils n'en avaient que plus soif, de l'avoir tétée ! C'était, pour eux aussi, comme pour Mesnilgrand, l'*heure de l'enragement*. Ils n'avaient pas la hauteur de l'âme de Mesnil, de ce Roland le Furieux dont l'Arioste[2], s'il avait eu un Arioste, aurait dû ressembler de génie tragique à Shakespeare. Mais à leur niveau d'âme, à leur étage de passion et d'intelligence, ils avaient, comme lui, leur vie finie avant la mort, — qui n'est pas la fin de la vie, et qui souvent vient bien longtemps avant sa fin. C'étaient des désarmés avec la force de porter des armes. Ils n'étaient pas, tous ces officiers, que des licenciés de l'armée de la Loire ; c'étaient les licenciés de la vie et de l'Espérance. L'Empire

---

1. Frère du poète grec Eschyle. Selon la légende, combattant à Marathon, il aurait tenté de retenir un vaisseau perse qui s'enfuyait. Les deux mains tranchées, il se serait accroché à sa prise avec les dents.
2. Poète italien (1474-1533) auteur du *Roland furieux* (1516).

perdu, la Révolution écrasée par cette réaction qui n'a pas su la tenir sous son pied, comme saint Michel y tient le dragon, tous ces hommes, rejetés de leurs positions, de leurs emplois, de leurs ambitions, de tous les bénéfices de leur passé, étaient retombés impuissants, défaits, humiliés, dans leur ville natale, où ils étaient revenus « crever misérablement comme des chiens », disaient-ils avec rage. Au Moyen Âge, ils auraient fait des pastoureaux, des routiers, des capitaines d'aventure ; mais on ne choisit pas son temps ; mais, les pieds pris dans les rainures d'une civilisation qui a ses proportions géométriques et ses précisions impérieuses, force leur était de rester tranquilles, de ronger leur frein, d'écumer sur place, de manger et de boire leur sang, et d'en ravaler le dégoût ! Ils avaient bien la ressource des duels ; mais que sont quelques coups de sabre ou de pistolet, quand il leur eût fallu des hémorragies de sang versé, à noyer la terre, pour calmer l'apoplexie de leurs fureurs et de leurs ressentiments ? Vous vous doutez bien, après cela, des *oremus* [1] qu'ils adressaient à Dieu, quand ils en parlaient, car s'ils n'y croyaient pas, d'autres y croyaient : leurs ennemis ! et c'était assez pour maugréer, blasphémer et canonner dans leurs discours tout ce qu'il y a de saint et de sacré parmi les hommes. Mesnilgrand disait d'eux un soir, en les regardant autour de la table de son père, et aux lueurs d'un punch gigantesque : « qu'on en monterait un beau corsaire [2] ! » — « Rien n'y manquerait, — ajoutait-il, en guignant deux ou trois défroqués, mêlés à ces soldats sans uniforme, — pas même des aumôniers, si c'était là une fantaisie de corsaires que des aumôniers ! » Mais, après la levée du blocus continental et l'époque folle de paix qui suivit, si ce ne fut pas le corsaire qui manqua, ce fut l'armateur.

1. Latin : « prions ». Familièrement : prière, oraison.
2. Vaisseau armé avec l'autorisation du gouvernement pour faire la chasse (la course) aux navires marchands ennemis.

Eh bien ! ces convives du vendredi, qui scandalisaient hebdomadairement la ville de ***, vinrent, suivant leur usage, dîner à l'hôtel Mesnilgrand le vendredi en suivant le dimanche où Mesnil avait été si brusquement appréhendé dans l'église par un de ses anciens camarades, étonné et furieux de l'y voir. Cet ancien camarade était le capitaine Rançonnet, du 8e dragons, lequel, par parenthèse, arriva un des premiers au dîner de ce jour-là, n'ayant pas revu Mesnilgrand de toute la semaine et n'ayant pu encore digérer sa visite à l'église et la manière dont Mesnil l'avait reçu et planté là, quand il lui avait demandé des explications. Il comptait bien revenir sur cette chose stupéfiante dont il avait été témoin, et qu'il tenait à éclaircir, en présence de tous les conviés du vendredi qu'il régalerait de cette histoire. Le capitaine Rançonnet n'était pas le plus mauvais garçon des *mauvais garçons* de la bande des vendredis. Mais il était l'un des plus fanfarons, et tout à la fois des plus naïfs d'impiété. Quoiqu'il ne fût pas sot, il en était devenu bête. Il avait toujours l'idée de Dieu dans l'esprit, comme une mouche dans le nez. Il était, de la tête aux pieds, un officier du temps, avec tous les défauts et les qualités de ce temps, pétri par la guerre et pour la guerre, et ne croyant qu'à elle, et n'aimant qu'elle ; un de ces dragons qui font sonner leurs gros talons, — comme dit la vieille chanson dragonne. Des vingt-cinq qui dînaient ce jour-là à l'hôtel Mesnilgrand, il était peut-être celui qui aimait le plus Mesnil, quoiqu'il eût perdu le *fil* de *son* Mesnil, depuis qu'il l'avait vu entrer dans une église. Est-il besoin d'en avertir ?... la majorité de ces vingt-cinq convives se composait d'officiers, mais il n'y avait pas à ce dîner que des militaires. Il y avait des médecins, — les plus matérialistes des médecins de la ville, — quelques anciens moines, fuyards de leur abbaye et en rupture de vœux, contemporains du père Mesnilgrand, — deux ou trois prêtres soi-disant mariés, mais en réalité concubinaires, et, brochant sur le tout, un ancien représentant du peuple, qui avait voté la mort du Roi...

Bonnets rouges ou schakos, les uns révolutionnaires à tous crins, les autres bonapartistes effrénés, prêts à se chamailler et à s'arracher les entrailles, mais tous athées, et, sur ce point seul de la négation de Dieu et du mépris de toutes les Églises, de la plus touchante unanimité. Ce sanhédrin [1] de diables à plusieurs espèces de cornes était présidé par ce grand diable en bonnet de coton, le père Mesnilgrand, à la face blême et terrible sous cette coiffure, qui n'avait plus rien de bouffon avec pareille tête *par-dessous*, et qui se tenait droit au milieu de sa table, comme l'Évêque mitré de la messe du Sabbat [2], vis-à-vis de son fils Mesnil, au visage fatigué de lion au repos, mais dont les muscles étaient toujours près de jouer dans son mufle ridé et de lancer des éclairs !...

Quant à lui, disons-le, il se distinguait — impérialement — de tous les autres. Ces officiers, anciens *beaux* de l'Empire, où il y eut tant de *beaux*, avaient, certes ! de la beauté et même de l'élégance ; mais leur beauté était régulière, *tempéramenteuse*, purement ou impurement physique, et leur élégance soldatesque. Quoique en habits bourgeois, ils avaient conservé le raide de l'uniforme, qu'ils avaient porté toute leur vie. Selon une expression de leur vocabulaire, ils étaient un peu trop *ficelés*. Les autres convives, gens de science, comme les médecins, ou revenus de tout, comme ces vieux moines, qui se souciaient bien d'un habit, après avoir porté et foulé aux pieds les ornements sacrés de la splendeur sacerdotale, ressemblaient par le vêtement à d'indignes pleutres... Mais lui, Mesnilgrand, était — eussent dit les femmes — adorablement mis. Comme on était au matin encore, il portait un amour de redingote noire, et il était cravaté (comme on se cravatait alors) d'un foulard blanc, de nuance écrue, semé d'im-

---

1. Chez les Hébreux : tribunal, grand conseil.
2. Au Moyen Âge : assemblée nocturne de sorcières. Ici : messe noire.

perceptibles étoiles d'or brodées à la main. Étant chez lui, il ne s'était pas botté. Son pied nerveux et fin, qui faisait dire : « Mon prince ! » aux pauvres assis aux bornes des rues quand il passait près d'eux, était chaussé de bas de soie à jour et de ces escarpins, très découverts et à talon élevé, qu'affectionnait Chateaubriand, l'homme le plus préoccupé de son pied qu'il y eût alors en Europe, après le grand-duc Constantin [1]. Sa redingote ouverte, coupée par Staub [2], laissait voir un pantalon de prunelle à reflets scabieuse et un simple gilet de casimir [3] noir à châle, sans chaîne d'or ; car, ce jour-là, Mesnilgrand n'avait de bijoux d'aucune sorte, si ce n'est un camée antique d'un grand prix, représentant la tête d'Alexandre, qui fixait sur sa poitrine les plis étendus de sa cravate sans nœud, — presque militaire, — un hausse-col. Rien qu'en le voyant en cette tenue, d'un goût si sûr, on sentait que l'artiste avait passé par le soldat et l'avait transfiguré, et que l'homme de cette mise n'était pas de la même espèce que les autres qui étaient là, quoiqu'il fût *à tu et à toi* avec beaucoup d'entre eux. Le patricien de nature, l'officier né *graine d'épinards* [4], comme ils disaient de lui dans leur langue militaire, se révélait et tranchait bien sur ce vigoureux repoussoir de soldats énergiques, excessivement vaillants, mais vulgaires et inaptes aux commandements supérieurs. Maître de maison, — en seconde ligne, puisque son père faisait les honneurs de sa table, — Mesnilgrand, s'il ne s'élevait pas quelqu'une de ces discussions qui l'enlevaient par les cheveux, comme Persée [5] enleva la tête de la Gorgone, et lui faisaient vomir les flots de sa fougueuse

1. Grand-duc de Russie (1779-1831), fils du tsar Paul Ier.
2. Le plus célèbre des tailleurs parisiens, selon Balzac.
3. Drap léger de laine fine, pour les pantalons et les gilets.
4. Argot militaire : officiers généraux, qui portaient des épaulettes vertes.
5. Héros de la mythologie grecque, vainqueur de la Gorgone Méduse (cf. p. 82, n. 1). Il est souvent représenté brandissant la tête coupée de Méduse.

éloquence, Mesnilgrand parlait peu en ces réunions bruyantes, dont le ton n'était pas complètement le sien et qui, dès les huîtres, montaient à des diapasons de voix, d'aperçus et d'idées si aigus, qu'une note de plus n'était pas possible et que le plafond — ce bouchon de la salle — risqua bien souvent d'en sauter, après tous les autres bouchons.

Ce fut à midi précis qu'on se mit à table, selon la coutume ironique de ces irrévérents moqueurs, qui profitaient des moindres choses pour montrer leur mépris de l'Église. Une idée de ce pieux pays de l'Ouest est de croire que le Pape se met à table à midi, et qu'avant de s'y mettre, il envoie sa bénédiction à tout l'univers chrétien. Eh bien ! cet auguste *Benedicite* [1] paraissait comique à ces libres-penseurs. Aussi, pour s'en gausser, le vieux M. de Mesnilgrand ne manquait jamais, quand le premier coup de midi sonnait au double clocher de la ville, de dire du plus haut de sa voix de tête, avec ce sourire voltairien qui fendait parfois en deux son immobile face lunaire : « À table, Messieurs ! Des chrétiens comme nous ne doivent pas se priver de la bénédiction du Pape ! » Et ce mot, ou l'équivalent, était comme un tremplin tendu aux impiétés qui allaient y bondir, à travers toutes les conversations échevelées d'un dîner d'hommes, et d'hommes comme eux. En thèse générale, on peut dire que tous les dîners d'hommes où ne préside pas l'harmonieux génie d'une maîtresse de maison, où ne plane pas l'influence apaisante d'une femme qui jette sa grâce, comme un caducée [2], entre les grosses vanités, les prétentions criantes, les colères sanguines et bêtes, même chez les gens d'esprit, des hommes attablés entre eux, sont presque toujours

---

1. Latin : « Bénissez » ; premier mot de la prière précédant les repas.
2. Attribut du dieu Mercure qui, selon la légende, se servit un jour de sa baguette pour séparer deux serpents qui se battaient. Le caducée, avec ses ailes et ses deux serpents enlacés, est l'emblème de la concorde.

d'effroyables mêlées de personnalités, prêtes à finir toutes comme le festin des Lapithes [1] et des Centaures, où il n'y avait peut-être pas de femmes non plus. En ces sortes de repas découronnés de femmes, les hommes les plus polis et les mieux élevés perdent de leur charme de politesse et de leur distinction naturelle ; et quoi d'étonnant ?... Ils n'ont plus la galerie à laquelle ils veulent plaire, et ils contractent immédiatement quelque chose de sans-gêne, qui devient grossier au moindre attouchement, au moindre choc des esprits les uns par les autres. L'égoïsme, l'*inexilable* égoïsme, que l'art du monde est de voiler sous des formes aimables, met bientôt les coudes sur la table, en attendant qu'il vous les mette dans les côtes. Or, s'il en est ainsi pour les plus athéniens des hommes, que devait-il en être pour les convives de l'hôtel Mesnilgrand, pour ces espèces de belluaires et de gladiateurs, ces gens de clubs jacobins et de bivouacs militaires, qui se croyaient toujours un peu au bivouac ou au club, et parfois encore en pire lieu ?... Difficilement peut-on s'imaginer, quand on ne les a pas entendues, les conversations à bâtons rompus et à vitres et à verres cassés de ces hommes, grands mangeurs, grands buveurs, bourrés de victuailles échauffantes, incendiés de vins capiteux, et qui, avant le troisième service, avaient lâché la bride à tous les propos et fait feu des quatre pieds dans leurs assiettes. Ce n'étaient pas toujours des impiétés, du reste, qui étaient le fond de ces conversations, mais c'en étaient les fleurs ; et on peut dire qu'il y en avait dans tous les vases !... Songez donc ! c'était le temps où Paul-Louis Courier [2], qui aurait très bien figuré à ces dîners-là, écrivait cette phrase pour fouetter le sang à la France :

---

1. Peuple légendaire de Thessalie qui combattit les Centaures (cf. p. 125, n. 3).
2. Barbey cite de mémoire le pamphlétaire Paul-Louis Courier (1772-1825), hostile à l'ordre moral de la Restauration : « Serons-nous capucins, ne le serons-nous pas ? Voilà aujourd'hui la question. »

« La question est maintenant de savoir si nous serons capucins ou laquais. » Mais ce n'était pas tout. Après la politique, la haine des Bourbons, le spectre noir de la Congrégation [1], les regrets du passé pour ces vaincus, toutes ces avalanches qui roulaient en bouillonnant d'un bout à l'autre de cette table fumante, il y avait d'autres sujets de conversation, à tempêtes et à tintamarres. Par exemple, il y avait les femmes. La femme est l'éternel sujet de conversation des hommes entre eux, surtout en France, le pays le plus fat de la terre. Il y avait les femmes en général et les femmes en particulier, — les femmes de l'univers et celle de la porte à côté, — les femmes des pays que beaucoup de ces soldats avaient parcourus, en faisant les beaux dans leurs grands uniformes victorieux, et celles de la ville, chez lesquelles ils n'allaient peut-être pas, et qu'ils nommaient insolemment par nom et prénom, comme s'ils les avaient intimement connues, sur le compte de qui, parbleu ! ils ne se gênaient pas, et dont, au dessert, ils pelaient en riant la réputation, comme ils pelaient une pêche, pour, après, en casser le noyau. Tous prenaient part à ces bombardements de femmes, même les plus vieux, les plus coriaces, les plus dégoûtés de la femelle, ainsi qu'ils disaient cyniquement, car les hommes peuvent renoncer à l'amour malpropre, mais jamais à l'amour-propre de la femme, et, fût-ce sur le bord de leur fosse ouverte, ils sont toujours prêts à tremper leurs museaux dans ces galimafrées [2] de fatuité !

Et ils les y trempèrent, ce jour-là, jusqu'aux oreilles, à ce dîner qui fut, comme déchaînement de langues, le plus corsé de tous ceux que le vieux M. de Mesnilgrand eût donnés. Dans cette salle à manger, présentement muette, mais dont les murs nous en diraient de si belles s'ils pouvaient parler, puisqu'ils auraient ce que je n'ai pas, moi, l'impassibilité des murs, l'heure

1. Association religieuse (fondée par l'ordre des Jésuites en 1560) qui joua un grand rôle politique sous la Restauration.
2. Viandes en ragoût. Mets de médiocre qualité.

des vanteries qui arrive si vite dans les dîners d'hommes, d'abord décente, — puis indécente bientôt, — puis déboutonnée, — enfin chemise levée et sans vergogne, amena les anecdotes, et chacun raconta la sienne… Ce fut comme une confession de démons ! Tous ces insolents railleurs, qui n'auraient pas eu assez de brocards pour la confession d'un pauvre moine, dite à haute voix, aux pieds de son supérieur, en présence des frères de son Ordre, firent absolument la même chose, non pour s'humilier, comme le moine, mais pour s'enorgueillir et se vanter de l'abomination de leur vie, — et tous, plus ou moins, crachèrent en haut leur âme contre Dieu, leur âme qui, à mesure qu'ils la crachèrent, leur retomba sur la figure.

Or, au milieu de ce débordement de forfanteries de toute espèce, il y en eut une qui parut… est-ce *plus piquante* qu'il faut dire ? Non, *plus piquante* ne serait pas un mot assez fort, mais plus poivrée, plus épicée, plus digne du palais de feu de ces frénétiques qui, en fait d'histoires, eussent avalé du vitriol. Celui qui la raconta, de tous ces diables, était le plus froid cependant… Il l'était comme le derrière de Satan, car le derrière de Satan, malgré l'enfer qui le réchauffe, est très froid, — disent les sorcières qui le baisent à la messe noire du Sabbat. C'était un certain et ci-devant abbé Reniant, — un nom fatidique ! — lequel, dans cette société à l'envers de la Révolution, qui défaisait tout, s'était fait, de son chef, de prêtre sans foi, médecin sans science, et qui pratiquait clandestinement un empirisme suspect et, qui sait ? peut-être meurtrier. Avec les hommes instruits, il ne convenait pas de son industrie. Mais, il avait persuadé aux gens des basses classes de la ville et des environs qu'il en savait plus long que tous les médecins à brevets et à diplômes… On disait mystérieusement qu'il avait des secrets pour guérir. Des *secrets* ! ce grand mot qui répond à tout parce qu'il ne répond à rien, le cheval de bataille de tous les empiriques, qui sont maintenant tout ce qui reste des sorciers, si puissants jadis sur l'imagination populaire. Ce ci-devant

abbé Reniant — « car, disait-il avec colère, ce diable
de titre d'abbé était comme une teigne sur son nom que
toutes les calottes de *brai* n'auraient pu jamais en arracher ! » — ne se livrait point par amour du gain à ces
fabrications cachées de remèdes, qui pouvaient être des
empoisonnements : il avait de quoi vivre. Mais il obéis-
sait au démon dangereux des expériences, qui commence par traiter la vie humaine comme une matière
à expérimentations. et qui finit par faire des Sainte-
Croix et des Brinvilliers [1] ! Ne voulant pas avoir
affaire avec les médecins patentés, comme il les appelait d'un ton de mépris, il était le propre apothicaire
de ses drogues, et il vendait ou donnait des breuvages,
— car bien souvent il les donnait, — à condition pourtant qu'on lui en rapportât les bouteilles. Ce coquin,
qui n'était pas un sot, savait intéresser les passions de
ses malades à sa médecine. Il donnait du vin blanc, mêlé
à je ne sais quelles herbailles, aux hydropiques par ivrognerie, et aux filles *embarrassées*, disaient les paysans
en clignant de l'œil, des tisanes qui *tout de même faisaient fondre leurs embarras*. C'était un homme de
taille moyenne, de mine frigide et discrète, vêtu dans
le genre du vieux M. de Mesnilgrand (mais en bleu),
portant, autour d'une figure de la couleur du lin qui
n'a pas été blanchi, des cheveux en rond (la seule chose
qu'il eût gardée du prêtre) d'une odieuse nuance filasse,
et droits comme des chandelles ; peu parleur, et com-
pendieux [2] quand il se mettait à parler. Froid et pro-
pret comme la crémaillère d'une cheminée hollandaise,
en ces dîners où l'on disait tout et où il sirotait mièvre-
ment son vin dans son angle de table quand les autres
lampaient le leur, et plaisait peu à ces bouillants, qui
le comparaient à du vin tourné de Sainte-Nitouche, un
vignoble de leur invention. Mais cet air-là ne donna que

1. La marquise de Brinvilliers (1630-1670) et son amant Sainte-
Croix : empoisonneurs qui sévissaient à la Cour (cf. l'affaire dite
des poisons).
2. Abrégé, dit en peu de mots. Ici : qui parle peu et brièvement.

plus de ragoût à son histoire, quand il dit modestement que, pour lui, ce qu'il avait fait de mieux contre *l'infâme* de M. de Voltaire[1], ç'avait été un jour — dame ! on fait ce qu'on peut ! — de donner un paquet d'hosties à des cochons !

À ce mot-là, il y eut un tonnerre d'interjections triomphantes. Mais le vieux M. de Mesnilgrand le coupa de sa voix incisive et grêle :

— C'est sans doute, — dit-il, — la dernière fois, l'abbé, que vous avez donné la communion ?

Et le pince-sans-rire mit sa main blanche et sèche au-dessus de ses yeux, pour voir le Reniant, posé maigrement derrière son verre entre les deux larges poitrines de ses deux voisins, le capitaine Rançonnet, empourpré et flambant comme une torche, et le capitaine au 6e cuirassiers, Travers de Mautravers, qui ressemblait à un caisson.

— Il y avait déjà longtemps que je ne la donnais plus, — reprit le ci-devant prêtre, — et que j'avais jeté ma souquenille aux orties du chemin. C'était en pleine révolution, le temps où vous étiez ici, citoyen Le Carpentier, en tournée de représentant du peuple. Vous vous rappelez bien une jeune fille d'Hémevès que vous fîtes mettre à la maison d'arrêt ? une enragée ! une épileptique !

— Tiens ! — dit Mautravers, — il y a une femme mêlée aux hosties ! L'avez-vous aussi donnée aux cochons ?

— Tu te crois spirituel, Mautravers ? — fit Rançonnet. — Mais n'interromps donc pas l'abbé. L'abbé, finissez-nous l'histoire.

— Ah ! l'histoire, — reprit Reniant, — sera bientôt contée. Je disais donc, monsieur Le Carpentier, cette fille d'Hémevès, vous en souvenez-vous ? On l'appelait la Tesson... Joséphine Tesson, si j'ai bonne mémoire,

---

1. « Écrasons l'infâme » (la superstition, l'intolérance, le fanatisme) était la devise de Voltaire.

une grosse maflée, — une espèce de Marie Alacoque[1] pour le tempérament sanguin, — l'âme damnée des chouans et des prêtres, qui lui avaient allumé le sang, qui l'avaient fanatisée et rendue folle... Elle passait sa vie à les cacher, les prêtres... Quand il s'agissait d'en sauver un, elle eût bravé trente guillotines. Ah ! les ministres du Seigneur ! comme elle les nommait, elle les cachait chez elle, et partout. Elle les eût cachés sous son lit, dans son lit, sous ses jupes, et, s'ils avaient pu y tenir, elle les aurait tous fourrés et tassés, le Diable m'emporte ! là où elle avait mis leur boîte à hosties — entre ses tétons !

— Mille bombes ! — fit Rançonnet, exalté.

— Non, pas mille, mais deux seulement, monsieur Rançonnet, — dit, en riant de son calembour, le vieux apostat libertin ; — mais elles étaient de fier calibre !

Le calembour trouva de l'écho. Ce fut une risée.

— Singulier ciboire qu'une gorge de femme ! — fit le docteur Bleny, rêveur.

— Ah ! le ciboire de la nécessité ! — reprit Reniant, à qui le flegme était déjà revenu. Tous ces prêtres qu'elle cachait, persécutés, poursuivis, traqués, sans église, sans sanctuaire, sans asile quelconque, lui avaient donné à garder leur Saint-Sacrement, et ils l'avaient campé dans sa poitrine, croyant qu'on ne viendrait jamais le chercher là !... Oh ! ils avaient une fameuse foi en elle. Ils la disaient une sainte. Ils lui faisaient croire qu'elle en était une. Ils lui montaient la tête et lui donnaient soif du martyre. Elle, intrépide, ardente, allait et venait, et vivait hardiment avec sa boîte à hosties sous sa bavette. Elle la portait de nuit, par tous les temps, la pluie, le vent, la neige, le brouillard, à travers des chemins de perdition, aux prêtres cachés qui faisaient communier les mourants, en *catimini*... Un soir, nous l'y surprîmes, dans une ferme où mourait un chouan, moi et quelques bons garçons des

_____
1. Religieuse mystique française (1647-1690).

Colonnes Infernales de Rossignol [1]. Il y en eut un qui, tenté par ses maîtres avant-postes de chair vive, voulut prendre des libertés avec elle ; mais il n'en fut pas le bon marchand, car elle lui imprima ses dix griffes sur la figure, à une telle profondeur qu'il a dû en rester marqué pour toute sa vie ! Seulement, tout en sang qu'elle le mît, le mâtin ne lâcha pas ce qu'il tenait, et il arracha la boîte à bons dieux qu'il avait trouvée dans sa gorge ; et j'y comptai bien une douzaine d'hosties que, malgré ses cris et ses ruées, car elle se rua sur nous comme une furie, je fis jeter immédiatement dans l'auge aux cochons.

Et il s'arrêta faisant jabot, pour une si belle chose, comme un pou sur une tumeur qui se donnerait des airs.

— Vous avez donc vengé messieurs les porcs de l'Évangile, dans le corps desquels Jésus-Christ fit entrer des démons, — dit le vieux M. de Mesnilgrand de sa sarcastique voix de tête. — Vous avez mis le bon Dieu dans ceux-ci à la place du Diable : c'est un prêté pour un rendu.

— Et il en eurent-ils une indigestion, monsieur Reniant, ou bien les amateurs qui en mangèrent, — demanda profondément un hideux petit bourgeois nommé Le Hay, usurier à cinquante pour cent de son état, et qui avait l'habitude de dire qu'*en tout il faut considérer la fin*.

Il y eut comme un temps d'arrêt dans ce flot d'impiétés grossières.

— Mais toi, tu ne dis rien, Mesnil, de l'histoire de l'abbé Reniant ? — fit le capitaine Rançonnet, qui guettait l'occasion d'accrocher n'importe à quoi son histoire de la visite de Mesnilgrand à l'église.

Mesnil ne disait rien, en effet. Il était accoudé, la joue dans sa main, sur le bord de la table, écoutant sans horripilation, mais sans goût, toutes ces horreurs,

---

1. Général français qui se distingua par sa férocité dans la répression de l'insurrection vendéenne (cf. Repères historiques, p. 354).

débitées par des endurcis, et sur lesquelles il était blasé et bronzé... Il en avait tant entendu toute sa vie dans les milieux qu'il avait traversés ! Les milieux, pour l'homme, c'est presque une destinée. Au Moyen Âge, le chevalier de Mesnilgrand aurait été un croisé brûlant de foi. Au XIXᵉ siècle, c'était un soldat de Bonaparte, à qui son incrédule de père n'avait jamais parlé de Dieu, et qui, particulièrement en Espagne, avait vécu dans les rangs d'une armée qui se permettait tout, et qui commettait autant de sacrilèges qu'à la prise de Rome les soldats du connétable de Bourbon [1]. Heureusement, les milieux ne sont absolument une fatalité que pour les âmes et les génies vulgaires. Pour les personnalités vraiment fortes, il y a quelque chose, ne fût-ce qu'un atome, qui échappe au milieu et résiste à son action toute-puissante. Cet atome dormait invincible dans Mesnilgrand. Ce jour-là, il n'aurait rien dit ; il aurait laissé passer avec l'indifférence du bronze ce torrent de fange impie qui roulait devant lui en bouillonnant, comme un bitume de l'enfer ; mais, interpellé par Rançonnet :

— Que veux-tu que je te dise ? — fit-il, avec une lassitude qui touchait à la mélancolie. — M. Reniant n'a pas fait là une chose si crâne pour que, toi, tu puisses tant l'admirer ! S'il avait cru que c'était Dieu, le Dieu vivant, le Dieu vengeur qu'il jetait aux porcs, au risque de la foudre sur le coup ou de l'enfer, sûrement, pour plus tard, il y aurait eu là du moins de la bravoure, du mépris *de plus que la mort*, puisque Dieu, s'il est, peut éterniser la torture. Il y aurait eu là une crânerie, folle, sans doute, mais enfin une crânerie à tenter un crâne aussi crâne que toi ! Mais la chose n'a pas cette beauté-là, mon cher. M. Reniant ne croyait pas que ces hosties fussent Dieu. Il n'avait pas là-dessus le moindre

---

1. Le connétable de Bourbon (1490-1527), passé au service de l'empereur Charles Quint, leva une armée pour s'emparer de Rome. La ville prise fut livrée pendant deux mois au pillage.

doute. Pour lui, ce n'étaient que des morceaux de *pain à chanter*, consacrés par une superstition imbécile, et pour lui, comme pour toi-même, mon pauvre Rançonnet, vider la boîte aux hosties dans l'auge aux cochons, n'était pas plus héroïque que d'y vider une tabatière ou un cornet de pains à cacheter.

— Eh ! eh ! — fit le vieux M. de Mesnilgrand, se renversant sur le dossier de sa chaise, ajustant son fils sous sa main en visière, comme il l'eût regardé tirer un coup de pistolet bien en ligne, toujours intéressé par ce que disait son fils, même quand il n'en partageait pas l'idée et ici il la partageait. Aussi doubla-t-il son : Eh ! eh !

— Il n'y a donc, ici, mon pauvre Rançonnet, — reprit Mesnil, — disons le mot... qu'une cochonnerie. Mais ce que je trouve beau, moi, et très beau, ce que je me permets d'admirer, Messieurs, quoique je ne croie pas non plus à grand-chose, c'est cette fille Tesson, comme vous l'appelez, monsieur Reniant, qui porte ce qu'elle croit son Dieu sur son cœur ; qui, de ses deux seins de vierge fait un tabernacle à ce Dieu de toute pureté ; et qui respire, et qui vit, et qui traverse tranquillement toutes les vulgarités et tous les dangers de la vie avec cette poitrine intrépide et brûlante, surchargée d'un Dieu, tabernacle et autel à la fois, et autel qui, à chaque minute, pouvait être arrosé de son propre sang !... Toi, Rançonnet, toi, Mautravers, toi, Sélune, et moi aussi, nous avons tous eu l'Empereur sur la poitrine, puisque nous avions sa Légion d'honneur, et cela nous a parfois donné plus de courage au feu de l'y avoir. Mais elle, ce n'est pas l'image de son Dieu qu'elle a sur la sienne ; c'en est, pour elle, la réalité. C'est le Dieu substantiel, qui se touche, qui se donne, qui se mange, et qu'elle porte, au prix de sa vie, à ceux qui ont faim de ce Dieu-là ! Eh bien, ma parole d'honneur ! je trouve cela tout simplement sublime... Je pense de cette fille comme en pensaient les prêtres, qui lui donnaient leur Dieu à porter. Je voudrais savoir ce qu'elle est devenue. Elle est peut-être morte ; peut-être

vit-elle, misérable, dans quelque coin de campagne ;
mais je sais bien que, fussé-je maréchal de France, si
je la rencontrais, cherchât-elle son pain, les pieds nus
dans la fange, je descendrais de cheval et lui ôterais res-
pectueusement mon chapeau, à cette noble fille, comme
si c'était vraiment Dieu qu'elle eût encore sur le cœur !
Henri IV, un jour, ne s'est pas agenouillé dans la boue,
devant le Saint-Sacrement qu'on portait à un pauvre,
avec plus d'émotion que moi je ne m'agenouillerais
devant cette fille-là.

Il n'avait plus la joue sur sa main. Il avait rejeté sa
tête en arrière. Et, pendant qu'il parlait de s'agenouiller, il grandissait, et, comme la fiancée de Corinthe dans
la poésie de Goethe, il semblait, sans s'être levé de sa
chaise, grandi du buste jusqu'au plafond.

— C'est donc la fin du monde ! — dit Mautravers,
en cassant un noyau de pêche avec son poing fermé,
comme avec un marteau. — Des chefs d'escadron de
hussards à genoux, maintenant, devant des dévotes !

— Et encore, — dit Rançonnet, — encore, si c'était
comme l'infanterie devant la cavalerie, pour se relever
et passer sur le ventre à l'ennemi ! Après tout, ce ne
sont pas là de désagréables maîtresses que ces diseuses
d'*oremus*, que toutes ces mangeuses de bon Dieu, qui
se croient damnées à chaque bonheur qu'elles nous donnent et que nous leur faisons partager. Mais, capitaine
Mautravers, il y a pis pour un soldat que de mettre à
mal quelques bigotes : c'est de devenir dévot soi-même,
comme une poule mouillée de pékin [1], quand on a
traîné le bancal !... Pas plus tard que dimanche dernier, où pensez-vous, Messieurs, qu'à la tombée du jour
j'ai surpris le commandant Mesnilgrand, ici présent ?...

Personne ne répondit. On cherchait ; mais, de tous
les points de la table, les yeux convergeaient vers le capitaine Rançonnet.

— Par mon sabre ! — dit Rançonnet, — je l'ai ren-

---

1. Argot militaire : civil, bourgeois.

contré... non pas rencontré, car je respecte trop mes
bottes pour les traîner dans le crottin de leurs chapelles ; mais je l'ai aperçu, de dos, qui se glissait dans
l'église, en se courbant sous la petite porte basse du coin
de la place. Étonné, ébahi. Eh ! sacrebleu ! me suis-je
dit, ai-je la berlue ?... Mais c'est la tournure de Mesnilgrand, ça !... Mais que va-t-il donc faire dans une
église, Mesnilgrand ?... L'idée me regalopa au cerveau
de nos anciennes farces amoureuses avec les satanées
béguines des églises d'Espagne. Tiens ! fis-je, ce n'est
donc pas fini ? Ce sera encore de la vieille influence
de jupon. Seulement, que le Diable m'arrache les yeux
avec ses griffes si je ne vois pas la couleur de celui-ci !
Et j'entrai dans leur boutique à messes... Malheureusement, il y faisait noir comme dans la gueule de l'enfer.
On y marchait et on y trébuchait sur de vieilles femmes à genoux, qui y marmottaient leurs patenôtres.
Impossible de rien distinguer devant soi, lorsque à force
de tâtonner pourtant dans cet infernal mélange d'obscurité et de carcasses de vieilles dévotes en prières, ma
main rattrapa mon Mesnil, qui filait déjà le long de la
contre-allée. Mais, croirez-vous bien qu'il ne voulut
jamais me dire ce qu'il était venu faire dans cette galère
d'église ?... Voilà pourquoi je vous le dénonce
aujourd'hui, Messieurs, pour que vous le forciez à
s'expliquer.

— Allons, parle, Mesnil. Justifie-toi. Réponds à
Rançonnet, — cria-t-on de tous les coins de la salle.

— Me justifier ! — dit Mesnil, gaiement. — Je n'ai
pas à me justifier de faire ce qui me plaît. Vous qui
clabaudez à cœur de journée contre l'Inquisition [1],
est-ce que vous êtes des inquisiteurs en sens inverse, à
présent ? Je suis entré dans l'église, dimanche soir,
parce que cela m'a plu.

— Et pourquoi cela t'a-t-il plu ?... — fit Mautra-

---

1. Tribunal religieux catholique, fondé en 1232, pour la recherche et le châtiment des hérétiques, des juifs et des incroyants.

vers, car si le Diable est logicien, un capitaine de cuirassiers peut bien l'être aussi.

— Ah ! voilà ! — dit Mesnilgrand, en riant. — J'y
allais... qui sait ? peut-être à confesse. J'ai du moins
fait ouvrir la porte d'un confessionnal. Mais tu ne peux
pas dire, Rançonnet, que ma confession ait trop
duré ?...

Ils voyaient bien qu'il se jouait d'eux... Mais il y avait
dans cette jouerie quelque chose de mystérieux qui les
agaçait.

— Ta confession ! mille millions de flammes ! Ton
plongeon serait donc fait ? — dit tristement Rançonnet,
terrassé, qui prenait la chose au tragique. Puis, se reje-
tant devant sa pensée et se renversant comme un cheval cabré : — Mais, non, — cria-t-il, — tonnerre de
tonnerres ! c'est impossible ! Voyez-vous, vous autres,
le chef d'escadron Mesnilgrand à confesse, comme une
vieille bonne femme, à deux genoux sur le strapontin,
le nez au guichet, dans la guérite d'un prêtre ? Voilà
un spectacle qui ne m'entrera jamais dans le crâne !
Trente mille balles plutôt.

— Tu es bien bon ; je te remercie, — fit Mesnilgrand
avec une douceur comique, la douceur d'un agneau.

— Parlons sérieusement, — dit Mautravers, — je
suis comme Rançonnet. Je ne croirai jamais à une capu-
cinade d'un homme de ton calibre, mon brave Mesnil.
Même à l'heure de la mort, les gens comme toi ne font
pas un saut de grenouille effrayée dans un baquet d'eau
bénite.

— À l'heure de la mort, je ne sais pas ce que vous
ferez, Messieurs, — répondit lentement Mesnilgrand ;
— mais quant à moi, avant de partir pour l'autre
monde, je veux faire à tout risque mon porte-manteau.

Et, ce mot d'officier de cavalerie fut si gravement
dit qu'il y eut un silence, comme celui du pistolet qui
tirait, il n'y a qu'une minute, et tapageait, et dont la
détente a cassé.

— Laissons cela, du reste, — continua Mesnilgrand.
— Vous êtes, à ce qu'il paraît, encore plus abrutis que

moi par la guerre et par la vie que nous avons menée tous... Je n'ai rien à dire à l'incrédulité de vos âmes ; mais puisque toi, Rançonnet, tu tiens à toute force à savoir pourquoi ton camarade Mesnilgrand, que tu crois aussi athée que toi, est entré l'autre soir à l'église, je veux bien et je vais te le dire. Il y a une histoire là-dessous... Quand elle sera dite, tu comprendras peut-être, même sans croire à Dieu, qu'il y soit entré.

Il fit une pause, comme pour donner plus de solennité à ce qu'il allait raconter, puis il reprit :

— Tu parlais de l'Espagne, Rançonnet. C'est justement en Espagne que mon histoire s'est passée. Plusieurs d'entre vous y ont fait la guerre fatale [1] qui, dès 1808, commença le désastre de l'Empire et tous nos malheurs. Ceux qui l'ont faite, cette guerre-là, ne l'ont pas oubliée, et toi, par parenthèse, moins que personne, commandant Sélune ! Tu en as le souvenir gravé assez avant sur la figure pour que tu ne puisses pas l'effacer.

Le commandant Sélune, assis auprès du vieux M. de Mesnilgrand, faisait face à Mesnil. C'était un homme d'une forte stature militaire et qui méritait de s'appelait *le Balafré* [2] encore plus que le duc de Guise, car il avait reçu en Espagne, dans une affaire d'avant-poste, un immense coup de sabre courbe, si bien appliqué sur sa figure qu'elle en avait été fendue, nez et tout, en écharpe, de la tempe gauche jusqu'au-dessous de l'oreille droite. À l'état normal, ce n'aurait été qu'une terrible blessure d'un assez noble effet sur le visage d'un soldat ; mais le chirurgien qui avait rapproché les lèvres de cette plaie béante, pressé ou maladroit, les avait mal rejointes, et à la guerre comme à la guerre ! On était en marche, et, pour en finir plus vite, il avait coupé

---

1. La guerre d'Espagne, commencée en 1808 par Napoléon. La résistance des Espagnols (aidés par les Anglais) à l'invasion française rendit cette guerre très meurtrière (cf. les estampes de Goya). (Cf. Repères historiques, p. 355).
2. Henri de Lorraine (1550-1588), blessé à la joue au cours d'un combat, ce qui lui valut le surnom de « Balafré ».

avec des ciseaux le bourrelet de chair qui débordait de deux doigts l'un des côtés de la plaie fermée ; ce qui fit, non pas un sillon dans le visage de Sélune, mais un épouvantable ravin. C'était horrible, mais, après tout, grandiose. Quand le sang montait au visage de Sélune, qui était violent, la blessure rougissait, et c'était comme un large ruban rouge qui lui traversait sa face bronzée. « Tu portes, — lui disait Mesnil au jour de leurs communes ambitions, — ta croix de grand-officier de la Légion d'honneur sur la figure, avant de l'avoir sur la poitrine ; mais sois tranquille, elle y descendra. »

Elle n'y était pas descendue ; l'Empire avait fini avant. Sélune n'était que chevalier.

— Eh bien, Messieurs, — continua Mesnilgrand, — nous avons vu des choses bien atroces en Espagne, n'est-ce pas ? et même nous en avons fait ; mais je ne crois pas avoir vu rien de plus abominable que ce que je vais avoir l'honneur de vous raconter.

— Pour mon compte, — dit nonchalamment Sélune, avec la fatuité d'un vieil endurci qui n'entend pas qu'on l'émeuve de rien, — pour mon compte, j'ai vu un jour quatre-vingts religieuses jetées l'une sur l'autre, à moitié mortes, dans un puits, après avoir été préalablement très bien violées chacune par deux escadrons.

— Brutalité de soldats ! — fit Mesnilgrand froidement ; — mais voici du raffinement d'officier.

Il trempa sa lèvre dans son verre, et son regard cerclant la table et l'étreignant :

— Y a-t-il quelqu'un d'entre vous, Messieurs, — demanda-t-il, — qui ait connu le major Ydow ?

Personne ne répondit, excepté Rançonnet.

— Il y a moi, — dit-il. — Le major Ydow ! si je l'ai connu ! Eh ! parbleu ! il était avec moi au 8e dragons.

— Puisque tu l'as connu, — reprit Mesnilgrand, — tu ne l'as pas connu seul. Il était arrivé au 8e dragons, arboré d'une femme...

— La Rosalba, dite « la Pudica », — fit Rançonnet, sa fameuse... — Et il dit le mot crûment.

— Oui, — repartit Mesnilgrand, pensivement, — car

une pareille femme ne méritait pas le nom de maîtresse, même de celle d'Ydow... Le major l'avait amenée d'Italie, où, avant de venir en Espagne, il servait dans un corps de réserve, avec le grade de capitaine. Comme il n'y a ici que toi, Rançonnet, qui l'ait connu, ce major Ydow, tu me permettras bien de le présenter à ces messieurs et de leur donner une idée de ce diable d'homme, dont l'arrivée au 8e dragons tapagea beaucoup quand il y entra, avec cette femme en sautoir... Il n'était pas Français, à ce qu'il paraît. Ce n'est pas tant pis pour la France. Il était né je ne sais où et de je ne sais qui, en Illyrie ou en Bohême, je ne suis pas bien sûr... Mais, où qu'il fût né, il était étrange, ce qui est une manière d'être étranger partout. On l'aurait cru le produit d'un mélange de plusieurs races. Il disait, lui, qu'il fallait prononcer son nom à la grecque : Ἀΐδον[1], pour Ydow, parce qu'il était d'origine grecque ; et sa beauté l'aurait fait croire, car il était beau, et, le Diable m'emporte ! peut-être trop pour un soldat. Qui sait si on ne tient pas moins à se faire casser la figure, quand on l'a aussi belle ? On a pour soi le respect qu'on a pour les chefs-d'œuvre. Tout chef-d'œuvre qu'il fût, cependant, il allait au feu avec les autres ; mais quand on avait dit cela du major Ydow, on avait tout dit. Il faisait son devoir, mais il ne faisait jamais plus que son devoir. Il n'avait pas ce que l'Empereur appelait *le feu sacré*. Malgré sa beauté, dont je convenais très bien, d'ailleurs, je lui trouvais au fond une mauvaise figure, sous ses traits superbes. Depuis que j'ai traîné dans les musées, où vous n'allez jamais, vous autres, j'ai rencontré la ressemblance du major Ydow. Je l'ai rencontrée très frappante dans un des bustes d'Antinoüs[2]... tenez ! de celui-là auquel le caprice ou le mauvais goût du sculpteur a incrusté deux émeraudes dans le marbre des prunelles. Au lieu de marbre blanc

1. En grec, ἀιδώς signifie : « pudeur ».
2. Jeune esclave, favori de l'empereur Hadrien (76-138) qui en fit sculpter de nombreuses effigies. Sa beauté est restée proverbiale.

les yeux vert de mer du major éclairaient un teint chaudement olivâtre et un angle facial irréprochable ; mais,
dans la lueur de ces mélancoliques étoiles du soir, qui
étaient ses yeux, ce qui dormait si voluptueusement ce
n'était pas Endymion [1] : c'était un tigre... et, un jour,
je l'ai vu s'éveiller !... Le major Ydow était, en même
temps, brun et blond. Ses cheveux bouclaient très noirs
et très serrés autour d'un front petit, aux tempes ren-
flées, tandis que sa longue et soyeuse moustache avait
le blond fauve et presque jaune de la martre zibeline...
Signe (dit-on) de trahison ou de perfidie, qu'une chevelure et une barbe de couleur différente. Traître ? le
major l'aurait peut-être été plus tard. Il eût peut-être,
comme tant d'autres, trahi l'Empereur ; mais il ne
devait pas en avoir le temps. Quand il vint au 8e dragons, il n'était probablement que faux, et encore pas
assez pour ne pas en avoir l'air, comme le voulait le
vieux malin de Souwarow [2], qui s'y connaissait... Fut-
ce cet air-là qui commença son impopularité parmi ses
camarades ? Toujours est-il qu'il devint, en très peu
de temps, la bête noire du régiment. Très fat d'une
beauté à laquelle j'aurais préféré, moi, bien des laideurs
de ma connaissance, il ne semblait n'être, en somme,
comme disent soldatesquement les soldats, qu'un miroir
à... à ce que tu viens de nommer, Rançonnet, à propos de la Rosalba. Le major Ydow avait trente-cinq
ans. Vous comprenez bien qu'avec cette beauté qui plaît
à toutes les femmes, même aux plus fières, — c'est leur
infirmité, — le major Ydow avait dû être horriblement
gâté par elles et chamarré de tous les vices qu'elles donnent ; mais il avait aussi, disait-on, ceux qu'elles ne
donnent pas et dont on ne se chamarre point... Certes,
nous n'étions pas, comme tu le dirais, Rançonnet, des

1. Dans la mythologie grecque, jeune chasseur dont la beauté séduisit la déesse de la Lune, Séléné.
2. Souvorov, général russe (1729-1800), homme de guerre remarquable mais sans scrupules.

capucins dans ce temps-là. Nous étions même d'assez mauvais sujets, joueurs, libertins, coureurs de filles, duellistes, ivrognes au besoin, et mangeurs d'argent sous toutes les espèces. Nous n'avions guère le droit d'être difficiles. Eh bien ! tels que nous étions alors, il passait pour bien pire que nous. Nous, il y avait des choses, — pas beaucoup ! — mais enfin il y en avait bien une ou deux, dont, si démons que nous fussions, nous n'aurions pas été capables. Mais, lui (prétendait-on), il était capable de tout. Je n'étais pas dans le 8e dragons. Seulement, j'en connaissais tous les officiers. Ils parlaient de lui cruellement. Ils l'accusaient de servilité avec les chefs et de basse ambition. Ils suspectaient son caractère. Ils allèrent même jusqu'à le soupçonner d'espionnage, et même il se battit courageusement deux fois pour ce soupçon entre-exprimé ; mais l'opinion n'en fut pas changée. Il est toujours resté sur cet homme une brume qu'il n'a pu dissiper. De même qu'il était brun et blond à la fois, ce qui est assez rare, il était aussi à la fois heureux au jeu et heureux en femmes ; ce qui n'est pas l'usage non plus. On lui faisait payer bien cher ces bonheurs-là, du reste. Ces doubles succès, ses airs à la Lauzun [1], la jalousie qu'inspirait sa beauté, car les hommes ont beau faire les forts et les indifférents quand il s'agit de laideur, et répéter le mot consolant qu'ils ont inventé : qu'un homme est toujours assez beau quand il ne fait pas peur à son cheval, ils sont, entre eux, aussi petitement et lâchement jaloux que les femmes entre elles, — tout cet ensemble d'avantages étaient l'explication, sans doute, de l'antipathie dont il était l'objet ; antipathie qui, par haine, affectait les formes du mépris, car le mépris outrage plus que la haine, et la haine le sait

---

1. Maréchal de France (1632-1723), amant de la cousine du roi, la Grande Mademoiselle. Barbey lui consacra une étude sous le titre « Un dandy d'avant les dandys » (*Du dandysme..., op. cit.*, pp. 719-733).

bien !... Que de fois ne l'ai-je pas entendu traiter, entre
le haut et le bas de la voix, de « dangereuse canaille »,
quoique, s'il eût fallu prouver clairement qu'il en était
une, on ne l'eût certainement pas pu... Et de fait, Messieurs, encore au moment où je vous parle, il est incer-
tain pour moi que le major Ydow fût ce qu'on disait
qu'il était... Mais, tonnerre ! — ajouta Mesnilgrand
avec une énergie mêlée à une horreur étrange, — ce
qu'on ne disait pas et qu'il a été un jour, je le sais, et
cela me suffit !

— Cela nous suffira aussi probablement, — dit gaiement Rançonnet ; — mais, sacrebleu ! quel diable de
rapport peut-il y avoir entre l'église où je t'ai vu entrer
dimanche soir et ce damné major du 8e dragons, qui
aurait pillé toutes les églises et toutes les cathédrales
d'Espagne et de la chrétienté, pour faire des bijoux à
sa coquine de femme avec l'or et les pierres précieuses
des saints sacrements ?

· — Reste donc dans le rang, Rançonnet ! — fit Mesnil, comme s'il eût commandé un mouvement à son
escadron, — et tiens-toi tranquille ! Tu seras donc toujours la même tête chaude, et partout impatient comme
devant l'ennemi ? Laisse-moi manœuvrer, comme je
l'entends, mon histoire.

— Eh bien, marche ! — fit le bouillant capitaine, qui,
pour se calmer, lampa un verre de Picardan [1]. Et Mesnilgrand reprit :

— Il est bien probable que sans cette femme qui le
suivait, et qu'on appelait sa femme, quoiqu'elle ne fût
que sa maîtresse et qu'elle ne portât pas son nom, le
major Ydow eût peu frayé avec les officiers du 8e dragons. Mais cette femme, qu'on supposait tout ce qu'elle
était pour s'être agrafée à un pareil homme, empêcha
qu'on ne fît autour du major le désert qu'on aurait fait
sans elle. J'ai vu cela dans les régiments. Un homme
y tombe en suspicion ou en discrédit, on n'a plus avec

_____
1. Vin blanc liquoreux du bas Languedoc.

lui que de stricts rapports de service ; on ne *camarade* plus ; on n'a plus pour lui de poignées de main ; au café même, ce caravansérail d'officiers, dans l'atmosphère chaude et familière du café, où toutes les froideurs se fondent, on reste à distance, contraint et poli jusqu'à ce qu'on ne le soit plus et qu'on éclate, s'il vient le moment d'éclater. Vraisemblablement, c'est ce qui serait arrivé au major ; mais une femme, c'est l'aimant du diable ! Ceux qui ne l'auraient pas vu pour lui, le virent pour elle. Qui n'aurait pas, au café, offert un verre de *schnick*[1] au major, dédoublé de sa femme, le lui offrait en pensant à sa moitié, en calculant que c'était là un moyen d'être invité chez lui, où il serait possible de la rencontrer... Il y a une proportion d'arithmétique morale, écrite, avant qu'elle le fût par un philosophe sur du papier, dans la poitrine de tous les hommes, comme un encouragement du Démon : « c'est qu'il y a plus loin d'une femme à son premier amant, que de son premier au dixième[2] », et c'était, à ce qu'il semblait, plus vrai avec la femme du major qu'avec personne. Puisqu'elle s'était donnée à lui, elle pouvait bien se donner à un autre, et, ma foi ! tout le monde pouvait être cet autre-là ! En un temps fort court, au 8e dragons, on sut combien il y avait peu d'audace dans cette espérance. Pour tous ceux qui ont le flair de la femme, et qui en respirent la vraie odeur à travers tous les voiles blancs et parfumés de vertu dans lesquels elle s'entortille, la Rosalba fut reconnue tout de suite pour la plus corrompue des femmes corrompues, — dans le mal, une perfection !

« Et je ne la calomnie point, n'est-ce pas, Rançonnet ?... Tu l'as eue peut-être, et si tu l'as eue, tu sais maintenant s'il fut jamais une plus brillante, une plus fascinante cristallisation de tous les vices ! Où le major

---

1. Mot allemand. Eau-de-vie de grains, fruits, ou pommes de terre, de médiocre qualité.
2. Dans un de ses carnets, Barbey attribue cette réflexion à Diderot.

l'avait-il prise ?... D'où sortait-elle ? Elle était si jeune !
On n'osa pas, tout d'abord, se le demander ; mais ce
ne fut pas long, l'hésitation ! L'incendie — car elle
n'incendia pas que le 8e dragons, mais mon régiment
de hussards à moi, mais aussi, tu t'en souviens, Rançonnet, tous les états-majors du corps d'expédition dont
nous faisions partie, — l'incendie qu'elle alluma prit
très vite d'étranges proportions... Nous avions vu bien
des femmes, maîtresses d'officiers, et suivant les régiments, quand les officiers pouvaient se payer le luxe
d'une femme dans leurs bagages : les colonels fermaient
les yeux sur cet abus, et quelquefois se le permettaient.
Mais de femmes à la façon de cette Rosalba, nous n'en
avions pas même l'idée. Nous étions accoutumés à de
belles filles, si vous voulez, mais presque toujours du
même type, décidé, hardi, presque masculin, presque
effronté ; le plus souvent de belles brunes plus ou moins
passionnées, qui ressemblaient à de jeunes garçons, très
piquantes et très voluptueuses sous l'uniforme que la
fantaisie de leurs amants leur faisait porter quelquefois... Si les femmes d'officiers, légitimes et honnêtes,
se reconnaissent des autres femmes par quelque chose
de particulier, commun à elles toutes, et qui tient au
milieu militaire dans lequel elles vivent, ce quelque
chose-là est bien autrement marqué dans les maîtresses. Mais, la Rosalba du major Ydow n'avait rien de
semblable aux aventurières de troupes et aux suiveu-
ses de régiment dont nous avions l'habitude. Au premier abord, c'était une grande jeune fille pâle, — mais
qui ne restait pas longtemps pâle, comme vous allez
voir, — avec une forêt de cheveux blonds. Voilà tout.
Il n'y avait pas de quoi s'écrier. Sa blancheur de teint
n'était pas plus blanche que celle de toutes les femmes
à qui un sang frais et sain passe sous la peau. Ses cheveux blonds n'étaient pas de ce blond étincelant, qui
a les fulgurances métalliques de l'or ou les teintes molles
et endormies de l'ambre gris, que j'ai vu à quelques
Suédoises. Elle avait le visage classique qu'on appelle
un visage de camée, mais qui ne différait par aucun

signe particulier de cette sorte de visage, si impatientant pour les âmes passionnées, avec son invariable correction et son unité. Au prendre ou au laisser, c'était certainement ce qu'on peut appeler une belle fille, dans l'ensemble de sa personne... Mais les philtres qu'elle faisait boire n'étaient point dans sa beauté... Ils étaient ailleurs... Ils étaient où vous ne devineriez jamais qu'ils fussent... dans ce monstre d'impudicité qui osait s'appeler Rosalba, qui osait porter ce nom immaculé de Rosalba, qu'il ne faudrait donner qu'à l'innocence, et qui, non contente d'être la Rosalba, la Rose et Blanche, s'appelait encore la Pudique, la Pudica, par-dessus le marché !

— Virgile aussi s'appelait « le pudique », et il a écrit le *Corydon ardebat Alexim* [1], — insinua Reniant, qui n'avait pas oublié son latin.

— Et ce n'était pas une ironie, — continua Mesnilgrand, — que ce surnom de Rosalba, qui ne fut point inventé par nous, mais que nous lûmes dès le premier jour sur son front, où la nature l'avait écrit avec toutes les roses de sa création. La Rosalba n'était pas seulement une fille de l'air le plus étonnamment pudique pour ce qu'elle était ; c'était positivement la pudeur elle-même. Elle eût été pure comme les Vierges du ciel, qui rougissent peut-être sous le regard des Anges, qu'elle n'eût pas été plus la Pudeur. Qui donc a dit — ce doit être un Anglais — que le monde est l'œuvre du Diable, devenu fou ? C'était sûrement ce Diable-là qui, dans un accès de folie, avait créé la Rosalba, pour se faire le plaisir... du Diable, de fricasser, l'une après l'autre, la volupté dans la pudeur et la pudeur dans la volupté, et de pimenter, avec un condiment céleste, le ragoût infernal des jouissances qu'une femme puisse donner à des hommes mortels. La pudeur de la Rosalba n'était pas une simple physionomie, laquelle, par exemple,

---

1. Vers des *Bucoliques* du poète latin Virgile (70-19 av. J.-C.) évoquant des amours homosexuelles : « Corydon brûlait de désir pour Alexis. »

aurait, celle-là, renversé de fond en comble le système
de Lavater [1]. Non, chez elle, la pudeur n'était pas le
dessus du panier ; elle était aussi bien le dessous que
le dessus de la femme, et elle frissonnait et palpitait en
elle autant dans le sang qu'à la peau. Ce n'était pas
non plus une hypocrisie. Jamais le vice de Rosalba ne
rendit cet hommage, pas plus qu'un autre, à la vertu.
C'était réellement une vérité. La Rosalba était pudique
comme elle était voluptueuse, et le plus extraordinaire,
c'est qu'elle l'était en même temps. Quand elle disait
ou faisait les choses les plus… osées, elle avait d'adorables manières de dire : « J'ai honte ! » que j'entends
encore. Phénomène inouï ! on était toujours au début
avec elle, même après le dénouement. Elle fût sortie
d'une orgie de bacchantes, comme l'innocence de son
premier péché. Jusque dans la femme vaincue, pâmée,
à demi morte, on retrouvait la vierge confuse, avec la
grâce toujours fraîche de ses troubles et le charme auro-
ral de ses rougeurs… Jamais je ne pourrai vous faire
comprendre les raffolements que ces contrastes vous
mettaient au cœur, le langage périrait à exprimer cela ! »

Il s'arrêta. Il y pensait, et ils y pensaient. Avec ce
qu'il venait de dire, il avait, le croira-t-on ? transformé
en rêveurs ces soldats qui avaient vu tous les genres de
feux, ces moines débauchés, ces vieux médecins, tous
ces écumeurs de la vie et qui en étaient revenus. L'impétueux Rançonnet, lui-même, ne souffla mot. Il se sou-
venait.

— Vous sentez bien, — reprit Mesnilgrand, — que
le phénomène ne fut connu que plus tard. Tout
d'abord, quand elle arriva au 8e dragons, on ne vit
qu'une fille extrêmement jolie quoique belle, dans le
genre, par exemple, de la princesse Pauline Borghèse [2],

1. Cf. p. 196, n. 1.
2. Sœur de Napoléon, fort belle et de mœurs légères. Fière de la
perfection de son corps, elle posa nue, dit-on, pour le sculpteur
Canova (cf. p. 162, n. 1).

la sœur de l'Empereur, à qui, du reste, elle ressemblait. La princesse Pauline avait aussi l'air idéalement chaste, et vous savez tous de quoi elle est morte... Mais, Pauline n'avait pas en toute sa personne une goutte de pudeur pour teinter de rose la plus petite place de son corps charmant, tandis que la Rosalba en avait assez dans les veines pour rendre écarlates toutes les places du sien. Le mot naïf et étonné de la Borghèse, quand on lui demanda comment elle avait bien pu poser nue devant Canova : « Mais l'atelier était chaud ! il y avait un poêle ! » la Rosalba ne l'eût jamais dit. Si on lui eût adressé la même question, elle se serait enfuie en cachant son visage divinement pourpre dans ses mains divinement rosées. Seulement, soyez bien sûrs qu'en s'en allant, il y aurait eu par derrière à sa robe un pli dans lequel auraient niché toutes les tentations de l'enfer !

« Telle donc elle était, cette Rosalba, dont le visage de vierge nous pipa tous, quand elle arriva au régiment. Le major Ydow aurait pu nous la présenter comme sa femme légitime, et même comme sa fille, que nous l'aurions cru. Quoique ses yeux d'un bleu limpide fussent magnifiques, ils n'étaient jamais plus beaux que quand ils étaient baissés. L'expression des paupières l'emportait sur l'expression du regard. Pour des gens qui avaient roulé la guerre et les femmes, et quelles femmes ! ce fut une sensation nouvelle que cette créature à qui, comme on dit avec une expression vulgaire, mais énergique, « on aurait donné le bon Dieu sans confession ». Quelle sacrée jolie fille ! se soufflaient à l'oreille les anciens, les vieux routiers ; mais quelle mijaurée ! Comment s'y prend-elle pour rendre le major heureux ?... Il le savait, lui, et il ne le disait pas... Il buvait son bonheur en silence, comme les vrais ivrognes, qui boivent seuls. Il ne renseignait personne sur la félicité cachée qui le rendait discret et fidèle pour la première fois de sa vie, lui, le Lauzun de garnison, le fat le plus carabiné et le plus fastueux, et qu'à Naples, rapportaient des officiers qui l'y avaient connu, on appelait le tambour-major de la séduction ! Sa beauté, dont il était si vain, aurait fait tomber toutes les filles d'Espagne à ses pieds, qu'il n'en eût pas ramassé une. À cette époque, nous étions sur les frontières de l'Espagne et du Portugal, les Anglais devant nous, et nous occupions dans nos marches les villes les moins hostiles au roi Joseph. Le major Ydow et la Rosalba y vivaient ensemble, comme ils eussent fait dans une ville de garnison en temps de paix. Vous vous souvenez des acharnements de cette guerre d'Espagne, de cette guerre furieuse et lente, qui ne ressemblait à aucune autre, car nous ne nous battions pas ici simplement pour la conquête, mais pour implanter une dynastie et une organisation nouvelle dans un pays qu'il fallait d'abord conquérir. Aucun de vous n'a oublié qu'au milieu de ces acharnements il y avait des pauses, et que, dans l'entre-deux des batailles les plus terribles, au sein de cette contrée envahie dont une partie était à nous, nous nous amusions à donner des fêtes aux Espagnoles le plus *afrancesadas* des villes que nous occupions. C'est dans ces fêtes que la femme du major Ydow, comme on disait, déjà fort remarquée, passa à l'état de célébrité. Et de fait, elle se mit à briller au milieu de ces filles brunes d'Espagne, comme un diamant dans une torsade de jais. Ce fut là qu'elle commença de produire sur les hommes ces effets d'acharnement qui tenaient, sans doute, à la composition diabolique de son être, et qui faisaient d'elle la plus enragée des courtisanes, avec la figure d'une des plus célestes madones de Raphaël.

« Alors les passions s'allumèrent et allèrent leur train, faisant leur feu dans l'ombre. Au bout d'un certain temps, tous flambèrent, même des vieux, même des officiers généraux qui avaient l'âge d'être sages, tous flambèrent pour « la Pudica », comme on trouva piquant de l'appeler. Partout et autour d'elle les prétentions s'affichèrent ; puis les coquetteries, puis l'éclat des duels, enfin tout le tremblement d'une vie de femme devenue le centre de la galanterie la plus passionnée, au milieu d'hommes indomptables qui avaient toujours le sabre à la main. Elle fut le sultan de ces redoutables odalisques, et elle jeta le mouchoir à qui lui plut, et beaucoup lui plurent. Quant au major Ydow, il laissa faire et laissa dire... Était-il assez fat pour n'être pas jaloux, ou, se sentant haï et méprisé, pour jouir, dans son orgueil de possesseur, des passions qu'inspiraient à ses ennemis la femme dont il était le maître ?... Il n'était guère possible qu'il ne s'aperçût de quelque chose. J'ai vu parfois son œil d'émeraude passer au noir de l'escarboucle, en regardant tel de nous que l'opinion du moment soupçonnait d'être l'amant de sa moitié ; mais il se contenait... Et, comme on pensait toujours de lui ce qu'il y avait de plus insultant, on imputait son calme indifférent ou son aveuglement volontaire à des motifs de la plus abjecte espèce. On pensait que sa femme était encore moins un piédestal à sa vanité qu'une échelle à son ambition. Cela se disait comme ces choses-là se disent, et il ne les entendait pas. Moi qui avais des raisons pour l'observer, et qui trouvais sans justice la haine et le mépris qu'on lui portait, je me demandais s'il y avait plus de faiblesse que de force, ou de force que de faiblesse, dans l'attitude sombrement impassible de cet homme, trahi journellement par sa maîtresse, et qui ne laissait rien paraître des morsures de sa jalousie. Par Dieu ! nous avons tous, Messieurs, connu de ces hommes assez fanatisés d'une femme pour croire en elle, quand tout l'accuse, et qui, au lieu de se venger quand la certitude absolue d'une trahison pénètre dans leur âme, préfèrent s'enfoncer dans leur bonheur lâche, et en tirer, comme une couverture par-dessus leur tête, l'ignominie !

« Le major Ydow était-il de ceux-là ? Peut-être. Mais, certes ! la Pudica était bien capable d'avoir soufflé en lui ce fanatisme dégradant. La Circé[1] antique, qui changeait les hommes en bêtes, n'était rien en

---

1. Magicienne qui changea les compagnons d'Ulysse en pourceaux.

comparaison de cette Pudica, de cette Messaline [1]-Vierge, avant, pendant et après. Avec les passions qui brûlaient au fond de son être et celles dont
elle embrasait tous ces officiers, peu délicats en matière
de femmes, elle fut bien vite compromise, mais elle ne
se compromit pas. Il faut bien entendre cette nuance.
Elle ne donnait pas prise sur elle ouvertement par sa
conduite. Si elle avait un amant, c'était un secret entre
elle et son alcôve. Extérieurement, le major Ydow
n'avait pas l'étoffe du plus petit bout de scène à lui
faire. L'aurait-elle aimé, par hasard ?... Elle demeurait avec lui, et elle aurait pu sûrement, si elle avait
voulu, s'attacher à la fortune d'un autre. J'ai connu
un maréchal de l'Empire assez fou d'elle pour lui tailler un manche d'ombrelle dans son bâton de maréchal.
Mais c'est encore ici comme ces hommes dont je vous
parlais. Il y a des femmes qui aiment... ce n'est pas leur
amant que je veux dire, quoique ce soit leur amant
aussi. Les carpes regrettent leur bourbe, disait Mme de
Maintenon [2]. La Rosalba ne voulut pas regretter la
sienne. Elle n'en sortit pas, et moi j'y entrai. »

— Tu coupes les transitions avec ton sabre ! — fit
le capitaine Mautravers.

— Parbleu ! — repartit Mesnilgrand, — qu'ai-je à
respecter ? Vous savez tous la chanson qu'on chantait
au XVIIIe siècle :

> *Quand Boufflers [3] parut à la cour,*
> *On crut voir la reine d'amour.*
> *Chacun s'empressait à lui plaire,*
> *Et chacun l'avait... à son tour !*

---

1. Imparatrice romaine (15-48), femme de Claude, mère de Britannicus, célèbre pour ses débauches sans frein.
2. La marquise de Maintenon (1635-1719), mariée secrètement à
Louis XIV, fonda la maison de Saint-Cyr pour l'éducation des jeunes
filles nobles pauvres et méritantes.
3. La marquise de Boufflers (1711-1787), amie de Voltaire, fut,
pour ses mœurs légères, surnommée « la dame de volupté ».

« J'eus donc mon tour. J'en avais eu, des femmes et par paquets ! Mais qu'il y en eût une seule comme cette Rosalba, je ne m'en doutais pas. La bourbe fut un paradis. Je ne m'en vais pas vous faire des analyses à la façon des romanciers. J'étais un homme d'action, brutal sur l'article, comme le comte Almaviva[1], et je n'avais pas d'amour pour elle dans le sens élevé et romanesque qu'on donne à ce mot, moi tout le premier... Ni l'âme, ni l'esprit, ni la vanité, ne furent pour quelque chose dans l'espèce de bonheur qu'elle me prodigua ; mais ce bonheur n'eut pas du tout la légèreté d'une fantaisie. Je ne croyais pas que la sensualité pût être profonde. Ce fut la plus profonde des sensualités. Figurez-vous une de ces belles pêches, à chair rouge, dans lesquelles on mord à belles dents, ou plutôt ne vous figurez rien... Il n'y a pas de figures pour exprimer le plaisir qui jaillissait de cette pêche humaine, rougissant sous le regard le moins appuyé comme si vous l'aviez mordue. Imaginez ce que c'était quand, au lieu du regard, on mettait la lèvre ou la dent de la passion dans cette chair émue et sanguine. Ah ! le corps de cette femme était sa seule âme ! Et c'est avec ce corps-là qu'elle me donna, un soir, une fête qui vous fera juger d'elle mieux que tout ce que je pourrais ajouter. Oui, un soir, n'eut-elle pas l'audace et l'indécence de me recevoir, n'ayant pour tout vêtement qu'une mousseline des Indes transparente, une nuée, une vapeur, à travers laquelle on voyait ce corps, dont la forme était la seule pureté et qui se teignait du double vermillon mobile de la volupté et de la pudeur !... Que le Diable m'emporte si elle ne ressemblait pas, sous sa nuée blanche, à une statue de corail vivant ! Aussi, depuis ce temps, je me suis soucié de la blancheur des autres femmes comme de ça ! »

Et Mesnilgrand envoya d'une chiquenaude une peau d'orange à la corniche, par-dessus la tête du repré-

---

1. Cf. p. 152, n. 1.

sentant Le Carpentier, qui avait fait tomber celle du roi.

« Notre liaison dura quelque temps, — continua-t-il, — mais ne croyez pas que je me blasai d'elle. On ne s'en blasait pas. Dans la sensation, qui est *finie*, comme disent les philosophes en leur infâme baragouin, elle transportait l'infini ! Non, si je la quittai, ce fut pour une raison de dégoût moral, de fierté pour moi, de mépris pour elle, pour elle qui, au plus fort des caresses les plus insensées, ne me faisait pas croire qu'elle m'aimât... Quand je lui demandais : *M'aimes-tu ?* ce mot qu'il est impossible de ne pas dire, même à travers toutes les preuves qu'on vous donne que vous êtes aimé, elle répondait : « Non ! » ou secouait énigmatiquement la tête. Elle se roulait dans ses pudeurs et dans ses hontes, et elle restait là-dessous, au milieu de tous les désordres de sens soulevés, impénétrable comme le sphinx. Seulement, le sphinx était froid, et elle ne l'était pas... Eh bien, cette impénétrabilité qui m'impatientait et m'irritait, puis encore la certitude que j'eus bientôt des fantaisies à la Catherine II [1] qu'elle se permettait, furent la double cause du vigoureux coup de caveçon que j'eus la force de donner pour sortir des bras tout-puissants de cette femme, l'abreuvoir de tous les désirs ! Je la quittai, ou plutôt je ne revins plus à elle. Mais je gardai l'idée qu'une seconde femme comme celle-là n'était pas possible ; et de penser cela me rendit désormais fort tranquille et fort indifférent avec toutes les femmes. Ah ! elle m'a parachevé comme officier. Après elle, je n'ai plus pensé qu'à mon service. Elle m'avait trempé dans le Styx [2]. »

— Et tu es devenu tout à fait Achille ! — dit le vieux M. de Mesnilgrand, avec orgueil.

---

1. Impératrice de Russie (1729-1796) qui eut, dit-on, de nombreux amants et favoris.
2. Dans la mythologie grecque : fleuve des Enfers dont l'eau rendait invulnérable. Achille y fut plongé à sa naissance par sa mère Thétis, à l'exception du talon par où elle le tenait.

— Je ne sais pas ce que je suis devenu, — reprit Mesnilgrand ; — mais je sais bien qu'après notre rupture, le major Ydow, qui était avec moi dans les mêmes termes qu'avec tous les officiers de la division, nous apprit un jour, au café, que sa femme était enceinte, et qu'il aurait bientôt la joie d'être père. À cette nouvelle inattendue, les uns se regardèrent, les autres sourirent ; mais il ne le vit pas, ou, l'ayant vu, il n'y prit garde, résolu qu'il était, probablement, à ne faire jamais attention qu'à ce qui était une injure directe. Quand il fut sorti : « L'enfant est-il de toi, Mesnil ? » me demanda à l'oreille un de mes camarades ; et, dans ma conscience une voix secrète, une voix plus précise que la sienne, me répéta la même question. Je n'osais me répondre. Elle, la Rosalba, dans nos tête-à-tête les plus abandonnés, ne m'avait jamais dit un mot de cet enfant, qui pouvait être de moi, ou du major, ou même d'un autre...

— L'enfant du drapeau ! — interrompit Mautravers, comme s'il eût donné un coup de pointe avec sa latte de cuirassier.

— Jamais, — reprit Mesnilgrand, — elle n'avait fait la moindre allusion à sa grossesse ; mais quoi d'étonnant ? C'était, je vous l'ai dit, un sphinx que la Pudica, un sphinx qui dévorait le plaisir silencieusement et gardait son secret. Rien du cœur ne traversait les cloisons physiques de cette femme, ouverte au plaisir seul... et chez qui la pudeur était sans doute la première peur, le premier frisson, le premier embrasement du plaisir ! Cela me fit un effet singulier de la savoir enceinte. Convenons-en, Messieurs, à présent que nous sommes sortis de la vie bestiale des passions : ce qu'il y a de plus affreux dans les amours partagées, — cette gamelle ! — ce n'est pas seulement la malpropreté du partage, mais c'est de plus l'égarement du sentiment paternel ; c'est cette anxiété terrible qui vous empêche d'écouter la voix de la nature, et qui l'étouffe dans un doute dont il est impossible de sortir. On se dit : Est-ce à moi, cet enfant ?... Incertitude qui vous poursuit comme la punition du partage, de l'indigne partage auquel on s'est honteusement soumis ! Si on pensait longtemps à cela, quand on a du cœur, on deviendrait fou ; mais la vie, la vie puissante et légère, vous reprend de son flot et vous emporte, comme le bouchon en liège d'une ligne rompue. — Après cette déclaration faite à nous tous par le major Ydow, le petit tressaillement paternel que j'avais cru sentir dans mes entrailles s'apaisa. Rien ne bougea plus... Il est vrai qu'à quelques jours plus tard j'avais bien autre chose à penser qu'au bambin de la Pudica. Nous nous battions à Talavera [1], où le commandant Titan, du 9e hussards, fut tué à la première charge, et où je fus obligé de prendre le commandement de l'escadron.

« Cette rude peignée de Talavera exaspéra la guerre que nous faisions. Nous nous trouvâmes plus souvent en marche, plus serrés, plus inquiétés par l'ennemi, et forcément il fut moins question de la Pudica entre nous. Elle suivait le régiment en char-à-bancs, et ce fut là, dit-on, qu'elle accoucha d'un enfant que le major Ydow, qui croyait en sa paternité, se mit à aimer comme si réellement cet enfant avait été le sien. Du moins, quand cet enfant mourut, car il mourut quelques mois après sa naissance, le major eut un chagrin très exalté, un chagrin à folies, et on n'en rit pas dans le régiment. Pour la première fois, l'antipathie dont il était l'objet se tut. On le plaignit beaucoup plus que la mère qui, si elle pleura sa géniture, n'en continua pas moins d'être la Rosalba que nous connaissions tous, cette singulière catin arrosée de pudeur par le Diable, qui avait, malgré ses mœurs, conservé la faculté, qui tenait du prodige, de rougir jusqu'à l'épine dorsale deux cents fois par jour ! Sa beauté ne diminua pas. Elle résistait à toutes les avaries. Et, cependant, la vie qu'elle menait devait faire très vite d'elle ce qu'on appelle entre

---

1. Ville d'Espagne, lieu d'une sanglante bataille en 1809, où les Français furent vaincus par l'armée anglo-espagnole.

cavaliers une vieille chabraque [1], si cette vie de perdition avait duré. »

— Elle n'a donc pas duré ? Tu sais donc, toi, ce que cette chienne de femme-là est devenue ? — fit Rançonnet, haletant d'intérêt excité, et oubliant pour une minute cette visite à l'église qui le tenait si dru.

— Oui, — dit Mesnilgrand, — concentrant sa voix comme s'il avait touché au point le plus profond de son histoire. Tu as cru, comme tout le monde, qu'elle avait sombré avec Ydow dans le tourbillon de guerre et d'événements qui nous a enveloppés et, pour la plupart de nous, dispersés et fait disparaître. Mais je vais aujourd'hui te révéler le destin de cette Rosalba.

Le capitaine Rançonnet s'accouda sur la table en prenant dans sa large main son verre, qu'il y laissa, et qu'il serra comme la poignée d'un sabre, tout en écoutant.

— La guerre ne cessait pas, — reprit Mesnilgrand. — Ces patients dans la fureur, qui ont mis cinq cents ans à chasser les Maures, auraient mis, s'il l'avait fallu, autant de temps à nous chasser. Nous n'avancions dans le pays qu'à la condition de surveiller chaque pas que nous y faisions. Les villages envahis étaient immédiatement fortifiés par nous, et nous les retournions contre l'ennemi. Le petit bourg d'Alcudia, dont nous nous emparâmes, fut notre garnison assez de temps. Un vaste couvent y fut transformé en caserne ; mais l'état-major se répartit dans les maisons du bourg, et le major Ydow eut celle de l'alcade [2]. Or, comme cette maison était la plus spacieuse, le major Ydow y recevait quelquefois le soir le corps des officiers, car nous ne voyions plus que nous. Nous avions rompu avec les *afrancesados*, nous défiant d'eux, tant la haine pour les Français gagnait du terrain ! Dans ces réunions entre nous, quelquefois interrompues par les coups de feu de l'ennemi à nos avant-postes, la Rosalba nous faisait les honneurs

1. Cf. p. 248, n. 1. Ici, argot militaire : prostituée.
2. Nom donné en Espagne aux magistrats municipaux.

de quelque punch, avec cet air incomparablement chaste que j'ai toujours pris pour une plaisanterie du Démon. Elle y choisissait ses victimes ; mais je ne regardais pas à mes successeurs. J'avais ôté mon âme de cette liaison, et, d'ailleurs, je ne traînais après moi, comme l'a dit je ne sais plus qui, la chaîne rompue d'aucune espérance trompée. Je n'avais ni dépit, ni jalousie, ni ressentiment. Je regardais vivre et agir cette femme, qui m'intéressait comme spectateur, et qui cachait les déportements du vice le plus impudent sous les déconcertements les plus charmants de l'innocence. J'allais donc chez elle, et devant le monde elle m'y parlait avec la simplicité presque timide d'une jeune fille, rencontrée par hasard à la fontaine ou dans le fond du bois. L'ivresse, le tournoiement de tête, la rage des sens qu'elle avait allumée en moi, toutes ces choses terribles n'étaient plus. Je les tenais pour dissipées, évanouies, impossibles ! Seulement, lorsque je retrouvais inépuisable cette nuance d'incarnat qui lui teignait le front pour un mot ou pour un regard, je ne pouvais m'empêcher d'éprouver la sensation de l'homme qui regarde dans son verre vidé la dernière goutte de champagne rosé qu'il vient de boire, et qui est tenté de faire rubis sur l'ongle, avec cette dernière goutte oubliée.

« Je le lui dis, un soir. Ce soir-là, j'étais seul chez elle.

« J'avais quitté le café de bonne heure, et j'y avais laissé le corps d'officiers engagé dans des parties de cartes et de billard, et jouant un jeu très vif. C'était le soir, mais un soir d'Espagne où le soleil torride avait peine à s'arracher du ciel. Je la trouvai à peine vêtue, les épaules au vent, embrasées par une chaleur africaine, les bras nus, ces beaux bras dans lesquels j'avais tant mordu et qui, dans de certains moments d'émotion que j'avais si souvent fait naître, devenaient, comme disent les peintres, du *ton* de l'intérieur des fraises. Ses cheveux, appesantis par la chaleur, croulaient lourdement sur sa nuque dorée, et elle était belle ainsi, déchevelée, négligée, languissante à tenter Satan et à venger Ève ! À moitié couchée sur un guéridon,

elle écrivait... Or, si elle écrivait, la Pudica, c'était, pas
de doute ! à quelque amant, pour quelque rendez-vous,
pour quelque infidélité nouvelle au major Ydow, qui
les dévorait toutes, comme elle dévorait le plaisir, en
silence. Lorsque j'entrai, sa lettre était écrite, et elle
faisait fondre pour la cacheter, à la flamme d'une
bougie, de la cire bleue pailletée d'argent, que je vois
encore, et vous allez savoir, tout à l'heure, pourquoi
le souvenir de cette cire bleue pailletée d'argent m'est
resté si clair.

« — Où est le major ? — me dit-elle, me voyant
entrer, troublée déjà, — mais elle était toujours troublée, cette femme qui faisait croire à l'orgueil et aux
sens des hommes qu'elle était émue devant eux !

« — Il joue frénétiquement ce soir, — lui répondis-
je, en riant et en regardant avec convoitise cette frian-
dise de flocon rose qui venait de lui monter au front ;
— et moi, j'ai ce soir une autre frénésie.

« Elle me comprit. Rien ne l'étonnait. Elle était faite
aux désirs qu'elle allumait chez les hommes, qu'elle
aurait ramenés en face d'elle de tous les horizons.

« — Bah ! — fit-elle lentement, quoique la teinte
d'incarnat que je voulais boire sur son adorable et exécrable visage se fût foncée à la pensée que je lui donnais. — Bah ! vos frénésies à vous sont finies. — Et
elle mit le cachet sur la cire bouillante de la lettre, qui
s'éteignit et se figea.

« — Tenez ! — dit-elle, insolemment provocante, —
voilà votre image ! C'était brûlant il n'y a qu'une
seconde, et c'est froid.

« Et, tout en disant cela, elle retourna la lettre et se
pencha pour en écrire l'adresse.

« Faut-il que je le répète jusqu'à satiété ? Certes !
je n'étais pas jaloux de cette femme : mais nous sommes
tous les mêmes. Malgré moi, je voulus voir à qui elle
écrivait, et, pour cela, ne m'étant pas assis encore, je
m'inclinai par-dessus sa tête ; mais mon regard fut
intercepté par l'entre-deux de ses épaules, par cette fente
enivrante et duvetée où j'avais fait ruisseler tant de

baisers, et, ma foi ! magnétisé par cette vue, j'en fis
tomber un de plus dans ce ruisseau d'amour, et cette
sensation l'empêcha d'écrire... Elle releva sa tête de la
table où elle était penchée, comme si on lui eût piqué
les reins d'une pointe de feu, se cambrant sur le dossier de son fauteuil, la tête renversée ; elle me regardait, dans ce mélange de désir et de confusion qui était
son charme, les yeux en l'air et tournés vers moi, qui
étais derrière elle, et qui fis descendre dans la rose
mouillée de sa bouche entrouverte ce que je venais de
faire tomber dans l'entre-deux de ses épaules.

« Cette sensitive avait des nerfs de tigre. Tout à coup,
elle bondit : — Voilà le major qui monte, — me dit-
elle. — Il aura perdu, il est jaloux quand il a perdu.
Il va me faire une scène affreuse. Voyons ! mettez-vous
là... je vais le faire partir. — Et, se levant, elle ouvrit
un grand placard dans lequel elle pendait ses robes, et
elle m'y poussa. Je crois qu'il y a bien peu d'hommes
qui n'aient été mis dans quelque placard, à l'arrivée du
mari ou du possesseur en titre...

— Je te trouve heureux avec ton placard ! — dit
Sélune ; — je suis entré un jour dans un sac à charbon,
moi ! C'était, bien entendu, avant ma sacrée blessure.
J'étais dans les hussards blancs, alors. Je vous demande
dans quel état je suis sorti de mon sac à charbon !

— Oui, — reprit amèrement Mesnilgrand, — c'est
encore là un des revenants-bons de l'adultère et du partage ! En ces moments-là, les plus fendants ne sont pas
fiers, et, par générosité pour une femme épouvantée,
ils deviennent aussi lâches qu'elle, et font cette lâcheté
de se cacher. J'en ai, je crois, mal au cœur encore d'être
entré dans ce placard, en uniforme et le sabre au côté,
et, comble de ridicule ! pour une femme qui n'avait
pas d'honneur à perdre et que je n'aimais pas !

« Mais je n'eus pas le temps de m'appesantir sur cette
bassesse d'être là, comme un écolier dans les ténèbres
de mon placard et les frôlements sur mon visage de ses
robes, qui sentaient son corps à me griser. Seulement,
ce que j'entendis me tira bientôt de ma sensation volup-

tueuse. Le major était entré. Elle l'avait deviné, il était
d'une humeur massacrante, et, comme elle l'avait dit,
dans un accès de jalousie, et d'une jalousie d'autant
plus explosive qu'avec nous tous il la cachait. Disposé
au soupçon et à la colère comme il l'était, son regard
alla probablement à cette lettre restée sur la table, et
à laquelle mes deux baisers avaient empêché la Pudica
de mettre l'adresse.

« — Qu'est-ce que c'est que cette lettre ?... fit-il, —
d'une voix rude.

« — C'est une lettre pour l'Italie, — dit tranquillement la Pudica.

« Il ne fut pas dupe de cette placide réponse.

« — Cela n'est pas vrai ! — dit-il grossièrement, car
vous n'aviez pas besoin de gratter beaucoup le Lauzun
dans cet homme pour y retrouver le soudard ; et je
compris, à ce seul mot, la vie intime de ces deux êtres,
qui engloutissaient entre eux deux des scènes de toute
espèce, et dont, ce jour-là, j'allais avoir un spécimen.
Je l'eus, en effet, du fond de mon placard. Je ne les
voyais pas, mais je les entendais ; et les entendre, pour
moi, c'était les voir. Il y avait leurs gestes dans leurs
paroles et dans les intonations de leurs voix, qui montèrent en quelques instants au diapason de toutes les
fureurs. Le major insista pour qu'on lui montrât cette
lettre sans adresse, et la Pudica, qui l'avait saisie, refusa
opiniâtrement de la donner. C'est alors qu'il voulut la
prendre de force. J'entendis les froissements et les pié-
tinements d'une lutte entre eux, mais vous devinez bien
que le major fut plus fort que sa femme. Il prit donc
la lettre et la lut. C'était un rendez-vous d'amour à un
homme, et la lettre disait que cet homme avait été heureux et qu'on lui offrait le bonheur encore... Mais cet
homme-là n'était pas nommé. Absurdement curieux
comme tous les jaloux, le major chercha en vain le nom
de l'homme pour qui on le trompait... Et la Pudica fut
vengée de cette prise de lettre, arrachée à sa main meur-
trie, et peut-être ensanglantée, car elle avait crié pendant
la lutte : « Vous me déchirez la main, misérable ! » Ivre

de ne rien savoir, défié et moqué par cette lettre qui
ne le renseignait que sur une chose, c'est qu'elle avait
un amant, — un amant de plus, — le major Ydow
tomba dans une de ces rages qui déshonorent le caractère d'un homme, et cribla la Pudica d'injures ignobles, d'injures de cocher. Je crus qu'il la rouerait de
coups. Les coups allaient venir, mais un peu plus tard.
Il lui reprocha, — en quels termes ! d'être... tout ce
qu'elle était. Il fut brutal, abject, révoltant ; et elle, à
toute cette fureur, répondit en vraie femme qui n'a plus
rien à ménager, qui connaît jusqu'à l'axe l'homme à
qui elle s'est accouplée, et qui sait que la bataille éternelle est au fond de cette bauge de la vie à deux. Elle
fut moins ignoble, mais plus atroce, plus insultante et
plus cruelle dans sa froideur, que lui dans sa colère.
Elle fut insolente, ironique, riant du rire hystérique de
la haine dans son paroxysme le plus aigu, et répondant
au torrent d'injures que le major lui vomissait à la face
par de ces mots comme les femmes en trouvent, quand
elles veulent nous rendre fous, et qui tombent sur nos
violences et dans nos soulèvements comme des grena-
des à feu dans de la poudre. De tous ces mots outra-
geants à froid qu'elle aiguisait, celui avec lequel elle le
dardait le plus, c'est qu'elle ne l'aimait pas — qu'elle
ne l'avait jamais aimé : « Jamais ! jamais ! jamais ! »
répétait-elle, avec une furie joyeuse, comme si elle lui
eût dansé des entrechats sur le cœur ! — Or, cette idée
— qu'elle ne l'avait jamais aimé — était ce qu'il y avait
de plus féroce, de plus affolant pour ce fat heureux,
pour cet homme dont la beauté avait fait ravage, et qui,
derrière son amour pour elle, avait encore sa vanité !
Aussi arriva-t-il une minute où, n'y tenant plus, sous
le dard de ce mot, impitoyablement répété, qu'elle ne
l'avait jamais aimé, et qu'il ne voulait pas croire, et
qu'il repoussait toujours :

« — Et notre enfant ? — objecta-t-il, l'insensé !
comme si c'était une preuve, et comme s'il eût invo-
qué un souvenir !

« — Ah ! notre enfant ! — fit-elle, en éclatant de rire. — Il n'était pas de toi !

« J'imaginai ce qui dut se passer dans les yeux verts du major, en entendant son miaulement étranglé de chat sauvage. Il poussa un juron à fendre le ciel.

« — Et de qui est-il ? garce maudite ! — demanda-t-il, avec quelque chose qui n'était plus une voix.

« Mais elle continua de rire comme une hyène.

« — Tu ne le sauras pas ! — dit-elle, en le narguant. Et elle le cingla de ce *tu ne le sauras pas !* mille fois répété, mille fois infligé à ses oreilles ; et quand elle fut lasse de le dire, — le croiriez-vous ? — elle le lui chanta comme une fanfare ! Puis, quand elle l'eut assez fouetté avec ce mot, assez fait tourner comme une toupie sous le fouet de ce mot, assez roulé avec ce mot dans les spirales de l'anxiété et de l'incertitude, cet homme, hors de lui, et qui n'était plus entre ses mains qu'une marionnette qu'elle allait casser ; quand, cynique à force de haine, elle lui eut dit, en les nommant par tous leurs noms, les amants qu'elle avait eus, et qu'elle eut fait le tour du corps d'officiers tout entier : « Je les ai eus tous », — cria-t-elle, — mais ils ne m'ont pas eue, eux ! Et cet enfant que tu es assez bête pour croire le tien, a été fait par le seul homme que j'aie jamais aimé ! que j'aie jamais idolâtré ! Et tu ne l'as pas deviné ! Et tu ne le devines pas encore ? »

« Elle mentait. Elle n'avait jamais aimé un homme. Mais elle sentait bien que le coup de poignard pour le major était dans ce mensonge, et elle l'en dagua, elle l'en larda, elle l'en hacha, et quand elle en eut assez d'être le bourreau de ce supplice, elle lui enfonça, pour en finir, comme on enfonce un couteau jusqu'au manche, son dernier aveu dans le cœur :

« — Eh bien ! — fit-elle, — puisque tu ne devines pas, jette ta langue aux chiens, imbécile ! C'est le capitaine Mesnilgrand.

« Elle mentait probablement encore, mais je n'en étais pas sûr, et mon nom, ainsi prononcé par elle, m'atteignit comme une balle à travers mon placard.

Après ce nom, il y eut un silence comme après un égorgement. — L'a-t-il tuée au lieu de lui répondre ? pensé-je, lorsque j'entendis le bruit d'un cristal, jeté violemment sur le sol, et qui y volait en mille pièces.

« Je vous ai dit que le major Ydow avait eu, pour l'enfant qu'il croyait le sien, un amour paternel immense et, quand il l'avait perdu, un de ces chagrins à folies, dont notre néant voudrait éterniser et matérialiser la durée. Dans l'impossibilité où il était, avec sa vie militaire en campagne, d'élever à son fils un tombeau qu'il aurait visité chaque jour, — cette idolâtrie de la tombe ! — le major Ydow avait fait embaumer le cœur de son fils pour mieux l'emporter avec lui partout, et il l'avait déposé pieusement dans une urne de cristal, habituellement placée sur une encoignure, dans sa chambre à coucher. C'était cette urne qui volait en morceaux.

« — Ah ! il n'était pas à moi, abominable gouge ! — s'écria-t-il. Et j'entendis, sous sa botte de dragon, grincer et s'écraser le cristal de l'urne, et piétiner le cœur de l'enfant qu'il avait cru son fils !

« Sans doute, elle voulut le ramasser, elle ! l'enlever, le lui prendre, car je l'entendis qui se précipita ; et les bruits de la lutte recommencèrent, mais avec un autre, — le bruit des coups.

« — Eh bien ! puisque tu le veux, le voilà, le cœur de ton marmot, catin déhontée ! — dit le major. Et il lui battit la figure de ce cœur qu'il avait adoré, et le lui lança à la tête comme un projectile. L'abîme appelle l'abîme, dit-on. Le sacrilège créa le sacrilège. La Pudica, hors d'elle, fit ce qu'avait fait le major. Elle rejeta à sa tête le cœur de cet enfant, qu'elle aurait peut-être gardé s'il n'avait pas été de lui, l'homme exécré, à qui elle eût voulu rendre torture pour torture, ignominie pour ignominie ! C'est la première fois, certainement, que si hideuse chose se soit vue ! un père et une mère se souffletant tour à tour le visage, avec le cœur mort de leur enfant !

« Cela dura quelques minutes, ce combat impie... Et

c'était si étonnamment tragique, que je ne pensai pas tout de suite à peser de l'épaule sur la porte du placard, pour la briser et intervenir... quand un cri comme je n'en ai jamais entendu, ni vous non plus, Messieurs, — et nous en avons pourtant entendu d'assez affreux sur les champs de bataille ! — me donna la force d'enfoncer la porte du placard, et je vis... ce que je ne reverrai jamais ! La Pudica, terrassée, était tombée sur la table où elle avait écrit, et le major l'y retenait d'un poignet de fer, tous voiles relevés, son beau corps à nu, tordu, comme un serpent coupé, sous son étreinte. Mais que croyez-vous qu'il faisait de son autre main, Messieurs ?... Cette table à écrire, la bougie allumée, la cire à côté, toutes ces circonstances avaient donné au major une idée infernale, — l'idée de cacheter cette femme, comme elle avait cacheté sa lettre, — et il était dans l'acharnement de ce monstrueux cachetage, de cette effroyable vengeance d'amant perversement jaloux !

« — Sois punie par où tu as péché, fille infâme ! — cria-t-il.

« Il ne me vit pas. Il était penché sur sa victime, qui ne criait plus, et c'était le pommeau de son sabre qu'il enfonçait dans la cire bouillante et qui lui servait de cachet !

« Je bondis sur lui ; je ne lui dis même pas de se défendre et je lui plongeai mon sabre jusqu'à la garde dans le dos, entre les épaules, et j'aurais voulu, du même coup, lui plonger ma main et mon bras avec mon sabre à travers le corps, pour le tuer mieux ! »

— Tu as bien fait, Mesnil ! dit le commandant Sélune ; — il ne méritait pas d'être tué par devant, comme un de nous, ce brigand-là !

— Eh ! mais c'est l'aventure d'Abailard, transposée à Héloïse ! — fit l'abbé Reniant.

— Un beau cas de chirurgie, — dit le docteur Bleny ; — et rare !

Mais Mesnilgrand, lancé, passa outre :

— Il était, — reprit-il, — tombé mort sur le corps de sa femme évanouie. Je l'en arrachai, le jetai là, et poussai du pied son cadavre. Au cri que la Pudica avait jeté, à ce cri sorti comme d'une vulve de louve, tant il était sauvage ! et qui me vibrait encore dans les entrailles, une femme de chambre était montée. « Allez chercher le chirurgien du 8e dragons ; il y a ici de la besogne pour lui, ce soir ! » Mais je n'eus pas le temps d'attendre le chirurgien. Tout à coup, un boute-selle furieux sonna, appelant aux armes. C'était l'ennemi qui nous surprenait et qui avait égorgé au couteau, silencieusement, nos sentinelles. Il fallait sauter à cheval. Je jetai un dernier regard sur ce corps superbe et mutilé, immobilement pâle pour la première fois sous les yeux d'un homme. Mais, avant de partir, je ramassai ce pauvre cœur, qui gisait à terre dans la poussière, et avec lequel ils auraient voulu se poignarder et se déchiqueter, et je l'emportai, ce cœur d'un enfant qu'elle avait dit le mien, dans ma ceinture de hussard. »

Ici, le chevalier de Mesnilgrand s'arrêta, dans une émotion qu'ils respectèrent, ces matérialistes et ces ribauds.

— Et la Pudica ?... — dit presque timidement Rançonnet, qui ne caressait plus son verre.

« Je n'ai plus eu jamais des nouvelles de la Rosalba, *dite* la Pudica, — répondit Mesnilgrand. — Est-elle morte ? A-t-elle pu vivre encore ? Le chirurgien a-t-il pu aller jusqu'à elle ? Après la surprise d'Alcudia, qui nous fut si fatale, je le cherchai. Je ne le trouvai pas. Il avait disparu, comme tant d'autres, et n'avait pas rejoint les débris de notre régiment décimé.

— Est-ce là tout ? — dit Mautravers. — Et si c'est là tout, voilà une fière histoire ! Tu avais raison, Mesnil, quand tu disais à Sélune que tu lui rendrais, en une fois, la petite monnaie de ses quatre-vingts religieuses violées et jetées dans le puits. Seulement, puisque Rançonnet rêve maintenant derrière son assiette, je reprendrai la question où il l'a laissée : Quelle relation a ton histoire avec tes dévotions à l'église, de l'autre jour ?...

— C'est juste, — dit Mesnilgrand. — Tu m'y fais penser. Voici donc ce qui me reste à dire, à Rançonnet et à toi : j'ai porté plusieurs années, et partout, comme une relique, ce cœur d'enfant dont je doutais ; mais quand, après la catastrophe de Waterloo, il m'a fallu ôter cette ceinture d'officier dans laquelle j'avais espéré mourir, et que je l'eus porté encore quelques années, ce cœur, — et je t'assure, Mautravers, que c'est lourd, quoique cela paraisse bien léger, — la réflexion venant avec l'âge, j'ai craint de profaner un peu plus ce cœur si profané déjà, et je me suis décidé à le déposer en terre chrétienne. Sans entrer dans les détails que je vous donne aujourd'hui, j'en ai parlé à un des prêtres de cette ville, de ce cœur qui pesait depuis si longtemps sur le mien, et je venais de le remettre à lui-même, dans le confessionnal de la chapelle, quand j'ai été pris dans la contre-allée à bras-le-corps par Rançonnet. »

Le capitaine Rançonnet avait probablement son compte. Il ne prononça pas une syllabe, les autres non plus. Nulle réflexion ne fut risquée. Un silence plus expressif que toutes les réflexions leur pesait sur la bouche à tous.

Comprenaient-ils enfin, ces athées, que, quand l'Église n'aurait été instituée que pour recueillir les cœurs — morts ou vivants — dont on ne sait plus que faire, c'eût été assez beau comme cela !

— Servez donc le café ? — dit, de sa voix de tête, le vieux M. de Mesnilgrand. — S'il est, Mesnil, aussi fort que ton histoire, il sera bon.

LA VENGEANCE D'UNE FEMME

Fortirer [1].

J'ai souvent entendu parler de la hardiesse de la littérature moderne ; mais je n'ai, pour mon compte, jamais cru à cette hardiesse-là. Ce reproche n'est qu'une forfanterie... de moralité. La littérature, qu'on a dit si longtemps l'expression de la société, ne l'exprime pas du tout, — au contraire ; et, quand quelqu'un de plus crâne que les autres a tenté d'être plus hardi, Dieu sait quels cris il a fait pousser ! Certainement, si on veut bien y regarder, la littérature n'exprime pas la moitié des crimes que la société commet mystérieusement et impunément tous les jours, avec une fréquence et une facilité charmantes. Demandez à tous les confesseurs, — qui seraient les plus grands romanciers que le monde aurait eus, s'ils pouvaient raconter les histoires qu'on leur coule dans l'oreille au confessionnal. Demandez-leur le nombre d'incestes (par exemple) enterrés dans les familles les plus fières et les plus élevées, et voyez si la littérature, qu'on accuse tant d'immorale hardiesse, a osé jamais les raconter, même pour en effrayer ! À cela près du petit souffle, — qui n'est qu'un souffle, — et qui passe — comme un souffle — dans le *René* de Chateaubriand, — du religieux Chateaubriand, — je ne sache pas de livre où l'inceste, si commun dans nos mœurs, — en haut comme en bas, et peut-être plus

1. Latin : « avec courage ».

en bas qu'en haut, — ait jamais fait le sujet, franchement abordé, d'un récit qui pourrait tirer de ce sujet
des *effets* d'une moralité vraiment tragique. La littérature moderne, à laquelle le bégueulisme jette sa petite
pierre, a-t-elle jamais *osé* les histoires de Myrrha[1],
d'Agrippine[2] et d'Œdipe[3], qui sont des histoires,
croyez-moi, toujours et parfaitement vivantes, car je
n'ai pas vécu — du moins jusqu'ici — dans un autre
enfer que l'enfer social, et j'ai, pour ma part, connu
et coudoyé pas mal de Myrrhas, d'Œdipes et d'Agrip-
pines, dans la vie privée et dans le plus beau monde,
comme on dit. Parbleu ! cela n'avait jamais lieu comme
au théâtre ou dans l'histoire. Mais, à travers les surfaces sociales, les précautions, les peurs et les hypocri-
sies ; cela s'entrevoyait... Je connais — et tout Paris
connaît — une Mme Henri III, qui porte en ceinture
des chapelets de petites têtes de mort, ciselées dans de
l'or, sur des robes de velours bleu, et qui se donne la
discipline, mêlant ainsi au ragoût de ses pénitences le
ragoût des autres plaisirs de Henri III. Or, qui écrirait
l'histoire de cette femme, qui fait des livres de piété,
et que les jésuites croient un homme (joli détail plaisant !) et même un saint ?... Il n'y a déjà pas tant
d'années que tout Paris a vu une femme, du faubourg
Saint-Germain, prendre à sa mère son amant, et,
furieuse de voir cet amant retourner à sa mère qui,
vieille, savait mieux pourtant se faire aimer qu'elle,
voler les lettres très passionnées de cette dernière à cet
homme trop aimé, les faire lithographier et les jeter,

---

1. Personnage de la mythologie grecque. Fille du roi de Chypre,
amoureuse de son père, elle eut de lui un fils, Adonis. Ovide et Alfieri
ont raconté son histoire.

2. Impératrice romaine, mère de Néron. Elle empoisonna (entre
autres...) son troisième mari et fut à son tour empoisonnée par son
fils.

3. Légendaire prince de Thèbes, fils de Laïos et de Jocaste qui,
accomplissant malgré lui la parole d'un oracle, tua son père et épousa
sa mère. Les poètes tragiques grecs Eschyle, Sophocle et Euripide,
ont raconté les divers épisodes de son destin.

par milliers, du *Paradis*[1] (bien nommé pour une action pareille) dans la salle de l'Opéra, un jour de première représentation. Qui a fait l'histoire de cette autre femme-là ?... La pauvre littérature ne saurait même par quel bout prendre de pareilles histoires, pour les raconter.

Et c'est là ce qu'il faudrait faire si on était hardi. L'Histoire a des Tacite[2] et des Suétone[3] ; le Roman n'en a pas, — du moins en restant dans l'ordre élevé et moral du talent et de la littérature. Il est vrai que la langue latine brave l'honnêteté, en païenne qu'elle est, tandis que notre langue, à nous, a été baptisée avec Clovis sur les fonts de Saint-Rémy, et y a puisé une impérissable pudeur, car cette vieille rougit encore. Nonobstant, si on *osait oser*, un Suétone ou un Tacite, romanciers, pourraient exister, car le Roman est spécialement l'histoire des mœurs, mise en récit et en drame, comme l'est souvent l'Histoire elle-même. Et nulle autre différence que celles-ci : c'est que l'un (le Roman) met ses mœurs sous le couvert de personnages d'invention, et que l'autre (l'Histoire) donne les noms et les adresses. Seulement, le Roman creuse bien plus avant que l'Histoire. Il a un idéal, et l'Histoire n'en a pas : elle est bridée par la réalité. Le Roman tient, aussi, bien plus longtemps la scène. Lovelace dure plus, dans Richardson[4], que Tibère dans Tacite. Mais, si Tibère[5], dans Tacite, était détaillé comme Lovelace dans Richardson, croyez-vous que l'Histoire y perdrait et que Tacite ne serait pas plus terrible ?... Certes, je n'ai pas peur d'écrire que Tacite, comme peintre, n'est

---

1. Dans les mystères du Moyen Âge, le Paradis était représenté à l'étage supérieur de la scène. Le nom est resté pour désigner dans les théâtres modernes la dernière galerie.
2. Cf. p. 251, n. 3.
3. Historien romain (69-141), auteur de la *Vie des Douze Césars*.
4. Cf. p. 69, n. 1.
5. Empereur romain (42 av. J.-C.-37 ap. J.-C.) connu pour sa violence, sa cruauté et ses débauches.

pas au niveau de Tibère comme modèle, et que, malgré tout son génie, il en est resté écrasé.

Et ce n'est pas tout. À cette défaillance inexplicable, mais frappante, dans la littérature, quand on la compare, dans sa réalité, avec la réputation qu'elle a, ajoutez la physionomie que le crime a pris par ce temps d'ineffables et de délicieux progrès ! L'extrême civilisation enlève au crime son effroyable poésie, et ne permet pas à l'écrivain de la lui restituer. Ce serait par trop horrible, disent les âmes qui veulent qu'on enjolive tout, même l'affreux. Bénéfice de la philanthropie ! d'imbéciles criminalistes diminuent la pénalité, et d'ineptes moralistes le crime, et encore ils ne le diminuent que pour diminuer la pénalité. Cependant, les crimes de l'extrême civilisation sont, certainement, plus atroces que ceux de l'extrême barbarie par le fait de leur raffinement, de la corruption qu'ils supposent, et de leur degré supérieur d'intellectualité. L'Inquisition[1] le savait bien. À une époque où la foi religieuse et les mœurs publiques étaient fortes, l'Inquisition, ce tribunal qui jugeait la pensée, cette grande institution dont l'idée seule tortille nos petits nerfs et escarbouille nos têtes de linottes, l'Inquisition savait bien que les crimes spirituels étaient les plus grands, et elle les châtiait comme tels... Et, de fait, si ces crimes parlent moins aux sens, ils parlent plus à la pensée ; et la pensée, en fin de compte, est ce qu'il y a de plus profond en nous. Il y a donc, pour le romancier, tout un genre de tragique inconnu à tirer de ces crimes, plus intellectuels que physiques, qui semblent moins des crimes à la superficialité des vieilles sociétés matérialistes, parce que le sang n'y coule pas et que le massacre ne s'y fait que dans l'ordre des sentiments et des mœurs... C'est ce genre de tragique dont on a voulu donner ici un échantillon, en racontant l'histoire d'une vengeance de la plus

1. Cf. p. 271, n. 1.

épouvantable originalité, dans laquelle le sang n'a pas coulé, et où il n'y a eu ni fer ni poison ; un crime *civilisé* enfin, dont rien n'appartient à l'invention de celui qui le raconte, si ce n'est la manière de le raconter.

Vers la fin du règne de Louis-Philippe, un jeune homme enfilait, un soir, la rue Basse-du-Rempart qui, dans ce temps-là, méritait bien son nom de la Rue Basse, car elle était moins élevée que le sol du boulevard, et formait une excavation toujours mal éclairée et noire, dans laquelle on descendait du boulevard par deux escaliers qui se tournaient le dos, si on peut dire cela de deux escaliers. Cette excavation, qui n'existe plus [1] et qui se prolongeait de la rue de la Chaussée-d'Antin à la rue Caumartin, devant laquelle le terrain reprenait son niveau ; cette espèce de ravin sombre, où l'on se risquait à peine le jour, était fort mal hantée quand venait la nuit. Le Diable est le Prince des ténèbres. Il avait là une de ses principautés. Au centre, à peu près, de cette excavation, bordée d'un côté par le boulevard formant terrasse, et, de l'autre, par de grandes maisons silencieuses à portes cochères et quelques magasins de bric-à-brac, il y avait un passage étroit et non couvert où le vent, pour peu qu'il fît du vent, jouait comme dans une flûte, et qui conduisait, le long d'un mur et des maisons en construction, jusqu'à la rue Neuve-des-Mathurins. Le jeune homme en question, et très bien mis du reste, qui venait de prendre ce chemin, lequel ne devait pas être pour lui le droit chemin de la vertu, ne l'avait pris que parce qu'il suivait une femme qui s'était enfoncée, sans hésitation et sans embarras, dans la suspecte noirceur de ce passage. C'était un élégant que ce jeune homme, — un *gant jaune*, comme on disait des élégants de ce temps-là.

---

1. Le centre de Paris fut complètement transformé, sous le Second Empire, par les grands travaux d'urbanisme du baron Haussmann.

Il avait dîné longuement au café de Paris[1], et il était venu, tout en mâchonnant son cure-dents, se placer contre la balustrade à mi-corps de Tortoni (à présent supprimée), et guigner de là les femmes qui passaient le long du boulevard. Celle-là était justement passée plusieurs fois devant lui ; et, quoique cette circonstance, ainsi que la mise trop *voyante* de cette femme et le tortillement de sa démarche, fussent de suffisantes étiquettes ; quoique ce jeune homme, qui s'appelait Robert de Tressignies, fût horriblement blasé et qu'il revînt d'Orient, — où il avait vu l'animal femme dans toutes les variétés de son espèce et de ses races, — à la cinquième passe de cette déambulante du soir, il l'avait suivie... *chiennement*, comme il disait, en se moquant de lui-même, — car il avait la faculté de se regarder faire et de se juger à mesure qu'il agissait, sans que son jugement, très souvent contraire à son acte, empêchât son acte, ou que son acte nuisît à son jugement : asymptote terrible ! Tressignies avait plus de trente ans. Il avait vécu cette niaise première jeunesse qui fait de l'homme le Jocrisse[2] de ses sensations, et pour qui la première venue qui passe est un magnétisme. Il n'en était plus là. C'était un libertin déjà froidi et très compliqué de cette époque positive, un libertin fortement intellectualisé, qui avait assez réfléchi sur ses sensations pour ne plus pouvoir en être dupe, et qui n'avait peur ni horreur d'aucune. Ce qu'il venait de voir, ou ce qu'il avait cru voir, lui avait inspiré la curiosité qui veut aller au fond d'une sensation nouvelle. Il avait donc quitté sa balustrade et suivi... très résolu à pousser à la fin la très vulgaire aventure qu'il entrevoyait. Pour lui, en effet, cette femme qui s'en allait devant lui, déferlant onduleusement comme une vague, n'était qu'une fille du plus bas étage ; mais elle était d'une telle beauté qu'on pouvait s'étonner que cette beauté ne l'eût pas

---

1. Café très à la mode au XIXᵉ siècle, sur le boulevard des Italiens, comme le Café Anglais.
2. Type du niais dans le théâtre populaire.

classée plus haut, et qu'elle n'eût pas trouvé un amateur qui l'eût sauvée de l'abjection de la rue, car, à Paris, lorsque Dieu y plante une jolie femme, le Diable, en réplique, y plante immédiatement un sot pour l'entretenir.

Et puis, encore, il avait, ce Robert de Tressignies, une autre raison pour la suivre que la souveraine beauté que ne voyaient peut-être pas ces Parisiens, si peu connaisseurs en beauté vraie et dont l'esthétique, démocratisée comme le reste, manque particulièrement de hauteur. Cette femme était pour lui une ressemblance. Elle était cet oiseau moqueur qui joue le rossignol, dont parle Byron, dans ses Mémoires, avec tant de mélancolie. Elle lui rappelait une autre femme, vue ailleurs... Il était sûr, absolument sûr, que ce n'était pas elle, mais elle lui ressemblait à s'y méprendre, si se méprendre n'avait pas été impossible... Et il en était, du reste, plus attiré que surpris, car il avait assez d'expérience, comme observateur, pour savoir qu'en fin de compte il y a beaucoup moins de variété qu'on ne croit dans les figures humaines, dont les traits sont soumis à une géométrie étroite et inflexible, et peuvent se ramener à quelques types généraux. La beauté est une. Seule, la laideur est multiple, et encore sa multiplicité est bien vite épuisée. Dieu a voulu qu'il n'y eût d'infini que la physionomie, parce que la physionomie est une immersion de l'âme à travers les lignes correctes ou incorrectes, pures ou tourmentées, du visage. Tressignies se disait confusément tout cela, en mettant son pas dans le pas de cette femme, qui marchait le long du boulevard, sinueusement, et le coupait comme une faux, plus fière que la reine de Sabba [1] du Tintoret lui-même, dans sa robe de satin safran, aux tons d'or, cette couleur aimée des

---

1. Personnage biblique. Souveraine d'une ville d'Arabie dont la beauté séduisit le roi Salomon. Barbey fait allusion à un tableau du peintre vénitien Jacopo Robusti dit le Tintoret (1512-1590) qui s'était assigné pour idéal « d'unir au coloris des vénitiens le dessin de Michel-Ange ».

jeunes Romaines, et dont elle faisait, en marchant, miroiter et crier les plis glacés et luisants, comme un appel aux armes ! Exagérément cambrée, comme il est rare de l'être en France, elle s'étreignait dans un magnifique châle turc à larges raies blanches, écarlate et or ; et la plume rouge de son chapeau blanc — splendide de mauvais goût — lui vibrait jusque sur l'épaule. On se souvient qu'à cette époque les femmes portaient des plumes penchées sur leurs chapeaux, qu'elles appelaient des plumes en *saule pleureur*. Mais rien ne pleurait en cette femme ; et la sienne exprimait bien autre chose que la mélancolie. Tressignies, qui croyait qu'elle allait prendre la rue de la Chaussée-d'Antin, étincelante de ses mille becs de lumière, vit avec surprise tout ce luxe piaffant de courtisane, toute cette fierté impudente de fille enivrée d'elle-même et des soies qu'elle traînait, s'enfoncer dans la rue Basse-du-Rempart, la honte du boulevard de ce temps ! Et l'élégant, aux bottes vernies, moins brave que la femme, hésita avant d'entrer *là-dedans*... Mais ce ne fut guère qu'une seconde... La robe d'or, perdue un instant dans les ténèbres de ce trou noir, après avoir dépassé l'unique réverbère qui les tatouait d'un point lumineux, reluisit au loin, et il s'élança pour la rejoindre. Il n'eut pas grand-peine : elle l'attendait, sûre qu'il viendrait ; et ce fut alors qu'au moment où il la rejoignit elle lui projeta bien en face, pour qu'il pût en juger, son visage, et lui campa ses yeux dans les yeux, avec toute l'effronterie de son métier. Il fut littéralement aveuglé de la magnificence de ce visage empâté de vermillon, mais d'un brun doré comme les ailes de certains insectes, et que la clarté blême, tombant en maigre filet du réverbère, ne pouvait pas pâlir.

— Vous êtes Espagnole ? — fit Tressignies, qui venait de reconnaître un des plus beaux types de cette race.

— *Si*, — répondit-elle.

Être Espagnole, à cette époque-là, c'était quelque chose ! C'était une valeur sur la place. Les romans d'alors, le théâtre de Clara Gazul, les poésies d'Alfred de Musset, les danses de Mariano Camprubi et de Dolorès Serral [1], faisaient excessivement priser les femmes orange aux joues de grenade, — et, qui se vantait d'être Espagnole ne l'était pas toujours, mais on s'en vantait. Seulement, elle ne semblait pas plus tenir à sa qualité d'Espagnole qu'à toute autre chose qu'elle aurait fait chatoyer ; et, en français :

— Viens-tu ? — lui dit-elle, à brûle-pourpoint, et avec le tutoiement qu'aurait eu la dernière fille de la rue des Poulies, existant aussi alors. Vous la rappelez-vous ? Une immondice !

Le ton, la voix déjà rauque, cette familiarité prématurée, ce tutoiement si divin — le ciel ! — sur les lèvres d'une femme qui vous aime, et qui devient la plus sanglante des insolences dans la bouche d'une créature pour qui vous n'êtes qu'un passant, auraient suffi pour dégriser Tressignies par le dégoût, mais le Démon le tenait. La curiosité, pimentée de convoitise, dont il avait été mordu, en voyant cette fille qui était plus pour lui que de la chair superbe, tassée dans du satin, lui aurait fait avaler non pas la pomme d'Ève, mais tous les crapauds d'une crapaudière !

— Par Dieu ! — dit-il, si je viens ! — Comme si elle pouvait en douter ! Je me mettrai à la lessive demain, — pensa-t-il.

Ils étaient au bout du passage par lequel on gagnait la rue des Mathurins ; ils s'y engagèrent. Au milieu des énormes moellons qui gisaient là et des constructions qui s'y élevaient, une seule maison restée debout sur

---

1. L'Espagne fut très à la mode pendant la période romantique. Alfred de Musset (1810-1847) chanta les Andalouses « au sein bruni » ; Prosper Mérimée (1803-1870) se fit connaître en publiant le *Théâtre de Clara Gazul* (1825) qu'il prétendait être l'œuvre d'une célèbre comédienne espagnole ; des danseurs et danseuses espagnols se produisirent à Paris avec un très grand succès (cf. premier *Memorandum*, à la date du 19 novembre 1837 : « Remarqué la mise de la danseuse Dolorès Serral qui se promenait là », ORC, II, p. 860).

sa base, sans voisines, étroite, laide, rechignée, tremblante, qui semblait avoir vu bien du vice et bien du
crime à tous les étages de ses vieux murs ébranlés, et
qui avait peut-être été laissée là pour en voir encore,
se dressait, d'un noir plus sombre, dans un ciel déjà
noir. Longue perche de maison aveugle, car aucune de
ses fenêtres (et les fenêtres sont les yeux des maisons)
n'était éclairée, et qui avait l'air de vous raccrocher en
tâtonnant dans la nuit ! Cette horrible maison avait la
classique porte entrebâillée des mauvais lieux, et, au
fond d'une ignoble allée, l'escalier dont on voit quelques marches éclairées d'en haut, par une lumière hon-
teuse et sale... La femme entra dans cette allée étroite,
qu'elle emplit de la largeur de ses épaules et de
l'ampleur foisonnante et frissonnante de sa robe ; et,
d'un pied accoutumé à de pareilles ascensions, elle
monta lestement l'escalier en colimaçon, — image juste,
car cet escalier en avait la viscosité... Chose inaccou-
tumée à ces bouges, en montant, cet abominable escalier s'éclairait : ce n'était plus la lueur épaisse du quin-
quet puant l'huile qui rampait sur les murs du premier
étage, mais une lumière qui, au second, s'élargissait et
s'épanouissait jusqu'à la splendeur. Deux griffes de
bronze, chargées de bougies, incrustées dans le mur,
illuminaient avec un faste étrange une porte, commune
d'aspect, sur laquelle était collée, pour qu'on sût chez
qui on entrait, la carte où ces filles mettent leur nom,
pour que, si elles ont quelque réputation et quelque
beauté, le pavillon couvre la marchandise. Surpris de
ce luxe si déplacé en pareil lieu, Tressignies fit plus
attention à ces torchères, d'un style presque grandiose,
qu'une puissante main d'artiste avait tordues, qu'à la
carte et au nom de la femme, qu'il n'avait pas besoin
de savoir, puisqu'il l'accompagnait. En les regardant,
— pendant qu'elle faisait tourner une clef dans la serrure de cette porte si bizarrement ornée et inondée de
lumière, le souvenir lui revint des *surprises* des petites
maisons du temps de Louis XV. « Celle fille-là aura
lu, — pensa-t-il, — quelques romans ou quelques

mémoires de ce temps, et elle aura eu la fantaisie de mettre un joli appartement, plein de voluptueuses coquetteries, là où on ne l'aurait jamais soupçonné... » Mais ce qu'il trouva, la porte une fois ouverte, dut redoubler son étonnement, — seulement dans un sens opposé.

Ce n'était, en effet, que l'appartement trivial et désordonné de ces filles-là... Des robes, jetées çà et là confusément sur tous les meubles, et un lit vaste, — le champ de manœuvres, — avec les immorales glaces au fond et au plafond de l'alcôve, disaient bien chez qui on était... Sur la cheminée, des flacons qu'on n'avait pas pensé à reboucher, avant de repartir pour la campagne du soir, croisaient leurs parfums dans l'atmosphère tiède de cette chambre où l'énergie des hommes devait se dissoudre à la troisième respiration... Deux candélabres allumés, du même style que ceux de la porte, brûlaient des deux côtés de la cheminée. Partout, des peaux de bêtes faisaient tapis par-dessus le tapis. On avait tout prévu. Enfin, une porte ouverte laissait voir, par-dessous ses portières, un mystérieux cabinet de toilette, la sacristie de ces prêtresses.

Mais, tous ces détails, Tressignies ne les vit que plus tard. Tout d'abord, il ne vit que la fille chez laquelle il venait de monter. Sachant où il était, il ne se gêna pas. Il se mit sans façon sur le canapé, attirant entre ses genoux cette femme qui avait ôté son chapeau et son châle, et qui les avait jetés sur le fauteuil. Il la prit à la taille, comme s'il l'eût bouclée entre ses deux mains jointes, et il la regarda ainsi de bas en haut, comme un buveur qui lève au jour, avant de le boire, le verre de vin qu'il va sabler ! Ses impressions du boulevard n'avaient pas menti. Pour un dégustateur de femmes, pour un homme blasé, mais puissant, elle était véritablement splendide. La ressemblance qui l'avait tant frappé dans les lueurs mobiles et coupées d'ombre du boulevard, cette femme l'avait toujours, en pleine lumière fixe. Seulement, *celle à qui* elle le faisait penser n'avait pas sur son visage, aux traits si semblables qu'ils en paraissaient identiques, cette expression de fierté résolue et presque terrible que le Diable, ce père joyeux de toutes les anarchies, avait refusée à une duchesse et avait donnée — pour quoi en faire ? — à une demoiselle du boulevard. Quand elle eut la tête nue, avec ses cheveux noirs, sa robe jaune, ses larges épaules dont ses hanches dépassaient encore la largeur, elle rappelait la Judith [1] de Vernet (un tableau de ce temps), mais par le corps plus fait pour l'amour et par le visage plus féroce encore. Cette férocité sombre venait peut-être d'un pli qui se creusait entre ses deux beaux sourcils, qui se prolongeaient jusque dans les tempes, comme Tressignies en avait vu à quelques Asiatiques, en Turquie, et elle les rapprochait, dans une préoccupation si continue qu'on aurait dit qu'ils étaient barrés. Souffletant contraste ! cette fille avait la taille de son métier ; elle n'en avait pas la figure. Ce corps de courtisane, qui disait si éloquemment : Prends ! — cette coupe d'amour aux flancs arrondis qui invitait la main et les lèvres, étaient surmontés d'un visage qui aurait arrêté le désir par la hauteur de sa physionomie, et pétrifié dans le respect la volupté la plus brûlante... Heureusement, le sourire volontairement assoupli de la courtisane, et dont elle savait profaner la courbure idéalement dédaigneuse de ses lèvres, ralliait bientôt à elle ceux que la fierté cruelle de son visage aurait épouvantés. Au boulevard, elle promenait ce raccrochant sourire, étalé impudiquement sur ses lèvres rouges ; mais, au moment où Tressignies la tenait debout entre ses genoux, elle était sérieuse, et sa tête respirait quelque chose de si étrangement implacable, qu'il ne lui manquait que le sabre recourbé aux mains pour que ce

<hr/>

1. Héroïne biblique *(Livre de Judith)* qui, pour sauver son peuple, accepta de passer une nuit avec le général ennemi Holopherne. À l'aube, elle lui trancha la tête. Barbey fait référence à un tableau du peintre français Horace Vernet (1789-1863) conservé au musée du Louvre, *Judith et Holopherne* (1831).

dandy de Tressignies pût, sans fatuité, se croire Holopherne.

Il lui prit ses mains désarmées, et il s'en attesta la beauté suzeraine. Elle lui laissait faire silencieusement tout cet examen de sa personne, et elle le regardait aussi, non pas avec la curiosité futile ou sordidement intéressée de ses pareilles, qui, en vous regardant, vous soupèsent comme de l'or suspect... Évidemment, elle avait une autre pensée que celle du gain qu'elle allait faire ou du plaisir qu'elle allait donner. Il y avait dans les ailes ouvertes de ce nez, aussi expressives que des yeux et par où la passion, comme par les yeux, devait jeter des flammes, une décision suprême comme celle d'un crime qu'on va accomplir. — « Si l'implacabilité de ce visage était, par hasard, l'implacabilité de l'amour et des sens, quelle bonne fortune pour elle et pour moi, dans ce temps d'épuisement ! » — pensa Tressignies, qui, avant de s'en passer la fantaisie, la détaillait comme un cheval anglais... Lui, l'expérimenté, le fort critique en fait de femmes, qui avait marchandé les plus belles filles sur le marché d'Andrinople et qui savait le prix de la chair humaine, quand elle avait cette couleur et cette densité, jeta, pour deux heures de celle-ci, une poignée de louis dans une coupe de cristal bleu, posée à niveau de main sur une console, et qui, probablement, n'avait jamais reçu tant d'or.

— Ah ! je te plais donc ?... — s'écria-t-elle audacieusement et prête à tout, sous l'action du geste qu'il venait de faire ; peut-être impatientée de cet examen dans lequel la curiosité semblait plus forte que le désir, ce qui, pour elle, était une perte de temps ou une insolence. — Laisse-moi ôter tout cela, — ajouta-t-elle, comme si sa robe lui eût pesé, et en faisant sauter les deux premiers boutons de son corsage...

Et elle s'arracha de ses genoux pour aller dans le cabinet de toilette d'à côté... Prosaïque détail ! Voulait-elle *ménager* sa robe ? La robe, c'est l'outil de ces travailleuses... Tressignies, qui rêvait devant ce visage l'inassouvissement de Messaline[1], retomba dans la plate banalité. Il se sentit de nouveau chez la fille — la fille de Paris, malgré la sublimité d'une physionomie qui jurait cruellement avec le destin de celle qui l'avait. « Bah ! — pensa-t-il encore, — la poésie n'est jamais qu'à la peau avec ces drôlesses, et il ne faut la prendre que là où elle est. »

Et il se promit de l'y prendre, mais il la trouva aussi ailleurs, — et là où, certes, il ne se doutait pas qu'elle fût, la poésie ! Jusque-là, en suivant cette femme, il n'avait obéi qu'à une irrésistible curiosité et à une fantaisie sans noblesse ; mais, quand celle qui les lui avait si vite inspirées sortit du cabinet de toilette, où elle était allée se défaire de tous ses caparaçons du soir, et qu'elle revint vers lui, dans le costume, qui n'en était pas un, de gladiatrice qui va combattre, il fut littéralement foudroyé d'une beauté que son œil exercé, cet œil de sculpteur qu'ont les *hommes à femmes*, n'avait pas, au boulevard, devinée tout entière, à travers les souffles révélateurs de la robe et de la démarche. Le tonnerre entrant tout à coup, au lieu d'elle, par cette porte, ne l'aurait pas mieux foudroyé... Elle n'était pas entièrement nue ; mais c'était pis ! Elle était bien plus indécente, — bien plus révoltamment indécente que si elle eût été franchement nue. Les marbres sont nus, et la nudité est chaste. C'est même la bravoure de la chasteté. Mais cette fille, scélératement impudique, qui se serait allumée elle-même, comme une des torches vivantes des jardins de Néron[2], pour mieux incendier les sens des hommes, et à qui son métier avait sans doute appris les plus basses rubriques de la corruption, avait combiné la transparence insidieuse des voiles et l'*osé* de la chair, avec le génie et le mauvais goût d'un libertinage

1. Cf. p. 285, n. 2.
2. Empereur romain (37-68), fils d'Agrippine (cf. p. 304, n. 2). Accusé d'avoir incendié Rome, il rejeta le crime sur les Chrétiens dont un grand nombre, enduits de poix, servirent de torches pour éclairer, au cours d'une fête, les jardins impériaux.

atroce, car, qui ne le sait ? en libertinage, le mauvais goût est une puissance... Par le détail de cette toilette, monstrueusement provocante, elle rappelait à Tressignies cette statuette indescriptible devant laquelle il s'était parfois arrêté, exposée qu'elle était chez tous les marchands de bronze du Paris d'alors, et sur le socle de laquelle on ne lisait que ce mot mystérieux : « Madame Husson ». Dangereux rêve obscène ! Le rêve était ici une réalité. Devant cette irritante réalité, devant cette beauté absolue, mais qui n'avait pas la froideur qu'a trop souvent la beauté absolue, Tressignies, *retour de Turquie*, aurait été le plus blasé des pachas [1] à trois queues qu'il eût retrouvé les sens d'un chrétien, et même d'un anachorète. Aussi, quand, très sûre des bouleversements qu'elle était accoutumée à produire, elle vint impétueusement à lui, et qu'elle lui poussa, à hauteur de la bouche, l'éventaire des magnificences savoureuses de son corsage, avec le mouvement retrouvé de la courtisane qui tente le Saint dans le tableau de Paul Véronèse [2], Robert de Tressignies, qui n'était pas un saint, eut la fringale... de ce qu'elle lui offrait, et il la prit dans ses bras, cette brutale tentatrice, avec une fougue qu'elle partagea, car elle s'y était jetée. Se jetait-elle ainsi dans tous les bras qui se fermaient sur elle ? Si supérieure qu'elle fût dans son métier ou dans son art de courtisane, elle fut, ce soir-là, d'une si furieuse et si hennissante ardeur, que même l'emportement de sens exceptionnels ou malades n'aurait pas suffi pour l'expliquer. Était-elle au début de cet horrible vie de fille, pour la faire avec une semblable furie ? Mais, vraiment, c'était quelque chose de

---

1. Titre donné aux principaux chefs militaires ou aux gouverneurs de province dans l'empire turc. On portait au bout d'une lance devant le pacha une, deux ou trois queues de cheval, en fonction de son rang hiérarchique.
2. Barbey avait, en 1856, admiré au musée de Caen la *Tentation de saint Antoine* du peintre italien Véronèse (1528-1588). (Cf. Dossier, p. 386.)

si fauve et de si acharné, qu'on aurait dit qu'elle voulait
laisser sa vie ou prendre celle d'un autre dans chacune
de ses caresses. En ce temps-là, ses pareilles à Paris,
qui ne trouvaient pas assez sérieux le joli nom de
« lorettes » que la littérature leur avait donné et qu'a
immortalisé Gavarni [1], se faisaient appeler orientale-
ment des « panthères ». Eh bien ! aucune d'elles
n'aurait mieux justifié ce nom de panthère... Elle en
eut, ce soir-là, la souplesse, les enroulements, les bonds,
les égratignements et les morsures. Tressignies put
s'attester qu'aucune des femmes qui lui étaient jusque-
là passées par les bras ne lui avait donné les sensations
inouïes que lui donna cette créature, folle de son corps
à rendre la folie contagieuse, et pourtant il avait aimé,
Tressignies. Mais, faut-il le dire à la gloire ou à la honte
de la nature humaine ? Il y a dans ce qu'on appelle le
plaisir, avec trop de mépris peut-être, des abîmes tout
aussi profond que dans l'amour. Était-ce dans ces abîmes qu'elle le roula, comme la mer roule un fort nageur
dans les siens ? Elle dépassa, et bien au-delà, ses plus
coupables souvenirs de mauvais sujet, et même
jusqu'aux rêves d'une imagination comme la sienne,
tout à la fois violente et corrompue. Il oublia tout, —
et ce qu'elle était, et ce pour quoi il était venu, et cette
maison, et cet appartement dont il avait eu presque,
en y entrant, la nausée. Positivement, elle lui soutira
son âme, à lui, dans son corps, à elle... Elle lui enivra
jusqu'au délire, des sens difficiles à griser. Elle le
combla enfin de telles voluptés, qu'il arriva un moment
où l'athée à l'amour, le sceptique à tout, eut la pensée
folle d'une fantaisie éclose tout à coup dans cette
femme, qui faisait marchandise de son corps. Oui,
Robert de Tressignies, qui avait presque dans la trempe
la froideur d'acier de son patron Robert Lovelace [2],

1. Dessinateur français (1804-1866), auteur d'une série de dessins
sur les « lorettes » (jeunes femmes de mœurs légères, nombreuses
dans le quartier parisien de Notre-Dame-de-Lorette).
2. Cf. p. 69, n. 1.

crut avoir inspiré au moins un caprice à cette prostituée, qui ne pouvait être ainsi avec tous les autres, sous
peine de bientôt périr consumée. Il le crut deux minutes,
comme un imbécile, cet homme si fort ! Mais la vanité
qu'elle avait allumée, au feu d'un plaisir cuisant comme
l'amour, eut soudainement, entre deux caresses, le petit
frisson d'un doute subit... Une voix lui cria du fond
de son être : « Ce n'est pas toi qu'elle aime en toi ! »
car il venait de la surprendre, dans le temps où elle était
le plus panthère et le plus souplement nouée à lui, distraite de lui et toute perdue dans l'absorbante contemplation d'un bracelet qu'elle avait au bras, et sur lequel
Tressignies avisa le portrait d'un homme. Quelques
mots en langue espagnole, que Tressignies, qui ne savait
pas cette langue, ne comprit pas, mêlés à ses cris de
bacchante, lui semblèrent à l'adresse de ce portrait.
Alors, l'idée qu'il *posait pour un autre*, — qu'il était
là pour le compte d'un autre, — ce fait, malheureusement si commun dans nos misérables mœurs, avec l'état
surchauffé et dépravé de nos imaginations, ce dédommagement de l'impossible dans les âmes enragées qui
ne peuvent avoir l'objet de leur désir, et qui se jettent
sur l'apparence, se saisit violemment de son esprit et
le glaça de férocité. Dans un de ces accès de jalousie
absurde et de vanité tigre dont l'homme n'est pas maître, il lui saisit le bras durement, et voulut voir ce bracelet qu'elle regardait avec une flamme qui, certainement, n'était pas pour lui, quand tout, de cette femme,
devait être à lui dans un pareil moment.

— Montre-moi ce portrait ! — lui dit-il, avec une
voix encore plus dure que sa main.

Elle avait compris ; mais, sans orgueuil :

— Tu ne peux pas être jaloux d'une fille comme moi,
— lui dit-elle. Seulement, ce ne fut pas le mot de *fille*
qu'elle employa. Non, à la stupéfaction de Tressignies,
elle se rima elle-même en *tain*, comme un crocheteur
qui l'aurait insultée. — Tu veux le voir ! — ajouta-
t-elle. Eh bien ! regarde.

Et elle lui coula près des yeux son beau bras, fumant

encore de la sueur enivrante du plaisir auquel ils
venaient de se livrer.

C'était le portrait d'un homme laid, chétif, au teint
olive, aux yeux noirs jeunes, très sombre, mais non pas
sans noblesse ; l'air d'un bandit ou d'un grand d'Espagne. Et il fallait bien que ce fût un grand d'Espagne,
car il avait au cou le collier de la Toison-d'Or [1].

— Où as-tu pris celà ? — fit Tressignies, qui pensa :
Elle va me faire un conte. Elle va me débiter la séduction d'usage, le roman du *premier*, l'histoire connue
qu'elles débitent toutes...

— Pris ! — repartit-elle, révoltée. — C'est bien lui,
POR DIOS, qui me l'a donné !

— Qui lui ? ton amant, sans doute ? — dit Tressignies. — Tu l'auras trahi. Il t'aura chassée, et tu auras
roulé jusqu'ici.

— Ce n'est pas mon amant, — fit-elle froidement,
avec l'insensibilité du bronze, à l'outrage de cette sup-
position.

— Peut-être ne l'est-il plus, — dit Tressignies. — Mais
tu l'aimes encore : je l'ai vu tout à l'heure dans tes yeux.

Elle se mit à rire amèrement.

— Ah ! tu ne connais donc rien ni à l'amour ni à
la haine ? — s'écria-t-elle. — Aimer cet homme ! mais
je l'exècre ! C'est mon mari.

— Ton mari !

— Oui, mon mari, — fit-elle, — le plus grand seigneur des Espagnes, trois fois duc, quatre fois marquis,
cinq fois comte, grand d'Espagne à plusieurs grandesses, Toison-d'Or. Je suis la duchesse d'Arcos de Sierra-
Leone. »

Tressignies, presque terrassé par ces incroyables
paroles, n'eut pas le moindre doute sur la vérité de cette
renversante affirmation. Il était sûr que cette fille
n'avait pas menti. Il venait de la reconnaître. La ressem-

---

1. Ordre de chevalerie qui ne se donnait en Espagne qu'aux princes
et aux « grands » (les plus puissants seigneurs, qualifiés de « cou-
sins » du roi).

blance qui l'avait tant frappé au boulevard était jus-
tifiée.

Il l'avait rencontrée déjà, et il n'y avait pas si longtemps ! C'était à Saint-Jean-de-Luz, où il était allé
passer la saison des bains une année. Précisément, cette
année-là, la plus haute société espagnole s'était donné
rendez-vous sur la côte de France, dans cette petite ville,
qui est si près de l'Espagne qu'on s'y rêverait en Espagne encore, et que les Espagnols les plus épris de leur
péninsule peuvent y venir en villégiature, sans croire
faire une infidélité à leur pays. La duchesse de Sierra-
Leone avait habité tout un été cette bourgade, si profondément espagnole par les mœurs, le caractère, la
physionomie, les souvenirs historiques ; car on se rappelle que c'était là que furent célébrées les fêtes du
mariage de Louis XIV, le seul roi de France qui, par
parenthèse, ait ressemblé à un roi d'Espagne, et que
c'est là aussi que vint échouer, après son naufrage, la
grande fortune démâtée de la princesse des Ursins [1].
La duchesse de Sierra-Leone était alors, disait-on, dans
la lune de miel de son mariage avec le plus grand et
le plus opulent seigneur de l'Espagne. Quand, de son
côté, Tressignies arriva dans ce nid de pêcheurs qui a
donné les plus terribles flibustiers au monde, elle y
étalait un faste qu'on n'y connaissait plus depuis
Louis XIV, et, parmi ces Basquaises qui, en fait de
beauté, ne craignent la rivalité de personne, avec leurs
tailles de canéphores antiques et leurs yeux d'aigue-
marine, si pâlement pers, une beauté qui pourtant ter-
rassait la leur. Attiré par cette beauté, et d'ailleurs d'une
naissance et d'une fortune à pouvoir pénétrer dans tous
les mondes, Robert de Tressignies s'efforça d'aller
jusqu'à elle, mais le groupe de société espagnole dont
la duchesse était la souveraine, strictement fermé cette
année-là, ne s'ouvrit à aucun des Français qui passèrent

---

1. Aristocrate française (1642-1722), première dame d'honneur de
la reine d'Espagne ; disgraciée à cause de ses intrigues politiques,
elle fut renvoyée en France.

la saison à Saint-Jean-de-Luz. La duchesse, entrevue
de loin, ou sur les dunes du rivage, ou à l'église, repartit sans qu'il pût la connaître, et, pour cette raison, elle
lui était restée dans le souvenir comme un de ces météo-
res, d'autant plus brillants dans notre mémoire qu'ils
ont passé et que nous ne les reverrons jamais ! Il par-
courut la Grèce et une partie de l'Asie ; mais aucune
des créatures les plus admirables de ces pays, où la
beauté tient tant de place qu'on ne conçoit pas le paradis sans elle, ne put lui effacer la tenace et flamboyante
image de la duchesse.

Eh bien, aujourd'hui, par le fait d'un hasard étrange
et incompréhensible, cette duchesse, admirée un instant et disparue, revenait dans sa vie par le plus incroyable des chemins ! Elle faisait un métier infâme ; il l'avait
achetée. Elle venait de lui appartenir. Elle n'était plus
qu'une prostituée, et encore de la prostitution la plus
basse, car il y a une hiérarchie jusque dans l'infamie...
La superbe duchesse de Sierra-Leone, qu'il avait rêvée
et peut-être aimée, — le rêve étant si près de l'amour
dans nos âmes ! — n'était plus... était-ce bien possible ? qu'une fille du pavé de Paris !!! C'était elle qui
venait de se rouler dans ses bras tout à l'heure, comme
elle s'était roulée probablement, la veille, dans les bras
d'un autre, — le premier venu comme lui, — et comme
elle se roulerait encore dans les bras d'un troisième
demain, et, qui sait ? peut-être dans une heure ! Ah !
cette découverte abominable le frappait à la poitrine
et au front d'un coup de massue de glace. L'homme,
en lui, qui flambait il n'y avait qu'une minute, — qui,
dans son délire, croyait voir courir du feu jusque sur
les corniches de cet appartement, embrasé par ses sensations, restait désenivré, transi, écrasé. L'idée, la certitude que c'était là réellement la duchesse de Sierra-
Leone, n'avait pas ranimé ses désirs, éteints aussi vite
qu'une chandelle qu'on souffle, et ne lui avait pas fait
remettre sa bouche, avec plus d'avidité que la première
fois, au feu brûlant où il avait bu à pleines gorgées.
En se révélant, la duchesse avait emporté jusqu'à la

courtisane ! Il n'y avait plus ici, pour lui, que la duchesse ; mais dans quel état ! souillée, abîmée, perdue, une femme à la mer, tombée de plus haut que du rocher de Leucade [1] dans une mer de boue, immonde et dégoûtante à ne pouvoir l'y repêcher. Il la fixait d'un œil hébété, assise droite et sombre, métamorphosée et tragique ; de Messaline, changée tout à coup il ne savait en quelle mystérieuse Agrippine, sur l'extrémité du canapé où ils s'étaient vautrés tous deux ; et l'envie ne le prenait pas de la toucher du bout du doigt, cette créature dont il venait de pétrir, avec des mains idolâtres, les formes puissantes, pour s'attester que c'était bien là ce corps de femme qui l'avait fait bouillonner, — que ce n'était pas une illusion, — qu'il ne rêvait pas, — qu'il n'était pas fou ! La duchesse, en émergeant à travers la fille, l'avait anéanti.

« Oui, — lui dit-il, d'une voix qu'il s'arracha de la gorge où elle était collée, tant ce qu'il avait entendu l'avait strangulé ! — je *vous* crois (il ne la tutoyait déjà plus), car je vous reconnais. Je vous ai vue à Saint-Jean-de-Luz, il y a trois ans. »

À ce nom rappelé de Saint-Jean-de-Luz, une clarté passa sur le front qui venait pour lui de s'envelopper, avec son incroyable aveu, dans de si prodigieuses ténèbres. — « Ah ! — dit-elle, sous la lueur de ce souvenir, — j'étais alors dans toutes les ivresses de la vie, et à présent... »

L'éclair était déjà éteint, mais elle n'avait pas baissé sa tête volontaire.

« Et à présent ?... — dit Tressignies, qui lui fit écho.

— À présent, — reprit-elle, — je ne suis plus que dans l'ivresse de la vengeance... Mais je la ferai assez profonde, — ajouta-t-elle avec une violence concentrée,

---

1. Île grecque. La légende raconte que la poétesse Sapho, désespérée d'être repoussée par l'homme qu'elle aimait, s'y jeta à la mer du haut d'un rocher. De ce rocher, dit Saut de Leucade, on précipitait les condamnés à mort.

— pour y mourir, dans cette vengeance, comme les mosquitos de mon pays, qui meurent, gorgés de sang, dans la blessure qu'ils ont faite. »

Et, lisant sur le visage de Tressignies : « — Vous ne comprenez pas, — dit-elle, — mais je m'en vais vous faire comprendre. Vous savez qui je suis, mais vous ne savez pas tout ce que je suis. Voulez-vous le savoir ? Voulez-vous savoir mon histoire ? Le voulez-vous ? — reprit-elle avec une insistance exaltée. — Moi, je voudrais la dire à tous ceux qui viennent ici ! Je voudrais la raconter à toute la terre ! J'en serais plus infâme, mais j'en serais mieux vengée.

— Dites-la ! » — fit Tressignies, crocheté par une curiosité et un intérêt qu'il n'avait jamais ressentis à ce degré, ni dans la vie, ni dans les romans, ni au théâtre. Il lui semblait bien que cette femme allait lui raconter de ces choses comme il n'en avait pas entendu encore. Il ne pensait plus à sa beauté. Il la regardait comme s'il avait désiré assister à l'autopsie de son cadavre. Allait-elle le faire revivre pour lui ?...

« — Oui, — reprit-elle, — j'ai voulu bien des fois déjà la raconter à ceux qui montent ici ; mais ils n'y montent pas, disent-ils, pour écouter des histoires. Lorsque je la leur commençais, ils m'interrompaient ou ils s'en allaient, brutes repues de ce qu'elles étaient venues chercher ! Indifférents, moqueurs, insultants, ils m'appelaient menteuse ou bien folle. Ils ne me croyaient pas, tandis que vous, vous me croirez. Vous, vous m'avez vue à Saint-Jean-de-Luz, dans toutes les gloires d'une femme heureuse, au plus haut sommet de la vie, portant comme un diadème ce nom de Sierra-Leone que je traîne maintenant à la queue de ma robe dans toutes les fanges, comme on traînait à la queue d'un cheval, autrefois, le blason d'un chevalier déshonoré. Ce nom, que je hais et dont je ne me pare que pour l'avilir, est encore porté par le plus grand seigneur des Espagnes et le plus orgueilleux de tous ceux qui ont le privilège de rester couverts devant Sa Majesté le Roi, car il se croit dix fois plus noble que le Roi. Pour le duc d'Arcos de Sierra-Leone, que sont toutes les plus illustres maisons qui ont régné sur les Espagnes : Castille, Aragon, Transtamare, Autriche et Bourbon ?... Il est, dit-il, plus ancien qu'elles. Il descend, lui, des anciens rois Goths, et par Brunehild[1] il est allié aux Mérovingiens de France. Il se pique de n'avoir dans les veines que de ce *sangre azul* dont les plus vieilles races, dégradées par les mésalliances, n'ont plus maintenant que quelques gouttes... Don Christoval d'Arcos, duc de Sierra-Leone et *otros ducados*, ne s'était pas, lui, mésallié en m'épousant. Je suis une Turre-Cremata, de l'ancienne maison des Turre-Cremata d'Italie, la dernière des Turre-Cremata, race qui finit en moi, bien digne du reste de porter ce nom de Turre-Cremata (tour brûlée), car je suis brûlée à tous les feux de l'enfer. Le grand inquisiteur Torquemada[2], qui était un Turre-Cremata d'origine, a infligé moins de supplices, pendant toute sa vie, qu'il n'y en a dans ce sein maudit... Il faut vous dire que les Turre-Cremata n'étaient pas moins fiers que les Sierra-Leone. Divisés en deux branches, également illustres, ils avaient été, durant des siècles, tout-puissants en Italie et en Espagne. Au quinzième, sous le pontificat d'Alexandre VI, les Borgia[3], qui voulurent, dans leur enivrement de la grande fortune de la papauté d'Alexandre, s'apparenter à toutes les maisons royales de l'Europe, se dirent nos parents ; mais les Turre-Cremata repoussèrent cette prétention avec mépris, et deux d'entre eux payèrent de leur vie cette audacieuse hauteur. Ils furent, dit-on, empoi-

1. Fille du roi des Wisigoths d'Espagne, qui épousa le roi Mérovée, fondateur de la dynastie française des Mérovingiens (Ve-VIIIe siècle).
2. Grand Inquisiteur d'Espagne (1420-1498) qui se signala par le zèle tout particulier qu'il mit à livrer au bûcher les hérétiques et les juifs.
3. Grande famille italienne du XVe siècle, originaire d'Espagne, célèbre pour ses crimes et ses exactions. Elle donna de nombreux papes et chefs de guerre, dont Alexandre VI qui fut sans doute l'amant de sa fille, la belle Lucrèce, et César, cardinal guerrier qui fut lui aussi l'amant de Lucrèce.

sonnés par César. Mon mariage avec le duc de Sierra-Leone fut une affaire de race à race. Ni de son côté, ni du mien, il n'entra de sentiment dans notre union. C'était tout simple qu'une Turre-Cremata épousât un Sierra-Leone. C'était tout simple, même pour moi, élevée dans la terrible étiquette des vieilles maisons d'Espagne qui représentait celle de l'Escurial, dans cette dure et compressive étiquette qui empêcherait les cœurs de battre, si les cœurs n'étaient pas plus forts que ce corset de fer. Je fus un de ces cœurs-là... J'aimai Don Esteban. Avant de le rencontrer, mon mariage sans bonheur de cœur (j'ignorais même que j'en eusse un) fut la chose grave qu'il était autrefois dans la cérémonieuse et catholique Espagne, et qui ne l'est plus, à présent, que par exception, dans quelques familles de haute classe qui ont gardé les mœurs antiques. Le duc de Sierra-Leone était trop profondément Espagnol pour ne pas avoir les mœurs du passé. Tout ce que vous avez entendu dire en France de la gravité de l'Espagne, de ce pays altier, silencieux et sombre, le duc l'avait et l'outrepassait... Trop fier pour vivre ailleurs que dans ses terres, il habitait un château féodal, sur la frontière portugaise, et il s'y montrait, dans toutes ses habitudes, plus féodal que son château. Je vivais là, près de lui, entre mon confesseur et mes caméristes, de cette vie somptueuse, monotone et triste, qui aurait écrasé d'ennui toute âme plus faible que la mienne. Mais j'avais été élevée pour être ce que j'étais : l'épouse d'un grand seigneur espagnol. Puis, j'avais la religion d'une femme de mon rang, et j'étais presque aussi impassible que les portraits de mes aïeules qui ornaient les vestibules et les salles du château de Sierra-Leone, et qu'on y voyait représentées, avec leurs grandes mines sévères, dans leurs garde-infants et sous leurs buscs d'acier. Je devais ajouter une génération de plus à ces générations de femmes irréprochables et majestueuses, dont la vertu avait été gardée par la fierté comme une fontaine par un lion. La solitude dans laquelle je vivais ne pesait point sur mon âme, tranquille comme les mon-

tagnes de marbre rouge qui entourent Sierra-Leone. Je
ne soupçonnais pas que sous ces marbres dormait un
volcan. J'étais dans les limbes d'avant la naissance,
mais j'allais naître et recevoir d'un seul regard
d'homme le baptême de feu. Don Esteban, marquis de
Vasconcellos, de race portugaise, et cousin du duc, vint
à Sierra-Leone ; et l'amour, dont je n'avais eu l'idée
que par quelques livres mystiques, me tomba sur le
cœur comme un aigle tombe à pic sur un enfant qu'il
enlève et qui crie... Je criai aussi. Je n'étais pas pour
rien une Espagnole de vieille race. Mon orgueil s'insur-
gea contre ce que je sentais en présence de ce dangereux Esteban, qui s'emparait de moi avec cette révol-
tante puissance. Je dis au duc de le congédier sous un
prétexte ou sous un autre, de lui faire au plus vite quitter le château..., que je m'apercevais qu'il avait pour
moi un amour qui m'offensait comme une insolence.
Mais don Christoval me répondit, comme le duc de
Guise à l'avertissement que Henri III l'assassinerait :
« Il n'oserait ! » C'était le mépris du Destin, qui se vengea en s'accomplissant. Ce mot me jeta à Esteban... »

Elle s'arrêta un instant ; — et il l'écoutait, parlant
cette langue élevée qui, à elle seule, lui aurait affirmé,
s'il avait pu en douter, qu'elle était bien ce qu'elle
disait : la duchesse de Sierra-Leone. Ah ! la fille du
boulevard était alors entièrement effacée. On eût juré
d'un masque tombé, et que la vraie figure, la vraie personne, reparaissait. L'attitude de ce corps effréné était
devenue chaste. Tout en parlant, elle avait pris derrière
elle un châle, oublié au dos du canapé, et elle s'en était
enveloppée... Elle en avait ramené les plis sur ce sein
maudit — comme elle l'avait nommé, — mais auquel
la prostitution n'avait pu enlever la perfection de sa
rondeur et sa fermeté virginale. Sa voix même avait
perdu la raucité qu'elle avait dans la rue... Était-ce une
illusion produite par ce qu'elle disait ? mais il semblait
à Tressignies que cette voix était d'un timbre plus pur,
— qu'elle avait repris sa noblesse.

« Je ne sais pas, — continua-t-elle, — si les autres

femmes sont comme moi. Mais cet orgueil incrédule
de don Christoval, ce dédaigneux et tranquille : « Il
n'oserait ! » en parlant de l'homme que j'aimais,
m'insulta pour lui, qui, déjà, dans le fond de mon être,
avait pris possession de moi comme un Dieu. « Prouve-
lui que tu oseras ! » — lui dis-je, le soir même, en lui
déclarant mon amour. Je n'avais pas besoin de le lui
dire. Esteban m'adorait depuis le premier jour qu'il
m'avait vue. Notre amour avait eu la simultanéité de
deux coups de pistolet tirés en même temps, et qui
tuent... J'avais fait mon devoir de femme espagnole
en avertissant don Christoval. Je ne lui devais que ma
vie, puisque j'étais sa femme, car le cœur n'est pas libre
d'aimer ; et, ma vie, il l'aurait prise très certainement,
en mettant à la porte de son château don Esteban,
comme je le voulais. Avec la folie de mon cœur
déchaîné, je serais morte de ne plus le voir, et je m'étais
exposée à cette terrible chance. Mais puisque lui, le duc,
mon mari, ne m'avait pas comprise, puisqu'il se croyait
au-dessus de Vasconcellos, qu'il lui paraissait impossible que celui-ci élevât les yeux et son hommage jusqu'à
moi, je ne poussai pas plus loin l'héroïsme conjugal
contre un amour qui était mon maître... Je n'essaierai
pas de vous donner l'idée exacte de cet amour. Vous
ne me croiriez peut-être pas, vous non plus... Mais
qu'importe, après tout, ce que vous penserez ! Croyez-
moi, ou ne me croyez pas ! ce fut un amour tout à la
fois brûlant et chaste, un amour chevaleresque, romanesque, presque idéal, presque mystique. Il est vrai que
nous avions vingt ans à peine, et que nous étions du
pays des Bivar, d'Ignace de Loyola [1] et de sainte Thérèse [2]. Ignace, ce chevalier de la Vierge, n'aimait pas

1. Fondateur de la Compagnie de Jésus (les jésuites) (1491-1556),
canonisé en 1622.
2. Carmélite espagnole (1515-1582), réformatrice du Carmel. Sainte
mystique, surnommée la « Vierge séraphique » ; sa devise était :
« Dieu seul suffit. » On a d'elle de nombreux textes poétiques et
mystiques dont *Le Château de l'âme*.

plus purement la Reine des cieux que ne m'aimait Vasconcellos ; et moi, de mon côté, j'avais pour lui quelque chose de cet amour extatique que sainte Thérèse avait pour son Époux divin. L'adultère, fi donc ! Est-ce que nous pensions que nous pouvions être adultères ? Le cœur battait si haut dans nos poitrines, nous vivions dans une atmosphère de sentiments si transcendants et si élevés, que nous ne sentions en nous rien des mauvais désirs et des sensualités des amours vulgaires. Nous vivions en plein azur du ciel ; seulement ce ciel était africain, et cet azur était du feu. Un tel état d'âmes aurait-il duré ? Était-ce bien possible qu'il durât ? Ne jouions-nous pas là, sans le savoir, sans nous en douter, le jeu le plus dangereux pour de faibles créatures, et ne devions-nous pas être précipités, dans un temps donné, de cette hauteur immaculée ?... Esteban était pieux comme un prêtre, comme un chevalier portugais du temps d'Albuquerque [1] ; moi, je valais assurément moins que lui, mais j'avais en lui et dans la pureté de son amour une foi qui enflammait la pureté du mien. Il m'avait dans son cœur, comme une madone dans sa niche d'or, — avec une lampe à ses pieds, — une lampe inextinguible. Il aimait mon âme pour mon âme. Il était de ces rares amants qui veulent grande la femme qu'ils adorent. Il me voulait noble, dévouée, héroïque, une grande femme de ces temps où l'Espagne était grande. Il aurait mieux aimé me voir faire une belle action que de valser avec moi souffle à souffle ! Si les anges pouvaient s'aimer entre eux devant le trône de Dieu, ils devraient s'aimer comme nous nous aimions... Nous étions tellement fondus l'un dans l'autre, que nous passions de longues heures ensemble et seuls, la main dans la main, les yeux dans les yeux, pouvant tout, puisque nous étions seuls, mais tellement heureux que nous ne désirions pas davantage. Quelque-

---

1. Navigateur et conquérant portugais, surnommé « le Mars portugais » (1453-1515). Établit les fondations de l'empire colonial portugais. Renommé pour sa sagesse et son sens de la grandeur.

fois, ce bonheur immense qui nous inondait nous faisait mal à force d'être intense, et nous désirions mourir, mais l'un avec l'autre ou l'un pour l'autre, et nous
comprenions alors le mot de sainte Thérèse : *Je meurs
de ne pouvoir mourir !* ce désir de la créature finie suc-
combant sous un amour infini, et croyant faire plus de
place à ce torrent d'amour infini par le brisement des
organes et la mort. Je suis maintenant la dernière des
créatures souillées ; mais, dans ce temps-là, croirez-
vous que jamais les lèvres d'Esteban n'ont touché les
miennes, et qu'un baiser déposé par lui sur une rose,
et repris par moi, me faisait évanouir ? Du fond de
l'abîme d'horreur où je me suis volontairement plongée,
je me rappelle à chaque instant, pour mon supplice,
ces délices divines de l'amour pur dans lesquelles nous
vivions, perdus, éperdus, et si transparents, sans doute,
dans l'innocence de cet amour sublime, que don Christoval n'eut pas grand-peine à voir que nous nous ado-
rions. Nous vivions la tête dans le ciel. Comment nous
apercevoir qu'il était jaloux, et de quelle jalousie ! De
la seule dont il fût capable : de la jalousie de l'orgueil.
Il ne nous surprit pas. On ne surprend que ceux qui
se cachent. Nous ne nous cachions pas. Pourquoi nous
serions-nous cachés ? Nous avions la candeur de la
flamme en plein jour qu'on aperçoit dans le jour même,
et, d'ailleurs, le bonheur débordait trop de nous pour
qu'on ne le vît pas, et le duc le vit ! Cela creva enfin
les yeux à son orgueil, cette splendeur d'amour ! Ah !
Esteban avait *osé* ! Moi aussi ! Un soir nous étions
comme nous étions toujours, comme nous passions
notre vie depuis que nous nous aimions, tête à tête, unis
par le regard seul ; lui, à mes pieds, devant moi, comme
devant la Vierge Marie, dans une contemplation si profonde que nous n'avions besoin d'aucune caresse. Tout
à coup, le duc entra avec deux noirs qu'il avait ramenés des colonies espagnoles, dont il avait été longtemps
gouverneur. Nous ne les aperçûmes pas, dans la contemplation céleste qui enlevait nos âmes en les unissant,
quand la tête d'Esteban tomba lourdement sur mes

genoux. Il était étranglé ! Les noirs lui avaient jeté
autour du cou ce terrible lazo avec lequel on étrangle
au Mexique les taureaux sauvages. Ce fut la foudre
pour la rapidité ! Mais la foudre qui ne me tua pas.
Je ne m'évanouis point, je ne criai pas. Nulle larme ne
jaillit de mes yeux. Je restai muette et rigide, dans un
état sans nom d'horreur, d'où je ne sortis que par un
déchirement de tout mon être. Je sentis qu'on m'ouvrait
la poitrine et qu'on m'en arrachait le cœur. Hélas ! ce
n'était pas à moi qu'on l'arrachait : c'était à Esteban,
à ce cadavre d'Esteban qui gisait à mes pieds, étranglé,
la poitrine fendue, fouillée, comme un sac, par les
mains de ces monstres ! J'avais ressenti, tant j'étais
par l'amour devenue lui, ce qu'aurait senti Esteban s'il
avait été vivant. J'avais ressenti la douleur que ne sentait pas son cadavre, et c'était cela qui m'avait tirée de
l'horreur dans laquelle je m'étais figée quand ils me
l'avaient étranglé. Je me jetai à eux : « À mon tour ! »
leur criai-je. Je voulais mourir de la même mort, et je
tendis ma tête à l'infâme lacet. Ils allaient la prendre.
— « On ne *touche pas à la reine* », fit le duc, cet orgueilleux duc qui se croyait plus que le Roi, et il les fit reculer
en les fouettant de son fouet de chasse. « Non ! vous
vivrez, Madame, me dit-il, mais pour *penser toujours*
à ce que vous allez voir... » Et il siffla. Deux énormes
chiens sauvages accoururent.

« Qu'on fasse manger, — dit-il, le cœur de ce traître à ces chiens ! » — Oh ! à cela, je ne sais quoi se
redressa en moi :

« — Allons donc, venge-toi mieux ! — lui dis-je. —
C'est à moi qu'il faut le faire manger !

« Il resta comme épouvanté de mon idée... « Tu
l'aimes donc furieusement ? » — reprit-il. — Ah ! je
l'aimais d'un amour qu'il venait d'exaspérer. Je
l'aimais à n'avoir ni peur ni dégoût de ce cœur saignant,
plein de moi, chaud de moi encore, et j'aurais voulu
le mettre dans le mien, ce cœur... Je le demandai à
genoux, les mains jointes ! Je voulais épargner, à ce
noble cœur adoré, cette profanation impie, sacrilège...

J'aurais communié avec ce cœur, comme avec une hostie. N'était-il pas mon Dieu ?... La pensée de Gabrielle de Vergy [1], dont nous avions lu, Esteban et moi, tant de fois l'histoire ensemble, avait surgi en moi. Je l'enviais !... Je la trouvais heureuse d'avoir fait de sa poitrine un tombeau vivant à l'homme qu'elle avait aimé. Mais la vue d'un amour pareil rendit le duc atrocement implacable. Ses chiens dévorèrent le cœur d'Esteban devant moi. Je le leur disputai ; je me battis avec ces chiens. Je ne pus le leur arracher. Ils me couvrirent d'affreuses morsures, et traînèrent et essuyèrent à mes vêtements leurs gueules sanglantes. »

Elle s'interrompit. Elle était devenue livide à ces souvenirs... et, haletante, elle se leva d'un mouvement forcené, et, tirant à elle un tiroir de commode par sa poignée de bronze, elle montra à Tressignies une robe en lambeaux, teinte de sang à plusieurs places :

« Tenez, — dit-elle, — c'est là le sang du cœur de l'homme que j'aimais et que je n'ai pu arracher aux chiens ! Quand je me retrouve seule dans l'exécrable vie que je mène, quand le dégoût m'y prend, quand la boue m'en monte à la bouche et m'étouffe, quand le génie de la vengeance faiblit en moi, que l'ancienne duchesse revient et que la fille m'épouvante, je m'entortille dans cette robe, je vautre mon corps souillé dans ses plis rouges, toujours brûlants pour moi, et j'y réchauffe ma vengeance. C'est un talisman que ces haillons sanglants ! Quand je les ai autour du corps, la rage de le venger me reprend aux entrailles, et je me retrouve de la force, à ce qu'il me semble, pour une éternité ! »

⚫ Tressignies frémissait, en écoutant cette femme

---

1. Héroïne d'un poème français du XIIIᵉ siècle, *La Châtelaine de Vergy*, qui, se croyant trahie par son amant, se tue de désespoir. Son histoire s'est plus ou moins confondue avec celle de la dame de Fayel, châtelaine de Coucy, condamnée par son mari à manger le cœur de son amant. Barbey a assisté (d'après le premier *Memorandum*), le 20 mai 1836, à une représentation d'une tragédie tirée de cette double légende.

⚫ Voir *Au fil du texte*, p. X.

effrayante. Il frémissait de ses gestes, de ses paroles, de sa tête, devenue une tête de Gorgone[1] : il lui semblait voir autour de cette tête les serpents que cette femme avait dans le cœur. Il commençait alors de comprendre — le rideau se tirait ! — ce mot *vengeance*, qu'elle disait tant, — qui lui flambait toujours aux lèvres !

« La vengeance ! oui, — reprit-elle, — vous comprenez, maintenant, ce qu'elle est, ma vengeance ! Ah ! je l'ai choisie entre toutes comme on choisit de tous les genres de poignards celui qui doit faire le plus souffrir, le cric dentelé qui doit le mieux déchirer l'être abhorré qu'on tue. Le tuer simplement cet homme, et d'un coup ! je ne le voulais pas. Avait-il tué, lui, Vasconcellos, avec son épée, comme un gentilhomme ? Non ! il l'avait fait tuer par des valets. Il avait fait jeter son cœur aux chiens, et son corps au charnier peutêtre ! Je ne le savais pas. Je ne l'ai jamais su. Le tuer, pour tout cela ? Non ! c'était trop doux et trop rapide ! Il fallait quelque chose de plus lent et de plus cruel... D'ailleurs, le duc était brave. Il ne craignait pas la mort. Les Sierra-Leone l'ont affrontée à toutes les générations. Mais son orgueil, son immense orgueil était lâche, quand il s'agissait de déshonneur. Il fallait donc l'atteindre et le crucifier dans son orgueil. Il fallait donc déshonorer son nom dont il était si fier. Eh bien ! je me jurai que, ce nom, je le tremperais dans la plus infecte des boues, que je le changerais en honte, en immondice, en excrément ! et pour cela je me suis faite ce que je suis, — une fille publique, — la fille Sierra-Leone, qui vous a raccroché ce soir !... »

Elle dit ces dernières paroles avec des yeux qui se mirent à étinceler de la joie d'un coup bien frappé.

« — Mais, — dit Tressignies, — le sait-il, lui, le duc, ce que vous êtes devenue ?...

<hr />

1. Cf. p. 82, n. 1.

— S'il ne le sait pas, il le saura un jour, — répondit-elle, avec la sécurité absolue d'une femme qui a pensé à tout, qui a tout calculé, qui est sûre de l'avenir. — Le bruit de ce que je fais peut l'atteindre d'un jour à l'autre, d'une éclaboussure de ma honte ! Quelqu'un des hommes qui montent ici peut lui cracher au visage le déshonneur de sa femme, ce crachat qu'on n'essuie jamais ; mais ce ne serait là qu'un hasard, et ce n'est pas à un hasard que je livrerais ma vengeance ! J'ai résolu d'en mourir pour qu'elle soit plus sûre ; ma mort l'assurera, en l'achevant. »

Tressignies était dépaysé par l'obscurité de ces dernières paroles ; mais elle en fit jaillir une hideuse clarté :

« Je veux mourir où meurent les filles comme moi, — reprit-elle. — Rappelez-vous !... Il fut un homme, sous François Ier, qui alla chercher chez une de mes pareilles une effroyable et immonde maladie, qu'il donna à sa femme pour en empoisonner le roi, dont elle était la maîtresse, et c'est ainsi qu'il se vengea de tous les deux... Je ne ferai pas moins que cet homme. Avec ma vie ignominieuse de tous les soirs, il arrivera bien qu'un jour la putréfaction de la débauche saisira et rongera enfin la prostituée, et qu'elle ira tomber par morceaux et s'éteindre dans quelque honteux hôpital ! Oh ! alors, ma vie sera payée ! — ajouta-t-elle, avec l'enthousiasme de la plus affreuse espérance ; — alors, il sera temps que le duc de Sierra-Leone apprenne comment sa femme, la duchesse de Sierra-Leone, aura vécu et comment elle meurt ! »

Tressignies n'avait pas pensé à cette profondeur dans la vengeance, qui dépassait tout ce que l'histoire lui avait appris. Ni l'Italie du XVIe siècle, ni la Corse de tous les âges, ces pays renommés pour l'implacabilité de leurs ressentiments, n'offraient à sa mémoire un exemple de combinaison plus réfléchie et plus terrible que celle de cette femme, qui se vengeait à même elle, à même son corps comme à même son âme ! Il était effrayé de ce sublime horrible, car l'intensité dans les

sentiments, poussée à ce point, est sublime. Seulement,
c'est le sublime de l'enfer.

« Et quand il ne le saurait pas, — reprit-elle encore,
redoublant d'éclairs sur son âme, — moi, après tout,
je le saurais ! Je saurais ce que je fais chaque soir, —
que je bois cette fange, et que c'est du nectar, puisque
c'est ma vengeance !... Est-ce que je ne jouis pas, à chaque minute, de là pensée de ce que je suis ?... Est-ce
qu'au moment où je le déshonore, ce duc altier, je n'ai
pas, au fond de ma pensée, l'idée enivrante que je le
déshonore ? Est-ce que je ne vois pas clairement dans
ma pensée tout ce qu'il souffrirait s'il le savait ?... Ah !
les sentiments comme les miens ont leur folie, mais c'est
leur folie qui fait le bonheur ! Quand je me suis enfuie
de Sierra-Leone, j'ai emporté avec moi le portrait du
duc, pour lui faire voir, à ce portrait, comme si ç'avait
été à lui-même, les hontes de ma vie ! Que de fois je
lui ai dit, comme s'il avait pu me voir et m'entendre :
« Regarde donc ! regarde ! » Et quand l'horreur me
prend dans vos bras, à tous vous autres, — car elle m'y
prend toujours : je ne puis pas m'accoutumer au goût
de cette fange ! — j'ai pour ressource ce bracelet, —
et elle leva son bras superbe d'un mouvement tragique ; — j'ai ce cercle de feu, qui me brûle jusqu'à la
moelle et que je garde à mon bras, malgré le supplice
de l'y porter, pour que je ne puisse jamais oublier le
bourreau d'Esteban, pour que son image excite mes
transports, — ces transports d'une haine vengeresse,
que les hommes sont assez bêtes et assez fats pour croire
du plaisir qu'ils savent donner ! Je ne sais pas ce que
vous êtes, vous, mais vous n'êtes certainement pas le
premier venu parmi tous ces hommes ; et cependant
vous avez cru, il n'y a qu'un instant, que j'étais encore
une créature humaine, qu'il y avait encore une fibre
qui vibrait en moi ; et il n'y avait en moi que l'idée de
venger Esteban du monstre dont voici l'image ! Ah !
son image, c'était pour moi comme le coup de l'épe-
ron, large comme un sabre, que le cavalier arabe
enfonce dans le flanc de son cheval pour lui faire tra-

verser le désert. J'avais, moi, des espaces de honte encore plus grands à dévorer, et je m'enfonçais cette exécrable image dans les yeux et dans le cœur, pour mieux bondir sous vous quand vous me teniez... Ce portrait, c'était comme si c'était lui ! c'était comme s'il nous voyait par ses yeux peints !... Comme je comprenais l'envoûtement des siècles où l'on envoûtait ! Comme je comprenais le bonheur insensé de planter le couteau dans le cœur de l'image de celui qu'on eût voulu tuer ! Dans le temps que j'étais religieuse, avant d'aimer cet Esteban qui a pour moi remplacé Dieu, j'avais besoin d'un crucifix pour mieux penser au Crucifié ; et, au lieu de l'aimer, je l'aurais haï, j'eusse été une impie, que j'aurais eu besoin du crucifix pour mieux le blasphémer et l'insulter ! Hélas ! — ajouta-t-elle, changeant de ton et passant de l'âpreté des sentiments les plus cruels aux douceurs poignantes d'une incroyable mélancolie ; — je n'ai pas le portrait d'Esteban. Je ne le vois que dans mon âme... et c'est peut-être heureux, — ajouta-t-elle. — Je l'aurais sous les yeux qu'il relèverait mon pauvre cœur, qu'il me ferait rougir des indignes abaissements de ma vie. Je me repentirais, et je ne pourrais plus le venger !... »

La Gorgone était devenue touchante, mais ses yeux étaient restés secs. Tressignies, ému d'une tout autre émotion que celles-là par lesquelles jusqu'ici elle l'avait fait passer, lui prit la main, à cette femme qu'il avait le droit de mépriser, et il la lui baisa avec un respect mêlé de pitié. Tant de malheur et d'énergie la lui grandissaient : « Quelle femme ! pensait-il. Si, au lieu d'être la duchesse de Sierra-Leone, elle avait été la marquise de Vasconcellos, elle eût, avec la pureté et l'ardeur de son amour pour Esteban, offert à l'admiration humaine quelque chose de comparable et d'égal à la grande marquise de Pescaire [1]. Seulement, — ajouta-t-il en lui-

---

1. Victoria Colonna, femme d'un capitaine de Charles Quint, souvent citée (cf. Balzac dans *Modeste Mignon*) comme un modèle d'amour conjugal.

même, — elle n'aurait pas montré, et personne n'aurait jamais su, quels gouffres de profondeur et de volonté étaient en elle. » Malgré le scepticisme de son époque et l'habitude de se regarder faire et de se moquer de ce qu'il faisait, Robert de Tressignies ne se sentit point ridicule d'embrasser la main de cette femme perdue ; mais il ne savait plus que lui dire. Sa situation vis-à-vis d'elle était embarrassée. En jetant son histoire entre elle et lui, elle avait coupé, comme avec une hache, ces liens d'une minute qu'ils venaient de nouer. Il y avait en lui un inexprimable mélange d'admiration, d'horreur, et de mépris ; mais il se serait trouvé de très mauvais goût de faire du sentiment ou de la morale avec cette femme. Il s'était souvent moqué des moralistes, sans mandat et sans autorité, qui pullulaient dans ce temps-là, où, sous l'influence de certains drames et de certains romans, on voulait se donner des airs de relever, comme des pots de fleurs renversés, les femmes qui tombaient [1]. Il était, tout sceptique qu'il fût, doué d'assez de bon sens pour savoir qu'il n'y avait que le prêtre seul — le prêtre du Dieu rédempteur — qui pût relever de pareilles chutes... et, encore croyait-il que, contre l'âme de cette femme, le prêtre lui-même se serait brisé. Il avait en lui une implication de choses douloureuses, et il gardait un silence plus pesant pour lui que pour elle. Elle, toute à la violence de ses idées et de ses souvenirs, continua :

« Cette idée de le déshonorer, au lieu de le tuer, cet homme pour qui l'honneur, comme le monde l'entend, était plus que la vie, ne me vint pas tout de suite... Je fus longtemps à trouver cela. Après la mort de Vasconcellos, qu'on ne sut peut-être pas dans le château, dont le corps fut probablement jeté dans quelque oubliette avec les noirs qui l'avaient assassiné, le duc

---

1. Barbey s'en prend ici à l'optimisme moralisateur des romantiques : Hugo (la rédemption du forçat dans *Les Misérables*) ou Dumas (le rachat de la femme tombée dans *La Dame aux camélias*).

ne m'adressa plus la parole, si ce n'est brièvement et
cérémonieusement devant ses gens, car la femme de
César ne doit pas être soupçonnée, et je devais rester
aux yeux de tous l'impeccable duchesse d'Arcos de
Sierra-Leone. Mais, tête à tête et entre nous, jamais un
seul mot, jamais une allusion ; le silence, ce silence de
la haine, qui se nourrit d'elle-même et n'a pas besoin
de parler. Don Christoval et moi, nous luttions de force
et de fierté. Je dévorais mes larmes. Je suis une Turre-
Cremata. J'ai en moi la puissante dissimulation de ma
race qui est italienne, et je me bronzais, jusque dans
les yeux, pour qu'il ne pût pas soupçonner ce qui fermentait sous ce front de bronze où couvait l'idée de
ma vengeance. Je fus absolument impénétrable. Grâce
à cette dissimulation, qui boucha tous les jours de mon
être par lesquels mon secret aurait pu filtrer, je prépa-
rai ma fuite de ce château dont les murs m'écrasaient,
et où ma vengeance n'aurait pu s'accomplir que sous
la main du duc, qui se serait vite levée. Je ne me confiai
à personne. Est-ce que jamais mes duègnes ou mes
caméristes avaient osé lever leurs yeux sur mes yeux
pour savoir ce que je pensais ? J'eus d'abord le projet
d'aller à Madrid ; mais, à Madrid, le duc était tout-
puissant, et le filet de toutes les polices se serait refermé
sur moi à son premier signal. Il m'y aurait facilement
reprise, et, reprise une fois, il m'aurait jetée dans
l'*in-pace* de quelque couvent, étouffée là, tuée entre
deux portes, supprimée du monde, de ce monde dont
j'avais besoin pour me venger !... Paris était plus sûr.
Je préférai Paris. C'était une meilleure scène pour l'éta-
lage de mon infamie et de ma vengeance ; et, puisque
je voulais qu'un jour tout cela éclatât comme la foudre, quelle bonne place que cette ville, le centre de tous
les échos, à travers laquelle passent toutes les nations
du monde ! Je résolus d'y vivre de cette vie de prostituée qui ne me faisait pas trembler, et d'y descendre
impudemment jusqu'au dernier rang de ces filles
perdues qui se vendent pour une pièce de monnaie, fût-
ce à des goujats ! Pieuse comme je l'étais avant de

connaître Esteban, qui m'avait arraché Dieu de la poitrine pour s'y mettre à la place, je me levais souvent la nuit sans mes femmes, pour faire mes oraisons à la Vierge noire de la chapelle. C'est de là qu'une nuit je me sauvai et gagnai audacieusement les gorges des sierras. J'emportai tout ce que je pus de mes bijoux et de l'argent de ma cassette. Je me cachai quelque temps chez des paysans qui me conduisirent à la frontière. Je vins à Paris. Je m'y attelai, sans peur, à cette vengeance qui est ma vie. J'en suis tellement assoiffée, de cette fureur de me venger, que parfois j'ai pensé à affoler de moi quelque jeune homme énergique et à le pousser vers le duc pour lui apprendre mon ignominie ; mais j'ai fini toujours par étouffer cette pensée, car ce n'est pas quelques pieds d'ordure que je veux élever sur *son* nom et sur ma mémoire : c'est toute une pyramide de fumier ! Plus je serai tard vengée, mieux je serai vengée... »

Elle s'arrêta. De livide, elle était devenue pourpre. La sueur lui découlait des tempes. Elle s'enrouait. Était-ce le coup de la honte ?... Elle saisit fébrilement une carafe sur la commode, et se versa un énorme verre d'eau qu'elle lampa.

« Cela est dur à passer, la honte ! — dit-elle ; — mais il faut qu'elle passe ! J'en ai assez avalé depuis trois mois, pour qu'elle puisse passer !

— Il y a donc trois mois que ceci dure ? — (il n'osait plus dire quoi) fit Tressignies, avec un vague plus sinistre que la précision.

— Oui, — dit-elle, — trois mois. Mais qu'est-ce que trois mois ? ajouta-t-elle. — Il faudra du temps pour cuire et recuire ce plat de vengeance que je lui cuisine, et qui lui paiera son refus du cœur d'Esteban qu'il n'a pas voulu me faire manger... »

Elle dit cela avec une passion atroce et une mélancolie sauvage. Tressignies ne se doutait pas qu'il pût y avoir dans une femme un pareil mélange d'amour idolâtre et de cruauté. Jamais on n'avait regardé avec une attention plus concentrée une œuvre d'art qu'il ne regardait cette singulière et toute-puissante artiste en vengeance, qui se dressait alors devant lui... Mais quelque chose, qu'il était étonné d'éprouver, se mêlait à sa contemplation d'observateur. Lui qui croyait en avoir fini avec les sentiments involontaires et dont la réflexion, au rire terrible, mordait toujours les sensations, comme j'ai vu des charretiers mordre leurs chevaux pour les faire obéir, sentait que dans l'atmosphère de cette femme il respirait un air dangereux. Cette chambre, pleine de tant de passion physique et barbare, asphyxiait ce civilisé. Il avait besoin d'une gorgée d'air et il pensait à s'en aller, dût-il revenir.

Elle crut qu'il partait. Mais elle avait encore des côtés à lui faire voir dans son chef-d'œuvre.

« — Et cela ? — fit-elle, avec un dédain et un geste retrouvé de duchesse, en lui montrant du doigt la coupe de verre bleu qu'il avait remplie d'or.

— Reprenez cet argent, — dit-elle. — Qui sait ? Je suis peut-être plus riche que vous. L'or n'entre pas ici. Je n'en accepte de personne. Et, avec la fierté d'une bassesse qui était sa vengeance, elle ajouta : « Je ne suis qu'une fille à cent sous. »

Le mot fut dit comme il était pensé. Ce fut le dernier trait de ce sublime à la renverse, de ce sublime infernal dont elle venait de lui étaler le spectacle, et dont certainement le grand Corneille, au fond de son âme tragique, ne se doutait pas ! Le dégoût de ce dernier mot donna à Tressignies la force de s'en aller. Il rafla les pièces d'or de la coupe et n'y laissa que ce qu'elle demandait. « Puisqu'elle le veut ! dit-il, je pèserai sur le poignard qu'elle s'enfonce, et j'y mettrai aussi ma tache de boue, puisque c'est de boue qu'elle a soif. » Et il sortit dans une agitation extrême. Les candélabres inondaient toujours de leur lumière cette porte, si commune d'aspect, par laquelle il était déjà passé. Il comprit pourquoi étaient plantées là ces torchères, quand il regarda la carte collée sur la porte, comme l'enseigne de cette boutique de chair. Il y avait sur cette carte en grandes lettres :

LA DUCHESSE D'ARCOS
DE SIERRA-LEONE

Et, au-dessous, un mot ignoble pour dire le métier qu'elle faisait.

Tressignies rentra chez lui, ce soir-là, après cette incroyable aventure, dans une situation si troublée qu'il en était presque honteux. Les imbéciles — c'est-à-dire à peu près tout le monde — croient que rajeunir serait une invention charmante de la nature humaine ; mais ceux qui connaissent la vie savent mieux le profit que ce serait. Tressignies se dit avec effroi qu'il allait peut-être se retrouver trop jeune... et voilà pourquoi il se promit de ne plus mettre le pied chez la duchesse, malgré l'intérêt, ou plutôt à cause de l'intérêt que cette femme inouïe lui infligeait. « Pourquoi, se dit-il, retourner dans ce lieu malsain d'infection, au fond duquel une créature de haute origine s'est volontairement précipitée ? Elle m'a conté toute sa vie, et je peux imaginer sans effort les détails, qui ne peuvent changer, de cette horrible vie de chaque jour. » Telle fut la résolution de Tressignies, prise énergiquement au coin du feu, dans la solitude de sa chambre. Il s'y calfeutra quelque temps contre les choses et les distractions du dehors, tête à tête avec les impressions et les souvenirs d'une soirée que son esprit ne pouvait s'empêcher de savourer, comme un poème étrange et tout-puissant auquel il n'avait rien lu de comparable, ni dans Byron, ni dans Shakespeare, ses deux poètes favoris. Aussi passa-t-il bien des heures, accoudé aux bras de son fauteuil, à feuilleter rêveusement en lui les pages toujours ouvertes de ce poème d'une hideuse énergie. Ce fut là un lotus qui lui fit oublier les salons de Paris, — sa patrie. Il lui fallut même le coup de collier de sa volonté pour y retourner. Les irréprochables duchesses qu'il y retrouva lui semblèrent manquer un peu d'accent... Quoiqu'il ne fût pas une bégueule, ce Tressignies, ni ses amis non plus, il ne leur dit pas un seul mot de son aventure, par un sentiment de délicatesse qu'il traitait d'absurde, car la duchesse ne lui avait-elle pas demandé de raconter à tout venant son histoire, et de la faire rayonner aussi loin qu'il pourrait la faire rayonner ?... Il la garda pour lui, au contraire. Il la mit et la scella dans le coin le plus mystérieux de son être, comme on bouche un flacon de parfum très rare, dont on perdrait quelque chose en le faisant respirer. Chose étonnante, avec la nature d'un homme comme lui ! ni au Café de Paris, ni au cercle, ni à l'orchestre des théâtres, ni nulle part où les hommes se rencontrent seuls et se disent tout, il n'aborda jamais un de ses amis sans avoir peur de lui entendre raconter, comme lui étant arrivé, l'aventure qui était la sienne ; et, cette chose qui pouvait arriver faisait surgir en lui une perspective qui, dans les dix premières minutes d'une conversation, lui causait un léger tremblement. Nonobstant, il se tint parole, et non seulement il ne retourna pas rue Basse-du-Rempart, mais au boulevard. Il ne s'appuya plus, comme le faisaient les autres *gants jaunes*, les lions du temps, contre la balustrade de Tortoni. « Si je revoyais flotter sa diable de robe jaune, se disait-il, je serais peut-être encore assez bête pour la suivre. » Toutes les robes jaunes qu'il rencontrait le faisaient rêver... Il aimait à présent les robes jaunes, qu'il avait toujours détestées. « Elle m'a dépravé le goût », se disait-il, et c'est ainsi que le dandy se moquait de l'homme. Mais ce que Mme de Staël, qui les connaissait, appelle quelque part *les pensées du Démon*, était plus fort que l'homme et que le dandy. Tressignies devint sombre. C'était dans le monde un homme d'un esprit animé, dont la gaieté était aimable et redoutable — ce qu'il faut que toute gaieté soit dans ce monde, qui vous mépriserait si, tout en l'amusant, vous ne le faisiez pas trembler un peu. Il ne causa plus avec le même entrain... « Est-il amoureux ? » disaient les commères. La vieille marquise de Clérembault, qui croyait qu'il en voulait à sa petite-fille, sortie tout chaud du Sacré-Cœur et romanesque comme on l'était alors, lui disait avec humeur : « Je ne puis plus vous sentir quand vous prenez vos airs d'Hamlet. » De sombre, il passa souffrant. Son teint se plomba. « Qu'a donc M. de Tressignies ? » disait-on, et on allait peut-être lui découvrir le cancer à l'estomac de Bonaparte dans la poitrine, quand, un beau jour, il supprima toutes les questions et inquisitions sur sa personne en bouclant sa malle en deux temps, comme un officier, et en disparaissant comme par un trou.

Où allait-il ? Qui s'en occupa ? Il resta plus d'un an parti, puis il revint à Paris, reprendre le brancard de sa vie de mondain. Il était un soir chez l'ambassadeur d'Espagne, où, ce soir-là, par parenthèse, le monde le plus étincelant de Paris fourmillait... Il était tard. On allait souper. La cohue du buffet vidait les salons. Quelques hommes, dans le salon de jeu, s'attardaient à un whist obstiné. Tout à coup, le partner de Tressignies, qui tournait les pages d'un petit portefeuille d'écaille sur lequel il écrivait les paris qu'on faisait à chaque *rob*, y vit quelque chose qui lui fit faire le « Ah ! » qu'on fait quand on retrouve ce qu'on oubliait.

« — Monsieur l'ambassadeur d'Espagne, — dit-il au maître de la maison, qui, les mains derrière son dos, regardait jouer ; — y a-t-il encore des Sierra-Leone à Madrid ?

— Certes, s'il y en a ! — fit l'ambassadeur. — D'abord, il y a le duc, qui est de pair avec tout ce qu'il y a de plus élevé parmi les Grandesses.

— Qu'est donc cette duchesse de Sierra-Leone qui vient de mourir à Paris, et qu'est-elle au duc ? — reprit alors l'interlocuteur.

— Elle ne pourrait être que sa femme, — répondit tranquillement l'ambassadeur. — Mais, il y a presque deux ans que la duchesse est comme si elle était morte. Elle a disparu, sans qu'on sache pourquoi ni comment elle a disparu : — la vérité est un profond mystère ! Figurez-vous bien que l'imposante duchesse d'Arcos de Sierra-Leone n'était pas une femme de ce temps-ci, une de ces femmes à folies, qu'un amant enlève. C'était une femme aussi hautaine pour le moins que le duc son mari, qui est bien le plus orgueilleux des *ricos hombres*[1] de toute l'Espagne. De plus, elle était pieuse, pieuse d'une piété quasi monastique. Elle n'a jamais vécu qu'à Sierra-Leone, un désert de marbre rouge, où les aigles, s'il y en a, doivent tomber asphyxiés d'ennui de leurs pics ! Un jour, elle en a disparu et jamais on n'a pu retrouver sa trace. Depuis ce temps-là, le duc, un homme du temps de Charles Quint, à qui personne n'a jamais osé poser la moindre question, est venu habiter Madrid, et n'y a pas plus parlé de sa femme et de sa disparition que si elle n'avait jamais existé. C'était, en son nom, une Turre-Cremata, la dernière des Turre-Cremata, de la branche d'Italie.

— C'est bien cela, — interrompit le joueur. Et il regarda ce qu'il avait écrit sur un des feuillets de son calepin d'écaille. — Eh bien ! ajouta-t-il — solennellement, monsieur l'ambassadeur d'Espagne, j'ai l'honneur d'annoncer à Votre Excellence que la duchesse de Sierra-Leone a été enterrée ce matin, et, ce dont assurément vous ne vous douteriez jamais, qu'elle a été enterrée à l'église de la Salpêtrière, comme une pensionnaire de l'établissement ! »

À ces paroles, les joueurs tournèrent le nez à leurs cartes et les plaquèrent devant eux sur la table, regardant tour à tour, effarés, celui-là qui parlait et l'ambassadeur.

« — Mais oui ! — dit le joueur, qui *faisait son effet*, cette chose délicieuse en France ! — Je passais par là, ce matin, et j'ai entendu le long des murs de l'église un si majestueux tonnerre de musique religieuse, que je suis entré dans cette église, peu accoutumée à de pareilles fêtes... et que je suis tombé de mon haut, en passant par le portail, drapé de noir et semé d'armoiries à double écusson, de voir dans le chœur le plus resplendissant catafalque. L'église était à peu près vide.

---

1. Espagnol : « hommes riches », « nobles ». Nom qu'on donnait aux grands d'Espagne.

Il y avait au *banc des pauvres* quelques mendiants, et
çà et là quelques femmes, de ces horribles lépreuses de
l'hôpital qui est à côté, du moins de celles-là qui ne sont
pas tout à fait folles et qui peuvent encore se tenir
debout. Surpris d'un pareil personnel auprès d'un pareil
catafalque, je m'en suis approché, et j'ai lu, en grosses lettres d'argent sur fond noir, cette inscription que
j'ai, ma foi ! copiée, de surprise et pour ne pas
l'oublier :

CI-GÎT
SANZIA-FLORINDA-CONCEPTION
DE TURRE-CREMATA,
DUCHESSE D'ARCOS DE SIERRA-LEONE
FILLE REPENTIE,
MORTE À LA SALPÊTRIÈRE, LE...
REQUIESCAT IN PACE !

Les joueurs ne songeaient plus à la partie. Quant à
l'ambassadeur, quoiqu'un diplomate ne doive pas plus
être étonné qu'un officier ne doive avoir peur, il sentit
que son étonnement pouvait le compromettre :

« — Et vous n'avez pas pris de renseignements ?...
— fit-il, comme s'il eût parlé à un de ses inférieurs.

— À personne, Excellence, — répondit le joueur. —
Il n'y avait que des pauvres ; et les prêtres, qui peut-
être auraient pu me renseigner, chantaient l'office.
D'ailleurs, je me suis souvenu que j'aurais l'honneur
de vous voir ce soir.

— Je les aurai demain, — fit l'ambassadeur. — Et
la partie s'acheva, mais coupée d'interjections, et chacun si préoccupé de sa pensée, que tout le monde fit
des fautes parmi ces forts *whisteurs*, et que personne
ne s'aperçut de la pâleur de Tressignies, qui saisit son
chapeau et sortit, sans prendre congé de personne.

Le lendemain, il était de bonne heure à la Salpêtrière.
Il demanda le chapelain, — un vieux bonhomme de prêtre, — lequel lui donna tous les renseignements qu'il
lui demanda sur le n° 119 qu'était devenue la duchesse
d'Arcos de Sierra-Leone. La malheureuse était venue

s'abattre où elle avait prévu qu'elle s'abattrait... À ce jeu terrible qu'elle avait joué, elle avait gagné la plus effroyable des maladies. En peu de mois, dit le vieux prêtre, elle s'était cariée jusqu'aux os... Un de ses yeux avait sauté un jour brusquement de son orbite et était tombé à ses pieds comme un gros sou... L'autre s'était liquéfié et fondu... Elle était morte — mais stoïque-ment — dans d'intolérables tortures... Riche d'argent encore et de ses bijoux, elle avait tout légué aux malades, comme elle, de la maison qui l'avait accueillie, et pres-crit de solennelles funérailles. « Seulement, pour se punir de ses désordres, — dit le vieux prêtre, — qui n'avait rien compris du tout à cette femme-là, — elle avait exigé, par pénitence et par humilité, qu'on mît après ses titres, sur son cercueil et sur son tombeau, qu'elle était une FILLE... REPENTIE.

— Et encore, ajouta le vieux chapelain, dupe de la confession d'une pareille femme, par humilité, elle ne voulait pas qu'on mît «repentie. »

Tressignies se prit à sourire amèrement du brave prêtre, mais il respecta l'illusion de cette âme naïve.

Car il savait, lui, qu'elle ne se repentait pas, et que cette touchante humilité était encore, après la mort de la vengeance !

LES CLÉS DE L'ŒUVRE

I - AU FIL DU TEXTE

II - DOSSIER HISTORIQUE ET LITTÉRAIRE

Pour approfondir votre lecture, LIRE vous propose une sélection commentée :
- de morceaux « classiques » devenus incontournables, signalés par ●◆ (droit au but).
- d'extraits représentatifs de l'œuvre, signalés par ⊂◈ (en flânant).

AU FIL DU TEXTE

Par Gérard Gengembre,
professeur de littérature française à l'université de Caen.

I - DÉCOUVRIR

La phrase clé

« [*Les Diaboliques*] ont pourtant été écrites par un moraliste chrétien, mais qui se pique d'observation vraie, quoique très hardie, et qui croit – c'est sa poétique, à lui – que les peintres puissants peuvent tout peindre et que leur peinture est toujours assez *morale* quand elle est *tragique* et qu'elle donne *l'horreur des choses qu'elle retrace* » (préface de 1874, p. 35).

• LA DATE

Le recueil a été publié en 1874, mais deux nouvelles avaient paru auparavant : *Le Rideau cramoisi* en 1867, *Le Dessous de cartes d'une partie de whist* en 1850 sous le titre *Ricochets de conversation, I. Le Dessous de cartes d'une partie de whist.*

Composées entre 1863 et 1873, cinq nouvelles étaient écrites quand Barbey choisit le titre.

• LE TITRE

L'auteur avait initialement pensé à « Ricochets de conversation » (sur les conséquences narratives de ce titre, voir la préface du volume, pp. 23-27, et le dossier historique et littéraire, pp. 367-373). Le titre finalement retenu est suffisamment expliqué par la préface de 1874 : il ne s'agit pas de diableries, ce qui tirerait le recueil vers le surnaturel et le fantastique gratuit, mais bien des diaboliques, autrement dit « des histoires réelles de ce temps de progrès et d'une civilisation si délicieuse et si *divine*, que, quand on s'avise de les écrire, il semble toujours que ce soit le Diable qui ait dicté ! » (p. 36).

De plus sont diaboliques les héroïnes, comparées à un œil noir, auquel devrait faire pendant un œil bleu, celui des *Célestes*, que Barbey n'écrivit jamais.

• COMPOSITION

Point de vue de l'auteur

Le pacte de lecture

Voir la préface du volume, notamment les pages 5 à 12 et 23 à 27.

Les objectifs d'écriture

Là encore la préface de 1874 est parfaitement explicite. Le projet s'inscrit dans la perspective d'un moralisme chrétien militant. En montrant la réalité du Mal, l'auteur veut épouvanter les âmes. C'est évidemment faire semblant de ne pas reconnaître la fascination qu'exerce ce Mal.

Par ailleurs, la préface insiste sur les figures féminines qui méritent pleinement le qualificatif de « diaboliques ».

Barbey revient sur ses intentions dans sa réponse au questionnaire qu'il remplit à l'occasion de sa comparution devant un juge pour outrage à la morale publique et aux bonnes mœurs :

« Je m'indigne à cette pensée qu'on peut me soupçonner d'avoir jamais manqué à la morale publique. Le but de ma vie est d'apporter à la société le contingent de bonnes choses dont tout honnête homme doit être pourvu en ce monde. Le but de mon œuvre a été de moraliser mes semblables en leur donnant l'horreur du vice. L'immoralité, quand elle est cauteleuse, pénètre dans les masses, elles la rejettent au contraire, quand elle est terrible. Il est certaines œuvres où se produit une réelle confusion entre le mal et le bien, et cela, parce que les teintes pâles qui les entourent ne permettent pas de les discerner. Le mal que j'ai peint dans mon œuvre, au contraire, je lui ai donné exprès un relief d'autant plus énergique que je voulais qu'on ne pût les confondre, et qu'il puisse servir pour tous d'épouvantail et d'horreur. Je comptais être arrivé à ce résultat : que se passe-t-il, en effet, dans les dénouements de mes histoires ? Y voit-on jamais le vice ennobli, récompensé et même caressé ? Nullement. Mes héros sont, ou avilis par le crime, ou repoussés par la société qui ne pardonne jamais les fautes. Comment avec de tels programmes et de pareils dénouements pourrais-je attenter à la morale publique ? Je suis le premier dans mes jugements à flétrir ceux que je fais mauvais : j'ai donc voulu, par la vivacité de mes peintures, *cabrer les âmes devant le vice au lieu de les y entraîner.* Mon caractère, ma vie, mon passé répondent de moi. J'ai pu être coloriste, mais sciemment immoral, jamais. »

Structure de l'œuvre

Le recueil comporte six nouvelles. Sur leur organisation, voir la préface de l'ouvrage, pp. 5-12, et le dossier historique et littéraire, pp. 357-358.

Le Rideau cramoisi

Le narrateur voyage en diligence avec le vicomte de Brassard. Un accident arrête la voiture sous les fenêtres d'une demeure dans une petite ville de l'Ouest. Il s'y déroula une tragique aventure que M. de Brassard raconte. Alors jeune officier, il y logeait chez un couple de bourgeois. Une nuit, leur fille Alberte le rejoignit dans sa chambre. Peu de temps après, elle mourut dans ses bras. Il prit la fuite et ignore ce qui advint ensuite. Le narrateur et Brassard aperçoivent soudain une silhouette derrière le rideau cramoisi d'une fenêtre. Le vicomte croit reconnaître Alberte, mais la voiture réparée repart.

Sur la structure, voir le dossier historique et littéraire, pp. 367-368.

Le Plus Bel Amour de Don Juan

Le narrateur raconte une anecdote qui lui a été rapportée par le comte Ravila de Ravilès, nouvel avatar de Don Juan. Celui-ci avait été prié au cours d'un dîner de raconter l'histoire de son plus bel amour. La fille de l'une de ses anciennes maîtresses s'accusa un jour, à l'âge de treize ans, d'être enceinte, auprès de son confesseur et de sa mère. Elle croyait que cela lui était arrivé pour s'être assise sur un fauteuil que le comte venait de quitter.

Sur la structure, voir le dossier historique et littéraire, pp. 370-371.

Le Bonheur dans le crime

Au jardin des Plantes, en compagnie du docteur Torty, le narrateur est fasciné par un couple de promeneurs. Le docteur les connaît et raconte leur histoire. Maître d'armes à V*** (Valognes), la belle Hauteclaire Stassin disparut soudainement. Appelé au chevet de la comtesse de Savigny, le docteur la retrouve femme de chambre, partageant l'amour du comte Serlon de Savigny. Empoisonnée par la femme de chambre, la comtesse mourut après avoir prié le docteur de ne pas révéler ce crime pour l'honneur du nom. Hauteclaire est devenue comtesse de Savigny et le couple file le parfait amour.

Sur la structure, voir le dossier historique et littéraire, pp. 368-369.

Le Dessous de cartes d'une partie de whist

Au cours d'une soirée mondaine, un causeur raconte un drame cruel dont il a été témoin dans une ville de province où la noblesse était entichée du jeu de whist. Marmor de Karkoël, un joueur anglais, et la froide comtesse du Tremblay de Stasseville étaient des amants ignorés. Herminie, la fille de la comtesse, aimait Karkoël. Quand elle mourut, la rumeur attribua sa disparition à un empoisonnement causé par sa mère et son amant. Après le départ de l'Anglais et la mort de la comtesse, on découvrit le corps d'un nouveau-né enterré dans une jardinière.

Sur la structure, voir le dossier historique et littéraire, pp. 369-370.

À un dîner d'athées

Lors d'un dîner, le capitaine Mesnilgrand, aperçu par un ami, doit expliquer pourquoi il est entré dans une église. Il raconte que, sous l'Empire, il eut une liaison avec Rosalba, femme du major Ydow. Caché dans un placard, il fut un jour témoin d'une violente dispute : après que Rosalba eut crié au major que l'enfant mort dont ils conservaient le cœur n'était pas de lui, ils se frappèrent avec cette relique. Avec de la cire bouillante, le major cacheta le sexe de sa femme. Mesnilgrand était allé à l'église confier à un prêtre le cœur de l'enfant, qui était peut-être le sien.

Sur la structure, voir le dossier historique et littéraire, p. 372.

La Vengeance d'une femme

Robert de Tressignies suit une prostituée chez elle, et elle lui raconte son histoire. Femme d'un grand d'Espagne, portant le nom de duchesse d'Arcos de Sierra-Leone, elle a vu son mari assassiner sous ses yeux son amant platonique et donner son cœur à dévorer à ses chiens. Elle a décidé alors de se venger en souillant l'honneur du duc. Celui-ci et l'Espagne apprendront un jour la mort de la duchesse, victime d'une maladie vénérienne. Un an plus tard, la nouvelle est révélée à l'ambassade d'Espagne en présence de Tressignies.

Sur la structure, voir le dossier historique et littéraire, p. 373.

II - LIRE

Pour approfondir votre lecture, LIRE vous propose une sélection commentée :
- *de morceaux « classiques » devenus incontournables, signalés par* ●➤ *(droit au but).*
- *d'extraits représentatifs de l'œuvre, signalés par* ᴄ➾ *(en flânant).*

●➤ 1 - *Le Rideau cramoisi ou le portrait d'un dandy*
de « Le vicomte de Brassard était à cet ins-
tant... » à « ... faubourg Saint-Germain ». | pp. 39-48

- On montrera comment le personnage du vicomte correspond au type du dandy.
- On se demandera pourquoi Barbey lui accorde une telle importance. Correspond-il à un idéal ?
- On étudiera l'alternance entre récit et description.
- On recherchera ce que fut le dandysme au XIXᵉ siècle. On consultera :
  - L'article « Dandysme » dans le *Dictionnaire des littératures de langue française*, Bordas, tome I, 1987 ;
  - Balzac, *Traité de la vie élégante*, 1830 ;
  - Barbey d'Aurevilly, *Du dandysme et de George Brummell*, 1845 ;
  - Baudelaire, « Le Peintre de la vie moderne », 1863, dans *L'Art romantique*, 1869 ;
  - Huysmans, *À rebours* (Pocket Classiques, n° 6116).

●➤ 2 - *Le bonheur dans le crime*
en entier | pp. 123-179

- Voir la préface, pp. 28-31.
- Voir ci-dessous dans « En flânant » les axes de lecture d'un passage du début.

– Comment le crime se trouve-t-il légitimé par le destin du
  couple criminel ?
– Le lecteur devient-il complice ? (Voir la préface des *Diaboliques* par Barbey.)

●◆ 3 - *La Vengeance d'une femme ou l'horrible sublime*
      de « Tressignies frémissait… »   pp. 332-335
      à « … sublime de l'enfer ».

– On reliera ce passage aux pages 303-307, qui tiennent lieu
  d'introduction au récit proprement dit et qui sont attribuables
  au narrateur-auteur, et on réfléchira à la notion de « crime
  civilisé » (entendons le crime rendu possible par l'extrême
  civilisation).
– On décrira ensuite ce passage en insistant sur sa disposition
  typographique, sur la nature des phrases, la fréquence des
  interrogatives, des exclamatives, sur les procédés de mise
  en valeur et d'insistance et on mettra en rapport ces faits tex-
  tuels avec l'idée de violence.
– On précisera l'intérêt des oxymores : sublime horrible, sublime de l'enfer.
– On s'intéressera ensuite à la manière dont s'exprime l'idée
  que sentiments et pensées sont de véritables forces maté-
  rielles.

◌◆ 4 - *Le Bonheur dans le crime : un couple*
      à la beauté exceptionnelle
      de « C'étaient un homme et une femme… »   pp. 128-131
      à « … les Immortels ! ».

– On étudiera la composition du passage.
– On insistera sur la confrontation entre la femme et la pan-
  thère : la valeur allégorique des détails, la déféminisation,
  l'androgynie, etc.
– Le portrait d'une diabolique.
– Le couple idéal et l'apologie de sa supériorité.

– La célébration de l'art de la conversation et de la causerie.
– L'équivalence roman/vie.
– Le passage de « roman » à « drame » (p. 185).
– L'expression « corporiser leurs rêveries » (p. 183).

– On comparera le dénouement de cette nouvelle avec celui d'une nouvelle de jeunesse, *Le Cachet d'onyx*, publiée de manière posthume en 1919 (voir le dossier historique et littéraire, p. 394).

• **LES THÈMES CLÉS**

1. Le crime.
2. La vengeance.
3. Le Mal.
4. L'être d'exception, la créature supérieure.
5. L'aristocratie.
6. La femme.
7. L'art de la conversation.

III - POURSUIVRE

• LECTURES CROISÉES

– Barbey trouve chez Balzac le principe de sa technique narrative. On en voit la confirmation dans *Le Réquisitionnaire* (1831) :

« À MON CHER ALBERT MARCHAND DE LA RIBELLERIE

Tours, 1836.

> Tantôt ils lui voyaient, par un phénomène de vision ou de locomotion, abolir l'espace dans ses deux modes de Temps et de Distance, dont l'un est intellectuel et l'autre physique. (*Hist. intell. de Louis Lambert.*)

Par un soir du mois de novembre 1793, les principaux personnages de Carentan se trouvaient dans le salon de Mme de Dey, chez laquelle l'*assemblée* se tenait tous les jours. Quelques circonstances qui n'eussent point attiré l'attention d'une grande ville, mais qui devaient fortement en préoccuper une petite, prêtaient à ce rendez-vous habituel un intérêt inaccoutumé. La surveille, Mme de Dey avait fermé sa porte à sa société, qu'elle s'était encore dispensée de recevoir la veille, en prétextant d'une indisposition. En temps ordinaire, ces deux événements eussent fait à Carentan le même effet que produit à Paris un *relâche* à tous les théâtres. Ces jours-là, l'existence est en quelque sorte incomplète. Mais, en 1793, la conduite de Mme de Dey pouvait avoir les plus funestes résultats. La moindre démarche hasardée devenait alors presque toujours pour les nobles une question de vie ou de mort. Pour bien comprendre la curiosité vive et les étroites finesses qui animèrent pendant cette soirée les physionomies normandes de tous ces personnages, mais surtout pour partager les perplexités secrètes de Mme de Dey, il est nécessaire d'expliquer le rôle qu'elle jouait à Carentan. La position critique dans laquelle elle se trouvait en ce moment ayant été sans doute celle de bien des gens pendant la Révolution, les sympathies de plus d'un lecteur achèveront de colorer ce récit.

Mme de Dey, veuve d'un lieutenant général, chevalier des ordres, avait quitté la cour au commencement de l'émigration. Possédant des biens considérables aux environs de Carentan, elle s'y était réfugiée, en espérant que l'influence de la Terreur s'y ferait peu sentir. Ce calcul, fondé sur une connaissance exacte du pays, était juste. La Révolution exerça peu de ravages en Basse-Normandie. Quoique Mme de Dey ne vît jadis que les familles nobles du pays quand elle y venait visiter ses propriétés, elle avait, par politique, ouvert sa maison aux principaux bourgeois de la ville et aux nouvelles autorités, en s'efforçant de les rendre fiers de sa conquête, sans réveiller chez eux ni haine ni jalousie. Gracieuse et bonne, douée de cette inexprimable douceur qui sait plaire sans recourir à l'abaissement ou à la prière, elle avait réussi à se concilier l'estime générale par un tact exquis dont les sages avertissements lui permettaient de se tenir sur la ligne délicate, où elle pouvait satisfaire aux exigences de cette société mêlée, sans humilier le rétif amour-propre des parvenus, ni choquer celui de ses anciens amis.

Âgée d'environ trente-huit ans, elle conservait encore, non cette beauté fraîche et nourrie qui distingue les filles de la Basse-Normandie, mais une beauté grêle et pour ainsi dire aristocratique. Ses traits étaient fins et délicats ; sa taille était souple et déliée. Quand elle parlait, son pâle visage paraissait s'éclairer et prendre de la vie. Ses grands yeux noirs étaient pleins d'affabilité, mais leur expression calme et religieuse semblait annoncer que le principe de son existence n'était plus en elle. Mariée à la fleur de l'âge avec un militaire vieux et jaloux, la fausseté de sa position au milieu d'une cour galante contribua beaucoup sans doute à répandre un voile de grave mélancolie sur une figure où les charmes et la vivacité de l'amour avaient dû briller autrefois. Obligée de réprimer sans cesse les mouvements naïfs, les émotions de la femme alors qu'elle sent encore au lieu de réfléchir, la passion était restée vierge au fond de son cœur. Aussi, son principal attrait venait-il de cette intime jeunesse que, par moments, trahissait sa physionomie, et qui donnait à ses idées une innocente expression de désir. Son aspect commandait la retenue, mais il y avait toujours dans son maintien, dans sa voix, des élans vers un avenir inconnu, comme chez une jeune fille ; bientôt l'homme le plus insensible se trouvait amoureux d'elle, et conservait néanmoins une sorte de crainte respectueuse, inspirée par ses manières polies qui imposaient. Son âme, nativement grande, mais fortifiée par des luttes cruelles, semblait placée trop loin du vulgaire, et les hommes se faisaient justice. À cette âme, il fallait nécessairement une haute passion. Aussi les affections de Mme de Dey s'étaient-elles concentrées dans un seul sentiment, celui de la maternité. Le bonheur et les plaisirs dont avait été privée sa vie de femme, elle les retrouvait dans l'amour extrême qu'elle portait à son fils. Elle ne l'aimait pas seulement avec le pur et profond dévouement d'une mère, mais avec la coquetterie d'une maîtresse, avec la jalousie d'une épouse. Elle était malheureuse loin de lui, inquiète pendant ses absences, ne le voyait jamais assez, ne vivait que par lui et pour lui. Afin de faire comprendre aux hommes la force de ce sentiment, il suffira d'ajouter que ce fils était non seulement l'unique enfant de Mme de Dey, mais son dernier parent, le seul être auquel elle pût rattacher les craintes, les espérances et les joies de sa vie. Le feu comte de Dey fut le dernier rejeton de sa famille, comme elle se trouva seule héritière de la sienne. Les calculs et les intérêts humains s'étaient donc accordés avec les plus nobles besoins de l'âme pour exalter dans le cœur de la comtesse un sentiment déjà si fort chez les femmes. Elle n'avait élevé son fils qu'avec des peines infinies, qui le lui avaient rendu plus cher encore ; vingt fois les médecins lui en présagèrent la perte ; mais, confiante en ses pressentiments, en ses espérances, elle eut la joie inexprimable de lui voir heureusement traverser les périls de l'enfance, d'admirer les progrès de sa constitution, en dépit des arrêts de la Faculté.

Grâce à des soins constants, ce fils avait grandi, et s'était si gracieusement développé, qu'à vingt ans, il passait pour un des cavaliers les plus accomplis de Versailles. Enfin, par un bonheur qui ne couronne pas les efforts de toutes les mères, elle était adorée de son fils ; leurs âmes s'entendaient par de fraternelles sympathies. S'ils n'eussent pas été liés déjà par le vœu de la nature, ils auraient instinctivement éprouvé l'un pour l'autre cette amitié d'homme à homme, si rare à rencontrer dans la vie. Nommé sous-lieutenant de dragons à dix-huit ans, le jeune comte avait obéi au point d'honneur de l'époque en suivant les princes dans leur émigration.

Ainsi Mme de Dey, noble, riche, et mère d'un émigré, ne se dissimulait point les dangers de sa cruelle situation. Ne formant d'autre vœu que celui de conserver à son fils une grande fortune, elle avait renoncé au bonheur de l'accompagner ; mais en lisant les lois rigoureuses en vertu desquelles la République confisquait chaque jour les biens des émigrés à Carentan, elle s'applaudissait de cet acte de courage. Ne gardait-elle pas les trésors de son fils au péril de ses jours ? Puis, en apprenant les terribles exécutions ordonnées par la Convention, elle s'endormait heureuse de savoir sa seule richesse en sûreté, loin des dangers, loin des échafauds. Elle se complaisait à croire qu'elle avait pris le meilleur parti pour sauver à la fois toutes ses fortunes. Faisant à cette secrète pensée les concessions voulues par le malheur des temps, sans compromettre ni sa dignité de femme ni ses croyances aristocratiques, elle enveloppait ses douleurs dans un froid mystère. Elle avait compris les difficultés qui l'attendaient à Carentan. Venir y occuper la première place, n'était-ce pas y défier l'échafaud tous les jours ? Mais, soutenue par un courage de mère, elle sut conquérir l'affection des pauvres en soulageant indifféremment toutes les misères, et se rendit nécessaire aux riches en veillant à leurs plaisirs. Elle recevait le procureur de la commune, le maire, le président du district, l'accusateur public, et même les juges du tribunal révolutionnaire. Les quatre premiers de ces personnages, n'étant pas mariés, la courtisaient dans l'espoir de l'épouser, soit en l'effrayant par le mal qu'ils pouvaient lui faire, soit en lui offrant leur protection. L'accusateur public, ancien procureur à Caen, jadis chargé des intérêts de la comtesse, tentait de lui inspirer de l'amour par une conduite pleine de dévouement et de générosité ; finesse dangereuse ! Il était le plus redoutable de tous les prétendants. Lui seul connaissait à fond l'état de la fortune considérable de son ancienne cliente. Sa passion devait s'accroître de tous les désirs d'une avarice qui s'appuyait sur un pouvoir immense, sur le droit de vie et de mort dans le district. Cet homme, encore jeune, mettait tant de noblesse dans ses procédés, que Mme de Dey n'avait pas encore pu le juger. Mais, méprisant le danger qu'il y avait à lutter d'adresse avec des Normands, elle employait l'esprit inventif et la ruse que la nature a départis aux femmes pour opposer ces rivalités les unes aux autres. En gagnant du temps, elle espérait arriver saine et sauve à la fin des troubles. À cette époque, les royalistes de l'intérieur se flattaient tous les jours de voir la Révolution terminée le lendemain ; et cette conviction a été la perte de beaucoup d'entre eux.

Malgré ces obstacles, la comtesse avait assez habilement maintenu son indépendance jusqu'au jour où, par une inexplicable imprudence, elle s'était avisée de fermer sa porte. Elle inspirait un intérêt profond et si véritable, que les personnes venues ce soir-là chez elle conçurent de vives inquiétudes en apprenant qu'il lui devenait impossible de les recevoir ; puis, avec cette franchise de curiosité empreinte dans les mœurs provinciales, elles s'enquirent du malheur, du chagrin, de la maladie qui devait affliger Mme de Dey. À ces questions une vieille femme de charge, nommée Brigitte, répondait que sa maîtresse s'était enfermée et ne voulait voir personne, pas même les gens de sa maison. L'existence, en quelque sorte claustrale, que mènent les habitants d'une petite ville crée en eux une habitude d'analyser et d'expliquer les actions d'autrui si naturellement invincible qu'après avoir plaint Mme de Dey, sans savoir si elle était réellement heureuse ou chagrine, chacun se mit à rechercher les causes de sa soudaine retraite.

— Si elle était malade, dit le premier curieux, elle aurait envoyé chez le médecin ; mais le docteur est resté pendant toute la journée chez moi à jouer aux échecs. Il me disait en riant que, par le temps qui court, il n'y a qu'une maladie… et qu'elle est malheureusement incurable.

Cette plaisanterie fut prudemment hasardée. Femmes, hommes, vieillards et jeunes filles se mirent alors à parcourir le vaste champ des conjectures. Chacun crut entrevoir un secret, et ce secret occupa toutes les imaginations. Le lendemain les soupçons s'envenimèrent. Comme la vie est à jour dans une petite ville, les femmes apprirent les premières que Brigitte avait fait au marché des provisions plus considérables qu'à l'ordinaire. Ce fait ne pouvait être contesté. L'on avait vu Brigitte de grand matin sur la place, et, chose extraordinaire, elle y avait acheté le seul lièvre qui s'y trouvât. Toute la ville savait que Mme de Dey n'aimait pas le gibier. Le lièvre devint un point de départ pour des suppositions infinies. En faisant leur promenade périodique, les vieillards remarquèrent dans la maison de la comtesse une sorte d'activité concentrée qui se révélait par les précautions même dont se servaient les gens pour la cacher. Le valet de chambre battait un tapis dans le jardin ; la veille, personne n'y aurait pris garde ; mais ce tapis devint une pièce à l'appui des romans que tout le monde bâtissait. Chacun avait le sien. Le second jour, en apprenant que Mme de Dey se disait indisposée, les principaux personnages de Carentan se réunirent le soir chez le frère du maire, vieux négociant marié, homme probe, généralement estimé, et pour lequel la comtesse avait beaucoup d'égards. Là, tous les aspirants à la main de la riche veuve eurent à raconter une fable plus ou moins probable ; et chacun d'eux pensait à faire tourner à son profit la circonstance secrète qui la forçait de se compromettre ainsi. L'accusateur public imaginait tout un drame pour amener nuitamment le fils de Mme de Dey chez elle. Le maire croyait à un prêtre insermenté, venu de la Vendée, et qui lui aurait demandé un asile ; mais l'achat du lièvre, un vendredi, l'embarrassait beaucoup. Le président du district tenait fortement pour un chef de Chouans ou de Vendéens vivement poursuivi. D'autres voulaient un noble échappé des prisons de Paris. Enfin tous soupçonnaient la comtesse d'être coupable d'une de ces générosités que les lois d'alors nommaient un crime, et qui pouvaient conduire à l'échafaud. L'accusateur public disait d'ailleurs à voix basse qu'il fallait se taire, et tâcher de sauver l'infortunée de l'abîme vers lequel elle marchait à grands pas.

– Si vous ébruitez cette affaire, ajouta-t-il, je serai obligé d'intervenir, de faire des perquisitions chez elle, et alors… ! Il n'acheva pas, mais chacun comprit cette réticence.

Les amis sincères de la comtesse s'alarmèrent tellement pour elle que, dans la matinée du troisième jour, le procureur-syndic de la commune lui fit écrire par sa femme un mot pour l'engager à recevoir pendant la soirée comme à l'ordinaire. Plus hardi, le vieux négociant se présenta dans la matinée chez Mme de Dey. Fort du service qu'il voulait lui rendre, il exigea d'être introduit auprès d'elle, et resta stupéfait en l'apercevant dans le jardin, occupée à couper les dernières fleurs de ses plates-bandes pour en garnir des vases.

"Elle a sans doute donné asile à son amant", se dit le vieillard pris de pitié pour cette charmante femme. La singulière expression du visage de la comtesse le confirma dans ses soupçons. Vivement ému de ce dévouement si naturel aux femmes, mais qui nous touche toujours, parce que tous les hommes sont flattés par les sacrifices qu'une d'elles fait à un homme, le négociant instruisit la comtesse des bruits qui couraient dans la ville et du danger où elle se trouvait.

– Car, lui dit-il en terminant, si, parmi nos fonctionnaires, il en est quelques-uns assez disposés à vous pardonner un héroïsme qui aurait un prêtre pour objet, personne ne vous plaindra si l'on vient à découvrir que vous vous immolez à des intérêts de cœur.

À ces mots, Mme de Dey regarda le vieillard avec un air d'égarement et de folie qui le fit frissonner, lui, vieillard.

– Venez, lui dit-elle en le prenant par la main pour le conduire dans sa chambre, où, après s'être assurée qu'ils étaient seuls, elle tira de son sein une lettre sale et chiffonnée : Lisez ! s'écria-t-elle en faisant un violent effort pour prononcer ce mot.

Elle tomba dans son fauteuil, comme anéantie. Pendant que le vieux négociant cherchait ses lunettes et les nettoyait, elle leva les yeux sur lui, le contempla pour la première fois avec curiosité ; puis, d'une voix altérée :

– Je me fie à vous, lui dit-elle doucement.

– Est-ce que je ne viens pas partager votre crime ? répondit le bonhomme avec simplicité.

Elle tressaillit. Pour la première fois, dans cette petite ville, son âme sympathisait avec celle d'un autre. Le vieux négociant comprit tout à coup et l'abattement et la joie de la comtesse. Son fils avait fait partie de l'expédition de Granville, il écrivait à sa mère du fond de sa prison, en lui donnant un triste et doux espoir. Ne doutant pas de ses moyens d'évasion, il lui indiquait trois jours pendant lesquels il devait se présenter chez elle, déguisé. La fatale lettre contenait de déchirants adieux au cas où il ne serait pas à Carentan dans la soirée du troisième jour, et il priait sa mère de remettre une assez forte somme à l'émissaire qui s'était chargé de lui apporter cette dépêche, à travers mille dangers. Le papier tremblait dans les mains du vieillard.

– Et voici le troisième jour ! s'écria Mme de Dey qui se leva rapidement, reprit la lettre, et marcha.

– Vous avez commis des imprudences, lui dit le négociant. Pourquoi faire prendre des provisions ?

– Mais il peut arriver, mourant de faim, exténué de fatigue, et…

Elle n'acheva pas.

– Je suis sûr de mon frère, reprit le vieillard, je vais aller le mettre dans vos intérêts.

Le négociant retrouva dans cette circonstance la finesse qu'il avait mise jadis dans les affaires, et lui dicta des conseils empreints de prudence et de sagacité. Après être convenus de tout ce qu'ils devaient dire et faire l'un ou l'autre, le vieillard alla, sous des prétextes habilement trouvés, dans les principales maisons de Carentan, où il annonça que Mme de Dey qu'il venait de voir, recevrait dans la soirée, malgré son indisposition. Luttant de finesse avec les intelligences normandes dans l'interrogatoire que chaque famille lui imposa sur la nature de la maladie de la comtesse, il réussit à donner le change à presque toutes les personnes qui s'occupaient de cette mystérieuse affaire. Sa première visite fit merveille. Il raconta devant une vieille dame goutteuse que Mme de Dey avait manqué périr d'une attaque de goutte à l'estomac ; le fameux Tronchin lui ayant recommandé jadis, en pareille occurrence, de se mettre sur la poitrine la peau d'un lièvre écorché vif, et de rester au lit sans se permettre le moindre mouvement, la comtesse, en danger de mort, il y a deux jours, se trouvait, après avoir suivi ponctuellement la bizarre ordonnance de Tronchin, assez bien rétablie pour recevoir ceux qui viendraient la voir pendant la soirée. Ce conte eut un succès prodigieux, et le médecin de Carentan, royaliste *in petto*, en augmenta l'effet par l'importance avec laquelle il discuta le spécifique. Néanmoins les soupçons avaient trop fortement pris racine dans l'esprit de quelques entêtés ou de quelques philosophes pour être entièrement dissipés ; en sorte que, le soir, ceux qui étaient admis chez Mme de Dey vinrent avec empressement et de bonne heure chez elle, les uns pour épier sa contenance, les autres par amitié, la plupart saisis par le merveilleux de sa guérison. Ils trouvèrent la comtesse assise au coin de la grande cheminée de son salon, à peu près aussi modeste que l'étaient ceux de Carentan ; car, pour ne pas blesser les étroites pensées de ses hôtes, elle s'était refusée aux jouissances de luxe auxquelles elle était jadis habituée, elle n'avait donc rien changé chez elle. Le carreau de la salle de réception n'était même pas frotté. Elle laissait sur les murs de vieilles tapisseries sombres, conservait les meubles du pays, brûlait de la chandelle, et suivait les modes de la ville, en épousant la vie provinciale sans reculer ni devant les petitesses les plus dures, ni devant les privations les plus désagréables. Mais, sachant que ses hôtes lui pardonneraient les magnificences qui auraient leur bien-être pour but, elle ne négligeait rien quand il s'agissait de leur procurer des jouissances personnelles. Aussi leur donnait-elle d'excellents dîners. Elle allait jusqu'à feindre de l'avarice pour plaire à ces esprits calculateurs ; et, après avoir eu l'art de se faire arracher certaines concessions de luxe, elle savait obéir avec grâce. Donc, vers sept heures du soir, la meilleure mauvaise compagnie de Carentan se trouvait chez elle, et décrivait un grand cercle devant la cheminée. La maîtresse du logis, soutenue dans son malheur par les regards compatissants que lui jetait le vieux négociant, se soumit avec un courage inouï aux questions minutieuses, aux raisonnements frivoles et stupides de ses hôtes. Mais à chaque coup de marteau frappé sur sa porte, ou toutes les fois que des pas retentissaient dans la rue, elle cachait ses émotions en soulevant des questions intéressantes pour la fortune du pays. Elle éleva de bruyantes discussions sur la qualité des cidres, et fut si bien secondée par son confident, que l'assemblée oublia presque de l'espionner en trouvant sa contenance naturelle et son aplomb imperturbable. L'accusateur public et l'un des juges du tribunal révolutionnaire restaient taciturnes, observaient avec attention les moindres mouvements de sa physionomie, écoutaient dans la maison, malgré le tumulte ; et, à plusieurs reprises, ils lui firent des questions embarrassantes, auxquelles la comtesse répondit cependant avec une admirable présence d'esprit. Les mères ont tant de courage ! Au moment où Mme de Dey eut arrangé les parties, placé tout le monde à des tables de boston, de reversis ou de whist, elle resta encore à causer auprès de quelques jeunes personnes avec un extrême laisser-aller, en jouant son rôle en actrice consommée. Elle se fit demander un loto, prétendit savoir seule où il était, et disparut.

— J'étouffe, ma pauvre Brigitte ! s'écria-t-elle en essuyant des larmes qui sortirent vivement de ses yeux brillants de fièvre, de douleur et d'impatience. Il ne vient pas, reprit-elle en regardant la chambre où elle était montée. Ici, je respire et je vis. Encore quelques moments, et il sera là, pourtant ! car il vit encore, j'en suis certaine. Mon cœur me le dit. N'entendez-vous rien, Brigitte ? Oh ! je donnerais le reste de ma vie pour savoir s'il est en prison ou s'il marche à travers la campagne ! Je voudrais ne pas penser.

Elle examina de nouveau si tout était en ordre dans l'appartement. Un bon feu brillait dans la cheminée ; les volets étaient soigneusement fermés ; les meubles reluisaient de propreté ; la manière dont avait été fait le lit prouvait que la comtesse s'était occupée avec Brigitte des moindres détails ; et ses espérances se trahissaient dans les soins délicats qui paraissaient avoir été pris dans cette chambre où se respiraient et la gracieuse douceur de l'amour et ses plus chastes caresses dans les parfums exhalés par les fleurs. Une mère seule pouvait avoir prévu les désirs d'un soldat et lui préparer de si complètes satisfactions. Un repas exquis, des vins choisis, la chaussure, le linge, enfin tout ce qui devait être nécessaire ou agréable à un voyageur fatigué, se trouvait rassemblé pour que rien ne lui manquât, pour que les délices du chez soi lui révélassent l'amour d'une mère.

— Brigitte ? dit la comtesse d'un son de voix déchirant en allant placer un siège devant la table, comme pour donner de la réalité à ses vœux, comme pour augmenter la force de ses illusions.

— Ah ! madame, il viendra. Il n'est pas loin. Je ne doute pas qu'il ne vive et qu'il ne soit en marche, reprit Brigitte. J'ai mis une clef dans la Bible, et je l'ai tenue sur mes doigts pendant que Cottin lisait l'Évangile de saint Jean… et, madame ! la clef n'a pas tourné.

— Est-ce bien sûr ? demanda la comtesse.

— Oh ! madame, c'est connu. Je gagerais mon salut qu'il vit encore. Dieu ne peut pas se tromper.

— Malgré le danger qui l'attend ici, je voudrais bien cependant l'y voir.

— Pauvre monsieur Auguste ! s'écria Brigitte, il est sans doute à pied, par les chemins.

— Et voilà huit heures qui sonnent au clocher ! s'écria la comtesse avec terreur.

Elle eut peur d'être restée plus longtemps qu'elle ne le devait, dans cette chambre où elle croyait à la vie de son fils, en voyant tout ce qui lui en attestait la vie, elle descendit ; mais avant d'entrer au salon, elle resta pendant un moment sous le péristyle de l'escalier, en écoutant si quelque bruit ne réveillait pas les silencieux échos de la ville. Elle sourit au mari de Brigitte, qui se tenait en sentinelle, et dont les yeux semblaient hébétés à force de prêter attention aux murmures de la place et de la nuit. Elle voyait son fils en tout et partout. Elle rentra bientôt, en affectant un air gai, et se mit à jouer au loto avec de petites filles ; mais, de temps en temps, elle se plaignit de souffrir, et revint occuper son fauteuil auprès de la cheminée.

Telle était la situation des choses et des esprits dans la maison de Mᵐᵉ de Dey, pendant que, sur le chemin de Paris à Cherbourg, un jeune homme vêtu d'une carmagnole brune, costume de rigueur à cette époque, se dirigeait vers Carentan. À l'origine des réquisitions, il y avait peu ou point de discipline. Les exigences du moment ne permettaient guère à la République d'équiper sur-le-champ ses soldats, et il n'était pas rare de voir les chemins couverts de réquisitionnaires qui conservaient leurs habits bourgeois. Ces jeunes gens devançaient leurs bataillons aux lieux d'étape, ou restaient en arrière, car leur marche était soumise à leur manière de supporter les fatigues d'une longue route. Le voyageur dont il est ici question se trouvait assez en avant de la colonne de réquisitionnaires qui se rendait à Cherbourg, et que le maire de Carentan attendait d'heure en heure, afin de leur distribuer des billets de logement. Ce jeune homme marchait d'un pas alourdi, mais ferme encore, et son allure semblait annoncer qu'il s'était familiarisé depuis longtemps avec les rudesses de la vie militaire. Quoique la lune éclairât les herbages qui avoisinent Carentan, il avait remarqué de gros nuages blancs prêts à jeter de la neige sur la campagne ; et la crainte d'être surpris par un ouragan animait sans doute sa démarche, alors plus vive que ne le comportait sa lassitude. Il avait sur le dos un sac presque vide, et tenait à la main une canne de buis, coupée dans les hautes et larges haies que cet arbuste forme autour de la plupart des héritages en Basse-Normandie. Ce voyageur solitaire entra dans Carentan, dont les tours, bordées de lueurs fantastiques par la lune, lui apparaissaient depuis un moment. Son pas réveilla les échos des rues silencieuses, où il ne rencontra personne ; il fut obligé de demander la maison du maire à un tisserand qui travaillait encore. Ce magistrat demeurait à une faible distance, et le réquisitionnaire se vit bientôt à l'abri sous le porche de la maison du maire, et s'y assit sur un banc de pierre, en attendant le billet de logement qu'il avait réclamé. Mais mandé par ce fonctionnaire, il comparut devant lui, et devint l'objet d'un scrupuleux examen. Le fantassin était un jeune homme de bonne mine qui paraissait appartenir à une famille distinguée. Son air trahissait la noblesse. L'intelligence due à une bonne éducation respirait sur sa figure.

– Comment te nommes-tu ? lui demanda le maire en lui jetant un regard plein de finesse.

– Julien Jussieu, répondit le réquisitionnaire.

– Et tu viens ? dit le magistrat en laissant échapper un sourire d'incrédulité.

– De Paris.

– Tes camarades doivent être loin, reprit le Normand d'un ton railleur.

– J'ai trois lieues d'avance sur le bataillon.

– Quelque sentiment t'attire sans doute à Carentan, citoyen réquisitionnaire ? dit le maire d'un air fin. C'est bien, ajouta-t-il en imposant silence par un geste de main au jeune homme prêt à parler, nous savons où t'envoyer. Tiens, ajouta-t-il en lui remettant son billet de logement, va, *citoyen Jussieu* !

Une teinte d'ironie se fit sentir dans l'accent avec lequel le magistrat prononça ces deux derniers mots, en tendant un billet sur lequel la demeure de Mme de Dey était indiquée. Le jeune homme lut l'adresse avec un air de curiosité.

– Il sait bien qu'il n'a pas loin à aller. Et quand il sera dehors, il aura bientôt traversé la place ! s'écria le maire en se parlant à lui-même, pendant que le jeune homme sortait. Il est joliment hardi ! que Dieu le conduise ! Il a réponse à tout. Oui, mais si un autre que moi lui avait demandé à voir ses papiers, il était perdu !

En ce moment, les horloges de Carentan avaient sonné neuf heures et demie ; les falots s'allumaient dans l'antichambre de Mme de Dey ; les domestiques aidaient leurs maîtresses et leurs maîtres à mettre leurs sabots, leurs houppelandes ou leurs mantelets ; les joueurs avaient soldé leurs comptes, et allaient se retirer tous ensemble, suivant l'usage établi dans toutes les petites villes.

– Il paraît que l'accusateur veut rester, dit une dame en s'apercevant que ce personnage important leur manquait au moment où chacun se sépara sur la place pour regagner son logis, après avoir épuisé toutes les formules d'adieu.

Ce terrible magistrat était en effet seul avec la comtesse, qui attendait, en tremblant, qu'il lui plût de sortir.

– Citoyenne, dit-il enfin après un long silence qui eut quelque chose d'effrayant, je suis ici pour faire observer les lois de la République…

Mme de Dey frissonna.

– N'as-tu donc rien à me révéler ? demanda-t-il.

– Rien, répondit-elle étonnée.

– Ah ! madame, s'écria l'accusateur en s'asseyant auprès d'elle et changeant de ton, en ce moment, faute d'un mot, vous ou moi, nous pouvons porter notre tête sur l'échafaud. J'ai trop bien observé votre caractère, votre âme, vos manières, pour partager l'erreur dans laquelle vous avez su mettre votre société ce soir. Vous attendez votre fils, je n'en saurais douter.

La comtesse laissa échapper un geste de dénégation ; mais elle avait pâli, mais les muscles de son visage s'étaient contractés par la nécessité où elle se trouvait d'afficher une fermeté trompeuse, et l'œil implacable de l'accusateur public ne perdit aucun de ses mouvements.

– Eh ! bien, recevez-le, reprit le magistrat révolutionnaire ; mais qu'il ne reste pas plus tard que sept heures du matin sous votre toit. Demain, au jour, armé d'une dénonciation que je me ferai faire, je viendrai chez vous...

Elle le regarda d'un air stupide qui aurait fait pitié à un tigre.

– Je démontrerai, poursuivit-il d'une voix douce, la fausseté de la dénonciation par d'exactes perquisitions, et vous serez, par la nature de mon rapport, à l'abri de tous soupçons ultérieurs. Je parlerai de vos dons patriotiques, de votre civisme, et nous serons *tous* sauvés.

Mme de Dey craignait un piège, elle restait immobile, mais son visage était en feu et sa langue glacée. Un coup de marteau retentit dans la maison.

– Ah ! cria la mère épouvantée, en tombant à genoux. Le sauver, le sauver !

– Oui, sauvons-le ! reprit l'accusateur public, en lui lançant un regard de passion, dût-il *nous* en coûter la vie.

– Je suis perdue ! s'écria-t-elle pendant que l'accusateur la relevait avec politesse.

– Eh ! madame, répondit-il par un beau mouvement oratoire, je ne veux vous devoir à rien... qu'à vous-même.

– Madame, le voi... ! s'écria Brigitte qui croyait sa maîtresse seule.

À l'aspect de l'accusateur public, la vieille servante, de rouge et joyeuse qu'elle était, devint immobile et blême.

– Qui est-ce, Brigitte ? demanda le magistrat d'un air doux et intelligent.

– Un réquisitionnaire que le maire nous envoie à loger, répondit la servante en montrant le billet.

– C'est vrai, dit l'accusateur après avoir lu le papier. Il nous arrive un bataillon ce soir !

Et il sortit.

La comtesse avait trop besoin de croire en ce moment à la sincérité de son ancien procureur pour concevoir le moindre doute ;

elle monta rapidement l'escalier, ayant à peine la force de se soutenir ; puis, elle ouvrit la porte de sa chambre, vit son fils, se précipita dans ses bras, mourante :

– Oh ! mon enfant, mon enfant ! s'écria-t-elle en sanglotant et le couvrant de baisers empreints d'une sorte de frénésie.

– Madame, dit l'inconnu.

– Ah ! ce n'est pas lui ! cria-t-elle en reculant d'épouvante et restant debout devant le réquisitionnaire qu'elle contemplait d'un air hagard.

– Ô saint bon Dieu, quelle ressemblance ! dit Brigitte.

Il y eut un moment de silence, et l'étranger lui-même tressaillit à l'aspect de Mme de Dey.

– Ah ! monsieur, dit-elle en s'appuyant sur le mari de Brigitte, et sentant alors dans toute son étendue une douleur dont la première atteinte avait failli la tuer ; monsieur, je ne saurais vous voir plus longtemps, souffrez que mes gens me remplacent et s'occupent de vous.

Elle descendit chez elle, à demi portée par Brigitte et son vieux serviteur.

– Comment, madame ! s'écria la femme de charge en asseyant sa maîtresse, cet homme va-t-il coucher dans le lit de monsieur Auguste, mettre les pantoufles de monsieur Auguste, manger le pâté que j'ai fait pour monsieur Auguste ! quand on devrait me guillotiner, je…

– Brigitte ! cria Mme de Dey.

Brigitte resta muette.

– Tais-toi donc, bavarde, lui dit son mari à voix basse, veux-tu tuer madame ?

En ce moment, le réquisitionnaire fit du bruit dans sa chambre en se mettant à table.

– Je ne resterai pas ici, s'écria Mme de Dey, j'irai dans la serre, d'où j'entendrai mieux ce qui se passera au dehors pendant la nuit !

Elle flottait encore entre la crainte d'avoir perdu son fils et l'espérance de le voir reparaître. La nuit fut horriblement silencieuse, il y eut, pour la comtesse, un moment affreux, quand le bataillon des réquisitionnaires vint en ville et que chaque homme y chercha son logement. Ce fut des espérances trompées à chaque pas, à chaque bruit ; puis bientôt la nature reprit un calme effrayant. Vers le matin, la comtesse fut obligée de rentrer chez elle. Brigitte, qui surveillait les mouvements de sa maîtresse, ne la voyant pas sortir, entra dans la chambre et y trouva la comtesse morte.

– Elle aura probablement entendu ce réquisitionnaire qui achève de s'habiller et qui marche dans la chambre de monsieur Auguste en chantant leur damnée *Marseillaise*, comme s'il était dans une écurie ! s'écria Brigitte. Ça l'aura tuée !

La mort de la comtesse fut causée par un sentiment plus grave, et sans doute par quelque vision terrible. À l'heure précise où Mme de Dey mourait à Carentan, son fils était fusillé dans le Morbihan. Nous pouvons joindre ce fait tragique à toutes les observations sur les sympathies qui méconnaissent les lois de l'espace ; documents que rassemblent avec une savante curiosité quelques hommes de solitude, et qui serviront un jour à asseoir les bases d'une science nouvelle à laquelle il a manqué jusqu'à ce jour un homme de génie.

Paris, février 1831. »

• PISTES DE RECHERCHES

Le satanisme

– Le satanisme chez Barbey d'Aurevilly : *L'Ensorcelée* (Pocket Classiques, n° 6194), dont voici un passage :

« Il faisait une nuitée noire comme suie, mais biau temps tout de même, et Pierre Cloud marchait bien tranquille, et p't-être de tous les gens de Blanchelande celui qui pensait le moins à l'abbé de la Croix-Jugan. Il était parti de la veille au soir et n'avait, par conséquent, pas assisté au prône du curé Caillemer, ni entendu parler dans les cabarets de Blanchelande, comme on en parlait ce jour-là, de l'ancien moine, assassiné il y avait juste un an... Or, comme il n'était pas loin du cimetière, qu'il était obligé de traverser pour arriver au bourg, et qu'il longeait la haie d'épines plantée sur le mur du jardin d'Amant Hébert, le gros liquoriste du bourg, qui fournissait à tous les prêtres du canton, il entendit sonner ces neuf coups de cloche que j'avons, c'te nuit, entendus sonner dans la lande, et il s'arrêta, comme vous itou vous avez fait, monsieur.

J'ai entendu dire à lui-même que ces neuf coups lui figèrent sa sueur au dos et qu'il se laissa choir par terre, faites excuse, monsieur, comme si le battant de la cloche lui était tombé sur la tête, dru comme sur l'enclume le marteau !

Mais comme la cloche se tut et ne rebougea plus, et qu'il ne pouvait rester là jusqu'au jour pendant que sa femme l'*espérait* au logis, il crut avoir trop levé le coude avec les amis de Lessay, et il se remit en route pour Blanchelande, quand, arrivé à l'échalier du cimetière, il sentit un diable de tremblement dans ses mollets, et r'marqua une grande lumière qui éclairait les trois fenêtres du chœur de l'église.

Il pensa d'abord que c'était la lampe qui envoyait c'te lueur aux vitres ; mais la lampe ne pouvait pas donner une clarté si rouge "qu'elle ressemblait au feu de ma forge", me dit-il quand j'en devisâmes tous les deux. Ces vitraux qui flamboyaient lui firent croire qu'il n'avait pas rêvé, quand il avait entendu la cloche.

"Je ne suis pas pus aveugle que *jodu*, pensa-t-il. Qué qu'il y a donc dans l'église, à pareille heure, pour qu'il y brille une telle lumière, d'autant qu'elle est silencieuse, la vieille église, comme après complies, et que les autres fenêtres de ses bas-côtés ne laissent passer brin de clarté ? J'sommes entre le dimanche et le lundi de Pâques, mais i' se commence à être tard pour le Salut. Qué qu'il y a donc ?"

Et il restait affourché sur son échalier, guettant, sur les herbes des tombes qu'elle rougissait, c'te lueur violente qui allait p't-être casser en mille pièces les vitraux tout contre lesquels elle paraissait allumée…

"Mais tiens, dit-il, les prêtres ont des idées à eux, qui ne sont pas comme les autres. Qu'est-ce qui sait ce qu'ils forgent dans l'église à c'te heure où l'on dort partout ? Je veux vais à cha !"

Et i' dévala de l'échalier et s'avança résolument tout près du portail.

Je vous l'ai dit, monsieur ; c'était l'ancien portail arraché aux décombres de l'abbaye. Les Bleus l'avaient percé de plus d'une balle, il était criblé de trous par lesquels on pouvait ajuster son œil. Pierre Cloud y guetta donc, comme il avait guetté tant de fois, en rôdant par là, le dimanche, quand il voulut savoir où l'on en était de la messe, et alors il vit une chose qui lui dressa le poil sur le corps, comme à un hérisson saisi par une couleuvre. Il vit, nettement, par le dos, l'abbé de la Croix-Jugan, debout au pied du maître-autel. Il n'y avait personne dans l'église, noire comme un bois, avec ses colonnes. Mais l'autel était éclairé, et c'était la lueur des flambeaux qui faisait ce rouge des fenêtres que Pierre Cloud avait aperçu de l'échalier. L'abbé de la Croix-Jugan était, comme il y avait un an à pareil jour, sans capuchon et la tête nue ; mais cette tête, dont Pierre Cloud ne voyait en ce moment que !a nuque, avait du sang à la tonsure, et ce sang, qui

plaquait aussi la chasuble, n'était pas frais et coulant, comme il
était, il y avait un an, lorsque les prêtres l'avaient emporté dans
leurs bras.

"Je ne me souviens pas, disait Pierre Cloud, d'avoir eu jamais
bien grand'peur dans ma vie, mais cette fois j'étais *épanté*.
J'entendais une voix qui me disait tout bas : 'En v'là assez,
garçon', et qui m'conseillait de m'en aller. Mais j'étais fiché
comme un poteau en terre, à ce damné portail, et j'étais *ardé* du
désir de voir... Il n'y avait que lui à l'autel... Ni répondant, ni
diacre, ni *chœuret*. Il était seul. Il sonna lui-même la clochette
d'argent qui était sur les marches quand il commença l'*In-
troïbo*. Il se répondait à lui-même comme s'il avait été deux personnages ! Au *Kyrie eleison*, il ne chanta pas... c'était une
messe basse qu'il disait... et il allait vite. Moi, je ne pensais rien
qu'à regarder. Toute ma vie se ramassait dans ce trou de portail... Tout à coup, au premier *Dominus vobiscum* qui l'obligea
à se retourner, je fus forcé de me fourrer les doigts dans les trous
qui *vironnaient* celui par lequel je guettais, pour ne pas tomber
à la renverse... Je vis que sa face était encore plus horrible
qu'elle n'avait été de son vivant, car elle était toute semblable
à celles qui roulent dans les cimetières quand on creuse les
vieilles fosses et qu'on y déterre d'anciens os. Seulement les
blessures qui avaient *foui* la face de l'abbé étaient *engravées*
dans ses os. Les yeux seuls y étaient vivants comme dans une
tête de chair et ils brûlaient comme deux chandelles. Ah ! je crus
qu'ils voyaient mon œil à travers le trou du portail, et que leur
feu allait m'éborgner en me brûlant... Mais j'étais endiablé de
voir jusqu'au bout... et je regardais ! Il continua de marmotter
sa prière, se répondant toujours et sonnant aux endroits où il fallait sonner ; mais pus il s'avançait, pus il se troublait... Il s'embarrassait, il s'arrêtait... On eût gagé qu'il avait oublié sa
science... Vère ! i' n'savait pus ! Néanmoins il allait encore,
buttant à tout mot comme un bègue, et reprenant... quand,
arrivé à la *Préface*, il s'arrêta court... Il prit sa tête de mort dans
ses mains d'*esquelette*, comme un homme perdu qui cherche à
se rappeler une chose qui peut le sauver et qui ne se la rappelle
pas ! Une espèce de *courroux* lui creva dans la poitrine... Il voulut consacrer, mais il laissa choir le calice sur l'autel... Il le touchait comme s'il lui eût dévoré les mains. Il avait l'air de
devenir fou. Vère ! un mort fou ! Est-ce que les morts peuvent
devenir fous jamais ? Ch'était pus qu'horrible ! J'm'attendais à

voir le démon sortir de dessous l'autel, se jeter sur lui et le remporter ! Les dernières fois qu'il se retourna, il avait des larmes, de grosses larmes qui ressemblaient à du plomb fondu, le long de son visage. Il pleurait, ah ! mais il pleurait comme s'il avait été vivant ! C'est Dieu qui le punit, me dis-je, et quelle punition !... Et les mauvaises pensées me revinrent : vous savez toutes ces *affreusetés* qu'on avait traînées sur la renommée de ce prêtre et de Jeanne le Hardouey. Sans doute qu'il était damné, mais il souffrait à faire pitié au démon lui-même. Vère ! par saint Paterne, évêque d'Avranches, c'était pis pour lui que l'enfer, c'te messe qu'il s'entêtait à achever et qui lui tournait dans la mémoire et sur les lèvres ! Il en avait comme une manière de sueur de sang mêlée à ses larmes qui ruisselaient, éclairées par les cierges, sur sa face et presque sur sa poitrine, comme du plomb dans la rigole d'un moule à balles ou du vitriol. Quand je vous dirais qu'il recommença pus de vingt fois c'te messe impossible, j' ne vous mentirais pas. Il s'y épuisait. Il en avait la *broue* à la bouche comme un homme qui tombe de haut mal ; mais il ne tombait pas, il restait droit. Il priait toujours, mais il brouillait toujours sa messe, et, de temps en temps, il tordait ses bras au-dessus de sa tête et les dressait vers le tabernacle comme deux tenailles, comme s'il eût demandé grâce à un Dieu irrité qui n'écoutait pas !

J'étais si appréhendé par un tel spectacle que je ne m'en allai point. J'oubliai tout, ma femme qui attendait, l'heure qu'il était, et je restai collé à ce portail jusqu'au jour... Car il n'y eut qu'au jour où ce terrible diseur de messe rentra dans la sacristie, toujours pleurant, et sans avoir jamais pu aller plus loin que la Consécration... Les portes de la sacristie s'ouvrirent d'elles-mêmes devant lui, en tournant lentement sur leurs gonds, comme s'ils avaient été de laine huilée... Les cierges s'éteignirent comme les portes de la sacristie s'étaient ouvertes, sans personne ! La nef commençait de blanchir. Tout était dans l'église tranquille et comme à l'ordinaire. Je m'en allai *de delà*, moulu de corps et d'esprit... et de tout cha, je ne dit mot à ma femme. C'est plus tard que j'en *causai* pour ma part, parce qu'on en *causait* dans la paroisse. Un matin, le sacristain Grouard avait, à l'*ouverture*, trouvé dans les bénitiers des portes l'eau bénite qui bouillait, en fumant, comme du goudron. Ce ne fut que peu à peu qu'elle s'apaisa et refroidit : mais il paraît que pendant la messe de ce prêtre maudit, elle bouillait toujours !"

Tel fut le dire de Pierre Cloud lui-même, ajouta maître Louis Tainnebouy dont la voix avait subi, en me les répétant, les mêmes altérations que quand il avait commencé de me parler de cette messe nocturne, et voilà, monsieur, ce qu'on appelle la messe de l'abbé de la Croix-Jugan !

J'avoue que cette dernière partie de l'histoire, cette expiation surnaturelle, me sembla plus tragique que l'histoire elle-même. Était-ce l'heure à laquelle un croyant à cette épouvantable vision me la racontait ? Était-ce le théâtre de cette dramatique histoire, que nous foulions alors sous nos pieds ? Étaient-ce les neuf coups entendus et dont les ondes sonores frappaient encore à nos oreilles et versaient par là le froid à nos cœurs ? Était-ce enfin tout cela combiné et confondu en moi qui m'associait à l'impression vraie de cet homme si robuste de corps et d'esprit ? Mais je conviens que je cessai d'être un instant du XIXe siècle, et que je crus à tout ce que m'avait dit Tainnebouy, comme il y croyait.

Plus tard, j'ai voulu me justifier ma croyance, par une suite des habitudes et des manies de ce triste temps, et je revins vivre quelques mois dans les environs de Blanchelande. J'étais déterminé à passer une nuit aux trous du portail, comme Pierre Cloud, le forgeron, et à voir de mes yeux ce qu'il avait vu. Mais comme les époques étaient fort irrégulières et distantes auxquelles sonnaient les neuf coups de la messe de l'abbé de la Croix-Jugan, quoiqu'on l'entendît retentir parfois encore, me dirent les anciens du pays, mes affaires m'ayant obligé à quitter la contrée, je ne pus jamais réaliser mon projet. »

- Le satanisme dans la littérature du XIXe siècle. On se référera à Max Milner, *Satan dans la littérature française de Cazotte à Baudelaire*, Corti, 1960.
- Les images de la femme dans *Les Diaboliques*.
- On élargira à l'image de la femme fin de siècle.
- Peut-on parler de fantastique dans *Les Diaboliques* ?
- On élargira au récit fantastique au XIXe siècle.

Le fantastique

Le fantastique constitue à la fois un genre et une esthétique.

Pour une définition, on se reportera à la préface et au dossier historique et littéraire de Nodier/Balzac/Gautier/Mérimée, *Récits fantastiques* (Pocket Classiques, n° 6087). Voici quelques compléments.

1. Parler du fantastique, c'est d'abord tenter de le définir, car le sens premier s'est perdu. À progressivement recouvrir tout et parfois n'importe quoi, la notion de fantastique s'est diluée, au point peut-être de galvauder un mot qui ne veut plus rien dire. Mais la difficulté tient moins à la définition qu'à la contradiction entre l'idéal nécessaire de la rigueur, qui tend à limiter les emplois du terme – et surtout son fonctionnement spécifique comme genre littéraire –, et la diffusion, l'imprégnation fantastique qui se manifeste dans nombre de productions littéraires. Le fantastique peut se repérer partout.

2. Le mot vient de *fantaisie* (comme roman a généré romantique), lui-même issu du grec *phantasia* par le relais du latin *fantasia*. La fantaisie médiévale, c'est l'imagination, et tout ce qu'elle produit. Au départ donc était un univers échappant au réel, ou le colorant d'une façon particulière.

Sur le substantif se crée l'adjectif. Dès le XIVᵉ siècle, *fantastique* prend un sens qui informe toute l'époque classique. Il qualifie les produits de l'imagination. Se forme un champ sémantique où le bizarre, le fabuleux et l'extravagant circulent allègrement.

3. Le substantif fantastique redouble dès lors « fou » ou « insensé ». Avec le XVIIIᵉ siècle finissant et le romantisme, il entre en littérature. Charles Nodier (1780-1844) l'anoblit en genre littéraire à part entière dans un célèbre article de 1830, *Du fantastique en littérature*. Voir le dossier historique et littéraire, pp. 411-415.

L'histoire d'un genre

4. Premier texte théorique important, cet article avait été immédiatement précédé par des articles critiques de 1828 et 1829 dus à Walter Scott et à Jean-Jacques Ampère. Ils y soulignaient une constante de l'être humain. À la fois créateurs d'illusions, inquiets ou angoissés par leur condition précaire, leur imperfection ou le sentiment de leur chute, les hommes ne peuvent plus se contenter du merveilleux, qui enchantait les époques antérieures.

S'ébauche dès lors une distinction capitale : le merveilleux est un traitement du surnaturel qui présuppose une foi aveugle dans les prodiges, dans l'extraordinaire. Le merveilleux, c'est le surnaturel accepté (Todorov), comme l'étrange, c'est le surnaturel expliqué. Le fantastique, c'est l'hésitation éprouvée par un être qui ne connaît que les lois naturelles face à un événement en apparence surnaturel (Todorov).

Or, baguettes de fée et génies n'ont plus cours. Ils ne peuvent plus charmer la naïveté du public. Dévalué, le merveilleux se revitalise, quitte à se transformer, par le traitement qu'en offrent d'autres formes, comme les procédés et l'atmosphère du roman noir, ou gothique, d'origine anglaise. Le besoin humain de fantastique doit être comblé par une nouvelle écriture.

5. La première production digne de ce nom est due à Jacques Cazotte (1719-1792) avec *Le Diable amoureux* (1772). Il influe tant sur l'Angleterre que sur la postérité romantique. Un Nerval en fera l'un de ses maîtres. Mais le véritable déclic est la traduction en 1829 des *Contes* d'Hoffmann par Loève-Veimars. L'univers fantastique plaît, et ce n'est pas seulement une mode. C'est que le lecteur, au lieu de pénétrer dans un monde où la logique humaine n'a plus cours (comme dans le merveilleux qui suppose une acceptation convenue du surnaturel), trouve dans le récit fantastique un monde semblable au sien, rationnel, déterministe. Un ou des éléments perturbateurs vont y faire irruption. Le fantastique, et c'est là son originalité, introduit une faille dans la cohérence du monde connu. Cette faille naît d'un être, d'un objet ou d'un événement qui semblent appartenir à la fois à notre monde et à un autre, mystérieux, indéfinissable, mais d'une angoissante présence.

6. Donc le fantastique *stricto sensu* relève d'une culture moderne, celle qui a assimilé la connaissance scientifique, qui jette sur le monde un regard éclairé, démystificateur. Le fantastique est aussi – surtout ? – une réaction contre les prétentions de la raison et de la science. Ce contre-courant se réfugie alors dans la pensée magique et dans des lieux communs idéalistes, tels l'énergie de l'âme, les échanges entre la vie et la mort, les forces mystérieuses qui nous entourent, etc. Des formes socialisées de cette réaction sont d'ailleurs visibles dans la vogue du spiritisme vers 1860.

7. Faisant du surnaturel son matériau, le fantastique suppose une nature. Il s'installe dans un rapport à la norme, puisqu'il se donne comme différent, étranger, autre. Ce qui explique que le XVIIIe siècle voie une première éclosion du fantastique grâce à l'illuminisme. Il y eut alors une « renaissance de l'irrationnel » (P.-G. Castex, *Le Conte fantastique en France*). Les victoires de la philosophie et du militantisme rationalistes suscitent par

contrecoup un besoin de se référer à des mythes consolants, de se tourner vers le mystère. L'illuminisme mystique de Swedenborg (1688-1772), de Saint-Martin (1743-1803), de Martines de Pasqually (1710-1774) définit notre monde comme analogique d'un monde spirituel. Des correspondances existent : nous pouvons entrer en communication avec lui. D'où des pratiques de purification, la création de sectes… À côté de cet ésotérisme, le magnétisme animal de Mesmer (1734-1815) met au point une théorie de l'attraction universelle, où circule un fluide magnétique. Le mesmérisme connaît une vogue extraordinaire dans les salons. Ajoutons à cela les aventuriers comme Casanova (1725-1798), Cagliostro (1743-1795) et le mystérieux comte de Saint-Germain (mort en 1784 mais qui se prétendait immortel) et le tableau varié du fantastique en marge des Lumières apparaît dans toute sa splendeur. Un autre XVIIIe siècle se manifeste, corrigeant notre représentation trop rigide du siècle des Philosophes.

8. Le fantastique signale à sa façon une crise. Son histoire semble donc scandée par 1830, la littérature fin de siècle, le surréalisme et la science-fiction contemporaine. Son succès coïncide avec les grandes remises en cause qui, rythmant l'Histoire, dynamisent l'écriture et sa production littéraire.

9. Le fantastique définit également un rapport existentiel. C'est une transgression, une provocation contre la raison. Pour s'imposer, il nécessite un bouleversement des réalités. À la situation créée par le rapport scientifique et rationnel de l'homme au monde, viennent s'ajouter au XIXe siècle la fécondité du renouveau de l'irrationnel, l'effondrement des certitudes dû à la Révolution, la promotion de l'imaginaire défendue par les romantiques. Le fantastique devient une nouvelle expression du moi. Voilà l'urgence d'une écriture et, selon Nodier en 1830, une mesure de salut public : « Si l'esprit humain ne se complaisait encore dans de vives et brillantes chimères, quand il a touché à nu toutes les repoussantes réalités du monde vrai, cette époque de désabusement serait en proie au plus violent désespoir, et la société offrirait la révélation effrayante d'un besoin unanime de dissolution et de suicide. »

10. Sa grande expression littéraire, c'est le conte fantastique du XIXe siècle, de Nodier (1780-1844) à Maupassant (1850-1893), en passant par Gautier (1811-1872), Mérimée (1803-1870), Barbey d'Aurevilly (1808-1889) et Villiers de l'Isle-Adam

(1838-1889). Mais le fantastique concerne bien d'autres écrivains, à commencer par Balzac, qui l'utilise pour magnifier les pouvoirs de la pensée et du psychisme, ou pour traduire une vision de la société et de son fonctionnement. C'est le fantastique social de *La Peau de chagrin* (1831, Pocket Classiques, n° 6017).

Comme pour confirmer cette évidence d'un âge d'or du fantastique en littérature, Maupassant annonce le 7 octobre 1883 son extinction dans une chronique du *Gaulois* : « Dans vingt ans, la peur de l'irréel n'existera plus, même dans le peuple des champs. Il semble que la Création ait pris un autre aspect, une autre figure, une autre signification qu'autrefois. De là va certainement résulter la fin de la littérature fantastique. »

À vrai dire, le pessimisme de Maupassant n'est guère de mise. Le XXe siècle maintient la tradition, en la métamorphosant. Le malaise de la modernité, les tragédies de l'Histoire, les prodiges de la science, tout favorise la prolifération du fantastique. Peut-être se dégrade-t-il comme tel, ou dévie-t-il vers des genres qui s'autonomisent, comme la science-fiction (ou, dans un autre domaine artistique, le film d'horreur). C'est un procès en recherche de paternité qu'il faudrait mener. Mais les filiations de l'imaginaire sont des plus complexes...

Le mythe de Don Juan (à partir du *Plus bel amour de Don Juan*). Voici une liste indicative des titres :

1630	Tirso de Molina	*El Burlador de Sevilla y convidado de piedra* (pièce)
1665	Molière	*Dom Juan ou le Festin de pierre* (pièce)
1744	Antonio de Zamora	*No hay deuda que no se pague y convidado de piedra* (comédie)
1760	Goldoni	*Don Giovanni Tenorio ossia il dissoluto* (pièce)
1787	Mozart, livret de Da Ponte	*Il dissoluto punito ossia il Don Giovanni* (opéra)
1798	Goya	*Don Juan et le Commandeur* (tableau)
1813	Hoffmann	*Don Juan* dans *Fantaisies à la manière de Callot* (récit)
1818-1823	Byron	*Don Juan* (poème)
1829	C. Dietrich Grabbe	*Don Juan und Faust* (tragédie)

1830	Pouchkine	*Kamenyi Gost* (*Le Convive – ou L'Invité – de pierre*, tragédie)
		L'Elixir de longue vie (nouvelle)
1832	Musset	*Namouna*, chant II (poème)
1833	George Sand	*Lélia*, chapitre LXII intitulé « Don Juan » (roman)
1834	Mérimée	*Les Âmes du purgatoire* (nouvelle)
1836	Alexandre Dumas	*Don Juan de Marana ou La Chute d'un ange* (drame)
1838	Théophile Gautier	« La Comédie de la mort » (poème)
1840	Delacroix	*Le Naufrage de Don Juan* (tableau)
1844	Nikolaus Lenau	*Don Juan* (poème dramatique)
	José Zorrilla y Moral	*Don Juan Tenorio* (drame en vers)
1846	Baudelaire	« Don Juan aux enfers » (poème, dans *Les Fleurs du mal*)
1859	Villiers de l'Isle-Adam	« Hermosa » dans *Premières Poésies*
1866	Verlaine	« À Don Juan » (sonnet)
1884	Verlaine	« Don Juan pipé » dans *Jadis et Nagère* (poème)
1888	Richard Strauss	*Don Juan* (opéra)
1901-1903	George Bernard Shaw	*Man and Superman* (*Homme et Sur-homme*, pièce)
1912	O.V. de L. Milosz	*Miguel de Manara* (mystère)
1914	Apollinaire	*Les Trois Don Juans : Don Juan Tenorio d'Espagne, Don Juan de Marana de Flandres, Don Juan d'Angleterre* (roman)
1916	Michel Zévaco	*Don Juan* (roman)
1920	Henry Bataille	*L'Homme à la rose* (drame)
1921	Edmond Rostand	*La Dernière Nuit de Don Juan* (poème dramatique)
1922	Marcel L'Herbier	*Don Juan et Faust* (film)
1928	Michel de Ghelderode	*Don Juan* (drame)
1930	Joseph Delteil	*Don Juan* (roman)
1934	Alexandre Korda	*La Vie privée de Don Juan* (film)
	Robert Desnos	« La Ville de Don Juan » (poème)
	Miguel de Unamuno	*El Hermano Juan o El Mundo es teatro* (pièce)

1947	Marcel Jouhandeau	*Carnets de Don Juan* (roman)
1948	Vincent Sherman	*Les Aventures de Don Juan* (film)
1955	Anouilh	*Ornifle ou Le Courant d'air* (pièce)
1958	Montherlant	*Don Juan* (pièce)
1965	Marcel Bluwal	*Don Juan* (adaptation de la pièce de Molière pour la télévision)
1973	Roger Vadim	*Don Juan 73* (film)

La Normandie : on se reportera aux dossiers historiques et littéraires des recueils de Maupassant, *Toine et autres contes normands* (Pocket Classiques, n° 6187) ; *Le Rosier de Madame Husson et autres contes roses* (n° 6092).

Voir aussi le dossier historique et littéraire, pp. 374-379.

– Le genre de la nouvelle : on se reportera d'abord à l'article « Nouvelle » du *Dictionnaire des littératures de langue française*, Bordas, 1987.

Bibliographie récente :

– Aubrit Jean-Pierre, *Le Conte et la nouvelle*, Armand Colin, coll. « Cursus », 1997.
– Évrard Franck, *La Nouvelle*, Le Seuil, coll. « Mémo », 1997.
– Godenne René, *La Nouvelle*, Champion, 1995.
– Grojnowski Daniel, *Lire la nouvelle*, Dunod, 1997.

La vengeance (à partir de *La Vengeance d'une femme*) : Dumas, *Le Comte de Monte-Cristo* (Pocket Classiques, n°s 6198, 6199, 6200) ; Balzac, *Histoire des Treize* (n° 6075) ; Mérimée, *Colomba – Mateo Falcone – Nouvelles corses* (n° 6011).

Le Mal : Lautréamont, *Les Chants de Maldoror* (Pocket Classiques, n° 6068) ; Wilde, *Le Portrait de Dorian Gray* (n° 6066).

• PARCOURS CRITIQUE

« *Les Diaboliques* ne sont pas seulement une évasion. Elles manifestent aussi une opposition. Bien des remarques incidentes visent le XIXe siècle dans ces nouvelles, et trois d'entre elles au moins semblent naître de ce mouvement d'opposition, toujours sensible dans la création comme dans la critique aureviliennes » (Jacques Petit, notice, Barbey d'Aurevilly, *Œuvres romanesques complètes*, Gallimard, Bibliothèque de la Pléiade, tome II, 1964, p. 1278).

« On peut se demander si Barbey, en dépit de ses prétentions affichées au titre de "moraliste chrétien", ne considère pas qu'à un certain degré d'intensité, la passion et le péché sont "pour certaines âmes" des sortes de vertus. Le culte de la Force, héritage byronien qui l'a marqué pour toute sa vie, semble l'entraîner à penser ainsi, dans *Les Diaboliques* » (Jean-Pierre Seguin, introduction à l'édition Garnier-Flammarion, 1967, p. 31).

« Dans l'ensemble ces [femmes infernales] ne sont rien moins que transparentes : que cache le silence d'Alberte, toujours si froidement impassible durant le jour et si violemment voluptueuse la nuit, dans les bras de son amant ? Qu'y a-t-il derrière l'imperturbable front de Mme de Stasseville ? À nous, lecteurs, de soulever ces rideaux, d'opérer notre propre plongée dans les abîmes du Mal » (Amélie Schweiger, article « Les Diaboliques », *Dictionnaire des œuvres littéraires de langue française*, Bordas, tome II, 1994, p. 536).

• UN LIVRE / UN FILM

Voir le dossier historique et littéraire, p. 414.

On ajoutera *Hauteclaire*, adaptation télévisée du *Bonheur dans le crime*, avec Mireille Darc et Michel Piccoli.

DOSSIER HISTORIQUE ET LITTÉRAIRE

REPÈRES BIOGRAPHIQUES

1808   2 novembre, naissance à Saint-Sauveur-le-Vicomte de Jules-Amédée, fils de Théodore Barbey et d'Ernestine Ango : « ... mon jour de naissance, jour que j'exècre et qui me jette toujours une montagne de plomb sur le cœur ». Famille paternelle d'origine paysanne, anoblie par l'achat d'une charge en 1756, entichée de préjugés nobiliaires, d'un royalisme légitimiste et d'un catholicisme janséniste intransigeants.

1808-   « Comprimé par une éducation absurde » entre une
1827   mère « si peu mère, hélas ! » et « un père décrépit ». Vacances au bord de la mer (Carteret), tout imprégnées par les récits de chouannerie de sa grand-mère et les légendes normandes d'une vieille bonne. Études au collège de Valognes. Hébergé par son oncle Pontas-Duméril dont il adopte, contre la « légende familiale », les idées libérales. Premiers poèmes.

1827-   Études à Paris, au collège Stanislas. Amitié avec
1829   Maurice de Guérin, dont il admirera toujours le talent poétique et pour qui il commencera en 1836 à tenir un journal *(Memoranda)*. Découverte de Walter Scott et de Byron, qui restera jusqu'au bout sa plus grande admiration littéraire.

1829   Retour à Saint-Sauveur. Voudrait se lancer dans la carrière militaire mais, sur les instances paternelles, accepte de faire son droit à Caen. Par conviction démocratique — et en réaction contre sa famille — refuse de reprendre à la mort de son oncle le nom d'Aurevilly.

1830-   Liaison avec Louise, femme de son cousin germain
1831   du Méril : expérience de la transgression et de la clandestinité. Rencontre avec Trebutien qui devient son confident. Écrit *Le Cachet d'onyx* (publication posthume en 1919).

1832   *Léa,* publié dans *La Revue de Caen*, éphémère revue
        libérale qu'il a fondée avec Trebutien et Edelestand
        du Méril. (En 1834, ils feront une autre tentative, tout
        aussi éphémère, la *Revue critique de la philosophie,
        des sciences et de la littérature.*)

1833   Après sa thèse de droit, s'installe à Paris, où il
        retrouve Guérin, et vit grâce à l'héritage, vite dilapidé,
        de son grand-oncle et parrain Lefebvre de Montres-
        sel. Écrit *La Bague d'Annibal* (publiée en revue en
        1842).

1835   *Amaïdée*, poème en prose, publié en 1889. *Germaine*,
        roman, publié en 1883 dans une nouvelle version sous
        le titre *Ce qui ne meurt pas.*

1836   Séjour à Saint-Sauveur, où il ne reviendra que vingt
        ans plus tard. Rupture larvée avec sa famille.

1837   Première brouille avec Trebutien.

1838   Difficultés pécuniaires. Débuts dans le journalisme
        parisien. Dès lors, et jusqu'à sa mort, multipliera,
        pour vivre, les articles de critique (mode, littérature,
        art, politique, philosophie, etc.) dans toutes sortes de
        journaux et revues d'obédiences les plus diverses.
        Rencontre et liaison avec la marquise du Vallon.
        Commence à jouer au dandy dans les salons parisiens.

1839   Mort de Maurice de Guérin : « Il n'y a plus que ruines
        dans mon passé et dans mon cœur. »

1840   Fréquente le salon légitimiste et catholique de
        Mme de Maistre. Réconciliation avec Trebutien.

1841   Publication de *L'Amour impossible.*

1843   Sans doute liaison orageuse avec celle qu'il nommera
        Vellini dans *Une vieille maîtresse* (publiée en 1851).

1845   *Du dandysme et de George Brummel* (publié en 1851).

1846   Début de son retour vers le catholicisme et les
        positions politiques royalistes de sa famille, sous
        l'influence de Mme de Maistre. Participe à la fonda-
        tion de *La Société catholique.* Voyage dans le Massif
        central (cf. *Une histoire sans nom*, roman publié en
        1882).

1848   La Révolution le déçoit puis l'effraye et consolide ses nouvelles positions politiques : en 1850 collaborera à un journal légitimiste, *La Mode*, qui publie *Le Dessous de cartes*. Travaille aux *Prophètes du passé* (première publication en 1849 : *Joseph de Maistre*). Projet d'une série de romans normands (« *Ouest* »), dont *L'Ensorcelée* (1854) sera le premier.

Se rapproche de la Normandie, sa « patrie d'enfance », en même temps que de la religion. Reviendra à la pratique religieuse (1855) avant de renouer avec sa famille et de retourner en Normandie (1856).

1851   Rencontre Mme de Bouglon, « l'Ange Blanc », l'éternelle fiancée.

1852   Favorable au rétablissement de l'Empire, tout régime autoritaire de pouvoir unique lui semblant préférable à la démocratie républicaine. Commence *Le Chevalier des Touches* (publié en 1864).

1854   Relations avec Baudelaire, dont il défendra, en 1857, *Les Fleurs du Mal*.

1855   Commence *Un prêtre marié* (publié en 1865).

1858   Fondation du *Réveil*, journal littéraire, catholique et gouvernemental. Ses articles de critique littéraire, féroces et de plus en plus amers, commencent à lui faire de solides ennemis. (S'attaque, entre autres, à Sainte-Beuve, puis, en 1861, aux *Misérables* de Victor Hugo.) Mort de sa mère. Rupture définitive avec Trebutien.

1860   Publication d'un premier volume de ses articles, *Les Œuvres et les hommes* (onze volumes dont le dernier publié en 1889).

1866   Travaille aux *Diaboliques*, dont il établit le plan. De plus en plus amer, de plus en plus hostile à son temps.

1867   Rencontre avec Léon Bloy. Publication en revue du *Plus bel amour de Don Juan*.

1868   Mort de son père.

1870   Mort de Trebutien.

1871   Obligé de vendre les propriétés de Saint-Sauveur pour payer les dettes paternelles, s'installe à Valognes, où il achève *Les Diaboliques*. Dès lors, aller et retour incessants entre Paris et la Normandie.

1874   Publication des *Diaboliques*. Poursuites, puis non-lieu.
        Autour de lui, un groupe de jeunes écrivains, partisans d'une nouvelle esthétique, antinaturaliste : Bourget (qui préfacera en 1883 les troisième et quatrième *Memoranda*), Hello, Péladan, Lorrain, Rollinat, Huysmans qui le reconnaissent comme leur maître et sur qui il écrira des articles élogieux (1883-1884).

1879   Rencontre avec Louise Read qui devient sa secrétaire et son amie. Difficultés avec les milieux catholiques et royalistes : « Qu'y a-t-il de plus bête que les royalistes, si ce n'est les catholiques ? »

1882   Publication en revue de *Une page d'histoire* (publié en volume en 1886).

1886-   À partir de 1886 sa santé se dégrade. En 1887, dernier
1889   voyage en Normandie. Discussions assez sordides entre Bloy et Péladan à propos de sa succession littéraire. Mme de Bouglon essaie d'obtenir un testament en sa faveur.
        Il meurt le 23 avril 1889.

REPÈRES HISTORIQUES

(N.B. : Ne sont ici retenus que les dates et les événements cités ou évoqués dans *Les Diaboliques*.)

Les histoires racontées dans *Les Diaboliques* sont, à l'exception du *Plus bel amour de Don Juan*, situées explicitement dans l'histoire ; de plus, les événements historiques et politiques y jouent un rôle non négligeable.

L'aventure de Brassard et d'Alberte se déroule à la fin de l'Empire (1813) et nous savons que Brassard a repris du service dans l'armée royale sous la Restauration, vécu la révolution de Juillet et démissionné à l'avènement de Louis-Philippe. Sa rencontre avec le narrateur a lieu quinze ans après 1830, donc sous la monarchie de Juillet. La « partie de whist » (tout comme le « dîner d'athées ») a lieu sous la Restauration, mais convives et joueurs ont été irrémédiablement marqués (de façon radicalement opposée) par la révolution. Mesnilgrand a fait toute sa carrière sous l'Empire. L'aventure de Serlon et Hauteclaire se déroule sous la monarchie de Juillet (Hauteclaire est née dans « les premières années de la Restauration »). La duchesse d'Arcos réalise sa vengeance dans « les dernières années du règne de Louis-Philippe ».

LA RÉVOLUTION (1789-1799)

Aux yeux de Barbey, la Révolution est à la fois *le péché inexpiable* (mise à mort du roi ; négation de la religion) et *l'expiation d'un péché* (déchristianisation, contamination de l'aristocratie par la philosophie des Lumières et par le libertinage du XVIIIe siècle). Les révolutionnaires ne sont pour lui que des « régicides » et des « apostats » (p. 254).

Régicides :

10 août 1792 : chute de la royauté.
2 septembre : proclamation de la République.

3 décembre : ouverture du procès du roi et condamnation
à mort. Parmi ceux qui votent la mort : Philippe
d'Orléans dit Philippe-Égalité, cousin du roi, député à
la Convention, franc-maçon et père du futur Louis-
Philippe (accessoirement : le conventionnel Le Carpentier, de Valognes, pp. 265, 287).

21 janvier 1793 : exécution de Louis XVI.

Apostats :

12 juillet 1790 : la Constituante vote la *constitution civile
du clergé.*

27 novembre : tous les prêtres doivent prêter serment de
fidélité à la Constitution. Scission du clergé entre prêtres *assermentés* (l'abbé Reniant, p. 263 ; cf. aussi *Un
prêtre marié*) et prêtres *réfractaires* (l'épisode des hosties jetées aux porcs, pp. 265 *sq.* ; cf. aussi *L'Ensorcelée*).

Massacres de septembre 1792.

La date essentielle semble être, pour Barbey, *1793* qui
inaugure l'ère de

la Terreur :

Exécution de Louis XVI.

Comité de salut public. Tribunal révolutionnaire.

Loi des suspects (17 septembre) visant surtout les nobles,
les prêtres réfractaires, les émigrés et leurs familles. Nouveaux massacres. Vaste entreprise de déchristianisation.

Répression sanglante par les armées républicaines (les
colonnes infernales de Rossignol, p. 266 ; cf. aussi
L'Ensorcelée) de la contre-révolution (« armée catholique et royale » de la guerre de Vendée, insurrection de
la chouannerie, cf. *Le Chevalier des Touches*).

LE CONSULAT (1799-1804), L'EMPIRE (1804-1814),
LES CENT-JOURS (mars-juin 1815)

Mis à part l'exécution du duc d'Enghien (p. 217) sous le
Consulat (15 mars 1804), la vision aurevillienne de l'épopée
napoléonienne est nettement moins négative : Mesnilgrand
et (partiellement) Brassard, héros positifs, sont des officiers
d'Empire. De l'Empire, Barbey privilégie :

la guerre d'Espagne qui, commencée en 1808 par la déposition du roi Charles IV (remplacé par Joseph Bonaparte), l'invasion du pays, l'insurrection de Madrid et sa répression brutale (2 et 3 mai), ne prit fin, malgré les victoires françaises de 1809 (soumission de Saragosse), qu'avec l'Empire (abdication du roi Joseph en 1813, victoire de l'armée anglo-espagnole de Wellington en 1814) ;

l'écroulement, en deux temps :
• les défaites de 1813 (Leipzig, 16-19 octobre, p. 95) et 1814, conduisant à la déchéance et à l'abdication de Napoléon (4 avril 1814) à qui fut laissée la souveraineté de l'île d'Elbe ;
• « le vol de l'Aigle » hors de son refuge, de Golfe-Juan (1er mars 1815) aux Tuileries (20 mai), qui fascinera Mesnilgrand, p. 241. Tentative de reprise du pouvoir (les Cent-Jours) qui s'achève irrémédiablement sur la défaite de Waterloo, le 18 juin 1815 (pp. 40 et 241), l'abdication, l'exil (Sainte-Hélène, 17 octobre) et la mort (5 mai 1821).

LA RESTAURATION (1815-1830)

La première abdication de Napoléon permet le retour des Bourbons et inaugure une monarchie constitutionnelle (Louis XVIII accorde aux Français la Charte de 1814, cf. p. 190) mais non démocratique (suffrage censitaire). Division des royalistes en *constitutionnels* à tendance libérale et *ultras* (cf. l'aristocratie réactionnaire de Valognes) déçus par une monarchie qu'ils jugent ingrate à leur égard et timorée.

Les Cent-Jours renvoient Louis XVIII en exil (à Gand, pp. 58 et 240), dont il revient après Waterloo pour régner sur la France jusqu'en 1824. Dès ses débuts la Restauration politique se double d'une entreprise systématique de retour à l'ordre moral (Terreur blanche de 1815) et de restauration religieuse (influence de la Congrégation, missions, cf. pp. 191 et 262).

Avec Charles X (1824-1830), la Restauration est marquée par un renforcement progressif du régime autoritaire. Sous le ministère Villèle, la Chambre des Députés, dite « retrouvée », dominée par les ultras (1824-1827) adopte des lois réactionnaires tendant à annuler les conquêtes de la Révolution (cf. p. 226).

Enfin, la révolution de Juillet (27, 28, 29 juillet 1830 : les « Trois Glorieuses », cf. p. 44) chasse Charles X (p. 225) et porte au pouvoir Louis-Philippe.

LA MONARCHIE DE JUILLET (1830-1848)

Le fils de Philippe-Égalité, du régicide, devient roi de France. Héritier de la Révolution, il s'appuie sur (et est appuyé par) la grande bourgeoisie d'affaires et non sur la noblesse. Qui d'ailleurs, dit Barbey, le méprise (cf. pp. 44 et 226). Il se veut « roi-citoyen » et instaure un régime vraiment parlementaire. Les légitimistes ne désarment pas, soit que, comme à Valognes, ils se replient sur leur amertume, soit que, comme la duchesse de Berry, ils tentent de soulever les provinces (1832). Les bonapartistes conspirent. Les républicains s'agitent.

Progrès économique, révolution industrielle, conquêtes coloniales. Extension des idées démocratiques et libérales (même dans le domaine de la religion), que le narrateur aurevillien réprouve ou ridiculise (cf. pp. 36, 49, 152, etc.). Constitution d'un prolétariat misérable. Naissance des mouvements socialistes...

Février 1848 : Révolution. Le dernier roi de France abdique et prend le chemin définitif de l'exil.

LA SECONDE RÉPUBLIQUE (25 février 1848-22 novembre 1852) ; LE SECOND EMPIRE (2 décembre 1852-4 septembre 1870) ; LA COMMUNE (mars 1871-mai 1872), éphémère interruption de LA TROISIÈME RÉPUBLIQUE à ses débuts...

Les Diaboliques ne font pas de références historiquement datables à cette période qui fut celle de leur rédaction (cf. Dossier, pp. 358-375).

Des allusions : le dîner du Vendredi Saint en 1868, p. 254 ; la disparition du vieux Paris sous les coups de l'urbanisme du Second Empire, p. 307. Peu de chose...

En revanche, avec insistance, une atmosphère : celle d'une déperdition d'énergie morale et passionnelle, d'une veulerie généralisée, d'un aplatissement/avilissement des valeurs, qui suscitent un écœurement manifeste et récurrent chez un narrateur cambré dans une attitude de refus obstiné de son temps, obsessionnellement tourné vers un passé anté-(et surtout anti) révolutionnaire.

LE RECUEIL

A - COMPOSITION ET PUBLICATION

Le Dessous de cartes..., écrit en 1849, fut publié dans *La Mode* en 1850, sous le titre *Ricochets de conversation*, sans doute inspiré de Balzac (cf. dans les *Contes bruns*, « Une conversation entre onze heures et minuit », qui regroupe douze récits entendus par le narrateur principal au cours d'une soirée mondaine dans « une maison, la seule peut-être où maintenant, le soir, la conversation échappe à la politique et aux niaiseries de salon »). Barbey semble avoir eu dès cette époque l'idée d'un recueil construit selon le même *principe narratif*. Cf. lettre à Trebutien, 4 mai 1850 : « Mon intention est de donner deux ou trois nouvelles intitulées comme cette première *Ricochets de conversation* avec des sous-titres différents. » Au même, le 27 mai : « Le volume aurait pour titre général *Ricochets de conversation* et contiendrait six nouvelles. »

L'idée d'un recueil construit autour d'une même *thématique*, celle des « diaboliques », apparaît plus tard. Le titre définitif sert d'en-tête à la publication en revue du *Plus bel amour de Don Juan* (1867), mais le manuscrit du *Rideau cramoisi* (1866) conserve le sous-titre « Ricochets de conversation ». On ne sait trop la date exacte d'écriture des autres nouvelles. Les carnets de Barbey contiennent, daté de décembre 1866, un plan qui laisse penser que (outre les trois déjà citées) *Le Bonheur dans le crime* et une cinquième nouvelle étaient écrits, et qui témoigne du changement de titre : « Ricochets de conversation », raturé, y est remplacé par *Les Diaboliques* : « Le volume de nouvelles que je prépare portera le titre de [...] *Les Diaboliques* et sera composé comme suit [...] 1) Le rideau cramoisi ; 2) Le dessous de cartes d'une partie de whist (déjà publié) ; 3) Le plus bel amour de Don Juan ; 4) Entre adultères (à faire) ; 5) Les deux vieux hommes d'État de l'amour (à faire) ; 6) Le bonheur dans le crime ;

7) L'honneur des femmes ; 8) Madame Henri III (à faire) ;
9) L'avorteur (à faire) : 10) Valognes (à faire). » (Pour
« Madame Henri III », cf. *La Vengeance d'une femme*,
p. 304.) Selon J. Petit (ORC II, p. 1 288), « L'Honneur des
femmes » serait *La Vengeance d'une femme*, « Valognes »
pourrait être *À un dîner d'athées* (1872).

Barbey a sans doute mis la dernière main aux quatre
nouvelles encore inédites à Valognes en 1871-1872. Le recueil
est publié en 1874, accompagné d'une préface qui explique
le sens du titre et tente de désamorcer les critiques des moralistes ou, plus concrètement, les risques de censure ou de
procès. L'époque, en effet, était au retour de « l'ordre
moral » : il s'agissait, pour les « champions du trône et de
l'autel », après les désordres de l'Empire et les désastres de
la guerre, suivis de la Commune, de « régénérer la patrie »,
selon la formule de Bloy.

Les craintes de Barbey n'étaient pas illusoires. Déjà, en
1850, le directeur de la prestigieuse *Revue des Deux-Mondes*
avait refusé *Le Dessous de cartes*... (« Il a un talent d'enragé,
mais je ne veux pas qu'il f... le feu à ma boutique »). Et
Barbey se plaignait à Trebutien que le texte n'eût pu paraître
dans *La Mode* qu'après avoir été « étêté, absurdement coupé,
guillotiné ».

Sorti en novembre, le livre connaît un certain succès critique mais suscite des polémiques (cf. *Réception critique*). Le
11 décembre, le Parquet ordonne sa saisie pour immoralité.
Affolé de constater que, en dépit des précautions de la Préface, l'ouvrage avait « mis à (ses) trousses tous les diables
de la vertu », Barbey s'employa à éviter un procès et accepta
de retirer le volume de la vente. Le recueil ne fut réédité qu'en
1882.

La Vengeance d'une femme semble n'avoir été achevé qu'en
1874.

B - RÉCEPTION CRITIQUE

Paris-Journal, 29 octobre

« *Les Diaboliques* — un recueil de nouvelles — ont été écrites par le maître sous les belles pluies de ce climat de l'Ouest

qu'il adore — dit-il — comme un canard sauvage. C'est là qu'il passe ses automnes jusqu'à la fin de décembre, hérissé comme un héron au bord des rivières. Si elles seront dignes de leur titre, ces *Diaboliques*, écrites à l'encre rouge, dans une vieille tour de manoir sur les grèves de la Manche, au bruit des vagues houleuses, je vous le laisse à penser... »

La Presse, 22 novembre

« Diaboliques, elles le sont en effet, car elles ont un entrain, un *brio*, une hardiesse, une franchise d'enfer, et, comme l'enfer, leurs pages sont pavées de bonnes intentions. L'auteur les affirme morales par le but, sinon par les moyens. Nous nous bornerons à dire sans fausse pudeur ni effarouchement bourgeois qu'elles ne sont pas immorales, malgré leurs détails et leur ton cavalier... Donc ces *nouvelles*, certes, ne sont pas immorales ; mais elles sont d'une moralité qui n'est pas bégueule et faite pour les forts. C'est exclusivement une lecture virile ou féminine, mais pour les femmes auxquelles la tête ne tourne point... C'est un livre plein d'un art raffiné, qui ouvre quatre ou cinq perspectives nouvelles sur le monde de la passion, non sans casser quelques vitres de la fenêtre ; un livre dont nous ne retrouvons pas l'analogie dans le présent, comme verve savante, amère saveur, pénétrante observation, curiosité psychologique ; le livre d'un moraliste caustique, d'un médecin qui guérit par le poison, d'un romancier qui observe à la Stendhal, peint à la Balzac et écrit à la façon d'un Mérimée qui serait abondant et catholique. »

Le Constitutionnel, 29 novembre

« Ses *Diaboliques* n'ensataniseront personne, mais il faut qu'il renonce à l'idée qu'elles pourraient dédiaboliser quelqu'un. Elles feront peut-être monter le rouge à quelques visages, insuffisamment aguerris contre certaines choses — et ceux qui craignent cette couleur feront bien de passer à côté du volume sans y regarder — ; elles n'amèneraient aucun retour chez les âmes en appétence du mal. C'est un livre d'artiste et de l'art le plus sincère et le plus rare ; il faut le tenir comme tel et ne pas lui demander davantage, ce qu'il offre étant déjà beaucoup et d'un cours fort restreint à notre époque. »

Paris-Journal, 3 décembre

« Donc et pour résumer notre opinion personnelle sur le livre des *Diaboliques*, admiration sans conteste et sans borne de l'œuvre au point de vue littéraire ; au point de vue de l'idée générale et des tendances morales de la donnée, condamnation complète et absolue. »

Le Gaulois, 13 décembre

« Cet homme qui passe avec ses flammèches n'est pas, il s'en faut, l'ennemi des foyers ; ce n'est pas un pétroleur, non vraiment ; mais c'est un imprudent artificier qui croit tout le monde aussi incombustible que lui-même. Que diable ! mon gentilhomme ; nos cœurs et nos sens ne sont point d'amiante et nos filles ne sont point des salamandres que l'on puisse livrer, sans les brûler vives, à votre torrent de flammes. »

Le Constitutionnel, 19 décembre

« Je le dis en toute conscience, il y a quatre ou cinq livres publiés depuis quatre ans qui sont cent fois plus immoraux, plus corrupteurs et plus infâmes que ces infernales *Diaboliques* [...], la forme en eux n'éblouissait et n'offensait personne. [...] La forme, c'est-à-dire le talent.

Quoi ! L'on pourra écrire les turpitudes les plus plates, les récits les plus froidement obscènes et l'on sera absous par l'indifférence, lorsque le salpêtre d'un style allumé et flambant vaudra à son auteur la poursuite et peut-être l'amende et la prison. »

DE LA RÉALITÉ À LA FICTION

« Really »

S'agissant des *Diaboliques* aussi bien que de ses romans, Barbey n'a jamais cessé d'affirmer non seulement la vérité mais bien la *réalité* des histoires qu'il racontait :

> « J'ai mes modèles. »
> « Les Histoires sont vraies. Rien d'inventé. Tout vu. Tout touché du coude ou du doigt » (projet de préface pour *Les Diaboliques*) ;
> « Tous les personnages de ces nouvelles sont réels et à Paris, on les nomme lorsque je les lis dans un salon » ;
> « Donnez-moi vos impressions sur *Le Dessous de cartes*. Je crois que le sentiment de la réalité s'y moule diablement bien. On sent que tous ces gens-là ont existé, n'est-ce pas ? » ;
> « Dans cette nouvelle [...] des larves de réalité se sont mêlées à mes inventions [...]. Le Roman ! Mais c'est de l'histoire, toujours, plus ou moins, des faits souvenus, modifiés, arrangés selon l'imagination, mais en restant dans la Vérité de la Nature. Il n'y a pas de romancier dans le monde qui ne se soit inspiré de ce qu'il a vu et qui n'ait jeté ses inventions à travers ses souvenirs » (lettres à son ami Trebutien).

Le Rideau cramoisi

Celui que le narrateur demande « la permission d'appeler le vicomte de Brassard » était, « de son nom véritable », le vicomte de Bonchamp, désigné dans les *Mémoranda* par l'initiale « B... » Barbey semble l'avoir rencontré assez souvent dans le monde. Il se plaisait à écouter ses « récits incommensurables et parfois assez amusants » (ORC, II, p. 863) et en appréciait « le propos gaillard et le récit spirituel dans sa lenteur même » (*ibid.*, p. 1010). Il brosse ici ou là de rapides portraits de cet officier royaliste, resté fidèle à la Restauration au point de démissionner en 1830.

> « C'est un aristocrate qui aurait été du parti de Condé du temps de la Fronde et qui, dans les intérêts de sa caste, aurait

conduit très poliment Louis XVIII à Vincennes sur un simple mot
de Charles X. — Dit qu'ils étaient tous ainsi dans la Garde. [...]
— Et de tels hommes n'ont pas rendu la révolution de Juillet impossible ! » (*ibid.*, p. 1013). « Organisation aventureuse, chevaleresque — soldat qui ne se doute pas qu'il est poétique, ce B... Dit
qu'il aimerait mieux être le Corsaire Rouge que tous les grands
hommes vivants de l'époque » (*ibid.*, p. 991). « J'ai connu des
Bonchamp de Caen, et même le beau vicomte qui était un grand
diable à la XVIe siècle, héroïque et goguenard » (À Trebutien,
décembre 1854).

C'était un ami de la marquise Armance du Vallon (« la
marquise de V... », p. 40) avec qui Barbey eut une liaison
en 1837 et qui fut sans doute le modèle de Mme de Gesvres
dans *L'Amour impossible*. Barbey appréciait « sa fierté, son
brio, sa gaieté ». Spirituelle et « rusée » elle avait, dit-il, « un
esprit de démon et un ennui de tout, qui est assez diabolique
aussi » (À Trebutien, 22 juin 1853).

On ne sait si l'histoire d'Alberte vient vraiment de Bonchamp ; mais une des toutes premières œuvres de Barbey,
Léa, mettait déjà en scène la collusion de la volupté et de la
mort et l'histoire d'une jeune fille qui meurt... d'amour (cf.
Dossier, p. 387).

Le Plus Bel Amour de Don Juan

Le personnage de la marquise est sans doute inspiré par
la baronne de Maistre, dont la fille Valentine serait le modèle
de « la petite masque ». Barbey fréquenta son salon de 1840
à 1852, mais il ne semble pas qu'elle ait été sa maîtresse. Elle
avait eu une liaison platonique avec Maurice de Guérin (« un
adultère vertueux » selon Barbey), cf. p. 109 : « Elle avait
déjà aimé [...] vertueusement, platoniquement. »

Certains traits toutefois (en particulier son portrait physique) rapprochent l'héroïne de la nouvelle de la belle marquise
du Vallon qui avait aussi une fille, âgée de treize ans quand
Barbey la connut.

Le Bonheur dans le crime

Le docteur Torty s'inspire du docteur Pontas du Méril,
oncle maternel de Barbey, libéral et libre penseur. La scène
du Jardin des Plantes a sa source dans une anecdote réelle
racontée à Barbey par son protagoniste, le vicomte d'Ysarn-
Freyssinet :

« Voici une anecdote — bien française — qui m'a été contée par le héros. C'est F... sceptique, railleur, indolent — mais gentilhomme.

Il était au Jardin des Plantes avec sa cousine Mlle de... âgée de dix-neuf ans. Ils se trouvaient devant la cage du lion, pour le moment tranquille et menaçant sur ses quatre pattes étendues. Mlle de... est de la race des *Mathilde de la Môle*, à ce qu'il paraît. Elle s'ennuyait. Elle ôta son gant, et plongeant sa main dans la cage du Roi des Déserts, elle se mit à caresser sa crinière et sa terrible face avec une langueur presque impertinente.

Cela dura quelque temps.

F... qui est froid comme un Basilic, moulé dans la lymphe d'un Dandy anglais, se prit à ricaner et dit : "Quelle folie !" Et pourtant il songeait que d'un seul coup de dent, ce poignet si aristocratique et si fin qui allait et venait sur le mufle du lion, pouvait être coupé et disparaître dans le gouffre vivant de ce gosier.

"— Eh bien, dit-elle d'une voix légère et avec des yeux brillants de défi, à votre tour maintenant, mon cousin !"

Ma foi, F... tout brave qu'il est, trouvait ce jeu-là parfaitement absurde, et il prétendait que ce qu'un lion souffre d'une femme, par galanterie, il ne le souffrirait pas d'un homme, — d'un lion, comme lui !

"— Voilà donc un gentilhomme, reprit Mlle de..., qui n'ose pas faire ce que fait une fille de dix-neuf ans !"

Le mot était de ceux-là avec lesquels on ferait casser toutes les figures de gentilshommes... On n'a qu'à leur rappeler ce qu'ils sont.

F... ôta son gant comme s'il allait entrer chez le Roi. Au fait il y entrait ! Et il passa sa main partout où Mlle de ... avait passé la sienne. Mais il paraît que le lion — le Job des lions pour la patience — trouva que la main de F... (qui est très bien pourtant) différait trop de celle de Mlle de...

Il fronça le nez. — F... n'eut que le temps de retirer sa main très vite. Le parement de son habit était enlevé !

Si F... avait été à la mode, on eût dit de cet habit à mi-manche : *un F...* comme on a dit en Angleterre d'un habit sans basques, *un spencer*. »

(À Trebutien, 18 février 1854)

Le Dessous de cartes d'une partie de whist

Le cadre du récit est le reflet, idéalisé, du salon de la baronne de Maistre qui, de santé fragile, demeurait le plus souvent étendue comme la marquise de Mascranny (cf. p. 184). La jeune Sibylle s'inspire de Valentine de Maistre. Mlle de Revistal serait Sophie de Rivières qui fréquentait le

salon de la baronne. La famille de Beaumont est une authentique famille noble de Valognes. L'oncle cité p. 216 renvoie
au docteur Pontas du Méril et le chevalier de Tharsis (p. 218)
au chevalier Lefebvre de Montressel, grand-oncle et parrain
de Barbey. C'est chez lui que serait né — et aurait failli
mourir — Barbey, sa mère, passionnée par une partie de
whist, ayant refusé de quitter le jeu malgré le début des
contractions...

La comtesse du Tremblay de Stasseville est inspirée par
Mme Dupeirier de Franqueville, amie du cousin germain de
Barbey, Edelestand du Méril qui la reconnut. Froide, distante
et ironique, elle mourut pendant que Barbey était à Paris,
au collège Stanislas (cf. p. 225). Edelestand du Méril (voyant,
à en croire Barbey, « des *indiscrétions* là où il n'y avait que
des points de souvenirs entre lesquels » le romancier « avai(t)
tissé une trame de suppositions pathétiques ») tenta d'empêcher la réédition de la nouvelle. Barbey, tout en affirmant
avoir inventé entièrement les « situations » et les « faits »,
fit quelques corrections, « effaçant certains détails » pour
dépayser l'opinion. Et il conclut : « Mais caramba ! qu'il faut
que mes instincts aient vu juste *dans ce que je ne savais pas*
pour que du Méril ait eu le ressentiment et l'épouvante qu'il
a montrés. »

Le personnage de Marmor de Karkoël est, lui, sans doute,
purement imaginaire. Il s'inspire explicitement des héros de
Byron, passants éblouissants et sombres, brûlés par quelque
drame intérieur dont on ne saura jamais rien et ne laissant,
dans le sillage de leur mystérieuse disparition, que des âmes
ravagées et des cœurs désertés. Il est aussi la projection de
ce « ravageur » dandy que Barbey a rêvé d'être, par un mélancolique soir de décembre 1836 :

> — Quand il y a un scandale dans une petite ville, qui le cause ?
> quelque jeune homme revenu des écoles, qui tranche un peu
> sur le fond commun des *habitants de l'endroit* et qui cessera
> d'être redoutable quand il commencera de leur ressembler.
> Mais qu'un homme habitué au séjour de Paris ou aux voyages
> (les voyageurs ont une supériorité nette sur les autres hommes
> aux yeux des êtres sédentaires et nerveux comme les femmes)
> habite six mois une petite ville, qu'il soit un peu et même extrê-
> mement singulier dans ses opinions, mais très convenable dans
> ses manières (éclairant toujours ses opinions par un côté, jamais
> par deux, et les laissant insoucieusement tomber, la province
> n'aimant pas la discussion et voulant s'éviter le *dérangement*
> de comprendre), dur jusqu'à la férocité dans ses jugements

sur les choses et encore plus sur les personnes, mais froid jusqu'au plus complet dédain (tuant avec sa parole comme avec la balle, sans se passionner), grave et intellectuel (il faut cela au dix-neuvième siècle) dans les habitudes de la matinée sur lesquelles on vous fait une réputation, mais homme du monde en mettant son habit, le soir, et faisant la guerre au pédantisme de toutes les sortes, — exprimant des opinions austères en morale avec des paroles légères et railleuses, et des *légèretés* (ne pas outrer cette nuance) avec un langage solennel — de façon qu'on ne sache jamais où l'on en est quand on écoute, — pas gai, et ne riant jamais que pour se moquer, le rire étant alors une preuve évidente de supériorité ; pas mélancolique non plus : un homme mélancolique n'est aimé que d'*une* femme, — ne faisant jamais comme les autres, parce que les autres manquent presque toujours de distinction et qu'il faut marquer la sienne non pour soi-même, mais contre eux, — se posant hardiment absurde parce qu'il y a très souvent du génie dans l'absurdité, — poétisant la beauté s'il est laid et l'humiliant s'il est beau, tout ce qu'on possède perdant de sa valeur immédiatement et les thèses égoïstes étant ridicules à soutenir, — bien tourné et ayant du regard (on se fait d'ailleurs du regard comme de la voix [à force de chanter] quand on n'en a pas), et si ces deux qualités ne se rencontrent point, toutefois et dans *toute hypothèse*, d'une élégance irréprochable et d'une vraie lutte de recherche avec les femmes. Nullement *galant* (mot qui n'est pas encore démonétisé en province) et traitant les femmes avec ce beau don de familiarité que Grégoire le Grand possédait, — attaquant par la vanité habituellement, et par le mépris de l'amour avec les femmes passionnées ou tendres, — tout cela relevé d'une magnifique impudence et appuyé sur une grande bravoure personnelle, et si un pareil homme n'est pas, comme dit Bossuet, un ravageur, ou plutôt une révolution battant monnaie dans toutes les chambres à coucher, j'accepte le nom d'imbécile et me crache moi-même à la figure comme observateur.

(ORC, II, pp. 789-790)

À un dîner d'athées

Alors que d'ordinaire il transforme et transpose les noms de ses modèles, Barbey met en scène sous son propre nom son cousin François Gallis de Mesnilgrand. Il en est de même pour deux autres convives du dîner, le docteur Bleny (p. 266) et le conventionnel Le Carpentier (p. 265), originaire lui aussi de Valognes. La biographie du Mesnilgrand de la nouvelle est conforme dans ses grandes lignes à celle de son modèle. En revanche, le personnage de la Pudica et la vengeance du major Ydow semblent bien relever surtout de l'imaginaire obsessionnel de Barbey (cf. Dossier, p. 393).

Dans *La Vengeance d'une femme*, le duché d'Arcos et la famille Turre-Cremata ont une existence historique attestée.

LES RICOCHETS DE LA NARRATION

A — Les quatre premières nouvelles, construites sur le principe des *ricochets de conversation*, mettent en scène un duo de *conteurs*, actualisant la situation de transmission de récit sur deux niveaux narratifs : *récit premier* enchâssant un *récit second* qui peut lui-même enchâsser d'autres récits, faits par d'autres conteurs à celui du récit second. Dans les schémas commentés ici proposés, dans l'ordre de complexité croissante des enchâssements narratifs, **N** désigne les narrateurs des récits premiers ; *N* les narrateurs des récits seconds ; **n** les narrataires/récepteurs des récits premiers : *n* les narrataires/auditeurs des récits seconds. On constate la permutation des rôles de narrateurs et de narrataires.

Le Rideau cramoisi

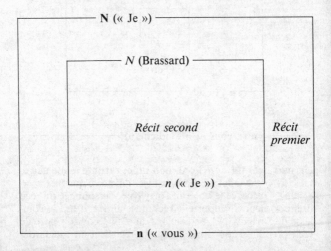

L'ensemble de la nouvelle est raconté par un narrateur non situé (**N** = « Je ») à un narrataire non situé (**n** = « vous »), figure fictionnelle du lecteur, ou *lecteur virtuel*. Un second narrateur (*N* = Brassard), personnage du récit premier, raconte son histoire (récit second) à N devenu narrataire (*n* = « Je »). Cadre du récit premier : non situé. Cadre du récit second : le « coupé » où sont réunis **N** et *N*. Cadre de l'histoire racontée par *N* : la ville où se trouvent N et *N*, la chambre dont ils voient le « rideau cramoisi ». Retour final au cadre du récit second.

Le Bonheur dans le crime

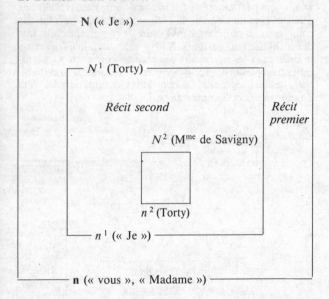

Un narrateur (**N** = « Je »), non situé, raconte à une narrataire (**n** = « Madame »), non située, l'histoire que lui (*n*[1] = « je ») a racontée le docteur Torty (*N*[1], personnage du récit premier), lequel rapporte le récit que lui (*n*[2]) a fait la comtesse de Savigny (*N*[2], personnage du récit second). Cadre du récit premier : non situé. Cadre du récit second : le Jardin des Plantes ($N + N^1$). Cadre de l'histoire racontée par N^1 : Valognes, le château de Savigny. Retour final au cadre du récit second.

Le Dessous de cartes d'une partie de whist

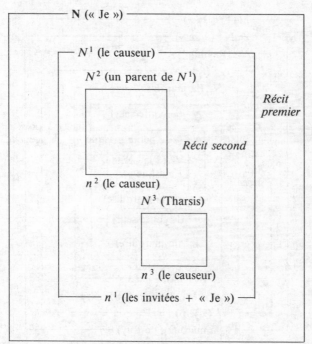

n (lecteur virtuel)

Un narrateur (**N** = « Je »), non situé, raconte à un narrataire non situé (**n** = lecteur virtuel) l'histoire qu'il (n^1 = « je ») a entendu raconter par un brillant causeur (N^1) aux belles invitées de la marquise de Mascranny (n^1 = les invitées du salon, dont « je »). Dans son récit, le causeur rapporte les récits que lui (n^2 et n^3) ont faits un de ses « parents » (N^2) et le chevalier de Tharsis (N^3). Cadre du récit premier : non situé. Cadre du récit second : le salon de la marquise.

Cadre de l'histoire racontée par N^1 : la « petite ville », ses hôtels aristocratiques, ses salons. Retour final au cadre du récit second.

Le Plus Bel Amour de Don Juan

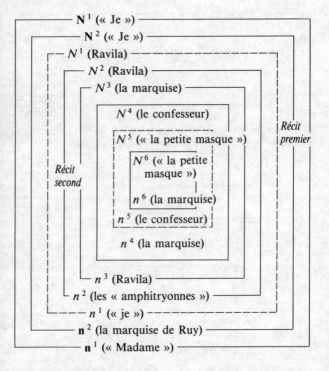

Un premier narrateur ($\mathbf{N}^1$ = « Je »), non situé, raconte à une narrataire non située ($\mathbf{n}^1$ = « Madame ») :
— qu'il a lui-même $\mathbf{N}^2$) raconté à la marquise de Ruy ($\mathbf{n}^2$), dans son salon, le souper de Ravila de Ravilès ;
— que Ravila de Ravilès (N^1) lui (n^1) a raconté le souper au cours duquel
— il (N^2 = Ravila) a raconté à ses belles « amphitryonnes » (n^2) le « plus bel amour » de sa vie ;

Au cours de ce récit, on apprend que la marquise (N^3) a raconté à Ravila (n^3) ce que lui (n^4 et n^6 = la marquise) ont raconté successivement le confesseur (N^4) — rapportant le récit que lui (n^5 = le confesseur) a fait l'enfant (N^5) — et enfin la « petite masque » elle-même (N^6) [1].

Cadre du récit premier non situé (sauf pour N^2/n^2 : le salon de Mme de Ruy). Cadre du récit second : le boudoir des amphitryonnes. Cadre de l'histoire : le salon de la marquise. Retour final au cadre du récit second.

On remarquera :

1) la complexité des enchâssements dans cette nouvelle dont l'anecdote peut, à première lecture, sembler d'une simplicité... enfantine.
2) Le dédoublement du récit premier : le récit fait par N^2 à n^2 précède (chronologiquement / textuellement) celui fait par N^1 à n^1, qui l'enchâsse. Le premier semble être antérieur au récit de Ravila au narrateur, le second postérieur.

B — Les deux dernières nouvelles présentent une structure narrative plus simple. Elles sont prises en charge non par un *conteur* mais par un narrateur de type traditionnel. Leur fiction met en scène des personnages de conteurs, mais leurs récits sont juxtaposés et non pas enchâssés. Il n'y a pas permutation des rôles de narrateurs/narrataires.

1. À la différence des autres, le récit de Ravila au narrateur ($N^1 \rightarrow n^1$) et celui de la « petite masque » à son confesseur ($N^5 \rightarrow n^5$), visualisés dans le schéma par une ligne discontinue, sont simplement évoqués mais non actualisés.

À un dîner d'athées

n (le lecteur virtuel)

Un narrateur impersonnel (**N**), non situé, relate à un narrataire (**n** = lecteur virtuel), non situé, non actualisé, la scène dans l'église, la vie de Mesnilgrand, et enfin le dîner au cours duquel un des convives (N^1 = Reniant) raconte aux autres (n^1) l'histoire des hosties jetées aux porcs ; après quoi Mesnilgrand (N^2), pour expliquer la scène de l'église, raconte à son tour aux mêmes convives (n^2) l'histoire de la Pudica.

La Vengeance d'une femme

N

N^1 (la duchesse)

n^1 (Tressignies)

N^2 (un joueur)

N^3 (le confesseur)

n^2 (les invités
+ Tressignies)

n^3 (Tressignies)

n (lecteur virtuel)

Après une « préface » programmatique et critique prise en charge par le romancier (« je »), un narrateur (**N**), non situé, relate à un narrataire (**n** = lecteur virtuel), non situé, l'histoire de Tressignies, histoire au cours de laquelle la duchesse (N^1) raconte à Tressignies (n^1) sa propre histoire. Des années plus tard, un joueur (N^2) raconte, dans le salon de l'ambassadeur d'Espagne, l'enterrement de la duchesse aux invités, dont Tressignies (n^2). Enfin, le confesseur (N^3) raconte à Tressignies (n^3) la mort de la duchesse. On remarque : 1) que la duchesse est *la seule* héroïne des *Diaboliques* qui soit en mesure de raconter sa propre histoire ; 2) que le héros, Tressignies, n'a jamais un rôle de narrateur.

DOCUMENTS

A - VALOGNES

La « ville de province endormie » du Rideau cramoisi *; la « ville de V... [...] plus royaliste que le Roi » du* Bonheur dans le crime *; la « petite ville [...] la plus [...] férocement aristocratique de France » du* Dessous de cartes... *; la « petite et expressive ville de l'Ouest » du* Dîner d'athées *sont toutes des projections, plus ou moins fantasmées mais toujours reconnaissables, de Valognes. La Valognes ressouvenue de l'enfance (« ... la ville adorée / Sarcophage [...] des premiers souvenirs / Où tout enfant j'avais [...] / rêvé ces bonheurs fous qui restent des désirs » [« Valognes », ORC, II, p. 1194]) et la Valognes retrouvée de la vieillesse (« la ville morte, l'Herculanum de mes songes », ibid., p. 1359) se superposent dans l'imaginaire du romancier pour devenir le champ de manœuvre idéal de ses « diaboliques ».*

• Valognes omniprésente dans les derniers Memoranda :

Je reviens de Valognes, où j'ai eu la fantaisie d'aller faire la promenade funèbre que j'ai faite dans Saint-Sauveur il y a une nuit. — Parti par la plus belle gelée blanche, qui diamantait les prairies ; — l'air sans un flocon de brouillard, et le soleil dardant des rayons d'une lumière si aiguë qu'on aurait dit une poignée de piques d'or. J'ai vu rarement un temps d'hiver de cette splendeur et de cette beauté. — Trouvé le brouillard à Colomby ; mais suis sorti de sa fumée à Beaulieu ; et j'ai trouvé Valognes dans la même pureté d'atmosphère que Saint-Sauveur.

Déjeuné au Louvre, — seul, — chez le *Brunelair* de l'endroit, qui ne vaut pas celui de M... — Allé à la messe de midi. — L'église n'a changé que de couleur, et n'a plus, aux fenêtres des galeries à balustrades qui entourent sa nef à une hauteur que j'aime, les sombres rideaux rouges qui ont jeté leur poésie et leurs ombres sur cette tête qui a toujours préféré le rouge et l'ombre à toute couleur et à toute lumière. — Pendant cette messe, qui ne me comptera guères pour le Paradis, j'ai senti monter en moi un flot de sensations inexprimables, exaspérées par le sentiment des choses finies. — Vu une foule sans visage dans l'église ; pas une femme passable là où, aux messes de midi de ma jeunesse, j'en avais vu quatre-vingts plus roses épanouies (des *Marie de B... !*) les unes que les autres, et dont je pourrais écrire les noms si nobles, à cette place, si je le voulais. À trois pas de moi, dans ma chapelle, une jeune femme, mantelet noir, robe à queue, ventre de biche, et l'air *assez biche*, m'offrait un profil chiffonné sortant d'un gros chignon, et ratatiné par son odieux petit chapeau rond. Voilà tout, bon Dieu ! là où j'avais vu les *Ernestine*, les *Léonore* et les *Ida* des fières familles de Valognes traîner leurs grâces patriciennes. — En sortant de la messe, comme il y a encore des pauvres à Valognes (reste d'aristocratie et de mœurs anciennes), j'ai pu faire l'aumône à la porte de l'église, avec plus d'impertinence pour les bureaux de bienfaisance que de charité. J'ai donné, entre autres, à une vieille pauvresse, à qui le temps avait pris le chignon que ma voisine de messe étalait sur sa nuque avec un air si bêtement heureux ! — Allé aux quatre points cardinaux de la ville. — Refait la connaissance de toutes les portes des hôtels. — L'air s'est voilé de nuages. — J'ai battu le pavé et suis allé partout où j'avais senti et vécu fortement autrefois. Les rêves de ma jeunesse marchaient autour de moi, sous les nuages. — Je n'ai rencontré qu'eux le long de ces rues, sans *personne* que quelques gens du peuple *tous inconnus*.

(ORC, II, pp. 1110-1111)

18. Dimanche, à l'hôtel du Louvre, à Valognes. Dix heures du soir.

Ce matin, je me suis levé avant le jour, et je suis allé entendre la messe dans les ténèbres de la Chapelle *inéclairée* du Saint Sacrement de l'église de Saint-Sauveur. — Je devais partir de bonne heure, mais, pour être quelques heures de plus avec Léon, j'ai pris une *voiture à moi*, et je ne m'en suis allé que deux heures après midi. — J'y ai gagné un soleil radieux, qui m'a fait la conduite jusqu'à Valognes, où je voulais passer le reste du jour et le soir.

Je n'y connais plus personne… du moins personne que j'y veuille voir ; mais cette ville a de mon cœur sous ses pavés et dans les pierres de ses maisons. — Arrivé à quatre heures. — L'air du dimanche dans les rues désertes, cet air qui dans trente ans n'existera peut-être plus en ce pays *athéisé !* — Mis à la fenêtre de ma chambre à regarder… dans mes souvenirs ! — Quand le jour a eu mis entièrement sa mante grise, moi j'ai mis ma mante noire, et je suis sorti, *embossado.* — Erré dans les rues de la ville ; — rue de la Poterie, qui était autrefois la rue des Ruisseaux, aux flots se tordant sur les pierres polies, propres, larges, lumineux, avec des lavandières sur leurs bords, ce qui donnait à cette vieille rue une physionomie indescriptible. — Quand une femme n'avait pas la jambe jolie, elle ne pouvait pas dans ce temps-là habiter Valognes. — Ils ont fourré des trottoirs de *macadam* là où coulaient ces ruisseaux torrentueux et *purs,* — jusqu'à en être bleus, — sur ces pavés qu'on voyait à travers ; et, à l'extrémité de cette rue splendidement pavée ils ont aussi supprimé le *bassin grillagé,* dans lequel les ruisseaux allaient s'engouffrer, et qui faisait comme une sonore et harmonieuse corbeille d'eau, aux écumes rêveuses ! — Allé jusqu'à l'autre bout de cette rue aux toits bas, aux persiennes blanches, *toute en hôtels qui n'ont qu'un étage,* ce qui fait paraître la rue plus large encore. — Il y a toujours le grandiose *comme il faut* de cette ville, aristocratique tout le temps qu'il restera une seule de ces pierres élevées par l'aristocratie aux plus beaux jours de sa fortune ; — mais l'aristocratie elle-même, où est-elle… N'ai vu que quelques groupes de femmes de chambre en tabliers blancs, commérant sur les trottoirs, *à la tombée,* avec des rires et des accents valognais ; — le jour trop bas pour voir leurs visages, mais les tournures cambrées disant qu'il y avait encore quelques filles nobles à servir dans ces hôtels, et que c'en étaient les soubrettes ! — Entendu sonner la cloche du dîner en deux ou trois de ces hôtels ; arrêté devant le *Grand Turc* abandonné et qui a gardé son enseigne pâlie, à moitié effacée. — Il n'y a pas plus de Grand Turc à Valognes qu'à Constantinople ; ici et là ce sont deux effigies *passées,* impuissantes ; deux choses qui ont fait leur temps. — Descendu lentement la rue, où quelques lampes ont étoilé quelques fenêtres, sur lesquelles quelques persiennes ont été ramenées par des bras que je ne distinguais plus, tant le jour faisait place à la nuit

qui s'en venait ! — Ai remarqué, toujours à la même place
dans sa niche, la Madone blanche qui orne l'hôtel de la Varengerie (je crois), et qui lui donne l'air si Moyen Âge ; mais
il n'y avait plus, comme dans mon enfance, au pied de la statue, la petite lampe allumée. — Ces dames de la Varengerie,
des amies de ma mère, sont mortes comme la lampe ; leur
maison habitée... par qui ? Je ne sais ; mais toujours est-il
que l'huile de l'adoration perpétuelle ne brûle plus devant
la céleste image indifférente. — On veut bien de la statue,
mais on n'a plus de culte pour elle ; image assez exacte de
l'esprit de ce temps, en religion plus *antiquaire* que *chrétien*.
— Vu les autres rues, *toutes* dans le plus grand détail, et dans
la disposition d'esprit la plus romanesque. — Rue des Car-
mélites, j'ai pensé à la vieille pauvresse à qui j'avais donné
rendez-vous, à cette place, il y a huit jours, et qui m'aura
vainement cherché à la messe de midi ce matin. — Je déteste
de tromper une espérance. Elle avait espéré quelques sous.
— Allé revoir, par-dessus le mur du jardin, l'hôtel (maintenant vendu) de mon oncle Du Méril... où... mais la parole
est impuissante à *enserrer l'infini* de ces premières émotions
de la vie... Laissons cela. — De là, à l'église, superbe d'obscurité mêlée de pointes de lumière, de recueillement, de profondeur déserte, du *bruit bas* des prières de quelques âmes
ardentes, qui susurraient leurs chapelets au pied des piliers.
— L'abbé dit qu'il y a des âmes (et beaucoup) religieusement
ardentes à Valognes. — Je crois ce qu'il dit, après ce que j'ai
vu et entendu ce soir... Beau murmure de prières, sorti du
cœur, comme de l'eau qu'on entend sortir d'une source
cachée, dans cette église sonore et muette. Cela m'a pris violemment le cœur.

(ORC, II, pp. 1122-1124)

C'est jeudi que je suis arrivé à Valognes, — non moins cher
pour moi que Saint-Sauveur. Il est moins changé, quoique
le grand aspect de la rue de la Poterie n'existe plus. Ses deux
larges ruisseaux bouillonnants d'une eau pure, comme de
l'eau de source, dans lesquels on lavait autrefois du linge
qu'on battait au bord sur des pierres polies, ces deux ruisseaux qui ressemblaient à deux rivières et qu'on passait sur
de petits ponts de bois mobiles, ont été détournés de leur
cours. La merveilleuse originalité de cette rue, aux hôtels

blancs, est restée, du coup, sur la place... Les hôtels blancs y sont toujours ; mais devant eux, il n'y a plus qu'un maigre filet d'eau qui coule ; seulement il a une manière de couler, en frissonnant, et l'eau est si bien *de la pureté* que *j'ai connue* — que je me suis, tout à l'heure, arrêté à voir frissonner cette pureté... C'étaient mes souvenirs que je regardais frissonner dans cette eau transparente et fuyante. Les gens qui revenaient des vêpres m'y ont surpris.

Un temps doux et gris, entremêlé de soleil pâle. Hier, avant-hier, des pluies furieuses, et des vents fous. La nature ressemblait à une Hamadryade qui crie... Je suis resté au coin du feu, dans ma chambre d'auberge, allant de temps en temps lever le coin du rideau pour voir les pavés flagellés, par ces pluies qui ressemblent à des poignées de verges ! — En face, un charmant hôtel, un élégant et blanc sépulcre comme il y en a ici, toute cette pauvre aristocratie mourante est fermée et dort sous ses volets fermés... rien de plus triste... Il est vrai que je me noie ici, depuis que j'y suis, de mélancolie...

(ORC, II, pp. 1569-1570)

• *Valognes encore et toujours à l'ouverture de ce texte testamentaire qu'est* Une page d'histoire :

I

De toutes les impressions que je vais chercher, tous les ans, dans ma terre natale de Normandie, je n'en ai trouvé qu'une seule, cette année, qui, par sa profondeur, pût s'ajouter à des souvenirs personnels dont j'aurai dit la force — peut-être insensée — quand j'aurai écrit qu'ils ont réellement force de spectres... La ville que j'habite en ces contrées de l'Ouest, — veuve de tout ce qui la fit si brillante dans ma prime jeunesse, mais vide et triste maintenant comme un sarcophage abandonné, — je l'ai, depuis bien longtemps, appelée : « la ville de mes spectres », pour justifier un amour incompréhensible au regard de mes amis qui me reprochent de l'habiter et qui s'en étonnent. C'est, en effet, les spectres de mon passé évanoui qui m'attachent si étrangement à elle. Sans *ses* revenants, je n'y reviendrais pas !

Lorsque j'y marche par ses rues désertes aux pavés clairs, ce n'est jamais qu'accompagné de ces fantômes, qui n'ont pas, ceux-là, d'heure pour nous hanter et qui ne reviennent

pas que dans la nuit, tirer nos rideaux sur leurs tringles et
mettre sur nos bouches *ce qui fut leur bouche*, et où l'haleine
qui nous enivra ne se retrouve plus !... Pour moi, fatalement
obsédants, ces spectres reviennent, même de jour, même
jusqu'en ces rues dont la clarté ne les chasse pas, et ils s'y
dressent à côté de moi par les plus étincelantes journées
comme s'ils étaient dans la nuit, l'enveloppante nuit qu'ils
aiment et sur laquelle, quand elle serait là, je ne les discerne-
rais pas mieux... Que de fois de rares passants m'ont
rencontré, faisant ma mélancolique randonnée dans les rues
mortes de cette ville morte, qui a la beauté blême des sépul-
cres, et m'ont cru seul quand je ne l'étais pas ! J'avais autour
de moi tout un monde, — tout un monde de défunts, sortant, comme de leurs tombes, des pavés sur lesquels je mar-
chais, et qui, groupe funèbre, me faisaient obstinément cortège. Ils se pressaient à mes deux coudes, et je les voyais, avec
leurs figures reconnues, aussi nettement, aussi lucidement
qu'Hamlet voyait le fantôme de son père sur la plate-forme
d'Elseneur.

(ORC, II, pp. 367-368)

B - BEAUX OBJETS DU DÉSIR

• *Mères rêvées, femmes de marbre :*

LE BUSTE JAUNE

Le Jour meurt, — et la Nuit met le pied sur sa tombe
Avec le noir orgueil d'avoir tué le Jour.
De la patère au sphinx l'épais rideau retombe,
Et le salon désert, dans son vaste pourtour,
      A pris des airs de catacombe !

Et les volets fermés par-dessus le rideau
Ont fait comme un cercueil à ma sombre pensée...
Je suis seul comme un mort ; — et ma lampe baissée,
Sous son capuchon noir près de moi déposée,
      Semble un moine sur un tombeau.

Et les vases d'albâtre au fond des encoignures
Blêmissent, vaporeux, mais paraissent encor...
Rien ne fait plus bouger les plis lourds des tentures
Tout se tait... excepté le vent du corridor
    Qui pleure aussi sur les toitures !

Et par le capuchon de la lampe, assombris,
Les grands murs du salon semblent plus longs d'une aune
Et dans le clair-obscur, oscillant, vague, atone,
On voit se détacher un buste, — un buste jaune,
    Bombant d'un angle de lambris.

C'est un beau buste blond, — d'un blond pâle, — en
Moulé divinement avec un art charmant.   [argile,
Aucun nom ne se lit sur son socle fragile...
Je l'ai toujours vu là, dans ce coin, — y restant
    Comme un rêve, — un rêve immobile !

C'est un buste de femme, aux traits busqués et fins,
Aux cheveux relevés, aux tempes découvertes,
Et qui, là, de ce coin, voilé d'ombres discrètes,
Vous allonge en trois quarts, les paupières ouvertes,
    De hautains regards incertains.

Ce fut pour moi toujours une étrange figure
Que ce buste de femme, — et dès mes premiers ans
Je la cherchais des yeux dans sa pénombre obscure...
Puis, lorsque j'en fus loin par l'espace et le temps,
    Dans mon cœur, — cette autre encoignure !

Car ce buste, ce fut... oui ! mon premier amour,
Le premier amour fou de mon cœur solitaire.
La femme qu'il était est restée un mystère...
C'était, — m'avait-on dit, — la tante de ma mère,
    Une dame de Chavincour,

Morte vers les trente ans... Rien de plus.
[...]

(ORC, II, pp. 1187-1188)

NIOBÉ

[...]

IV

Ô Niobé, je t'ai toujours aimée ! Dès mon enfance, ton image me plut et attira ma rêverie, avant même que je pusse savoir qui tu étais. — Il y avait, dans un angle obscur de la maison paternelle, un buste blanc, noyé dans l'ombre, mais visible à mon regard curieux. Que de fois j'interrompis ma tâche ennuyeuse pour le contempler, de cette vue inquiète et longue des êtres mal accoutumés aux choses dans ces premiers instants de la vie ! Que de fois, appuyé sur le coude, je regardai la figure inconnue qui était femme et qui ne souriait pas !

V

La figure, sinistre et blanche, avait les cheveux relevés et tordus négligemment derrière la tête, comme j'avais vu souvent ma mère, le matin, — quand, sortant de son lit aux Sphinx de bronze, elle nous emportait dans ses bras. Rien ne voilait le visage, incliné un peu sur l'épaule, mais le front hautainement tourné vers le ciel. Ni boucle égarée, ni tresse pendante, ne flottait sur ce large cou auquel un enfant plus âgé que moi — que moi dont la tête dépassait déjà la hanche de ma mère — se serait suspendu, les mains enlacées, sans le faire plier de son poids.

VI

Les seins au vent, fièrement échappés de la tunique, — calices d'albâtre auxquels j'ignorais que quatorze enfants avaient bu, — cette blanche figure m'atteignait comme d'un rayon, du fond de son angle mystérieux et sombre, et me communiquait l'immobilité de sa pose éternelle. Je préférais l'intrépide contour de cette lèvre entr'ouverte et muette, mate et pâle, sans souffle et glacée, et que j'aurais eu effroi de baiser, à celle qui, rouge de vie et chaude de tendresse, me tiédissait le front chaque soir. Je préférais l'œil sans prunelle du plâtre grossier et fragile aux flammes intelligentes de la pensée et du sentiment.

[...]

(ORC, II, pp. 1204-1205)

• *L'Amazone et l'inceste :*

TREIZE ANS

Elle avait dix-neuf ans. Moi, treize. Elle était belle ;
Moi, laid. Indifférente, — et moi je me tuais...
Rêveur sombre et brûlant, je me tuais pour elle.
Timide, concentré, fou, je m'exténuais...
Mes yeux noirs et battus faisaient peur à ma mère ;
Mon pâle front avait tout à coup des rougeurs
Qui me montaient du cœur comme un feu sort de terre !
     Je croyais que j'avais deux cœurs.

Un n'était pas assez pour elle. Ma poitrine
Semblait sous ces deux cœurs devoir un jour s'ouvrir
Et les jeter tous deux sous sa fière bottine,
Pour qu'elle pût fouler mieux aux pieds son martyr !
Ô de la puberté la terrible démence !
Qui ne les connut pas, ces amours de treize ans ?
Solfatares du cœur qui brûlent en silence,
     Embrasements, étouffements !

Je passais tous mes jours à ne regarder qu'elle...
Et le soir, mes deux yeux, fermés comme deux bras,
L'emportaient, pour ma nuit, au fond de leur prunelle...
Ah ! le regard fait tout, quand le cœur n'ose pas !
Le regard, cet oseur et ce lâche, en ses fièvres,
Sculpte le corps aimé sous la robe, à l'écart...
Notre cœur, nos deux mains, et surtout nos deux lèvres,
     Nous les mettons dans un regard !

Mais un jour je les mis ailleurs... et dans ma vie
Coup de foudre reçu n'a fumé plus longtemps !
C'est quand elle me dit : « Cousin, je vous en prie... »
Car nous étions tous deux familiers et parents ;
Car ce premier amour, dont la marque nous reste
Comme l'entaille, hélas ! du carcan reste au cou,
Il semble que le Diable y mêle un goût d'inceste
     Pour qu'il soit plus ivre et plus fou !

ЕЕЕЕ

ЕЕЕЕ

LES CLÉS DE L'ŒUVRE : II - DOSSIER HISTORIQUE ET LITTÉRAIRE

Et c'était un : « Je veux ! » que ce : « Je vous en prie,
Allons voir le cheval que vous dressez pour moi... »
Elle entra hardiment dans la haute écurie,
Et moi, je l'y suivis, troublé d'un vague effroi...
Nous étions seuls ; l'endroit était grand et plein d'ombre,
Et le cheval, sellé comme pour un départ,
Ardent au râtelier, piaffait dans la pénombre...
    Mes deux lèvres, dans mon regard,

Se collaient à son corps, — son corps, ma frénésie ! —
Arrêté devant moi, cambré, voluptueux,
Qui ne se doutait pas que j'épuisais ma vie
Sur ses contours, étreints et mangés par mes yeux !
Elle avait du matin sa robe blanche et verte,
Et sa tête était nue, et ses forts cheveux noirs
Tordus, tassés, lissés sans une boucle ouverte,
    Avaient des lueurs de miroirs !

Elle se retourna : « Mon cousin, — me dit-elle
Simplement, — de ce ton qui nous fait tant de mal ! —
Vous n'êtes pas assez fort pour me mettre en selle ?... »
Je ne répondis point, — mais la mis à cheval
D'un seul bond !... avec la rapidité du rêve,
Et, ceignant ses jarrets de mes bras éperdus,
Je lui dis, enivré du fardeau que j'enlève :
    « Pourquoi ne pesez-vous pas plus ? »

Car on n'a jamais trop de la femme qu'on aime
Sur le cœur, — dans les bras, — partout, — et l'on voudrait
Souvent mourir pâmé... pâmé sous le poids même
De ce corps, dense et chaud, qui nous écraserait !
Je la tenais toujours sous ses jarrets, — la selle
Avait reçu ce poids qui m'en rendait jaloux,
Et je la regardais, dans mon ivresse d'elle,
    Ma bouche effleurant ses genoux ;

Ma bouche qui séchait de désir, folle, avide...
Mais Elle, indifférente en sa tranquillité,
Tendait rêveusement les rênes de la bride,
— Callipyge superbe, assise de côté ! —
Tombant sur moi de haut, en renversant leur flamme,
Ses yeux noirs, très couverts par ses cils noirs baissés,
Me brûlaient jusqu'au sang, jusqu'aux os, jusqu'à l'âme,
    Sans que je leur criasse : « Assez ! »

Et le désir, martyre à la fois et délice,
Me couvrait de ses longs frissons interrompus ;
Et j'éprouvais alors cet étrange supplice
De l'homme qui peut tout... et pourtant n'en peut plus !
À tenir sur mes bras sa cuisse rebondie,
Ma tête s'en allait, — tournoyait, — j'étais fou !
Et j'osai lui planter un baiser... d'incendie
     Sur la rondeur de son genou !

    [...]

                    (ORC, II, pp. 1189-1191)

• *Beautés puissantes :*

À travers les pages des Memoranda *on peut cueillir —
remarqués dans un salon, entrevus dans une rue, admirés aux
cimaises d'un musée — un bouquet de corps désirables qui
n'ont rien à envier aux belles amphitryonnes de Don Juan.*

[...] — J'ai vu prodigieusement de femmes, toutes laides et
communes, excepté deux, deux filles du peuple. Une surtout...
à Chambord... une tête digne des pinceaux de Raphaël et plus
idéalement modeste encore. L'autre n'était qu'une fille de la
terre, avec des dents blanches sous de longs anneaux noirs
tombant aux joues brunes et des yeux hardis. Un délicieux
modèle de courtisane, et qui serait affolante avec une bande
en velours écarlate sur le front, à la grecque, et ses larges
épaules roulées dans une mantille. Elle sucerait l'or, le sang,
la vie ! Elle serait un fléau, un de ces beaux fléaux de Dieu,
un de ces Attilas femelles qui ravagent le monde sans épée...
Est-ce que quelque honnête vaurien ne la tentera pas comme
le diable fit Jésus sur la montagne, et ne l'emmènera pas à
Paris, la patrie de tout ce qui est beau ? En vérité, il y aurait
plaisir à laver, peigner, parfumer ce bel animal, à le dresser,
à lui apprendre son métier de femme et à l'initier à la vie des
sensations pour laquelle elle fut créée (à moins que la Provi-
dence n'y voie goutte) de toute éternité.

                    (ORC, II, p. 744)

    J'ai vu la comtesse d'A... et ai déjeuné chez elle avec une
foule d'aristocratie de province et du faubourg Saint-Germain.

— Y ai remarqué Mme C... chez laquelle il faut que j'aille cet hiver ; un de ces fiers colosses comme je les aime, les cheveux plaqués aux tempes, l'œil plein d'une flamme noire, la bouche malade d'ardeur, les lèvres roulées et à moitié entr'ouvertes, — un automne fécond, riche, plein de folles ivresses, des mamelles de Bacchante et un torse à la Rubens.

(ORC, II, p. 836)

[...] Puis allé à Musard, où, excepté une brune et fauve fille de cinq pieds trois pouces, la chute des reins bien arquée et le regard noir et chargé, roulée en panthère dans un long châle de soie rouge, n'ai rien vu, rien vu du tout qui valût l'immense peine d'être regardé. Mais cette femme a remué le je ne sais quoi de léonin qui a toujours été en moi. — Sotte journée, après tout, et je me couche d'ennui !

(ORC, II, p. 936)

[...] — Puis j'y ai vu une femme qui ressemblait au profil de Lord Byron rêveur, belle comme lui, mais plus dédaigneuse, et de teintes plus chaudes sous la peau. Superbe et indomptable créature ! Je donnerais un monde pour que ces prunelles d'acier bruni s'attendrissent en me regardant. [...]

— Allé flâner chez Ap[olline] qui a pris enfin une assez belle créature pour aide de camp. Trente ans, un teint blanc mat, mais avec la plus belle faculté de rougir jusque dans le cœur des épaules, cheveux noirs tordus à la Niobé, corsage puissant, croupe de la callipyge antique, et je ne sais quelle uberté enivrante et formidable circulant au milieu de tout cela et sollicitant l'avide morsure. [...]

(ORC, II, pp. 992-993)

[...] — Une d'elles a passé près de moi, impudente, effrontée, presque ivre, les yeux ardents de l'eau-de-vie du matin, et d'une insolente volupté. — Ce n'était pas une Nausicaa, mais une Érigone, que cette bacchante du bord des eaux ! — Pour peau de tigre autour des flancs, elle avait son tablier *tord*, qui ceignait et marquait ses hanches comme un baudrier. Elle portait une masse de linges mouillés, roulés en globe, sous un de ses magnifiques bras ruisselants, aussi écarlates que ses lèvres, moulées pour boire, non pas dans une coupe, mais à la bonde même d'un tonneau. — Son dos, qu'elle cambrait en se retournant pour regarder narquoisement ses compagnes, fendait l'étoffe de son *juste*, et elle riait d'un rire qui couvrait le bruit des battoirs ! — Belle réalité à saisir, si l'on avait eu des pinceaux tout prêts ou du marbre. C'est une des *choses*, — car c'était plus une *chose* qu'une *personne*, cette femme, — les plus énergiques que j'ai vues ici. [...]

(ORC, II, p. 1073)

Nous sommes (R[enée] et moi) allés ensemble au Musée. — Y sommes restés trois heures. — Ai remarqué deux choses : la *Danseuse* de Winterhalter, qui est la plus grande beauté physique que l'on puisse voir, une image vraie de la jeunesse qui rêve parce qu'elle est lasse d'avoir dansé. Il y a une vie écumante dans cette forte et belle fille ; son tambour de basque semble vibrer encore. — Oui ! il vibre à l'œil, mais le jour qui tombe, rose et blanc, sur ce front brun et animé, est peut-être trop blanc et trop rose. — Puis le tableau de Biard, je crois, les *Femmes grecques se précipitant dans l'abîme*, — belle composition ! coloris, expression, groupes, variété d'attitudes, cela paraît très beau à un Ostrogoth comme moi qui n'ai pas la moindre appréciation des Beaux-Arts. — Frappé surtout de la femme qui veut entraîner son fils, lequel, garçon de sept à huit ans, se rebiffe et lutte contre sa mère, n'ayant pas du tout l'air de prendre goût à la chose. — La mère est superbe ! une taille d'amazone ! une tête merveilleusement posée sur les épaules et un air qui annonce une résolution indomptable. Fière commère ! et qui serait une agréable maîtresse à ce que je crois : — oh ! tout à fait agréable. [...]

(ORC, II, p. 890)

Il y a ensuite un *Paul Véronèse*, d'un éclat, d'un coloris, d'une opulence et d'une vigueur de composition étonnante. — C'est une *Tentation de saint Antoine*. — Le Saint, renversé par le foudroiement de cette apparition, d'une beauté infernalement charmante, qui se penche sur lui pour l'embrasser, a voulu se soustraire à l'ensorcellement de cette vue terrible en cachant ses yeux et son visage dans sa main, mais la Sirène de l'enfer a pris la main du Saint et la maintient dans la sienne, le forçant de la regarder. Ce mouvement est d'une audace d'expression, — intraduisible ici. Il faut le voir ! La tentatrice

tient la main du Saint *à poignée* dans sa main fondante, avec
un frémissement de doigts presque obscène, et elle lui avance
sa gorge nue, — une gorge d'Astarté, — tout près du visage,
comme une corbeille de raisins mûrs dans laquelle elle lui
dirait : Mords ! — Le Saint est un merveilleux athlète, aussi
fort que la femme est belle ; — attaque et résistance s'équili-
brent. — Toutes les forces de la vie bouillonnent dans ce
magnifique tableau, un des plus voluptueux qu'ait produits
le Génie voluptueux de la Renaissance. — Le Saint est dans
l'ombre, car de tels rêves et de telles tentations ne viennent
que la nuit, et la femme est éclairée d'une lumière crépusculaire et mystérieuse, qui adoucit et lustre la hardiesse osée de
ces contours qu'elle prodigue avec un regard si sûr d'elle. [...]

(ORC, II, p. 1061)

• *La mort(e) d'amour* : Léa *(1832)*

[...] Léa aimait à plonger sa tête dans l'épaisseur de leurs branches souples et verdoyantes ; c'était comme un moelleux
oreiller de couleur foncée sur lequel tranchait cette tête si pâle
et si blonde. Les boucles du devant de la coiffure de Léa lui
tombaient toutes défrisées le long des joues ; elle avait détaché
son peigne et jeté sur les nattes de ses cheveux son mouchoir
de mousseline brodée qu'elle avait noué sous son menton.
Ainsi faite de défrisure, de pâleur, d'agonie, qu'elle était
touchante ! Sa pose, quoique un peu affaissée, était des plus
gracieuses. Un grand châle de couleur cerise enveloppait sa
taille, qui n'était plus même svelte et qu'on eût craint de
rompre à la serrer. On eût dit une blanche morte dans un
suaire de pourpre. Réginald la couvait de son regard ; c'était
presque posséder une femme que de la regarder ainsi. Le malheureux ! Il souffrait autant qu'Amédée et Mme de Saint-
Séverin, mais ce n'était pas de la même douleur. Du moins
on aurait pu croire que cette douleur eût été pure, qu'en face
de ce corps presque fondu comme de la cire aux rayons du
soleil, les désirs de chair et de sang ne subsistaient plus, et
que la pensée seule dans laquelle s'était réfugié et ennobli
l'amour se prenait à cette autre pensée, tout le moi dans la
créature et qui allait s'éteignant, s'évaporant pour toujours.
Est-ce la force ou la faiblesse humaine, une gloire ou une
honte ? Mais il n'en était point ainsi pour Réginald : cette

mourante, dont il touchait le vêtement, le brûlait comme la
plus ardente des femmes. Il n'y avait pas de bayadère aux
bords du Gange, pas d'odalisque dans les baignoires de Stam-
boul, il n'y aurait point eu de bacchante nue dont l'étreinte
eût fait plus bouillonner la moelle de ses os que le contact,
le simple contact de cette main frêle et fiévreuse dont on sentait la moiteur à travers le gant qui la couvrait. C'étaient en
lui des ardeurs inconnues, des pâmoisons de cœur à défaillir. Tous les rêves que son imagination avait caressés depuis
qu'il était revenu d'Italie et qu'il s'était énamouré de Léa,
lui revenaient plus poignants encore de l'impossibilité de les
voir se réaliser. La nuit qui venait jetait dans son ombre la
tête de Léa posée sur l'épaule de sa mère, qui bénissait cette
nuit d'être bien obscure, parce qu'elle pouvait pleurer sans
craindre que Léa n'interrogeât ses pleurs. Je ne sais... mais
cette nuit d'août qui pressait Réginald si près de Léa qu'il
sentait le corps de la malade se gonfler contre le sien à chaque respiration longue, pénible, saccadée, comme si elle avait
été oppressée d'amour, cette nuit où il y avait du crime et
des plaisirs par toute la terre, lui fit boire des pensées coupables dans son air tiède et dans sa rosée. Toute cette nature
étalée là aussi semblait amoureuse ! Elle lui servait une ivresse
mortelle dans chaque corolle des fleurs, dans ses mille coupes
de parfums. Pleuvaient de sa tête et de son cœur dans ses
veines, et y roulaient comme des serpents, des sensations délicieuses, altérant avant-goût de jouissances imaginées plus
délicieuses encore. Ses mains s'égarèrent comme sa raison.
L'une d'elles se glissa autour de la taille abandonnée de la
jeune fille, l'autre passa sur ses formes évanouies une pres-
sion timidement palpitante.

[...]

Soit prostration entière de forces vitales, soit confusion et
défaillance sous le poids de sensations inconnues, soit ignorance complète, Léa resta dans le silence et immobile jusqu'à
ce qu'un mouvement effrayant fît pousser un cri à sa mère
et relever la tête de Réginald dont la bouche s'était collée à
celle de l'adolescente, qui ne l'avait pas retirée.

Amédée s'élança pour appeler du secours.

Quand il revint, il n'était plus temps : les flambeaux que
l'on apporta n'éclairèrent pas même une agonie. Le sang du
cœur avait inondé les poumons et monté dans la bouche de
Léa, qui, yeux clos et tête pendante, le vomissait encore,
quoiqu'elle ne fût plus qu'un cadavre. Mme de Saint-Séverin,

à genoux devant, était tellement anéantie qu'elle ne songeait pas à mettre la main sur ce cœur pour épier si la vie ne le réchauffait plus. Elle considérait, les dents serrées et les yeux fixes, sa Léa ainsi trépassée, et sa douleur était si horrible qu'Amédée oublia sa sœur pour elle, et lui dit avec l'expression d'une tendresse pieuse : « Oh ! ma mère, il vous reste encore deux enfants. » Elle regarda alors ce qui lui restait, la pauvre mère, mais quand elle fixa sur Réginald ses yeux qui s'étaient remplis de larmes au mot consolant de son fils, ils s'affilèrent comme deux pointes de poignard. Elle se dressa de toute sa hauteur, et, d'une voix qu'il ne dut pas oublier quand il l'eut entendue, elle lui cria aux oreilles : « Réginald, tu es un parjure ! »

Elle s'était aperçue qu'il avait les lèvres sanglantes.

(ORC, II, pp. 40-42)

• *Une « petite masque » :*

[...] — Resté à rêvasser longtemps à une petite fille (treize ans à peine) que j'ai vue hier au concert, pâle, les yeux grands et *gris*, très rapprochés d'un nez grec très pur, observateurs, railleurs et déjà tendres au milieu de tout cela, les cheveux d'un roux charmant, sans aucune boucle et coupés très courts comme ceux d'un garçon, les mains pleines de morbidezze, soutenant nonchalamment cette tête rousse et prématurément pensive, en entendant l'adorable harmonie de la *Sémiramide*. Je n'ai jamais rien vu de plus étrange et de plus délicieusement impressif que cette enfant. — Souvenir de peintre ! — Parfois je me sens une rage de peindre ce que j'ai vu, de corporiser avec la ligne et la couleur un souvenir plus ardent en moi que la vie, plus substantiel que la réalité. Alors les mots m'impatientent. Ils ne sont que du crayon blanc pour faire des chairs qui demanderaient les velours lumineux ou éteints des pastels ! — Je crois que je pourrais devenir amoureux de cette petite fille, amoureux jusqu'aux folies et même aux horreurs. C'en est une que j'écris là, mais c'est vrai. Pourquoi ne pas se regarder au fond de l'âme, et signaler sa boue quand il y en a ?

(ORC, II, p. 971)

C - VARIATIONS SUR LA PUDICA

a) « ... cette pêche humaine, rougissant sous le regard le
   moins appuyé... » (p. 287)

Dans Le Chevalier Des Touches *(1863), un mystère entoure
Aimée de Spens, la pudique et vertueuse « Vierge-Veuve »
dont le corps s'empourpre de « rougeurs incompréhensibles »
lorsqu'on prononce devant elle le nom du chevalier. Le
dénouement du récit donne la clé du mystère :*

[...] L'abbé, sa sœur et le baron étaient plus ou moins
impressionnés par cette histoire d'un des héros de leur
jeunesse, mais ils l'étaient moins à coup sûr qu'*une autre
personne* qui était là, et dont je n'ai rien dit encore. Dans
l'attention qu'ils donnaient à ce qu'ils disaient, ils l'avaient
oubliée et j'ai fait comme eux... Cette autre personne n'était
qu'un enfant, auquel ils n'avaient pas pris garde, tant ils
étaient à leur histoire ! et lui, tranquille, sur son tabouret,
au coin de la cheminée contre le marbre de laquelle il posait
une tête bien prématurément pensive. Il avait environ treize
ans, l'âge où, si vous êtes *sage*, on oublie de vous envoyer
coucher dans les maisons où l'on vous aime ! Il l'avait été,
ce jour-là, par hasard peut-être, et il était resté dans ce salon
antique, regardant et gravant dans sa jeune mémoire ces figures comme on n'en voyait que rarement dans ce temps-là, et
comme maintenant on n'en voit plus [...]
Mais l'enfant dont j'ai parlé grandit, et la vie, la vie passionnée avec ses distractions furieuses et les horribles dégoûts
qui les suivent, ne purent jamais lui faire oublier cette impression d'enfance, cette histoire faite, comme un thyrse, de deux
récits entrelacés, l'un si fier et l'autre si triste ! et tous les
deux, comme tout ce qui est beau sur la terre et qui périt sans
avoir dit son dernier mot, n'ayant pas eu de dénoûment !
Qu'était devenu le chevalier Des Touches ?... Le lendemain,
sur lequel le baron de Fierdrap comptait pour avoir de ses
nouvelles, n'en donna point. Nul dans Valognes n'avait
connaissance du chevalier Des Touches, et cependant l'abbé

n'était pas un rêveur qui voyait à son coude ses rêves, comme Mlles de Touffedelys et Couyart. Il avait vu Des Touches. C'était donc une réalité. Il était passé par Valognes. Mais il était passé... D'un autre côté, quel était dans la vie de cette belle et pure Aimée de Spens cet autre mystère qui s'appelait aussi Des Touches ?... Deux questions suspendues éternellement au-dessus de deux images, et auxquelles, après plus de vingt années, vaincue par l'acharnement du souvenir, la circonstance répondit. Qui sait ? À force de penser à une chose, on crée peut-être le hasard !

Le hasard m'apprit en effet, parce que je n'avais jamais cessé de penser à cet homme et de m'informer de son destin, qu'il vivait... et que mon grand abbé de Percy ne s'était pas trompé quand il l'avait vu et qu'il l'avait pris pour un fou. De Valognes, qu'il avait traversé, comme le roi Lear, par la pluie et par la tempête, revenant d'Angleterre, échappé à ceux qui le gardaient et le ramenaient dans son pays, il était allé tomber dans une famille qu'il avait épouvantée de la folie furieuse dont il était transporté. L'ambition trahie, les services méconnus, la cruauté du sort, qui prend parfois les mains les plus aimées pour nous frapper, tout cela avait fait de cet homme, froid comme Claverhouse, un fou à camisole de force, dont la vigueur irrésistible offrait le danger d'un fléau. On l'avait ténébreusement interné dans une maison de fous, où il vivait depuis plus de vingt ans.

[...] Depuis qu'*il n'était plus méchant*, on l'avait retiré des cabanons et on le laissait vaguer dans cette cour, où des paons tournaient autour d'un bassin, bordé de plates-bandes qui étalaient des nappes de fleurs rouges. Il les regardait, ces fleurs rouges, avec ses yeux d'un bleu de mer, vides de tout, excepté d'une flamme qui brûlait là sans pensée, comme un feu abandonné où personne ne se chauffe plus.

[...]

« Et d'Aimée de Spens, vous en souvenez-vous ? » fis-je encore, coup sur coup, craignant que le fou ne revînt et voulant frapper de ce dernier souvenir sur le timbre muet de cette mémoire usée, qu'il fallait réveiller.

Il tressaillit.

« Oui encore, aussi !... — fit-il, et ses yeux avaient comme un afflux de pensées. — Aimée de Spens, qui m'a sauvé la vie ! La belle Aimée ! »

Ah ! je tenais peut-être l'histoire que Mlle de Percy n'avait pas finie... Et cette idée me donna la volonté magnétique qui dompte une minute les fous et les fait obéir.

« Et comment s'y prit-elle pour cela, monsieur Des Touches ? Allons, dites !

— Oh ! — dit-il (je lui avais enfin passé mon âme dans la poitrine, à force de volonté !), — nous étions seuls à Bois-Frelon, vous savez ?... près d'Avranches... Tout le monde parti... Les Bleus vinrent comme ils venaient souvent, à petits pas... Ils cernèrent la maison... C'était le soir. Je me serais bien fait tuer, risquant tout, tirant par les fenêtres comme à la Faulx, mais j'avais mes dépêches. Elles me brûlaient... Frotté attendait. Ils l'ont tué, Frotté, n'est-ce pas vrai ?... »

[...]

« Ah ! — reprit-il, — elle pria Dieu... entr'ouvrit les rideaux pour qu'ils la vissent bien... C'était l'heure de se coucher... Elle se déshabilla. Elle se mit toute nue. Ils n'auraient jamais cru qu'un homme était là, et ils s'en allèrent. Ils l'avaient vue... Moi aussi... Elle était bien belle !... rouge comme les fleurs que voilà ! » — désignant les fleurs du parterre.

Et son œil redevint vide et atone, et il se remit à divaguer.

Mais je ne craignais plus sa folie. Je tenais mon histoire ! Ce peu de mots me suffisait. Je reconstituais tout. J'étais un Cuvier ! Il était donc vrai, l'abbé avait tort. Sa sœur avait raison. La veuve de *M. Jacques* était toujours la Vierge-Veuve ! Aimée était pure comme un lys ! Seulement elle avait sauvé la vie à Des Touches comme jamais femme ne l'avait sauvée à personne... Elle la lui avait sauvée en outrageant elle-même sa pudeur. Quand, à travers la fenêtre, les Bleus virent, du dehors où ils étaient embusqués, cette chaste femme qui allait dormir et qui ôtait, un à un, ses voiles, comme si elle avait été sous l'œil seul de Dieu, ils n'eurent plus de doute ; personne ne pouvait être là, et ils étaient partis : Des Touches était sauvé ! Des Touches, qui, lui aussi, l'avait vue, comme les Bleus... qui, jeune alors, n'avait peut-être pas eu la force de fermer les yeux pour ne pas voir la beauté de cette fille sublime, qui sacrifiait, pour le sauver, le velouté immaculé des fleurs de son âme et la divinité de sa pudeur ! Prise entre cette pudeur si délicate et si fière et cette pitié qui fait qu'on veut sauver un homme, elle avait hésité... Oh ! elle avait hésité, mais, enfin, elle avait pris dans sa main pure ce verre de honte et elle l'avait bu. [...] Ces rougeurs, quand Des Touches était là, et qui la couvraient tout entière à son nom seul, qui ne l'avaient jamais inondée d'un flot plus vermeil que le jour où Mlle de Percy avait dit, sans le savoir, le mot qui lui rappelait le malheur de sa vie : « *Des Touches sera votre témoin !* » ces rougeurs étaient le signe, toujours prêt à reparaître, d'un supplice qui durait toujours dans sa pensée, et qui, à chaque fois que le sang offensé la teignait de son offense, rendait son sacrifice plus beau !

J'avoue que je m'en allai de cette maison de fous ne pensant plus qu'à Aimée de Spens. J'avais presque oublié Des Touches... Avant de sortir de sa cour, je me retournai pour le voir... Il s'était rassis sous son arceau, et, de cet œil qui avait percé la brume, la distance, la vague, le rang ennemi, la fumée du combat, il ne regardait plus que ces fleurs rouges auxquelles il venait de comparer Aimée, et dans l'abstraction de sa démence, peut-être ne les voyait-il pas...

(ORC, I, pp. 865-870)

b) « ... l'idée de cacheter cette femme comme elle avait cacheté sa lettre... » (p. 299)

La première œuvre de Barbey d'Aurevilly, Le Cachet d'onyx *(1831), raconte l'histoire d'une coquette devenue amoureuse d'un moderne Othello dandy, chez qui la jalousie survit à l'amour. Se croyant trompé, Dorsay se venge.*

Avez-vous quelquefois, Maria, laissé, comme Hortense, le bal dans tout son éclat, dans toute sa fougue, et — caprice — éprouvé le besoin du repos après tant de bruit ? Avez-vous quelquefois abandonné la fête au plus fort de la mêlée pour retrouver la chambre en désordre que vous aviez quittée impatiente de l'heure qui allait sonner ? Vous êtes-vous aussi appuyée sur la table où se trouvait la lettre inachevée, interrompue par l'impatience de partir ? Et à revenir plus calme et presque réfléchie aux lieux qui vous avaient vue frémissante, avez-vous senti un charme, une douceur secrète, quelque chose de moins serré au cœur ? On dit que c'est chose délicieuse de laisser-aller et de vague tristesse. Mais Hortense ne sut rien de tout cela, — car tout cela ne se sent que quand la vie s'essaie encore, que quand ni vent du ciel, ni haleine humaine, ni poussière d'ici-bas, n'a glissé sur la surface d'une âme de cristal et que rien n'a ébranlé un frêle corps d'enfant presque transparent et palpitant comme une goutte de pluie suspendue fragilement au bord recourbé d'un calice de lys.

Rêveuse, elle n'achevait point la lettre commencée. Tout à coup, et ce ne fut point le timbre de la pendule... un bruit la tira de sa rêverie. Elle leva les yeux et vit Dorsay. [...]

Quand la vanité s'avise d'être jalouse, elle doit être implacable. Dorsay le fut. Comparez-le à cet Othello qui ne veut pas que Desdémone trahisse d'autres hommes et prononcez !

À coup sûr, Auguste était venu chez Hortense avec l'intention de lui rendre au centuple ce que ses amis lui avaient fait endurer de souffrances avec leur ton leste et leur pitié moqueuse... Mais probablement il ne prévoyait pas jusqu'à quel point il serait atroce. Malédiction ! Il fallait que cette nuit-là Hortense s'évanouît à ses pieds. La chute d'Hortense avait replié sous elle ses légers vêtements de nuit. Ses admirables formes ressortaient sur la couleur sombre du tapis, comme celles d'une blanche statue tombée de son piédestal sur le gazon flétri par un vent d'hiver. Dorsay se mit à sourire.

« Tu m'appartiens, — dit-il à voix basse, — et depuis longtemps je ne veux plus de toi. Tu es déshonorée. Je t'ai mis une empreinte au front. Eh bien, pour que tu ne sois jamais à d'autres, tu seras encore marquée ailleurs. »

Il prit sur la table à écrire la cire argent et azur et un cachet. Jamais bourreau ne s'était servi d'instruments plus mignons. Le cachet, où était artistement gravée une mystérieuse devise d'amour, était un superbe onyx que lui, Dorsay, avait donné à Hortense dans un temps où la devise ne mentait pas. Il présenta à la flamme de la bougie la cire odorante, qui se fondit toute bouillonnante, et dont il fit tomber les gouttes étincelantes là où l'amour avait épuisé tout ce qu'il avait de nectar et de parfums.

La victime poussa un cri d'agonie et se souleva pour retomber. Dorsay, intrépide et la main assurée, imprima sur la cire bleue et pailletée qui s'enfonçait dans les chairs brûlées le charmant cachet à la devise d'amour !

Il avait blessé une forme d'ange et tué la femme. Il rendait Hortense toute semblable à la statue à laquelle j'ai dit plus haut qu'elle ressemblait, mais statue qui n'était pas de marbre, quoique impuissante comme le marbre, et dont le sein n'était pas atteint. S'il avait pu la scier en deux, comme on coupe un serpent, il eût été moins barbare, car du moins une moitié n'aurait pas vécu. [...]

(ORC, I, pp. 18-20)

LA DERNIÈRE DES *DIABOLIQUES*

Publiée pour la première fois dans Gil Blas, *sous le titre*
« *Retour de Valognes* », *en 1882,* Une page d'histoire *est le
dernier récit de Barbey. La tragique histoire des* « *beaux incestueux de Tourlaville* » *pourrait sans fausse note être intégrée
aux* Diaboliques *:*

[...]
Mais ce n'est pas d'eux, — les familiers et les intimes, —
ce n'est pas de ces spectres qui sont les miens, que je veux
parler aujourd'hui [1]. C'est de deux autres. Deux autres qui
m'ont apparu aussi, cette année, à la distance de trois siècles
d'Histoire, et qui se sont enfoncés en moi, comme si je les
avais connus, substances vivantes, créatures de chair visibles,
qu'il faut toucher des yeux et des mains pour être sûr qu'elles
ont existé dans les conditions de cette vie maudite, où les corps
ne sont pas transparents et où les êtres que nous avons le plus
aimés n'ont plus de nous que l'étreinte de nos rêves et doivent éternellement rester pour nos cœurs un mystère de doute,
de regret et de désespoir !... L'histoire de ces deux spectres,
qui probablement vont, je le crains bien, se joindre au sombre
cortège de ceux-là qui ne me quittent plus ; — cette histoire
dont j'ai, en courant, ramassé comme j'ai pu les traces
effacées par le temps, la honte et la fin d'une race, et qui s'est
attachée à mon âme mordue, comme le taon acharné à la
crinière du cheval qui l'emporte, a justement cette fascinante
puissance du mystère, la plus grande poésie qu'il y ait pour
l'imagination des hommes, — et peut-être, à la portée de ces
Damnés de l'ignorance, hélas ! la seule vérité.
Elle s'est passée, d'ailleurs, cette mystérieuse histoire, dans
le pays le moins fait pour elle, et où il fallait certainement

---

1. Voir le début du récit, p. 378

le mieux la cacher ! Et elle y a été cachée... Et tout à l'heure, en ce moment, malgré l'effort posthume des curiosités les plus ardentes, on ne l'y sait pas bien encore ! Impossible à connaître dans le fond et le tréfonds de sa réalité, éclairée uniquement par la lueur du coup de hache qui l'entr'ouvrit et qui la termina, cette histoire fut celle d'un amour et d'un bonheur tellement coupables que l'idée en épouvante... et charme (que Dieu nous le pardonne !) de ce charme troublant et dangereux qui fait presque coupable l'âme qui l'éprouve et semble la rendre complice d'un crime peut-être, qui sait ? envieusement partagé. [...]

Avant de présenter ses héros, Barbey commence par évoquer « la lignée abominable des crimes » de la famille de Ravalet. Puis :

[...]
Analogie singulière et mélancolique ! Dans l'écusson des Ravalet, il y avait, fleurissante, une rose en pointe. Il y en eut aussi deux à l'extrémité de leur race, mais ces deux-là portaient dans leur double corolle la cantharide qui devait leur verser la mort dans ses feux... Julien et Marguerite de Ravalet, ces deux enfants, beaux comme l'innocence, finirent par l'inceste la race fratricide de leur aïeul. Il avait été, lui, le Caïn de la haine. Ils furent, eux, les Caïns de l'amour, non moins fratricide que la haine ; car en s'aimant, ils se tuèrent mutuellement du double coup de couteau de l'inceste qu'ils avaient voulu tous les deux.
Hélas ! comment le voulurent-ils ? Comment s'aimèrent-ils, ces infortunés contre qui le monde de leur temps n'éleva jamais aucun autre reproche que celui de leur amour ?... Ce qui fait de l'inceste un crime si rare, c'est l'*accoutumance.* Dans le château solitaire où ils furent élevés, Julien et Marguerite de Ravalet avaient dû, à ce qu'il semblait, assez *s'accoutumer* à eux-mêmes pour que leur dangereuse beauté ne fût pas mortelle à leurs âmes ; mais ils étaient la dernière goutte du sang des Ravalet, et leur fatal amour fut peut-être leur inaliénable héritage... Qui a jamais su l'origine de cet amour funeste, probablement déjà grand quand on s'aperçut qu'il existait ?... À quel moment de leur enfance ou de leur jeunesse trouvèrent-ils dans le fond de leurs cœurs la cantharide de l'inceste, souterrainement endormie, et lequel des deux apprit à l'autre qu'elle y était ?... Combien de temps avant les murmures grossissants des soupçons et l'éclat déto-

nant du scandale, dura leur haletant bonheur, coupé de remords et de hontes, mais qui devint bientôt assez puissant pour les étouffer ?... Séparés, en effet, le fils exilé au loin et la fille mariée, de par l'impérieuse autorité paternelle, le fils revint tout à coup au château comme la foudre, et enleva sa sœur comme un tourbillon. Où allèrent-ils engloutir leur bonheur et leur crime, ces deux êtres qui trouvaient le paradis terrestre dans un sentiment infernal ?... Questions vaines ! On l'a ignoré. Pendant plus d'une année on perdit leur trace, et on ne la retrouva qu'à Paris, par un triste jour de Décembre, — mais, pour le coup, ineffaçable — sur un échafaud ! — et sanglante. Muette sur ce drame intime et profond d'un amour qui n'a eu pour témoins que les murs de ce château, dont les pierres, pour nous, suintent l'inceste encore, et les bois et les eaux qui les virent si délicieusement et si horriblement heureux sous leurs ombres ou sur leurs surfaces et qui n'ont rien révélé de ce qu'ils ont vu à personne, la Tradition, la grossière Tradition qui ne regarde pas dans les âmes, se trouve à bout de tout quand elle a écrit le mot indigné d'inceste et qu'elle a montré du doigt le billot où les deux incestueux couchèrent sous la hache leurs belles têtes, si belles qu'elle-même, la brutale Tradition, les a trouvées belles, et que le seul détail qu'elle n'ait pas oublié, dans cette histoire psychologiquement impénétrable, tient à cette surprenante beauté. Celle de Marguerite était si grande, qu'en montant les marches de l'estrade sur laquelle elle allait mourir et comme elle relevait sa jupe sur ses bas de soie rouge pour ne pas s'entortiller dans ses plis et pour monter d'un pas plus ferme, cette beauté, comme une insolation, égara les sens et la main du bourreau qui allait la tuer, mais qu'elle châtia de son insolente démence en le frappant ignominieusement à la face.

IV

[...]

Et voilà tout ce que l'on sait de cette triste et cruelle histoire. Mais ce qui passionnerait bien davantage serait ce que l'on n'en sait pas !... Or, où les historiens s'arrêtent ne sachant plus rien, les poètes apparaissent et devinent. Ils voient encore, quand les historiens ne voient plus. C'est l'imagination des poètes qui perce l'épaisseur de la tapisserie historique ou qui la retourne, pour regarder ce qui est derrière cette tapisserie, fascinante par ce qu'elle nous cache... L'inceste de Julien et de

Marguerite de Ravalet, ce poème qui doit peut-être rester inédit, on n'a pas encore trouvé de poète qui ait osé l'écrire, comme si les poètes n'aimaient pas la difficulté jusqu'à l'impossible ! Il lui en faudrait un comme Chateaubriand, qui fit *René*, ou comme lord Byron, qui fit *Parisina* et *Manfred*. Deux sublimes génies chastes, qui mêlaient la chasteté à la passion pour l'embraser mieux !

C'eût été à lord Byron surtout, qui se vantait d'être normand de descendance, qu'il aurait appartenu d'écrire, avec les intuitions du poème, cette chronique normande, passionnée comme une chronique italienne, et dont le souvenir maintenant ne plane plus que vaguement sur cette placide Normandie, qui respire d'une si longue haleine dans sa force. [...] Les spectres qui m'avaient fait venir, je les ai retrouvés partout dans ce château, entrelacés après leur mort comme ils l'étaient pendant leur vie. Je les ai retrouvés, errant tous deux sous ces lambris semés d'inscriptions tragiquement amoureuses, et dans lesquelles l'orgueil d'une fatalité audacieusement acceptée respire encore. Je les ai retrouvés dans le boudoir de la tour octogone, où je me suis assis près d'eux en cherchant des tiédeurs absentes sur le petit lit de ce boudoir bleuâtre, dont le satin glacé était aussi froid qu'un banc de cimetière au clair de lune. Je les ai retrouvés dans la glace oblongue de la cheminée, avec leurs grands yeux pâles et mornes de fantômes, me regardant du fond de ce cristal qui, moi parti, ne gardera pas leur image ! Je les ai retrouvés enfin devant le portrait de Marguerite, et le frère disait passionnément et mélancoliquement à la sœur : « Pourquoi ne t'ont-ils pas faite ressemblante ? » Car la femme aimée n'est jamais ressemblante pour l'amour !

Ces inscriptions et ce portrait ont été contestés. Quant aux inscriptions, moi-même je ne pourrai jamais admettre qu'elles aient été tracées par eux, les pauvres misérables ! et que deux amants qui se savaient coupables, et dont la vie se passait à étouffer leur bonheur, sous les yeux d'un père qui avait le droit d'être terrible, aient plaqué avec une si folle imprudence sur les murs le secret de leur cœur et la fureur de leur inceste. Ces inscriptions, dont quelques-unes sont fort belles, auront été placées là après coup*. Elles étaient dans le génie du temps,

---

* En voici quelques-unes :
Un seul me suffit. — Ce qui donne la vie me cause la mort. — Sa froideur me glace les veines et son ardeur brûle mon cœur. — Les deux n'en font qu'un. — Ainsi puissé-je mourir !

et le génie du temps, c'était la passion forcenée. Dans le portrait de Marguerite, il y a aussi un détail suspect, c'est celui des Amours aux ailes blanches dont elle est entourée, — inspiration païenne d'une époque païenne. Parmi ces Amours, il en est un aux ailes sanglantes. Ce sang aux ailes indique par trop qu'il a été mis là après la mort sanglante de Marguerite. Mais je crois profondément à la figure du portrait, en isolant les Amours. Si elle n'a pas posé vivante devant le peintre inconnu qui l'a retracée, elle a posé dans une mémoire ravivée par le souvenir de l'affreuse catastrophe qui fut sa fin.

Elle est debout, en pied, dans ce portrait, — absolument de face, — et elle ne regarde pas les Amours qui l'entourent (preuve de plus qu'ils ont été ajoutés au portrait), mais le spectateur. Elle est dans la cour du château, et elle semble en faire les honneurs, de sa belle main droite hospitalièrement ouverte, à la personne qui regarde le portrait. Ce qui domine en cette peinture, c'est la châtelaine, dans une noblesse d'attitude simple qui va presque jusqu'à la majesté, et c'est aussi la *Normande*, aux yeux purs, qui n'a ni rêverie, ni morbidesse, ni regards languissants et chargés de ce qui a dû lui charger si épouvantablement le cœur. La tête est droite, le visage d'une fraîcheur qu'elle n'a dû perdre qu'au bout de son magnifique sang normand, après le coup de hache de l'échafaud. Les cheveux sont blonds, — de ce blond familier aux filles de Normandie, qui a la couleur du blé mûr noirci par l'âpre chaleur solaire d'août, et qui attend la faucille. Eux, ces cheveux mûrs aussi, mais pour une autre faucille, ne l'ont pas attendue longtemps ! Elle les porte courts, carrément coupés sur le front, avec deux lourdes touffes, sans frisure, tombant des deux côtés des joues, — à peu près comme les Enfants d'Édouard dans le célèbre tableau. Elle est grande et svelte, malgré la hauteur de sa ceinture ; vêtue d'une robe de *cérémonie* blanche et rose, dont l'étoffe semble être tressée et dont les couleurs sont de *l'une en l'autre*, comme on dit en langue de blason. Jamais, en voyant ce portrait, on ne pourrait croire que cette belle fille rose, imposante et calme, fût une égarée de l'inceste et qu'elle s'y fût insensément abandonnée… Excepté sa main gauche, qui tombe naturellement le long de sa jupe, mais qui chiffonne un mouchoir avec la contraction d'un secret qu'on étouffe et du supplice de l'étouffer, nulle passion n'est ici visible. Rien de ce qui fait reconnaître les grandes Incestueuses de l'Histoire et de la Poésie, n'a dénoncé celle-ci à la malédiction des hommes.

Elle n'a ni l'horreur délirante de Phèdre, ni la rigidité hagarde de Parisina après son crime. Son crime, à elle, qui fut toute sa vie et qui date presque du berceau, elle le porte sans remords, sans tristesse et même sans orgueil, avec l'indifférence d'une fatalité contre laquelle elle ne s'est jamais révoltée. Même sur l'échafaud , elle ne dut pas se repentir, cette Marguerite qui s'appelait aussi Madeleine, mais ne fit pas pénitence pour un crime d'amour, qui, en profondeur de péché, l'emportait sur tous les péchés de la fille de Jérusalem… La Chronique, qui dit si peu de choses, a dit seulement qu'elle prononça que c'était elle qui avait entraîné son frère. Elle accueillit, sans se plaindre et sans protester, l'échafaud, comme elle avait accueilli l'inceste, et simplement, parce que la conséquence de l'inceste était, dans ce temps-là, l'échafaud.

V

On a d'elle et de son frère quelques rares lettres imprimées, mais je n'en ai pas vu les autographes. Celles du frère sont ce que devaient être les lettres d'un jeune homme noble de ce temps-là, en passage à Paris. Il l'y appelle « Marguite », au lieu de Marguerite, — abréviation charmante, presque tendre ; mais on ne trouve pas dans ces lettres un seul mot qui indique le genre d'intimité qu'on y cherche. Avait-il l'anxiété terrifiante de voir ses lettres dans les mains qui pouvaient les perdre tous les deux, et la peur transie se réfugiait-elle dans l'hypocrisie des frivolités et des insignifiances ?… Elle, plus libre, osa davantage, dans une page que je vais citer et où sa passion paraît déborder du contenu des mots, comme une odeur passe à travers le cristal d'un flacon hermétiquement fermé : « Mon ami, — écrit-elle, — j'ai reçu une lettre de vous de Paris, qui contient plusieurs choses qui méritent considération d'aucune desquelles il m'était souvenu des autres ; votre lettre que j'ai *brûlée* m'en a rafraîchi la mémoire et donné sujet de chérir à nouveau *vostre passion à mon bien dont les* FÉLICITÉS me sont encore présentes au cœur… Le pèlerinage de mes jours estant depuis vostre départie devenus triste et *langoureux*, partant ne doubtiez pas que je n'aye reçu vos *propositions* comme elles méritent, et ne tiendra point à ce qui dépend de moi que vous n'obteniez entière satisfaction à *ce que vous désirez* et toutes les fois que vous jugerez à propos de vous témoigner que je suis, mon ami, votre fidèle sœur et amie, Marguerite. » Ailleurs, elle lui dit : « Vos récits de Paris me mettent en joie avec les *marques seures de vostre passion qui me sont plus chères que la vie...* » Ces lettres sont datées de Valognes, où, pendant une absence de son père à Blois, elle a été confiée à Mme d'Esmondeville, qui devait la décider à son mariage avec messire Jean Le Fauconnier, vieux, et riche de plusieurs seigneuries. [...] Plus tard, on la força d'épouser ce messire Le Fauconnier, et c'est ainsi qu'elle introduisit l'adultère dans l'inceste : mais l'inceste dévora l'adultère, et des deux crimes fut le plus fort. Elle eut des enfants de ces deux crimes, mais ils ne vécurent pas, et elle put monter sur l'échafaud sans regarder derrière elle dans la vie, et ses yeux attachés sur le frère qui montait devant et qui la précédait dans la mort. Après l'exécution, le Roi ordonna de remettre leurs deux cadavres à la famille, qui les fit inhumer dans l'église de Saint-Julien-en-Grève, avec cette épitaphe :

« Ci gisent le frère et la sœur. Passant, ne t'informe pas de la cause de leur mort, mais passe et prie Dieu pour leurs âmes. »

L'église de Saint-Julien-en-Grève est devenue l'église abandonnée de Saint-Julien-le-Pauvre, et ceux qui y passent n'y prient plus devant l'épitaphe effacée. Mais où il faut passer pour prier pour eux, — si on prie, — c'est dans ce château où ils sont certainement plus que dans leur tombe. J'y suis passé cette année, par un automne en larmes, et je n'ai jamais vu ni senti pareille mélancolie. Le château, dont alors on réparait les ruines, que j'aurais laissées, moi, dans leur poésie de ruines, car on ne badigeonne pas la mort, souvent plus belle que la vie, ce château a les pieds dans un lac verdâtre que le vent du soir plissait à mille plis... C'était l'heure du crépuscule. Deux cygnes nageaient sur ce lac où il n'y avait qu'eux, non pas à distance l'un de l'autre, mais pressés, tassés l'un contre l'autre comme s'ils avaient été frère et sœur, frémissants sur cette eau frémissante. Ils auraient fait penser aux deux âmes des derniers Ravalet, parties et revenues sous cette forme charmante ; mais ils étaient trop blancs pour être l'âme du frère et de la sœur coupables. Pour le croire, il aurait fallu qu'ils fussent noirs et que leur superbe cou fût ensanglanté...

(ORC, II, pp. 368-378)

LECTEURS DES *DIABOLIQUES*

1. JORIS-KARL HUYSMANS :
À REBOURS (1884)

Les Diaboliques *figurent en bonne place, à côté des* Fleurs du Mal *de Baudelaire, dans la bibliothèque du héros de* À Rebours, *Jean Floressas des Esseintes.*

Deux ouvrages de Barbey d'Aurevilly attisaient spécialement des Esseintes, *Le Prêtre marié* et *Les Diaboliques*. D'autres, tels que *L'Ensorcelé, Le Chevalier Des Touches, Une vieille maîtresse* étaient certainement plus pondérés et plus complets, mais ils laissaient plus froid des Esseintes qui ne s'intéressait réellement qu'aux œuvres mal portantes, minées et irritées par la fièvre.

Avec ces volumes presque sains, Barbey d'Aurevilly avait constamment louvoyé entre ces deux fossés de la religion catholique qui arrivent à se joindre : le mysticisme et le sadisme.

Dans ces deux livres que feuilletait des Esseintes, Barbey avait perdu toute prudence, avait lâché bride à sa monture, était parti, ventre à terre, sur les routes qu'il avait parcourues jusqu'à leurs points les plus extrêmes. [...]

Dans *Le Prêtre marié*, les louanges du Christ dont les tentations avaient réussi, étaient chantées par Barbey d'Aurevilly ; dans *Les Diaboliques*, l'auteur avait cédé au Diable qu'il célébrait, et alors apparaissait le sadisme, ce bâtard du catholicisme, que cette religion a, sous toutes ses formes, poursuivi de ses exorcismes et de ses bûchers, pendant des siècles.

Cet état si curieux et si mal défini ne peut, en effet, prendre naissance dans l'âme d'un mécréant ; il ne consiste point seulement à se vautrer parmi les excès de la chair, aiguisés par de sanglants sévices, car il ne serait plus alors qu'un écart des sens génésiques, qu'un cas de satyriasis arrivé à son point de maturité suprême ; il consiste avant tout dans une pratique sacrilège, dans une rébellion morale, dans une débauche spirituelle, dans une aberration tout idéale, toute chrétienne ; il réside aussi dans une joie tempérée par la crainte, dans une joie analogue à cette satisfaction mauvaise des enfants qui désobéissent et jouent avec des matières défendues, par ce seul motif que leurs parents leur en ont expressément interdit l'approche.

En effet, s'il ne comportait point un sacrilège, le sadisme n'aurait pas de raison d'être ; d'autre part, le sacrilège qui découle de l'existence même d'une religion, ne peut être intentionnellement et pertinemment accompli que par un croyant, car l'homme n'éprouverait aucune allégresse à profaner une foi qui lui serait ou indifférente ou inconnue.

La force du sadisme, l'attrait qu'il présente, gît donc tout entier dans la jouissance prohibée de transférer à Satan les hommages et les prières qu'on doit à Dieu ; il gît donc dans l'inobservance des préceptes catholiques qu'on suit même à rebours, en commettant, afin de bafouer plus gravement le Christ, les péchés qu'il a le plus expressément maudits : la pollution du culte et l'orgie charnelle. [...]

Cet état psychique, Barbey d'Aurevilly le côtoyait. S'il n'allait pas aussi loin que de Sade, en proférant d'atroces malédictions contre le Sauveur ; si, plus prudent ou plus craintif, il prétendait toujours honorer l'Église, il n'en adressait pas moins, comme au Moyen Âge, ses postulations au Diable et il glissait, lui aussi, afin d'affronter Dieu, à l'érotomanie démoniaque, forgeant des monstruosités sensuelles, empruntant même à *La Philosophie dans le boudoir* un certain épisode qu'il assaisonnait de nouveaux condiments, lorsqu'il écrivait ce conte : *Le Dîner d'un athée*.

Ce livre excessif délectait des Esseintes ; aussi avait-il fait tirer, en violet d'évêque, dans un encadrement de pourpre cardinalice, sur un authentique parchemin que les auditeurs de Rote avaient béni, un exemplaire des *Diaboliques* imprimé avec ces caractères de civilité dont les croches bicornues, dont les paraphes en queues retroussées et en griffes, affectent une forme satanique.

Après certaines pièces de Baudelaire qui, à l'imitation des chants clamés pendant les nuits du sabbat, célébraient des litanies infernales, ce volume était, parmi toutes les œuvres de la littérature apostolique contemporaine, le seul qui témoignât de cette situation d'esprit tout à la fois dévote et impie, vers laquelle les revenez-y du catholicisme, stimulés par les accès de la névrose, avaient souvent poussé des Esseintes.

Avec Barbey d'Aurevilly, prenait fin la série des écrivains religieux ; à vrai dire, ce paria appartenait plus, à tous les points de vue, à la littérature séculière qu'à cette autre chez laquelle il revendiquait une place qu'on lui déniait ; sa langue d'un romantisme échevelé, pleine de locutions torses, de tournures inusitées, de comparaisons outrées, enlevait, à coups de fouet, ses phrases qui pétaradaient, en agitant de bruyantes sonnailles, tout le long du texte. En somme, d'Aurevilly apparaissait, ainsi qu'un étalon, parmi ces hongres qui peuplent les écuries ultramontaines.

Des Esseintes se faisait ces réflexions, en relisant, çà et là, quelques passages de ce livre et, comparant ce style nerveux et varié au style lymphatique et fixé de ses confrères, il songeait aussi à cette évolution de la langue qu'a si justement révélée Darwin.

Mêlé aux profanes, élevé au milieu de l'école romantique, au courant des œuvres nouvelles, habitué au commerce des publications modernes, Barbey était forcément en possession d'un dialecte qui avait supporté de nombreuses et profondes modifications, qui s'était renouvelé, depuis le grand siècle.

[...]

2. LÉON BLOY :
UN BRELAN D'EXCOMMUNIÉS (1888)

repris in *Belluaires et Porchers,* (1905)

3.

« Passionnées pour le mystère et l'aimant jusqu'au mensonge », jusqu'à l'enivrement du mensonge ! Telles sont les femmes endiablées dont Barbey d'Aurevilly nous raconte l'effrayante histoire.

Une eau-forte de Félicien Rops nous montre l'une d'elle, debout, les pieds sur un enfant mort et de ses deux mains tragiquement *ligaturées* sur ses lèvres, bâillonnant, calfeutrant, séquestrant sa bouche. Garrottée dans son mensonge, comme le Prince des maudits au fond de son puits de ténèbres, c'est la fantaisie de ce fantôme de *descendre* ainsi l'emblématique bandeau de la passion et de signifier, en cet ajustement nouveau, pour les suppôts des démons, la déchéance de la cécité.

L'amour, ici, n'a plus même l'honneur mythologique de paraître un rapsode aveugle ; c'est une cariatide de la maison du Silence, fagotée par les serpents du crépuscule, pour d'insoupçonnables attentats.

Les femmes des *Diaboliques* sont, en effet, tellement les épouses du Mensonge que, quand elles se livrent à leurs amants, elles ont presque l'air de Lui manquer de fidélité et d'être adultères à leur damnation pour la mériter davantage.

Tout en elles semble *porter en dedans*, suivant l'expression de l'auteur. Elles sont inextricables de replis, entortillées comme des labyrinthes, serpigineuses comme des ulcères, et leur abominable gloire est d'avoir dépassé toute fraude humaine pour s'enfoncer dans l'hypocrisie des anges.

« Je suis convaincu, dit Barbey d'Aurevilly, que, pour certaines âmes, il y a le bonheur de l'imposture. Il y a une effroyable, mais enivrante félicité dans l'idée qu'on ment et qu'on trompe, dans la pensée qu'on *se* sait *seul soi-même* et qu'on joue à la société une comédie dont elle est la dupe et dont on se rembourse les frais de mise en scène par toutes les voluptés du mépris. »

À l'exception d'une seule, dont l'effroyable *sincérité* n'est qu'un luxe de vengeance et qui se traîne elle-même, en bramant de désespoir, sur la claie choisie de son stupre éclaboussant, — la tapisserie de ces bayadères est plombaginée, fil à fil, de toutes les nuances pénombrales de l'imposture, de la cafardise de la femme et du sycophantat de sa luxure.

L'imagination peut toujours surcharger le drame ou le mélodrame, on ne dépassera pas cette qualité d'horreur.

Le belluaire de ces vampires félins partant de ceci, que « les crimes de l'extrême civilisation sont certainement plus atroces que ceux de l'extrême barbarie par le fait de leur raffinement, de la corruption qu'ils supposent et de leur degré supérieur d'intellectualité... », fait observer que « si ces crimes parlent moins aux sens, ils parlent plus à la pensée ; et la pensée, en fin de compte, est ce qu'il y a de plus profond en nous. Il y a donc, pour le romancier, tout un genre de tragique inconnu à tirer de ces crimes, plus intellectuels que physiques, qui semblent moins des crimes à la superficialité des vieilles sociétés matérialistes, parce que le sang n'y coule pas et que le massacre ne s'y fait que dans l'ordre des sentiments et des mœurs ».

Ce genre de tragique, il l'a donc trouvé précisément où il le cherchait, dans le dénombrement des cancers occultes, des inexplorés sarcomes, des granulations peccamineuses de l'hypocrisie.

[...]

Ce grand artiste prend quelques âmes, les plus fortes, les plus complètes qu'il ait pu rêver, des âmes sourcilleuses et inaccessibles qui semblent faites pour la solitude éternelle, il les enferme dans le monde, maçonne autour d'elles des murailles d'imbéciles, creuse des circonvallations de chenapans et des contrevallations de pieds-plats ; puis, il verse en elles, jusqu'au nœud de la gorge, des passions d'enfer.

Le résultat de cette expérience est identique à la damnation des anges superbes. Ces captives réduites à se dévorer elles-mêmes, finissent par se trouver du ragoût et leur apparente sérénité mondaine est le masque sans coutures de leurs solitaires délices. Dissimulation si profonde qu'elle n'a plus même en vue l'estime sociale, mais simplement le déblai des mammifères ambiants et la volonté fort précise de n'être jugée par personne !

[...]

Barbey d'Aurevilly a voulu montrer cette âme dans l'exercice de sa liturgie de ténèbres, en plein conflit de son mystère avec la convergente police des yeux des profanes...

C'est pourquoi son livre donne l'impression d'une espèce de sabbat, le sabbat effréné de la Luxure autour du Baphomet du Mensonge, dans quelque endroit prodigieusement solitaire et silencieux, où l'atmosphère *glaciale* absorberait jusqu'au plus aphone soupir. Cela, au milieu même d'un monde superficiel dont l'insignifiance hostile ne soupçonne rien du voisinage de ces épouvantements.

C'est un trou d'aiguille à la pellicule de civilisation qui nous cache le pandémonium dont notre vanité suppose que des cloisons d'univers nous séparent. Le redoutable moraliste des *Diaboliques* n'a voulu que cela, un trou d'aiguille, assuré que l'enfer est plus effrayant à voir ainsi que par de vastes embrasures.

Et c'est bien là que son art est véritablement affolant, l'horreur qu'il offre à nos conjectures étant, d'ordinaire, beaucoup plus intense que l'horreur qu'il met sous nos yeux. On a parlé de « sadisme » à propos de lui. Je me garderais bien de l'en défendre, puisque la logique de son œuvre exigeait précisément qu'il y pensât. Ce qu'on entend par sadisme est-il autre chose qu'une famine enragée d'absolu, transférée dans l'ordre passionnel et demandant aux pratiques de la cruauté le condiment des pratiques de la débauche ? Pourquoi donc pas cette réalité, puisqu'il fallait que le Diable soufflât sur ce livre esthétiquement conçu comme le véridique miroir d'un état d'âme tout à fait humain et que, par conséquent, l'extrémité du Péché Mortel y devait être indispensablement déroulée ?

Il resterait, peut-être, à écrire une autre série de *Diaboliques*, où les hommes, exclusivement, cette fois, seraient les boute-feux de la perdition. La matière serait copieuse. Mais Barbey d'Aurevilly a choisi les femmes qu'il voyait mieux dans leur abomination et qui lui semblaient devoir porter avec plus de grâce la fameuse chape dantesque dont l'affublement sied, pourtant, si bien à de certains hommes.

N'importe, les femmes qu'il a peintes sont exécrables et sublimes. Pas une qui ne soit complice de la moitié des démons et qui ne reçoive, en même temps, la visitation d'un art angélique. Le grand artiste qui les créa semble *gardé* spécialement par des esprits non moindres que des Dominations ou des Trônes..., mais triés, sans doute, parmi ceux-là dont les lèvres sont demeurées pâles depuis les siècles, ayant été, — pendant un millionième de la durée d'un clin d'œil, — fascinés par Lucifer et sur le point de tomber dans les gouffres piaculaires.

4.

Barbey d'Aurevilly n'ignore pas plus qu'un autre qu'il peut exister des *Célestes*, immergées dans un bleu très pur, qu'il en existe certainement. Mais voilà, il n'en connaît pas assez et, surtout, elles ne vont pas à la nature de son esprit. Il est de ceux qui vinrent au monde pour être les iconographes et les historiens du Mal et il porte cette vocation dans ses facultés d'observateur.

Aussi ne faut-il pas trop compter sur la promesse vague de la préface des *Diaboliques*. L'auteur, assurément fort capable d'enthousiasme pour la vertu et même d'un enthousiasme du lyrisme le plus éclatant, n'a pas l'égalité d'humeur tendre qu'il faudrait pour s'attarder à la contempler sans fin. Puis, je le répète, la structure de son cerveau, le mécanisme très spécial de sa pensée lui font une loi rigoureuse d'être surtout attentif aux arcanes de ténèbres et de damnation.

Il voit mieux qu'aucune autre chose l'âme humaine dans les avanies et les retroussements de sa Chute. C'est un maître imagier de la Désobéissance et il fait beaucoup penser à ces grands sculpteurs inconnus, du Moyen Âge, qui mentionnaient innocemment toutes les hontes des réprouvés sur les murs de leurs cathédrales.

L'Église n'était pas bégueule alors et les cœurs purs avaient des yeux purs. On ne se salissait pas aussi facilement qu'aujourd'hui et les esprits chastes pouvaient affronter sans péril l'ostentation même des folies charnelles qu'une foi profonde faisait abhorrer comme des manifestations du pouvoir du Diable. En dehors du Sacrement, l'amour ne paraissait plus qu'une immondice et la représentation matérielle de ses désordres, bien loin de troubler les simples qui s'en venaient adorer le Fils de la Vierge et le Roi des Anges, les fortifiait, au contraire, dans l'exécration du vieux Tentateur.

Parce que nous sommes aujourd'hui phosphorés comme des charognes, Barbey d'Aurevilly semble un incendiaire. Telle est la justice. Mais les catholiques allumables, surtout, ont sujet de le détester, pour la double injure de les menacer eux-mêmes de son brandon et de prétendre, néanmoins, leur appartenir. L'Église romaine en vénère pourtant beaucoup, sur ses autels, de ces vieux Docteurs qui n'y mettaient pas tant de façons et qui ne croyaient pas le moins du monde qu'il fût si nécessaire de cacher l'opprobre dont le Rédempteur s'était accoutré comme d'un vêtement de fiancé !

[...]

Quand les titulaires actuels du nom de chrétiens seront tellement défunts et amalgamés au néant que leurs savoureuses carcasses auront été oubliées, même sous la terre, des générations d'helminthes qui les auront dévorées ; quand un nouveau siècle sera venu transformer les cacochymeuses passions du nôtre et que le requin de la sottise éternelle aura renouvelé ses ailerons ; — il est présumable qu'en des solitudes sans douceur, les œuvres des anciens maîtres seront admirées encore par des artistes sans espérance qui lègueront à d'autres leurs extases.

Pour ceux-là, certainement, un livre tel que les *Diaboliques* apparaîtra ce qu'il est en réalité : une monographie *pénale* du Crime et de la FÉLICITÉ dans les bras du crime — document implacable qu'aucun moraliste n'avait apporté jusqu'ici, dans un ciboire de terreur d'une aussi paradoxale magnificence.

MARCEL PROUST :
LA PRISONNIÈRE

in *À la recherche du temps perdu*

[...] Ainsi rien ne ressemblait plus qu'une belle phrase de Vinteuil à ce plaisir particulier que j'avais quelquefois éprouvé dans ma vie, par exemple devant les clochers de Martinville, certains arbres d'une route de Balbec ou plus simplement au début de cet ouvrage en buvant une certaine tasse de thé. Comme cette tasse de thé, tant de sensations de lumière, les rumeurs claires, les bruyantes couleurs que Vinteuil nous envoyait du monde où il composait, promenaient devant mon imagination avec insistance mais trop rapidement pour qu'elle pût l'appréhender quelque chose que je pourrais comparer à la soierie embaumée d'un géranium. Seulement tandis que dans le souvenir ce vague peut être sinon approfondi du moins précisé grâce à un repérage de circonstances qui expliquent pourquoi une certaine saveur a pu vous rappeler des sensations lumineuses, les sensations vagues données par Vinteuil, venant non d'un souvenir, mais d'une impression (comme celle des clochers de Martinville), il aurait fallu trouver de la fragrance de géranium de sa musique non une explication matérielle, mais l'équivalent profond, la fête inconnue et colorée (dont ses œuvres semblaient les fragments disjoints, les éclats aux cassures écarlates), mode selon lequel il « entendait » et projetait hors de lui l'univers. Cette qualité inconnue d'un monde unique et qu'aucun autre musicien ne nous avait jamais fait voir, peut-être était-ce en cela, disais-je à Albertine, qu'est la preuve la plus authentique du génie, bien plus que le contenu de l'œuvre elle-même. « Même en littérature ? » me demandait Albertine. — « Même en littérature. » Et repensant à la monotonie des œuvres de Vinteuil j'expliquais à Albertine que les grands littérateurs n'ont jamais fait qu'une seule œuvre, ou plutôt réfracté à travers des milieux divers une même beauté qu'ils apportent au monde. « S'il n'était pas si tard, ma petite, lui disais-je, je vous montrerais cela chez tous les écrivains que vous lisez pendant que je dors, je vous montrerais la même identité que chez Vinteuil. Ces phrases-types, que vous commencez à reconnaître comme moi, ma petite Albertine, les mêmes dans la Sonate, dans le septuor, dans les autres œuvres, ce serait par exemple si vous voulez chez Barbey d'Aurevilly une réalité cachée révélée par une trace matérielle, la rougeur physiologique de l'Ensorcelée, d'Aimée de Spens, de la Clotte, la main du *Rideau cramoisi*, les vieux usages, les vieilles coutumes, les vieux mots, les métiers anciens et singuliers derrière lesquels il y a le Passé, l'histoire orale faite par les pâtres au miroir, les nobles cités normandes parfumées d'Angleterre et jolies comme un village d'Écosse, des lanceurs de malédictions contre lesquelles on ne peut rien, la Vellini, le Berger, une même sensation d'anxiété dans un paysage, que ce soit la femme cherchant son mari dans *Une vieille maîtresse*, ou le mari de *L'Ensorcelée*, parcourant la lande et l'Ensorcelée elle-même au sortir de la messe.

ÉLÉMENTS DE BIBLIOGRAPHIE

BARBEY D'AUREVILLY, *Œuvres romanesques complètes* I et II, La Pléiade, Gallimard, 1966 (ORC).
Les Diaboliques, Garnier-Flammarion, 1967.
Les Diaboliques, « Folio » Gallimard, 1987.

OUVRAGES ET ARTICLES CRITIQUES

(N.B. : il existe une revue, fondée en 1966, consacrée entièrement à l'œuvre de Barbey d'Aurevilly, la *Revue des Lettres modernes*, Minard. Nombreux articles et documents sur *Les Diaboliques*.)

1. Ouvrages généraux

P. BERTHIER, *Barbey d'Aurevilly et l'imagination*, Droz, 1978.
P. BERTHIER, *Une écriture du désir*, Unichamps Champion, 1987.
P. COLLA, *L'Univers tragique de Barbey d'Aurevilly*, Renaissance du livre, Bruxelles, 1965.
N. DODILLE, *Le Texte autobiographique de Barbey d'Aurevilly,* Droz, 1987.
H. HOFER, *Barbey d'Aurevilly romancier*, Francke, Berne, 1974.
P. TRANOUEZ, *Fascination et narration dans l'œuvre de Barbey d'Aurevilly*, Minard, 1987.
P.J. YARROW, *La Pensée politique et religieuse de Barbey d'Aurevilly*, Minard, 1961.

2. Ouvrages collectifs

Barbey d'Aurevilly. Cent ans après, Droz, 1990.
Barbey d'Aurevilly, Catalogue, Bibliothèque historique de la Ville de Paris, 1989.

J.-H. Bornecque (éd.), *Paysages extérieurs et monde intérieur dans l'œuvre de Barbey d'Aurevilly*, Annales de la faculté des lettres de Caen, 1968.

La Chose sans nom, SEDES, 1988.

3. Ouvrages sur *Les Diaboliques*

J. Bellemin-Noël, *Diaboliques au divan*, Ombres, Toulouse, 1991.

J.-P. Bonnes, *Le Bonheur du masque*, Casterman, 1947.

J.-P. Boucher, Les Diaboliques : *une esthétique de la dissimulation et de la provocation*, P.U. de Québec, Montréal, 1976.

J. Petit, *Essais de lecture des* Diaboliques, Minard, 1974.

4. Articles sur *Les Diaboliques*

E. Cardonne-Ralyck, « Nom, corps et métaphore dans *Les Diaboliques* », *Littérature*, 54, 1989.

R. Debray-Genette, « Un récit autologique », *Hommages à J. Petit,* Université de Besançon, 1985.

N. Dodille, « L'amateur de noms », in *La Chose sans nom*, P. Bonnefis éd., P.U. Lille, 1981.

F. Gaillard, « La représentation comme mise en scène du voyeurisme », *R.S.H.*, juin 1974.

M. Marini, « La fantasmatique des *Diaboliques* », *Littérature*, 10, 1973.

M.-H. Philip, « Le satanisme des *Diaboliques* », *Études françaises*, février 1968.

M.-Cl. Ropars-Wuilleumier, « Narration et signification », *Littérature*, 9, 1973.

P. Tranouez, « La narration neutralisante », *Poétique*, 17, 1974.

　　　　« Un récit révocatoire », *Littérature*, 38, 1980.

J. Verrier, « Les dessous d'une *Diabolique* », Poétique, 9, 1972.

5. Quelques romanciers et poètes lecteurs de Barbey d'Aurevilly

A. Artaud, *Œuvres complètes*, III, Gallimard, pp. 158-159.

L. Bloy, « Un brelan d'excommuniés », *Belluaires et Porchers*, Pauvert, 1965, pp. 112-128.

A. BRETON, *Le Surréalisme et la peinture*, Gallimard, 1965, pp. 245-246.

A. BRETON, *La Clé des champs*, Pauvert, 1953, p. 189.

R. CREVEL, *Le Clavecin de Diderot,* in *L'Esprit contre la raison,* Pauvert, 1986, p. 170.

J. GRACQ, « Ricochets de conversation », *Préférences*, J. Corti, 1961, pp. 219-228.

J.-K. HUYSMANS, *À Rebours*, Garnier-Flammarion, 1978, pp. 189-193.

M. PROUST, *La Prisonnière, À la recherche du temps perdu*, Garnier-Flammarion, 1984, pp. 484-486.

FILMOGRAPHIE

1952   *La Luxure (= Le plus bel amour de Don Juan)*, dans *Les Sept Péchés capitaux*, Yves Allégret, FR, film à sketches, avec Viviane Romance et Frank Villard.

Le Rideau cramoisi, Alexandre Astruc, FR, avec Anouk Aimée (Albertine) et Jean-Claude Pascal (le jeune officier).

TABLE DES MATIÈRES

- La date
- Le titre
- Composition :
  - Point de vue de l'auteur
  - Structure de l'œuvre

- ●◆ Droit au but
  - « Le Rideau cramoisi » ou le portrait d'un dandy
  - « Le Bonheur dans le crime »
  - « La Vengeance d'une femme » ou l'horrible sublime

POCKET CLASSIQUES

collection dirigée par Claude AZIZA

GUIDES POCKET CLASSIQUES

DICTIONNAIRE DE VOCABULAIRE I et II
MÉMENTO DE LITTÉRATURE FRANÇAISE I et II
LE BAROQUE EN FRANCE ET EN EUROPE
LE ROMANTISME EN FRANCE ET EN EUROPE
LE SURRÉALISME EN FRANCE ET EN EUROPE
LE CLASSICISME EN FRANCE ET EN EUROPE
LA LITTÉRATURE POLICIÈRE
LA LITTÉRATURE ANGLAISE
LA LITTÉRATURE AMÉRICAINE

Dans la série *Analyse de l'œuvre* :

La controverse de Valladolid de J.-C. Carrière
Un roi sans divertissement de J. Giono
Le Horla de G. de Maupassant
Pourquoi j'ai mangé mon père de R. Lewis
Les Rougon-Macquart d'É. Zola
L'Œuvre de J.-J. Rousseau *(à venir)*
L'Œuvre de G. Flaubert *(à venir)*

Cet ouvrage a été composé par TÉLÉ-COMPO - 61290 BIZOU

Impression réalisée sur Presse Offset par

BRODARD & TAUPIN

GROUPE CPI

26221 – La Flèche (Sarthe), le 14-12-2004
Dépôt légal : juillet 1993

POCKET – 12, avenue d'Italie - 75627 Paris cedex 13
Tél. : 01.44.16.05.00

Imprimé en France